Mississippi Solo

Du même auteur,
chez le même éditeur

Harlem, 2000
(et « Piccolo » n° 50)

Jupiter et moi, 2006
(et « Piccolo » n° 63)

Paris en noir et black, 2009

Le Mississippi dans la peau, 2021

Eddy L. Harris

Mississippi Solo

Traduit de l'anglais (États-Unis)
par Pascale-Marie Deschamps

LIANA LEVI *piccolo*

Titre original : *Mississippi Solo*

Édition revue par l'auteur

ISBN : 979-10-349-0589-8

www.lianalevi.fr

«Je ne sais pas grand-chose des dieux, mais je crois que le fleuve / Est un puissant dieu brun – buté, sauvage et intraitable… / Frustré d'honneurs propitiatoires / Par les fidèles de la machine, mais attendant, guettant et attendant… / Le fleuve est au-dedans de nous.»

T. S. Eliot, «The Dry Salvages»,
Quatre Quatuors, trad. Pierre Leyris,
Le Seuil, 1976.

Le rêve

Le Mississippi est accablé des fardeaux de la nation. Large à Saint-Louis où j'ai grandi, le fleuve coule dans ma mémoire, brun et lourd et lent, oisif en apparence, mais toujours occupé par des barges et des remorqueurs, toujours au travail – comme mon père –, toujours en mouvement, terrible et intimidant. Tout petit déjà, je regardais le fleuve, trop jeune pour comprendre que les barges chargées de céréales et de charbon ne sont pas le seul fardeau du Mississippi, qu'il charrie aussi péchés et rédemption, rêves, aventures et destin. Enfant, je craignais le fleuve et le respectais plus que je ne craignais Dieu. Adulte, je le crains davantage encore.

À chaque fois que ma famille projetait une excursion sur l'autre rive et que je devais en être, je faisais des cauchemars pleins de cris. Ce vieux Veteran's Bridge paraissait si précaire et branlant. Mon imagination fabriquait une passerelle délabrée et chancelante, aux vieilles lattes en bois, étroites, pourries et fragiles, sans le moindre support de béton pour l'étayer. La misérable construction tenait par des poutrelles métalliques anciennes et rouillées, bosselées et corrodées par l'oxydation, alors qu'elles auraient dû être brillantes et noires. Le pont oscillait dans le vent, prêt à s'effondrer à l'approche de la voiture qui nous emmenait ma famille et moi, puis nous plongions dans le vide après avoir fracassé la frêle rambarde en bois et nous piquions vers le fleuve. Tout le monde criait, sauf moi. Je me bouchais les oreilles et j'attendais le plouf. Il n'est jamais venu. Je me suis toujours réveillé, toujours en vie pour rêver ce rêve encore et encore, dans mon sommeil, mais aussi quand nous traversions le fleuve.

Son lit était plein de poissons-chats géants et d'alligators, de plaques de glace et d'arbres que, souvent enragé et monstrueux, il avait arrachés aux rives dans sa course.

Le Mississippi. Puissant, boueux, dangereux, rebelle, et pourtant fort et paternel. Le fleuve s'est emparé de mon imagination dans ma jeunesse et ne l'a jamais lâchée. Aussi loin que je me souvienne, je voulais en faire partie autant qu'être un héros, robuste, courageux et infatigable comme lui, occupant une telle place dans la vie et le monde qu'on ne pourrait m'ignorer ou m'oublier. Je m'asseyais sur la digue et regardais les eaux troubles descendre pesamment vers la mer, et je rêvais des villes et des cités traversées par le fleuve, des fermes, des champs et des ponts, de la magie des débris ramassés ici, déposés là, et des autres rivières en chemin : Ohio, Illinois, Arkansas, embarquant tout pour un magnifique voyage jusqu'au golfe du Mexique et au-delà. Moi aussi je voulais partir. Tremper d'abord mes orteils dans l'eau pour la tâter, puis y entrer tout entier, m'accrocher à n'importe quoi, flotter, laisser le fleuve m'abandonner n'importe où, puis me reprendre et m'emporter. Où, je m'en fichais, j'avais juste envie de partir. Mais mes parents n'étaient pas d'accord.

Maintenant je suis adulte, mes parents ne peuvent plus m'en empêcher. J'ai cet âge magique, trente ans, où un homme s'arrête pour faire le bilan de sa vie et repense à tous ses rêves de jeunesse qui ne se réaliseront pas. Pas d'ascension de l'Everest, ni de sélection chez les Yankees, ni de grand roman américain. À la place, la réalité : femme, bébés et emprunts, retraite, sécurité. Pas de grands risques. Plus de chutes. Plus de genoux écorchés. Pas de grands échecs. Je me suis dit : est-ce la fatalité ?

Je n'ai jamais eu peur du ridicule et je ne crains pas l'échec. J'ai décidé de descendre le Mississippi en canoë et de découvrir de quel bois j'étais fait.

Une fois qu'ils ont atteint un certain âge, les rêveurs ne sont plus tenus en grande estime. On les raille, au contraire, on les traite de fous et de feignants. Même leurs amis. Surtout leurs amis !

Les rêves sont délicats, tissés de fils de la Vierge. Ils s'accrochent légèrement à la brise, comme suspendus au néant. Le moindre coup de vent les déchire. Mon rêve a été brisé par mes amis. C'est quoi le but ? Qu'est-ce que tu veux prouver ? Pourquoi pas les chutes du Niagara en tonneau, tant que tu y es ?

Et ils se disaient mes amis… Ça m'a fait un mal de chien. L'un d'eux m'a même suggéré de prendre le bus ! Au lieu de m'aider à m'envoler, ils me décourageaient et se moquaient de moi.

Monter dans un canoë à la source du Mississippi, direction La Nouvelle-Orléans, personne ne fait ça, s'il est normal et sain d'esprit. Peut-être à cause du danger encouru, ou parce que cela révèle un excès de désir et de détermination, de passion et de volonté, ou peut-être est-ce simplement trop inhabituel.

Quoi qu'il en soit, mon projet a été rejeté en bloc et au lieu d'une jubilation enfantine, c'est dans le doute et le chagrin que j'ai envisagé ma descente du fleuve en canoë, parce que le triomphe ressenti à la perspective de cette aventure avait été anéanti par mes amis. Comme Galilée face à l'Église, j'étais prêt à renier mes idées radicales et à retourner à la normalité.

Mais mon rêve, délicat et encore suspendu à la brise, était aussi réel que ces vaporeuses et aériennes toiles d'araignées estivales, et aussi accrocheur. Une fois qu'elles s'attachent à vous, il est difficile de s'en débarrasser. Il en allait de même de mon désir de chevaucher le fleuve.

Robert

Un homme débordant d'idées a le luxe de les gaspiller, de passer sa richesse au tamis jusqu'au moment où il trouvera la bonne pour la bonne occasion. Il en perdra peut-être beaucoup, mais il peut se le permettre.

Chez celui qui n'a qu'une seule et grande idée, elle n'en devient que plus précieuse, un bijou, un bien noble et inestimable. Il la chérit comme un gamin son dernier sucre d'orge. Il le protège, il le cache et le sort tous les soirs avant de se coucher, juste pour le regarder, le tenir dans la lumière, y réfléchir et se demander quand y goûter enfin, hanté par son existence et le désir brûlant de se jeter dessus. Une obsession.

Pendant des semaines, la pensée de descendre le fleuve m'a tenaillé. Mais je n'avais pas de canoë. Je n'avais pas de matériel de camping. Je n'avais pas d'argent. La première réaction de mes amis m'avait réduit au silence et privé d'alliés, de soutien moral aussi, pour ce projet insensé. Et bientôt, il serait trop tard pour partir. On était déjà dans la première semaine d'octobre et la première neige était tombée dans le Minnesota, mon point de départ.

J'ai pensé à un ami et j'ai fait appel à lui. Il ne m'aiderait pas à enfanter mon rêve, non, mais de tous mes proches, Robert, lui au moins, m'écouterait et ne me dirait pas que j'étais fou. Il ne me dirait pas de renoncer.

C'était un vieil homme et, à chaque fois que j'allais le voir, j'étais sûr que ce serait la dernière. Du plus loin que je m'en souvienne, c'était mon ami le plus cher ; une sorte d'oncle plutôt qu'un ancien pour qui j'aurais eu de l'affection, le genre d'ami qui comprend toujours. Le dernier recours, alors qu'il devrait être le premier. Un vieil homme de l'ancien temps avec qui tous les problèmes pouvaient se résoudre en deux trois verres et deux trois heures à parler, lui à écouter surtout. Si on a besoin d'un bon conseil, il vaut mieux se tourner vers une bonne oreille ; les meilleurs avis, les conseils les plus utiles viennent de soi-même.

Robert et moi buvions des sodas autrefois, quand il essayait de m'apprendre la musique. À l'époque où je suis parti à l'université, je suis passé à la bière. Ce soir-là, le niveau monterait encore d'un cran. Ce soir-là, c'est lui qui a parlé.

Sec et noir de peau, la tête en forme de cacahuète, Robert avait très peu de cheveux et ceux qu'il avait étaient rasés si près du crâne qu'ils ressemblaient plutôt à une barbe de trois jours. Il ne quittait jamais son feutre, gris ou marron, même à l'intérieur.

En général, je débarquais chez lui et le trouvais en train de réparer sa boîte de vitesses ou de démonter et remonter sa stéréo. Il bricolait toujours quelque chose et il y avait du bazar partout. Je débarquais, le regardais et glissais par des moyens détournés qu'un truc me tracassait ; il bricolait patiemment avec moi et nous prenions notre temps jusqu'à ce que nous ayons mis le doigt sur le problème. Puis on y jetait un œil et on s'en jetait un.

Mais pas aujourd'hui. Aujourd'hui, il voulait aller droit au but, il semblait pressé. Non qu'il dût se rendre quelque part, mais à cause d'une autre sorte d'urgence, comme s'il n'avait plus beaucoup de temps à perdre.

« Bon, on s'y met », il a dit. Et j'ai su que cette séance serait différente de toutes les autres. S'il avait un conseil ou une bonne parole à offrir, il me les donnerait directement, sans me laisser chercher jusqu'à ce que je les trouve tout seul.

« Ça fait longtemps que je ne t'ai pas vu. Quelque chose te tracasse. C'est quoi ? »

Je me suis senti plus minable qu'un ver de terre, le genre qui n'appelle ses amis que pour leur demander un service. Mais plus que cela, j'ai senti toute la frustration qui montait en Robert et qui faisait battre la petite veine sinueuse à sa tempe, frustration que je remarquais pour la première fois.

Je lui ai parlé de mon projet : « faire » le fleuve. Je lui ai parlé des obstacles qui me bloquaient : je n'avais pas de canoë, pas de matériel, pas d'argent et toutes mes relations m'avaient assuré que c'était impossible et idiot. Et il a dit :

« Ne les écoute pas. Ils n'ont pas d'imagination. Pas de vision. Et ça les rend jaloux, parce que toi tu en as et ils vont essayer de t'empêcher, essayer de te changer. Mais ne les laisse surtout pas faire. »

Ce n'était pas un conseil. C'était un ordre.

Robert, à une époque, avait été un merveilleux danseur de claquettes. Son appartement était encombré de photos, d'articles et de souvenirs du temps où son partenaire et lui brûlaient les planches. Le clou de leur spectacle : se placer l'un derrière l'autre, séparés de quelques centimètres seulement, et danser à l'unisson, si vite qu'ils se confondaient, si bien synchronisés que de face on ne voyait les mouvements que d'un seul homme. La gloire l'avait appelé, le cinéma, New York. Mais il n'était jamais parti. Il n'avait jamais dit pourquoi ; maintenant j'avais ma petite idée.

À défaut, il s'était mis à la musique, il avait appris tout seul à jouer du trombone, s'était produit avec des groupes de jazz locaux et maîtrisait si bien cet art qu'il avait écrit la plupart de leurs arrangements. De nouveau, la gloire s'était présentée. De nouveau, il était resté à Saint-Louis.

Il s'était marié, avait eu des enfants et pris un emploi normal. La musique, il ne s'y était remis que pour me l'enseigner. Il me donnait des leçons de trompette. Côté travail, il avait dû se contenter de ce qu'un Noir pouvait espérer en ce temps-là : cireur de chaussures, gardien d'immeuble ou d'école, à balayer et briquer les sols, nettoyer les bureaux et réparer les appareils cassés.

Il a tendu le bras par-dessus la table et m'a agrippé. Ses doigts étaient longs et osseux, ses mains fortes des choses qu'il avait construites. Il me tenait par les poignets et les serrait durement.

« Je sais que tu peux le faire. J'ai confiance en toi. Depuis toujours. »

Canoter ? Écrire ?

Son regard a absorbé la lumière douce qui nous entourait, étincelant de mille secrets.

Il a chuchoté : « Et peut-être que je suis le seul, mais on se fiche bien de ce qu'ils pensent de nous. Pas vrai ? »

Le vieil homme s'est pourléché, sa langue sèche tâtant l'air et claquant doucement sur les lèvres comme s'il goûtait quelque chose. Il a eu une expression que j'ai prise pour de la tristesse, mais peut-être était-ce de la fatigue ou de l'envie. L'expression fataliste, mi-envieuse, mi-encourageante, affichée par un vieil homme qui sait que la fin approche et qu'il ne lui reste plus qu'à passer la main.

Il a pris une bouteille de whiskey sur l'étagère et un verre. Avant de revenir s'asseoir il a marqué une pause et, me regardant de haut, il a remué ses fausses dents dans sa bouche, hochant la tête pour lui-même, le sourire satisfait. Il a attrapé un second verre sur l'étagère et l'a fait glisser vers moi. Sans un mot, Robert en disait long.

Il s'est penché tout près de moi. Les yeux plissés, il m'examinait.

Nous sommes restés assis comme ça pendant un moment en silence. J'étais mal sur mon siège jusqu'à ce que nous buvions.

Nous buvons sec, sans cérémonie. Sans trinquer, ni porter de toast. Simplement les yeux fixes, son regard rivé au mien, à lever nos verres d'un même mouvement.

Le whiskey brûle. J'émets un bruit de dessin animé. Robert grimace comme si chaque gorgée le faisait souffrir. Les dents serrées, il s'éclaircit la gorge d'un « Aaaah » guttural.

Quand il parle enfin, il murmure : « Est-ce que tu as peur ?

– Euh, je ne suis pas un pro du canoë. Je sais nager, mais…

– Je ne parle pas de ça.

– Peur de quoi alors ? De la noyade ? De mourir de froid ? Des animaux sauvages ? Ou juste de ne pas y arriver ?

– C'est sûr que si tu te lances et que tu n'y arrives pas, ça va te pourrir l'existence. Comment tu gères l'échec est aussi important que l'échec lui-même, mais ce n'est pas de ça que je parle non plus. »

Il attrape lentement la bouteille et nous ressert. Cette fois, avant de boire, il incline son verre dans ma direction.

« Toi aussi, tu es noir. » Son sourire est malicieux. « Ou l'aurais-tu oublié ?

– Je n'ai pas oublié, et alors ? C'est quoi le rapport ? »

Il avale une longue gorgée en me jetant un coup d'œil par-dessus son verre. « Tu veux faire quoi déjà ?

– Descendre le Mississippi en canoë.

– En partant d'où ?

– Du début.

– Et c'est où ?

– Au Minnesota.

– Au Minnesota, répète-t-il. Tu sais combien il y a de Noirs au Minnesota ? Six à tout casser. »

Il avale une autre gorgée. « Et tu comptes aller jusqu'où ?

– La Nouvelle-Orléans.

– En traversant le Sud. » Il reprend une gorgée. « De là où il n'y a pas de Noirs à là où on ne nous aime toujours pas beaucoup. Je ne sais pas pour toi, mais moi ça m'inquiéterait un peu. »

Je visualise le fleuve. D'abord une ligne bleue sur la carte. Puis, à mesure que Robert parle et que je m'y vois, noir, seul et à découvert et vulnérable, la ligne bleue se trouble et se fragmente jusqu'à ce que plusieurs Mississippi apparaissent. Il y a le fleuve de légende, « le père des eaux ». Le fleuve des bateaux à vapeur et des joueurs de poker. Le fleuve qui emporte les larmes et la sueur des esclaves. J'entends le battement de tambours indiens et le chant des esclaves au repos à l'ombre des saules des plantations sur les rives de l'*Old Man River*. Le fleuve s'est animé dans ma tête, les paysages, les sons et les odeurs du fleuve de mon imagination.

Mais je sais que ce ne sera pas ça, trappeurs en peau de daim, bateaux à aubes surchargés de balles de coton, canoës indiens glissant en silence. Je sais que ce ne sera pas ça, mais je ne sais pas à quoi m'attendre. Si j'en ai jamais eu la moindre idée, maintenant je ne sais plus.

Robert me dit : « T'as jamais pensé que tes amis n'avaient pas envie que tu le fasses parce que ça pourrait être dangereux ?

– Jamais. Ils se fichaient de moi, c'est tout.

– Les amis, tu sais comment c'est. Peut-être est-ce leur façon de dire qu'ils ne veulent pas qu'il t'arrive malheur. »

J'hésite. « Peut-être. » Je ne suis pas convaincu.

« Ils n'ont peut-être pas envie que tu te fasses tirer dessus dans les bois par un cul-terreux. Que tu tombes à l'eau et que tu te noies. Ou bien ils essaient de te protéger d'autre chose.

– De quoi ?

– Je t'explique. Chacun pense avoir la recette. Pour les bigots, Dieu est la réponse à tout. Pour d'autres qui se satisfont d'avoir femme, enfants, maison et boulot, là est la source du bonheur. Chacun croit détenir la martingale. Alors, quand un ami prétend faire autrement, surtout en prenant des risques, on veut le sauver. Tu vois ?

– Je vois », dis-je, mais je ne comprends plus rien. « Mais l'imagination, la vision ? Et la jalousie ?

– Jaloux, ils le sont peut-être. L'envie est le carburant des convictions. On ne dénigre jamais autant les possessions de son voisin que lorsqu'on les désire en secret, que ça fait honte et qu'on sait qu'on ne les aura jamais. Tout comme les échecs des autres en rassurent certains. C'est pour ça qu'on a besoin de vision et d'imagination. Sans vision ni imagination, reprend Robert doucement, tu ne chercheras jamais ta propre voie vers la gloire. Et la gloire, ça peut être l'Everest ou le prix Nobel ou une femme, des gosses et la sécurité. Ça peut même être de descendre le Mississippi en canoë. Mais il faut une vision pour savoir quelles chaussures te vont et quelles autres vont à ton voisin. Et puis, souviens-toi : ne prends pas ça trop au sérieux. L'échec, c'est horrible, mais ce n'est pas ce qu'il y a de pire. »

C'est parti !

Robert, un vieil homme fragile, sans aucun pouvoir sur moi (à mains nues je pourrais le briser, comme un crayon entre deux doigts) ; pourtant, lui seul avait eu celui de me libérer. Vieillards et enfants, fragilité et innocence : ils paraissent si inoffensifs qu'on les combat en riant et sans armes, comme Goliath contre David, mais ce sont eux qui nous terrassent par magie.

Je suis descendu de mes grands chevaux, admettant en mon for intérieur que peut-être j'étais fou de vouloir faire le fleuve, que peut-être je me trompais. La volonté y était toujours, mais j'essayais au moins de tenir compte des objections.

Jusque-là je n'y avais pas vu de véritable inquiétude. J'avais pris pour de la moquerie la suggestion de mon ami Walter d'accrocher un second canot à l'arrière du mien, comme une roue de secours en cas d'urgence. (L'idée était un peu saugrenue). Mais à présent je comprenais que Barbara craignait pour ma sécurité quand elle me disait d'emporter un talkie-walkie, juste au cas où.

Et jamais, jusque-là leur envie ne m'avait traversé l'esprit. J'avais pris leur résistance pour de la mesquinerie, de la méchanceté. Maintenant, j'entrevoyais le désir de mes amis de rêver de tels rêves, d'entreprendre une pareille aventure, et je pouvais envisager qu'ils m'en veuillent d'avoir la possibilité de le faire et pas eux. Tant que je restais imperméable à leurs motivations, il m'était impossible d'admettre que dans les recoins obscurs de mon âme étaient tapis mes propres jalousies et mes désirs élémentaires quand, par exemple, je serrais la femme d'un ami dans mes bras, berçais son enfant ou m'allongeais par terre, dans la chaleur et le confort de sa maison. Alors seulement, j'ai pu considérer les mérites du mode de vie qu'ils s'étaient choisi et accepter que le mien tenait pour partie d'une rébellion, et pour une autre de la réassurance que mes choix, hasardeux, euphorisants et anticonformistes, étaient les bons.

Grâce à un vieil homme, j'allais explorer mes chemins de traverse avec plus de hardiesse et moins d'angoisse, sans l'impression d'être dans une forme de compétition. Débarrassé de ce fardeau superflu, je me suis détendu. J'ai accepté mes désirs et reconnu mes lacunes et mes craintes. Et, soudain, mes amis sont arrivés à la rescousse, comme sont censés le faire des amis.

L'enthousiasme est contagieux. Aux mots de Brian: « Géniale ton idée. Vas-y ! » répond un sentiment de jubilation ; de l'approbation, enfin, rempart contre les doutes.

Aux paroles de Bobby C. qui, d'une voix tranquille et douce, un murmure presque, dit : « Tu vas y arriver. Cela prendra du temps, mais je suis sûr que tu t'en sortiras », monte la tristesse de ne pas savoir mieux exprimer toutes ces années de rêve, de lutte et d'échec, mais aussi la pression de réussir, de recommencer s'il le faut et de susciter leur fierté. Et bien sûr, la détermination: *Un peu que j'y arriverai !*

Et lorsque la fièvre enflamme Robinovich, c'est comme si j'avais su depuis toujours que je me lancerais dans cette aventure. Elle est emballée, elle désire autant que moi me voir partir. Elle veut venir, mais ne le peut pas. Elle peut en revanche me conduire au Minnesota le moment venu et, ô merveille des merveilles, elle sait où je peux emprunter un canoë. Sans Robinovich...

Tard le soir un vendredi, à la mi-octobre, dix jours après la première chute de neige sur Minneapolis, Robinovich et moi avons quitté Saint-Louis et roulé plein nord vers le lac Itasca, la source du fleuve.

Armés d'une patte de lapin violette et d'un Christ en plastique, d'un Saint-Christophe, d'un peu de poussière miraculeuse provenant du sanctuaire de Chimayò au Nouveau-Mexique et d'une bouteille de tequila pour le réconfort, nous sommes bien trop excités pour avoir peur.

Et le voilà, ô mon Dieu ! Le lac Itasca dans toute sa gloire intacte.

L'air est aussi pur que le baiser d'un enfant à l'heure du coucher, très froid et très clair, son tranchant si vif que mon nez souffre à chaque inspiration, mais sa pureté est si douce que je prends inspiration après inspiration jusqu'à ce que mon visage devienne douloureux et que mes yeux larmoient.

Au sud-ouest, le soleil est bas sur l'horizon, prêt à se coucher derrière les rangées d'arbres qui s'étirent partout à l'infini. À mesure que le ciel retire son habit de lumière pour se parer d'une teinte plus sombre, tirant sur le violet, l'air refroidit encore. En toute autre occasion, je m'activerais sans doute en tous sens, pestant et jurant contre le froid et le maudissant. Mais pas aujourd'hui : j'ai fait trop d'efforts pour arriver jusqu'ici et de ce lieu émanent trop de choses ; tout transi et gelé que je sois, je suis aussi grisé qu'un enfant qui a bu du champagne, et aussi frénétique. Je danse, sautille et virevolte ici et là, sans veste ni pull. Ma chemise en flanelle me suffit amplement, car j'y suis enfin, j'y suis. Au lac Itasca. Quelle splendeur ! Quelle beauté !

Robinovich me regarde et rit de moi. Elle est emmitouflée, parée pour l'hiver. Elle doit penser que je suis fou, mais elle me connaît bien et cela ne porte pas à conséquence. Elle sait que je suis fou. Depuis que nous avons pénétré sur cette terre de pins verts, de ciels bleus et de lacs, elle subit mes oh ! et mes ah ! et autres exclamations de ravissement, tandis que j'absorbe la beauté du Minnesota du Nord.

« Et un, et deux, et trois là-bas... » Je hurle en tentant de compter les lacs sur notre passage pour vérifier s'il y en a bien dix mille comme s'en targue la devise de l'État.

Dix mille, je ne sais pas. Mais ils sont nombreux et les terres autour sont couvertes de futaies hautes et denses, pins et bouleaux blancs tachetés de noir comme des dalmatiens; partout des lacs qui me rappellent le nord de la Suède. Les hivers ici doivent être aussi rigoureux, il n'est donc pas étonnant que ce territoire ait été colonisé par des Suédois. Rien en ce monde n'aurait pu leur évoquer autant la beauté et la dureté de leur pays natal.

Robinovich est toujours en train de rire. Je ris aussi rien qu'en imaginant mon allure étrange ; au spectacle que nous avons dû offrir sur la route : une voiture de sport rouge, coiffée d'un canoë vert de cinq mètres cinquante de long, dans l'automne finissant, le froid et le vent ; malmenés par la bise sur l'autoroute, obligés de nous arrêter régulièrement pour resserrer les cordes qui fixent l'embarcation à la voiture. Longtemps après la saison des bateaux de plaisance de toutes tailles et types de coque, nous voilà, en canoë ? Pas étonnant que nous ayons attiré des regards incrédules :

« Au lac Itasca ? Là-dedans ? »

À Avon, une bourgade minuscule, l'homme qui nous a fait le plein a drôlement froncé les sourcils rien qu'à cette idée. Il a pourtant gardé son sérieux, se retenant de rire pour nous parler, mais je suis content de ne pas m'être étendu sur mon projet.

« Le coin est magnifique, c'est sûr, mais je ne me risquerais pas sur le lac aujourd'hui. Quelle mouche vous a piqué de choisir ce moment de l'année pour aller pagayer ?

– M'a fallu du temps pour préparer le canoë. Mais il ne fait pas encore trop froid, si ? »

Je frissonnais dans le vent tandis que nous parlions. Il me regardait comme si j'étais fou.

« Feriez aussi bien d'attendre demain, il a conseillé. Ça va encore fraîchir, mais le vent devrait tomber un peu d'ici là. »

Il avait raison. Le lendemain, le thermomètre était encore descendu. Mais comme on se gelait déjà, je suis allé me réfugier dans sa station-service, en attendant qu'il termine. Il n'avait pas besoin de moi.

C'était une petite station, équipée d'une seule pompe. Sortie tout droit d'anciennes photos du Sud. Une petite station, juste assez grande pour accueillir trois voitures simultanément. Au-delà, elles déborderaient sur la route, mais pas de quoi verbaliser, dans ce petit patelin.

À l'intérieur, il faisait à peine chaud, juste un répit contre le vent. Je me suis fait la réflexion que les gens du Minnesota devaient avoir le cuir épais. Je l'ai dit au pompiste à son retour. Il a souri :

« Mmouais, on s'habitue à tout, je suppose. »

Il n'a pas relevé ma remarque, mais j'ai bien vu qu'il l'avait prise, avec fierté, pour un compliment.

« Vous croyez qu'il fait froid. Mais attendez que l'hiver s'installe. Des vents glacials, de la neige jusqu'au coude et rien que du gris partout. Ceux qui ne supportent pas s'en vont. Mais c'est comme tout le reste ; ça dépend des habitudes. »

Puis il a attrapé une des cartes en vente à la station et l'a dépliée au milieu du foutoir d'outils, de pneus et de crasse pour m'indiquer la route jusqu'au lac.

Un petit geste, dont je n'ai fait aucun cas sur le moment. Il m'a montré la route et je l'ai laissé faire. Je connaissais déjà l'itinéraire, bien sûr, mais s'il voulait me rendre service, qui j'étais pour mépriser sa générosité ? La bonté a besoin qu'on soit deux : celui qui donne, celui qui reçoit. Et puis, il connaissait peut-être un raccourci. Mais non.

En quittant Avon, j'ai repensé à la phrase de Robert : « Aller de là où il n'y a pas de Noirs à là où on ne nous aime toujours pas beaucoup. » Et j'ai réfléchi au fait d'être noir.

Pour moi, cela n'avait jamais été un enjeu, plutôt un trait physique comme être de grande taille : un critère d'identification pour la police. Une partie de mon identité, mais pas qui je suis.

Je ne prétends pas que je serais exactement la même personne si je n'étais pas noir de peau – pas plus, ni moins que si je n'étais pas grand – mais je laisse aux existentialistes le soin de débattre de ce que je serais devenu si j'étais né chinois et petit, ou si je n'étais pas en train de devenir chauve, une de mes préoccupations. Pour ce qui me concerne, hier comme aujourd'hui, ma personnalité s'exprime de l'intérieur vers l'extérieur et non l'inverse. Je n'avais jamais accordé beaucoup d'importance aux réactions des gens à ma couleur de peau, à ma taille ou à ma calvitie. Je m'intéressais surtout à mes propres réactions, à mes atouts et à mes lacunes.

Mais soudain, être noir, et grand, prenait un nouveau sens. Être grand, à cause du long voyage qui m'attendait, assis en tailleur dans un canoë. Être noir à cause de mes perceptions et de celles dont je serais l'objet.

Le pompiste d'Avon m'avait traité comme je pouvais l'attendre de lui : avec courtoisie, gentillesse et respect. Serais-je traité ainsi tout au long du fleuve ? Si tel était le cas, ça m'allait. Mais je risquais d'être beaucoup moins enthousiaste si on me considérait aimablement faute d'autres Noirs dans les environs pour donner le ton, ou si les gens me maltraitaient parce qu'ils côtoyaient des Noirs. Je préférais surtout être témoin de la bienveillance communément accordée aux étrangers et, par-dessus tout, je désirais que les gens m'accordent la chance de leur faire impression, pour le meilleur ou pour le pire, et que leur comportement à mon égard réponde au mien. Trop égocentrique ? Trop simpliste ? Peut-être. Mais j'espérais exactement cela de l'attitude du pompiste : comme je suis un type foncièrement sympa et gentil, il ne faisait que me rendre la pareille.

Mais la question me hantait toujours : où étaient les Noirs ?

J'avais bien aperçu un garçonnet noir en train de jouer devant une maison au bord de la route, mais c'était déjà loin, dans l'Iowa. Il devait y en avoir au Minnesota, mais où ?

Question plus intéressante : pourquoi n'y en avait-il pas ?

Il est étonnant de se rendre compte qu'il y a des endroits que les Noirs fréquentent peu.

Pour des raisons évidentes, ils ne vont pas beaucoup à la plage ou à la piscine.

On n'en voit pas souvent dans les bazars de Bangkok ni sur les pistes de ski. C'est peut-être un problème d'argent, mais les magazines de tourisme ne semblent pas vouloir que les Noirs voyagent ou alors ils pensent qu'ils ne voyagent pas ou bien ils s'en fichent tout simplement. Les photos publicitaires montrent rarement, très très rarement, des Noirs profitant de vacances exotiques. Pourquoi ?

Et pourquoi y a-t-il si peu de Noirs au Minnesota ? Trop froid l'hiver ? Pas assez nombreux pour serrer les rangs ? Conservatisme et intolérance des petites villes ? Davantage d'emplois dans les grandes zones urbaines industrialisées ? Ou d'autres règles plus subtiles seraient-elles à l'œuvre ?

Je suis allé à un formidable festival de *bluegrass* à Park City, sur les hauteurs des monts Uinta, en Utah. Grand soleil, paysages fantastiques, musiciens fabuleux. J'étais le seul visage noir. Pourquoi ? Parce que les Noirs n'écoutent pas certains types de musique ? Parce que les Noirs n'aiment pas la montagne et l'air pur ? Ou parce qu'ils ont le sentiment que certains endroits ne sont pas pour eux, qu'ils ont le droit de faire certaines choses et d'autres pas ? S'excluent-ils d'eux-mêmes ou obéissent-ils à des signaux discrets et manifestes à la fois ?

On ne voit pas beaucoup de Noirs descendre le Mississippi en canoë solo, ni camper la nuit. Pourquoi pas ? Des embûches les attendraient-elles au tournant s'ils s'y risquaient ?

Je n'ai jamais pensé que je faisais des choses remarquables. Mes nombreux voyages et séjours à travers le monde, je les mettais sur le compte de ma bougeotte et de la chance. De la chance, en effet, mais d'autre chose encore ; de l'affirmation tranquille, peut-être, que le monde a trop à m'offrir pour ne pas m'y jeter à corps perdu ; trop de bonne musique, de bonne cuisine et de splendeurs naturelles pour ne pas vouloir goûter à tout ; qu'il n'y a pas d'endroits dans le monde où je ne puisse aller, où je ne me sente pas chez moi, et rien que je ne puisse faire. Au diable les tabous, les figures imposées et les peurs ; au diable le bon sens. Les seules limites sont celles que je me mets, que nous nous mettons.

Mais mon audace et mon appétit pour le monde mis de côté, qu'est-ce qui m'attendrait là-bas sur le fleuve ? Bonté ou méchanceté ? Beauté ou brutalité ? Peu importe, je ne voulais pas en perdre une miette. Les bons jours compenseraient les mauvais, je le savais ; la beauté vaut toujours la peine.

Itasca mérite toutes les souffrances qu'on s'inflige pour l'atteindre. Car ici, sans aucun doute, se trouve le plus bel endroit du monde.

La beauté qui environne le lac Itasca est si discrète. D'autres sites de pure splendeur – les Alpes, l'Himalaya, les vastes mers et déserts – clament leur magnificence et écrasent leurs spectateurs. Mais si sauvage et sereine est la beauté de ce lieu qu'on peinerait à le qualifier de majestueux ou d'imposant, de subjuguant ou de grandiose. Au contraire, il murmure. Il appelle doucement et fredonne, il vous baigne dans une mélodie que vous remarquez enfin, et sentez et voyez finalement, vaporisée autour de vous comme une brume matinale tiède et printanière, ravissante et apaisante jusqu'à vous rendre à la fois silencieux et sur le point de hurler de joie. Ce n'est pas une cathédrale gothique, mais une charmante petite chapelle dont l'absolue finesse artistique surprend, stupéfie.

Itasca. Du latin *verITAS CAput*, la véritable tête, la vraie par opposition à toute autre fausse source du grand fleuve. La naissance d'un fleuve. Le calme avant la fureur.

Robinovich et moi garons la voiture à proximité du bureau des rangers du parc. Nous devons nous inscrire et choisir un emplacement avant la nuit. Je refuse. Je suis trop pressé de faire le tour du lac jusqu'à son exutoire, mais Robinovich, la voix de la raison, insiste.

OK. On va s'inscrire. Mais la tente attendra. Je veux trouver le fleuve. Je suis comme un gosse qui chipote les légumes, obsédé qu'il est par le dessert.

On se débrouille pour régler les formalités en vitesse et reprendre la petite route qui contourne le lac sur deux kilomètres environ vers le nord. Après quelques pas sur le sentier à travers les arbres, le voilà. Gazouillant et roucoulant tendrement, le grand fleuve n'est qu'un bébé.

Ici, le lac est une toile bleue immobile. Aussi bleue que le ciel. (*Minisota*: mot de la langue amérindienne dakota signifiant « eau peinte de la couleur bleue du ciel ».) De grands arbres le bordent et le protègent du vent. Ils montent très haut, mais ils gisent aussi à l'envers dans l'eau. Le lac est un miroir. Je vois tout en double.

Un nuage de huards rase la surface puis s'élève haut dans le ciel, décrit une courbe et disparaît. Leur cri est bruyant et sauvage.

Le soleil descend, les ombres s'allongent, tout s'enveloppe de nuances de jaune et d'or. Le long des berges, là où le lac est peu profond, les joncs prennent la couleur des blés mûrs, créant l'illusion d'une rive large d'une dizaine de mètres. On la croirait assez épaisse et solide pour marcher dessus, mais non.

Juste en aval des roseaux dorés, la rive du lac recule, se dégarnit comme la tête d'un vieillard. De grosses pierres barrent l'exutoire comme pour arrêter le flux, mais on n'arrête pas ce débordement. Le petit courant d'eau qui babille joyeux par-dessus les rochers est le début de quelque chose. Comme une boule de neige dévalant une montagne. Comme la prise de la Bastille. Comme un formidable soulèvement dont le moment est venu.

Mon Dieu ! Le fleuve pour moi le plus important au monde. Les Ojibway l'appellent *Mesipi*: le grand fleuve. D'autres tribus, le père des eaux. On a surnommé la Volga le Mississippi russe et le Murray-Darling le Mississippi d'Australie. Mais le Mississippi ne se mesure à personne. Il est le mètre étalon, la référence de la grandeur. Et ici, il n'est qu'un ruisseau. Debout sur les pierres, je me sens tout-puissant. Mes chaussures ne sont même pas mouillées. Un enfant pourrait traverser sans danger.

Large de trois mètres environ, profond de trente centimètres, suffisamment propre et clair pour être bu. Son lit est fait de galets. Il n'a rien à voir avec le monstre boueux qui roule à Saint-Louis. Difficile de lui prêter même une lointaine parenté.

Je salue le fleuve d'un geste distrait : « À demain. »

La nuit est presque tombée ; il est temps d'installer le bivouac.

Dresser la tente est un jeu d'enfant. Les toiles modernes sont si simples, celle que j'ai apportée surtout, que je pourrais la monter en cinq minutes dans le noir. D'ailleurs, j'ai été si rapide que nous avons le temps, Robinovich et moi, d'aller tranquillement faire un tour dans les bois avant la nuit.

Les reflets moirés qui s'assombrissaient sur le lac s'effacent dans le crépuscule. Le vent cède à la brise. Le soir s'assagit en un parfait moment de quiétude pour les promenades main dans la main et les pensées silencieuses.

Soudain, un martèlement. La terre tremble. On croirait entendre un poing lourd cognant très vite un sac de boxe, puis plus rien. Nous sursautons. Je regarde mais ne vois rien. Puis le martèlement reprend et, d'un bond, un cerf énorme surgit du rideau d'arbres, pile et nous scrute. Ses bois se dressent sur sa tête comme des antennes de télé. Il les baisse et nous charge droit devant ; ses sabots frappent le sol dur et gelé, créant cet effroyable bruit de tonnerre. Robinovich et moi ne bougeons pas d'un cil. Aussi menaçant soit-il, il est trop beau pour que nous le quittions des yeux. Plutôt être éventré par une antenne de télé que manquer une telle aisance athlétique.

Sa course s'élève et, à la toute dernière seconde, il bondit sur sa gauche, puis file et disparaît. Triomphant.

Le martèlement sourd de ma poitrine à présent. Je respire avec difficulté. *La Vie dans les bois*, me dis-je.

Plus tard, couché sous la tente, j'ai été assailli par la réalité et ses questions. Dans quoi je m'embarquais ? Demain, c'est un ruisseau qui m'attendait, certes. Mais dans trois jours, il se transformerait en une série de lacs dont un de plus de quinze kilomètres de large. Ensuite, j'affronterai un vrai fleuve, avec courants, vent, vagues et circulation. Des bêtes et pas de téléphone, ni issue facile.

J'ai été à deux doigts d'abandonner.

Il fait très froid à présent. J'ai enfilé mes sous-vêtements longs, le haut et le bas, et je tente de démarrer une bonne flambée pour nous réchauffer, mais il a plu récemment et le bois est détrempé. J'ai toujours entendu dire que le bouleau faisait un excellent combustible. L'écorce brûle bien, c'est vrai, mais la pulpe est gorgée d'eau. Les pommes et les aiguilles de pin, pratiques en général pour faire démarrer un feu, sont mouillées elles aussi. C'est un miracle que nous parvenions à allumer celui-ci, et encore, il suffit à peine pour cuisiner ; rien d'une flambée qui réchauffe.

Et dire qu'on pouvait acheter des lots de bûches à la maison des rangers. Elle est fermée à cette heure, et puis j'avais dit à Robinovich : « Trop facile. Si je ne suis pas fichu de trouver du bois et d'allumer un feu, ça commence mal. »

Après un dîner rapide de soupe, de fromage et de biscuits, le froid fond sur nous comme par la porte ouverte d'un congélateur ; nous nous réfugions sous la tente pour la nuit. Tout ce que nous avons laissé dehors peut attendre le lendemain matin.

Nous entamons la tequila en émettant de drôles de bruits à chaque gorgée. Elle attaque et brûle, comme il se doit.

Au milieu de la nuit, grondements et reniflements me réveillent. Impossible de les localiser. Je regarde Robinovich. Je ne la vois pas distinctement, mais son immobilité et sa respiration régulière me disent qu'elle dort profondément.

Je m'assois, aux aguets dans l'obscurité. À chaque fois que je tends l'oreille, les bruits s'évanouissent. Dès que je me rallonge, ils reviennent. Bruits de bêtes renifleuses. Bruits effrayants dans la nuit.

Bientôt, j'entends un cliquetis de boîtes et de gamelles, des lacérations de papier, de plastique et de carton. Que lui avons-nous laissé à fourrager ? Quelle sorte de bête est-ce donc, je me demande, espérant qu'elle ne pourfende pas la tente à la recherche d'autres friandises.

Plus tard, après que les bruits sont repassés de nouveau à l'arrière de la tente dont j'ai ouvert pour la énième fois le rabat, j'aperçois la bête dans la lumière blanche et veloutée de la lune montante. C'est un ours. Un petit, dressé sur ses pattes de derrière, qui s'étire contre un arbre. Je connais les ours, même ceux-là peuvent être meurtriers, mais ma peur s'évapore, laissant place à l'émerveillement.

Je donne un petit coup de coude à Robinovich, mais elle est plongée trop profondément dans le sommeil et les rêves. De toute façon, l'ours s'en va rapidement.

Excité, je me renfonce dans mon sac de couchage. Je voudrais revoir l'ourson, plus distinctement, la lune et les étoiles aussi. J'ai du mal à m'endormir, mais je dors. Au matin, j'ai hâte de partir.

Un examen rapide des lieux au lever du soleil révèle l'activité de l'animal. Gamelles, assiettes et quarts en métal ont été explorés et abandonnés. Les boîtes de soupe vides aussi ont été rejetées, trop difficile pour un ours d'y fourrer le museau. Mais il y avait une boîte de biscuits qu'il a manifestement appréciés. Le plastique a été déchiqueté, le carton éventré et traîné à la lisière de la forêt. L'ours n'avait rien d'autre à se mettre sous la patte, tant mieux. Nourrir les bêtes sauvages est aussi nuisible pour elles que de se nourrir des poubelles des humains. Je me promets de ne plus rien laisser de comestible à portée des animaux, ni aucun détritus derrière moi. Tout ce que j'emporte repartira avec moi et aucun indice déplorable ne révélera jamais à quiconque ma présence auprès du fleuve. Cette promesse, je ne l'ai rompue que deux fois.

Me voilà prêt pour ce qui va s'avérer une matinée splendide, un magnifique après-midi et, quelques semaines plus tard, la nuit la plus éprouvante de ma vie.

Le vrai départ

Nous sommes debout avant le soleil. Le fond de l'air est calme et doux, mais frais. La matinée s'annonce indécise. À son lever, toute excuse semble bonne au soleil pour aller se recoucher. Pareil pour moi ; nous avalons donc rapidement thé et soupe, démontons le camp et filons au lac.

Sans traîner, nous descendons le canoë du toit de la voiture pour le mettre à l'eau. J'attache une pagaie supplémentaire à l'une des entretoises, passe un bout à la poupe et je suis paré.

Je n'embarque rien de plus car Robinovich a accepté de rester pour la journée et de me rejoindre régulièrement sur le début du parcours. Pour s'assurer que je prends mes marques et nous rassurer l'un et l'autre.

Je l'ai enlacée et embrassée longuement, puis j'ai enfilé mon gilet de sauvetage jaune : j'étais parti.

Le lac m'invite par son immobilité. La moindre turbulence m'aurait sans doute découragé, mais l'eau est si calme et si belle, le matin si tranquille, décidé enfin à prendre des couleurs, que je m'engage facilement et pagaie tout droit vers les eaux profondes, glacées et des plus dangereuses. Soudain, je n'ai plus peur de chavirer et, sans l'appel du fleuve, je passerais la journée à pagayer sur le lac.

Mais le fleuve m'appelle. Je mets le cap au nord et glisse vers lui.

D'emblée je découvre que canoter est un art et que je vais devoir le maîtriser. Sur le lac paisible, mes zigzags ne sont pas un souci, mais il va falloir que j'apprenne à contrôler ce machin, sinon j'irai au-devant de problèmes. Et ça, il n'en est pas question.

Je me sens vite à l'aise dans la torpeur feutrée de cette nature semi-sauvage. Le lac reflète les arbres vert sombre et le ciel rayé de blanc et de bleu. Mon sillage dessine une courbe moelleuse de bulles et de tourbillons. Je fais si peu de bruit : le bruissement de la pagaie, les gouttes d'eau sur le lac quand je la passe de gauche à droite, le petit ploc à chaque fois que je la plante dans l'eau et le léger bruit de succion quand je l'en retire avant de répéter le mouvement. Tout, autour de moi, est silence et beauté jusqu'à ce qu'un vol de canards frôle la surface de l'eau, au son d'un lourd battement d'ailes et de leurs palmes sur le lac.

J'allonge mes coups de pagaie. J'avance de plus en plus vite, quasiment sans effort, avec la sensation presque de glisser sur une mer calme à bord d'un voilier. J'entends l'âme du fleuve s'élever des brumes matinales, me murmurer que je n'ai rien à craindre.

Tandis que je sculpte ma route liquide, je vois l'eau disparaître plus loin, comme si elle se déversait dans un gouffre. Je suis pris par le courant ; je pagaye toujours, bien sûr, il n'est pas si puissant. Comme aimanté, j'ai l'impression que même si j'arrêtais de ramer j'atteindrais les rochers et le fleuve.

Une mère et un père montrent le bébé-fleuve à leurs deux enfants. Ils me font signe et m'interpellent alors que je ralentis pour négocier les rochers qui barrent le cours d'eau.

« Jusqu'où vous allez ?

– La Nouvelle-Orléans. » Je me sens expert à présent, tel un vieux pro. J'essaie d'avoir l'air à mon aise et sûr de moi. Mais j'ajoute : « Enfin, j'espère. » Ils rient et me souhaitent bonne chance.

Des échanges de ce genre, j'en ai eu une centaine sur le parcours. Certains ont souhaité pouvoir m'accompagner, d'autres ont pensé que j'étais un peu à l'ouest, mais tous m'ont encouragé et personne ne m'a souhaité malheur.

Au moment de se jeter dans le golfe du Mexique, le Mississippi a près de soixante mètres de profondeur mais là, juste derrière les rochers, son lit n'est qu'à quelques centimètres de la surface. Le tirant du canoë chargé de son pagayeur de soixante-quinze kilos étant de quinze centimètres environ, l'embarcation frotte les hauts-fonds et je suis coincé. À moins de dix mètres du point de départ, je suis coincé. J'espère qu'il n'y a pas de témoin. Est-ce un présage ?

Allons ! Je plante solidement ma pagaie sur le fond caillouteux, m'appuie dessus et pousse jusqu'à ce que le canoë se libère, traînant d'abord puis flottant de nouveau. Cela se produira plusieurs fois avant que le fleuve ne me ménage quelques centimètres supplémentaires, mais ici un peu de muscle suffit. Je m'en sors.

Peu après, j'approche d'un petit pont. Allongé dans le canoë, je passe en dessous ; le bateau raclant de nouveau le fond, je dois le dégager à demi couché. Avec un peu plus de profondeur, il aurait glissé plus facilement, mais j'aurais eu la tête coupée par le pont.

Le ruisseau serpente à gauche, puis à droite. Une autre passerelle se met en travers de ma route. Impossible de passer dessous, même en m'allongeant. Solution facile : quitter le canoë, le laisser filer et le rattraper de l'autre côté. Bonne idée, mais quand j'en sors, libéré de mon poids, il remonte sur l'eau, trop haut pour passer sous le pont ; la proue heurte le tablier. J'arrive à me tenir dessus jusqu'à ce que l'avant passe de l'autre côté, puis à sauter sur la passerelle pour le pousser entièrement. Peine perdue. Le canoë se coince dans les chevrons. Je le dégage et réfléchis.

Rien à faire, le pont est trop bas. Les berges sont trop hautes pour y monter le canoë, mais je n'ai pas le choix.

À moins d'abandonner et de rentrer à la maison. C'est une possibilité à chaque difficulté rencontrée, mais je ne l'ai pas envisagée, pas sérieusement, à ce moment-là. Je devais simplement sortir du bateau, le hisser sur la berge, puis le passer de l'autre côté du pont.

Le canoë ne m'appartient pas. C'est un prêt d'une association de jeunesse à Saint-Louis, animée par un ami de Robinovich. J'espère bien ne pas l'abîmer, ni le casser ou le perforer, mais j'ai comme l'impression que ça me pend au nez. En attendant, tour à tour, je tire le fichu rafiot par l'avant, centimètre par centimètre, glissant dans la boue et me mouillant les pieds, puis je le soulève et le pousse par l'arrière, jusqu'à le remettre enfin à l'eau de l'autre côté. Sans dommage pour lui, seulement pour moi et mon dos déjà fragile.

Mais bientôt, me voilà voguant à nouveau sur les eaux étincelantes. Je suis dans un canyon d'arbres, des pins deux fois centenaires. Le cours d'eau vire à droite, vire à gauche.

Encore un pont. Cette fois, le chenal a été canalisé dans une sorte d'énorme tuyau d'égout métallique où l'eau s'engouffre pour resurgir de l'autre côté dans un rugissement digne des chutes du Niagara. Je ne passerai qu'allongé. Je m'exécute, me livrant au fleuve. Je retiens ma respiration et me lance. Prenant de la vitesse, je suis propulsé de l'autre côté du tunnel avec l'impression d'avoir passé des rapides ou fait un grand huit à Disneyland.

Je reste quelques minutes sur le large bassin silencieux de l'autre côté du tunnel. L'eau se rue sur moi puissamment, bruyamment. Mais le fleuve s'élargit et s'assagit de nouveau très vite, de nouveau lent et transparent. J'avance.

Un barrage de castors bloque le passage. Les castors vont me causer de nombreux soucis avant la fin de la journée, le pire n'étant pas ce premier barrage. Il barre l'aval; un tronc d'arbre a été placé en travers de la moitié du lit pour en compliquer le contournement. Je me demande s'il sert vraiment à quelque chose, si les castors y vivent pour de vrai, ou si ce ne sont que de gros malins qui s'amusent à ralentir les gens en petit bateau. Pour être ralenti, je suis ralenti. N'étant pas encore très rodé, j'ai du mal à mettre le canoë en travers au bon moment. Plus d'une fois, je me retrouve en sens inverse. Je heurte une branche. Je suis pris dans un enchevêtrement de branchages. Me voilà coincé.

Le fleuve à cet endroit est si aimable. Un héron décolle de nulle part. Il crie: suis-moi. J'obéis. Il dérive vers l'aval, se cache, reparaît, se cache de nouveau. Il joue avec moi. Des aigles s'élèvent dans le ciel au-dessus de ma tête, moqueurs sans doute. Des bestioles détalent dans les fourrés des berges sans se laisser apercevoir. L'air est frais et mordant, mais ensoleillé, et je pagaie assez pour me réchauffer. Plus loin, des petits poissons dont je perturbe le cours scintillent en filant se mettre à couvert. J'ai le sentiment alors d'une continuité, que les poissons m'accompagneront jusqu'au bout, à la différence des autres espèces, et que je me sentirai moins seul. Dans les eaux plus profondes où de plus gros spécimens paressent à l'ombre, j'en suis convaincu. Mais je me trompe. Au pont routier, de ce côté-ci du marais, le lit se creuse considérablement, un banc de poissons l'habite, mais ce sont les derniers que je vois. Les hauts-fonds reviennent très vite et ils disparaissent.

Je suis complètement seul. C'est le désert.

Désormais, le fleuve serpente vraiment. Ses courbes faciles se font zigzags et je dois couvrir de longs kilomètres pour une distance si courte à vol d'oiseau. Les arbres se sont éloignés, mais m'entourent toujours ; je navigue sur une rizière. De longues herbes d'un jaune pâle intense – la couleur des blés mûrs – m'environnent et le fleuve n'en finit pas de se ramifier. Je ne sais pas quel bras choisir.

Conseil d'un ancien à Wallace, dans l'Idaho : si la route fait une fourche, prends toujours celle de droite.

La gauche me paraît aussi bien. La droite pourrait être un leurre. Peut-être convergent-elles au même endroit. Peut-être que celle-là est plus courte. Si seulement j'avais un hélicoptère. Ou si j'étais en bateau à moteur, je n'aurais qu'à labourer un passage dans la rizière. Ou si seulement j'avais une perche plutôt qu'une pagaie.

Le soleil est dans mon dos à bâbord, haut dans le ciel. Je suis dans les temps, et le bras à tribord me semble le plus orienté au nord. Je m'y engage.

Des canards cancanent autour de moi, brisant le silence. Un faucon plane au-dessus de ma tête. Des coups de fusil résonnent au loin, des chasseurs de chevreuils. À part ça, je suis totalement seul ; la journée est si paisible et sereine que je peux entendre le souffle du vent dans les herbes hautes. J'ai envie de chanter. Même si je me trompe de chemin et que je doive parcourir le double de distance, je m'en sors bien. La météo est bonne, j'ai des barres de céréales Nature Valley à grignoter et une gourde remplie de bonne eau de source. Tant que je ne me perds pas dans ce labyrinthe, ça va.

Ces cinq kilomètres – estimation du garde forestier, sont interminables. Plus tard, j'avalerai cette distance en un clin d'œil. En attendant, ceux d'aujourd'hui sont si longs que le temps d'arriver à Wanagan Landing pour déjeuner, j'envisage d'y rester pour la nuit.

J'ai déjà les jambes raides, les mains douloureuses et le dos courbaturé. Je tire le canoë et m'allonge dans l'herbe. Je bois à ma gourde.

Peu après, Robinovich arrive. Elle s'est baladée dans le coin, parcourant une cinquantaine de kilomètres en voiture dans le temps qu'il m'a fallu pour en faire cinq. Elle rit de me voir aussi épuisé.

Nous faisons un petit feu et déjeunons simplement. Je me réchauffe. Robinovich ouvre les cadeaux qu'ont envoyés les amis. Mélanges énergétiques, cacahuètes, noix de cajou, biscuits et une montagne de barres de céréales que je n'aimais pas auparavant, mais qui à la fin du voyage seront devenus un de mes en-cas préférés.

Avant, je m'étonnais que les coureurs cyclistes s'entourent de voitures remplies de bicyclettes, nourriture et boissons. Je pensais qu'un coureur devait faire son boulot en solo et, en cas de panne, abandonner tout simplement. J'observe Robinovich, mon équipe logistique, qui prépare le repas, m'encourage, me soutient par sa présence, pour que la honte m'empêche d'abandonner, et je comprends.

Je suis prêt à repartir; nous nous donnons rendez-vous vingt kilomètres plus loin, à un camping appelé «Coffee Pot». La direction des parcs et loisirs du Minnesota a installé dans la nature, le long des premiers cent kilomètres du fleuve, une série de débarcadères et de campings. Ils sont impeccables et très beaux. Certains sont équipés de foyers, de latrines et de pompes à eau, d'autres de tables à pique-nique. D'autres, encore, sont rudimentaires. Mais tous se fondent parfaitement dans la verdure sans trop se faire remarquer.

Cinq kilomètres m'avaient pris une éternité. Vingt de plus auraient dû prendre quatre fois plus de temps. Pas du tout ! Les vingt kilomètres suivants ont été encore plus longs. Comment était-ce possible ? J'étais reposé. Le soleil encore haut. Je venais de manger. Et le fleuve se redressait. En outre, chaque coup de pagaie me rendait plus expert. Comment ai-je pu ne pas couvrir ces vingt kilomètres à toute allure ?

Je me sens très bien. Le fleuve se creuse et les rizières n'occupent plus qu'une rive. L'autre est boisée pour le moment.

Trop vite, marais et méandres sont de retour, mais pour une courte durée. L'allure n'est toujours pas vive. Bientôt le soleil descend derrière les pins. Lui parti, arrive le froid. Et à présent, je m'enfonce dans les bois où l'air est naturellement plus frais. J'enfile mes gants et un sweat-shirt à capuche. Robinovich a ma veste chaude. J'ai pensé qu'elle en aurait plus besoin que moi. Après tout, pagayer m'a tenu chaud jusqu'ici. Au soleil.

J'approche d'un barrage en bois qui risque de me faire sortir du canoë. Mais je me sens bien armé. Je peux le franchir. En effet, mais le passage est difficile et je suis mouillé. L'humidité me refroidit davantage. Les barrages de castors me prennent du temps. Le temps me prend de la lumière. Un autre obstacle se dresse ; je suis forcé de quitter le canoë et de le porter de l'autre côté. Encore du temps perdu. Encore des efforts. Encore plus de froidure qui descend vite dans la vallée. Qui a eu cette idée, déjà ?

Des rapides. Ils sont bruyants et abrupts, les pierres sont des rochers et j'ai peur. J'ai peut-être la technique, mais pas tant que ça. Je n'ai pas le choix. Je dois les franchir et je les franchis. À ces premiers rapides succède une longue série, en raison peut-être des basses eaux à l'automne, et de rocher en rocher, je gagne en confiance. À chaque franchissement, je hurle de triomphe et d'allégresse. Mais chaque fois je suis un peu plus trempé. Et à mesure que le soir tombe, chaque passage devient plus difficile à négocier à cause de l'obscurité.

Une fois, le courant m'envoie valser contre un rocher, je manque d'être éjecté de mon siège. Le rocher me renvoie de travers et me voilà en train de descendre le fleuve de dos. Je n'arrive pas à faire demi-tour. Le chenal se rétrécit et le canoë ne passe plus. Je suis coincé.

Une autre fois, je suis projeté vers la rive. Des branches basses me coincent contre la berge, m'empêchant de faire demi-tour. Le courant est trop fort. Je dois m'extirper et tourner le canoë à la main. Mes chaussures se remplissent d'eau, j'ai les pieds gelés, mes gants sont mouillés.

Pour les sécher, je les étale sur les entretoises. Les rapides suivants soulèvent l'avant du canoë. Je dois à mon sens de l'équilibre (pas à ma technique) de ne pas tomber dans l'eau glacée.

Je vérifie. Mes gants ont disparu.

Le fleuve est devenu un adversaire. J'aperçois des chevreuils en train de mâcher des feuilles sur le rivage. Il ne leur viendrait pas à l'idée de faire ce que je fais et ils se savent à l'abri de moi. Voudrais-je les atteindre que je ne saurais comment faire. Sous leur regard, je me sens bête.

Ça y est, le soir tombe, puis la nuit. Je suis glacé jusqu'aux os et mes extrémités sont engourdies. J'ai peur d'avoir des engelures. J'ai peur de m'être perdu. J'ai peur de ne pas retrouver Robinovich dans le noir. Je ne sais pas si j'ai fait assez de chemin, ni combien il m'en reste. J'ai la frousse. Alors je chante. J'ai peur de rencontrer encore des rapides, de tomber à l'eau, de mourir de froid.

Ce bruit d'eau bouillonnante, le bruit des rapides, me terrifie chaque fois que je l'entends. Le fleuve recommence à serpenter et les rives sont masquées loin derrière les marais qui ont ressurgi. Je ne peux pas quitter le fleuve parce que je ne peux pas sortir du canoë. Je ne sais pas si je vais rencontrer la terre ferme ou m'enfoncer jusqu'à la taille. Je suis forcé de continuer.

Les rapides font le même bruit que l'eau cascadant des énormes barrages de castors qui ralentissent ma progression. Je déteste les barrages, mais je crains encore plus les rapides. Les barrages, je peux les contourner, si je les vois. Ceux qui barrent complètement le fleuve, je peux les franchir tant bien que mal. Ceux qui sont trop larges, je peux m'en approcher, mettre le pied dessus et faire glisser le canoë. J'espère que les castors ne mordent pas.

Enfin, la lune se lève et projette sa lumière. Je respire mieux. J'y vois un peu. Mais il fait toujours très sombre, je dois surtout tendre l'oreille. Écouter, sentir : d'autres sens prennent le relais quand on n'y voit plus et en cet instant (malgré la lumière de la lune) mes yeux me sont inutiles. Je m'en remets à un sens que j'ignorais posséder ; d'une certaine façon, il me maintient à flot, droit devant et en équilibre, à l'écart des marais et du danger. Je continue d'avancer, en chantant.

Je me demande combien de temps va s'écouler avant que les secours se mettent en route. Loin dans le ciel noir, une fusée éclairante tire un arc lumineux et retombe. Quelqu'un, j'en suis sûr, est à ma recherche. Bientôt, un hélicoptère vrombissant me survolera et projettera un phare puissant sur le fleuve. Une voix dans un mégaphone me demandera si tout va bien et éclairera ma route. J'en suis convaincu.

Mais non. Je suis toujours tout seul et pitoyable. Je ne sens plus mes orteils et mes doigts sont gonflés. Ils sont serrés autour de la pagaie, impossible de les déplier. Engelure.

Loin devant, sur une colline, une lumière. Je mets le cap dessus en me disant qu'après m'être rapproché, je finirai à pied. Il y en a bien pour deux kilomètres, mais au moins je sais qu'il y a une maison. Je pourrai appeler de là-bas ou me faire conduire à Coffee Pot. Mais des chiens aboient sur les pentes. Je continue.

Barrages de castors. À chaque fois que je sors du canoë pour les franchir, je me trempe les pieds. Je suis frigorifié. Dans ma poche j'ai une boîte d'allumettes étanches. Si je trouvais un endroit où débarquer, je pourrais au moins allumer un feu, me sécher et me réchauffer un peu.

Sur une butte, non loin du fleuve, une cabane. Vieille et branlante, mais en bois. Je pourrais brûler cette bicoque si besoin est, la réduire en cendres pour m'y réchauffer, et oui j'en ai besoin. Ma vie, ou celle de la cahute.

Mais je sens de la fumée. Quelqu'un a fait du feu. Des chasseurs peut-être, ou Robinovich. Je continue.

Erreur fatale. Il n'y a ni feu, ni chasseurs, ni Robinovich. Mon moral s'effondre. Je chante pour ne pas le perdre complètement. Entre deux chansons, j'appelle Robinovich. Pas de réponse. Juste l'écho de ma propre voix qui sonne creux contre les parois de la nuit.

Je pourrais abandonner, sortir du canoë là tout de suite, et simplement mourir. Ce serait plus facile.

Je rassemble tout ce qu'il me reste d'énergie et je persévère. Je ne verrai pas mieux désormais et je n'ai pas besoin d'aller plus vite, au risque de m'écraser contre quelque chose ou de me perdre dans les herbes. Je navigue avec précaution.

Et là, je vois la lumière d'un feu. Je sens de la fumée. Je vois les phares d'une voiture. Je hurle à tue-tête, mais aucun son ne me répond. Est-ce encore loin ?

Enfin, j'y suis. Coffee Pot. Le feu, une grosse flambée fumeuse, est le nôtre. C'est Robinovich qui l'a fait. Mais elle est partie, le temps que je sorte du fleuve, partie à ma recherche. Ne sachant ni où ni comment me trouver, elle revient vite. Les phares de voiture étaient les siens.

À son retour, je suis à côté du feu, à essayer de me réchauffer. Elle sort de sa voiture et descend la colline en courant pour se jeter dans mes bras. Nous nous serrons l'un contre l'autre, mais ça ne me réchauffe pas assez. Je retourne près du feu où je troque mes habits trempés pour des vêtements secs.

Je plante la tente. J'ouvre des conserves. Robinovich prépare le dîner. Porc et haricots en boîte, mélangés à des morceaux de saucisse polonaise. Un peu de sucre par-dessus et des tranches de pain. Tasses de thé et rasades de tequila.

C'est divin. Je gémis de joie et de satisfaction. J'engouffre des cuillerées de haricots et de saucisse. C'est brûlant et délicieux, épais et collant. J'en mets partout. Les haricots coulent sur mon menton et s'accrochent à ma barbe. Ce n'est pas propre, mais si bon. Je suis insatiable. J'avale de plus en plus vite jusqu'à ce que mes jambes tremblent, puis tout mon corps, et qu'enfin je tombe, épuisé et repu, sur les genoux. La respiration lourde, je gémis de douleur et de plaisir à la fois. C'est le repas le plus passionné que j'aie jamais fait.

Jusque-là mon meilleur repas avait été un lapin à l'antillaise, dégusté un soir à Montréal, dans un restaurant dont le propriétaire cubain, me prenant pour un Haïtien, m'avait servi la spécialité. À la première bouchée, mes yeux avaient flambé telles des fusées, comme ils l'ont fait ce soir. J'avais cru à l'époque qu'aucun plat ne me comblerait plus ainsi de sa saveur, mais il a été surpassé par un haricot-saucisse, en pleine nature, dans le Minnesota. Jamais je n'avais été aussi heureux d'être en vie.

Seul

La nuit, mon esprit me crie ce qui le jour n'avait été qu'un soupçon larvé. *Qu'est-ce que je fais dans cette galère ?*

Je suis un citadin, affable et civilisé. Je me sers toujours de la bonne fourchette. Je pose ma serviette sur mes genoux. Et comme un bon petit garçon qui obéit à sa maman, je mâche cinquante-six fois avant d'avaler. Mon idée du voyage et du bon temps, c'est de jouer aux dés à Las Vegas ou à la roulette au casino de Monte-Carlo, de pêcher le marlin au large de Bimini, de faire de la plongée sous-marine parmi les coraux des Caraïbes, de randonner dans les Alpes suisses et de skier en Autriche, de faire bombance à Paris et de parcourir l'Écosse à bicyclette. Je me vois boire du champagne en smoking, pas me bâfrer de haricot-saucisse dans les mêmes fringues puantes pendant des semaines.

Et je ne connais rien au canoë. Ça crève les yeux à présent. J'avais dû en faire cinq fois auparavant. Sur la Black River deux ou trois fois, un cours d'eau facile, mais j'avais quand même réussi à chavirer. Une fois en canotant tranquillement sur la Tamise sous un soleil estival, non loin de Londres. Une autre fois sur un lac, en dérivant paresseusement une canne à pêche à la main, sans même avoir à m'inquiéter de la moindre touche, seulement des algues, des marais et des nénuphars qui m'obligeaient à faire des efforts. Et encore une fois sur une petite rivière indolente dans le nord de la Suède. Pas vraiment ce qu'on appellerait un entraînement pour les eaux éprouvantes du Mississippi.

Je n'ai pas plus d'expérience du camping. Je ne suis pas un homme des bois. Vider les poissons, ce n'est pas mon truc. Je n'aime pas les serpents, je hais les moustiques, et les créatures qui grognent la nuit me terrifient.

Pourtant…

Je suis hanté par le fantôme d'Ernest Hemingway. Tous les écrivains – américains, de sexe masculin – le sont probablement. À cause de son style, sûrement, de sa vie intrépide surtout : chasseur de grands fauves, pêcheur en haute mer, gros buveur. Il aimait l'humanité et les femmes et se payer du bon temps et les voyages exotiques. Flirter avec la mort.

Mais le monde était différent alors. Un coup de poing sur le nez vous valait un uppercut en retour, une poussée de sueur et d'adrénaline, pas un procès. Prendre l'avion était une aventure. Partir, n'importe où, était aussi excitant que rester. Le ski n'était pas un must, ni le dernier cri de l'élégance, plutôt une galère à la descente et une bavante à la remontée, une exaltation, une tribulation dépaysante. Les récits avaient du peps à l'époque parce que toutes vos connaissances n'étaient pas déjà allées en Europe. Vivre était une épopée. Et Paris était vraiment Paris.

Ce monde-là n'avait rien à voir.

Aujourd'hui, la vie est un événement médiatique. Bien mis en valeur, bien balisés, les sentiers sont éculés et tous les endroits à voir, tout ce qu'il y a à faire, sont signalés. Tout le monde, sans exception, a son billet pour le spectacle.

Serions-nous devenus cela, de simples spectateurs au zoo ? Avec la vie, la vraie, mise en cage, hors de notre portée ?

Bigre, j'espère que je ne suis pas dans cette galère par nostalgie du bon vieux temps.

Quel bon vieux temps ? Dans vingt ans, ce seront ces années-ci.

Et pas parce que je voulais être Ernest Hemingway.

Je veux être Eddy Harris. Je veux vivre mes propres aventures, mes épreuves et mes triomphes – mes échecs, même.

Je regarde le Mississippi et j'y vois le symbole de l'Amérique, la colonne vertébrale d'une nation, un symbole de force, de liberté et de fierté, de mobilité, d'histoire et d'imagination. Le fleuve est aussi un symbole de notre époque, car il mène une bataille perdue contre le Corps des ingénieurs de l'armée américaine qui refuse de lui laisser libre cours. Le Corps du génie combat le fleuve avec son intelligence brutale et sa technologie pour l'assujettir et le conformer aux besoins de la société, afin de sauver les habitations qui sinon seraient submergées, le rendre navigable et le dépouiller de son pouvoir, de sa volonté et de sa dignité. Personne ne lui a demandé son avis. Le fleuve, qui aspire à la liberté, enrage de l'obtenir.

Hélas ! Le temps nous manque – au fleuve, à moi, à nous tous. Le monde se referme sur nous.

Informatisé, mécanisé, numéroté, formalisé et, pire encore, standardisé. Lois qui nous ficellent à l'intérieur et nous isolent de l'extérieur, qui nous réduisent et nous uniformisent. Chaînes d'hôtels et de fast-food standardisent le voyage et la nourriture. Dallas ou Denver, Tacoma ou Tallahassee, du pareil au même. Voyager, c'est désormais retrouver un chez-soi loin de chez soi. Ni surprises, ni désastres à table, ni déconvenues, ni excitation. Juste un pouls régulier et des regards vides.

De quoi écumer de rage, non ?

Prendre des risques. N'est-ce pas le sel de la vie ? Parfois on gagne, parfois on perd. Sans le risque de la défaite, où est le triomphe ? Sans la mort qui rôde, que vaut la vie ?

Voilà pourquoi je m'étais lancé dans cette folie. Si j'avais été un as du canoë, de la pêche, du tir à l'arc et au fusil, un Daniel Boone coutumier des longues semaines passées dans les bois, dans les mêmes habits ; si j'avais adoré vider les lapins et dormir dehors sous la pluie, descendre le grand fleuve n'aurait été qu'une formalité. Excitant, mais à peine plus que la routine. La moitié d'une aventure.

Ce voyage, en revanche, était une véritable aventure. Vu tout ce que j'avais enduré, rien que pour arriver là, au lac Itasca, pas étonnant que je dise à Robinovich : « Je n'ai plus vraiment besoin de continuer. L'exploit, c'était déjà de trouver un canoë. » (Et de quitter le lac à la pagaie, bien sûr.)

D'un côté, ce n'était pas faux. J'avais mis tant d'énergie et de cœur dans la préparation de cette expédition, qu'une fois les choses calées, j'avais eu le sentiment d'avoir déjà réussi. Inutile d'aller plus loin. Un peu comme un séducteur qui, une fois arrivé à ses fins, passe à autre chose. Le frisson est dans la traque.

J'avais décidé de me lancer dans cette affaire le 18 août, et d'être parti le 1er octobre. Je pensais qu'un mois et demi me laisserait largement le temps de me préparer. L'échéance passée, j'étais à peine équipé, et surtout, je n'avais toujours pas de canoë.

Un canoë, c'est très personnel ; comme les brosses à dents, ça ne se prête pas. J'ai cru que j'allais devoir m'en acheter un. Mais je n'avais pas un sou. Ni pour un canoë, ni pour des vêtements chauds, ni pour un téléobjectif et des pellicules. Des lampes-tempêtes et un sac de couchage, un gilet de sauvetage, des couteaux, des hachettes, du matériel de cuisine et tout un attirail que je jugeais indispensable si je voulais faire les choses bien : en sécurité et aussi confortablement que possible.

L'évidence s'est vite imposée que si je devais partir, ce ne serait pas sur mon trente-et-un. J'ai réduit ma liste jusqu'à l'os, au strict minimum, que j'ai emprunté pour l'essentiel. Je me suis débrouillé pour acheter une arme de poing, pour le petit gibier – lapins et écureuils au menu de mes repas de trappeur, et pour ma sécurité, comme on le verra. Mais rien pour la frime, ni pour le super confort.

Juste avant qu'il ne soit trop tard, un ami de Robinovich m'a dégoté un canoë. Je partirai donc, mais pas en grand équipage.

À ce moment-là, malgré la saison très avancée et l'approche de l'hiver, malgré la peur qui montait maintenant que le rêve devenait aussi réel qu'une opération de chirurgie, malgré le stress, la fatigue et le manque d'énergie, je devais partir.

Ce voyage sur le fleuve serait différent. Il s'ancrerait si profondément en moi qu'il s'agrégerait à mon âme, mais avec une vie propre qui le ferait revenir de lui-même, si intimement lié à moi qu'il me pénétrerait la moelle et modifierait ma façon de penser, de sentir et de marcher, me laissant bien plus que des souvenirs et des sourires, car il m'aurait changé en profondeur, de façon indélébile. À la manière d'un amour qui défie toute explication, profond, passionné et encore émouvant longtemps après que l'objet de cet amour s'est évanoui. Au fond du cœur, il vit encore.

C'est ce que le Mississippi m'offrait, la promesse, si j'osais, qu'il resterait en moi pour toujours. Peu importe si je finissais ou non, si je faisais quarante kilomètres, ou quarante mille, si je tenais six jours ou six semaines. Seuls comptaient le désir et la volonté. (Je l'ai appris en chemin.) Un mariage. On y entre, si on est sincère, avec la ferme volonté de le vivre jusqu'au bout, *jusqu'à ce que la mort nous sépare.* On entend résister aux orages et aux nuits froides, jouir du soleil et de la chaleur et engranger un maximum de souvenirs pour les vieux jours. Mais parfois, aussi obstinés et persévérants que nous soyons, aussi combatifs et acharnés, ça ne marche pas. On est obligé d'en sortir. Triste et douloureux. Longtemps après sa fin cependant, il fait encore partie de nous.

Une aventure, un défi, sans smoking, sans cravate et sans uniforme. Sans civilité, ni règles. Rien que l'essentiel : travailler dur, les mains dans le cambouis. Pas besoin de diplôme. Ni d'expérience. Juste du bon sens et du cran. C'est à la portée de tout le monde. *Tu t'y colles et tu vois si tu y arrives, jusqu'où tu es capable d'aller.* Voilà ce que le fleuve m'a dit ce soir-là, me mettant au défi de réussir, tout comme mon père m'appâtait quand j'étais petit, me mettant au défi de tenter quelque chose de nouveau, me poussant à être fort et courageux, me préparant à la vie. J'ai accepté ses défis ; j'ai accepté ceux du fleuve.

Mais j'avais toujours la peur au ventre.

J'ai allumé le feu tôt le matin et j'ai laissé Robinovich se reposer. J'avais dormi comme un mort et m'étais réveillé dans le même état. Raide et courbaturé de partout, mon corps n'aimait pas la façon dont je le traitais. Mes membres se rebellaient. Ils opposaient violemment résistance et protestations à tout ce que je leur demandais. Mes mains étaient douloureuses et mes doigts refusaient de plier. La veille encore, j'avais celles d'un violoniste de concert ; ce matin, celles, gonflées et endolories, d'un boxeur professionnel. Et ça n'irait qu'en empirant.

J'ai empilé un tas de bois sur le feu, sans parvenir à me réchauffer. L'humidité me glaçait jusqu'aux os.

Réveillée par l'odeur de la fumée, Robinovich a fini par s'extirper de la tente. Nous avons mangé, puis tiré sur des boîtes vides avec mon revolver. Je voulais vérifier si mes mains savaient encore viser et mes doigts appuyer sur la détente. En effet. (Je voulais aussi prouver à Robinovich que je savais ce que je faisais ; pour preuve, je lui ai montré que je ne mets que quatre balles dans le barillet, par sécurité. Le percuteur repose sur une chambre vide au cas où je laisserais tomber mon arme, et la suivante reste vide aussi au cas où j'armerais le chien par inadvertance et presserais la détente. Je veux absolument éviter les accidents.)

Il était temps d'y aller. Le fleuve, malheureusement, n'avait pas bougé. Il m'attendait, me saluant de ses gargouillis et gloussements taquins. Je me suis immobilisé pour l'écouter et l'observer longuement.

Le temps que Robinovich me quitte pour de bon, j'avais eu un aperçu de ce que ce voyage me réservait, même si à l'époque je n'aurais pu en aucune façon le formuler si on me l'avait demandé. Ce serait comme expliquer pourquoi on aime. Sans raison ; pour cent et une raisons. On aime, c'est tout.

Mes pensées, bizarrement, m'ont ramené à Disneyland.

Cette virée sur le fleuve n'est pas très différente d'une virée à Disneyland. Des spectacles à couper le souffle, des panoramas, de l'excitation, de la magie, du plaisir. Et même le meilleur que le parc ait à offrir : sa faculté de nous défaire de nous-mêmes et de nos soucis. La différence, toutefois, est que même si le poil se dresse et le sang circule trois fois plus vite aux frissons de Disneyland, on sait qu'on n'est jamais vraiment en danger. À la fin de la journée, on charge la voiture et on retourne à la réalité ; aux soucis, aux infortunes et aux distractions qui, couche après couche, déposent un vernis qui nous isole de la douceur – ou du dégoût – de notre intimité tiède et moelleuse.

On ne voit pas les dents d'une scie circulaire. En s'occupant ou en se distrayant suffisamment, on ne se risque jamais sur ce dangereux territoire de l'ennui, du déplaisir et de la peur. Trop de diversions empêchent parfois de mesurer à quel point on est heureux ou malheureux, drôle ou barbant, ce qu'on désire vraiment, ce qu'il nous faut ou ce dont on manque.

Chaque jour sur le fleuve, je me défais un peu plus de mon enveloppe extérieure jusqu'à me découvrir radicalement seul face à moi-même, à ma colère, à mon agressivité, à ma peur souvent, rien d'un surhomme. Un homme, tout simplement, sans pouvoirs spéciaux.

Les vacances, c'est superficiel. Un pèlerinage, c'est intérieur. L'aventure combine les deux.

À partir de Coffee Pot, le Mississippi change d'une minute à l'autre. Ici fringant, là indolent. Il y a des rapides et des rochers. Puis le fleuve se fait à nouveau ruisseau, surplombé par des branches aux doigts noueux qui accrochent et agrippent le canoéiste. Les eaux sont basses, le canoë racle le fond. Pagayer réclame de l'énergie et de la dextérité ; et ce qui manque, il faut l'apprendre.

Mais toujours, le fleuve regorge de beauté et de charme juvénile. Il serpente capricieux au pied d'appontements qui évoquent des images d'un lointain passé : Stumphges Rapids, Bear Den, Pine Pont, Pine Lake. Des pins s'élèvent en effet sur les berges comme deux rangées de sentinelles. Des chevreuils fourragent près du bord. Des renards gambadent le long de la rive. D'autres animaux, je le sens, m'observent – des loutres, des blaireaux, des loups, mais ces créatures prudentes m'épient sans se montrer. Je sais qu'elles sont là. J'entends leur plongeon pour m'éviter et, à terre, le froissement des feuilles qui suit ma progression.

Des sauvagines décollent sans cesse devant moi, vers l'aval, et des chants d'oiseaux invisibles décorent l'air immobile de leurs ornements sonores.

En l'absence de rapides à combattre, de branches basses à éviter ou d'obstacles à négocier, le temps glisse, le cours de l'eau et son atmosphère m'apaisent. Tout est si calme. Si beau. Mais le fleuve peut vite changer d'humeur, aussi fantasque qu'un gamin, aussi matois qu'un vieux renard. Sans que tu saches jamais pourquoi. Que cherche-t-il à te dire, le vieil homme mystère ? À t'enseigner ?

Et voici Rice Lake.

Comme son nom l'indique, le lac Rice abrite les plants de riz sauvage que les Amérindiens récoltent depuis mille ans peut-être. Ici, au premier d'une série de lacs qu'il effleure, ou bien rejoint puis quitte, le fleuve crie son histoire.

Canoës en écorce de bouleau manœuvrés en silence par des Amérindiens de chair et d'acier, des hommes qui connaissaient ce territoire et l'aimaient comme j'apprends à le faire. Oza Windib, le guide de l'expédition d'Henry Schoolcraft à Itasca en 1832, était l'un d'eux. Cent ans plus tôt, René-Robert Cavelier de La Salle avait atteint l'embouchure du Mississippi, mais Schoolcraft et ses hommes voulaient remonter à sa véritable source, le lac La Biche, comme on appelait Itasca à l'époque. Assis dans mon canoë, je me demande où je serais si, au lieu de descendre vers le sud à partir de l'Illinois, les explorateurs avaient commencé leur voyage au golfe et pris à gauche à Saint-Louis, pour aller vers l'ouest sur le Missouri. Celui-ci serait alors devenu le bras principal du Mississippi et je me trouverais quelque part dans le Montana avec six mille cinq cents kilomètres à descendre ! *Veinard que je suis !*

Le Missouri est plus vif que cette flaque. Tout d'un coup, le fleuve s'est jeté dans un vaste marécage encore plus déroutant et apathique que les marais sinueux traversés au départ. À la sortie de Rice Lake, il avait desserré ses méandres, mais le voilà qui zigzague de nouveau d'une l'allure lente et soporifique.

Du débarcadère d'Iron Bridge jusqu'au lac Irving, puis au lac Bemidji, le fleuve change encore de visage, serpentant sous une canopée touffue de pins à la fragrance sucrée, puis il se redresse enfin, à mesure qu'il laisse sa jeunesse sauvage derrière lui. Fermes et champs, maisons et cabanons, davantage de ponts et de voitures. Des gens, des campings, la civilisation.

Le vent s'est levé en rafales froides qui découpent une petite mer de crêtes blanches à la surface du lac. Le *Kon-Tiki* à l'assaut du Pacifique aurait eu la partie plus facile que moi si je m'étais aventuré sur le lac Bemidji, mais l'idée ne m'a même pas effleuré. Plus tard, j'aurai le courage de ces folies, mais pas maintenant. Je n'étais pas assez confiant pour être aussi imprudent et téméraire ; et en plus, j'avais peur.

J'échoue le canoë et je trépigne de rage, pas tant d'être forcé d'arrêter, que d'avoir aussi peur. Personne n'aimerait être aussi terrifié que je l'ai été jusqu'ici ; je me demande si l'homme que j'entrevois est un lâche. Je hurle ma frustration à la cantonade : *Dieu tout-puissant, lâche-moi un peu !*

Une journée sans pépins, sans calamités, ni appréhension, c'est trop demander ? Ça va être à l'avenant tout du long ? Parce que si c'est ça, je laisse tomber, je rentre à la maison, plié, ter-mi-né. C'est censé être une aventure, d'accord, mais sympa. Je n'aime pas cette peur qui me ronge et me souffle d'abandonner. Je n'aime pas du tout la peur. Elle paralyse et refroidit les ardeurs, elle limite mes faits et gestes par quantité de dois-pas, peux-pas, devrais-pas. Et il est hors de question de voir dans la glace le reflet d'un lâche qui me sourit. Rien que cette idée me dégoûte ; heureusement, le lac est trop agité pour me renvoyer quelque reflet que ce soit.

Et puis, le dieu du fleuve – ou le fleuve-dieu, me répond. Une voix intérieure m'apaise. Je me calme.

Sois patient avec moi. La route est encore longue et je sais ce que je fais. À la fin, tu seras content de m'avoir donné ma chance.

Soudain, le trouble disparaît. L'atmosphère autour de moi est paisible. Le vent n'est pas tombé et le lac n'a pas lissé ses vagues, mais il fait calme malgré tout. Je suis calme.

Le jour est gris et le ciel habité de nuages couleur fumée. Ils s'ébrouent là-haut comme du bétail parqué, inquiet et en colère. Quand ils poussent ensemble du même côté, la lumière apparaît et découpe un pan de ciel bleu. Des rayons de soleil argentés tombent du ciel et frappent le lac, égayant son gris de mauvais augure.

Tout d'un coup, je comprends que je ne fais pas le poids face au fleuve, ni à la nature. En aucune façon. Quelles que soient la colère, l'agressivité, la méchanceté ou la malveillance qui ont pu bouillir au fond de mon âme, au point de me croire à la hauteur, elles m'ont quitté. La nature est un super poids lourd, et moi rien qu'un poids mouche. N'imagine même pas une demi-seconde de pouvoir entrer en compétition avec la nature. Le vent, l'eau et la terre sont invincibles. Voilà ce que me dit le fleuve.

Pourquoi cette révélation m'apaise, je ne sais pas. Comprendre que je ne suis ni grand, ni brave, ni fort, ni beau, que je ne suis pas un monsieur je-sais-tout ni un touche-à-tout devrait m'inciter à fuir. Au contraire. Je suis éperonné.

J'ai les yeux dessillés maintenant. Je vois. Savoir que je ne peux absolument pas gagner produit un drôle d'effet. Moi, le fauteur de troubles, la tête brûlée, soudain je veux me soumettre à une puissance supérieure, laisser le fleuve me conduire et m'emmener là où je dois aller, je veux obéir et accepter sa volonté comme la mienne. À me battre contre lui j'épuiserai mes forces. Alors je serai vraiment impuissant et perdu. Mais me soumettre, c'est chevaucher le vent comme une feuille, me détendre et faire partie du fleuve, de la vie qui m'environne. Ainsi je serai serein.

Pourtant, je sais aussi que je n'échouerai pas. Je sais que je suis fort. J'embrasse du regard l'océan d'eau qui me fait face, profond, gris et froid. Ma détermination grandit. Aussi profonde, aussi froide, et du même acier gris. Tous les éléments autour de moi manifestent la splendeur et la force de la nature ; je les respecte et je les apprécie. Mais je ne les crains plus. Je peux m'en forger un bouclier contre la peur et contre la paralysie. À présent, je peux continuer.

« Peut-être que tu craqueras et devras t'arrêter, mais tu n'abandonneras pas. Jamais. »

Au début, je suis sûr d'entendre la voix du fleuve. Mais en écoutant, je sais que les mots sortent forts et clairs de mes propres lèvres.

Première rencontre

Je cherchais un magasin d'alcools. Je voulais me trouver une bouteille de cognac à téter de temps à autre pour me réchauffer les os. Il me restait de la tequila, bien sûr, mais c'est du brutal. Le cognac paraît plus doux.

Bemidji, la ville, a l'air d'en être deux, même s'il n'y en a qu'une, coupée à l'endroit où le fleuve quitte le lac Irving pour se jeter dans le lac Bemidji. Les deux lacs sont proches et en cas de forte crue, ils formeraient sans doute une pièce d'eau un peu plus vaste, avalant l'étroite bande urbaine qui sagement n'existe pas. À la place, une partie de la ville borde la rive ouest du lac et une autre plus petite s'étire au sud. Je ne savais pas dans laquelle chercher.

En marchant, songeant au vent, aux vagues et aux trois mille kilomètres qui me restaient, je me suis rendu compte que je n'arrivais pas à me concentrer sur ma recherche. Mes habitudes de citadin encombraient mes pensées. J'étais taraudé par l'idée qu'on allait me voler mon canoë et mes affaires. Si elles s'étaient envolées à mon retour au lac, ce serait aussi la fin du voyage.

Tous les quatre pas, je me retournais vers le canoë jusqu'à ce que le lac ne soit plus en vue. J'ai erré au hasard de rues étroites bordées de jolies maisons en bois, pressé et nerveux, jusqu'à ce que, n'y tenant plus, je fasse demi-tour. Autant aller au supermarché en laissant les clés sur le volant, moteur allumé.

Je me suis dépêché ; le canoë avait disparu. *Et merde !*

Mon cœur bat si fort qu'il couvre le bruit du vent. Je serre les poings et je m'en bats les flancs. Je suis si furieux contre moi, contre ma stupidité que j'en crache de colère et de dépit.

En même temps, je m'en veux de me laisser aller, quoique brièvement, au soulagement étrange de savoir que c'est foutu. Si je ne retrouve pas le canoë, j'ai une bonne excuse pour ne pas réussir. Je pourrais dire que j'ai essayé. Je rentrerais chez moi, vaincu mais vaillant.

J'ai mis le soulagement de côté pour laisser place à ma confusion. Il n'y aurait de solution que si je formulais une question. *Je fais quoi maintenant?* Puis la question qui sauve : *Où trouver un autre canoë?*

Et très certainement parce que j'étais sincère, le fleuve-dieu a répondu :

« Yo ! Besoin d'aide ? »

Je devais en avoir l'air. J'imaginais mon allure : égaré, errant çà et là, à scruter l'eau et la route, frissonnant, en gilet de sauvetage et sans embarcation en vue.

Un pick-up s'est rangé au bord de la route et une femme en est descendue. Elle portait une chemise en épais lainage, un jean lâche et délavé et des bottes de cow-boy usées. Ses manches roulées au-dessus du coude laissaient voir des avant-bras musculeux. Elle semblait habituée à vivre au grand air, capable de se débrouiller en toutes situations et, si ce n'étaient l'énorme diamant à son doigt et son alliance, on aurait facilement pu l'imaginer revenant de la forêt où elle aurait passé la journée à abattre des arbres.

Pourtant, à sa façon, elle était jolie. Ses traits fins étaient marqués par l'âge – la quarantaine avancée, ou le vent d'hiver du Minnesota, ou les deux.

Elle m'a rejoint au bord de l'eau.

« Vous n'êtes pas d'ici, hein ?

– Non, de Saint-Louis. » Je n'avais pas envie d'être cordial et je n'avais pas grand-chose à dire. Si mon voyage devait tourner court, quel intérêt de rencontrer quelqu'un ou de l'écouter ?

« Parti pour naviguer, on dirait ? » Elle attendait une réponse puis, comme rien ne venait, elle a ajouté : « Mais c'est pas le jour. Trop de vent. Trop de courant.

– C'est pas le jour pour quoi que ce soit », j'ai fini par lâcher. Et, regardant ailleurs : « J'ai perdu mon canoë.

– Canoë ? Canoë ! De quoi vous parlez ? »

Je lui ai expliqué que je descendais le Mississippi. Enfin, jusqu'à ce que je perde mon canoë.

« Vous êtes quoi ? Un super pro ou un genre de dingo ? En canoë ! À cette époque de l'année ! Avec un vent pareil, même un as serait submergé, mais si vous êtes un as, comment vous avez fait pour perdre votre canoë ?

– Je ne suis pas un as, mais ce n'est pas comme ça que j'ai perdu mon canoë. On me l'a volé. »

Je lui ai raconté ce qu'il s'était passé. Elle n'était pas d'accord.

« Les gens du Minnesota ne volent pas.

– Il est où alors mon canoë ? »

Elle a indiqué un point vers l'est.

« C'est le sens du vent ; et celui du courant. Votre nœud s'est défait, une vague est passée et a emporté votre canoë. Il dérive quelque part ou il a été brossé contre la rive. Voilà ce qu'il s'est passé. »

Et moi, je me disais : *Le nœud ? Quel nœud ?*

Je n'avais rien trouvé où attacher le canoë. Je l'avais tiré hors de l'eau et coincé entre deux grosses pierres. Je me suis senti très con.

La femme m'a offert son aide pour le chercher. Je l'ai suivie sans un mot jusqu'à son pick-up et suis monté dedans. Elle a pris la route qui faisait le tour du lac.

Elle m'a dit son prénom, Emily. Je lui ai dit le mien. Elle n'a pas dit son nom de famille, je ne le lui ai pas demandé. Parler à des inconnus, c'est particulier. On veut en savoir plus, écouter ce qu'ils ont à dire, mais en évitant que la conversation ne tourne à l'interview. Je n'allais pas sortir un magnéto et lui coller un micro sous le nez. On peut au mieux compter sur sa mémoire et se fier à son oreille. Le rythme, le choix des mots. On notera les souvenirs plus tard.

La voix d'Emily ne cadrait pas avec son allure et ses manières. Elle avait l'air vraiment costaud. On aurait dit un bûcheron. Sa poignée de main était directe, ferme et forte, presque agressive. Pourtant, quoique grave, sa voix n'était pas rauque, mais plutôt douce, profonde et maîtrisée. Et plus elle parlait, plus sa voix s'adoucissait. Elle s'est vite faite à ma compagnie, elle s'est détendue, se laissant aller à des phrases de plus en plus longues, de la même façon qu'elle relançait son pick-up en passant les vitesses.

Tandis qu'elle conduisait, un œil sur la circulation – autant qu'elle le pouvait, tout en me parlant et en essayant de croiser mon regard –, je scrutais les berges, à la recherche de mon canoë. Je m'attendais à le retrouver (si jamais je le retrouvais) en train de couler au milieu du lac, sans moyen de le récupérer. Ou, échoué sur la rive opposée, inaccessible ou presque. Ou bien pire encore, fracassé contre des rochers ou coincé dans des branches, tordu, la coque en miettes, mes affaires envoyées par le fond.

Nous l'avons repéré sur un pan d'herbe grasse et moelleuse qui s'élevait en une vague éminence au-dessus de l'eau. Le vent l'avait porté jusque-là, et à l'évidence quelqu'un l'avait trouvé et tiré sur le rivage.

« Au Minnesota, on est comme ça. Hors des villes, en tout cas. On ne vole pas », m'a informé Emily.

Ensuite, elle m'a montré comment faire un nœud de cabestan. J'avais emporté une longue corde qui n'avait pas encore servi. À présent, je passais le bout par l'orifice à la poupe et j'apprenais à faire un nœud correct. Ça me serait utile si d'aventure je laissais le canoë au bord de l'eau.

Tout d'un coup, elle s'est mise à hisser le canoë sur le monticule herbu, en direction du pick-up. Aussitôt, je suis allé lui prêter main-forte, lui demandant à quoi on jouait.

« Vous n'irez nulle part aujourd'hui parce que le vent est encore trop fort et le courant trop violent et si vous voulez jouer aux fiers-à-bras par un jour comme ça, vous pouvez dire au revoir à votre voyage et à votre vie tout pareil. Alors si on arrive à monter et à fixer ce bazar à l'arrière du véhicule, on pourra y aller, manger un morceau et discuter. »

Ça m'a paru sensé. On a déchargé mon canoë, hissé l'avant sur le plateau, puis soulevé et poussé l'embarcation jusqu'au fond. J'ai laissé Emily l'attacher. Une bonne partie dépassait, mais ça le ferait. On a balancé dedans les sacs de voyage et les grands sacs-poubelles et on est remontés dans la cabine.

« Pas mécontent que je sois passée par là, hein ? »

J'ai confirmé. Emily rayonnait.

« Pas mécontent non plus que je conduise un vrai pick-up et pas un de ces joujoux japonais ? »

Oui. Ça aussi j'en étais content ; satisfaite, elle s'est installée confortablement dans son siège et a démarré, heureuse qu'on lui sache gré.

On s'est d'abord arrêté à un petit magasin de spiritueux à Cass Lake, le village qui porte le nom du lac suivant. Entrés en trombe sur un parking, on a pilé sur le côté du petit bâtiment. J'ai attendu qu'Emily sorte, mais elle n'a pas bougé. Elle s'était arrêtée pour moi. Elle s'était rappelé que je cherchais une boutique d'alcools avant de perdre mon canoë. J'y suis donc allé, avec un peu d'appréhension parce que je n'étais pas convaincu que les Minnesotiens ne volent pas, et peut-être qu'en réalité Emily était de New York. Mais je suis entré quand même.

La pancarte en vitrine parlait de riz sauvage. Je savais que sa récolte était réservée aux Amérindiens et à ceux qui détenaient un permis spécial et qu'en raison de ces restrictions son prix était élevé. La femme derrière le comptoir était une Amérindienne, petite et grosse, le visage rond barré d'un large sourire, mais à ma question sur le riz, elle n'a pas su répondre. Elle ne faisait que vendre la marchandise. Son sourire était chaleureux et amical ; sans le dire pourtant, elle disait : *Allez-vous en, ne me cassez pas les pieds.*

J'ai acheté une bouteille de bénédictine et une autre de cognac, après être tombé en arrêt devant une vitrine au fond du magasin. Elle était inquiétante, remplie d'animaux empaillés, probablement capturés et tués dans la région des lacs. Écureuil, loup, castor, suisse, certains perchés sur de petits arbres pour mieux épier. Ça ne m'a pas plu.

J'ai laissé l'Amérindienne à ses animaux et je suis retourné au pick-up. Emily était toujours là, et après un bref arrêt à l'office de tourisme, fermé pour la saison, nous sommes repartis pour déjeuner.

À ma surprise, le déjeuner serait encore à plusieurs kilomètres de là, dans une petite ville du nom de Walker, dans un petit bar-restaurant désert, au décor océanique. Aux murs, des photos de poissons, pas de mer, mais des lacs alentour, d'énormes brochets et des maskinongés accrochés à l'hameçon et frappant furieusement la surface de l'eau, tirant sur la ligne de quelque malheureux pêcheur, pour se libérer. J'étais du côté des poissons. En plus des photos : des bouées, des crochets pélicans et des enroulements de cordages. Tout un bric-à-brac pour donner l'illusion de déjeuner quelque part sur l'océan.

Dehors, s'étend Leech Lake, un lac magnifique. Je n'ose imaginer d'où lui vient ce nom de « sangsue ». Peut-être que sa vue conforte l'impression de manger en bord de mer, peut-être que le restaurant proposait à l'arrière une salle avec vue, mais on s'est assis au bar. On pouvait voir la rue si on voulait, ou regarder la télé, ce que faisait l'autre client. Le barman et la serveuse aussi. Ça devait être l'heure creuse d'un jour creux.

On s'est pris une friture de clams, des frites et des bières fraîches.

J'ai bavardé un moment avec la serveuse. Elle m'a résumé le feuilleton. Pendant les pubs elle me parlait de la vie à Walker. Il ne se passait pas grand-chose, mais ça lui plaisait quand même. En fait elle n'était pas là depuis longtemps. Elle était venue du sud-ouest de l'État pour se rapprocher de son petit ami. Elle ne regrettait pas. Jusque-là les gens avaient été très gentils avec elle.

« Tu vois, a dit Emily. Tu devrais venir t'installer au Minnesota. »

Dans sa simplicité, Walker, Minnesota, est une jolie petite ville. Typiquement américaine, si une telle chose existe. Si on ferme les yeux et qu'on essaye d'imaginer la petite ville *made in America*, c'est un endroit comme Walker qui vient à l'esprit. Une longue rue principale, la seule si ce n'est quelques venelles branchées sur l'artère. Il ne faut pas s'attendre à trouver des immeubles par ici. Petites maisons et mobile homes. L'Amérique rurale et ses logements individuels.

Les bâtiments sur Main Street sont en briques. Tous. Pas un de plus d'un étage. Ce qui explique peut-être l'ambiance cordiale de l'endroit et de la plupart des petites villes. Il faut être de bon voisinage parce que les voisins savent où vous trouver. Impossible de se cacher au 82e étage. Impossible d'être anonyme, pas de foule dans laquelle se fondre. Si on est étranger, tout le monde le sait.

J'attire quelques regards tandis que je remonte la rue en jetant un œil aux vitrines des magasins. Je ne porte pas mon gilet de sauvetage, ce n'est donc pas ce qu'ils regardent. Ils devinent que je viens d'ailleurs, je pense. Ça, ou bien je suis le premier Noir que cette ville ait jamais vu.

Être observé procure une drôle de sensation. Mais c'est supportable; la rue est quasiment déserte. Un homme assis sur le trottoir en face se contente de regarder. Trois autres discutent près du croisement, probablement de la taille d'un poisson, vu la façon dont l'un d'eux écarte les mains, la longueur d'un super brochet. Ils plaisantent entre eux. Ils me remarquent et me dévisagent, mais la conversation ne s'arrête ni ne ralentit. Et quand je les salue, ils me retournent mon salut. Cordialement.

Heureusement, les regards ne sont pas hostiles. Curieux seulement, ce qui est naturel. Je ne me sens pas, comme cela arrive parfois en voyage dans de nombreux pays monochromes, une anomalie. Ces hommes ne regardent pas un monstre, juste un inconnu; si je le voulais, je pourrais aller leur raconter mon histoire de poisson, si j'en avais une.

Le drapeau devant la quincaillerie claque dans le vent, pratiquement le seul mouvement dans la rue. Celle-ci est bordée de voitures des deux côtés, mais les piétons sont rares. Sous un jour plus gris et maussade, Walker aurait l'allure d'une ville fantôme, tout juste abandonnée, les choses et les gens trop légers simplement emportés comme des herbes folles par la bise soufflant du lac.

Walker est située au bord du lac. Une brève promenade par une rue ombragée vous conduit à la minuscule bibliothèque municipale, puis directement au bord de l'eau et à une sorte de marina, une succession de pontons flottants en bois où sont amarrés les bateaux de pêche.

Les vagues sur le lac Leech n'ont pas diminué, ce qui ne me donne pas très envie de le traverser en canoë. Encore moins sans savoir comment rejoindre le fleuve. Je n'ai pas de carte.

Au signal d'Emily, je suis prêt à remonter dans le pick-up et à me laisser conduire plus loin. Le soir répand dans le ciel une lumière d'or qui baigne la vallée. Je ne ferais pas beaucoup plus de kilomètres aujourd'hui, même en pagayant dur. Emily n'a pas de mal à me convaincre qu'elle ferait mieux de me descendre plus loin en amont plutôt que de me ramener à Bemidji.

Je proteste mollement. « Pffff, fait-elle en écrasant l'accélérateur. Les hommes ! »

Je n'avais jamais imaginé à quel point cette première partie du fleuve serait difficile, et aussi facile pourtant. À peine le temps de dire ouf que les lacs supérieurs étaient derrière moi. Grâce à Emily, j'avais réussi à surmonter leurs dangers et à abandonner de nombreuses craintes ; j'étais de nouveau prêt à retourner sur l'eau et à poursuivre ma route. L'ange envoyé par le fleuve-dieu avait récupéré mon canoë, effacé les courants dangereux et sauvé mon voyage. Grâce à elle, l'aventure était de retour. Elle m'entraînait maintenant au cœur du pays de Paul Bunyan. Je connaissais l'histoire.

Paul Bunyan. Un géant, cet homme au rire chaleureux et à la robuste soif de vivre. Il s'est probablement baigné dans le lac et a utilisé l'eau du Mississippi comme eau du robinet. Quel goût délicieux elle devait avoir à l'époque !

Il est né non loin d'ici. Et Mary Hackensack, sa dulcinée – une immense statue –, attend patiemment son retour. Sourire lumineux, joues roses et robe aussi bleue que le ciel du Minnesota.

Les légendes de ce pays. Pour l'essentiel oubliées, sauf par les enfants et les touristes que l'on bombarde de rappels. Ici c'est le parc de loisirs Paul-Bunyan qui s'en charge, mais à la fin de l'automne, les touristes rentrés chez eux et les enfants à l'école, il est désert. Et puis, des centres de loisirs, pour quoi faire ? Il suffit de laisser courir son imagination. À passer si près du lieu de la légende, on en fait partie et elle ne paraît plus si légendaire. Elle devient aussi réelle que les arbres. On s'attend presque à voir Paul en personne surgir de la forêt, la hache à son épaule gigantesque, Babe – sa vache bleue à sa suite –, prenant son temps entre chacune de ses foulées longues d'un kilomètre qui ébranlent le sol dans un bruit de tonnerre, mais toujours pressé de retrouver son amour qui l'attendra toujours.

Repartir me démange à présent. À Fort Ripley, juste derrière les arbres, au-delà du panneau indiquant la présence d'un ancien fort, le fleuve a enfin trouvé sa vraie allure. Plus de ruisseau, plus de lacs à traverser, plus que le Mississippi, le vrai. Pas encore tout-puissant. Toujours dans l'enfance, sa svelte jeunesse. Et il me tarde de m'y fondre. J'ai assez roulé.

Il me vient à l'idée qu'Emily n'est peut-être pas bûcheronne. Je lui pose la question.

« Non, mais j'en ai l'air, hein ? Du muscle, de la poigne. »

Il y a encore peu, j'aurais dit oui. Je vois bien que c'est ce qu'elle voudrait être, mais sur le moment, elle a l'air de tout sauf d'une brute.

Le fantôme d'Hemingway nous accompagne dans le camion. J'entends sa respiration, mais dans la lumière faiblissante de la fin d'après-midi, je ne le vois pas clairement. J'attends qu'il me tape sur l'épaule. Je me demande ce qu'il va dire, ce qu'il aurait fait. Déjà, je pense que je triche un peu, un peu trop peut-être et je m'en veux. Cette idée m'inquiète.

Emily lit encore dans mes pensées.

« Tu dois penser que tu as assez roulé comme ça, tu veux t'y remettre, te concentrer sur le fleuve et trouver un emplacement pour la nuit. »

Hemingway s'efface. Quelques minutes plus tard, nous revoilà au fleuve.

Je prépare le canoë ; pour le stabiliser, j'entrepose tout le matériel au milieu et le fixe à l'aide de cordelettes. Je zippe mon gilet de sauvetage, j'embarque et, d'une poussée, je m'éloigne.

Mais impossible de maintenir la proue vers l'aval. Le canoë dérive un peu de travers puis tourne sur lui-même, je n'arrive tout simplement pas à le contrôler. Je lutte, puis j'abandonne et retourne au rivage.

Emily est dans tous ses états. Mon cœur bat trop fort. La perspective de l'échec. L'idée qu'il y a de la réussite dans l'effort est noble, mais un échec est un échec. Je ne veux pas échouer.

Je ne sais pas quoi faire. Le fleuve, le vrai dorénavant, est trop puissant, trop difficile, il tourbillonne trop et peut-être est-il trop en colère contre moi, parce que je me suis arrêté et laissé conduire, pour me permettre de continuer. Trop dangereux. Je suis à deux doigts de débarquer et d'abandonner. Je n'ai pas assez d'expérience pour faire ça. Mais je dis à Emily que je vais faire une nouvelle tentative. Elle semble inquiète, elle ne veut pas que je laisse tomber.

Je replace mon matériel à la poupe, en essayant d'équilibrer le poids entre l'avant et l'arrière, bâbord et tribord. Puis je me relance. Et là, ça y est, j'y suis, au beau milieu du fleuve. Il coule sous mes pieds, tout autour de moi. C'est un fleuve, un vrai. Je sens la puissance de l'animal sous mes fesses, à travers la coque du canoë.

Le canoë reste dans le bon sens, comme s'il voulait descendre le cours et reprendre le voyage, au lieu de le remonter pour faire les parties que j'ai ratées. Le fleuve n'est pas trop fâché contre moi. Je voudrais lever les bras en signe de triomphe, mais je n'ose pas. Je suis trop occupé, et il n'y a pas de quoi triompher non plus. J'esquisse un au revoir prudent à Emily. J'ai enfin le sentiment d'être vraiment parti.

Équipé

Voici ce que j'ai emporté.

Une petite, mais confortable, tente biplace un peu courte qui m'oblige à dormir en diagonale ou en chien de fusil, sinon je dépasse. La nuit, après que j'ai rentré la nourriture et les affaires que je veux garder au sec ou à l'abri des bestioles, la tente pour deux n'a de place que pour un.

Mon sac de couchage s'appelle Nuage d'argent, il me tient bien chaud, même par les nuits les plus froides. Il est censé faire son office jusqu'à moins quinze, mais j'espère qu'il n'aura jamais à le prouver.

Il n'est pas en duvet d'oie, mais en synthétique. Mouillé, le duvet s'agglutine et perd ses qualités d'isolation et de légèreté. Je n'ai pas l'intention d'être mouillé, mais les canoës ont des idées bien à eux. On ne sait jamais. Mon sac se comprime presque aussi bien qu'un duvet, et il était moins cher.

J'ai un matelas autogonflant. C'est une couche supplémentaire entre le sol froid et moi. Il n'est pas assez épais pour être d'un grand confort mais, sans lui, même mon Nuage d'argent serait insuffisant certaines nuits. Il est facile à utiliser : ouvrir la valve, le laisser se gonfler, fermer la valve. Le matin, une fois roulé, il reprend la taille d'une petite bûche.

J'ai des provisions. Des barres de céréales et de chocolat, des fruits secs et des noix de cajou, des céréales Malt-O-Meal pour le petit déjeuner, des pommes, beaucoup de boîtes de conserve. Soupes, haricots, ragoûts. Hot-dogs, beurre de cacahuète, pain, biscuits. Je transporte tout ça dans de grands sacs-poubelles noirs.

En fait, j'ai tout mis dans des sacs en plastique. Mes vêtements de rechange sont dans un sac marin doublé d'un sac en plastique. Des jeans, un ciré veste et pantalon jaune vif. Ma veste chaude dont je peux dézipper la polaire intérieure lorsqu'il fait trop chaud. Un sweat à capuche. Des sous-vêtements chauds. Un tas de chaussettes. Des bottes de cow-boy. Des chaussures de vélo en toile que je porte dans le canoë. Elles me font des pieds en haricots rouges (la même forme), elles sont trempées tous les jours, toute la journée, et je dois les faire sécher chaque soir devant le feu.

J'ai du matériel de cuisine émaillé comme celui des cow-boys d'autrefois, du moins ceux qu'on voit dans les films. Une marmite pour la soupe et le ragoût, une poêle à frire, des assiettes et quarts de café assortis et une cafetière.

(Je ne bois pas de café, sauf quand je veux avoir l'air d'un adulte. Je bois du thé. C'est pour ça que je ne suis pas devenu un cow-boy. Les cow-boys ne boivent pas de thé. Ils boivent du café. Ils chevauchent jusqu'au soir après avoir rassemblé les veaux sans mères, s'installent autour du feu et boivent du café. Quand ils sont seuls et croisent un étranger solitaire, l'étranger leur offre du café. Toute ma vie j'ai voulu être un cow-boy. C'est le goût du café qui m'a arrêté, même si à la fin du voyage j'en aurai bu assez, offert par des inconnus, pour que cette excuse ne tienne plus.)

Une gourde. Un bidon en plastique rétractable de vingt litres d'eau. Une hache. Un couteau à fileter pour les poissons que je prendrai. Un couteau de chasse bien aiguisé. Un couteau suisse. Une pile de carnets. Un appareil photo et des pellicules. Un magnéto de poche pour la prise de notes et l'enregistrement des conversations. Une grosse lanterne très puissante qui flotte et rayonne jusqu'à deux kilomètres. Des piles de rechange. Des allumettes étanches. Des munitions. Tout ça fourré dans des sacs en plastique. Certaines affaires sont d'abord isolées dans des sacs alimentaires puis rangées dans les grands sacs-poubelles, d'autres y vont directement, d'autres encore vont dans les petits sacs, puis dans un grand, puis dans le second sac marin que j'ai emporté.

Les sacs marins sont en nylon, couleur camouflage. C'étaient les moins chers et, à ce prix, j'aurais acheté n'importe quelle couleur. En fait, j'aurais préféré une autre couleur, même le rouge voiture de pompier, plutôt que le camouflage. J'espérais ne pas être pris pour un de ces crétins à la mode qui croient élégant de se balader en treillis. Ni pour un de ces survivalistes néonazis, tapis dans les bois comme des commandos dans l'attente et l'espoir de l'Apocalypse, à la recherche d'une victime à descendre.

J'étais bien équipé, pas assez et trop à la fois. J'avais pris l'essentiel si j'utilisais tout. Comme je n'ai pas tout utilisé, j'avais trop pris. Je prends toujours trop. C'était quand même insuffisant pour que ce soit le luxe ou le grand confort, mais ça a fait l'affaire.

Et puis c'était un poids suffisant à la proue du canoë où je stockais tout pour le maintenir dans la bonne direction. La plupart du temps.

Le fleuve a grossi. Il est différent aujourd'hui; il affiche un visage nouveau. Celui d'un adolescent aux prises avec sa jeunesse, en train d'apprendre à se connaître, de se familiariser avec sa force et sa taille, de se préparer au travail qui l'attend.

Il est toujours propre, en apparence du moins. L'eau est gris-bleu, on voit à travers. Je n'ai pas encore croisé de navires marchands, seulement des bateaux de plaisance, pas beaucoup non plus; on est presque en hiver, après tout. Mais cela va changer, comme le fleuve, à mesure qu'il prend de l'âge et se met au travail.

À mesure qu'il se muscle et accélère et que les barges ajoutent aux dangers.

Mais le changement du fleuve s'accompagne d'une nouvelle sécurité. Car je sais où j'en suis. Je suis enfin sur les cartes de navigation éditées par le Corps des ingénieurs de l'armée. Finalement, il a son utilité.

Le Corps du génie, avec la garde côtière, entretient le fleuve. Ils en assurent la navigabilité commerciale et, grâce à une série d'écluses et de digues, de fossés, de canaux et de curages, le chenal a toujours au moins trois mètres de fond. Avant que différents cours d'eau rejoignent le bassin du Mississippi, son lit n'est pas aussi profond naturellement et, en période de basses eaux, les rochers et les bancs de sable peuvent éventrer les barges aussi facilement qu'un canoë. Dans l'ancien temps, le cri « *mark twain* » prévenait que le lit était assez profond pour le passage des bateaux à fond plat (deux brasses sous la quille). Les bancs de sable présenteraient le même danger aujourd'hui sans le Corps du génie.

La garde côtière s'occupe des bornes et des aides à la navigation : signaux clignotants et balises triangulaires ou rectangulaires, rouges et vertes en bordure du fleuve. Flottantes, les balises du chenal et les bouées lumineuses guident les navires sur les eaux les plus profondes.

Dans le cadre de sa mission d'entretien, le Corps du génie publie en deux gros volumes des cartes de navigation très détaillées. Le premier embrasse le cours supérieur en amont de Cairo, le second, le cours inférieur entre Cairo et le golfe. Les cartes couvrent en moyenne huit kilomètres par page et mentionnent les bancs de sable, balises de jour et bouées lumineuses, câbles et pipelines sous-marins, lignes à haute tension, obstacles à fleur d'eau, îles, digues, fossés, routes de berge, voies ferrées, villes et quasiment chaque rocher. Absolument tout.

Et enfin, me voilà sur la carte. Je peux voir à l'avance quel chemin prendre, rester sur le chenal principal ou préférer un bras plus calme entre une île et le rivage, privilégier la vitesse et disputer le passage aux barges ou abattre les kilomètres en prenant des raccourcis par les bras plus lents.

Tout commence à la borne 868, à vingt kilomètres au nord de Minneapolis. Huit cent soixante-huit miles (mille quatre cents kilomètres) jusqu'au nord de Cairo, dans l'Illinois. Je vois le chemin qu'il me reste à faire.

Le fleuve semble s'être resserré depuis les environs de Saint Cloud. C'est peut-être mon imagination, mais l'aisance avec laquelle je descends jusqu'à Minneapolis me le rend moins redoutable. Ai-je gagné en technique, pris de l'assurance, ou bien y a-t-il un moment au cours de la croissance où l'on régresse ? Les enfants parfois ne cessent-ils pas de se comporter comme ceux de leur âge pour régresser à deux ans ? Je ne sais pas, mais à n'en pas douter, le fleuve est beaucoup plus facile à naviguer.

Au sortir d'une courbe, j'ai un premier aperçu de la ville. Des immeubles, hauts mais fantomatiques, s'élèvent dans la brume au loin. Des ponts suspendus au-dessus du fleuve y projettent leur ombre. Et sur l'eau, la première apparition des barges. Je m'étais trompé à propos des poissons, mais là je sais que les barges ne me lâcheront pas jusqu'à La Nouvelle-Orléans.

Minneapolis est le terminus des barges sur le Mississippi. Ou leur point de départ, selon le point de vue et la cargaison. Le pétrole du golfe Persique et des gisements étrangers remonte depuis le golfe du Mexique pour alimenter et chauffer le Nord. Le charbon, les céréales, le fer et l'acier descendent vers le Sud.

Juste au nord de Minneapolis, les barges sont à quai et chargées. Les silos sont en action ; les récoltes des États céréaliers du Nord ont été rentrées, ils sont pleins et leur contenu est chargé ici pour partir au sud, nourrir le pays et le monde. Des nuages de poussière céréalière s'élèvent sur mon passage. Je m'étrangle, tousse, retiens ma respiration. Les ouvriers me font des signes. On me pose la question inévitable :

« Vous allez jusqu'où ?

– La Nouvelle-Orléans.

– Super ! J'irais bien aussi.

– Y a de la place. Et je dirais pas non à un pagayeur de plus.

– Pas cette fois. Mais bonne chance à vous ! »

Un vieux Noir est en train de pêcher, assis sur des rochers au-dessus de la ville. Je vois à peine qu'il est noir. Je mets le cap sur lui ; à ma vue, il se lève, les mains sur les hanches. Il doit se tordre le cou pour m'apercevoir et se demander ce que je peux bien ficher là. Il crie quelque chose que je n'entends pas. Puis il agite les bras avec exubérance, et je lui retourne son salut.

De la même façon, un Blanc appuyé à la rambarde sur le quai d'une promenade au bord de l'eau me crie des encouragements alors que je passe en contrebas.

Ce n'est peut-être pas grand-chose. Mais ça me rend tout de même hyper fier.

Je pagaye désormais comme si j'avais fait ça toute ma vie. Je passe sous un pont en m'y croyant assez pour laisser le canoë dériver oisivement dessous. Je lève les yeux. Des hommes regardent en bas. Ils travaillent sur le pont et, à mon passage, ils s'arrêtent pour éviter que les étincelles de leur chalumeau et des bouts de métal me tombent dessus. Ils prennent soin de moi. Nous causons cinq secondes. Puis je les salue, me remets à pagayer, et ils retournent à leur tâche. Même si je ne suis entré qu'une poignée de secondes dans leur vie, j'espère qu'ils n'oublieront pas ce jour où ils ont vu un Noir insensé, en route pour La Nouvelle-Orléans sur un canoë.

J'ai très envie de sortir de l'eau pour aller explorer Minneapolis. Mais j'ai assez tardé : si je traîne trop, l'hiver va me cueillir et ne plus me lâcher. Puis le fleuve m'enverra de gros paquets de glace accompagnés d'arbres déracinés. Je n'ai pas envie de me battre contre des bouts de banquise. Je pense au *Titanic.*

Le fond de l'air s'est déjà refroidi. Des nuages bouillonnent, fomentant la pluie. Je m'arrête pour enfiler mon ciré jaune. Quand je repars, le vent a décidé de jouer avec moi, sans doute pour me montrer à quel point il a été gentil jusqu'ici.

Les collines et les arbres au nord de la ville ont disparu de la rive droite ; le vent, dissimulé derrière des entrepôts, comme auparavant derrière les arbres et les collines, fait le mur et dévale la pente jusqu'au fleuve. Il frappe mon canoë par le travers et le drosse jusqu'à la rive opposée, contre un remblai de rochers. La tuile. *J'espère que personne n'a rien vu.*

Je parviens à me dégager des rochers et pagaye un moment le long de la rive gauche mais je sais, d'après la carte à mes pieds, que devant moi, sur ce côté-ci du fleuve, me guettent les chutes de Saint Anthony. Je n'en sais pas plus. Mais assez pour vouloir les éviter, je sais aussi que les écluses sont de l'autre côté. Je dois y retourner. Il le faut.

Mais le vent ne l'entend pas de cette oreille.

Dommage pour moi. Le vent dit non et je ne suis pas encore assez costaud. Il me balaye et me dit de me tenir tranquille, comme une brute qui montre ses muscles. Je ne bouge plus.

Tout d'un coup, il lâche prise, juste assez et assez longtemps pour que je m'éloigne des rochers et revienne au milieu du fleuve. Puis, se jouant toujours de moi, il revient.

Alors, comme ça, tu veux t'amuser, hein ?

La réponse est oui. Mais j'ai trouvé le moyen de le déjouer. Cette fois-ci, du moins.

Au lieu de mettre le cap sur l'aval, droit dans le courant, je le mets légèrement au vent, en diagonale du fleuve, en visant un point plus bas sur la rive opposée. Je me sers de ma pagaie comme de la quille d'un voilier, empêchant ainsi la bise de me pousser par le travers. Le fleuve fera office de vent dans mes voiles. Et plus je pagaie, en maintenant la proue du canoë au vent, plus je me rapproche de la rive droite.

Ça marche. Je suis plus malin que le vent. Je commence à avoir le coup de main, voyez-vous. Un peu d'huile de coude et les idées claires, et je commence à croire que je vais y arriver.

Les écluses

Vingt-neuf écluses et digues enjambent et bloquent le Mississippi à intervalles variés entre Minneapolis et Saint-Louis. Elles sont là pour retenir les eaux et transformer la colère du fleuve en lacs endormis, appelés « bassins » par le Corps du génie qui les a construites et les entretient. Vingt-six bassins. Un canal. Deux écluses aux chutes de Saint Anthony. Vingt-neuf écluses au total, toutes conçues pour rendre le fleuve navigable en toute circonstance. Contrôler son débit, le volume des bassins, les crues. Après Saint-Louis, le fleuve retrouve son autonomie. L'apport de ses affluents est assez généreux pour permettre la navigation.

Ma première fois, mon expérience virginale des écluses, celle qui a déterminé toutes les autres, s'est présentée à l'écluse et digue des chutes de Saint Anthony. C'est la première sur le fleuve et je n'avais aucune idée de ce qu'il fallait faire.

J'ai vu l'écluse de très loin. Elle se dressait dans la brume comme un gigantesque barrage routier, une masse d'acier et de béton, posée tranquillement sous un enchevêtrement de ponts et de passerelles ferroviaires. Il y avait peu d'activité sur l'ouvrage, mais comme un criminel à l'approche d'un barrage de police se demandant s'il va foncer droit dessus, le contourner ou avancer l'air de rien en feignant la surprise, je progressais avec prudence. Je ne savais pas si le passage était payant, ni même s'il était autorisé aux canoës, ou si une rafale de fusils ne succéderait pas immédiatement au déclenchement des sifflets et des sirènes et au balayage des projecteurs cherchant à me localiser.

Juste à ma gauche, à l'extrémité de la digue, le fleuve se précipitait en rugissant dans la crevasse de la cataracte. Le cours, si calme jusque-là, si serein, s'encolère soudain avec la fureur d'un torrent de montagne sculptant des canyons. L'eau vive plonge dans la crevasse, s'y écrase en contrebas, pulvérisant au-dessus une bruine glacée. Le rugissement est celui d'un moteur de jet cloué au sol qui réclame de décoller.

J'ai fait en sorte de rester bien à l'écart des chutes, du rugissement et des courants qui nous auraient aspirés, mon canoë et moi, pour nous précipiter dans l'abîme où nous aurions été brisés en mille morceaux.

De l'autre côté, tout près de la rive, à l'extrémité de l'écluse, le courant est beaucoup plus calme. Je suis resté là, à dériver, glissant juste le long du mur de béton en espérant que quelqu'un ou quelque chose me dirait quoi faire, si je devais payer, sortir de là, ou quoi. Je ne savais pas si on me laisserait passer dans le canoë ou si je devrais attendre des heures que les bateaux et les barges soient assez nombreux pour justifier l'ouverture des portes.

Un panneau indiquait aux embarcations de plaisance d'attendre près de l'échelle dans le mur et de tirer sur la chaîne pour prévenir l'éclusier. J'étais une embarcation de plaisance, non ? J'ai tiré la chaîne et j'ai attendu sagement le long de la paroi.

Une voix a crachoté dans un haut-parleur fixé haut sur le mur. Une voix de femme. Comme Emily, j'ai pensé, encore une femme à mon secours.

Le ton était rassurant. Une voix d'homme aurait été plus aboyeuse et râpeuse. Mais celle-là était agréable sous le crépitement du haut-parleur, et apaisante.

« Bonjour ! »

Ne voyant pas de micro, j'ai simplement hurlé aussi fort que possible en direction du haut-parleur :

« Bonjour !

– Bienvenue à l'écluse amont de Saint Anthony Falls.

– Merci.

– Vous comptez passer aujourd'hui ?

– Oui, s'il vous plaît.

– Donnez-nous quelques minutes pour remplir le sas. Au signal, pagayez droit devant et accrochez-vous au cylindre flottant dans le mur ; vous le verrez en entrant. On vous descendra et à l'ouverture des portes, vous repartirez. »

Grosso modo, c'est comme ça qu'on passe une écluse. Cette femme, que je n'ai même pas entraperçue, seulement remerciée, m'a pris par la main et a guidé mon passage. Qui que tu sois, je te remercie.

Au signal, un feu vert et un coup de corne, les colossales portes de bois et d'acier ont ouvert leurs mâchoires et je me suis laissé avaler. Elles se sont refermées lugubrement derrière moi.

Voici comment fonctionne une écluse : à cause du barrage, le niveau du fleuve est plus élevé en amont qu'en aval. Pour avancer, le bateau doit passer sans encombre d'un niveau à l'autre, qu'il descende ou remonte le cours. C'est ce que l'écluse permet, en enfermant le bateau dans un sas, entre deux paires de portes relativement étanches (un peu comme une baleine retient une eau poissonneuse qu'elle expulse avant d'avaler sa nourriture), puis en le descendant s'il va vers l'aval ou en le remontant s'il fait route vers l'amont. Alors, les portes se rouvrent et il repart.

Assis dans le canoë, je me suis retenu au cylindre de métal froid fixé dans le bajoyer. À mesure que l'eau était expulsée du sas et que le niveau baissait, le cylindre descendait lui aussi. Et moi avec. Les portes dans mon dos retenaient le fleuve. Elles laissaient tout de même passer de l'eau ; je pouvais me rendre compte à quel point le fleuve s'élevait derrière moi à la façon dont il continuait de se déverser lentement dans le sas.

Et si les portes se brisaient et cette masse d'eau s'abattait sur moi ?

Un des éclusiers est sorti pour bavarder pendant que j'attendais. On a parlé de mon aventure. Il m'a souhaité bonne chance bien sûr, en me disant de faire attention, mais il n'a exprimé aucun désir de m'accompagner.

J'ai dit : « C'est beaucoup de boulot pour un type en canoë, non ?

– Pensez-vous. On est là pour ça. »

Je me suis senti bien à ces mots, comme si j'étais le proprio. Je voyais enfin mes impôts servir à quelque chose que j'appréciais, me servir à moi directement. Ce gars me disait ça, qu'il travaillait pour moi.

On a parlé jusqu'à ce que je commence ma descente. Quand j'ai été trop bas pour l'entendre, il s'est contenté de me suivre des yeux. Je me suis demandé ce qu'il pouvait bien penser et à quel point il devait me trouver fêlé. J'ai relevé la tête, il souriait. J'étais tombé de près de quinze mètres.

Les portes se sont ouvertes et j'ai pagayé avec assurance, comme si j'étais à mon affaire. Nous nous sommes salués de la main. Je n'avais pas vraiment le temps de réfléchir.

Les chutes de Saint Anthony sont équipées de deux jeux d'écluses et de digues. L'écluse supérieure que je venais de franchir et l'écluse inférieure dans laquelle j'ai pénétré presque aussitôt.

Il commençait à crachiner et j'ai mis ma capuche de ciré jaune. J'ai gagné la chaîne à laquelle j'ai donné un coup sec. La voix d'un homme, cette fois.

« Qu'est-ce que vous foutez dans un canoë par un temps pareil ? »

Imaginez. Si j'avais eu cet accueil tout à l'heure, ma vie de passeur d'écluses aurait été un désastre de bout en bout, laminée. Mais grâce à cette femme, le type ne m'a pas intimidé. Je lui ai répondu que j'allais à La Nouvelle-Orléans.

De nouveau, quelqu'un est sorti me tenir compagnie. Je ne sais pas si c'est l'usage ou si la présence d'un canoë aux écluses est si inhabituelle qu'elle justifie la sortie d'un témoin bouche bée. J'étais tout de même content d'avoir de la compagnie et lui ai refait mon couplet – tout ce boulot pour un canoë. Il n'a pas été aussi chaleureux que son collègue, mais il a redit que ce n'était pas si terrible.

« Y a juste à manier des interrupteurs et à presser des boutons. Tout est automatique. »

J'ai passé l'écluse et repris ma route.

Huit kilomètres plus loin, je suis arrivé à l'Écluse n° 1. Zéro problème. J'étais un vieux singe à présent. Négocier le passage d'une écluse était soudain devenu la chose la plus facile au monde. Aucune raison d'avoir peur, aussi impressionnant que soit l'ouvrage. La seule chose à faire est de veiller à rester au plus près des murs, à l'écart du courant qui risque sinon de vous aspirer vers le barrage où vous serez haché menu comme un steak.

Mais une fois dans le sas, vous êtes en sécurité. Les éclusiers sont là pour vous aider. Ils vous tiennent compagnie. Ils sortent vous parler. Ils vous saluent et vous souhaitent bonne chance. En clair, ils s'occupent de vous tant que vous êtes sous leur responsabilité. Collectivement, il s'agit sans doute de la catégorie d'agents, payés par vos dollars, la plus aimable. Je n'ai jamais entendu autre chose que des éloges à leur égard (on ne peut guère en dire autant des militaires, des agents du fisc et des politiques).

Pourtant, ils appartiennent au Corps du génie et à cause de cela, même si je les respecte, je leur en veux fondamentalement. Ils ont réduit le fleuve en esclavage.

Le fleuve est désormais aussi discret qu'un partenaire dormant, un actionnaire minoritaire. Mais dans l'ancien temps, le Mississippi était aux commandes, sauvage et rebelle, fantasque et têtu. Canoës, bateaux à aubes, à quille, il les emmenait tous, mais c'était lui qui décidait des conditions de navigation et du moment de dire stop.

Le fleuve en amont de Saint-Louis possédait une âme à lui ; en temps de crue, l'eau montait haut et son lit reposait profondément au-dessous. Il se mettait souvent en fureur et les cargos plus frêles d'autrefois risquaient fort d'être réduits en miettes. Par temps de sécheresse et de basses eaux, il se calmait mais devenait quasiment impraticable. Les rochers submergés broyaient les coques en bois des bateaux à vapeur et chaque orage apportait son lot de nouveaux obstacles et de dangers : bancs de sable surgissant de nulle part, arbres arrachés et abattus créant des écueils trop périlleux pour ces vieux bateaux, îles soudain élargies, modifiant toutes les cartes. Le fleuve narguait son monde.

Dans les années 1830, Oncle Sam est intervenu pour le mettre au pas. La stabilisation de la frontière occidentale était trop précieuse pour qu'on lui laisse la bride sur le cou. La liberté sans frein lui était interdite, comme à un poulain pur-sang de prix. C'est ainsi qu'on a procédé aux premiers aménagements rudimentaires : dynamitage des rapides, évacuation des bancs et barres de sable, fermetures des bras secondaires que le fleuve utilisait pour son repos. Ces anciens bras et marécages serpentaient oisivement, détournant l'eau de son cours principal. Leur fermeture a confiné le courant, maintenant le niveau requis pour la navigation en période de basses eaux.

En 1878, le Congrès a donné son agrément pour un chenal de 1,40 mètre de profondeur sur le cours supérieur. Les mariniers étaient donc assurés de cette profondeur minimale, puis les premières écluses sont apparues avec les canaux creusés pour contourner les rapides dangereux.

En 1907, le Congrès a fait aménager un chenal de 1,82 mètre, protégé essentiellement par l'élévation de digues perpendiculaires aux rives, qui restreignaient encore davantage le courant et son débit au lit navigable. Des travaux qui ne suffiraient pourtant pas à sauver la navigation marchande. Entre-temps, par leur ingéniosité, les hommes avaient inventé des moyens de transport moins onéreux ; le bateau à vapeur allait progressivement disparaître. À moins de concevoir un système qui rendrait la navigation commerciale plus facile, moins dangereuse et meilleur marché, le fleuve n'en ferait qu'à sa tête. Il serait sorti vainqueur de son combat pour la liberté.

Mais les innovations du génie civil, écluses et digues, ont eu le dernier mot. Les digues ont été équipées de clapets coulissants qu'on descend comme des stores et les manœuvres mécaniques des écluses et barrages ont laissé place à des systèmes automatiques. Des cargos à propulsion diesel ont fait leur apparition. Plus puissants, plus efficaces que les bateaux à vapeur, ces nouveaux bâtiments avaient tout pour plaire. Sans conteste, le Mississippi supérieur allait se prêter de nouveau à la navigation marchande.

Ces puissants remorqueurs et les énormes barges auraient évidemment besoin d'une voie fluviale sûre. C'est ainsi qu'en 1930, le Corps des ingénieurs de l'armée américaine a entrepris de construire entre Minneapolis et la confluence avec le Missouri une série d'écluses et de digues dégageant un chenal navigable de 2,75 mètres de profondeur et d'au moins 122 mètres de large. Entre 1930 et 1940, les ingénieurs ont construit (cela tient du miracle, même pour moi) et mis en service l'essentiel des vingt-neuf écluses et digues. Si je n'en étais pas aussi navré pour le fleuve, cet exploit fabuleux mériterait toutes les louanges.

Les ingénieurs ont détruit le Mississippi et remplacé sa majesté par des bassins d'eau étale. Autrement dit, très peu de débit, pas de courant et beaucoup d'efforts pour le gars en canoë, car le fleuve boude et n'est pas d'une grande aide. Chaque kilomètre se gagne à la sueur de la pagaie.

Et les écluses – ça ne vous surprendra pas – ont toutes ou presque les mêmes dimensions, 183 mètres de long sur 33 mètres de large. Elles le transforment en un gigantesque escalier : digues pour les contremarches et bassins pour les marches qui élèvent les barges, ou les descendent, de 428 mètres au total sur 1 076 kilomètres, si elles font tout le trajet. C'est ainsi que le fleuve est harnaché et exploité.

Je dois l'admettre : l'ouvrage est une splendeur et la navigation aisée. De plus, le Corps a réalisé une chose pour laquelle je lui serai éternellement reconnaissant et qui a certainement simplifié mon voyage : il a construit de nombreux petits ports qui facilitent embarquement et débarquement ainsi que l'accès aux villes, ce qui est pratique quand il faut se réapprovisionner. En outre, il a acheté des terres et les a réunies à celles que possédait l'US Fish and Wildlife Service (le service fédéral de préservation de la faune et de la nature) pour créer tout du long jusqu'à Saint-Louis un terrain de camping géant. Je peux camper où je veux, aussi longtemps que je le veux et, croyez-le ou pas, sauf à proximité des villes, métropoles et zones commerciales qui sont rares, le fleuve et ses alentours sont miens et sauvages.

Mais je suis un homme généreux. Je partage ce que j'ai avec les autres. Et si ces autres sont plus grands et plus costauds que moi, je n'en suis que plus prompt à me montrer fair-play.

Partager le fleuve ne me pose aucun problème. Je cède volontiers ma place; d'ailleurs, je le quitte et salue poliment quand les remorqueurs et les barges le réclament, avançant fièrement tels de grands monstres fluviaux.

Mastodontes

J'ai vu pendant des années des créatures monstrueuses naviguer, indolentes, sur le fleuve à Saint-Louis. Elles rugissent au labeur, elles avancent au ralenti et les vagues giflent bruyamment les berges après leur passage. Mais la sensation de se retrouver sur le fleuve en leur compagnie est sans commune mesure.

Pourtant, mon premier convoi barge-remorqueur était court. Je descendais. La barge qui remontait m'est donc arrivée dessus assez vite. C'était ma première rencontre de ce type, mon baptême du feu, j'y ai été doucement. La barge est passée sans accroc. En apparence, du moins.

Et puis est venue la houle. J'ai vu monter vers moi le remous et le roulis de vagues de plus en plus grosses. Vite et sagement, j'ai pagayé vers la rive, grimpé sur les rochers et observé. Les vagues léchaient les rochers et le canoë jusqu'à me balayer les pieds à mesure qu'elles prenaient de l'ampleur. Je retenais le canoë par l'amarre passée à sa poupe et le laissais prendre les vagues. J'ai grimpé plus haut. J'ai cru que le canoë allait se fracasser sur les rochers. Je l'ai repoussé, mais il revenait toujours.

Puis les vagues ont diminué ; le fleuve était calme à nouveau.

Reparti, je me suis glissé dans l'Écluse n° 1 qui était libre puisque la barge venait d'en sortir. Du gâteau.

J'étais tombé bien bas en quittant l'écluse, le niveau du fleuve avait baissé de neuf mètres par rapport à mon entrée dans le sas. Comme il était à son étiage, on a relevé le clapet de la digue pour laisser passer plus d'eau. Elle s'est engouffrée vivement. Je maîtrisais la situation néanmoins, me sentant de plus en plus à l'aise, et le courant ne paraissait pas trop fort, tout juste vif. J'ai pagayé droit sur lui et attrapé la queue du dinosaure pour la chevaucher. L'extase, quoique de courte durée. J'étais en pleine forme, mais la fatigue me gagnait.

Le calme est revenu dans la boucle et le fleuve s'est resserré. Des pêcheurs le long de la berge haute et pentue de la rive droite m'ont hélé. Je suis passé trop vite pour bavarder, puis j'ai gagné la rive opposée. Je voulais débarquer à la rampe que la carte indiquait à proximité. Il pleuvait et j'avais froid, aux mains surtout; je me suis promis d'acheter une paire de gants à la première occasion.

Mais, au fond, je me sentais vraiment bien comme un enfant une fois qu'il a réussi quelque chose et que son papa lui tapote le haut du crâne. Je gagnais en technique et en confiance, me mettant à apprécier l'effort et la difficulté. Jusque-là, c'était comme si, à chaque méandre, un nouvel inconnu attendait d'être découvert, abordé, défié et conquis.

J'ai trouvé la rampe et j'ai mis pied à terre. Il ne faisait pas encore nuit, mais elle ne tarderait pas; je pouvais m'arrêter ici et tenter de faire un feu. Mais tout était trempé.

J'ai tiré le canoë hors de l'eau et quand la pluie a enfin cessé, j'ai enlevé ma veste et mon pantalon jaune. Les cirés deviennent affreusement chauds et humides, même quand il fait froid.

Observant les alentours, j'ai noté que l'endroit était une sorte de parc municipal, pelouses, arbres, branches taillées, petites fosses à barbecue pour les pique-niqueurs et parking. Les voitures étaient rares, cependant, et il n'y avait pas un promeneur dans les allées. J'étais tout seul dehors.

Plus tard, j'ai rencontré Troy et Rick alors que je fourrageais à la recherche de combustible. Tout était absolument détrempé et le vent soufflait mes allumettes, rien ne prenait; si je ne me dépêchais pas de lancer une flambée, jamais je ne me réchaufferais.

Les deux gars s'étaient planqués dans leur voiture, comme des ados, pour boire leur bière. Ils étaient certainement en âge de le faire, mais peut-être qu'ils n'avaient pas abandonné leurs habitudes de jeunesse et qu'il leur fallait sortir pour picoler. Ils ne m'ont pas dit depuis combien de temps ils étaient là, à m'observer, mais ils étaient venus équipés, armés d'une glacière remplie à ras bord de glace et de bières. Les vrais buveurs de bière boivent frais, quelle que soit la météo.

Ils m'ont proposé une cannette. Je l'ai descendue vite fait. Elle était bien fraîche et je frissonnais, debout à côté de leur vieille bagnole bleue, jusqu'à ce que Rick m'invite à me réchauffer à l'intérieur. Je me suis plié en deux pour me laisser tomber sur l'étroite banquette arrière, contre la glacière. J'avais encore plus froid à côté de cette chose, alors Rick a remis le moteur en route et allumé le chauffage à fond.

Deux types, à présent trois, sans rien à faire, ni endroit où aller. Rick revenait d'Alaska où il avait rendu visite à son frère et mis du poisson en boîte. Troy s'était fait virer de l'armée. Ça ne le dérangeait pas plus que ça ; il laisserait ses cheveux repousser. Ils étaient tous les deux au bord du gouffre ; s'ils ne se ressaisissaient pas, les attendait une vie d'errance et de boulots de misère au supermarché, à la pompe ou à vendre des réfrigérateurs. Ils portaient sans le savoir l'expression de l'usure du monde, l'allure d'inadaptés se demandant quoi faire. Ils étaient assis dans leur voiture, un pied dans le monde de la liberté, de la rigolade et de la jeunesse, l'autre dans le béton, et je doute que l'un ou l'autre ait eu conscience des horribles effets secondaires de leur anticonformisme. Une partie de moi voulait les avertir. Une autre me reprochait de me mêler de ce qui ne me regardait pas. Une troisième voulait applaudir leur marginalité tout comme ils applaudissaient la mienne. Le rêve américain n'est pas pour tout le monde, n'est-ce pas, et puis, qui prétend qu'il est si enviable ?

Pourtant, quand ils m'ont demandé pourquoi, je n'ai pas pu m'empêcher de glisser un sermon.

« Eh bien, c'est juste pour m'occuper ; faut s'occuper à quelque chose pour éviter les embrouilles. »

L'ex-GI a approuvé. Il s'est assombri, a eu l'air désolé. Il avait pas mal merdé à l'armée et maintenant il ne savait pas ce qu'il allait faire.

J'ai bu deux autres bières sans dire un mot. J'étais triste pour eux. C'étaient de braves types qui partageaient leur bière et leur chaleur avec un inconnu, un marginal comme eux, pourtant la vie et le bonheur demandent davantage que d'être de braves types. Ces deux-là étaient coincés. Comment ne le voyaient-ils pas ? Je me suis demandé : *À quel point suis-je marginal ? L'éducation n'est-elle pas un filet de sécurité ? Et le talent ? À quel point suis-je courageux, téméraire ? Après tout, ne suis-je pas capable de décrocher un boulot bien payé quand il le faudra, hein, et de me débarrasser du canoë et du barda, de rejoindre la route la plus proche, faire du stop jusqu'à la prochaine ville, trouver un téléphone et demander qu'on me sorte de là ? Évidemment.* Au bord du même trou dans lequel tombent les malchanceux, je peux me mettre à l'abri en reculant d'un pas.

Je suis sorti de la voiture, l'air d'un homme qui ne se serait pas reconnu dans le miroir, rides et cheveux gris, et n'aurait pas su quoi en penser.

Je leur ai souhaité bonne chance. C'est ce qu'ils auraient fait si je ne les avais pas devancés. Ils m'ont recommandé d'être très prudent et, sans le dire, j'ai fait de même. Puis ils sont partis.

C'était bien de se retrouver seul. D'une certaine façon, c'est ce qu'il y a de plus sûr. De plus facile, certainement.

Je suis retourné à la rampe et suis resté debout dans la bruine, le brouillard et le clair-obscur. Mon inquiétude pour ces jeunes s'est envolée, tandis qu'un monstre glissait en silence sur l'eau, surgissant comme une apparition soudaine, et se dirigeait droit sur moi.

Les films d'horreur n'ont rien à voir avec la réalité. Ils sont inexacts, des négatifs déformés. Pas longtemps avant, j'avais vu un film où une barge à la dérive hurlait, démente, dans la nuit, piquait droit sur la berge et détruisait tout sur son passage. La chose arrivait sur moi de la même façon et j'étais paralysé. Cloué sur place.

Soudain, le monstre a changé d'avis ; le remorqueur a grogné et viré à droite, mettant le cap sur l'amont, s'éloignant de moi. J'ai relâché mon souffle. La barge s'était approchée à portée de crachat.

Ces monstres : remorqueurs et barges. Ils ne peuvent pas faire demi-tour. Aussi, à l'approche d'une boucle, ils doivent ralentir presque jusqu'à l'arrêt, avancer la proue dans le virage et faire pivoter l'arrière jusqu'à ce que l'ensemble du convoi soit redressé dans la bonne direction. Alors seulement ils peuvent repartir. Les mariniers appellent cette manœuvre « flanking » ; il y a intérêt à la connaître et à se trouver du bon côté de la courbe (ou hors de l'eau, tant qu'à faire) quand elle est en cours. Les moteurs auxiliaires dégagent un énorme bouillon ; si on se fait prendre entre le remorqueur et la berge, c'est comme d'être coincé dans un canyon au moment où le barrage cède et que l'eau n'a pas d'autre issue.

Les remous près de la berge sont bien plus mortels que le sillage déjà assez effrayant en soi. Le sillage normal d'un convoi s'étend sur près d'un kilomètre après son passage. Les vagues culminent à trois mètres cinquante et, à trop s'en approcher, les lames soulevées par ces énormes engins risquent de vous retourner, votre canoë et vous, comme une crêpe soufflée au babeurre.

Tout ce que je savais de ces monstres à l'époque tenait dans un dé à coudre. Dangereusement puissants et furtifs, voilà tout. En général, ils s'annoncent par un rugissement qu'on entend à des kilomètres de distance, mais parfois on confond leur beuglement avec celui du vent dans les arbres ou celui même du fleuve. Et parfois, si le vent souffle dans la mauvaise direction, emportant les bruits avec lui, ou si vous rêvez de la chaleur et du soleil des Caraïbes, vous n'entendez rien. Ils peuvent arriver sur vous et vous souffler dans le cou instantanément. Il faut donc être constamment sur la brèche et regarder souvent par-dessus son épaule pour être prévenu à temps de l'arrivée des monstres.

Barges à ciel ouvert chargées de charbon, barges céréalières couvertes, tankers remplis de pétrole. Dix, quinze, vingt tonnes de fret, aucun problème ! On est loin de la contenance des vieux vapeurs qui empruntaient autrefois le fleuve. Ils ne rivalisaient pas en termes d'efficacité, mais je parie qu'ils étaient très pittoresques et beaux à regarder.

Les environs de Saint-Louis, du moins à ce qu'en disent les tableaux, avaient l'allure d'un rassemblement de vapeurs blancs. À la fin des années 1800, le fleuve était le siège d'une grande effervescence. Bateaux à aubes giflant les flots, sifflets annonçant l'arrivée des bacs, quais encombrés de marchandises à charger ou tout juste déchargées, passagers, nuées de flâneurs au bord de l'eau. L'excitation de l'activité ordinaire de l'époque, avant la télévision et les frissons organisés.

De nos jours, les barges circulent sans susciter d'émotion chez l'observateur ; elles éveillent à peine l'intérêt.

Combien de mariniers? Quel confort à bord? Que font-ils et combien de temps ça dure? La plupart du temps, elles passent relativement inaperçues, à moins qu'on ne se trouve sur la digue à jeter des pierres ou à se rafraîchir les pieds et les chevilles par une journée de canicule ou à essayer d'attraper un poisson. Car, alors, on éprouve le passage des barges. Le fleuve dérangé dans sa sérénité se réveille brusquement, vous reproche votre présence, vos cailloux, vos orteils, votre ligne et vous balance des vagues bruyantes pour vous attraper, vous effrayer, ou du moins pour attirer votre attention. Forcément alors, vous remarquez les barges.

Si vous êtes sur l'eau à leur passage, c'est encore une autre histoire, et là il vaut mieux les repérer. On ne peut pas se permettre de s'y habituer; les monstres n'aiment pas qu'on les ignore; ils se sentent humiliés. Et ne feront qu'une bouchée de vous. Ils se rendront à peine compte d'avoir été dérangés, si ce n'est par les coups sourds de votre canoë passant sous leur coque d'acier. Puis les moteurs vous hacheront menu comme un broyeur à déchets et vous ne leur laisserez que le souvenir d'un bon repas.

Sur le cours supérieur, de puissantes machines poussent des convois longs de six barges et larges de trois. Les pilotes ne peuvent même pas vous voir si vous êtes trop près devant eux. Ils sont trop occupés à observer le fleuve et leurs radars. Sur leurs écrans verts, vous n'êtes qu'un petit signal lumineux flou qui ne vous distingue pas d'un gros rondin. Ils ne braquent pas pour des rondins.

Pour des raisons évidentes, il vaut mieux ne pas être sur l'eau la nuit. Mais en journée, si on se tient à bonne distance de ces mauvais garçons, ils sont aimables. Les pilotes vous saluent depuis la timonerie et l'équipage, s'il n'est pas occupé à des manœuvres, vous hèle et vous salue. On n'entend jamais ce qu'ils disent.

Dès qu'un grand convoi s'annonce, je trouve toujours une excuse (heure du casse-croûte, besoin de pisser dans les arbres) pour m'arrêter, débarquer et les laisser passer sans les narguer, ni les déranger. Et s'il n'est pas l'heure de manger ou de pisser, et si j'ai de la chance, je repère un bras secondaire ou un marécage où m'éclipser et je laisse une petite île m'isoler du rugissement et de la houle.

Jusqu'à la suite, bien sûr. Après, tout change. Le fleuve s'élargit et s'approfondit ; il n'y a plus d'endroit où débarquer, plus de cachettes. Ou peut-être que la confiance grandit, la tête gonfle et la peur s'évanouit. Il n'y a plus besoin de prendre autant de distance. On n'a plus peur de grand-chose et on commence à se sentir expert, enfin.

Le fleuve

Le fleuve. Au cœur grand comme celui de votre grand-mère. Austère comme les histoires du meilleur ami d'un père. À double tranchant comme un glaive et aussi aiguisé qu'un rasoir sculptant son passage dans les terres, tandis qu'il serpente en moi, creusant une faille profonde dont il comble immédiatement le vide sur son passage. Étrange brèche, qui bizarrement unit au lieu de diviser. Un fleuve qui unifie le sud et le nord, de même qu'il relie l'est et l'ouest, au lieu de créer une impasse.

Le Mississippi adopte les autres cours d'eau comme des enfants trouvés, et cette aire de drainage couvre près de la moitié des États-Unis, soit environ 3 250 000 kilomètres carrés. De grandes rivières comme le Missouri et l'Ohio, des plus modestes comme l'Illinois ou l'Arkansas et des cours d'eau dont vous n'avez jamais entendu parler comme la Rock ou la Black et la Chippewa, tous se jettent dans le Mississippi, et le grand fleuve emporte tendrement ses pupilles jusqu'à la mer. Il draine trente et un États et deux provinces canadiennes, rejetant dans les océans plus d'eau que tout autre fleuve, à l'exception de l'Amazone et du Congo. Du Wyoming à la Virginie-Occidentale, du Montana au Dakota du Nord et à la Caroline du Nord, les rivières de la moitié du pays se jettent dans le Mississippi et lui appartiennent.

Plus qu'un système fluvial, plus qu'un bassin hydrographique, plus qu'une route, beaucoup plus que tout cela, le Mississippi est une légende. Trop dense pour être bu, trop mince pour être labouré, comme on dit. Plus qu'un fleuve, moins qu'un dieu. La légende excite l'imagination partout dans le monde, et son seul nom – Mississippi – suscite des images en chacun. Quand on le prononce, personne n'a besoin de demander ce que c'est, ni où il se trouve.

Le fleuve a changé de nombreuses fois depuis Itasca et changera encore beaucoup avant la fin. Entre le Minnesota et le Wisconsin, c'est un monstre. À cause des barrages, il est refoulé par endroits et s'étale sur plus de trois kilomètres. Ce qui autrefois n'était sans doute qu'un étroit chenal est désormais un lac immense qui a avalé des hectares et des hectares de terres. Le fleuve Mississippi lui-même a été confiné à un canal navigable, tandis que les eaux qui l'entourent portent d'autres noms : lac Sturgeon, lac Pepin (trente-deux kilomètres de long et si large qu'on ne voit pas la rive opposée), lac Robinson, Grand Lac, lac Spring. Et au milieu, flottent ces îles éparses qui autrefois étaient des élévations de terrain. Depuis que les basses terres ont été submergées, les crêtes ont été transformées en îles. Tout cela n'aurait pas existé sans les barrages qui bloquent le fleuve. Ils l'ont fragmenté, ont altéré sa personnalité par endroits, ils l'ont ralenti, élargi, ils ont transformé son cours supérieur en un long ruban de lacs ; pourtant, quoi qu'on lui fasse, quels que soient les visages qu'il revêt, le Mississippi reste unique.

Comme le vieil homme affecte les vies qu'il touche, aussi légèrement soit-il, le fleuve ne peut pas s'empêcher de relier les êtres. Ou comme un récit national. D'intensité et de signification différente peut-être pour tous ceux qui le partagent, mais un langage commun qui assemble une infrastructure fragile. Sans clous, sans colle, rien qu'une sorte de lien mystérieusement puissant. Comme le baptême.

Le fleuve traverse des villes aussi différentes les unes des autres que Minneapolis et Portage des Sioux. Par endroits, il coule furieusement, ailleurs il est large et étale. Pour certains, il veut dire industrie, pour d'autres, beauté ou navigation de plaisance ou chasse aux canards. Mais c'est toujours le même fleuve, libre et au service de tous.

Je l'observe depuis toujours. Il m'est aussi familier qu'un parent. Mais voilà que, soudain, je vois au-delà de sa surface ; il devient un ami. Le fleuve me fait mieux voir le réel. Il m'offre une intelligibilité que je n'aurais jamais atteinte sans avoir pris le risque de l'intimité. À mesure que je gratte le vernis de ma propre enveloppe corporelle et que j'expose les couches cachées, le fleuve me rend la pareille et me révèle ce que sinon je n'aurais jamais su.

Sans doute est-ce cela que je recherche : à comprendre le fleuve et, grâce au miroir de l'amitié, à me comprendre moi-même, et grâce à cette unité particulière qu'il offre, à mieux voir les choses.

Le fleuve lèche paresseusement les flancs du canoë ; il me claque gentiment la bise et me berce, tandis que je dérive un moment avec le courant, en me la coulant douce. Les vagues sont dociles et rassurantes aujourd'hui.

River Rat

Je m'étais promis au départ que la question raciale n'en serait pas une. Je vivrais sur le fleuve comme j'ai toujours vécu ; à savoir qu'être noir ne compterait pas dans ma réussite ou mon échec éventuels et n'affecterait pas outre mesure ma façon de voir les choses. Après tout, je n'ai jamais pensé que ma couleur de peau était mon trait dominant ; quand je me décris, « noir » n'est pas le premier adjectif qui me vient à l'esprit. Et pourtant, comment ma couleur pourrait-elle ne pas signifier un petit quelque chose de plus par ici ? Comme me le disait mon vieil oncle Robert, avec raison jusque-là, j'étais parti du grand Nord, où les Noirs sont plutôt rares et m'enfonçais dans le Sud profond où les sentiments à leur égard sont rarement amènes, traditionnellement du moins. Les gens verront que je suis noir quelques secondes après avoir vu que mon canoë est vert. Ou avant.

Ce n'est pas, je l'espère, ce dont ils se souviendront ensuite ; longtemps après mon départ, peut-être parleront-ils du Noir qu'ils ont aperçu en canoë, mais peut-être pas. Peut-être retiendront-ils autre chose de moi et choisiront-ils de se souvenir de mon projet, de mon sourire, de ma gaieté et de l'occasion que je leur ai donnée de me traiter aimablement. Les habitants de ce pays n'attendent que cela, une chance et une raison d'être aimables ; alors ils le sont.

Il n'y a pas très longtemps, une amie a tenté de me dessiller. À l'entendre, elle n'avait jamais rencontré plus bête et naïf que moi ; j'étais un danger pour moi-même, une erreur d'aiguillage. Comme je lui disais que je n'avais pas vraiment été victime d'intolérance, elle a explosé. En colère, elle m'a asséné qu'évidemment j'y avais été exposé et qu'à moins de le reconnaître, je ne pourrais rien y faire, jamais. D'une certaine façon, elle avait raison. J'avais peut-être été aveugle ou trop borné pour le voir. Si un arbre tombe dans la forêt et que vous ne percevez rien, aussi réel et concret que soit l'événement, s'il ne pénètre pas votre conscience ou n'affecte pas votre esprit, comment peut-il être réel ? (L'inverse est vrai aussi.) Ou, mieux encore, quelle différence cela fait-il ?

Je lui ai expliqué que je ne tolérais pas qu'on traite avec moi sur un pied racial. Je suis davantage que noir et toute mon attitude l'exprime. L'attitude ! Elle joue à mon avis un rôle énorme et largement sous-estimé dans la façon dont nous sommes traités et dont nous abordons le monde et notre identité.

Écrivain, si je suis éconduit, ma première réaction est de m'en prendre à la stupidité de l'éditeur, la seconde au texte lui-même, en me disant que ce n'était peut-être pas ce que l'éditeur attendait, ou peut-être – loin de moi cette idée ! – qu'il n'était tout simplement pas assez bon. Jamais un refus n'a été motivé par ma couleur de peau. Si je suis entré à l'université, c'est parce que je le méritais, et non parce que j'étais noir.

Si un type ne m'aime franchement pas, je suis sûr qu'il a ses raisons ; je ne suis pas toujours aimable. Mais s'il ne me laisse aucune chance, je m'arrange pour l'y obliger. Il y a certaines choses, aussi insignifiantes soient-elles, qu'on ne doit pas laisser passer. À part les crétins qui braillent courageusement par la vitre de leur voiture, personne ne devrait pouvoir jouer au con sans se faire remettre à sa place.

Le racisme, évidemment que ça existe, je suis au courant. Mais ses effets et ses conséquences dépendent autant des réactions que des actes.

Un matin de bonne heure, je me suis arrêté pour le petit déjeuner à La Crescent, une bourgade banale sise au bout du pont qui la relie à La Crosse dans le Wisconsin. Pas bien grande, elle proposait tout de même plusieurs endroits où se restaurer, dont une pizzeria. J'ai choisi celui qui avait le plus de cachet, un *diner* tout simple, à l'écart du centre. Un petit établissement fréquenté par des habitués surtout. La femme qui s'occupait à la fois des tables, des commandes et de la caisse semblait connaître chaque personne qui passait la porte ; elle avait pour chacun un salut différent, une sorte de petit nom qui étiquetait le client comme une marque. Un rire matinal pour réveiller le corps en attendant le café.

Le restau se composait d'un comptoir et de box dans deux salles à l'avant et de trois rangées de tables clairsemées à l'arrière. Tout le monde avait l'air d'agriculteurs ou du moins de gens qui trimaient à la force de leurs mains, de leurs bras et de leur dos, et peut-être que je ne déparais pas trop avec mon jean sale et mon odeur de hareng. Les regards qu'on m'a lancés étaient de ceux qu'on adresse à un étranger. Personne ne m'a fixé très longtemps, et si la serveuse a traîné un peu pour noter ma commande et revenir me servir mon petit déjeuner, j'ai compris pourquoi. Elle était trop occupée à bavarder avec les habitués pour être dérangée par un inconnu. Et quand elle est venue à ma table, on aurait dit qu'elle avait troqué sa physionomie amicale pour celle d'une femme au travail.

Tandis que j'attendais mon petit déjeuner – foies de volaille, œufs brouillés et pommes de terre sautées – trois courtiers en assurance ont fait leur entrée. J'ignore s'ils vendaient vraiment des polices d'assurance. Ils étaient en costume cravate et ils auraient pu aussi bien vendre du matériel agricole ou occuper des emplois de bureau à La Crosse, mais ils me faisaient penser à des courtiers. Je n'en ai encore jamais vu en costume bien coupé et repassé, élégant ou à la mode, et mieux chaussés que confortablement. Une femme les accompagnait, vêtue de l'équivalent au féminin. Ils se sont installés à l'arrière.

Au comptoir, un vieil homme avait invité sa femme à prendre le petit déjeuner dehors, mais ils mangeaient sans se parler alors qu'ils s'adressaient joyeusement à la serveuse quand elle passait à côté d'eux. J'ai supposé qu'ils vivaient ensemble depuis si longtemps qu'ils n'avaient plus rien à se dire, ou bien qu'ils savaient tout l'un de l'autre. La femme tendait le sel et le ketchup à son mari quand il en avait besoin. Il n'avait pas à les demander.

Mon plat est arrivé ; j'ai demandé une fourchette propre et de la mayonnaise pour mes pommes de terre.

J'ai dit « s'il vous plaît » et la serveuse a souri. Par la suite, j'ai remarqué que personne d'autre ne le disait. Elle s'est dépêchée de rapporter la fourchette, mais j'ai attendu indéfiniment la mayonnaise. Elle s'était arrêtée pour bavarder avec trois femmes solidement bâties, assises dans le box le plus proche de la caisse. Elles parlaient et riaient bruyamment et portaient des vestes frappées d'un « River Rat » dans le dos. Depuis le temps, j'étais devenu un rat de rivière moi aussi et j'aurais bien voulu avoir la même veste.

Personne ne prêtait attention outre mesure à ma présence, à mon plat ou à ma différence.

J'ai mangé rapidement et copieusement, puis je suis allé payer. Un quinqua au visage bouffi est arrivé à la caisse en même temps que moi. Je ne l'avais pas remarqué avec eux, mais il semblait faire partie du groupe de types en costumes mal coupés. J'avais raison. Celui-là au moins était courtier en assurance et, tandis que nous attendions que la serveuse ait fini de bavarder, il a commenté la météo puis m'a demandé d'où je venais. Je lui ai répondu, je lui ai dit ce que je faisais et il a éclaté de rire, en montrant du doigt les vestes des femmes : « Il te faudrait la même. Mais au lieu de River Rat, il y aurait marqué River Nigger. »

Il s'est cru très drôle et a ri si fort que tout le monde nous a regardés. Je ne sais pas si les gens l'avaient entendu et s'ils attendaient une réaction de ma part, mais on nous regardait et j'ai estimé que je ne pouvais pas passer outre, ni laisser ce type s'en tirer comme ça, même s'il n'avait pas cherché à me blesser. Après tout, ce pouvait être une véritable tentative, quoique maladroite, d'humour amical. Alors pourquoi s'énerver ?

J'ai sorti mon sourire le plus étincelant et mon meilleur accent africain : « Je viens du Nigeria. Vous vouliez dire River Niger. Ah, ah, ah ! »

Je l'ai laissé se dépatouiller avec ça et j'ai payé. Il a blêmi une seconde, puis il s'est renfrogné. Le temps que je sorte, il avait dû comprendre ce que j'avais voulu dire : ta blagounette me gonfle, elle n'est pas marrante. Et je l'avais dit sans le menacer, ni l'agresser pour qu'il ne puisse pas contre-attaquer avec morgue ou colère.

Il m'a couru après et m'a agrippé le bras : « Eh, y'a pas d'offense. C'était juste une blague. »

J'ai pincé les lèvres, fort, et j'ai opiné, une fois, mais il ne voulait pas laisser tomber aussi facilement.

« Vous ne venez pas du Nigeria, hein ? »

Il avait l'air si perplexe et sincère à la fois que je n'ai pas pu m'empêcher d'éclater de rire.

« Je vous ai dit d'où je viens. »

Je pouvais presque entendre les engrenages grincer dans sa tête.

« Pourquoi dire que vous venez du Nigeria ? Ce que j'ai balancé vous a énervé au point que vous préféreriez être de là-bas que d'ici ? »

Ce n'était pas ce que j'avais en tête, mais si ça le faisait cogiter…

« Je sais que j'aurais pas dû, mais vous savez comment c'est. On entend des trucs, on les répète et on s'y habitue. Sans réfléchir. » Il a marqué une pause, songeur. « À moins », a-t-il ajouté, la tête un peu plus basse, « qu'on soit celui qui est offensé. Et là, c'est une autre histoire, hein ? »

Là-dessus, il m'a raconté les deux derniers matches des World Series que j'avais manqués à cause de mon voyage, et qui avaient viré au fiasco. Des adultes vociférants qui se comportaient comme des gosses sur le terrain, comme des petits pleurnichards parce que les choses ne se passaient pas comme ils le voulaient.

« On les voyait à la télé, face caméra, balancer des “putain de ci” et des “bordel de ça”, et j'ai pas aimé. C'était parfaitement déplacé, et j'ai pas aimé, mais alors pas du tout. Et je suis pas bégueule, hein. J'ai été dans la marine, vous savez. »

Vingt ans dans les assurances ne lui avaient pas profité, à part le rendre chauve et le faire trop boire. La couperose sur son nez et ses joues lui enflammaient le visage comme un coup de soleil permanent. Les affaires n'allaient pas fort. Les primes étaient trop élevées. Beaucoup d'entreprises n'ont plus les moyens de s'assurer. Ça leur revient moins cher de déposer le bilan. Qu'est-ce qu'on peut y faire ? se demandait-il, à part fermer les facs de droit pendant six ans. Trop d'avocats désœuvrés, alors ils attaquent, attaquent, attaquent.

Mais vingt ans plus tôt, à l'époque où il servait dans les sous-marins, employé à nettoyer les côtes vietnamiennes, la vie était plus simple et pas aussi bordélique.

« Peut-être que c'est le Vietnam, songeait-il, peut-être l'effet que ça nous a fait. On aurait pu la gagner, cette guerre, vous savez, et celle de Corée aussi.

– Elles vous manquent, ces années dans la marine, j'imagine. » Je commençais à ressentir de la compassion pour cet homme que je méprisais il y a encore quelques minutes. Ça m'attristait de lui avoir pourri le moral pour une petite blague inoffensive.

« J'ai jamais été aussi heureux. »

Et maintenant il revient à son point de départ. Il a fait tout ce détour pour en arriver là. Il me raconte son service à Porto Rico. Une histoire toute simple au fond, à propos d'une belle héritière de Philadelphie venue se consoler à San Juan. Ils s'étaient rencontrés et passaient tout leur temps libre ensemble. Ils dormaient dans la même chambre, le même lit aussi, mais jamais ils n'ont fait l'amour.

« Ce n'était pas ce genre de relation-là. »

À la place, ils se confiaient des secrets, des choses qu'ils n'auraient osé dire à personne. Rarement dans la vie, ou parfois jamais, quelqu'un apparaît, à qui tu peux faire confiance de tout ton être. Et ce sera probablement une inconnue que tu ne reverras jamais. Et depuis cette époque à Porto Rico, il n'avait jamais revu la femme et n'avait reçu qu'une seule lettre d'elle, celle qui disait : « Il ne faut pas se revoir, parce que nous forcerions quelque chose qui ne ferait qu'abîmer nos souvenirs. » Il lui avait envoyé des fleurs, et cela avait été leur dernier échange.

Mais à San Juan, par les journées de canicule, quand le moindre souffle d'air venu de l'océan passait pour un miracle, ils marchaient, sirotaient des punchs et discutaient sans fin, et elle lui a parlé de l'homme qu'elle était venue oublier. L'homme qu'elle aimait, mais qu'elle n'aurait jamais à cause de sa famille. Le seul homme avec qui elle avait jamais…

L'histoire s'arrête tandis qu'il se racle la gorge et déglutit.

« Le seul homme avec qui – tu me suis – », il baisse la voix, « elle avait jamais eu du plaisir. » Il relève les sourcils. Le murmure disparaît. « Il s'appelait Raoul et il était noir ; et elle m'a dit qu'elle l'aimait beaucoup, énormément, et elle a pleuré, pleuré ; et je lui ai dit, "Il n'y a aucune raison que tu ne puisses pas l'aimer." Et j'étais sincère. »

Je l'ai cru. Et je suppose que chaque personne qui m'a fait signe et souhaité bonne chance jusqu'ici s'attaquerait au noyau dur et persistant du racisme américain si on lui en donnait l'occasion. L'occasion de rendre service. L'occasion d'être amical. L'occasion de découvrir que nous ne sommes pas, aucun de nous, si différents les uns des autres. C'est ce que j'espérais en tout cas. J'allais vers le Sud et parce que le Sud n'a toujours pas très bonne réputation, au fond de moi, une légère appréhension me rongeait.

S'attaquer au noyau dur du racisme américain est certainement plus facile face à quelqu'un ; à grande échelle, en revanche, l'entamer est aussi laborieux que de sculpter du granit. À ce qu'il paraît en tout cas, et je bataille avec cette difficulté, comme je bataille avec le fleuve.

Si seulement le racisme pouvait être dompté aussi facilement. Je devrais appeler le Corps des ingénieurs à la rescousse.

J'ai fait au revoir à mon ami le courtier en assurance et je lui ai souhaité des jours meilleurs.

Iowa

Descendant à bonne allure vers le Sud, je suis arrivé dans la portion du fleuve qui sépare l'Iowa du Wisconsin, puis l'Iowa de l'Illinois. Le paysage change ; je suis encadré par de hautes falaises qui bloquent le vent. Les arbres en surplomb portent encore leurs couleurs d'automne, mais leur feu s'est éteint et de sourdes nuances d'ambre et d'or s'y attardent. Très haut depuis le sommet d'une falaise, je regarde l'eau bleue sinuer et s'enrouler comme un anaconda géant. Quel spectacle magnifique ! Et quelle pensée enivrante de me savoir en bas, dans un bateau de la taille d'une cacahuète.

Curieusement, ce sont les choses les plus petites qui laissent les impressions les plus fortes. J'ai traversé l'Iowa à toute vitesse, comme un type envoyé en mission. Une poignée de souvenirs seulement surnagent. Du fromage et des crackers et une carpe fumée achetée dans une station-service qui faisait aussi fonction d'épicerie pour le village. Je n'avais encore jamais mangé de carpe et je n'avais entendu que des horreurs sur leur compte. C'est un poisson charognard qui se nourrit de n'importe quoi, mais le poisson-chat aussi, et je raffole du poisson-chat. Le pompiste m'a assuré que je me régalerais. En effet. Ne manquait que la bière.

Celle qui m'a désaltéré n'est arrivée qu'au bout de quatre-vingts kilomètres, mais j'étais content d'avoir attendu.

J'ai débarqué à Dubuque, m'attendant à tomber sur une réplique de La Crosse dans le Wisconsin, une autre ville fluviale aux vieux bâtiments qui luttent pour leur survie à l'ombre des nouveaux hôtels et bureaux. La Crosse m'était apparue vieillotte, endormie et déserte, mais je l'avais parcourue au petit matin. La ville se réveillait à peine et les quelques âmes dehors étaient les ronchons obsédés par la perspective d'une nouvelle journée de travail.

Je suis arrivé à Dubuque en milieu de journée. Les rues n'étaient pas très animées, mais au moins elles étaient vivantes. C'était presque l'heure du déjeuner.

J'ai fait rapidement le tour de la ville. Elle est perchée sur une falaise et la plupart des quartiers résidentiels sont très escarpés. La rue principale cependant est plate comme le dos de la main et aussi rectiligne. Je suis entré dans un petit saloon sombre entre la 9e et la 10e rue, et j'ai pris ma bière.

Assis devant une pression en train de grignoter des chips goût barbecue, il y avait un type tout sec qui aurait probablement dû être au travail quelque part. C'était l'unique client et il regardait des feuilletons à la télé, tout comme la petite dame qui tenait l'endroit. C'était une naine qui m'a rappelé ces femmes de caractère qu'on voit tenir les saloons dans les vieux films sur la conquête de l'Ouest. Elle n'était pas bavarde, se contentant de servir les bières et de vaquer à ses affaires, les yeux rivés sur la télé et les oreilles, j'en suis sûr, à l'affût de tout ce qui pouvait se dire ici. Enfin, après avoir épuisé ses réponses laconiques à mes questions et les commentaires sur le feuilleton, elle s'est détendue et s'est mise à parler de son saloon. Je crois que c'est ma requête d'une autre Budweiser qui a fini par la décoincer. On ne l'arrêtait plus.

« Le gars de Budweiser devait passer mardi, mais il est jamais venu. Il aime pas venir par ici, on lui prend pas assez. Une caisse par-ci, une caisse par-là. Pour lui, ça vaut pas le coup. »

Venant de Saint-Louis, un bar sans Budweiser m'était inconcevable, sauf en cas d'affluence excessive, bien sûr.

« Ah non ! Ici, la numéro 1 c'est la Lite de Miller et derrière, la Pabst. C'est tout ce qu'on me demande. »

J'ai donc demandé la même chose. Une Pabst. Je ne bois pas de bière légère. Pas assez de corps.

« Bouteille ou pression ? »

J'ai choisi la bouteille, parce qu'on m'a dit un jour que la bière y est plus fraîche qu'à la pression. Pour me prouver le contraire, elle m'a servi une pression, gratis ;

la bière m'a paru aussi fraîche qu'en bouteille. À moins d'une différence flagrante, j'aurais probablement été incapable de le dire, tout comme il est probable que je me figure capable de faire la différence entre une bière *light* et une vraie bière. Mais j'étais heureux qu'elle m'en croie capable, heureux de la bière gratis et encore plus heureux qu'elle s'intéresse à ce que je pensais du contenu de ses fûts. Pourtant, elle savait que je ne deviendrais pas un habitué. Je lui avais déjà dit que je ne faisais que passer en canoë.

Mon voisin s'est soudain réveillé. C'était l'heure de la pub, il en profitait pour se reposer du feuilleton. Mon voyage l'excitait ; il voulait tout savoir.

« Quelle est votre JEA ? Votre jour estimé d'arrivée, a-t-il ajouté pour m'éclairer.

– Le jour que ce sera. » Il a paru encore plus impressionné.

« Et les écluses ? Je parie que ces fichus engins mettent des heures. Vous passez probablement autant de temps coincé dedans qu'à pagayer. »

J'ai ri, puis je l'ai invité à se raconter.

« Moi ? Pas grand-chose à dire. Je m'en sors, c'est tout. »

Le feuilleton a repris.

« Et vous alors ? j'ai demandé à la patronne. Vous vous en sortez bien ?

– Je fais de mon mieux. Rien d'extraordinaire. J'essaie d'attirer un peu de monde, d'avoir des spectacles, mais si c'est bon, c'est trop cher et si c'est pas bon, ça vaut pas la peine. Les gens par ici, ça les intéresse pas plus que ça, de toute façon. »

On aurait dit qu'elle attendait son heure, en mettant de l'argent de côté pour la moindre occasion de se tirer qui se présenterait. J'ai eu le sentiment qu'elle y serait encore un bon moment.

Dehors, j'ai repéré un restaurant chinois. J'ai traversé la rue. Une fois à l'intérieur, le décor m'a paru bizarre. Du rouge partout, des lanternes chinoises au plafond, il ressemblait à la majorité des restaurants chinois en Occident, mais j'avais quand même cette impression d'étrangeté. Soudain, j'ai compris pourquoi. Il n'y avait pas un seul visage asiatique. En fait, il y en avait un, mais c'était celui d'un client. Tout de blanc vêtu, il avait l'air d'un plaisancier et à ma question, pour engager la conversation, de savoir s'il avait navigué aujourd'hui, il a sursauté, surpris qu'un inconnu lui adresse la parole ; le « non » qu'il m'a décoché et l'expression qui l'accompagnait m'ont signifié de le laisser tranquille.

Une jolie femme habillée de faux satin noir oriental est arrivée pour m'accompagner à une table. Elle avait une carte du restaurant sous le bras, mais à la différence de la plupart des hôtesses de restaurant, elle ne souriait pas. J'aurais dû me méfier.

« Vous n'avez pas l'air chinoise. » Je me voulais drôle, mais elle n'a pas percuté. Elle aurait été une lionne, j'y aurais laissé ma tête.

Ambiance ! Dubuque, Iowa.

J'ai pris deux rouleaux de printemps à emporter, sans demander mon reste.

Il y a, non loin de l'hôtel de ville, un quartier piétonnier plein de boutiques, avec au centre une petite tour d'horloge. Il est fréquenté à l'heure du déjeuner et je m'y suis arrêté une minute pour prendre le soleil. Un Noir est passé. Il m'a fait de grands signes joyeux, trop exubérants toutefois pour n'être qu'un signe amical.

Il était manifestement heureux de me voir, à la façon des Américains quand, après plusieurs semaines dans un pays étranger, ils entendent enfin parler anglais. Il a agité les bras et poursuivi son chemin. *Dubuque, Iowa,* me suis-je dit encore une fois. C'était vraiment étrange.

Plus tard je suis arrivé à Davenport, au coucher de soleil qui m'y attendait. Des rubans de bleu et des torsades de rose et de mauve surgissaient du noir de la nuit posée au-dessus de ma tête et s'effaçaient dans un embrasement orange à l'horizon. *Certaines choses valent la peine de tout le reste,* me suis-je dit. Comme le haricot-saucisse du premier soir. Comme Robinovich et Emily. Comme ce coucher de soleil strié de feu et de pourpre, et baigné de bleu et de violet. Si simple, et pourtant si spectaculaire.

À Muscatine, Riverside Park s'étend au bord du fleuve. Si on y arrive tard et qu'on remballe tôt, on peut y camper ni vu, ni connu. Ou bien on peut traverser le parc et la route et dormir confortablement à l'Hotel Muscatine. Vétuste et sans façon, le rectangle en briques, massif et sombre, se tient au coin de la rue et regarde couler le fleuve. Autrefois, c'était sans doute un hôtel chic, mais à présent on ne l'identifie qu'à son enseigne en façade. On y trouve une agence de voyages et un café, où j'ai pris mon petit déjeuner.

Spécialité de la maison le soir : cuisine française. Aux murs étaient accrochées des reproductions de peintures françaises, Toulouse-Lautrec et consorts. Malgré tout, l'endroit avait l'air d'un simple café. Moquette grise, stalles et tables bancales. Je me suis assis à une table bancale.

Une femme âgée s'affairait avec l'énergie d'une tornade de l'Iowa, à prendre les commandes, faire le service, tenir la caisse et offrir des brins de causette. Elle faisait même videur. Traînait dans le hall de l'hôtel un personnage crasseux qui avait sans doute l'air aussi répugnant que moi et empestait probablement autant. Il avait laissé sa bicyclette dehors et était entré pour aller aux toilettes et se poser. Il s'était assis dans l'une des cabines téléphoniques à l'extérieur du café et fumait une cigarette. L'ayant finie, il s'était relevé et tournait en rond. Peut-être était-il inoffensif, peut-être était-il un peu barge, mais la vieille dame gardait un œil sur lui et quand elle en a eu assez, elle est sortie du café et l'a jeté.

Je lui ai dit, après avoir mangé mon omelette, pommes de terre et toasts: « Ce type avait l'air presque aussi débraillé que moi. »

Elle a cligné de l'œil et souri: « Je sais, mais vous, vous payez. »

Je suis resté assis, à écouter un homme grisonnant qui parlait achat de matériel agricole à un gros type aux cheveux frisés, probablement son fils. Le fils avait l'air d'un concessionnaire automobile de campagne prospère. Il ne tenait pas en place, mais c'est l'homme âgé qui se disait occupé.

« Tant de choses à faire. J'arrive pas à tout retenir. Au bout de cinq minutes, j'ai un blanc, je me souviens plus de ce que je dois faire. »

Je sais que j'aurais dû me sentir triste pour ce vieil homme finissant qui perdait la mémoire et parlait à son fils qui n'avait pas particulièrement envie de l'écouter. Mais au lieu d'avoir de la compassion, j'ai été submergé par une vague de jalousie. J'ai su que le jour où le vieillard et tous les gens présents évoqueraient cette soirée, ils se souviendraient de la vieille dame et du clodo qu'elle a fichu dehors. Pas de moi.

J'aurais voulu qu'ils fassent partie de ma vie comme ils feraient à jamais partie de la mienne. Je ne voulais pas faire un petit tour et puis m'en aller sans laisser de trace, mais c'est ce que je faisais. Je ne voyais pas comment faire autrement, sinon en m'imposant, en agitant une bannière et en hurlant: Eh ! Regardez-moi, je descends le fleuve en canoë !

Seul j'étais et seul je resterais jusqu'au bout. Peut-être était-ce le voyage que je voulais. Un voyage égoïste, qui n'affecterait que moi, un voyage gratifiant à sens unique.

Tout d'un coup, j'ai eu envie de partager quelque chose avec quelqu'un et, le temps de pousser jusqu'à Fort Madison, je me suis senti seul au point d'avoir la frousse, d'en avoir marre, et de vouloir rentrer à la maison.

Ma vieille angoisse était de retour.

Les pêcheurs

Des nuages gris et lourds s'accrochaient au ciel. J'ai enfilé mon ciré jaune aux premières gouttes. Le vent s'est mis à souffler et le canoë à tanguer. Mais ce n'est pas ça qui me préoccupait. Je ne cessais de m'inquiéter d'être si seul, pourtant cela ne m'avait jamais dérangé auparavant. J'aimais ça en fait, depuis toujours, mais soudain la solitude s'était transformée en isolement. J'ai essayé de chanter, mais cela n'a fait qu'aggraver la pluie.

Non loin devant, je vois de la fumée sortir des arbres sur une île. Ma carte me dit qu'il s'agit de l'île du Diable, mais elle n'est pas censée être habitée. *D'où peut venir cette fumée ?* De gens, évidemment ; je me rapproche en espérant que quelqu'un me verra. Un signe de la main, un salut crié de la berge, n'importe quoi. Je veux juste faire un signe et un sourire.

Ils m'ont offert beaucoup mieux. À mon passage, ils ont hurlé des tas de trucs, mais je n'entendais rien. Le vent sifflait trop fort sous ma capuche. Finalement, ils m'ont fait des signes. Ils étaient deux et ils sont tous les deux venus au bord du fleuve pour me proposer d'accoster. C'était l'invitation que j'attendais ; j'ai fait demi-tour et j'ai pagayé dur pour les atteindre.

Le fleuve ne paraît pas rapide quand on est dessus. Pagayer propulse le canoë plus rapidement que le courant et, les arbres glissant lentement sur les côtés, on a l'impression de ne pas avancer vite du tout. Mais aussitôt qu'on a viré et mis le cap sur la rive, on comprend qu'on aurait dû entamer la manœuvre une heure plus tôt. Le temps de viser un point à votre hauteur, vous l'avez déjà dépassé et devez pagayer comme un fou pour remonter le courant. Face à l'amont, vous éprouvez à quel point le fleuve coule vif sous vos pieds.

J'ai mis tout ce que j'avais dans la pagaie, à crocher l'eau et à propulser le canoë, pour remonter jusqu'aux deux gars. Mais je n'y suis pas arrivé ; quand j'ai atteint la rive, ils étaient encore loin derrière et j'ai dû enjamber des arbres tombés et franchir des broussailles pour retrouver la clairière où ils se tenaient près du feu. J'ai fait un accroc à mon ciré.

« On vous a vu arriver de très loin. On a vu votre ciré jaune.

– Mais on ne savait pas que vous étiez en canoë. »

Ils se réchauffaient auprès du feu. Père et fils, c'étaient des pêcheurs professionnels qui tendaient leurs filets le soir et revenaient le lendemain pour les relever. Ils habitaient Fort Madison et je leur ai aussitôt demandé leurs prénoms.

« Moi c'est Rod et lui, c'est mon père, Vernon. »

Ils me demandent le mien, je le leur dis.

« Qu'est-ce que vous faites par ici ?

– Je descends à La Nouvelle-Orléans. »

Ils ne relèvent pas.

« On aurait dû apporter des hot-dogs comme on fait d'habitude. Mais on ne va pas traîner aujourd'hui. Juste nettoyer les filets, les remettre à l'eau et rentrer à la maison. »

Le feu crachote, menaçant de s'éteindre. Vernon va chercher plus de bois. Je regarde comment il relance le feu bien que tout soit détrempé.

Sur la grosse bûche fumante, il étale des feuilles qui s'enflamment une fois séchées. Les brindilles et le petit bois qu'il a placés autour des feuilles prennent feu aussi une fois secs, et la brise attise les flammes. Aussitôt, les braises redeviennent brasier, et je me rapproche pour me réchauffer.

Les deux hommes se remettent à débarrasser leurs filets des feuilles, branches et débris qui s'y sont pris, avant de les étaler soigneusement par terre pour qu'ils ne s'emmêlent pas trop au moment de leur remise à l'eau.

« Vous faites quoi dans la vie ?

– Je suis écrivain.

– Vous allez écrire un livre sur votre voyage ?

– J'y compte bien.

– Vous allez nous mettre dedans ?

– C'est sûr. »

Ils se regardent et sourient.

Je me rapproche pour mieux les voir à l'ouvrage. Les filets font près de quatre-vingt-dix mètres de long chacun ; pour les nettoyer et les remettre à temps dans le fleuve, ils doivent faire vite. Leurs mains sont fortes et habiles, seul l'âge de Vernon les ralentit un peu.

Enfin, ils remontent dans leur barque pour replacer les filets. Ils les jettent à l'eau et les fixent avec de longs piquets. Ils marquent leur emplacement par des bidons de lait en plastique vides ; dès lors, quand je verrai des bidons de lait flotter sur l'eau, je saurai qu'ils sont autre chose que des détritus polluant le fleuve.

Ils m'ont demandé d'entretenir le feu.

À leur retour, nous revoilà tous les trois autour du foyer, et Rod me dit qu'il a été à La Nouvelle-Orléans. Il n'a pas toujours habité Fort Madison, mais pour une raison ou une autre, il y revient toujours.

« On peut pas rester trop longtemps loin du fleuve. »

Ils se moquent de mon ciré déchiré.

« On dirait que t'es bon pour t'en payer un autre. »

Vernon me montre le sien. Il est aussi salement déchiré que le mien.

« Ils durent pas longtemps, hein ? J'en ai vu qui sont faits dans une toile épaisse et solide, mais ils se déchirent aussi. Sont mieux en tout cas que le méchant truc que t'as sur le dos. »

Puis ils s'en prennent à mes chaussures.

« C'est quoi que t'as aux pieds ? Des tennis ?

– Un truc du genre.

– Il te faut des bottes comme celles-là. T'aurais pas les pieds mouillés.

– Je ne savais pas qu'ils seraient mouillés, mais tu sais, à chaque fois que je passe la pagaie d'un côté ou de l'autre du canoë, des gouttes tombent dedans. Au bout de dix mille fois, les trois gouttes font une belle mare.

– Je veux bien le croire.

– Et quand il fait froid, mes pieds gèlent.

– Tu fais comment, la nuit ? Tente et feu de camp ?

– Ouaip.

– Ben, tu ferais mieux de rester ici ce soir. Le feu est déjà en route, t'as plus qu'à l'entretenir. Et puis le coin est pas si mal pour camper. »

Je regarde alentour ; il a raison. La clairière est entourée d'arbres qui la protègent du vent et les branches qui la surplombent me protégeront de la pluie. Car il va pleuvoir.

« Va y avoir un gros orage cette nuit, dit Vernon. Rod a raison, tu ferais mieux de pas bouger d'ici.

– Peut-être bien. »

C'est ce que j'ai fait.

« Bon, faut qu'on y aille, dit Rod. Mais on va te laisser la radio pour que t'aies un peu de musique cette nuit, si tu veux. » Il fouille ses autres poches. « Où est-ce que j'ai foutu la pile de rechange ? » Il la trouve et me la tend. « Quand tu partiras le matin…

– Si tu pars, ajoute Vernon.

– … laisse la radio, juste là », reprend Rod. Il me montre la fourche dans un arbre sur laquelle je pourrai la poser.

Je les ai regardés retraverser le fleuve, l'un assis dans la barque, l'autre debout. C'étaient d'authentiques rats de rivière ; leur bateau tapait les grosses vagues, la proue soulevée très haut au-dessus de l'eau, s'écrasant ensuite. Ils n'ont pas cherché à ralentir, du tout.

Trop vite ils ont été hors de vue et j'ai été de nouveau tout seul. Mais cette fois, je pouvais me raccrocher à un objet appartenant à quelqu'un pour me rassurer pendant la nuit. J'ai allumé la radio et je l'ai réglée sur la station de musique country la plus puissante que j'ai pu trouver. Elle émettait depuis Keokuk, à vingt-cinq kilomètres de là. Nous ferions météo commune.

Je suis reparti à l'assaut des broussailles et des arbres tombés pour remonter mon canoë en pagayant jusqu'à la petite anse. Je l'ai tiré au sec sur le rivage, j'ai pris le nécessaire pour la soirée et j'ai laissé le reste à l'abri sous l'embarcation retournée. Voyant que le vent et la pluie arrivaient du nord-est, j'ai orienté le canoë de façon à conserver mes affaires au sec. Puis j'ai planté ma tente et j'ai ramassé une montagne de bois pour la nuit. Je voulais entretenir le feu aussi longtemps que possible, jusqu'au matin, pour avoir de quoi me réchauffer et faire bouillir de l'eau pour mes céréales au petit déjeuner.

L'après-midi n'était pas très avancé quand j'avais débarqué, mais après un moment à discuter avec Vernon et Rod et un moment plus long à ramener le canoë, à ramasser du bois et à monter le camp, il faisait presque nuit noire le temps que je mange et m'installe sous la tente, prêt à me coucher.

J'ai rallumé la radio : musique country et bulletins météo annonçant l'arrivée de la pluie, ce que je savais déjà, et le parcours de l'ouragan Juan qui s'abattait sur le golfe du Mexique, envoyant vent et pluie remonter la vallée du Mississippi. Je savais pour le vent et la pluie, mais ils me semblaient venir du nord et de l'est. Très vite, comme s'il avait entendu mes doutes, le monsieur météo a expliqué qu'ils arrivaient par le sud et l'ouest. Et très vite après ça, la pluie est tombée.

Les météorologues et les oiseaux sont les premiers à le savoir. Mais si vous tendez l'oreille, vous aussi vous pourrez détecter l'arrivée de la pluie. Écoutez les oiseaux. Ils gazouillent et chantent si joliment que la perspective d'un orage est la dernière chose qui vous viendrait à l'esprit. Puis, deux par deux, ils filent se cacher. Une mémoire génétique du Déluge peut-être, toujours est-il qu'ils sentent l'orage dans l'air et vont se mettre à l'abri. Je me demande où ils vont. Ils disparaissent tous, vraiment, seuls quelques lambins continuent de jouer de la musique. Les musiciens purs et durs détestent rentrer chez eux.

Puis le vent souffle et siffle dans les arbres. La pluie n'est jamais très loin derrière. Mais si vous doutez encore et avez besoin d'autres présages, des éclairs tombent silencieux et, à mesure que l'orage se rapproche, le tonnerre se joint aux éclairs, de plus en plus proche à chaque flash, jusqu'à ce qu'enfin ils arrivent presque ensemble. L'orage est là.

Cet orage-là était plus qu'un orage et je me suis demandé si la tente y résisterait. Chaque assaut apportait un surcroît de pluie et de vent, et une fois l'orage enfin parti, l'eau continuait à tomber des branches qui se balançaient au-dessus.

Heureusement, je m'étais installé sous les arbres. Sinon, le vent aurait sans doute été trop violent et j'aurais été encore plus trempé que je ne l'étais. Et pour être trempé, j'étais trempé. Le tapis de sol ciré censé être étanche ne l'était pas, la bâche synthétique tendue au-dessus de la tente, non plus. Je me suis activé toute la nuit, dormant par à-coups, tournant dans la tente à la recherche d'un coin sec. Je n'ai pas beaucoup dormi, mais j'ai réussi à maintenir le feu. De temps à autre, je dézippais la tente et balançais une nouvelle bûche. En entretenant le feu toute la nuit, le bois mouillé que je jetais dessus finissait par sécher et brûler à son tour.

Quand la pluie a enfin cessé et les piles de la radio sont mortes, je me suis endormi. Au matin, le feu était éteint. Mais il restait assez de braises de la dernière grosse bûche pour mettre en application ce que j'avais appris en regardant Vernon.

J'ai rampé hors de la tente, raide et mouillé. Je me suis étiré. De l'eau tombait encore des arbres, assez pour penser qu'il pleuvait toujours et envisager de me remettre à l'abri un peu plus longtemps. Mais le fleuve était paisible et calme et je me suis rendu compte qu'il ne pleuvait plus. Quand le vent a cessé de souffler, les branches ont cessé de se balancer et l'eau a cessé de tomber. Je savais qu'il était temps de me mettre en route. En fait, j'aurais pu le faire bien plus tôt.

J'ai ramassé des feuilles mouillées que j'ai éparpillées sur les braises. J'ai soufflé vigoureusement dessus jusqu'à ce qu'elles rougeoient et que de petites flammes surgissent. Les feuilles se sont mises à fumer puis elles ont pris feu, et j'ai empilé du bois. Bientôt j'ai eu une flambée très correcte et j'étais fier de moi.

J'ai préparé mon petit déjeuner, guetté les signes de mauvais temps dans le ciel et démonté le bivouac. Je me serais senti mieux s'il y avait eu un peu de soleil ou un petit coin de ciel bleu, mais il n'y en avait pas et je me sentais bien quand même. J'ai posé la radio à l'endroit prévu et j'ai levé le camp. Je voulais laisser un mot, mais la pluie l'aurait rendu illisible ou le vent l'aurait emporté.

La matinée était splendide, le fleuve aussi. J'ai longé quelques bidons de lait flottants et les ai identifiés. Je suis passé au large pour ne pas déranger les filets en dessous. Alors que je m'éloignais de l'île, il m'est apparu qu'une fois de plus j'avais bénéficié de gentillesse, mais cette fois au moins j'avais fait impression, ne serait-ce qu'en créant l'anticipation d'un livre. Impression sur eux, je ne sais pas, pas autant en tout cas que l'impression qu'ils avaient faite sur moi. Celle-là durerait toute ma vie et je me suis demandé : est-ce toujours le récipiendaire qui est le plus marqué ? Parce qu'il bénéficie davantage du contact, parce qu'il est le plus touché ?

Je n'ai pas eu le temps de m'appesantir. Un féroce coup de vent m'a chahuté. La pluie est revenue et le fleuve m'a dit de sortir de là.

J'ai mis le cap sur Montrose et pendant un dixième de seconde j'ai envisagé de continuer jusqu'à Keokuk, quinze kilomètres plus loin.

Poisson-chat

Si je ne m'étais pas arrêté à Devil's Island pour la nuit, l'orage de la veille m'aurait rattrapé à un endroit moins abrité. Il n'y aurait certainement pas eu le moindre feu en route et avec tout ce bois mouillé, en allumer un moi-même aurait été une galère sans nom.

Et ce matin au réveil, si j'étais parti ne serait-ce qu'une demi-heure plus tôt, j'aurais déjà dépassé Montrose et serais en train d'attendre que la pluie cesse, roulé en boule quelque part sur la berge.

Au lieu de quoi, j'ai attendu la fin des pluies au Hoenig's Riverview Tap, un bar avec vue sur le fleuve, le seul endroit, à part la laverie, où l'on pouvait s'attarder indéfiniment. La petite ville s'étend sur six rues dans un sens et sept dans l'autre, en comptant large.

J'ai passé une tête à l'intérieur. Une femme, balai-serpillière à la main, s'est retournée.

« Vous êtes ouvert ? »

Elle a fait signe que oui et m'a apporté la bière que j'ai commandée. J'ai entrepris de me dévêtir, enlevant d'abord le ciré déchiré, puis le sweat à capuche que je porte en dessous.

Je me suis assis sur un tabouret au bout du bar, côté porte d'entrée, et j'ai attendu là, en regardant des feuilletons à la télé, une fois les émissions de jeux terminées. J'avais déjà vu plus de feuilletons depuis mon départ que dans ma vie entière. Mais ce jour-là, cela ne m'a pas dérangé. Tout était bon pour me distraire de ma détresse. La pluie ne se calmait pas. La bière m'avait refroidi, alors je suis passé au café pour me réchauffer et j'ai bu café après café après café jusqu'à en être écœuré. Puis j'ai pris un bol de chili. Des ouvriers du coin sont arrivés pour déjeuner et j'étais encore là. J'étais là quand ils sont entrés, j'étais là quand ils sont partis. J'ai repéré quelques coups d'œil de travers, mais personne n'a fait de réflexions désagréables sur ma présence.

Quand j'en ai eu assez, que la pluie s'est arrêtée et que le fleuve a eu l'air plus calme, j'ai renfilé mes vêtements un peu moins humides et je suis redescendu sur la berge retrouver mon canoë. Je l'ai même remis à l'eau en pensant que je pouvais repartir. Mais à y regarder de plus près, je me suis rendu compte que ce serait une folie, tout expert que je fusse.

J'ai donc cherché un endroit où passer la nuit. Tombant sur un os – il n'y a pas d'hôtels à Montrose, j'ai cherché un lieu où entreposer équipement et canoë pendant que je me ferais conduire en stop dans un patelin doté d'un hôtel.

Un gars à la scierie m'a dit que je pouvais lui laisser mon barda, qu'il le mettrait sous clé pour la nuit tandis que je retournerais à Fort Madison. C'était la ville la plus proche qui disposait d'un hôtel. Ou alors à Keokuk, en aval. Ce serait Keokuk. Je ne pouvais pas revenir en arrière.

Et puis, pris d'une audace inédite, je lui ai demandé : « Vous connaîtriez pas quelqu'un qui aurait un pick-up ? »

J'ai bien vu qu'il réfléchissait, se demandant ce que j'avais derrière la tête.

« Moi, j'en ai un.

– C'est vrai ? Quelle chance ! Vous n'iriez pas à Keokuk, par hasard ? On mettrait le canoë sur le pick-up et on l'emmènerait là-bas. »

J'ai croisé les doigts et les orteils et il a répondu : « Ouais, ça se peut. » Il parlait si lentement. « Si ça vous dérange pas d'attendre un petit moment. »

Évidemment que ça ne me dérangeait pas. Surtout après qu'il a ajouté que je pouvais attendre au bureau de la scierie. Il faisait chaud à l'intérieur.

C'était un homme mince aux cheveux longs et à la moustache tombante. Il m'a dit s'appeler Elton ou Elden (on peut demander son prénom à quelqu'un, lui demander de le répéter, mais pas de l'épeler) et je pense qu'il était apparenté à son employeur, son gendre peut-être. Ils étaient à l'intérieur, en train de parler, puis Elton est reparti travailler.

Je me suis mis au chaud, frissonnant de soulagement d'être à l'abri du froid et de l'humidité. J'ai dit : « Ça pèle dehors.

– Ça va encore tant qu'y a pas de vent.

– Il fait bon et chaud ici. On est bien.

– Ouais. » Puis le téléphone a sonné.

Elton est revenu et m'a demandé poliment : « Prêt ? » comme s'il avait adapté son emploi du temps au mien et n'avait plus l'intention de bouger tant que je ne signalais pas que j'étais réchauffé et prêt à partir. Ou peut-être avait-il des affaires urgentes à régler en ville, mais je préfère penser qu'il avait avancé son départ pour m'éviter d'attendre. Il m'a dit en effet qu'il lui faudrait revenir à la scierie pour retourner ensuite à Keokuk où il habitait.

Nous roulons vitres relevées, le chauffage à fond, et Elton m'explique combien il est difficile de trouver du travail dans la région. Les campagnes souffrent économiquement à cause des difficultés des agriculteurs, mais on fait comme on peut et on s'accroche.

Il me raconte que Keokuk a été la capitale américaine de la cocaïne. J'ai du mal à le croire, mais il affirme que toute la cocaïne importée dans le pays entrait par là.

« Keokuk était hyperviolente. » Je suis sûr qu'il parle d'il y a cent ans. Nous longeons un centre commercial sans étage. « Autrefois, c'était l'hôtel le plus couru, le plus gros bordel des environs. »

Puis, tandis que nous cherchons un hôtel bon marché pour me loger, il me parle des bars.

« Je sortais tout le temps jusqu'à ce que ça devienne trop dangereux et que ça vaille plus le coup. Les gens se battaient pour un oui ou pour un non, se faisaient planter ou flinguer. J'ai plus bougé de chez moi. »

Il me montre le bar lesbien et le bar gay, le bar des cow-boys et celui des ploucs, puis il me raconte son trip le plus dingue quand il tapait la route et que son pote et lui, en bagnole pour la Californie, avaient ramassé un paquet de dollars (au poker à Las Vegas, je crois) et comment le pote s'était tiré avec le pognon. Je ne suis pas sûr d'avoir tout compris, mais toujours est-il que le pote s'est retrouvé fauché à faire du stop et qu'Elton est tombé sur lui dans le désert. Elton a continué sa route sans se retourner.

Il me raconte aussi, le visage impassible et sans la moindre émotion dans la voix, la souffrance atroce que sa femme et lui ont endurée pendant l'horrible maladie que leur petit enfant avait subie avant d'en mourir.

Comme je ne savais pas quoi dire, je me suis tu, mais mon cœur compatissait. Est-ce donc que seules les âmes bienveillantes se font piétiner ou est-ce seulement le contraste entre leur bonté et leur douleur qui rend les choses aussi insondables ? Cet homme qui se démène pour me trouver un hôtel suffisamment bon marché (on en a vu plusieurs), qui me fait visiter la ville, me conduit au poste des gardes-côtes, cet homme méritait sûrement le meilleur des sorts. Pourquoi son bébé était-il mort ? Pourquoi lui était-il si difficile de décrocher un bon boulot ?

Chez les gardes-côtes, j'ai demandé et obtenu permission de laisser mon canoë et une partie de mon équipement sur leur quai. J'ai pris quelques affaires et Elton m'a déposé à mon hôtel, à une petite trotte à pied du centre. Puis il m'a fait au revoir de la main et a filé, le menton tendu vers le volant.

J'aurais voulu aller chez Elton, rencontrer sa femme, partager un repas. Au lieu de quoi, j'étais là à me demander si mon existence lui reviendrait jamais à l'esprit.

Dans la baignoire, j'ai enlevé les feuilles et le sable de ma tente, et je l'ai mise à sécher dans la chambre. J'ai accroché mes vêtements mouillés un peu partout, mon sac de couchage aussi. J'ai pris un bain, puis une douche et je me suis frotté et frotté jusqu'à être à peu près propre. Je me suis allongé sur le lit et j'ai essayé de dormir, mais un vide intérieur m'en empêchait. Il m'a tracassé jusqu'à ce que je pleure et que je sanglote, pris du soudain désir d'avoir des enfants. Je ne sais pas pourquoi : pour leur apprendre des choses, leur raconter des histoires. Pour partager avec eux les moments importants de ma vie afin qu'en mon absence, et même longtemps après ma mort, ils se souviennent de moi, me portent en eux, et que je fasse pour toujours partie de leur vie.

J'ai dû m'endormir quelques minutes. À mon réveil, ces désirs avaient cédé à la faim. J'ai enfilé des vêtements propres et des bottes de cow-boy et je me suis mis en quête, naturellement, de poisson-chat pour le dîner.

Je me figurais qu'étant dans une ville fluviale, une ville du Mississippi qui plus est, le poisson-chat serait la chose au monde la plus facile à trouver. Pas du tout. J'ai marché jusqu'en ville à la recherche d'un restaurant qui en servirait. J'ai demandé à tous les gens que j'ai croisé en route, mais ce n'était pas mon jour de chance.

Le vendeur du magasin de chaussures m'a dit d'essayer le Holiday Inn. Ils en servaient avant.

La libraire de Copperfield & Co m'a recommandé le Blizzard ou le Buzzard, un truc comme ça. « Le nouveau restau qui vient d'ouvrir juste en face, elle a suggéré, comme si j'étais du coin. Je n'ai pas encore essayé, mais il paraît que c'est bon. »

Pendant que j'étais à la librairie, j'ai acheté un cadeau pour Robinovich, un livre qui plus tard serait détrempé. J'hésiterais honteusement à le lui offrir et mentirais en lui disant que je l'avais depuis longtemps.

De l'autre côté de la rue, il n'y avait pas de poisson-chat. Mais voulant s'en assurer, la serveuse a dit : « Attendez, je vais demander. » Puis elle est revenue avec la mauvaise nouvelle. Elle a haussé les épaules en ouvrant les mains, bras tendus. « Désolée.

– Moi aussi », j'ai répondu.

J'ai interpellé un dernier quidam à qui j'ai demandé par erreur où trouver un bon poulet frit ; il m'a recommandé le KFC. J'imagine qu'il m'aurait envoyé au McDo si j'avais voulu un bon burger.

J'ai marché jusqu'au carrefour entre Main Street et la 7ᵉ rue et je suis entré dans un endroit baptisé le Chuck Wagon. J'avais abandonné tout espoir, étant assez affamé désormais pour avaler n'importe quoi.

La déco était cow-boy : aux murs, des scènes du Far-West, des bois de cerfs et des cornes de *longhorns* du Texas, un gros harnais dont le passage pour la tête de l'animal avait été obstrué par un miroir, et un autre avec de fausses fleurs à la place du miroir. Toutes les tables étaient rouges, toutes les banquettes étaient en bois et chaque banquette était flanquée de son porte-chapeaux. Dans l'autre pièce trônait une grande photo du barrage hydroélectrique qui traverse le fleuve à cet endroit.

Le restaurant était plein, comme tout bon restaurant qui se respecte.

« Vous désirez ?

– C'est possible de manger un morceau ?

– Certainement.

– Je peux jeter un œil à la carte d'abord ? »

Elle m'en a donné une et s'en est allée pour ne pas me gêner si, en voyant les prix, je me rendais compte que ce n'était pas dans mes moyens. C'était très gentil de sa part, mais je ne regardais pas les prix ; je cherchais du poisson-chat et en le voyant j'ai poussé un gros soupir.

« Voulez-vous une table ? »

Je me suis demandé si elle était toujours aussi aimable et polie.

Elle m'a conduit à un box où je me suis assis en lui rendant la carte. «Je sais ce que je veux.» La serveuse est arrivée et j'ai commandé. «Un énorme morceau de poisson-chat.

– Un filet de poisson-chat ou le poisson entier?

– Entier. Bien frit.» Et j'ai ajouté: «S'il vous plaît.»

Il m'est arrivé accompagné de frites, de coleslaw et de cornichons, de tomates et de salade, plus un petit pain, du beurre et de faisselle à l'ananas. Je n'aime pas la faisselle, mais je l'ai mangée et j'ai trouvé ça délicieux. Le repas entier. Même le beurre. Et un Pepsi plein de bulles piquantes pour arroser le tout. Je n'aurais pas pu demander mieux.

Peut-être qu'ils auraient saboté le steak ou raté les linguine aux clams, mais ils faisaient le poisson-chat à la perfection et je suis ressorti de là comblé.

J'ai bien dormi et le matin je suis reparti en forme. J'ai même été pris en stop de l'hôtel jusqu'au fleuve par deux ados qui avaient passé la nuit à nettoyer et à regarnir les rayons d'un supermarché. Ils se baladaient en bagnole en buvant une bière avant d'aller se coucher. Ils voulaient s'amuser un peu avant de rentrer parce qu'une fois couchés, la nuit de travail suivante arriverait trop vite, dès qu'ils se réveilleraient le soir.

Ils m'ont déposé et j'ai mis le canoë à l'eau. J'ai récupéré mes affaires au poste des gardes-côtes où j'ai bavardé deux minutes. Je me suis informé de la météo et du niveau de l'eau après toute cette pluie. Cela n'aurait rien changé, bien sûr, même s'ils m'avaient parlé de crues et d'inondations partout. J'ai chargé le canoë et je suis parti.

Les rares hommes en uniforme dehors m'ont fait des signes et très vite j'ai été hors de vue.

Quel changement abrupt depuis la veille ! La journée était venteuse, mais sans violence. L'eau était calme. Et je me sentais en pleine forme. Le soleil brillait et l'atmosphère était très chaude. J'ai donné de longs coups de pagaie gracieux et j'ai gagné vivement le milieu du fleuve, prenant le courant et glissant en douceur vers l'aval. Des hommes qui travaillaient sur la rive se sont arrêtés pour me regarder et me faire signe. Le monde entier semblait me faire signe et me sourire, et j'étais une fois de plus un homme très heureux.

Le pêcheur sorcier

Une chose aussi simple qu'un signe de la main est parfois un don des dieux s'il se manifeste au bon moment. Vous êtes épuisé et vous n'en pouvez plus, votre moral est en berne parce que personne ne vous connaît et que vous n'intéressez personne. Puis, soudain, un inconnu vous fait signe, un sourire suit et vous êtes inondé de chaleur et baigné de lumière. Votre âme s'élève.

Je saluais tous les gens que je voyais, tâchant toujours de faire signe le premier. J'y parvenais rarement. Même les pilotes des barges me faisaient signe du haut de leur cabine, ce qui me rendait particulièrement joyeux. J'étais l'un d'eux. Un rat de rivière. Un homme du fleuve. Et nous avions un fleuve en commun, que nous partagions.

À coups de pagaie, je m'éloignais de Keokuk et, comme s'il disait : Pas si vite, redescends sur terre, le vent me refusait d'en faire à ma guise. Une grosse bouée de balisage, verte et rouillée, flottait au milieu du chenal et on aurait dit que je fonçais droit sur elle. Si je ne la contournais pas, je la heurterais et qui sait ce qu'il se passerait.

Je mets le cap sur sa droite mais le vent me repousse à gauche. Je rectifie trop tard ; je vais la percuter. C'est au ridicule que je pense d'abord. Les gardes-côtes m'observent peut-être à la jumelle et, après avoir commenté mon courage et ma dextérité, ils vont se marrer et me prendre pour un zozo si je cogne ce truc. Si je chavire et que je tombe à l'eau, ce sera encore pire.

Chavirer et tomber à l'eau ? Le véritable danger de cette bouée me frappe soudain. Je risque de tomber à l'eau, de perdre mes affaires, de couler le canoë, de me noyer.

Je pagaye aussi vigoureusement que possible, mais c'est inutile. Je vais rentrer dedans. Le mieux que je puisse faire est de m'accrocher et de maintenir le canoë en équilibre.

L'eau se rue sur le flotteur comme sur des rapides et rugit comme une cataracte. Je suis embarqué par le courant qui me précipite dessus. Je pose la pagaie sur le pont du canoë et m'agrippe à ses bords. Par chance, il pivote et heurte la bouée par le travers. Je tape, rebondis et m'en éloigne, sans dommage.

Ouf! J'attrape la pagaie et fonce vers la rive gauche où je reprends mon souffle quelques minutes. J'éclate de rire.

Une fois reparti, je comprends que le vent ne me lâchera pas. Je tente de revenir au milieu du fleuve, mais il refuse. Je suis coincé ; en moins de deux, je me retrouve hors du chenal principal, à dériver vers une île à main gauche. Le courant à cet endroit ne semble pas moins vif, j'en profite pour me reposer et apprécier les berges boisées. Le fleuve est si paisible que je peux entendre le plouf des poissons et les voir sauter pour attraper des mouches ou juste pour le plaisir. Des hérons crient comme des hérauts à la cour du roi. Ils restent à quelque distance, s'arrêtant pour m'attendre, criant de nouveau, puis s'arrachant à l'eau, leurs ailes battant lourdes et lentes, leur cou tendu, comme des flèches indiquant la direction. Une fois en vol, ils rentrent le cou et leurs longues pattes traînent sous eux, puis se rétractent comme le train d'atterrissage d'un jet. Ils volent haut dans les arbres, me menant au roi, et je le vois enfin, posé au sommet d'un arbre. Majestueux, impérial, massif et, quoique perché délicatement sur sa branche fragile, il contemple le paysage avec l'arrogance d'un snob. C'est son droit.

Un pygargue à tête blanche, à la recherche de poisson, garde un œil sur moi quand je glisse sous son regard. J'ai tellement envie qu'il quitte son perchoir et s'envole très haut, d'un battement de ses ailes immenses, puis qu'il fonde comme un missile sur son déjeuner. Mais il ne veut pas me faire ce plaisir. Il est trop royal pour se donner en spectacle. Tant pis. Le voir me suffit et je le regarde par-dessus mon épaule aussi longtemps que possible. Et je me dis (pardon Shelley) : *S'il est là, se peut-il que l'hiver soit loin ?*

Ce n'est certainement pas une journée d'hiver, ni même de fin d'automne. C'est le printemps et j'ai envie de chanter.

Je chante à tue-tête jusqu'à ce que je voie au loin un homme debout sur le rivage. Il pêche et je m'en approche.

« Bonjour.

– Bonjour à vous. » Il mouline. « Pourquoi vous avez arrêté de chanter ? » Il a un grand sourire et il connaît la réponse, mais je lui invente quand même une bonne raison.

« Je ne voulais pas effrayer le poisson.

– Merci bien, alors. »

Je dérivais lentement et j'ai accosté juste en amont de lui. Il n'a pas cherché à m'aider. Il a relancé, il a agité le bout de sa ligne deux ou trois fois et il a mouliné doucement.

Gentleman pêcheur, il portait une casquette en tweed au lieu de la casquette de baseball qu'on voit habituellement dans les parages, ornée du logo de compagnies d'électricité ou de constructeurs de camions. Et il fumait la pipe. Je pouvais voir qu'il prenait la pêche au sérieux car il ne s'asseyait pas, ne somnolait pas et ne se détendait pas. Il pêchait pour de bon.

« Il se passe comment ce voyage ?

– Je vais à La Nouvelle-Orléans.

– Je m'en serais douté. » Il relance sa ligne. « J'ai demandé comment se passait ce voyage.

– Ça va, ça va.

– Je m'appelle Calhoun, et vous ? »

Je le lui dis. J'ajoute : « Vous n'êtes pas du coin, on dirait.

– À quoi vous voyez ça ? »

J'ai un petit rire. « À ce que vous n'avez pas l'accent des gens du coin, je suppose. Vous venez d'où ?

– Comme vous. De par ici et de par là. » Monsieur Mystère en personne. « Je me promène un peu, à la découverte du monde, à la rencontre des gens, à l'écoute de leurs histoires, à la recherche de quelque chose de différent, de nouveau. »

Il remonte son amorce et l'observe longuement, puis il secoue la tête comme si quelque chose n'allait pas.

« Vous savez quoi, je sens pas ces trucs. Je pêche surtout à la mouche, mais j'ai entendu des histoires de types qui sortent du fleuve des poissons-chats longs comme ma jambe et qui pèsent vingt kilos ou plus.

– J'ai entendu parler de ça aussi et j'en ai vu de belle taille, mais je ne sais pas s'il y en a d'aussi gros.

– Les poissons-chats géants. Je crois à ces histoires, mais peut-être que je ne suis pas au bon endroit.

– Ouaip, plus au sud, c'est mieux pour le poisson-chat, je dirais. » Mais je n'aurais pas su expliquer pourquoi. « Vous pêchez quoi d'habitude ?

– Oh, à peu près tout ce que je peux prendre à la mouche sèche. Saumon en Écosse. Truite de mer là-bas au nord-ouest. Truite arc-en-ciel partout où je peux en débusquer.

– Ça vous plaît ? »

Il relève sa ligne, plus pour éprouver la sensation du souvenir que pour le convoquer. Cela a dû être un grand moment.

« Je t'explique. Quand tu t'avances dans le courant et que l'eau est vive et froide, le fond caillouteux et glissant, et que tu luttes pour garder l'équilibre et que tu progresses lentement, que tu plisses les yeux dans le soleil et que tu as froid des reins aux pieds et chaud de la taille à la tête, que tu te sens au poil, oh ! Y a pas mieux au monde. C'est plus que pêcher, c'est faire l'amour. Tu fais tous les bons gestes, tu fouettes ta ligne comme il faut, ton corps est détendu et ton poignet est souple, tu te mets dans la bonne position, glissant un peu, cherchant ton équilibre, tension, détente, tension encore. *Ouahh !* C'est magnifique. Tu sais, ou tu crois savoir, quelle est la bonne mouche à utiliser, en quelle saison on est et à quel stade en sont les insectes dans l'eau, de quoi se nourrissent les poissons, de quels types de nymphe ou de mouches ils ont envie, si tu veux pêcher dans le clapotis autour des rochers ou dans les bassins calmes à l'ombre, lancer en amont et laisser la mouche dériver jusqu'à toi, ouais, c'est ça la pêche, la vraie ; la pêche intelligente et quand ça marche et que le poisson mord, c'est absolument magnifique. Tu ne pêches plus, tu montes à cheval. Tu as toutes les sensations dans les mains. Et dans ton cœur. Ça t'exalte. Non. C'est vraiment faire l'amour, la façon dont tu joues avec le poisson, que tu l'épuises, que tu l'attires à toi et que ton moulinet crie et chante de plaisir et d'excitation. »

« Le poisson, reprend Calhoun, bondit dans l'agonie et l'extase à la fois, fier dans la défaite jusqu'au dernier souffle. Et ton cœur bat à cent à l'heure.

– *Ouahh.* » Je rêvais autant que Calhoun.

Il reprend son souffle. Il sourit. Il lui faut un moment pour revenir au fleuve et au présent, et puis, comme s'il ne s'était passé que deux secondes depuis son dernier lancer, d'une secousse du poignet il relance sa ligne et son amorce qui fait plop en tombant dans l'eau.

« Et toi, tu racontes quoi ? »

Après ce torrent d'émotions, rien. Qu'aurais-je pu raconter qui soit à la hauteur de son histoire de pêche ? J'hésite et il m'observe du coin de l'œil.

« Encore un lancer et... » Il relance, mouline, revient bredouille. « Tu prendras un café ? »

J'ai failli dire non. Je réponds : « Café ? »

Et il indique un feu, un peu plus loin sous les arbres ; une petite grille est posée sur les bûches et, sur la grille, une cafetière. Il n'y avait rien une minute auparavant. Sinon, je ne vois vraiment pas comment j'aurais pu le rater. Ce type est assez effrayant.

« Merci, j'en prendrais bien une tasse. »

On s'assied et il me sert. Je tiens le mug des deux mains, près de mon visage. J'en hume l'arôme doux. Je n'aime pas beaucoup le goût du café, mais son odeur est merveilleuse. La vapeur me baigne la figure.

On parle du temps qu'il fait, de cette journée magnifique. Je dis que c'est une bonne surprise après les deux dernières nuits, mais Calhoun ne voit pas de quoi je parle.

« L'orage qui m'est tombé dessus pendant deux jours. » Ça ne lui dit toujours rien. Il est passé au travers, apparemment, alors qu'il dit être dans le coin depuis deux ou trois jours. Il commence vraiment à me fiche la frousse.

Il sirote son café en me lorgnant par-dessus son mug. « J'imagine que tu dois te sentir un peu seul. »

Il voit qu'il a touché une corde sensible.

« Ça m'arrive. Tout seul, en voyage. C'est génial comme vie, mais des fois, je voudrais juste avoir quelqu'un avec qui partager tout ça. Tu vois ce que je veux dire ? »

– Ouais, c'est marrant. On pourrait penser que celui qui reçoit devient un peu blasé et s'attend à recevoir des cadeaux de tous les côtés. Mais ça c'est bon pour les égoïstes, et je vois bien que ce n'est pas toi.

– Mais si.

– Pas vraiment. Je t'explique : ce n'est pas toujours l'égoïste qui reçoit. Pas que lui, en tout cas. Parfois, il faut avoir le cœur assez grand pour recevoir, pour laisser quelqu'un partager avec soi. Il faut mettre ta fierté et ton ego de côté. Et tu seras surpris de tout ce que tu donnes pendant que tu reçois, parce qu'il y a des gens qui crèvent de donner et qui n'ont personne à qui donner. Et si tu les laisses faire, tu leur donnes quelque chose en échange. Comme toi en m'écoutant. J'ai été ravi juste que tu m'écoutes te raconter la pêche. Je ne sais pas exactement ce que je t'ai donné, mais toi tu m'as donné beaucoup. C'est pour ça que je dis qu'il ne faut jamais refuser un cadeau. Cela permet au donneur de donner. »

J'ai tout de suite pensé à Emily et à certaines choses qu'elle m'avait dites. J'ai failli dire son nom à voix haute, espérant qu'elle m'entendrait le penser. *Emily*. Dommage qu'elle et Calhoun ne se soient pas rencontrés. Ils iraient très bien ensemble.

« Et toi, Calhoun, ta solitude, tu fais comment avec ?

– Ça vient, mais ça finit toujours par s'en aller. Peut-être que je deviens trop vieux pour ce genre de vie, qu'il faudrait que je me pose, que j'aie une femme et des enfants, avant qu'il ne soit trop tard.

– Tu voudrais pas laisser tomber la vie géniale que tu as, si ? »

Il réfléchit une minute. « Non, mais... » Sa voix s'éclaircit et il le dit très vite. « Mais je pourrais les emmener avec moi. »

Il a balancé son café par terre, mais pas la tasse. Il s'est tapé les cuisses des deux mains et a sauté sur ses pieds.

« C'est pas le tout, faut que tu te remettes en route et que je retourne pêcher. »

On s'est serré la main, je lui ai donné mon adresse et je lui ai dit que, si jamais il venait dans mon coin, il me passe un coup de fil.

« Sans faute. Et si j'attrape un de ces gros spécimens dont je t'ai parlé, je t'enverrai la photo. »

Je lui ai rendu son mug et je l'ai remercié pour le café. « Tout le plaisir était pour moi », il a dit.

Et, alors que je remontais dans le canoë, il a ajouté :
« Tu peux faire quelque chose pour moi ?
– Quoi donc ?
– Je voudrais que tu ailles en Californie. Il y a une rivière là-bas. La Fox. Dans la région des séquoias. Au nord, près d'Eureka. Je voudrais que tu te dégotes un bon attirail de pêche à la mouche, que t'ailles à cette rivière et que tu y pêches une truite arc-en-ciel. Fais ça bien et attrape-toi un beau poisson, quatre ou cinq kilos. Fatigue-le et mène-le à l'épuisette. Et ensuite, je voudrais que tu le libères. Ce sera sans doute la chose la plus difficile que t'auras jamais faite, le libérer. Mais fais-le pour moi.
– Tope là. » J'ai dû le dire trop légèrement.
« Promets-le. »
Trop de promesses non tenues. Je ne savais pas quand je retournerais en Californie, et certainement pas pour pêcher. Mais il avait l'air d'y tenir tellement que j'ai dit d'accord.
« C'est promis. »
Ça l'a contenté.
Il m'a aidé à remettre le canoë à l'eau et à le repousser de la berge.
Il riait la dernière fois que je l'ai vu et puis très vite je ne l'ai plus vu du tout. Soit parce que je pagayais et j'avançais à toute vitesse, soit Calhoun s'était évanoui dans les arbres.
J'ai pensé à lui toute la journée. Il avait fait remonter les vagues de doute et les affres de solitude dont je m'étais débarrassé, mais à leur retour il avait été là pour les soulager. J'avais enfin rencontré un inconnu dont j'étais sûr qu'il m'emporterait avec lui et m'inclurait dans sa vie. Et j'ai repensé à Emily, en lui demandant

pardon d'avoir oublié que je devais désormais faire partie de sa vie aussi. Et il est probable, me suis-je dit, que même le plus petit contact avec un nouveau visage a une signification, aussi léger soit-il; je ne dois pas le sous-estimer. Tant que j'apporte quelque chose de positif.

Ces gens sont mes amis. Une émotion, même la plus ténue, il n'en faut pas plus.

Le soleil touche le faîte des arbres lorsque je franchis les écluses et arrive à Canton. Je suis enfin dans le Missouri et je dois m'arrêter. Ne serait-ce que pour toucher ma terre natale. Alors j'erre dans les rues de ce bourg minuscule en espérant que les gens verront que je suis un des leurs. Peut-être qu'ils m'offriront l'hospitalité. Je ne sais pas. On a de ces idées bizarres quand on rentre au pays.

Je suis accueilli par un graffiti au coin de Lewis et de la 3e rue, un carrefour minable qui ne mérite pas d'être mentionné si ce n'est pour ce qui est écrit sur le mur: *Niggers Den* (trou à nègres), en gras.

Un homme répare sa voiture à côté et me regarde passer. Il ne dit rien. J'étire et redresse bien droit mon dos fatigué et je m'avance au milieu des rues désertes comme un cow-boy qui cherche la bagarre. Personne ne me fait signe.

Étrangement, je trouve refuge au Phnan's Inn, un restaurant asiatique. Je cherchais un téléphone, mais à la place j'ai trouvé Phnan. Et il détonne encore plus que moi. Avec sa mère, il est arrivé d'Asie à Canton, Missouri, pour ouvrir un restaurant asiatique. En fait, l'enseigne et la carte proposent des plats asiatiques et américains.

Sa mère, venue à la rencontre de l'homme-qui-descend-le-fleuve-en-canoë, parle avec un fort accent. Elle est assurément d'un autre temps, très courtoise, infiniment douce. Son fils a un accent aussi, mais pas asiatique. Il parle comme n'importe quel agriculteur du coin.

Je leur demande d'où ils viennent.

« De l'Illinois. Ma famille exploitait le ferry qui fait la navette entre Canton et l'autre rive, mais on a pensé qu'on ferait de meilleures affaires dans la restauration.

– Et c'est le cas ?

– Pas vraiment », répond-il stoïquement.

Le contraire m'aurait étonné. L'Amérique est fantastique, mais elle n'est pas aussi ouverte d'esprit qu'il y paraît, et si je voulais faire des affaires, ce ne serait pas avec un restaurant asiatique dans la cambrousse. Même en mettant à la carte hamburgers et nouilles chinoises.

La mère revient avec les rouleaux de printemps que j'ai commandés et me regarde les manger. Ils sont très bons, ce qui est probablement tout ce qu'elle veut savoir. Elle sourit joyeusement.

Son fils me parle d'un couple qui l'année dernière s'est laissé descendre sur le Mississippi sur une sorte de radeau bricolé avec un tas de trucs ramassés sur le parcours. Des gens qui font ça, il y en a tout le temps. Pas vraiment le genre d'histoires que j'ai envie d'entendre.

Je lui demande s'il connaît un endroit où je pourrais camper près d'ici ; à sa réponse, on croirait qu'il a mémorisé toute la côte sur les trente prochains kilomètres. J'avais déjà oublié que sa famille avait tenu le ferry aussi longtemps.

Il me dit où il y a de l'herbe et où passe le chemin de fer. Il sait au kilomètre près où se situent les silos Bunge et où je peux camper sans être enquiquiné par les flics. Je suis fasciné et j'enregistre tout, mais je ne campe pas là où il me l'a conseillé. Je dépasse l'endroit. Je n'ai pas envie de quitter le fleuve, pas tout de suite. Tout est si tranquille. L'après-midi avance et le soleil descend, mais je veux rester sur le fleuve aussi longtemps que possible. Je voudrais le traverser pour être encore au soleil avant qu'il ne descende derrière les arbres, mais si je reste de ce côté-ci, le matin j'aurai le soleil levant.

Trop vite, le soleil se couche et il faut que je trouve un endroit où débarquer. Je n'en ai pas envie. Le fleuve est vitreux et je glisse dessus comme sur de la glace. Des oiseaux réveillent la forêt de leur chant et l'air du soir s'emplit de notes et de sons. Au loin le sifflement de colins de Virginie répond à l'appel des engoulevents bois pourri. Je veux chanter moi aussi, mais si je me joins à ceux-là, d'autres abandonneront. Je préfère les entendre eux.

Je voudrais continuer mais je dois m'arrêter. Le fleuve est dangereux dans le noir. Or je veux trouver l'endroit parfait avant de le quitter pour la nuit.

Et quelle nuit ! En avez-vous connu de si paisibles, splendides et claires que les étoiles se reflètent dans l'eau ? Très loin à l'est, les lumières de Canton d'où je viens. En aval vers l'ouest, au détour du méandre, les lueurs de La Grange où je vais. Tout près, le clignotement nocturne des balises qui guident les barges le soir. Et là-haut, partout dans le ciel, des étoiles et des étoiles et des étoiles. Je n'ai pas envie de dormir, aussi mort de fatigue que je sois, parce que je ne veux pas rater ce spectacle éblouissant. La nuit offre joies et vertiges. C'est comme, enfant, d'aller piquer en douce des chocolats et de les manger, à l'abri, tout seul, dans sa chambre. Ma chambre, ce soir, est cette nuit noire et paisible. Pour seuls bruits : la chute des feuilles et le clapotis aimable du fleuve contre la balise du chenal à une quarantaine de mètres de là. Et le sifflement du bois mouillé en train de sécher et de crépiter et d'essayer de brûler dans mon feu. *Y a-t-il mieux que ça ?*

Je suis si fatigué, courbaturé et endolori que le sommeil sera un soulagement et que je dormirai, dormirai, dormirai sans la moindre inquiétude, le moindre souci, sans le fantôme de l'insomnie. Je me mettrai en chien de fusil, sans m'agiter, ni me retourner une seule fois de la nuit. Après, bien sûr, avoir vu les dernières lueurs du feu. Rien que quelques minutes encore.

Dieu, le lièvre et la tortue

Je me suis réveillé avec la réponse à ma question. *Non, mieux que ça, cela n'existe pas.* Petit déjeuner et puis un moment de paix à côté du feu.

J'entends le cri matinal des buses à tête rousse, le glatiment des aigles royaux qui cherchent les premiers courants ascendants et flottent dessus. Le soleil monte dans le ciel, l'air se réchauffe et le jour brille d'un bleu éclatant. Les faucons exultent d'être en vie et savent qu'ils peuvent voler et pas moi. Leur huissement n'est pas aussi strident que leurs cris au travail. Il est plus doux, moins perçant, plus joyeux. À cette heure du jour, les rapaces décollent de leur nuit solitaire et donnent ces quelques coups d'ailes vigoureux qui les propulsent en altitude, le seul effort parfois qu'ils fourniront pendant des heures. Un bref instant, ils jouent. En groupe de deux ou trois ou plus, ils planent en cercles toujours plus larges, gaiement. Puis ils se déploient et se détachent un à un pour s'élever et chasser en solitaire.

Ce jour-là, comme les aigles, j'exulte vraiment d'être en vie. Cette journée parle à mon âme, et j'entends et je réponds par un chant silencieux. *On est dimanche, sûrement.* Et Dieu répond. J'entends sa voix, mais pas distinctement. Trop de choses s'interposent et me distraient. Je voudrais quelques minutes de plus pour me détendre, mais je suis contraint de remballer et d'entrer dans le fleuve. Dieu m'y attend.

Le matin retentit du chant des oiseaux, c'est une explosion. Leur musique me subjugue par son excès de splendeur, presque insupportable. J'entre dans le fleuve et je gagne le milieu du chenal, mais là je n'entends plus rien. Je me rapproche un peu de la rive et je continue en frôlant une zone irréelle, moitié silence côté fleuve, moitié sérénade de la nature côté berge. Et les oiseaux que j'entendais, à présent je les vois.

Dans les bois, un oiseau que je n'avais jamais vu auparavant apparaît et se met à gazouiller pour moi. Les plumes noires striées de blanc, le ventre blanc et la gorge rose. (Un gros-bec à poitrine rose, j'apprendrai plus tard.) Un superbe petit oiseau au doux sifflet.

Un lapin gambade jusqu'au rivage et s'en retourne.

Des traits rouges zèbrent mon champ de vision puis disparaissent en ondulations. J'entends un appel familier, le chant du cardinal. Déception. *Rien qu'un couple de cardinaux.*

Rien qu'un couple de cardinaux ! Quelle réflexion idiote. Le cardinal est un oiseau magnifique. Les mâles couronnés de rouge vif, à la gorge noire, la femelle rouge poudré, ils volent toujours en couple, mâle et femelle. Ils chantent l'un pour l'autre, se renvoyant sans cesse leur mélodie et j'en ai déjà vu, j'ai observé leur jeu un million de fois. Ils me sont trop familiers et je ne suis pas épaté. Mais je devrais l'être et je le sais. Je m'apitoie sur ma stupidité.

Mais ce n'est pas le jour de m'apitoyer, ni celui de m'insulter. C'est le jour du Seigneur, un jour fait pour se réjouir, un jour fait pour voir la beauté et la joie dans la vie ordinaire et familière autant que dans l'originalité et la nouveauté.

Deux écureuils se pourchassent dans les arbres de la forêt. Je me rapproche, mais ils n'y font pas attention. Quel plaisir !

Je longe La Grange en songeant à m'arrêter, y chercher une église et assister à la messe, mais non. Aucune messe ne peut me combler autant qu'une journée dans cette cathédrale à ciel ouvert.

Le soleil a vite atteint son zénith et il fait très chaud. La plus douce des brises est là pour me rafraîchir. Et sur la brise flotte la voix de Dieu. Et je lui parle.

Ce n'est pas une prière, pas plus que la matinée n'en est une. Je ne prie pas. Je parle à Dieu et Il me parle et je L'entends, je L'éprouve dans mon cœur et nous communiquons.

Un renard roux se faufile jusqu'au bord de l'eau et court le long de la rive. Il se met à mon allure et semble me regarder, en restant à ma hauteur. Je n'ai encore jamais vu de renard à l'état sauvage. Je ne veux pas qu'il s'en aille. Je ne veux pas que cette journée s'achève. Cette sensation. Rien que quelques années encore. Rien que quelques heures de plus, quelques minutes, quelques instants. J'espère qu'à l'heure de ma mort, j'aurais ces mots sur les lèvres: rien qu'une minute encore. Non par peur de la mort ou par désir de vivre indéfiniment, mais parce que cette vie m'aura tant émerveillé, sans que sa laideur et ses peines aient assombri en rien la chaleur, l'éclat de la paix et la joie de moments comme cette matinée sur le fleuve, et j'en demanderai seulement quelques minutes de plus.

Le renard sait que je suis là et ne cesse de regarder dans ma direction. Agile et curieuse petite créature. Et puis il disparaît.

Mon cœur chante son ravissement ; mon âme s'envole sur les ailes des aigles. La gloire du ciel se révèle à moi sur le fleuve et je me sens invincible.

C'est forcément dimanche.

Je me dépêche d'arriver à Quincy. Des affûts à canards ont été édifiés sur le fleuve, pas tout à fait au milieu, mais assez loin des berges, et je n'ai pas la moindre idée de la façon dont ils sont arrivés là. Je n'ai pas le temps de creuser la question. Je veux arriver à Quincy et trouver un téléphone pour raconter cette journée à ma famille.

Je suis si pressé que je fais escale à Quinsippi, un petit village de cabanes en rondins. C'est une sorte de reconstitution de la vie quotidienne à l'époque des pionniers, à l'intention des visiteurs, mais sans habitants à demeure. Je pensais tomber sur un téléphone, mais je me suis trompé.

Direction Quincy donc, en contournant la pointe de Bay Island jusqu'au débarcadère en béton. J'ai tiré mon canoë, pris mon bidon d'eau et je suis allé explorer les rues de la ville à la recherche d'une cabine.

Comme on était dimanche, toutes les boutiques au bord du fleuve étaient fermées. J'ai dû remonter en centre-ville en choisissant de gravir la côte raide de

Vermont Street. Au croisement avec la 4e rue, j'ai trouvé mon téléphone et j'ai appelé la terre entière.

Malheureusement, tout le monde n'était pas à la maison, mais j'ai pu parler à ma mère, à mon père, à ma sœur, à Robinovich et à Walter. Je ne les ai pas appelés en raison de ma solitude. Je me sentais beaucoup trop bien pour cela, excité et enivré. J'ai appelé par besoin de partager.

J'ai dû être assez convaincant. Walter a annulé ses projets de l'après-midi et a embarqué Tim pour me rejoindre à Hannibal.

Quand je n'ai plus su qui appeler, je me suis enfoncé dans la ville à la recherche d'un endroit où remplir mon bidon. Le Park View Restaurant sur Hampshire Street a pourvu à mes besoins. C'est un établissement tout en longueur, pas très large, un bar à main droite, les box bien connus à main gauche (ils doivent tous venir du même fournisseur) et des tables au milieu. L'endroit était tamisé et tranquille. Je me suis assis sur un tabouret au bar en demandant poliment si je pouvais remplir mon bidon. La femme à qui je me suis adressé devait demander l'autorisation à quelqu'un et ma belle humeur du jour s'est effondrée quand je l'ai imaginée revenir en disant: « Impossible, ici on ne sert pas la racaille puante. »

Mais à ma surprise, à son retour elle m'a dit oui, me proposant même de le remplir pour moi. Je l'ai remerciée de prendre cette peine et j'ai acheté un paquet de chips. C'était le moins que je puisse faire.

J'ai attrapé au vol quelques bribes d'histoire en retournant au fleuve. Le parc que j'avais traversé, celui doté d'un monument rouge, blanc et bleu à la mémoire des soldats tombés pendant la Première Guerre mondiale, était aussi celui qui avait vu Abraham Lincoln débattre contre son opposant démocrate, Stephen Douglas, aux élections sénatoriales de 1858, l'année même, coïncidence, où le Minnesota, berceau du fleuve, entrait dans l'Union. À l'époque, si le Mississippi pouvait passer pour la colonne vertébrale du continent, il était pratiquement le postérieur de la nation. Nous étions forts de trente-deux États au moment où Lincoln perdait ses débats, dont six seulement à l'ouest du Mississippi et un seul, la Californie, qui n'en était pas riverain.

Même fleuve, même pays, mais ramenez Lincoln au même endroit exactement et il ne reconnaîtrait rien. Pas même le fleuve, plus large, plus profond, plus calme, moins fréquenté.

« Je connais ce pays, ou je le devrais. J'ai grandi dans cette partie du monde, j'y suis devenu adulte, j'y ai vécu de nombreuses années et pourtant, je ne reconnais pas l'endroit. Rien n'est pareil. »

Des briques à la place des planches, du bitume et du béton au lieu des chemins de terre tassés et creusés par les roues des chariots.

« Mais j'imagine que les changements les plus importants se sont produits chez les gens eux-mêmes. »

Le pouce de la main droite passé à la ceinture, la main gauche agrippée au revers de son long manteau noir, il afficherait sa satisfaction dans un sourire fatigué.

« C'est une bonne chose, un miracle comme je l'aurais espéré et attendu. Nous formons un peuple aussi bon qu'un autre, bon au fond du cœur, un grand peuple, prompt à rire et prompt à se battre, mais nous sommes souvent si lents à apprendre. »

Dois-je lui dire à quel point ? Dois-je lui briser le cœur en lui disant, oui, nous avons changé, oui, plus rien ne ressemble à ses souvenirs, ce qui dans un sens est formidable, mais que son plaidoyer pour l'émancipation s'est d'abord transformé en jubilation confuse, puis s'est mué en un cri étouffé, en un silence abattu, avant d'être abandonné, et qu'il a évolué ensuite en une angoisse muette, en frustration autodestructrice, en gémissement nocturne, en acceptation et ce sentiment d'inutilité qui en découle et enfin en lassitude si élémentaire qu'elle ne pouvait être ignorée plus longtemps ? Privé de sommeil depuis tant d'années, l'espoir a tressailli d'impatience, lamentations et spirituals sont montés des entrailles, tandis que les exigences, la prise de conscience s'embrasaient dans un rugissement, une indignation ardente et déchaînée.

Et pourtant, le chantier ouvert n'est pas totalement achevé, ni abouti, ni satisfaisant. Les Noirs seraient-ils absents sous les latitudes glaciales parce qu'ils ont encore besoin de serrer les rangs ? Le nombre offre force et sécurité relatives, la rareté effraie et isole. Le besoin de rassembler les chariots et de faire cercle existe toujours.

J'ai peu participé. Enfant, je ne pensais qu'à étudier et à jouer, aux études et aux jeux. J'avais à peine conscience d'être noir. Par naïveté, j'ai manqué la révolution. Par chance, j'ai échappé aux inégalités et aux carences. Je me suis forgé la conviction que ma vie dépendrait de moi seul. Tant mieux pour moi, mais quelle légèreté de penser même une seconde qu'il en va ainsi pour tous.

Je me suis senti de plus en plus impatient et anxieux de poursuivre l'aventure au Sud et j'ai foncé.

L'Écluse n° 21 me barrait le passage. Je m'en suis approché lentement. Une grande digue rocheuse faisait saillie depuis la rive ; je l'ai contournée largement pour éviter les terribles tourbillons à sa base. Le courant violent m'aspirait vers le barrage, mais j'ai pagayé dur pour en sortir. Près du mur de soutènement de l'écluse, un remorqueur et des barges attendaient leur tour.

C'était la première fois que je passais une écluse en compagnie de barges. Ce ne serait pas la dernière. Je n'étais pas sûr que le remorqueur fût à l'arrêt et je me demandais si je devais passer à droite de la bête endormie, au risque à son réveil de manquer de place pour éviter la puissance du courant qui voudrait m'aspirer vers les portes du barrage, ou bien si je devais me faufiler par la gauche.

J'ai eu ma réponse aussitôt. L'*Ulysses* (propriété de la Spartan Transportation Co., naturellement) a mis les gaz, dégageant une tonne d'eau, et je me suis dégonflé aussi sec. La bête s'était réveillée, et il n'était plus question de lui brûler la politesse. J'ai piqué sur la digue et j'ai grimpé dessus. J'ai attaché le canoë à un arbre et je suis allé à l'écluse.

Bonne initiative. J'ai pu voir ce qu'il se passait, aux premières loges.

Le sas ne fait que cent quatre-vingts mètres de long et chaque barge près de soixante mètres. L'*Ulysses* poussait un train de trois barges de front sur six de long ; le passage devant se faire en deux fois, le premier tronçon de trois barges sur trois est poussé dans le sas et en ressort en aval treuillé par des câbles. Puis le second tronçon passe à son tour.

L'*Ulysses* venait de pousser la première moitié du convoi dans le sas et attendait la suite sous mes yeux.

Tout en regardant, j'ai discuté avec l'éclusier qui m'a pris d'abord pour un simple touriste venu assister au spectacle. Je lui ai dit que j'étais de la partie moi aussi. Mais, apprenant que j'attendais mon tour dans un canoë en contrebas, il s'est retourné avec flegme comme s'il n'était pas du tout impressionné : « Ah ouais ? » Je m'étais attendu à un peu plus d'étonnement.

« Un type est passé l'autre jour, hier ou avant-hier. Je crois qu'il était en canoë lui aussi, à faire comme vous. »

Excitation et douche froide. On pourrait faire la course et ce serait chouette de causer à un autre fêlé ; en même temps, j'étais déçu de ne plus être le seul type inconscient au monde. Après réflexion évidemment, j'ai mesuré à quel point je l'étais, inconscient. Ce type était à l'image de ce que je voulais pour tout le monde : un peu fou, un peu différent, un peu téméraire. J'aurais dû être content pour lui et, dans un sens, je l'étais. Dommage cependant qu'il ait choisi d'être fou de la même façon que moi.

Une fois que l'*Ulysses*, rugissant comme un train de marchandises et vomissant des volutes de suie et de fumée noire dans l'atmosphère, a libéré le passage, j'ai fait entrer mon canoë dans le sas et j'ai attendu. Attendu. Attendu.

L'éclusier s'est penché à la rampe pour m'informer qu'on attendait le *Viking Explorer*, un énorme yacht blanc qui m'avait dépassé la veille au coucher du soleil et que j'avais doublé peu auparavant au port de Quincy. On aurait dit un yacht de milliardaire au mouillage à Monte-Carlo ou un petit paquebot. Il embarquait des passagers à Quincy, et je devais l'attendre.

En fait, les gars ne sont pas là rien que pour moi. Le monde réel s'insinue de toutes les façons possibles.

Le *Viking Explorer* m'ayant rejoint, nous devons encore attendre un bateau : un vieux voilier déglingué et débraillé, encombré d'un tas de débris et de rebuts. Il est démâté et le mât est attaché au pont. Le bateau est propulsé par un moteur vétuste et pétaradant qu'on dirait d'avant-guerre, et le marin est aussi pitoyable que son embarcation. Aux signes que je fais au *Viking Explorer* rutilant, tout propre, tout blanc, les gens sur le pont répondent par des bonjours et des sourires. Mais quand je le salue, le plaisancier, lui, se détourne. Je lui crie quelque chose d'aimable ; il m'ignore.

Cheveux longs filandreux, gras et sales, même à cette distance. S'il s'est fait un shampoing ou s'est lavé dans l'année, c'est sûrement dans l'eau de sa cale. Finalement, je suis content qu'il ne me rende pas mon salut, pauvre type.

Le *Viking Explorer* lâche la vapeur, ouvrant la marche. Les passagers sont alignés au bastingage pour me saluer. Ils poursuivent leur route dans le luxe et le confort, atteignent l'horizon et disparaissent très vite. J'avais comme espéré qu'ils me feraient monter à bord. N'importe quoi pourvu que je n'aie pas à partager le fleuve avec l'abruti en voilier.

Il m'a doublé péniblement quand je me suis poussé pour laisser le champ libre au *Viking Explorer*. Et quand j'ai vu que sa vitesse de pointe ne dépassait pas les onze, douze kilomètres à l'heure, je me suis résolu à ne pas le perdre de vue et à ne pas le laisser arriver avant moi à Hannibal.

Je me suis calé dans mon siège et j'ai rassemblé mes forces. La course était lancée.

Vingt-cinq kilomètres sur l'eau. L'abruti a une bonne avance sur moi, mais j'ai tout mon temps pour le rattraper. Ce sera une course de stratégie et d'endurance, pas de vitesse uniquement.

Je sprinte, le rattrape et pagaye à sa hauteur pendant un gros kilomètre. Très vite le fleuve vire à gauche ; je coupe par l'intérieur et je le gratte de quelques centimètres. L'abruti nous ignore royalement, la compète et moi, et continue d'ahaner comme la tortue, lent et régulier. Moi, au contraire, je m'épuise. La colère commence à descendre et la première explosion d'énergie qui m'a fait prendre de la vitesse et porté en tête se dissipe ; je me demande :

Où est passé mon petit déjeuner ?

Mon avance, qui n'était pas très grande, rétrécit et s'évanouit. J'ai ma dose de toute façon. Parfois, il n'est pas besoin de gagner. Parfois, la course suffit. Parfois, c'est simplement super de donner tout ce qu'on a, de prendre le dessus un instant et puis, si l'ennemi est en surnombre, de céder à une puissance supérieure.

Je peux caboter tranquillement à présent. J'ai bien donné.

Au diable, le baratin. Effort valeureux. Noble tentative. C'est laisser la porte de service entrouverte à l'affreuse défaite qui se glissera furtivement à votre chevet, dans la nuit. Si la défaite vient me chercher, elle ne m'emportera pas sans que je me débatte en hurlant, à coups de dents, de pieds et de poings.

Le lièvre se réveille de sa sieste. La tortue est loin devant. Il est temps de se bouger.

La détermination remplace l'énergie, je mets les gaz et propulse le canoë. Au choix : d'après la carte, Goose Island se présente droit devant et si je continue à sa droite, je reste dans le courant. Si je passe à gauche, toutefois, la distance sera plus courte et j'éviterai les barges qui pourraient naviguer dans le coin, elles me ralentiraient.

Je prends le raccourci et – oh surprise ! – l'abruti l'a pris aussi, et son moteur essoufflé l'a laissé tomber.

Besoin d'un coup de main ? D'un remorquage ? Ah ah ah !

Je le dépasse. Un coup d'œil en arrière et hop, je file. Aussitôt, le moteur de l'abruti se réveille.

Je suis loin devant quand Goose Island m'impose un nouveau choix. On dirait qu'un autre raccourci rejoint le chenal principal. Si le niveau était assez haut à cet endroit, il n'y aurait pas de problème, mais la carte montre que la petite déviation est coupée par une étroite bande de terrain. Si je m'engage par là, je risque d'être bloqué. Mais c'est plus court.

Je ne m'y risque pas ; l'abruti y va. Au contraire, je longe Goose Island par le méandre et contourne sa pointe.

Je retrouve le chenal et le revoilà. L'abruti m'a encore dépassé. Je me glisse derrière lui et je traverse le fleuve. Il y a du courant, mais je n'y reste pas longtemps. Un monstre de barge arrive, et je me cache derrière un groupe d'îles appelées Whitney. Le courant y est faible, mais je me débrouille pour avancer relativement vite. La barge passée, j'entends le teuf-teuf de l'abruti au loin.

L'atmosphère est paisible et le bruit porte. Le soleil, qui a dominé toute la journée, descend maintenant vers le faîte des arbres et l'horizon. La journée s'achève dans la paix et la tranquillité, mais elle reste chaude, comme au printemps.

Et quelle journée ! J'arrête la course un moment pour admirer encore une fois le jour, la beauté et la splendeur du fleuve. Je sais dorénavant, si je ne le savais pas, que Dieu existe. Je l'ai vu toute la matinée et je l'ai entendu. Je sais où il habite et je lui ai rendu visite.

Et si mon imagination me jouait de nouveau des tours ? Et si Dieu n'existait vraiment pas ? Alors quoi ?

Mais quelle splendeur ! Quelle passion me transporte grâce à des plaisirs aussi simples qu'un renard, un couple d'écureuils, les arbres, les oiseaux, la brise et le sourire d'inconnus ! Je veux remercier quelqu'un.

Ma voix se joint à mon cœur, sans être aussi mélodieuse. Je chante jusqu'à ce que ma musique soit recouverte par la pétarade monotone de l'abruti. Je ne me retourne pas. J'appuie de tout mon dos et de mes bras sur la pagaie. Je suis agenouillé au fond du canoë, au lieu d'être assis en tailleur sur le siège. La sueur dégouline de ma tête et de mes bras. Je bous.

Je ralentis pour reprendre mon souffle et crier un bonjour à des gamins qui jouent au bord du fleuve. Leurs parents se font un barbecue devant leur maison de vacances près du cours d'eau. Ils se prélassent. Un fumet de viande grillée me parvient et me donne faim. Au lieu du steak que je leur demande de me lancer, ils me proposent leurs enfants.

« Un peu de compagnie, ça vous dit ? On se débarrasserait bien des gosses ! Eh ! Vous allez vraiment vite !

– C'est dur, mais faut bien que quelqu'un le fasse », je réponds.

Je n'ai pas le temps d'en dire plus. L'abruti se rapproche.

Je m'étais collé au rivage, mais à présent je regagne les eaux profondes où le courant va me porter et me faire prendre de la vitesse. Il y a un dernier méandre avant Hannibal, j'y fonce. Tâchant de pagayer en ligne droite, de tenir un cap en rectifiant ma trajectoire de temps à autre, je me propulse, croisant et décroisant la pagaie avec dextérité, rapidement, sans perdre le rythme. Malgré tout, l'abruti remonte sur moi.

Soudain, un tumulte de cris et d'applaudissements s'élève des arbres. Je suis au centre de l'arène sur le point de remporter la victoire. Les spectateurs sont au comble de l'excitation. Porté, je donne un dernier coup d'épaule.

Et pourtant, je suis seul. Je regarde autour de moi, il n'y a personne. Les voix se taisent. Mais je suis sûr de les avoir entendues.

Je ralentis, déçu, mais continue d'avancer.

Là. Les voix, encore. Qui m'encouragent. Ce n'est pas la foule, mais quelqu'un m'appelle, c'est sûr. Je ne vois toujours personne, mais je jurerais d'avoir même entendu mon nom.

J'accélère de nouveau la cadence, mais l'abruti en fait autant. J'essaye de ne pas prêter attention aux voix venant des collines ou des arbres, en vain. Si quelqu'un m'appelle, je voudrais au moins lui faire signe. Mais où ?

Droit en face de moi, une falaise haute se dresse, spectaculaire. Le soleil est passé derrière, et les arbres dessus se découpent désormais en ombres chinoises. Comme les cris semblent venir du sommet, je lève haut les bras au-dessus de la tête, brandissant la pagaie à deux mains, pour me donner l'air victorieux.

Mais la victoire n'est pas encore dans la poche. Mon dos me fait souffrir à présent et je suis fatigué. Cependant, j'ai passé le méandre et je vois les deux ponts qui annoncent Hannibal. L'abruti et moi sommes à égalité en passant sous le premier, une passerelle ferroviaire. Il occupe le milieu du chenal, je me suis rapproché de la terre ferme. J'ai pensé qu'il continuerait au-delà d'Hannibal et je voulais le battre pour de bon au second pont, la ligne d'arrivée.

Il se rapproche de la berge. Il va faire escale en ville. Mais il ne va pas gagner. Encore deux kilomètres. Plus que deux petits kilomètres, deux kilomètres de bagarre, deux kilomètres pour tout donner.

Et j'ai tout donné. J'ai vaincu des années de sédentarité et de défaites en courses de fond, j'ai épuisé mes ultimes réserves de jurons et de volonté et je suis passé en tête sous le Mark Twain Highway Bridge. À moi la victoire. J'ai battu l'abruti.

Mais comme toujours, quelle que soit la réussite, il y a un prix à payer.

Les règles de la solitude (1)

Hannibal, Missouri. La ville de Mark Twain. Celle de Huck et de Jim. Comme un pèlerin arrivé à La Mecque, je tombe à genoux.

Il y a à Hannibal un petit port et une marina. Pas une grande marina prestigieuse comme celle de San Francisco, remplie de yachts miroitants et faramineux, fantomatiques dans la brume montante, une marina privée et bien tenue. À Hannibal, la marina est minuscule et déserte à cette époque de l'année ; en pleine saison, c'est un havre pour les bateaux à moteur qui font escale en ville un après-midi ou quelques jours, mais pour l'essentiel on y voit les petites barques des pêcheurs locaux. Il n'y en a que deux ou trois amarrées au quadrillage gris des pontons flottants à mon arrivée. Les autres ont probablement été chargées sur des remorques au cul de pick-up et remisées pour l'hiver.

Le chargement sur les remorques se fait par une rampe en béton qui descend de la route dans l'eau, et c'est là que j'accoste. Je m'extirpe du canoë au pied de la rampe et je patauge dans l'eau peu profonde en le tirant derrière moi. Je titube quelques pas et je tombe. Mes articulations sont ankylosées d'avoir été si longtemps à genoux et mon dos est si raide et fatigué de l'effort de la course que je ne peux plus me redresser. Ni marcher. Ni me tenir debout. Je reste agenouillé là, devant l'autel, puis je roule et je m'assieds sur le béton mouillé au bord de l'eau. Heureusement qu'il y a le mur de soutènement, sinon les vagues déclenchées par le passage des barges me tremperaient. Heureusement aussi que Walter est là. Il me tend une grande bouteille de Budweiser bien froide sur laquelle perle l'eau de la glacière qu'il a mise dans son camion. Je sèche la bière en quatre secondes. Walter s'occupe du canoë et l'amarre à un anneau pendant que j'essaie de me détendre.

Ironie du sort : Walter avait opposé un veto catégorique à l'idée que je me lance dans cette aventure. Maintenant, il est aussi extatique que je suis exténué. Du haut des falaises qui surplombent le fleuve, Tim et lui avaient observé mon arrivée à Hannibal. Tandis que j'attaquais le dernier méandre et sprintais vers les deux ponts, c'étaient leurs cris que j'avais entendus.

Maintenant, ils crient de nouveau.

« Tu aurais dû voir ça ! Tu étais superbe. C'était magnifique. On t'a vu arriver de très loin. Au début, j'ai cru que c'était un de ces trucs qui flottent sur l'eau. Puis tu t'es rapproché de plus en plus et t'avais fière allure. »

Ils rient et hurlent encore, rayonnant de mon triomphe devenu subitement le leur ; mon enthousiasme est le leur, mon voyage aussi. Moi, je ne suis pas aussi euphorique. Je souffre atrocement, et ma souffrance n'est pas contagieuse.

En plus, je sens monter de mes orteils la prémonition effrayante qu'un truc horrible va arriver.

J'imagine que cette sensation de mauvais augure s'en ira avec une autre bière. Je l'avale. Boire ne fait rien contre l'appréhension que je tente de chasser, mais cela me permet de me dérouler et de marcher. Raide, mais au moins mobile.

La virée commence malgré mon malaise. On monte tous les trois dans la cabine du pick-up de Walter et on part découvrir Hannibal.

Sous prétexte de chercher un bon restau, on fait toutes les petites rues et on monte et on descend chaque colline. Hannibal est une ville très vallonnée. Quelques rues sont larges, mais ce n'est pas le cas de la plupart. Vétustes, les bâtiments en briques auraient pu s'y dresser du temps où Tom Sawyer traînait dehors en se demandant quoi faire.

On décide de trouver un endroit où manger. En guise de célébration, manger et boire valent bien tout le reste, même si Walter a aussi autre chose en tête.

Je voudrais du poisson-chat. Si je pouvais en avoir d'aussi délicieux qu'à Keokuk, je m'en contenterais pour le restant de mes jours. Et puis, il y a quelque chose dans le fait de naviguer sur le fleuve qui en fait un mets de choix. Il a meilleur goût. Je n'ai pas envie d'autre chose. Walter veut un steak. On finit dans une pizzeria, Cassano's Pizza, à la sortie ouest de la ville.

Plus on s'éloigne du fleuve, plus je me sens mal. Je m'inquiète pour le canoë et le matériel à l'intérieur. D'habitude, quand je m'amarre au pied de la ville et que je pars en exploration, je m'en remets à la fatalité. À Hannibal, parce que je suis si loin du fleuve, je me ronge les sangs.

On s'enfile des brocs de bière fraîche et des pizzas plutôt bonnes. Pepperoni et oignons. Peu de gens se pincent le nez ou s'attardent sur mon état crasseux. Mark Twain nous observe noblement du haut du mur.

La citation sous le portrait dit: *Oui, même moi je suis malhonnête. Pas de nombreuses façons, de quelques-unes. Quarante et une, je crois.*

Je mets les pieds sur la chaise en face de moi. Nous rions et plaisantons et je réponds aux questions de mes amis sur mon expédition. Ce devrait être un répit, mais non. Je n'ai pas besoin de me reposer du fleuve. Il est devenu mon ami et s'il n'en a pas encore marre de moi, moi j'en ai encore moins marre de lui. Je préfère sa compagnie à celle des hommes et je comprends comment ces montagnards de l'ancien temps pouvaient chasser et piéger six mois durant, ou davantage, avant de redescendre retrouver leur compagnie, et puis souffrir mille morts du désir de les quitter à nouveau. Les hommes parlent trop et disent n'importe quoi. Ils piétinent votre sensibilité. Le vent, les arbres et le fleuve, les montagnes et les oiseaux, parlent eux aussi, mais en chuchotant. Ils parlent à travers vous. Ils parlent à votre sensibilité en vous faisant ressentir ce qu'ils ont à dire.

« C'est bon, j'ai dit. On se casse. »

J'étais prêt à retourner sur l'eau, mais il faisait nuit quand nous sommes sortis. Trop tard et trop noir pour retourner sur le fleuve, le descendre et chercher un endroit où camper. J'ai vu ce qui se profilait.

Au lieu de chercher un camping, on a repéré un endroit où picoler. Le bar d'un hôtel sur l'autoroute en direction de Saint-Louis, lumières tamisées et pas grand monde. On s'est assis au bar et j'ai bu un truc exotique. Erreur grossière. Le temps que je passe au bourbon, un breuvage plus carré et honnête, il était trop tard. La catastrophe était en route et j'y ai contribué par manque de sincérité. J'aurais dû rester sur le fleuve.

Je ne voulais pas être dans ce bar. Je n'avais pas envie de boire. Sans dire pourquoi – sans même savoir pourquoi – je suis devenu agressif et, quand Walter a évoqué des aventures anciennes, je suis devenu pète-sec et prétentieux.

« J'ai pas envie de parler de vieilles histoires. J'ai pas envie de vivre dans le passé. La vie, c'est maintenant. Je veux vivre dans le présent et l'avenir. Ce qui est arrivé avant, c'est fini ; c'est presque une autre vie. »

Walter est passé aux sports. Tout aussi arrogant, je lui suis de nouveau rentré dedans. « À part le tennis, j'aime pas regarder le sport à la télé. Je veux pas être spectateur. Je suis pas comme la plupart des gens, à me contenter de mater quand les autres agissent. »

Il a répliqué en me rappelant la fois où on avait joué un match de basket à deux et où je ne l'avais battu que de deux points. Il a prétendu que je n'étais meilleur que lui que de deux points.

« Au top de ta forme, t'as jamais pu tenir contre moi sur un terrain de basket. D'ailleurs, y a rien que je faisais avant où je te battais pas.

– Et au foot ? »

Il avait été un très bon joueur de foot.

« J'y ai jamais joué.

– Et au tennis ?

– Lâche-moi. Tu peux pas me battre au tennis. Et tu le sais.

– Qui gagne toujours quand on joue ?

– C'est parce que ton jeu est si emmerdant. Tes petits coups jolis gentils… Si je veux m'intéresser, il me reste qu'à taper comme un malade. Mais si tu veux parier…

– Quand tu veux… Quand tu veux. »

Tim, lui, buvait tranquillement sa bière. Sagement, il restait à l'écart. Walter était de plus en plus en colère. Je commençais à me sentir minable. Non seulement je disais des conneries, mais ça avait été si sympa de la part de Walter de venir jusqu'ici me voir, de nous payer à dîner et à boire, de vouloir partager mes émotions, comme le bon pote qu'il est. Et c'est comme ça que je le remerciais.

J'aurais dû rester sur le fleuve.

On s'est calmés et on a bu jusqu'à minuit. On a traversé le fleuve dans la nuit jusqu'en Illinois et retour. Ce qu'on cherchait, on ne l'a pas trouvé et il a été temps que j'aille me coucher et que Walter et Tim rentrent à Saint-Louis. Le lendemain, il fallait bosser.

Walter a payé mon hôtel. Une chambre malodorante meublée d'un lit *king size*. J'ai pris un bain brûlant et j'ai regardé la télé avant d'essayer de dormir. J'ai somnolé sans jamais trouver le sommeil. Le sommeil que je voulais et le repos dont j'avais besoin jouaient à cache-cache, n'apparaissant que pour me narguer. Et le matin, je me suis senti horriblement mal. Propre mais mal.

Cette fois-ci, l'hôtel et la douche avaient été de la triche. À Keokuk, ils avaient été absolument nécessaires et le fleuve avait donné son accord en m'offrant un moyen de transport jusqu'au poste des gardes-côtes et un somptueux dîner. Je m'étais réveillé dans une forme olympique. À Hannibal, je me suis réveillé avec le sentiment d'être un tricheur et un *loser*.

Je me suis traîné jusqu'au fleuve, mais même la vue de mon vieil ami ne m'a pas remonté le moral.

J'ai longé la maison d'enfance de Mark Twain, la barrière que Tom Sawyer a rendue célèbre. Il y avait aussi la maison de Becky Thatcher, son amoureuse, et d'autres bâtiments anciens, mais je m'en fichais. J'y ai à peine prêté attention, je me fichais de tout. Je voulais regagner le fleuve, me dépêcher d'arriver à Saint-Louis, rentrer chez moi et en finir avec toute cette connerie.

Plus que cent quatre-vingt-treize kilomètres. Je pouvais y arriver en quelques jours de plus.

J'ai installé mon équipement dans le canoë à ma façon et je me suis recalé. J'ai pris une profonde inspiration dans l'espoir de me requinquer. Mais non. L'envie n'y était plus, tout simplement. Elle s'était débinée comme un imposteur sur le point d'être démasqué, sans laisser de traces. L'abruti en voilier était parti, lui aussi, et même d'y penser ne m'inspirait pas. Je me suis lancé, mais j'avançais lentement. Physiquement, je n'avais pas la gueule de bois, mais mentalement si, victime de la léthargie résiduelle que les cuites produisent sur l'organisme.

J'avais démarré tard. À ce moment de la matinée, si j'avais campé la veille, j'aurais été déjà dans le rythme de la journée. La raideur nocturne de mes muscles aurait été en train de se dissoudre et mon esprit serait détendu, rafraîchi et volontaire.

Pas aujourd'hui. La raideur est solidement nouée dans mes reins et mon épaule me fait vraiment mal, une vraie douleur, pas celle d'une courbature qui se détendrait au cours de la journée. Et j'ai le moral dans les chaussettes.

Un camion jaune arrive dans mon dos en klaxonnant. Je canotais près de la rive et voilà que j'ai à côté de moi ce camion équipé de pneus spéciaux pour rouler sur les rails. Le chauffeur klaxonne et me fait un signe. Il sourit et je lui rends son salut. J'ai même dû sourire, mais ça manquait d'émotion.

La vie à la dure obéit à des règles et je les ai enfreintes. Intérieurement, je fais mes excuses au fleuve, mais ma bouche est muette. Je me sens humilié et, faute de pouvoir l'exprimer, je demande seulement à rentrer à la maison, sain et sauf. Je suis presque assez proche maintenant pour y aller à pied, et plus ou moins en terrain familier. Le sentiment d'être près de chez moi me redonne un peu de force, et j'entre en pagayant dans l'ombre de Saint-Louis.

L'ombre de Saint-Louis

La réglementation est claire et précise en ce qui concerne la priorité aux écluses.

> Le bateau se présentant le premier à une écluse y passe normalement le premier, mais priorité doit être donnée aux bateaux appartenant aux États-Unis. Les bateaux commerciaux à passagers assurant un service programmé ou régulier sur réservation ont priorité sur les transporteurs de marchandises et assimilés. Les transporteurs de marchandises ont priorité sur les bateaux de plaisance...[1]

En résumé, cela signifie que les gens en canoë passent bon dernier, après toutes les embarcations qui ne veulent pas ou ne peuvent pas partager l'écluse.

---

1. Règlement du Corps des ingénieurs de l'armée américaine. Section 207300 Bassin de l'Ohio et du Mississippi en amont de Cairo, Illinois, et leurs affluents; usage, administration et navigation. Article (d) paragraphe (1).

L'Écluse n° 22 n'est pas une créature aimable. Quelque chose m'a soufflé de débarquer quand j'y suis arrivé. Peut-être les énormes panaches noirs recrachés par le remorqueur. Il était en aval, attendant d'y entrer. Je me suis amarré, j'ai escaladé les rochers et je me suis approché pour regarder. L'éclusier m'a demandé si j'avais l'intention de passer. Lorsque j'ai acquiescé, il m'a dit que j'aurais environ trois heures d'attente. J'ai cru que j'allais mourir.

«Je dois d'abord sasser le *Clyde Butcher*», il a ajouté. C'étaient le remorqueur et les barges qui s'apprêtaient à entrer dans l'écluse. Le convoi – trois barges de front sur six de long plus le remorqueur – devrait être scindé pour passer en deux fois. «Et le temps qu'il termine la manœuvre, il a dit en pointant plus loin en aval, le *Hoosier State* sera là.»

À trois kilomètres environ patientait le *Hoosier State*, un autre convoi énorme qui remontait lentement et serait là dès que le *Clyde Butcher* aurait repris sa route.

J'ai dû faire une tête pitoyable. Ou alors le fleuve avait accepté mes excuses. Mon interlocuteur, voyant à quel point je me décomposais, m'a dit d'attendre.

«Je vais voir ce que je peux faire. Je vais passer un appel radio au *Hoosier State*, et s'il veut bien attendre à ce mur là-bas, on devrait pouvoir vous exfiltrer.»

Ça valait le coup d'être tenté. Toute valait le coup d'être tenté. Mais j'avais une petite question.

«Est-ce je pourrais passer de ce côté?» j'ai dit en indiquant le côté le plus proche de la berge, parce que je ne voulais pas être expulsé dans les torrents d'eau vive qui s'échappaient des portes du barrage. Sinon, attendre trois heures n'était pas une affaire.

Il m'a dit de ne pas m'inquiéter. À son retour, il m'a assuré que le *Hoosier State* me laisserait le temps de passer.

Le moment venu, je suis retourné vite fait à mon canoë. J'ai serré les dents et croisé les doigts quand le *Clyde Butcher* a rugi et s'est arraché à gros bouillons du sas. Les tourbillons m'ont fait tanguer, mais j'ai gardé l'équilibre et je suis entré dans le sas en pagayant. Une fois que j'ai été descendu, la mauvaise nouvelle m'est tombée dessus. Les portes se sont ouvertes et j'ai vu que le *Hoosier State* était déjà là.

« Voilà ce que vous ferez. Vous pagaierez jusqu'à l'autre côté et vous vous accrocherez à l'échelle au fond. Vous la voyez là-bas dans le bajoyer ? À l'ouverture des portes, dépêchez-vous de sortir. »

J'avais pensé pouvoir plonger à droite et libérer totalement le passage avant que le *Hoosier State* quitte son mur. À présent, il semblait que lui et moi, nous allions partager l'espace quelques secondes. J'allais affronter le torrent du barrage et les tourbillons créés par le remorqueur pendant qu'il pousserait les barges à l'intérieur de l'écluse.

« OK, mais dites-leur de ne pas remettre les gaz avant que je sois loin. OK ? »

Mais non, et là j'ai senti la mort me frôler.

À l'ouverture des portes, j'ai jailli du sas comme la pierre d'une fronde. Je pagayais comme un forcené. Le *Hoosier State* s'approchait, prêt à me dévorer pour le déjeuner. Ses énormes machines ont démarré et l'eau a bouillonné. Et elles n'étaient pas à plein régime. Rien qu'un petit tour. Mais c'était déjà trop pour moi et j'ai hurlé à l'équipage posté sur le pont des barges : « Ne me tuez pas ! »

Ils étaient tous là à me regarder pendant que je bataillais dans les eaux vives de part et d'autre du canoë en appliquant toutes les techniques que j'avais apprises jusqu'ici. J'ai glissé de mon siège et me suis agenouillé au fond du canoë. Cela me donnait plus de stabilité et de contrôle, et j'en avais besoin. Je roulais violemment d'un côté à l'autre et je tanguais sur d'énormes vagues, à monter et à descendre comme sur des montagnes russes. J'étais paniqué, mais à la manœuvre. L'excitation me montait à la tête et au cœur et me retournait l'estomac. Le grand frisson était de retour et j'entendais chanter.

Je me sentais comme un champion. La peur s'était muée en euphorie. Le chant était le mien.

L'eau s'écrasait dans le canoë et j'étais trempé. Mais c'est à peine si je le remarquais. La chevauchée, qui a duré peut-être une douzaine de secondes, m'avait chauffé les sangs. Le fleuve avait enfreint le règlement pour moi, il m'avait autorisé à passer l'écluse malgré les règles de priorité et il avait pris soin de m'offrir un grand frisson sans me faire chavirer. Il n'était pas en colère contre moi comme je l'avais cru. J'étais pardonné.

J'avais l'intention de quitter le fleuve à Saint-Louis. S'il s'agissait bien d'une aventure, l'issue n'avait guère d'importance, la distance parcourue non plus. L'important, c'était la façon dont je m'étais comporté, et j'avais assuré. Pas pire que n'importe qui d'autre, mais pas mieux non plus. J'étais parti avec peu de choses à prouver et à cette aune je m'en étais bien sorti. J'avais transformé le citadin que j'étais en amateur de plein air relativement habile. J'avais fait montre de volonté et de courage et je m'étais débrouillé en forêt. Un peu plus de dextérité au canoë aurait été appréciable mais, tout bien pesé, je ne pensais pas trop m'en vouloir si j'abandonnais. Je pouvais accuser ma douleur à l'épaule et mes courbatures dans le dos et dans les genoux. J'avais tout plein d'excuses.

Mais le fleuve ne cessait de m'envoyer des fleurs.

Et des questions.

Quand je débarque à Louisiana dans le Missouri, un vieil homme noir et sa femme m'attendent sur la berge pour me saluer. Il doit se prendre pour mon père ou tout comme.

« Fiston, à quoi tu joues ? » veut-il savoir.

Je ne dis pas que je m'arrête à Saint-Louis.

« Je vais à La Nouvelle-Orléans en canoë.

– Quelle idée ! Tu n'as rien de mieux à faire ?

– Non, il n'y a pas mieux. »

Il secoue la tête. Il ne comprend pas.

« Et tu penses que ce petit gilet de sauvetage va te tenir la tête hors de l'eau si tu passes par-dessus bord ?

– Je suis plutôt bon nageur. Il fera ce qu'il faut. »

Le vieil homme a un fils, qui travaillait pour le Corps des ingénieurs, me dit-il, ce qui me fait grimacer, et il portait d'énormes gilets qui lui couvraient largement le torse et les épaules.

« C'est ça qu'il te faut, quelque chose dans ce genre. »

Pendant qu'il me sermonne, sa femme prend des photos. Comme un père et une mère.

« J'espère que tu sais ce que tu fais », il dit.

Et elle me défend. « Mais oui, il le sait, j'en suis sûre. »

Quand il voit qu'il ne me fera pas changer d'avis et que sa femme ne le soutient pas, il m'invite à déjeuner. Comme des parents.

« Tu as faim ? Allons manger un morceau. »

On est remontés à Louisiana qui est une de ces vieilles villes faites de bâtiments en briques, sans étage, et qu'on dirait tous attachés les uns aux autres. Sur les bas-côtés, les rues sont ombragées. Il y a beaucoup d'arbres. Dans le centre, les accotements sont ces anciens trottoirs surélevés des années 1910, ceux-là qui sont hauts comme des marches. La vieille banque au coin aurait pu être braquée autrefois par John Dillinger.

Nous traversons quelques carrefours et nous tombons sur une sandwicherie ; je dois être plus affamé que je ne le pensais. J'avale un hamburger, un bol de chili et des frites.

Le vieux ne mange rien ; sa femme, qui surveille son poids et sa tension, prend un sandwich club à la dinde avec de la moutarde. Elle ne mâche que d'un côté de la bouche.

Deux jeunes femmes noires entrent. Le vieux assis à côté de moi se lève et commence à les taquiner, elles et la petite fille qui les accompagne. Il ne les connaît pas, je le vois bien. Il n'est qu'un gentil vieux monsieur qui aime bien faire rire les autres. Il demande aux jeunes femmes s'il peut offrir un cornet de glace à la petite fille.

La mère de l'enfant le remercie.

« Vous êtes bien jolie, jeune dame. » Il ne parle pas à la gamine.

La jeune femme le remercie encore, puis elle et son amie s'en vont.

Il revient s'asseoir avec nous. Sa femme a mangé son sandwich sans broncher. Soit elle ne l'a pas entendu conter fleurette, soit elle s'y est habituée après toutes ces années et n'y voit plus de danger.

Ils forment un gentil couple. Cela se voit à leur façon de s'ignorer de temps à autre. Mais quand elle demande une petite tasse de lait, il se lève aussitôt pour aller la chercher.

Mon voyage l'intéresse beaucoup ; il veut que je lui parle du camping, des barges et surtout des serpents. Rien que ça, dit-il, ça m'empêcherait. Il n'aime pas les serpents. Ils sont pires que le fleuve et il ne faut pas l'embêter, le fleuve. Il est terrifié, rien qu'à le regarder. Et, m'imaginant dessus, en canoë, il dit :

« Mon garçon, tu dois être vraiment fou. »

Puis il veut qu'on se dépêche d'y retourner. Il s'inquiète qu'on ait pu voler mes affaires. Je lui dis que je ne suis pas inquiet, mais il insiste quand même pour aller vérifier. Il ne veut pas que mon voyage se termine de cette façon.

Apparemment, il ne veut pas que mon voyage se termine du tout. Comme un père encore, tout en me disant à quel point il me trouve fou, il me demande si j'ai besoin d'argent. Je lui dis que j'en ai assez.

« Ce qu'il te faut, ajoute-t-il en regardant mes pieds, c'est de bonnes grosses bottes en caoutchouc. Tu vas attraper une pneumonie. »

Cette pensée m'a aussi traversé l'esprit et je l'assure que je m'achèterai des bottes une fois à Saint-Louis. J'ai oublié qu'à Saint-Louis, j'abandonne.

Il est tard dans l'après-midi quand je les quitte. Ils me font des signes, ils prennent des photos, et lui me recommande de faire attention. Sa femme a l'air de prendre tout cela calmement. Les mères, je pense, font davantage confiance à leurs fils que les pères.

Je veux avoir l'air d'un expert à leurs yeux, alors je m'éloigne à coups de pagaie vifs et assurés. Je ne veux pas qu'ils s'inquiètent.

Le pont tournant est ouvert pour laisser le passage aux barges, mais je me faufile comme s'il l'était pour moi. J'entre dans le méandre et Louisiana est hors de vue. Et puis la fatigue me tombe dessus.

Je ne suis pas allé très loin, peut-être une heure de plus. Je me suis glissé dans une petite anse par laquelle le Petit-Calumet se jette dans le grand fleuve et j'ai installé mon bivouac. À la tombée de la nuit, des groupes de pêcheurs ou de chasseurs en barques sont arrivés dans la crique et sont remontés chez eux par la rivière. J'ai fait un joli feu et je me suis assis dans le noir à regarder les danseuses jaunes et orangées. À chaque fois qu'elles se fatiguaient, je les pressais de sauter plus haut, de danser plus vivement, en leur donnant du bois pour les nourrir.

Les étoiles au-dessus illuminaient le ciel de tourbillons d'étincelles. Tant d'étoiles, si brillantes et si proches les unes des autres. *Qui a su distinguer des formes, suffisamment pour donner des noms aux constellations ?* Par une nuit aussi noire, sous tant d'étoiles si brillantes et si nombreuses, je n'arrivais même pas à repérer celles que je connaissais.

J'étais mort de fatigue. Toutes les journées sur le fleuve, les heures de canotage et la faim se sont abattues sur moi ce soir-là. J'étais affamé, mais trop épuisé pour cuisiner. J'ai ouvert une boîte de ragoût et je l'ai glissée telle quelle sur le feu. De temps en temps, j'en remuais le contenu. J'ai retiré mes chaussures, je les ai enfilées sur des bouts de bois plantés dans le sol et les ai mises à sécher au-dessus du feu. J'ai mangé et le ragoût était délicieux. J'ai regardé le feu pirouetter de plus en plus faiblement. Il était temps de dormir.

Une barge passe dans la nuit. On croirait entendre un train de marchandises au loin. Une lumière vive me surprend, une lumière plus vive que le soleil, mais blanche comme le projecteur d'une prison. Elle vient du fleuve et balaie devant elle. Elle s'en va. Un instant plus tard, elle balaie de nouveau par ici, s'arrête sur mon campement et puis disparaît. *Un OVNI ?* Je me relève, sur les genoux, aux aguets. La lumière à présent est sur la rive opposée, encore à balayer, encore à chercher. Le rugissement haletant du remorqueur se rapproche, de plus en plus près, et puis la barge apparaît juste en face de moi. La lumière revient. Je peux me détendre. C'est le projecteur sur la dunette du remorqueur qui scrute le fleuve à la recherche des débris, des îles et des bancs de sable, et qui vérifie les berges pour tenir ses distances et lire les balises. Mais le rugissement est épouvantable. Est-ce que je vais pouvoir dormir ?

Je campe trop près de la civilisation. Un autre rugissement, provenant de l'intérieur des terres cette fois. Un vrai train de marchandises. Et le sifflement au passage des voitures sur la route pas très loin. Toute la nuit les bruits continuent. La route, les remorqueurs, le clapotis du fleuve contre la berge. J'entends tout et pourtant je dors profondément. À mon réveil, je me sens plutôt bien. Il n'y a rien de mieux qu'une rude journée pour bien dormir. Rien de mieux que de dormir par terre pour se rappeler qu'on a dormi. Rien de mieux que la faim pour donner du goût à la nourriture.

Grafton

Je me remets en route rapidement. Il y a une autre écluse à quelques kilomètres en aval et je voudrais y arriver avant que la circulation matinale ne s'intensifie.

L'Écluse n° 24 (il n'y a pas d'Écluse n° 23) est occupée, comme je le craignais. Et il n'y a nulle part où attendre en sécurité que la barge sorte du sas. On me dit d'aller de l'autre côté et d'attendre derrière le mur de soutènement.

À la plupart des écluses, il y a deux ou trois remorqueurs plus petits qui stationnent. À l'Écluse n° 24, il y en avait deux et je me suis accroché au *Polly Jo* en attendant mon tour.

Sur le pont, un gars prénommé Billy me regardait. Je lui demande si ça le dérange que je m'accroche.

« Donnez-moi votre bout, il me dit. On va vous amarrer et vous pourrez monter à bord vous étirer les jambes. »

Je m'exécute ; c'est génial de se retrouver pour de vrai sur l'un de ces monstres. Et celui-ci est petit. Deux moteurs seulement d'environ sept cent cinquante chevaux chacun. Je m'avance sur le pont et je grimpe sur le toit pour contempler le fleuve.

« Ça doit être quelque chose de travailler sur un de ces engins.

– C'est pas si mal, dit Billy. Autrefois, je bossais sur les remorqueurs qui montent et avalent le fleuve. Là c'est vraiment dur. Quatre-vingt-dix jours d'affilée sans congés. Au moins ici je peux rentrer chez moi. »

Il vit à Clarksville. Je n'y ai jamais été, mais j'en ai entendu parler. Il y a un grand funiculaire qui vous emmène tout en haut des falaises et, une fois là-haut, vous êtes au point culminant au-dessus du fleuve. La vue du sommet doit être magnifique sur l'eau et la vallée. Les arbres et le fleuve vus par les yeux d'un faucon.

Billy dit que c'est un endroit agréable et je le crois volontiers. Toutes les localités le long du fleuve sont agréables. Il aime vivre ici.

« Vous voulez du café ? »

Je n'en ai pas envie, mais j'accepte une tasse quand même.

« Vous avez déjà petit-déjeuné ?

– En fait, pas encore. »

Il me fait un sandwich au jambon. Puis il m'emballe un casse-croûte. Deux autres sandwiches au jambon et une demi-douzaine d'oranges.

Normalement j'aime le jambon de mes sandwiches tranché ultrafin. J'aime une lichette ou deux de moutarde forte étalée également sur le pain, de la laitue croquante et une tranche ou deux de cheddar. Le pain doit être de seigle clair, ensuite une bière pour faire passer tout ça est la bienvenue.

Les sandwiches de Billy n'ont ni moutarde, ni fromage. Le pain est du bon vieux pain de mie blanc, et il coupe d'épaisses tranches de jambon. Mais ils sont aussi savoureux que tous les sandwiches raffinés que j'ai jamais mangés, et pas parce que je meurs de faim.

Une voix stridente aboie à la radio. Billy comprend ce que je ne comprends pas et me dit qu'on m'attend. Nous nous serrons la main, il me dit de revenir le voir un de ces jours. Puis je redescends dans mon canoë et je m'en vais. Une fois encore, j'éprouve le sentiment de quitter un ami. Je crois que c'est un sentiment de peur autant que de perte. Il y a la peur, quand on quitte quelqu'un ou un endroit, de prendre le risque de ne pas retrouver un ami, une femme, une amoureuse ou une ville aussi agréable que celui ou celle qu'on laisse derrière soi. En quelques brèves minutes, je m'étais senti à l'aise avec Billy. Il était mon ami, et pourtant je me suis dit que je ne le reverrais jamais. *Cette façon d'entrer et de sortir de la vie des gens est pénible. Et dangereuse.* Mais elle est nécessaire. Sinon, on reste le même. Parfois, on rencontre du nouveau en mieux, parfois du nouveau en pire, la plupart du temps du nouveau différent.

J'ai gardé les sandwiches pour plus tard dans la journée, mais j'ai attaqué les oranges presque aussitôt.

Je suis resté à l'écart des chenaux en prenant mon temps, à dériver beaucoup, à peler mes oranges et à profiter du soleil et de la chaleur. Il n'y avait pas beaucoup de soleil, mais il était chaud. Des toiles d'araignée accrochées à rien flottaient dans l'air en travers du cours d'eau et se collaient à moi. Je m'émerveillais devant leur fragilité et leur liberté. Je ne me débattais pas pour m'en dépêtrer.

C'est une journée de détente et j'essaie de ne pas penser. Si je pense, je sais que mon esprit passera en revue les gens que j'ai rencontrés. Je me rappellerai à quel point ils ont tous été merveilleux et, si je fais cela, je ne voudrais plus m'arrêter à Saint-Louis. Je voudrais continuer à rencontrer des gens nouveaux, à tenter ma chance et à voir combien de temps je peux être la victime de leur générosité. Je voudrais voir si tôt ou tard le fleuve et les gens s'aigriront et si, au lieu d'être amicaux envers moi, ils voudront me faire du mal.

Le fleuve est devenu une partie de moi-même, et moi une partie de lui. Un canard flotte mort sur l'eau et l'idée de sa mort me transperce. Un cerf se jette à l'eau et traverse à la nage entre une île et le rivage, et je ne vois de lui que ses bois et sa tête qui ont l'air de danser légèrement sur l'eau, de flotter. Je suis enchanté. Je ne savais pas que les cerfs pouvaient nager. Je n'y avais jamais pensé. Il atteint la terre ferme et il reprend son allure habituelle. Il s'est remis sur ses pattes et il court.

Je vois des ordures flotter au bord du fleuve. Je me sens sale, dégoûté et en colère.

Je me glisse derrière une île à l'abri du vent, et les arbres sont à moi. Ils m'apaisent.

Je suis le fleuve.

À l'approche du soir et de l'Écluse n° 25, même si elle s'étend belle et calme dans la lumière déclinante, je déteste sa présence.

Le fleuve change de nouveau. Des premières écluses à maintenant, c'était une créature ample, lente et lourde. Aussitôt que j'ai passé l'écluse, il rétrécit. Le courant est un peu plus rapide et les barges sont plus proches, mais je peux traverser facilement – pour échapper aux barges ou pour raccourcir les virages ou pour quelque autre raison. Le chenal est passé de deux kilomètres de large par endroits à moitié moins. L'eau est toujours gris foncé et bleue, mais on dirait un autre fleuve.

Je traverse pour rester au soleil. Les arbres montent haut vers le ciel et le soleil descend sur la rive opposée. De mon côté, les arbres font toujours étalage des couleurs automnales du feu : rouge, orange, jaune. Un mois plus tôt, cette tapisserie a dû être spectaculaire. Désormais, elle est simplement splendide. Dans une semaine, les couleurs s'estomperont, bruniront et les feuilles tomberont. Les arbres affronteront l'hiver dénudés.

Je campe sur une propriété privée. Il y a une clôture en fil de fer barbelé. Je passe outre et monte malgré tout ma tente. Avant la tombée de la nuit, je pêche même pour mon dîner. Je dors bien.

À partir d'ici, la plupart des terres qui bordent le fleuve sont privées. Cette perspective me déplaît.

Tandis que je canote dans le faible matin gris, des voix m'interpellent depuis les collines du côté de l'Illinois. La forêt est trop dense et je ne vois personne. Je fais des signes néanmoins, même si je ne peux pas dire si les cris sont amicaux ou non.

Je rencontre deux ou trois jeunes chasseurs de canards qui font l'école buissonnière.

« Mince, vous devez être complètement dingue », ils me disent, et je commence à le croire moi-même. Je suis tellement fatigué.

Pourtant, ils ont l'air d'admirer ma prestation, et cela me ragaillardit même si, comme ils disent, je m'y prends très mal. Il faudrait que je dispose d'un joli stock de bières, d'un petit moteur et bien sûr de deux ou trois compagnons, des femmes de préférence.

Plus loin en aval, les signes de civilisation sont plus nombreux. C'est tout un village de bungalows tassés les uns contre les autres, faisant tous face au fleuve. L'endroit est désert maintenant, mais par beau temps ce doit être un enfer de bruit, de barbecues et d'enfants qui hurlent et s'éclaboussent. *Des vacances, parlons-en !*

Un tronc d'arbre gît en travers du fleuve. Je le contourne et je débarque en attendant qu'une barge passe. Deux personnes âgées me regardent, en les voyant je leur demande l'autorisation.

« On s'en fiche. C'est pas chez nous. »

La barge passe.

« Moi aussi je sors de l'eau quand ces engins circulent, dit l'homme. Où allez-vous ? »

Il semblerait que je n'aie qu'une seule réponse : à La Nouvelle-Orléans.

« Ouah, c'est super.

– Vous devez vraiment l'aimer, le fleuve », dit sa femme.

Sourire las. « Ouais, c'est sûr.

– Nous aussi, on l'aime, ajoute-t-elle. On est venus ici juste pour le voir. Notre garçon est là-bas en train de récolter des haricots, et on est descendus pour regarder le fleuve.

– Il est beau, n'est-ce pas ?

– Oh oui, merveilleux.

– Bon, on va pas vous retenir plus longtemps, il dit. Vous êtes presque à Grafton. Trois ou quatre kilomètres encore, pas plus. Vous pourrez vous y arrêter pour déjeuner si vous avez faim. »

Rien que cette pensée m'affame. Et m'assomme de fatigue. Je ne sais pas comment je peux continuer, mais il le faut. Je repars encore une fois.

Et maintenant je quitte le cours du Mississippi pour un moment. Je me glisse entre deux îles, puis je descends une petite cascade et, après une bataille contre le vent, je navigue sur l'Illinois. Il est plus étroit et plus gris et même un peu plus calme par ce vent. Il se jette dans le Mississippi quatre kilomètres plus bas et je l'emprunte jusqu'à Grafton.

Je débarque sur un terrain boueux et je marche à travers de hautes herbes pour atteindre la route. J'arrive à l'arrière de Bill's Market, j'y entre acheter un paquet de chips. J'ai mon bidon d'eau avec moi. Il est à sec, je cherche un endroit où faire le plein.

Je porte toujours mon gilet de sauvetage, ce qui doit un peu attirer l'attention. Un homme et sa petite amie s'arrêtent pour me prendre en stop dans une grosse Cadillac ancienne et ils me déposent en centre-ville. Je vais à la mairie où un groupe de personnes âgées est en train de déjeuner. Je demande si je peux remplir mon bidon, quelqu'un l'emporte à la cuisine et le remplit pour moi. Avec le sourire.

Qu'est-ce qu'ils ont, tous ces gens ? Quelqu'un les a prévenus de mon arrivée ? Ils pensent que je suis une célébrité ? Pourquoi tout le monde est aussi gentil avec moi ?

En retraversant la ville, j'avise un grand panneau : POISSON. Il tombe à pic. BUFFALO PERCHE POISSON-CHAT. Je dois être au paradis. Un panneau plus petit annonce OUVERT : POISSON FRAIS – STEAKS. Je fonce vers l'endroit au petit trot. Je salive et mon estomac grogne de délectation. Je suis prêt pour un délicieux repas de poisson tout chaud et savoureux accompagné de coleslaw. Mais quand j'arrive à la porte, un autre panneau collé à la fenêtre dit FERMÉ et me propose de manger une pizza. Le dernier panneau dit À VENDRE.

Je quitte Grafton en vitesse.

Le fleuve, quand je le retrouve, est de nouveau large et gris comme l'acier. Le ciel au-dessus est nuageux et la pluie menace. Je reste près du rivage une fois de retour sur le Mississippi. Une barge s'est glissée en silence derrière moi et, le temps que je m'en rende compte, je n'ai plus d'issue pour m'en écarter à temps. Je m'en éloigne autant que possible et je chevauche simplement les vagues dans son sillage. Si elles doivent être aussi silencieuses avec ce vent, je vais rester à proximité de la rive.

La berge est consolidée par des pierres et des rochers. La Great River Road passe par là ; je l'ai empruntée de nombreuses fois. Je suis proche de chez moi désormais, et en terrain connu.

Je m'arrête dans une bourgade pour le déjeuner. Elsah est la ville et Elsah Landing le restaurant. La cité a conservé son charme suranné du siècle passé. Les rues sont étroites et ombragées par des arbres. Les maisons sont en bois, magnifiques et bien entretenues. Il y a davantage de pelouses que de macadam et l'endroit est calme et paisible comme une église.

Je déjeune copieusement d'une soupe de haricots noirs et de pain de pommes de terre. C'est chaud et ça me tient au corps, et ce dont j'ai le plus besoin dans l'immédiat, c'est d'énergie et de chaleur. Il s'apprête à pleuvoir et je veux aller le plus loin possible avant que la journée soit trop avancée.

Espérant à demi que mon canoë a été emporté, je me dépêche de retourner au fleuve et j'enfile mon ciré. Dorénavant, les barges m'arrivent dessus les unes après les autres à intervalles rapides. J'ai l'impression de rouler à bicyclette sur une autoroute avec des camions et des camions et des camions qui me dépassent trop vite en hurlant. Un faux mouvement ou une faute d'inattention et je me fais avaler.

La pluie tombe maintenant. Ça m'est égal. Il ne fait pas vraiment froid et ce que je ressens surtout, c'est l'épuisement. Je ne cherche même plus à me cacher des monstres qui fondent sur moi.

Des voitures me klaxonnent depuis la route et des gens me font des signes, mais même ça ne me remonte pas le moral. Je fais des signes en retour.

À la fin, je suis incapable de faire un mètre de plus. J'accoste et je tire mon canoë hors de l'eau. Je passerai la nuit ici.

Un avion vole bas au-dessus de moi. Il achève sa descente vers l'aéroport Lambert Field à Saint-Louis. Je suis presque à la maison.

La pluie tombe dru. Je ne veux pas planter la tente dans cette gadoue, alors j'attends. Je suis au milieu des arbres et à l'abri du vent, mais il va faire froid. Je le sais. Je vois à l'angle que la pluie fait en tombant qu'il y aura du vent cette nuit. Cette pensée me décourage.

Je sais exactement où je suis. Je suis à une dizaine de mètres seulement de la route et de là à deux kilomètres seulement de Piasa Harbor. Je peux y aller à pied et y tuer le temps, peut-être trouver autre chose à manger.

À l'extérieur de la marina, il y a une cabine téléphonique, j'appelle chez moi. Je serai à Saint-Louis demain et il faudra venir me chercher. J'évalue le temps que je vais mettre et je fixe une heure. Puis j'entre dans le magasin nautique. Le propriétaire s'appelle Wally.

« Est-ce que ça vous dérange si je reste ici un petit moment, à l'abri de la pluie ? »

Ça ne le dérange pas ; ça ne le dérange pas non plus que je dégouline partout sur son sol. Je tâche de rester dans mon coin.

Il m'offre un café et je l'accepte. Brûlant et noir. Je voudrais m'asseoir, mais je ne veux pas tout tremper et si je m'assois, je risque de ne jamais me relever. Mes jambes sont de plomb, j'ai du mal à me redresser et à me remplir les poumons.

Je ne suis pas le seul hôte de Wally. Son magasin doit être une sorte de lieu de rendez-vous. Deux types y travaillent, dont un qui s'apprête à sauter sur une motocyclette pour rentrer chez lui sous la pluie, par les rues mouillées et glissantes. L'employée de bureau traîne quelques minutes après l'heure de la fermeture, mais elle finit par partir. Et après la fermeture, Wally laisse encore entrer quelques amis.

Okie est plongeur professionnel et il dirige une activité de récupération de barges au fond du fleuve, des barges qui parfois se détachent et vont s'écraser contre un pont ou d'autres barges, qui ont trouvé le moyen de couler par le fond. Il s'est arrêté avec sa petite amie avant de rentrer chez lui, son chez-lui étant un des bateaux de plaisance amarrés dans la marina.

« Le gars, là, il descend à La Nouvelle-Orléans en canoë, dit Wally. Je lui ai parlé du fanatique qui est passé par ici. Tu te souviens de lui ? »

Okie acquiesce.

Ce gars-ci, apparemment, était arrivé à vélo de quelque part à l'Ouest et, une fois au fleuve, il s'était acheté une barque, il y avait entassé tout son bazar et il était reparti à la rame.

« Il disait qu'il ramait pour le Christ. »

Il s'était arrêté à Piasa Harbor et, là, il avait démonté le pédalier de son vélo, pratiqué des trous dans sa barque et bricolé une roue à aubes qui le propulsait quand il pédalait.

« Comme menuisier, il se débrouillait plutôt bien, mais c'était un spectacle à lui tout seul ! »

Cheveux raides et tête d'écureuil. Mais il avait fait le job et il était reparti en pédalant.

« Je me demande ce qu'il est devenu.

– Quand il est arrivé au barrage à Chain of Rocks, raconte Okie, il s'est retrouvé coincé dans les rochers et j'ai dû l'en libérer. Ses roues à aubes sont parties en morceaux pendant l'opération. Mais il a continué et les a réparées. »

Il y a des gars, je suppose, que rien n'arrête.

Il y en avait d'autres qui descendaient le fleuve. Wally m'a parlé d'un groupe de lycéens dans un gros bateau, douze à quinze jeunes qui pagayaient tous en même temps. Ils allaient à bonne allure ; ils participaient à une sorte de course qui engageait plusieurs groupes sur le parcours, chacun ramant une partie du trajet et passant le bateau au relais suivant.

Et puis, il y avait un artiste venu du Nord. Il peignait le paysage au fil de l'eau ; il vivait avec les ours, là-bas, dans le Montana.

Et puis, il y avait ce type courageux en kayak qui remontait le courant.

« Fallait voir ses bras et ses épaules. On aurait dit des rocs. »

Wally est un grand type, costaud, à la barbe et aux cheveux blancs, très souriant. Il a parlé du Saint-Louis d'autrefois, de navigation, du fleuve.

« Quand vous arriverez à Kimmswick, il y a une autre marina, elle est dirigée par un type qui s'appelle Hoppie. Hoppie's Boat Dock. Arrêtez-vous là et discutez avec lui. Il sait tout ce qu'il y a à savoir sur le fleuve. Je veux dire, si vous arrivez jusque-là. Une fois chez vous demain, après un bon repas et une bonne nuit réparatrice, vous n'aurez peut-être pas envie de repartir.

« L'idée m'a traversé l'esprit », j'ai dit.

Il a ri, et ça ne m'a pas plu.

Il a parlé des syndicats, de politique et du communisme.

« M'est avis que ça doit pas être si génial que ça, s'ils sont si nombreux à vouloir s'échapper – ou à devoir s'échapper. Ils ne sont pas libres d'aller et venir comme nous. Et on n'entend jamais parler de foules qui veulent s'installer en Russie. »

J'ai dû lui donner raison.

« Vous avez entendu l'histoire de ce marin russe qui a sauté de son bateau à La Nouvelle-Orléans ? Il a nagé jusqu'à la berge et on l'a ramené à bord, et puis il a encore sauté. Finalement, il a dit que c'était un accident, mais vous savez aussi bien que moi que personne ne saute à l'eau comme ça, deux fois, par accident. Faites attention quand vous serez là-bas. Quelqu'un pourrait sauter d'un bateau et atterrir dans votre canoë. »

Il n'avait pas l'air d'aimer davantage les syndicats.

« Prenez l'UAW. Si vous et moi on est licencié ou viré, on va s'inscrire au chômage et on touche nos indemnités. Cent cinquante dollars par semaine. Si vous êtes au syndicat de l'automobile et que vous êtes licencié ou viré, vous touchez les mêmes cent cinquante dollars du gouvernement, mais ensuite vous recevez assez du constructeur automobile pour atteindre 90 % de votre salaire. Comment c'est possible ? Si vous acceptez un boulot qui paye cinquante dollars, vos indemnes sont réduites de moitié. Y a quelque chose qui va pas quelque part. Et le président du syndicat des routiers, il se fait dans les cinq cent mille dollars. »

On a discuté un bon moment et à la fin j'ai eu droit à ma leçon du jour.

Wally possède un très beau bateau, grand et luxueux. Il y a un certain temps, un magazine chic a voulu le louer comme décor pour une séance de photos de mannequins. Wally, sachant les dégâts que peuvent faire les équipes en accrochant leurs éclairages et en tirant des câbles partout, a voulu refuser poliment. La façon la plus polie de dire non est d'annoncer un prix faramineux. Mais le magazine en question voulait vraiment le bateau et a accepté le prix. Wally était tenté, mais il a tenu bon et a simplement dit non. Ça ne l'intéressait pas.

Ils ont essayé avec l'argent et ils ont tenté de l'appâter avec le prestige que le magazine lui apporterait à lui, Wally, et à sa marina, mais pour préserver son bateau et sa probité, il n'en a pas démordu et il a dit non merci.

En partant, j'ai promis à Wally que je reviendrais le saluer.

« Tout le monde dit ça, il a répondu. Personne ne revient jamais. »

J'ai promis de le faire.

Je retrouve mon chemin dans le noir. Je suis parti depuis une éternité et j'ai l'estomac dans les talons. *Est-ce que je fais du feu ? Est-ce que je mange froid ?*

Je monte la tente. Totalement rodé maintenant, je la monte dans l'obscurité totale, à tâtons. Je rampe à l'intérieur et je m'endors. Je n'ai rien mangé du tout.

Dehors le ciel réverbère la lumière orangée de la centrale électrique sur la rive opposée. Une barge passe. L'eau clapote doucement. Je dors comme un mort.

L'odeur de l'écurie

Le dernier jour. Je pars tôt. Le fleuve est du même gris froid de début novembre que la veille, à ceci près qu'aujourd'hui l'eau est agitée.

Je n'ai pas plus de forces qu'hier, mais je trouve un regain d'énergie parce que je suis presque arrivé à la maison. Des barges sont arrêtées le long de la digue. J'ai compris plus tard que ce n'était pas une gare d'eau pour barges. Elles stationnaient là en attendant leur tour de passer l'écluse en aval.

Écluse n° 26, Alton. Faute de mieux, je contourne rapidement les barges arrêtées et je file droit dessus. Les éclusiers, très occupés, je pouvais le comprendre, m'indiquent le sas de secours, mais ça m'est égal. Pour moi ils se ressemblent tous. Tant que je peux passer rapidement.

À la sortie, je me sens beaucoup mieux. Une dernière ligne droite, et je suis à la maison.

Le *Don Labdon* remonte le fleuve en direction de l'écluse et je passe tout à côté. Le capitaine me fait signe, je tends un pouce d'auto-stoppeur. Il me crie qu'il me prendra à son retour.

Sur tout le parcours, jusqu'à la sortie du dernier méandre, la zone est commerciale. Compagnies de barges et raffineries de pétrole. Le fleuve ressemble à un immense parc industriel. Je zigzague pour rester à l'écart de la circulation des barges, puis je fonce en face pour regagner l'Illinois. Il y a une énorme échancrure côté Missouri et l'eau change de couleur, s'y engouffre comme sur des rapides et reflue en violents tourbillons. Pendant un bref moment, il y a deux cours d'eau, l'un est gris et bleu, l'autre boueux et brun foncé. Puis les deux fleuves se mêlent et c'est le brun qui l'emporte. Je suis à l'embouchure du Missouri : je fais irruption au mariage comme un intrus et je suis traité comme tel.

Le Missouri est une rivière beaucoup plus vive, et c'est comme de l'air chaud et calme percutant de l'air froid et violent, avec les affreux orages que la collision produit. Je suis malmené en tous sens, perdant le contrôle, descendant le fleuve pour partie par le travers, pour partie en tête-à-queue. Un grand panneau m'avertit que je vais entrer dans le canal de Chain of Rocks, une voie d'eau morte creusée pour que les barges n'aillent pas s'accidenter contre le barrage rocheux six kilomètres plus bas. Je ne veux pas passer par le canal. L'eau stagnante signifie une progression lente et pénible et, le chenal ne faisant que quatre-vingt-dix mètres de large, la circulation des barges qui sera dense me donnera des attaques.

Je bataille pour éviter le canal et je réussis. À présent, j'ai du temps pour réfléchir. J'avais dépassé un peu plus tôt le monument en l'honneur de l'expédition de Lewis et Clark, les deux pionniers qui ont remonté le fleuve jusqu'à la confluence du Missouri, un monstre de fureur à l'époque, et si je ne me suis jamais vu comme un gars viril, costaud, courageux et dur à la peine, je n'ai qu'à songer à ces Américains-là pour me remettre les idées en place. Remonter le courant, en propulsant leur barque à la perche, sans savoir où ils allaient, ni ce qu'ils trouveraient. Ne me parlez pas de costauds ou de durs à cuire.

Et j'allais abandonner à Saint-Louis !

L'activité de renflouage d'Okie est quelque part dans le coin et j'ai promis de passer le saluer. Il m'offre le café et j'ai la chance de rencontrer son père, un vieux monsieur formidable du nom de Kiel. Il me parle du Saint-Louis d'autrefois, d'un maire qui s'appelait Kiel et d'un Opéra baptisé Kiel, et puis il me raconte la construction du pont Eads. Une entreprise monumentale. Kiel a un livre qui raconte comment les ouvriers ont travaillé sous l'eau et sous le lit du fleuve dans des caissons étanches. Le bas du caisson était transformé en énorme cloche à plongeur par de l'air comprimé envoyé dans un sas, qui empêchait l'eau d'entrer et fournissait de l'oxygène aux travailleurs. Mais les hommes travaillaient trop longtemps sous haute pression et sans décompression suffisante en remontant à la surface. La conséquence fatidique – la maladie des caissons (ou des plongeurs) et ses symptômes, des crampes atroces produites par l'azote dissout qui fait des bulles dans le sang pendant les décompressions trop rapides – était traitée par une alcoolisation soutenue et des élixirs de l'époque. Des six cents hommes qui ont travaillé en caisson sous le fleuve, cent dix-neuf ont été affectés, quatorze sont morts.

Mais les hommes étaient des hommes.

James Eads, lui-même, a consacré la moitié de sa vie à dégager les obstacles du fleuve, et non à en créer. Ce n'était pas un bâtisseur de ponts. C'était un récupérateur d'épaves, comme Okie : il dégageait les épaves du fleuve et il dégageait les chenaux. Ce pont était son premier ouvrage et il avait relevé le défi. Il avait réussi, malgré les doutes de son entourage qui lui avait dit que son pont ne tiendrait pas et supporterait encore moins une route à quatre voies, deux voies ferrées et deux trottoirs. Mais il était déterminé, même si à plusieurs reprises il avait voulu abandonner et l'avait fait ; il avait envoyé sa démission, tenté de recruter un remplaçant et avait finalement pris un long congé, gagné l'Europe en voilier et laissé le chantier à ses adjoints.

Le pont Eads a été une catastrophe. Moins d'un an après son inauguration en grande pompe, il faisait faillite. Il n'a pas généré les péages attendus, et le chemin de fer construit dans cette perspective a au contraire acquis des intérêts dans des sociétés de ferry et de dragage, détournant ainsi le transport de marchandises du pont. Le péage ferroviaire rapportait en moyenne 163 dollars par jour seulement, à peine plus que la circulation des piétons. Par conséquent, trois ans plus tard, le pont était vendu aux enchères pour deux millions de dollars, soit un tiers de ce qu'il avait coûté.

James Eads a persévéré, sans regarder en arrière. À l'embouchure du Mississippi, employant des méthodes qu'il avait lui-même mises au point, il a construit un système de jetées pour faciliter le dragage naturel du fleuve et ouvrir ainsi le delta à la navigation. Les South Pass Jetties. Eads n'a jamais cessé de repousser ses limites.

J'aurais pu rester à discuter avec Kiel pendant des heures, à manger ses petits pains et ses chips, à boire son café et à admirer ses photos de voitures anciennes aux murs. Mais je voulais rentrer chez moi, à Saint-Louis.

J'ai promis de revenir et de reprendre la conversation.

Et puis je suis arrivé au barrage rocheux. Je me sentais plutôt rodé, mais les blocs étaient énormes et les rapides qu'ils créaient étaient terrifiants. Je pouvais entendre leur rugissement près de deux kilomètres en amont. Mais que pouvais-je faire ? Certainement pas demi-tour.

J'ai mis le cap sur la partie la moins haute, la partie la plus facile, et je l'ai passée tout droit comme une descente rapide en luge qui m'a à peine éclaboussé et rendu très euphorique. J'aurais bien crié de joie, mais j'ai vite perdu le contrôle du canoë dans l'eau vive et le vent, et je n'ai plus pensé qu'à atteindre le rivage en espérant que le courant y serait plus calme.

Il était plus calme, mais le vent soufflait encore fort, et je me suis battu avec courage et acharnement pour maintenir le canoë droit et avancer.

J'ai contourné Mosenthien Island, m'attendant à déboucher sur la ville et son arche, mais il n'y avait que des pêcheurs, des arbres et des voies ferrées.

Plus loin, j'ai pris un autre virage et j'ai longé la sortie du canal. Je suis passé sous le Merchant Railroad Bridge, j'ai continué vers le pont McKinley, et puis je l'ai vu.

Il s'était arrêté sur la berge, presque sous le pont, et il se tenait là, debout, à me regarder. J'ai mis les freins et j'ai lutté contre le courant pour remonter un peu vers lui, à vigoureux coups de pagaie. Il portait ces bottes en caoutchouc dont j'avais besoin et il a pataugé pour attraper mon canoë et me tirer sur le rivage.

« Merci.

– Y a pas de quoi. » Un jeune homme beau, grand et svelte, pas plus âgé que moi. « Où vous allez ?

– À Saint-Louis, pour l'instant.

– Moi aussi. Et puis, à La Nouvelle-Orléans. »

Son canoë était argenté et il avait un siège équipé d'un dossier pour s'y appuyer confortablement. Le siège s'était cassé et il était en train de le réparer.

« J'ai entendu parler de toi, j'ai dit. Là-haut, à l'écluse de Quincy, en Illinois. J'espérais te rattraper. »

Il s'appelle Kevin Miner. Il vit au Texas et il a commencé son voyage à Minneapolis.

« Pourquoi tu fais ça ? » Je veux savoir. Je suis curieux de savoir s'il a les mêmes raisons que moi. Ou de plus nobles.

« Je n'ai rien trouvé de mieux », il répond. Il a interrompu ses études en espérant faire le point et trouver des réponses, et il fait ce genre de choses tout le temps. Une autre fois, il a rallié le Canada depuis le Texas à bicyclette ; je suis impressionné, même si j'espérais que ses raisons de descendre le fleuve eussent été plus proactives, moins passives.

« On m'a dit qu'à Saint-Louis il y a un McDonald's sur un bateau à aubes. C'est vrai ?

– Ouais. On peut s'y retrouver et on discutera. Tu aimes le cognac ? Je te paierai un coup.

– J'irai, dès que j'aurai fini de réparer ça. »

Et je l'ai laissé sur place.

J'ai foncé droit devant. En regardant par-dessus mon épaule, je l'ai vu remonter dans son canoë et repartir. J'ai croché l'eau à fond pour gagner de la vitesse. Je n'allais pas le laisser me battre à l'entrée de Saint-Louis.

Kevin n'a peut-être pas beaucoup canoté auparavant, mais il est très doué. Il pagaie avec aisance et son canoë fend vivement les flots. Il gagne du terrain sur moi. Il n'y a rien d'autre à faire que de jeter toutes mes forces dans la bataille et de faire la course comme si c'était pour la gloire. Plus que quatre kilomètres. Je scande tel un barreur. « Croche. Croche. Croche. » Sous la passerelle branlante du vieux Veteran's Bridge, puis sous l'Eads Bridge, le long des restaurants sur bateaux à aubes et de l'immense *Admiral* en acier rutilant, en cours de restauration, et me voilà en dessous de la Gateway Arch, le monument en l'honneur de Lewis et Clark, des pionniers et de la conquête de l'Ouest. Et si je dois poursuivre sur le fleuve vers le sud, je suis psychologiquement, sinon physiquement, à mi-parcours.

Saint-Louis, terminus ?

Mon vieil oncle Robert m'a dit un jour, il y a fort longtemps, que pour être un gagnant, il fallait se comporter comme tel ; que pour être un champion, il fallait en avoir l'air.

À mon arrivée à Saint-Louis, j'ai été accueilli comme le vainqueur d'une grande course ou d'une grande bataille. Robinovich était là sur les quais, avec ma mère et mon frère, ma sœur et ma nièce et quelques amis. Et la presse avait, je ne sais comment, entendu parler de moi, et les journalistes étaient là aussi. Pas le temps de savourer ma victoire. Pas le temps de ressentir la fatigue et la souffrance, ni l'amère frustration d'avoir envie d'abandonner, de savoir que je n'avais accompli que la moitié de la tâche, combattu qu'une demi-bataille, et de ne pas pouvoir l'achever. L'attention qu'on me portait était chaleureuse – et d'une certaine façon réconfortante – mais j'étais arraché brutalement, trop soudainement à l'intimité et à la solennité du fleuve, et jeté de manière sacrilège sous les projecteurs.

La solitude peut être rude, mais elle peut être belle en même temps. Et à quel point elle est belle, vous ne pouvez pas le savoir tant que vous n'avez pas retrouvé la ville et la compagnie des gens. Pas les gens à temps partiel dont la vie croise la vôtre, mais ceux qui en jalonnent le cours. Ceux-là définissent votre vie plus précisément et, d'une certaine manière, vous leur êtes davantage redevable.

Je n'ai montré ni déception, ni souffrance. Une légère raideur peut-être quand j'ai débarqué du canoë et que je l'ai hissé sur la digue, mais rien de la douleur qui enflammait mon épaule, mes genoux, mon dos – et mon cœur. Je souriais.

J'ai laissé l'équipe de télévision m'interviewer. (Ils avaient patiemment attendu pendant des heures. Deux autres équipes avaient fait le déplacement, mais ne pouvant pas attendre pour de telles futilités, elles étaient reparties. L'homme en canoë arrive quand il arrive.) J'ai tenté de leur expliquer ce que je ressentais quand ils m'ont demandé comment c'était et pourquoi je l'avais fait.

«Je ne m'attendais à rien, ai-je dit. Je ne savais pas à quoi m'attendre. J'avais seulement quatre mille kilomètres d'eau devant moi et un canoë – enfin, je ne l'avais pas, mais j'en ai trouvé un – et j'ai voulu savoir ce que ça ferait de l'essayer. »

Est-ce que je leur dis que je suis à deux doigts d'abandonner, ou penseront-ils que je suis fou ? Et si je parle d'abandonner, je ne pourrai plus vraiment discourir sur la virilité et l'esprit américain, ni sur la vie moderne qui nous transforme en poules mouillées, n'est-ce pas ?

Ces issues qu'on se ménage, ces façons de sauver la face.

« L'effort est méritoire, que j'aie vraiment achevé cette partie ou non, ou même le reste. Cela vaut la peine de le faire simplement, parce que – euh, en fait, le faire ne serait-ce qu'une seule journée, ça vaut le coup. »

Je le croyais vraiment, mais mes paroles résonnaient dans le vide.

« N'importe qui peut le faire. »

Non. Pas n'importe qui. Il faut quelque chose de particulier. Quelque chose que je pensais avoir, mais que je n'ai pas.

« Il est là. Le fleuve est là. Je l'ai regardé couler pendant vingt-neuf ans et maintenant j'en fais partie. »

C'est ce que je voulais. Être comme le fleuve. Noble, brave et sincère à tout moment du trajet. D'en faire réellement partie, eh bien…

Mais si je faisais vraiment partie du fleuve, de quelle partie ? De l'obscure ? De l'ombre qui fait briller la lumière, des faiblesses qui vous forgent le caractère ? De la fatigue qui donne à la persévérance toute sa valeur ?

C'est l'un des avantages de l'exposition à la lumière, malgré son côté invasif, intrusif : si elle amplifie la taille et l'importance des choses, elle en grossit également les failles, les faiblesses, les doutes et les manquements, et elle les révèle. Elle ne vous laisse nulle part où vous cacher.

Une station de radio m'a livré sur les ondes en direct. Soudain, non seulement vos amis et votre famille savent ce que vous faites, mais des inconnus aussi. Le téléphone sonne. Les gens vous reconnaissent à l'épicerie. Ils vous félicitent. Ils vous souhaitent bonne chance et bonne santé. Pire, ils mettent leur espoir en vous, ils ont des attentes, ils veulent que vos rêves deviennent réalité… pour eux-mêmes. Et vous ne pouvez pas les décevoir. Pas sans vous décevoir vous-même. C'est ce qui vous pèse le plus.

Bien sûr, la seule pression du groupe ne fait pas qu'un lâche se transforme en héros. Ou vice versa. L'étincelle de l'héroïsme, ou de la faiblesse, doit déjà briller quelque part au fond de nous, et de fait, c'est vrai – au fond de chacun de nous se fabriquent des héros et des fous. Ce que nous devenons dépend de la façon dont nous nous entraînons.

À chaque repas chaud et reconstituant que j'avalais, je repensais aux quelques paroles que Wally, à Piasa Harbor, avait eues pour m'éprouver quand il avait su que j'étais de Saint-Louis : « Tu vas sans doute rentrer à la maison, te faire de bons petits plats mitonnés, bien dormir au chaud et confortablement dans ton lit et tu risques de rester chez toi, pas vrai ? »

Ouaip. Et d'oublier la pluie, le froid et tout le travail. Et le fleuve. D'oublier tout ça.

J'ai beaucoup mangé et bien. Je me suis reconstitué, mais sans plaisir. J'ai dormi chaudement et confortablement, c'est vrai, j'ai dormi longtemps et profondément, mais en me réveillant, je n'étais pas reposé. Alors j'ai somnolé une bonne partie de la journée, et ce n'était pas parce que je me sentais fatigué.

Je savais ce que je devais faire. Malgré ce qu'Emily m'avait dit, que je croyais réellement, que ce n'était que l'effort qui comptait vraiment, quelle que soit la distance parcourue, je savais que je me sentirais raté et floué si je ne redonnais pas un vrai coup de collier. Robert avait dit que si je devais abandonner, ça me pourrirait la tête, et il avait raison. Je ne faisais qu'*envisager* cette idée de ne pas continuer. Tout au fond de moi, je savais que j'y retournerais. Le fleuve m'appelait et j'entendais sa voix hurler sa solitude. Je manquais au fleuve. J'étais son fils adoptif et je m'étais sauvé comme si j'avais voulu retrouver mes parents naturels. Je n'avais pas le droit de faire ça. Il m'avait tant appris. Et que faisais-je de la danse de la mort, ce rituel par lequel l'homme se mesure à lui-même ? Que faisais-je de la détermination de ces hommes et de ces femmes qui avaient emprunté le fleuve avant moi et sculpté ce pays, ceux qui avait navigué dessus pour leur plaisir, leur profit et leur salut, ceux qui y avaient travaillé, qui avaient vécu de lui et qui y avaient trouvé la mort, à cause de lui ? Je ne pouvais pas les oublier, ni cracher sur leurs tombes. Je savais ce que je devais faire. Sinon, je ne pourrais jamais plus regarder le fleuve en face.

Les hommes peuvent apprendre beaucoup sur le fleuve et lui en imposer beaucoup, mais il ne faut pas toucher à sa légende. Ses faits et ses chiffres sont inscrits dans la pierre. Ses points de départ et d'arrivée, ses profondeurs et ses courants, sa faune et sa flore. Mais la légende, elle, est gravée dans un matériau plus dur et est plus difficile à effacer.

Il y a les créatures qui vivent sous la surface de l'eau : l'alligator gar qui fait jusqu'à trois mètres de long, le poisson-chat bleu qui pèse jusqu'à plus de quarante-cinq kilos. Le poisson-spatule à la drôle d'allure avec son large museau plat comme une pelle, et les tortues serpentines préhistoriques aussi effrayantes que leurs cousins les dinosaures. Dans les eaux troubles on ne peut pas les voir, seulement les imaginer. Mais elles sont réelles.

Et puis il y a les fantômes du fleuve. Les Amérindiens qui sont arrivés les premiers ici, de Dieu sait où. Les explorateurs espagnols. Les missionnaires français. Les trappeurs et les marchands, les pionniers et les colons, les commerçants et les bateliers, les pilotes de bateaux à vapeur, les marins et les rafteurs, les fermiers, les esclaves et les propriétaires de plantation, les manœuvres et les sacripants, les vagabonds et les joueurs de poker. Joueurs, ils l'étaient tous.

Les tribus indiennes se sont installées et ont laissé des noms qu'on retrouve tout au long du Mississippi : Chippewa, Illinois, Miami, Biloxi, Alabama. Puis les Espagnols qui ont assassiné ces mêmes Indiens. Les Français qui les ont convertis au christianisme. Les colons qui les ont domptés et chassés.

Pirogues, radeaux, barques, bateaux à aubes – latérales ou à la poupe. Entre tous, peut-être est-ce le bateau à vapeur qui transporte les fantômes les plus célèbres, selon la légende, du moins. À Saint-Louis, face au Sud, j'entendais ces joyeux coups de sifflet, annonçant l'arrivée du prochain bateau à vapeur à la sortie du méandre.

Les barques mettaient quatre mois pour rallier La Nouvelle-Orléans depuis Saint-Louis. Le bateau à vapeur pouvait faire sept voyages dans le même laps de temps. Et à bord des vapeurs, qui sont apparus pour la première fois sur le fleuve en 1811, le voyage est monté progressivement en gamme, du confort le plus sommaire au grand luxe ; leurs salons étaient décorés de meubles élégamment sculptés, de chandeliers en cristal, de tapis et de miroirs, avec porcelaine fine et argenterie dans les salles à manger, et tables de jeux dans les petits salons. Des cargaisons de coton dans les cales, et des esclaves.

C'étaient les fantômes qui m'attendaient. À Saint-Louis, en regardant vers le sud. Il est plus que possible que j'aie été terrifié.

Le fleuve au sud de Saint-Louis n'a plus rien à voir avec celui du nord. Il est plus étroit. Il n'y a pas de barrages. Il coule plus vif, avec un débit plus fort. Pas d'écluses, pour laisser le passage à des convois plus importants. N'étant plus limités à trois barges de front par six de long, ils circulent « par six à sept de front sur près d'un kilomètre de long », m'avait prévenu Wally à Piasa. Il exagérait à peine.

Le fleuve au sud est plus sauvage, plus proche de ce qu'il était il y a des millénaires dans son état primitif, berges escarpées et marécages, et plus éloigné des routes qui pourraient m'offrir des issues de secours. Moins de villes, et toutes sont des villes sudistes. Le Sud a eu très mauvaise presse et les images ont la peau dure. Cauchemars de l'esclavage et des lynchages, Noirs et Blancs séparés, mais pas vraiment égaux, et loin de l'être, injustice, insensibilité, pauvreté, combien de prisonniers noirs pourrissant dans le couloir de la mort d'une prison pour un crime qu'ils n'ont pas commis, en raison de la couleur de leur peau ? Et moi, dans mon canoë, je serai aussi vulnérable qu'un lycéen blanc du Kansas dans un cabriolet arrêté à un feu rouge dans

Harlem. Mon comportement y changerait-il quoi que ce soit désormais ?

Minute papillon. C'est toujours l'Amérique que je traverse. Ces gens sont toujours mes compatriotes. Je suis un des leurs et ils prendront soin de moi comme ils l'ont fait au Nord. Ils ne me feront pas de mal. Ils ne me décevront pas. Il n'y a pas de gens plus amicaux au monde que ces Américains-là, pas de plus généreux, et je vais au Sud où c'est l'hospitalité, et pas le coton, qui est souverain. Et contre les princes du mal – le racisme et la haine – le fleuve et les fantômes me protégeront. Si j'avais besoin d'être davantage convaincu, je n'avais qu'à regarder le cours de l'eau.

Les monstres m'effrayaient toujours – les créatures immergées, les animaux des profondeurs, les bruits étranges sur le rivage la nuit. Mais la colère du vieux fleuve me donnerait de la force, et maman fleuve me protégerait de sa fureur et m'apprendrait à décrypter ses humeurs.

Rien ne pouvait m'empêcher de continuer. J'étais allé trop loin – en distance et en émotions – pour me retrouver échoué au milieu de nulle part. À quoi rimaient alors tous ces discours et ces idées d'abandonner ? À cause de quelques mauvaises journées ? Tout le monde connaît des coups de fatigue. Tout le monde a ses mauvais jours. Mettez-les à la queue leu leu et vous penserez que c'est la fin du monde, qu'il vous est impossible de continuer. *Mais je peux continuer et je le ferai.* C'était mon moment à moi et c'était mon fleuve, c'était ma vie et ma joie, la chose la plus folle, la plus géniale, la plus excitante que j'avais jamais faite.

Les règles de la solitude (2)

L'un des risques à conter sa geste, à narrer son aventure, c'est qu'on ne peut pas en dissimuler les merveilles. Elles remontent à la surface, elles éclatent en minuscules bulles d'enthousiasme. L'envie s'invite et s'affiche sans masque cette fois, et soudain tout le monde voudrait faire ce que vous êtes en train de faire. Tom Sawyer a fait repeindre sa clôture de cette façon, mais les canoës ne peuvent pas transporter tant de monde. Malheureusement, mon frère Tommy est de ceux qui veulent m'accompagner maintenant, et avoir sa part d'émotions, même s'il tente de le masquer du mieux qu'il le peut. « Si t'as besoin d'un coup de main, demande-moi. » Je ne relève pas. « Si tu as besoin de compagnie, un mot suffit. » Je ne relève pas. « Je crois que je peux me libérer, si tu veux. » Je ne relève pas. « Je viens avec toi. D'accord ? » Et qui peut dire non à son grand frère ?

Sur le moment ma chère Robinovich, en l'apprenant, a simplement secoué la tête. À mesure que l'idée faisait son chemin comme une drogue, elle n'a pas pu se retenir et a ri et ri et ri.

« Excuse-moi, mais je n'imagine pas Tommy en train de dormir par terre ou de vivre à la dure. » Elle ne le connaissait pas aussi bien que moi, et moi non plus je n'arrivais pas à l'imaginer.

Même après qu'il a acheté un sac de couchage, un gilet de sauvetage et une bouteille d'eau pour ne pas avoir à boire dans ma gourde et partager mes microbes, Robinovich a refusé de croire qu'il viendrait pour de bon : « Une fois qu'on sera sur place, il trouvera une excuse pour se défiler. Mais au moins j'aurai de la compagnie au retour. »

Nous avons rechargé mon barda et du ravitaillement dans sa voiture, remis le canoë sur le toit et nous sommes partis, en direction du sud cette fois, au-delà de l'affreuse zone industrielle du fleuve qui entoure Saint-Louis, à mi-chemin de Cap-Girardeau. C'était une journée froide, grise et humide et tandis que Tommy dormait sur la banquette arrière et que je conduisais, Robinovich me jetait des coups d'œil perplexes. Elle était convaincue que je faisais une grave erreur.

Cette nuit-là, il est tombé des cordes. Robinovich était rentrée tranquillement à la maison, au sec. Tommy et moi étions comme deux gosses coincés en colo, comme des inconnus piégés dans une cabane, sans rien à se dire.

Heureusement, nous avions trouvé un kiosque à pique-nique pour nous abriter. Pas de murs, mais un toit reposant sur quatre poteaux et un sol en ciment. À moins que le vent ne souffle très fort et que la pluie tombe en travers, nous serions au sec. J'ai monté la tente sur le sol en béton et je me suis préparé à dormir. Il y avait des tables à pique-nique et Tommy en a rapproché une. Il n'allait pas dormir sous la tente avec moi. Il préférait avoir la table pour lit. Il voulait être en hauteur, à l'écart des serpents, des insectes et des créatures rampantes. J'ai eu envie de rire.

Comme nous étions devenus différents ! Si dissemblables au fil des années, nos vies ayant pris un cours si distinct, que nous n'avions aucun sujet de conversation. Les gens me demandent pourquoi nous ne passons pas plus de temps ensemble, pourquoi nous ne faisons rien ensemble et nous ne traînons pas ensemble. Je ne peux que hausser les épaules. Frères et pourtant étrangers. J'en attendais plus. Tout ce que j'ai eu, c'était cette sensation désagréable de manquer d'air. Vous êtes coincé dans un compartiment de train étouffant et bondé, au Portugal, au milieu d'une foule d'inconnus. Vous ne parlez pas leur langue. Le train est lent, il s'arrête absolument partout, ça n'en finit pas. Et il fait nuit et vous ne pouvez même pas regarder par la fenêtre. Vous vous sentez encagé. Aucune issue et personne à qui parler. Puis, pour aggraver le désagrément, quelqu'un allume une cigarette. Piégé. Il fait chaud, on transpire, l'air est irrespirable. Et ces sourires de politesse contraints pour masquer la gêne. Vous n'êtes pas le seul à subir la pression.

Et puis, un compatriote monte à bord. Il apporte autant de réconfort qu'un type à qui vous devez de l'argent depuis très longtemps. Voyageur moins aguerri, il est encore plus mal à l'aise que vous. Et parce que vous parlez la même langue, il se croit obligé de faire la conversation. C'est la première fois qu'il entend parler anglais, jure-t-il, depuis des mois. Alors il parle. Il parle. Il n'arrête pas de parler.

La nuit s'est passée comme ça. Dans cet inconfort asphyxiant. Je voulais dire quelque chose. Je voulais informer Tommy de ce qu'il devait savoir, de ce que je sentais, mais c'est le genre de grand frère qui adore jouer au grand frère. Je ne pouvais rien lui dire.

« Il va faire chaud cette nuit et on va étouffer sous la tente, mais tu devrais dormir dedans quand même. Pour t'habituer.

– Nan, ça ira.

– Il va y avoir des moustiques. »

Mais il ne voulait rien entendre.

J'ai bien dormi. Le bruit de la pluie tambourinant sur le toit de l'abri ne m'a pas dérangé du tout. Tommy n'a pas fermé l'œil. Les moustiques ne l'ont pas lâché et l'ont dévoré toute la nuit. Et c'était quoi cette chose, il a voulu savoir, qui n'avait pas arrêté de vrombir et de piquer sur lui comme un bombardier ? Je l'avais vue à la lumière de la lanterne et c'était une chauve-souris, mais je n'ai pas voulu qu'il pète totalement les plombs, alors je n'ai rien dit.

Le matin il faisait plutôt bon. L'aube était calme et grise. La pluie s'était arrêtée. Mon appréhension à l'idée de camper avec mon frère n'avait pas perturbé mon sommeil et je me sentais en pleine forme et prêt à retrouver la paix du fleuve.

Tommy était déjà réveillé.

« Tu as bien dormi ?

– Nan. » Il grognait, il était en colère. Contre moi, s'est-il avéré, d'avoir dormi si bien et lui pas du tout. « Les moustiques m'ont bouffé la gueule. J'ai pas fermé l'œil. Toute la nuit j'ai senti des trucs me ramper dessus. J'ai pas arrêté d'entendre des bruits d'animaux et j'avais des crampes dans la main à force de serrer ton couteau si fort. Si quelque chose déboulait, je voulais être prêt. »

Il avait plein de choses à raconter à présent, mais rien que j'avais envie d'entendre.

« Tu as entendu ces trains rouler toute la nuit ?

– Quels trains ?

– Merde quoi ! Toutes les deux minutes, il y avait un train qui passait. Je t'ai appelé deux ou trois fois mais tu ronflais comme un sonneur. J'ai cru que tu faisais semblant. Après, ça m'a rendu dingue que tu dormes et que je n'y arrive pas. Et ce truc qui arrêtait pas de voler. C'était quoi à la fin ? »

J'ai haussé les épaules, en riant.

« Ras le bol de ce camping de merde.

– Tu veux déjeuner ?

– Ah non ! Je veux juste qu'on foute le camp d'ici et qu'on se mette en route. »

Il commettait une grave erreur. Aussi grave que son refus de dormir sous la tente.

Les premières impressions sont certainement les plus marquantes. Sa première nuit de camping allait lui laisser un goût amer dans la bouche. Et chaque nuit, jusqu'à la fin, serait une épreuve abominable. Et pour moi donc, qui devrais l'écouter chaque matin. La perspective était assez intolérable pour que j'en veuille à mon père de ne pas avoir fait de nous des campeurs dès notre plus jeune âge. Bien sûr, si Tommy survivait à tout ça, il s'en porterait mieux, mais j'étais incapable de voir aussi loin. Je n'entendais que son interminable et insoutenable complainte.

Maintenant, il allait tâter pour la première fois de la difficulté du canotage. Comment réagirait-il ?

Le matin est plus beau que jamais, tiède et brumeux, de vaporeuses torsades en suspension à quelques centimètres au-dessus de l'eau. Où est passé l'hiver ? Une épaisse végétation vert foncé se presse sur les berges. Des arbres, des fourrés, des lianes qui pendent et des mauvaises herbes plus belles que celles du jardin. Les insectes qui ont chanté et pullulé pendant la nuit sont silencieux. Mais le fleuve est sonore, couleur bistre dans la brume matinale. Il est large et engageant. C'est le genre de matinée à s'asseoir tranquille et à se détendre, les orteils dans l'eau, en laissant le bateau dériver.

Mais Tommy ne peut pas la fermer.

« Où est-ce qu'on met ce truc à l'eau ? »

Nous avions campé bien au-dessus des berges et il nous fallait porter le canoë sur une petite distance. Droit devant nous, le feuillage était trop dense pour passer au travers sans machette et l'accès le plus facile était trop éloigné. Nous sommes passés par les rochers qui forment une partie de la digue piquant vers l'eau.

Nous avons descendu le canoë de la butte, puis dans l'eau stagnante qui était surtout de la boue. Tommy voulait le traîner sur les rochers et j'ai dû faire l'essentiel du portage pour éviter les éraflures. Puis il a fallu descendre l'équipement, ce que j'ai fait tout seul parce que Tommy, ayant posé un pied sur un endroit instable au bord de l'eau, s'était enfoncé dans la boue jusqu'au-dessus de la cheville.

Maintenant j'étais pressé. En chemin vers le fleuve, nous avions dérangé une nuée de moustiques qui avaient pris les armes et se ruaient sur nous en quête de revanche et de sang.

Finalement nous nous sommes mis à l'eau et avons embarqué. Tommy était à la proue. Aussitôt il a voulu pagayer, tout fier.

« Attends une minute, j'ai dit. Sens le fleuve sous tes pieds. Sens son pouvoir magnétique, sa façon d'attirer le canoë alors même que l'eau file sur les côtés. Habitue-toi à sa façon de rouler d'un bord à l'autre et ne le contrarie pas par des mouvements brusques. Ne te penche pas trop sur les côtés et laisse-moi la direction.

– Oui, d'accord. Allez, on y va. »

Il n'avait canoté qu'une seule fois dans sa vie et maintenant que j'étais devenu pro, je voulais lui apprendre. Si on chavirait, je ne voulais pas que ce soit par sa faute. Mais il était impatient, alors je l'ai laissé souffrir de son ignorance sans plus lui donner de conseils.

« Je préviens si je vois des saloperies dans l'eau, OK ?

– Parfait. »

Un rondin dérivait, plus gros que le canoë. C'était la moitié d'un arbre qui avait été arraché par le fleuve et envoyé se balader. Il allait plus vite que nous jusqu'à ce qu'il rencontre un tourbillon et tourne sur lui-même comme des déjections dans les toilettes.

« Oh merde ! a hurlé Tommy. Il se serait passé quoi si ce truc nous avait percutés ?

– On serait en train de nager. »

Maintenant, il voulait des consignes.

« On fait quoi quand on cogne quelque chose ? Et avec les barges, on fait comment ? De quel côté on passe ? Elles font des vagues grosses comment ? Et ces tourbillons ? Ils vont nous faire tourner aussi ? Ils peuvent nous faire chavirer ? »

Des questions sur le fleuve et des commentaires sur les berges.

« Regarde ça. On peut à peine voir les arbres, le brouillard est trop épais. »

Au moins il commençait à reconnaître à quel point c'était splendide et magique.

« C'est génial. Quand est-ce qu'on va au milieu du fleuve ?

– Dès que tu auras le coup de main et que tu sauras ce que tu fais. Dès qu'on y verra mieux. »

La brume devenait aussi épaisse que la végétation sur les berges et j'y allais prudemment, doucement, en restant près de la rive. Je ne voulais pas qu'on se fasse prendre par une barge, invisible jusqu'à ce qu'il soit trop tard.

« C'est quoi ce bruit ? »

Je l'avais entendu quelques secondes plus tôt et je tendais l'oreille pour écouter. Ma première pensée a été qu'un convoi se dirigeait sur nous. Je ne pouvais pas dire au début si le bruit venait de devant ou de derrière le canoë. Puis on s'en est rapproché. Il n'arrivait pas sur nous. J'ai tout arrêté et je nous ai laissés dériver, mes yeux scrutant la brume dans la faible lumière de l'aube. Rien n'apparaissait, mais le bruit devenait plus fort et plus proche, résonnant contre le brouillard.

« Là-bas, j'ai crié. Allons à gauche. »

C'était une digue de rochers et le rugissement provenait de l'eau qui s'y fracassait furieusement. Même loin, au milieu du fleuve, les flots étaient perturbés, courroucés et rugissaient comme de petits rapides, ils tourbillonnaient et se sont emparés du canoë, ils l'ont aspiré, nous faisant faire un tête-à-queue. Cela arriverait des milliers de fois jusqu'à La Nouvelle-Orléans, mais je ne m'y suis jamais fait et je les ai toujours approchés avec une extrême prudence.

Nous nous sommes remis d'aplomb et Tommy a exprimé son soulagement.

« Bordel ! Ça arrive souvent ?

– Celle-là était facile. Attends de voir. »

Quand la première barge de la journée s'est annoncée, je suis revenu près de la rive, mais nous n'avons pas arrêté le canoë, nous n'en sommes pas sortis. Nous nous sommes mis dans le sillage de la barge et nous avons chevauché les vagues. Le fleuve à cet endroit était si profond que les remous étaient moins pénibles ; on pouvait y naviguer et je voulais que Tommy sache à quoi cela ressemblait.

« Merde !

– Accroche-toi et ne gesticule pas. »

J'ai maintenu le canoë dans la bonne direction et le seul mouvement notable était de monter et de descendre. Puis nous avons repris les pagaies.

« Et c'était une petite », j'ai dit, parlant de la barge. Je pouvais presque entendre les pensées de Tommy.

La matinée avançant, le petit déjeuner qu'il n'avait pas pris a commencé à se faire sentir et il s'est plaint d'avoir faim. Il avait une douleur du côté de l'estomac et ses bras fatiguaient. Je lui ai dit de se reposer et de se détendre. Je pagaierais.

Le poids d'un homme de plus dans un canoë le stabilise, mais il l'alourdit et le ralentit dans l'eau. Okie, m'avait dit son père, avait fait des courses de pirogue avec un camarade, et ils étaient très rapides. Deux types dans un canoë devraient être capables de filer à toute allure. Mais deux hommes dans un canoë avec un seul à la pagaie, c'est le double d'efforts et de peine, ne serait-ce que pour garder un minimum de rythme. Tommy, fatigué, pagayait sporadiquement. Je nous faisais avancer et dans l'histoire je mettais mon épaule en lambeaux. Et pendant tout ce temps Tommy voulait parler.

En concevant ce voyage et en le commençant, j'avais désiré que quelqu'un vienne avec moi, me tienne compagnie, me prête main-forte, quelqu'un avec qui discuter, avec qui partager tout cela. J'étais parti tout seul parce que personne ne voulait m'accompagner et que je ne pouvais pas ne pas partir. J'ai pensé que ce serait peut-être une grosse erreur de tenter l'aventure en solo, mais je devais le faire quoi qu'il arrive. À présent, je voyais combien la solitude est précieuse dans certaines situations. Certaines choses doivent absolument se faire seul. Celle-là en faisait partie, et j'ai retourné dans ma tête des manières de suggérer à Tommy que je devais continuer sans lui.

À quel point peut-on avoir de la chance ?

Le temps d'arriver à Cap-Girardeau, Tommy était mort de fatigue. Je l'étais aussi, mais si cela n'avait pas eu d'importance plus tôt, pourquoi faudrait-il que ça en ait maintenant ?

Nous étions sur la rive opposée à la ville quand le haut mur d'endiguement de Cap-Girardeau est apparu. La cité est située au sommet d'une colline pourtant. Pourquoi avait-on érigé un mur aussi haut contre le fleuve, je ne le savais pas alors. Mais quand nous avons accosté, j'ai compris.

« Aide-moi à traverser », j'ai demandé à Tommy, mais il n'était pas en état de me donner plus qu'un vague coup de main. On y est arrivé quand même. Il a sauté hors du canoë et il est tombé à terre. J'ai tiré le bateau hors de l'eau. Je m'étais trouvé une paire de bottes étanches et, pour la première fois, je pouvais patauger sans me soucier d'avoir les pieds mouillés et gelés.

Tommy a escaladé la berge escarpée et s'est écroulé. J'ai amarré le canoë et je l'ai suivi.

« Qu'est-ce que tu fais ? » j'ai demandé. En guise de réponse, il n'a su que geindre. Il avait mal et j'ai eu envie de lui dire, *enfin, tu t'attendais à quoi ?* Mais j'ai eu pitié de sa détresse et j'ai gardé le silence. Je l'ai laissé là, par terre, à sa souffrance d'un jour, et je me suis écarté pour qu'il ne me voie pas rire de lui. Il est hyper sensible et se sentait assez humilié comme ça. Je suis passé derrière la digue qui protège la ville des fureurs sporadiques du fleuve et j'ai compris pourquoi elle était là. C'était un mur de quatre mètres et demi de haut en béton plein, muni d'une double porte en acier qui ferme si nécessaire. Et parfois, à l'évidence, cela avait été nécessaire : très haut sur le mur, on avait inscrit et daté le niveau des crues du fleuve. Une sorte de testament, une cicatrice dont on est fier.

J'avais entendu raconter que le fleuve montait de quinze mètres et plus à certains endroits. À présent, je le croyais. L'eau coulait à six mètres en bas de la colline. Et le mur s'élevait encore à quatre mètres et demi au-dessus. Le fleuve en avait presque atteint le sommet.

Cap-Girardeau se situe dans le talon de l'État du Missouri, cette petite région qui fait saillie dans l'Arkansas. C'est la limite du Sud. De là, je m'y enfoncerais de plus en plus profondément.

Cap-Girardeau est une véritable ville fluviale, pas seulement une ville sur un fleuve. Les habitants semblent y goûter sa beauté (peut-être parce qu'ils ont une connaissance intime de sa puissance et de sa capacité de destruction) et ils viennent vraiment s'asseoir au bord pour le contempler, être avec lui à l'heure du déjeuner, l'apprécier. Deux ou trois bancs étaient installés là. Des salariés, leur repas à emporter dans un sac en papier, étaient descendus y déjeuner. Et un vieux type, un vrai rat de rivière était assis là, au pied du mur, sans rien d'autre à faire que regarder le vieux fleuve couler vers le sud, et les barges aussi.

Il avait une moustache tombante qui lui donnait l'air abattu et triste et des petites lunettes noires et rondes qui dissimulaient ses yeux et lui donnaient l'allure d'un hippie sur le retour. Il ne me regardait pas en parlant ; il s'exprimait d'un ton vague comme s'il désirait être ailleurs.

« Je les ai pilotées autrefois, ces barges. À remonter et à descendre le fleuve. J'ai traversé le pays en stop, aussi. J'étais comme vous. »

Comment s'immiscer sans être indiscret. On était vraiment dans le Sud. Les gens du Sud parlent plus que les gens du Nord. En Nouvelle-Angleterre, deux phrases font une longue conversation, et il faut des forceps pour la démarrer. Au Sud, où le climat favorise l'oisiveté, les mots coulent sans aide ou presque.

« Qu'est-ce qui vous a amené ici ?

– La malchance. Et ma sœur y vit. J'ai eu un accident… » il a dit et il a continué sur le même ton, il m'a tout raconté sans que je lui demande rien. « J'ai mon allocation d'invalidité qui tombe et je reprends des forces. Ça va un moment, mais maintenant je ne tiens plus en place et il faut que je bouge. Que j'aille quelque part. Mais ma sœur et son mari, ils ont été si chouettes avec moi et tout. Je peux pas juste me tirer et les laisser tomber comme ça. »

Un gros convoi de barges remontait le fleuve à toute vapeur, sept de long sur sept de front. Quarante-neuf barges attachées à un unique remorqueur hyperpuissant qui labourait les flots.

« Ces machines me terrifient vraiment, j'ai dit. J'ai entendu parler de ces énormes convois, mais c'est le premier que je vois.

– Y en a de plus gros. Si gros qu'il leur faut une demi-heure pour passer un virage serré. Et si tu fais pas gaffe dans ton canoë, tu y restes, c'est sûr. »

Tout le monde avait l'air d'avoir son idée sur le fleuve et les canoës.

« Alors, dans le virage, mets-toi loin de la corde, parce que c'est comme ça qu'ils passent, en poussant dans le virage et en s'écartant de nouveau, et si tu es du mauvais côté, tu es pris dans toute cette flotte qu'ils remuent et ça devient hyper violent. » Il a un peu souri.

Il avait les dents de travers. « J'ai vu des barges retourner des canoës et des petits bateaux comme des galettes sur un gril, sans même regarder en arrière. Fais pas l'idiot là-bas. »

Il devait penser que c'était déjà assez idiot d'être là, mais il m'a quand même souhaité bonne chance.

« Le gars avec toi ?

– C'est mon frère. Mais c'est trop dur pour lui. »

Tommy était affalé par terre. Allongé sur le gravier à l'ombre du mur. Le soleil s'était montré, et il s'y dorait comme un lézard.

« Pas besoin de t'encombrer d'un poids mort », je l'ai entendu dire. Puis il s'est levé et il est reparti en boitant pour aller jeter un œil de plus près au lézard.

Ce n'était pas une journée de fin d'automne du tout. Elle était si chaude et ensoleillée qu'on se serait cru au printemps, avec d'épais nuages lustrés qui roulaient au-dessus de nos têtes et projetaient leur ombre sur le fleuve. Un fermier est venu au bord pour cracher dedans et se plaindre.

« Ras le bol de cette pluie.

– Il a beaucoup plu ?

– Trop. Quasiment tous les jours. Le fleuve est trop haut.

– C'est bon pour moi. Mon canoë ira plus vite.

– Pas pour moi. J'arrive pas à faire lever mon soja. Le sol est trop détrempé. Et j'ai des terres jusqu'au bord du fleuve. S'il continue à monter, mes champs seront inondés. »

Le malheur des uns…

Tommy s'est un peu ranimé et je l'ai envoyé remplir ma bouteille d'eau en plastique. À son retour on est allés manger un morceau dans un grill à l'ancienne. Tout dans le centre de Cap-Girardeau paraissait d'époque. Un immeuble en briques de Water Street annonçait *Port Cap-Girardeau.* À l'intérieur, le Café Girardeau paraissait bien neuf pour ce vieux bâtiment. Et en hauteur sur le mur extérieur, il y avait une publicité peinte en rouge et blanc pour Coca-Cola. *Buvez Coca-Cola,* disait-elle. *Délicieux ! Rafraîchissant ! 3 cents Nature. Soulage la fatigue 5 cents. En vente partout.* (Nord, Sud, Est, Ouest, certaines parties de l'Amérique sont identiques où que vous alliez, ou êtes allé, depuis que Coca est vendu 5 cents.)

J'ai pris des frites avec de la mayonnaise, ce qui a révolté Tommy, et un cheeseburger. Tommy a osé les spaghettis à la bolognaise ce qui était encore plus révoltant.

« Ce n'est pas une bonne journée, a-t-il avancé doucement. Au moins je peux dire que j'ai essayé, mais c'est plutôt ton truc. Faudra que tu le fasses tout seul, parce que je tiens pas le coup. »

Je ne l'avais jamais vu aussi calme depuis des années. Finies les fanfaronnades et les vannes lourdes, place à la fatigue sincère et à la défaite.

Intérieurement, j'étais aux anges. Il m'avait épargné l'horrible tâche de lui dire que son aventure était terminée.

« Tu en es sûr ? j'ai demandé.

– Certain, il a dit. T'en as plus que moi. »

Je voulais lui dire que ça n'avait rien à voir avec la virilité, que certaines personnes sont plus aptes à certaines tâches et que ceux qui peuvent faire ci, ne peuvent pas faire ça. Mais je n'ai rien dit parce qu'il y a des gens qui voient les choses de cette manière et qui font ce genre de comparaisons.

Puis j'ai appelé Saint-Louis et j'ai dit : « Maman, viens chercher ton fils. »

Je n'ai pas eu besoin de lui préciser lequel. Elle savait.

« J'en ai pour deux ou trois heures.

– Ne t'inquiète pas. Il ne bougera pas d'ici. » Et je lui ai expliqué où elle le trouverait, étalé dehors contre le mur, et comment arriver jusque-là.

J'étais heureux et triste à la fois, heureux de poursuivre seul, sans entraves, mais triste de sa défaite. Je n'aimais pas ce côté-là des choses, et de cela j'étais content aussi. Je n'étais pas un sadique triomphaliste qui se réjouissait du malheur des autres.

Kilomètre 0

Loin, à l'horizon, tandis que nous attendions là, Tommy et moi, j'ai vu un autre canoë arriver.

« Eh, je crois que je connais ce type. » J'ai agité les bras au-dessus de ma tête pour qu'il s'arrête. Cette fois, chaussé de mes bottes, c'est moi qui ai pataugé pour attraper son canoë.

« Kevin, j'espérais bien te revoir. »

Jusque-là on n'avait pas vraiment eu l'occasion de discuter. On avait pris un verre à Saint-Louis, mais il y avait tant de gens autour et tant d'émotions qu'on n'avait pas vraiment pu parler.

« Tu viens d'arriver ?

– Non. Je suis là depuis un moment, à me balader, écrire des cartes postales et chercher une Poste. Ça fait du bien de se dérouiller les jambes. »

Il avait quitté Saint-Louis avant moi, mais il s'était fait rattraper par la pluie et il avait dû se terrer, passant beaucoup de temps sous la tente à lire. Maintenant, peut-être, on pourrait parler un peu, canoter un moment de conserve, camper ensemble, se tenir compagnie et partager cette expérience. Je me trompais.

«J'en ai vraiment marre de tout ça, il a dit. J'ai qu'une envie, c'est de me dépêcher pour en finir.»

Une petite foule s'était massée sur la butte au-dessus et on nous regardait. Une femme est descendue nous parler. Elle s'appelait Bonnie et elle était poète: la poétesse officielle de Cap-Girardeau? Et ce que nous faisions l'intéressait beaucoup. Elle est descendue et elle nous a parlé du fleuve, de canoës et aussi de l'expédition de lycéens que Wally avait évoquée et elle, étant poète, adorait tout ça. Puis elle a dit quelque chose qui m'a littéralement scié.

«Avez-vous jamais songé à ne pas aller à La Nouvelle-Orléans, mais à couper dans les terres par les canaux jusqu'au Texas?»

J'ai pensé qu'elle avait perdu la tête. Je l'ai regardée bouche bée, j'ai regardé Kevin, puis j'ai éclaté d'un rire tonitruant.

«J'aurai de la chance, j'ai dit, si j'arrive jusqu'à La Nouvelle-Orléans. Je n'imagine pas canoter un mètre de plus. Je suis tellement épuisé, courbaturé et ankylosé que je peux à peine imaginer pagayer encore aujourd'hui. Ce qu'il me faut, c'est un massage et quelques bières fraîches.»

Elle ne pouvait rien faire pour les bières mais, ni une ni deux, alors que j'étais assis là sur le quai, Bonnie a entrepris de me masser le cou et les épaules. Ses mains étaient étonnamment vigoureuses et elle m'a pétri jusqu'à ce que les muscles me fassent presque encore plus mal. Mais quand elle a eu fini, je me suis senti en pleine forme.

« Bon, je suis pressé. Vous deux, pas de bêtises », a dit Kevin.

Et la seconde d'après, il était dans son canoë et il mettait le cap sur une barge en train de descendre. Canoë et barge sont passés sous le pont au loin, n'ont fait plus qu'un et ont disparu.

Il est vraiment très doué.

Puis cela a été mon tour de partir. J'ai dit au revoir à Bonnie et j'ai dit à Tommy que je ne pouvais pas attendre avec lui plus longtemps.

J'étais de retour sur l'eau, tout seul de nouveau, à profiter de la solitude, du fleuve et de la soirée.

J'ai campé cette nuit-là sur une plage de sable au pied de Commerce, dans le Missouri, juste en face de la cité endormie. Il faisait presque nuit et personne ne me verrait avant le matin. J'ai planté la tente, l'ouverture face au fleuve. Le vent soufflait du nord en petites rafales. J'ai fait un feu et la fumée est partie vers le sud, loin de moi. Le feu flambait joyeusement comme des enfants qui dansent à la fête de Noël, mais il était caché de la ville par la tente. J'étais si épuisé que j'ai mangé rapidement et je suis allé me coucher. Je n'ai même pas remis du bois dans le feu, je ne suis pas non plus resté à le regarder mourir et à réfléchir. Je voulais juste que le sommeil me tombe dessus comme de la pluie et me lave de ma fatigue. Même les aboiements des chiens ne m'ont pas dérangé. Quand j'ai commencé à les entendre, j'ai cru que l'un d'eux viendrait me rendre visite et fouiner partout, mais aucun ne l'a fait. Pas cette nuit-là.

Pendant mon sommeil, d'étranges rêves sont venus me rendre visite. Le glissement des barges ne m'a pas tenu éveillé, mais le clapotis du fleuve sur la plage m'a donné la sensation que toute la nuit durant j'étais emporté par les flots. Au début, j'ai cru que le canoë partirait. Puis, à mesure que le fleuve montait, j'ai senti la tente se soulever et être emportée vers la mer. Curieusement, elle était étanche et flottait intacte, et j'ai dormi à fleur d'eau comme un personnage de dessin animé profondément plongé dans le sommeil. Ce n'était qu'un rêve.

Soudain les chiens ont aboyé et grondé. Ils ont attaqué la tente et se sont précipités à l'intérieur. Je me suis recroquevillé en me protégeant la tête des mains, mais il n'y avait rien à faire. Crocs et bave de chien dégoulinante, gueules grandes ouvertes me reniflant la figure, encore et encore, de plus en plus près. Au dernier moment, juste avant que les mâchoires béantes ne se ferment et m'arrachent les chairs, je me suis réveillé. Pantelant et suant, j'ai rampé hors de la tente dans l'aube grise. Il fallait absolument que je sorte de là – la sensation avait été si horrible, un mauvais présage – mais l'air était si pur, si calme, si tranquille. Pas une âme ne frémissait.

J'ai repris mes esprits et coincé mon pistolet dans ma botte, juste au cas où. Est arrivé de la ville un jeune chien, mais il était trop affectueux pour être dangereux ou même effrayant. Il a reniflé partout et s'en est allé tranquillement.

J'ai fait mon feu du matin et je me suis assis à côté. Il y a quelque chose de si réconfortant dans le feu, quelque chose de plus que de la lumière ou de la chaleur, quelque chose dans le feu lui-même qui tient à sa force et à son pouvoir, et en même temps quelque chose d'apaisant. Comme un secret.

Après mon petit déjeuner, je me suis senti un homme neuf. Une fois sur l'eau, j'étais totalement à l'aise. Je devenais un homme du fleuve, plus assuré sur l'eau que sur terre. Il y avait du brouillard, mais cela ne m'a pas ralenti. Humide et gris, il s'accrochait à moi comme un vêtement et il était tiède et faisait partie de moi tout comme je faisais partie du fleuve. Mes sens étaient ceux du fleuve. Ce que je ne pouvais pas voir, je le ressentais en moi. Le fleuve me parlait. J'entendais, je sentais et j'écoutais. Mes oreilles étaient aussi affûtées que mes yeux à présent, et je percevais les changements de l'eau, du vent, des arbres.

Le bruit dans le brouillard est aussi étouffé et doux que la lumière. J'ai senti les barges arriver avant de les entendre. Il y en avait deux. Elles ont surgi du brouillard comme des bateaux fantômes. Je n'ai rien vu d'elles et pas grand-chose des remorqueurs. Le blanc des timoneries s'est mêlé à la brume. Formes flottantes, fantomatiques.

Quand le brouillard s'est levé, j'ai étiré mes jambes, j'ai mis les mains derrière la tête et me suis penché en arrière. L'air était chaud et au-dessus de moi des canards ou des oies volaient en V vers le sud-est. Une compagnie en particulier a attiré mon regard tandis qu'elle traversait le ciel en carcardant. Les volatiles avançaient lourdement dans la brume, chaque oiseau suivant celui qui le précédait, comme à l'armée. Mais il y avait une oie décalée qui gardait ses distances. Elle ne voulait pas se mêler aux autres. Elle volait dans la même direction, mais sans être dans leur sillage. Elle restait à l'écart, singulière, mais peu après, tandis que la branche de la formation la plus proche d'elle commençait à se défaire, les oies ont suivi leur congénère solitaire et le son de son fifre. J'ai pris plaisir à regarder l'oiseau rebelle, et puis elles ont disparu.

La journée a été sans histoire, paisible et rapide jusqu'à ce que j'atteigne la confluence avec l'Ohio. Le fleuve, jusque-là relativement étroit, s'élargit énormément, et soudain j'ai vu des barges qui remontaient le courant à toute vapeur, mais sans se diriger vers moi. L'Ohio a aussi son trafic de barges, et les bateaux virent ici pour transporter leurs marchandises jusqu'à Cincinnati et Pittsburgh. J'étais jaloux. Le Mississippi devrait recevoir toutes les attentions et ses villes toutes les marchandises.

J'ai arrêté le canoë pour voir cette curiosité et j'en suis sorti pour regarder. Le fleuve est vraiment large à cet endroit. Un pont relie le Missouri à l'Illinois, un autre rattache l'Illinois au Kentucky. En amont sur l'Ohio, à une courte distance, se situe Cairo. Plus haut encore, il y a Paducah, un autre grand port fluvial. J'ai presque envie de m'aventurer là-bas pour voir, simplement parce que les noms me sont si familiers, mais je ne veux pas de l'Ohio. Même le Mississippi rejette l'Ohio. En regardant les deux cours d'eau, je vois bien qu'ils sont toujours deux, même après s'être réunis. Les eaux claires de l'Ohio occupent la rive gauche, évitées par les eaux bistre et boueuses du Mississippi, et les deux rubans coulent côte à côte.

Mais le Mississippi n'est pas un fleuve dédaigneux et les deux cours d'eau finissent par se mêler. Je suis dans un monde différent désormais. Le débit du fleuve s'accélère. Il y a beaucoup plus d'eau maintenant, de l'eau qui arrive de Pennsylvanie, de Virginie-Occidentale, de l'Ohio. Le fleuve s'élargit sous l'effet de la charge au début, puis il s'installe et rétrécit de nouveau, et maintenant j'avais atteint le kilomètre 0. La carte qui m'avait guidé depuis le Minnesota était enfin arrivée à son terme.

J'ai une nouvelle carte pour un nouveau fleuve. Le kilomètre 0 de l'ancienne correspond au kilomètre 1 553 sur la nouvelle. Je suis sur le Mississippi inférieur à présent et je peux voir s'effacer les kilomètres à rebours vers le zéro. J'ai toujours le Missouri à main droite, mais sur l'autre rive, c'est le Kentucky. Je suis sur un nouveau fleuve, dans un nouveau monde. Je suis dans le Sud.

Le Sud

My Old Kentucky Home. Les plantations. Des hectares et des hectares de coton en train de mûrir. Le soleil brûlant qui sèche la fine soie d'or au sommet des épis de maïs, la brunit et la rend rêche. La limonade à l'ombre des vérandas et des ormes. Le bourbon sur la glace pilée. Peut-être un brin de menthe. Des cavaliers au petit galop dans les allées. Journées oisives sous la chaleur et nuits fraîches.

Debout sur la berge du Kentucky, j'embrasse la vue sur le fleuve. Le feu à mes pieds, les étoiles dansant brillamment au-dessus de moi et le cours d'eau, un ruban d'argent scintillant qui frémit en contrebas. Je sens l'oisiveté, la simplicité paisible et la splendeur des images du vieux Sud, mais sans sa laideur. La galanterie, la courtoisie, l'hospitalité, les apparences de la civilité. Si seulement ils avaient été assez intelligents pour payer ces pauvres esclaves et leur accorder la liberté de choisir. Dès lors, aurait-ce été très différent du travail à la chaîne ou d'un emploi de bonne ou de gardien ? Probablement non, et un mode de vie aurait pu être préservé. Bien sûr, les esclaves se seraient certainement organisés, ils auraient fait grève et se seraient syndiqués, leurs salaires auraient augmenté et leurs conditions de vie se seraient améliorées, en conséquence les prix auraient nécessairement grimpé et les plantations n'auraient jamais pu rester rentables. L'ambition de maintenir un mode de vie raffiné aurait échoué tout de même. Et la sincérité de ce monde bucolique aurait été compromise, dilapidée et vendue à l'industrie.

Curieuse, n'est-ce pas, cette façon qu'ont les images de s'imprimer mentalement et de nous rendre aveugles aux dures réalités, de brouiller nos perceptions et nos attentes. Je me demandais, debout sur cette colline, ce que le Sud gardait en réserve pour moi, et je me suis posé la question une fois de plus : *À quel point peut-on avoir de la chance ?*

Je me suis secoué pour me débarrasser de ma paranoïa. J'étais dans le Sud, c'était clair, mais j'étais plus content qu'effrayé. Robert avait raison. Il m'avait dit qu'il y aurait des moments où j'aurais envie de quitter le fleuve. Ces moments avaient été nombreux. J'étais reconnaissant cette nuit d'avoir reçu la force de continuer.

Quand les choses vous arrivent sans efforts, comme elles me sont venues dans ma jeunesse, il est tentant de prendre cette facilité pour la norme ; vous n'avez jamais vraiment eu à vous donner de la peine et vous pouvez abandonner ce que vous faites en plein milieu sans avoir le sentiment d'échouer, en sachant très bien que si vous aviez continué, ç'aurait été du gâteau. Mais à mesure que la facilité devient un mode de vie, les muscles s'atrophient, la vivacité s'émousse et la mollesse s'installe. J'étais heureux que cela ne se passe pas aussi aisément, que ce soit la chose la plus difficile que j'aie jamais faite, que même en donnant le maximum, je puisse ne pas réussir. J'étais heureux aussi d'avoir encore suffisamment de cran pour continuer à relever le défi – même si, pour tenir, je devais attraper le monstre par les oreilles.

Le soleil est monté haut derrière les nuages. Comme ils ont adouci et tamisé la lumière toute la journée, la chaleur n'a jamais été trop pénible. Qu'était-il arrivé à l'hiver ? Et même à l'automne ? Ça ressemblait de plus en plus au début de l'été. Chaud et humide avec les moustiques la nuit. L'avantage d'être sur l'eau est que si les insectes m'agressaient à terre, ils évitaient la partie centrale du fleuve. Là, j'étais en sécurité. Le temps était calme, je me sentais en pleine forme, et j'ai pensé que je naviguerais tranquillement jusqu'au bout. Mais je me trompais.

Ma carte indique que le lit du fleuve va se rétrécir. Je regarde autour de moi et il est aussi large qu'il l'a toujours été. Les pluies du nord, en particulier celles de la vallée de l'Ohio, drainées par les rivières, ont gonflé le grand fleuve. Parfois, cette abondance d'eau crée des courants rapides, mais quand elle se répand trop largement en dehors du lit principal, le fleuve ralentit. Et à mesure qu'il ralentit, le découragement de Kevin se dresse tel un serpent hors de l'eau pour me mordre.

« J'en ai vraiment marre de tout ça », il avait dit, et à présent, c'était mon tour. Pas au point de vouloir abandonner ; j'étais au-delà de ça désormais. Mais je voulais accélérer et en finir. Je voulais avaler autant de kilomètres par jour que je le pouvais.

Jusque-là, parcourir quarante, soixante, quatre-vingts kilomètres dans la journée avait été relativement facile. Je voulais augmenter la dose. De combien, je ne savais pas trop, mais je pouvais partir plus tôt et finir plus tard et couvrir entre-temps autant de distance que possible.

Comme si quelqu'un quelque part savait ce que je pensais avant que je ne le pense, un miracle est apparu sur la carte, à la page que j'avais sous les yeux. Le fleuve qui zigzaguait, serpentait et retournait sur lui-même. Il faisait des boucles à travers champs et revenait, et il m'aurait renvoyé dans la direction d'où je venais, n'ayant gagné que quelques kilomètres. Si je pouvais aller tout droit j'aurais moins d'heures à pagayer. À un endroit, porter le canoë sur près de quatre kilomètres en traversant l'étroite langue de terre ferme devrait m'en épargner trente par le fleuve. J'ai décidé d'essayer.

Le fleuve a pris la couleur grise des nuages. Le vent souffle, annonciateur de pluie. Je me dépêche, mais une fois à terre je trouve garé là un vieux fourgon peint en rouge avec les étoiles et les rayures confédérées partout sur le côté et à l'arrière. Oh oh ! Un drapeau rebelle géant. Ici, au milieu de nulle part. Des plaques d'immatriculation du Tennessee sur le véhicule. Et à tout moment, je m'attends à entendre un *Yee-Haw* transpercer le silence, m'électrocuter la colonne vertébrale, me dresser les cheveux sur la tête et m'arracher à mes bottes.

Je tire le canoë sur la rive et je nous cherche rapidement un passage par les terres. Si je n'avais pas l'équipement, je pourrais le traîner. Ou alors le transporter d'abord, et revenir ensuite pour le matériel. Même si cela me coûte trois voyages, ce sera toujours plus rapide qu'en pagayant.

Le fourgon rebelle n'est pas le seul véhicule alentour. Il y a trois ou quatre petits pick-up garés non loin, et une route gravillonnée monte la colline. Je me dis que les pick-up appartiennent à des pêcheurs. J'en ai vu plusieurs dans leurs barques en train de jeter des filets.

J'emprunte la route gravillonnée jusqu'au sommet de la butte et je reste là, à contempler la vaste vallée fluviale en face. Si seulement j'avais un canoë plus court, je pourrais le transporter facilement. Une route goudronnée traverse la petite péninsule et je pourrais passer par là. Et si le bateau me paraît trop lourd, je pourrai le tirer. La route est bordée des deux côtés par de l'herbe verte et douce, parfaite pour protéger un canoë que l'on traîne.

Mais à environ un kilomètre plus bas, il y a une porcherie. J'aperçois les cochons derrière leur clôture et je les entends grogner et couiner. Il y a deux gros chiens en liberté dans la cour de la ferme. Ils aboient bruyamment. Je ne vois pas à quelle espèce ils appartiennent, mais peu m'importe. Ils sont gros et ils ont des crocs. Et je ne veux pas avoir affaire à eux, chargé d'un canoë. Alors l'idée de portage s'évanouit vite. À moins que…

À moins que je n'arrive à convaincre un des pêcheurs de m'emmener de l'autre côté.

Je retourne au fleuve et j'attends.

Le soleil se cache de plus en plus derrière les nuages et comme les nuages s'assombrissent de plus en plus, menaçant de s'ouvrir, je n'attends pas longtemps. Mais les pick-up n'appartiennent pas à des pêcheurs. Ils appartiennent à des chasseurs de canards et à leur arrivée, ils se demandent ce que je fiche là. Je parle de La Nouvelle-Orléans bien sûr, mais j'insiste surtout sur le portage. Ils pensent tous que c'est une bonne idée.

« Mais comment vous allez faire ? »

En fait, j'espérais qu'un de ces aimables messieurs équipé d'un pick-up m'embarquerait et me conduirait de l'autre côté.

«Je suppose que vous pouvez toujours le traîner, mais bon sang… »

Ils ont des rendez-vous, et des canards à manger. Ils reculent deux, trois pick-up au bord de l'eau, ils hissent leurs barques sur des remorques et ils s'en vont.

On ne peut pas gagner à tous les coups.

Un des hommes en tenue de camouflage revient vers moi. Il y a de l'espoir.

« Vous voulez deux ou trois canards pour votre dîner ? »

Ce n'est pas ce que je cherche, mais bon…

« Pensez-vous ! »

Il ne saisit pas.

« Bon, vous en voulez ?

– Bien sûr que oui. »

Alors je le suis jusqu'à son pick-up et il en sort trois gros volatiles. Leur corps sont alourdis par la mort et encore chauds. Ils pendent tristement. Le sang a caillé en violet dans les trous faits par les plombs, et la tête de l'un d'eux a été coupée net.

Je prends les canards, mais soudain je n'en veux plus. Je n'en ai pas le cœur. Je me souviens de ce que j'ai ressenti en croisant un canard mort qui flottait sur le fleuve à proximité de la berge, la peine que j'ai eue au fond du cœur et ce que j'avais ressenti, comme si un cambrioleur s'était introduit chez moi, fouillant dans mes placards et mes tiroirs et dispersant mes sous-vêtements : l'impression d'être violé.

Je pose les canards dans le canoë et je prends une photo. Autrefois, à l'époque de la conquête de l'Ouest, les photographes marquaient toujours la mort des infâmes par une photo des corps mis en scène. Je me sens d'humeur morbide et étrange. Je prends les photos quand même.

Peu de temps après, deux autres barques arrivent et sont remontées sur des remorques. Les deux hommes sont des pêcheurs et ils ont fini d'installer leurs filets pour la journée. L'un d'eux rentre chez lui. L'autre, Gene Butler, y est déjà, si on veut. Il vit à mi-temps dans le fourgon rebelle. Les deux hommes veulent savoir où j'ai eu les canards. Je le leur dis.

« Ben, vous avez intérêt à vous en débarrasser. Cachez-les ou quoi. Si le garde-chasse passe par là, vous aurez des problèmes.

– Mais je ne les ai pas tirés. Je n'ai pas de fusil.

– Peu importe. Vous les avez. C'est tout ce qui compte. Et la chasse aux canards est même pas ouverte dans le Tennessee. Ça risque de vous coûter très cher. »

Alors je suis leur conseil et je planque les canards dans les herbes hautes. Je les reprendrai quand je repartirai.

Gene m'invite dans son véhicule à prendre une tasse de café.

C'est un vrai logement. En désordre et très à l'étroit, mais il a un coin où dormir, une petite cuisinière à gaz pour faire la popote et du café, une télévision et un petit garde-manger où stocker la nourriture. Il me propose des biscuits avec le café et me tend la plus propre des deux tasses dont il dispose. Le café est du café instantané et en a le goût. Les biscuits sont vieux et mous. La deuxième puis la troisième tasse de café sont plus savoureuses l'une que l'autre et les biscuits deviennent délicieux. Et ce n'est pas parce que je suis affamé. Gene allume la télévision et nous regardons les dessins animés de l'après-midi jusqu'au crépuscule comme de vieux copains. Je n'aurais pas pu passer meilleur moment. Ça se rafraîchit dehors et la pluie va bientôt arriver, mais je suis au chaud à l'intérieur, assis sur le sol du fourgon, à boire du café brûlant et à écouter Gene raconter son histoire.

« Je n'aime pas les nouveaux dessins animés. Ils sont trop violents et pleins de vrais gens et de robots. Je préfère les anciens. Tom et Jerry, et les aventures de Rocky et Bullwinkle.

– Mon préféré c'est Bugs Bunny », je dis, et nous ressentons ce confort familier des goûts partagés.

Il a dû avoir une existence très solitaire, tout seul la nuit, sans personne à qui parler. Il est ravi d'avoir ma visite.

Pour la lecture, il a une Bible à portée de main. Après tant de malchance dans sa vie – avec sa femme, ses enfants et son travail – il s'est tourné vers la Bible et ça l'aide à s'en sortir : « Ce n'est pas si mal. La vie est bien plus facile comme ça, plutôt que d'aller au travail tous les jours pour gagner des clopinettes. »

Mais l'humidité quotidienne sur le fleuve le tue. Ses articulations ne le supportent pas toujours. Alors il travaille aussi dans le bâtiment, comme conducteur de gros engins. Parce qu'il est doué pour ça, il y va quand il veut et quand on a besoin de lui. Le service est à double sens.

« C'est la meilleure chose qui me soit arrivée. Avoir la chance d'apprendre à conduire ces grosses machines. Je peux toujours me rabattre là-dessus. »

Mais pour le moment, c'est le fleuve. Poser les filets, ramener le poisson et le vendre au marché en ville. Il a une maison dans laquelle il se rend de temps à autre. Son ex-femme y vit avec lui. Elle est dans une mauvaise passe elle aussi et il lui permet d'y vivre avec leurs deux filles.

Je sens que je pourrais passer toute la nuit avec Gene. Il cuisinerait probablement du poisson sur sa gazinière. Il n'a pas de place pour me faire dormir dans son fourgon, mais il m'a montré un coin confortable où planter ma tente à proximité. Mais je ne peux pas rester. L'idée du portage ne va pas se concrétiser et j'ai des kilomètres à faire avant qu'il ne fasse trop nuit. Alors qu'il se met à pleuvoir, je m'en vais.

« Il y a une bande de chiens sauvages qui errent dans le coin, tu ferais bien d'avoir l'œil. J'ai dû en abattre un l'autre jour. Ça m'a pas plu du tout. »

Je me suis souvenu de mon rêve des deux ou trois jours passés et je suis reparti sur le fleuve avec un mauvais pressentiment, et j'ai pagayé vigoureusement. Plus vite je sortirai du méandre et rejoindrai l'autre côté de la péninsule, plus je serai loin des chiens sauvages, quels qu'ils soient.

Les chiens sauvages sont généralement des animaux domestiques que leurs propriétaires ne peuvent plus garder, alors ils les emmènent en forêt et les remettent en liberté. Leur instinct grégaire les reprend, ils se regroupent en bandes derrière un chef et ils attaquent cochons, poules, chevreuils et tous les animaux faibles pour avoir de la viande. Qui a dit un jour qu'une fois qu'un carnivore a goûté à la chair délicieuse de l'homme, l'homme devient son unique alimentation ?

Chiens sauvages

Des chiens sauvages grognant dans mon imagination, j'ai trouvé la force de propulser mon canoë et j'ai filé sur l'eau à la vitesse d'un hors-bord. À l'abri des arbres qui bloquaient le vent, le fleuve était calme et lisse comme de la glace et j'ai glissé dessus sans le moindre effort. La vitesse me semblait phénoménale et une vague d'euphorie m'a transporté.

Quand le faisceau brillant d'une barge sondant les berges est sorti de nulle part, je me suis rendu compte qu'il faisait nuit et qu'il était temps de quitter le fleuve. J'ai fait la course avec le monstre jusqu'à ce qu'il me dépasse. Puis j'ai scruté l'obscurité tentant de repérer un endroit où accoster. Il n'y en avait pas.

Le fleuve avait érodé les berges et créé de petits surplombs de sable à cinquante centimètres, un mètre, un mètre cinquante du niveau de l'eau. J'avais besoin d'un endroit où je pourrais hisser facilement le canoë sur la rive, à sec. J'en avais vu quelques-uns plus en amont, avant que la lumière ne s'éteigne sur moi, mais maintenant je refusais de faire demi-tour. Je trouverais quelque chose en aval.

Je n'ai rien trouvé et j'ai dû me contenter d'une forêt sur des dunes de sable. Il n'y avait que du sable. Plus de terre ferme, ni de boue, mais du sable charrié par le fleuve. Quand j'ai sauté de celui-ci à la plage, la dune s'est effondrée sous mon poids et s'est écroulée dans l'eau. Heureusement, je portais des bottes et je pouvais patauger sur les hauts-fonds au bord de la berge. Une fois que j'ai repéré l'endroit le plus bas et le plus ferme, à seulement cinquante centimètres au-dessus de l'eau, j'ai soulevé la proue du canoë et je l'ai tiré à terre. Puis j'ai sauté sur la dune et je l'ai hissé plus haut. J'ai installé le bivouac et j'ai allumé un petit feu.

J'ai repensé aux canards. Je ne pouvais pas simplement les jeter. J'ai décidé de m'y coller, de les nettoyer et de les cuire.

Je n'avais encore jamais préparé de canard. J'avais été à la chasse à la dinde sauvage une fois et j'en avais attrapé une que j'avais plumée, mais un ami l'avait vidée pour moi. Les poulets que j'achète en magasin arrivent nettoyés, conditionnés et prêts à cuire. Mais j'ai vite appris. J'ai arraché les plumes comme un forcené.

Je me suis mis devant la dune et je m'en suis servi pour table. J'étais debout sur le haut-fond, dos au fleuve, et j'ai tiré les plumes par grosses poignées que je balançais dans le courant. Quand elles me collaient trop aux doigts, je les rinçais dans l'eau. De petites boursouflures, comme la chair de poule quand il fait froid, sont apparues là où j'avais retiré les plumes, et la peau était lâche sur la chair du canard, luisante et grasse, pas du tout terne comme celle des volailles du marché. J'ai porté les trois canards dénudés près du feu et j'y ai flambé les derniers duvets.

Et maintenant, la partie difficile.

J'ai descendu la hache, le couteau et les trois canards au bord de l'eau et comme un sauvage vigoureux j'ai tranché têtes, cous et pattes. J'ai pratiqué une incision à la façon d'un chirurgien et après une longue hésitation – *le plus dur, c'est la première fois* – j'ai plongé la main dans l'orifice, j'ai attrapé tout ce qu'il y avait à intérieur et je l'ai arraché. Souvenirs de biologie au lycée. J'avais le visage déformé par une grimace et à demi détourné. Je ne voulais rien avoir à faire avec cette tâche repoussante. Boyaux et gésier, cœur et abats, refroidis mais encore sanglants et gluants.

Le deuxième a été plus facile. *Tu en as fait un ; tu peux faire les autres.* Mais alors que j'avais une main à l'intérieur de l'un des oiseaux, sont arrivés les hurlements et les aboiements glaçants des chiens en cavale. Mon cœur s'est affolé. *Des chiens sauvages.* Je me suis dépêché d'en terminer avec le dernier canard et je suis revenu près du feu.

Dans les films, avant que la fusillade commence, ils vérifient toujours les balles dans leur arme. Je n'avais jamais su pourquoi jusque-là. Je savais que mon pistolet était chargé. J'ai vérifié pour m'en assurer quand même. Et j'ai mis des balles dans les deux chambres vides.

C'était l'heure de dîner. Mais je n'allais pas cuire les canards ce soir-là, ni embaumer l'atmosphère des odeurs de viande fraîche en train de rôtir, pour attirer les chiens sauvages sur moi. J'étais affamé, c'est certain, mais il faudrait que je me contente d'une boîte de haricots et d'une autre de thon. Je prendrais assez de risque en réchauffant les haricots.

J'ai mangé à toute vitesse au risque d'avoir une indigestion. J'ai éteint le feu et je me suis glissé sous la tente, je l'ai zippée et, croyez-le ou pas, j'ai déchiré la fermeture Éclair sur l'un des côtés du rabat. Il ne fermait plus jusqu'au bout. L'ouverture était assez grande pour qu'un animal y passe au moins la tête et voie ce qu'il y avait à l'intérieur. Je n'ai donc pas réussi à m'endormir avant l'arrivée de la pluie. Et quand elle est arrivée, c'était pour de bon. Le vent hurlait plus fort que les chiens et la pluie tambourinait sur la toile comme en fanfare. J'ai cru que ma petite tente allait être arrachée du sol et précipitée vers le fleuve, mais elle a tenu. J'ai dormi sachant qu'à cause de la pluie les chiens allaient se terrer quelque part pour rester au sec.

À un moment dans la nuit, j'ai été réveillé par le silence, la pluie avait cessé. À la place, j'entendais un bruit étrange que j'ai pris par erreur pour de l'eau gouttant des arbres sur le tapis de feuilles par terre. Mais le bruit s'est arrêté. L'eau ne s'arrête pas aussi brutalement de tomber. Dans mon demi-sommeil j'aurais juré entendre des bruits de pas. On aurait cru ceux d'un homme à l'extérieur de la tente et je me suis redressé. *Tchip, tchip, tchip.* Ce bruit de nouveau. Ce n'était sûrement pas les gouttes d'eau. Ça ressemblait plutôt à quelqu'un en train de scier une bûche ou de couper discrètement du bois. Au milieu de la nuit? *Suis-je installé chez quelqu'un?* Idée idiote. La bonne question aurait dû être: qui serait dehors en pleine nuit, sous la pluie, en train de couper du bois ou même de se promener? Personne.

Puis cela s'est vraiment mis à ruisseler. Le vent s'est levé et il a encore plu. Plus de bruits, sinon ceux réconfortants du vent et de la pluie. Je me suis rendormi.

Quand je me suis réveillé de nouveau, c'est au son de ces mêmes bruits étranges. Bruits de pas et *tchip, tchip, tchip.* Je savais ce que c'était. Les chiens étaient là. À tourner tout autour. Les bruits bizarres étaient ceux d'un animal en train de laper dans une profonde flaque d'eau.

Aux premiers grognements, j'ai empoigné le pistolet. Je le tenais serré et armé. Et je me suis assis.

Et s'ils attaquaient? Peut-être qu'ils ont senti les canards à l'intérieur?

Les canards étaient sous la tente, emballés dans du plastique.

Ils doivent savoir que je suis à l'intérieur.

Je suis resté silencieux, droit et immobile. Sans même respirer.

Les bruits sont partis et je me suis rallongé. Je savais que les chiens étaient toujours dans les parages, quelque part, et ça m'empêchait de dormir. J'étais mort de fatigue mais j'avais peur. Si je fermais les yeux pour trouver le sommeil, l'un des deux restait ouvert, aux aguets. J'avais des crampes dans la main à force de serrer le pistolet. Je savais ce que Tommy avait éprouvé.

Comment j'ai pu dormir, je ne sais pas. Mais j'ai dû voler quarante secondes de sommeil. En me réveillant de nouveau, j'ai entendu les chiens. Ils avaient dû sentir la chaleur de mon corps qui réchauffait la tente. Ils s'étaient blottis tout contre la toile et autour pour avoir chaud et s'abriter du vent. J'étais terrifié. Je voyais dans ma tête les chiens plonger dans la tente, labourer mon visage et mon corps, déchiqueter ma chair. Je le ressentais pour de vrai. Et j'étais totalement démuni.

S'il te plaît, Dieu. Renvoie ces chiens. Ne les laisse pas me tuer et me dévorer.

Je savais que s'ils entraient je mourrais.

Qu'est-ce que je fiche ici ? J'aurais dû rester à la maison.

Je n'avais aucune réponse élégante sur le moment, et rien de proprement philosophique pour m'apporter le moindre réconfort.

Qu'est-ce que je fais ?

Attendre, espérer et supplier Dieu de m'épargner. La voie facile : que les chiens ne soient plus là quand je sortirais.

Ou m'ouvrir un passage au pistolet. Je savais où ils s'étaient installés autour de la tente. Je voyais les rondeurs qu'ils formaient contre la toile et je les sentais contre moi. Il y en avait un, allongé juste à côté de ma tête, et je suis resté étendu à réfléchir et à prier. Je l'ai tapoté et il a grogné.

Mais si je tirais, il y en aurait peut-être d'autres qui n'étaient pas contre la tente. C'était sûr, ceux que je manquerais allaient m'attaquer ou attendre jusqu'à ce que je sorte. Et je ne pouvais pas m'éterniser à l'intérieur.

Je ne sais pas combien de temps je suis resté allongé là. Si j'ai dormi un peu, c'est pour quelques secondes. Il a fini par faire jour. Encore la lueur grise de l'aube, mais assez jour pour y voir quelque chose. J'ai jeté un œil dehors, sans voir aucun chien. Mais je savais à leur empreinte contre les parois de la tente qu'ils étaient toujours là. Ils avaient pris leurs aises et s'étaient confortablement installés alors que le vent forcissait de nouveau en rafales. Même si je partais, je n'irais pas loin sur le fleuve avec un tel vent.

Dieu aide ceux qui s'aident eux-mêmes. Je savais que ma seule issue était dans l'action.

Il fait assez jour dehors. Je ne peux pas rester ici toute la journée. Il est temps de partir.

Je sortirai en canardant.

Le vent est tombé et j'ai pris cela pour un signe. Je me suis assis, j'ai armé mon pistolet et j'ai dégainé mon couteau. J'allais sortir d'un seul coup. J'ai dézippé ma tente aussi doucement que possible. Le couteau dans la main gauche, le pistolet dans la droite, j'ai bondi dehors et couru jusqu'au bord de la petite dune. J'ai tourné les talons, dos au fleuve, le danger droit devant moi. Et je me suis préparé à l'assaut. La bagarre.

Je devais avoir l'air féroce et dangereux. J'ai essayé de me le représenter, mais en vain. C'est trop drôle et j'éclate toujours de rire.

L'animal à ma droite est arrivé rapidement sur moi. Les yeux injectés de sang et la bave écumant de ses crocs saillants dans un rictus furieux. Je l'avais dérangé dans son sommeil et il m'attaquait. J'ai armé et tiré, armé et tiré, et son bond en avant s'est interrompu brusquement. Il a sauté et s'est figé dans le même mouvement, puis il est tombé raide à terre, comme un sac lâché brutalement.

Un autre chien, celui qui était allongé à ma tête, a contourné la tente par la gauche. Le bruit l'avait dérangé et il voulait connaître la raison de tout ce vacarme. Il est arrivé tel un vieillard somnambule. C'était un très vieux chien marron, maigre et galeux. Je pouvais voir ses côtes sous la fourrure. Elle n'avait aucun éclat, et il semblait malade et affaibli. Il n'avait pas mangé depuis des lustres.

Il s'est approché de moi et s'est arrêté. Il m'a regardé droit dans les yeux et m'a considéré, comme je considérais ce que j'allais faire en le regardant.

Je ne suis pas obligé d'abattre ce chien. Je peux le laisser tranquille. Peut-être qu'il va simplement s'en aller. Je me suis détendu pour attendre. *Mais s'il ne s'en va pas ? Si tout à coup il attaque ? S'il part chercher ses copains ?*

Où étaient-ils, d'ailleurs ?

J'ai mis le chien dans ma ligne de mire sans trembler. J'ai visé pile au centre de son poitrail, juste sous la tête, exactement entre ses deux épaules. Là où il y avait un cercle de fourrure blanche poussiéreuse entouré de marron clair. J'ai pressé la détente et je n'ai tiré qu'un seul coup.

Yip !

Je l'entends encore. Le chien a poussé un horrible cri de douleur et de terreur étonnée. Il a trébuché une fois, est tombé à terre, puis il s'est relevé et a clopiné jusqu'aux bois pour y mourir à l'abri des regards.

Je suis resté immobile deux secondes, puis j'ai rapidement démonté le camp et chargé le canoë. Je ne voulais pas que les amis des animaux morts reviennent me chercher. J'ai croché l'eau et poussé la pagaie, toute la matinée à l'affût des chiens sur les berges, mais suffisamment près de la rive pour bénéficier de l'abri des arbres contre le vent.

Marcher avec un accent

New Madrid s'étend somnolente dans la lumière matinale de l'autre côté du fleuve. Je tente une fois de traverser, mais le vent refuse. Je me serais bien arrêté ici pour reprendre mes esprits et manger, mais le fleuve m'ordonne de continuer, et je continue, piteux de la nuit, de la matinée et des morts, canards et chiens, jusqu'à ce que je quitte le méandre de l'autre côté de la péninsule. Je m'arrête sur un banc de sable pour pisser, me désaltérer à ma gourde et petit-déjeuner de quelques barres de céréales. Je commence à me sentir ragaillardi.

Le fleuve s'est calmé et s'est élargi, et je m'avance en eau profonde. Le soleil se lève, puissant et chaud, et chasse le vent. Juste une brise qui vient du sud, de l'océan, une brise marine pour me rafraîchir. Ma peau picote sous la sueur et la saleté. Elle me démange aussi à cause des bestioles. Je ne me suis pas lavé ces derniers temps. Je me sens à la fois totalement homme et cependant animal. D'une certaine façon, je n'étais encore qu'un garçon en arrivant au fleuve. Peu à peu je deviens un autre. Plus grand, et en même temps plus doux. J'étais angoissé quand j'ai démarré, et le fleuve me faisait peur. Il m'effraie toujours, à certains moments plus qu'à d'autres, mais rien à voir avec les débuts. Je suis parvenu à une sorte de synergie avec lui.

Cette nuit-là, les étoiles scintillent au-dessus de moi comme des flaques dans la lumière de la lune. Le feu que j'ai allumé se réfléchit brillamment sur l'eau. Je suis dans la petite anse d'une île de sable. Je suis à l'abri du vent et le fleuve s'étale au bout de l'anse et autour de l'île. L'eau à cet endroit est immobile et l'air n'apporte aucun bruit, que du silence. Ni clapotis du fleuve, ni rugissement de barges. C'est dans le calme de cette nuit-là que je me décide à faire cuire les canards et ils sont parfaits. La journée a été pleine de merveilles ; les bénédictions aussi nombreuses que les étoiles.

Les chiens sauvages m'avaient paniqué. J'étais encore tout secoué en canotant. Mais très vite, afin de m'aider à reprendre mes esprits, le fleuve avait envoyé un homme du nom de Clifford à ma rencontre. C'était un batelier lui aussi, pilote de remorqueur trente ans durant, désormais à la retraite, mais il ne pouvait se résoudre à quitter le fleuve. Il passait les beaux jours à naviguer dans un hors-bord blanc et il est arrivé à mes côtés, a coupé son moteur et tendu la main pour prendre la mienne. Il l'a serrée amicalement avant même de commencer à tirer. Nos deux bateaux se sont rejoints.

D'emblée il a su ce que je faisais. Il comprenait. Il avait le fleuve en lui, lui aussi, et il ne trouvait pas ça ridicule du tout.

« Combien de kilomètres par jour vous faites ?

– Quatre-vingts environ. Je vais tenter d'en faire plus maintenant.

– Voyons », il a dit, et il a sorti un crayon et écrit sur le flanc de son bateau. « Canal Street est au kilomètre 150. Il vous reste environ mille deux cents kilomètres. » Il s'est mis à calculer, mais il n'était pas très bon en arithmétique et je l'ai aidé.

« Encore quatorze jours, j'ai dit.

– Deux semaines. Si la pluie ne vous ralentit pas trop. Et pour le ravitaillement ?

– Je me débrouille, mais je m'arrêterai à la prochaine ville et j'achèterai quelques provisions.

– Caruthersville, c'est votre prochaine étape. Encore quatre méandres environ en aval. C'est un petit bourg.

– Je suppose que vous êtes allé partout.

– Plusieurs fois. » Mais pas assez, ai-je deviné.

Manœuvrer ces remorqueurs, ce doit être difficile et au bout d'un certain temps plutôt monotone. Le fleuve devient une corvée tôt ou tard et un vilain monstre après qu'on a été si intime avec lui pendant si longtemps.

« Comme avec une femme. Vous la connaissez trop bien et vous vous en lassez. »

Mais vous ne pouvez pas le quitter. Vous ne pouvez pas vivre sans. Il vous manquerait si vous essayiez et votre cœur se briserait.

« Profitez-en tant que vous le pouvez », il a dit et j'ai promis de le faire.

Nous nous sommes écartés et il a regagné le rivage au moteur.

Caruthersville, quand j'y suis arrivé, était obscure et délabrée et dans la nuit paraissait plus misérable que la terre. La berge était pour partie une aire de stationnement où les locaux venaient se garer, se bécoter et regarder le fleuve, et pour l'autre un vaste terrain vague qui donnait l'impression d'avoir été occupé par des bâtiments démolis et déblayés, puis abandonné. J'ai eu la sensation d'arriver dans le quartier mal famé d'une grande ville, dans la zone, et j'ai attendu qu'il fasse bien noir avant de m'aventurer plus loin. Je me suis senti réellement, véritablement et enfin dans le Sud, et c'était le Sud dont j'avais toujours entendu parler. Sale et pauvre comme le tiers-monde, noir comme la cambrousse et décrépit comme un ghetto urbain.

J'avais besoin de ravitaillement, mais je ne pouvais pas laisser le canoë. Cette fois, c'était sûr, quelqu'un l'emporterait avec tout ce qu'il y avait dedans. Les gens me regardaient de travers. Je me sentais comme un visiteur venu d'une autre planète. À la façon dont tout le monde me dévisageait, les autres devaient penser la même chose. J'ai attendu que certains s'en aillent. J'ai tiré le canoë à terre, je l'ai retourné et je l'ai dissimulé. J'ai coupé des buissons et des fourrés qui poussaient à proximité et je les ai étalés sur le canoë. Camouflé comme un char en territoire ennemi. Je suis remonté sur la butte et j'ai examiné mon œuvre. *Pas parfait, mais ça le ferait.*

J'ai parcouru la ville prudemment. Mes bottes claquaient sur les pavés. Mon jean s'était déchiré de la braguette au fondement et on voyait mon caleçon long à rayures. Les manches de ma chemise de flanelle étaient remontées et celles de mon maillot de corps dépassaient. J'avais noué un sweat-shirt autour de ma taille pour cacher le pistolet coincé dans mon pantalon, et la casquette sur ma tête était grise de saleté et déformée par la sueur. Je marchais avec prudence pour ne pas attirer l'attention sur moi. Je ne voulais pas que les flics m'arrêtent, me questionnent, me fouillent, découvrent que j'étais armé.

Personne ne me disait rien, mais tout le monde me regardait. J'avais trop fière allure pour être un gars du coin. Tout le monde dans une petite ville, semble-t-il, sait repérer les étrangers. Les étrangers marchent avec un accent.

Je n'ai pas acheté grand-chose à l'épicerie. Un sac de pommes, des chips, des hot-dogs, des barres de chocolat et quelques pommes de terre. Puis je suis sorti de là. En revenant, j'ai eu la sensation dérangeante d'être suivi. Je ne me suis pas retourné.

J'étais fatigué et je voulais dormir. La dernière chose que j'avais envie de faire était de chercher un endroit où camper, mais rien n'avait l'air confortable dans le coin. Les environs de la digue du côté du fleuve semblaient malsains et exposés. L'éclairage des silos et du débarcadère me mettait trop en vue à mon goût. Et comme il faisait noir sur l'eau, je n'avais pas très envie non plus de canoter plus avant. Cette nuit aurait été l'occasion de me rendre au presbytère de l'église catholique que j'avais croisée et d'y demander poliment un lit ou un coin par terre, mais pour une raison ou autre cette idée m'a paru stupide.

Je me suis assis pour attendre que la ville tout entière soit allée se coucher. Alors je pourrais dresser ma tente. Mais pas de feu cette nuit. Les flics allaient certainement me tomber dessus et m'embarquer.

Plus il se faisait tard, plus il y avait de gens qui venaient se garer, pour se tripoter et faire des choses secrètes. La bourgade manquait cruellement d'endroits où aller et de choses à faire, et le simple fait de venir s'asseoir par ici était l'une des principales attractions. Et quel endroit plus romantique que les berges d'un fleuve ? Même si elles étaient éclairées, jonchées de détritus, à l'ombre d'un silo et juste à côté des voies ferrées. Il y avait, après tout, un coin herbu équipé de bancs, une oasis de quatre mètres carrés dans un océan de laideur. Il y avait au moins eu un effort.

Tandis que j'étais assis, à me demander ce que j'allais faire, en regardant mon canoë au bas de la butte, la sensation d'être suivi m'est revenue. Comme je ne bougeais pas, elle s'est changée en celle d'être observé. Il y avait plusieurs voitures alentour, mais leurs occupants avaient mieux à faire que de s'occuper de moi. Ce n'était donc pas ça, et il m'a fallu encore quelques minutes pour comprendre ce que c'était.

Le fleuve coulait en silence comme un secret. Il souriait dans la lumière de la nuit, avec la moue taquine de quelqu'un qui sait quelque chose que vous ignorez. Je pensais qu'on se moquait de ma situation, mais ce n'était pas ça non plus.

Je me suis retourné et elle était là.

« Salut, comment ça va ?

– Bonsoir.

– Vous faites quoi ?

– Je suis assis là, c'est tout.

– Tout seul ?

– Oui, je le crains. Je suis assis, en train de réfléchir et d'attendre. »

Elle aussi était toute seule et n'avait certainement pas plus de dix-sept ans. Ses cheveux blonds, fins et raides pendaient comme une serpillière mouillée et sale, ce qui avait pour effet de rendre son visage plus rond et plus joufflu. Elle avait les mains dans les poches.

« C'est votre canoë là ? »

Il n'était donc pas si bien caché. Je ne ferais jamais un bon commando. Ou alors elle m'avait vu.

« Vous allez où ?

– À La Nouvelle-Orléans.

– C'est à ça que vous pensez ?

– Non. Je pense à l'endroit où je pourrais camper.

– Pourquoi vous campez pas carrément ici ? Ça dérangera personne.

– La police peut-être. Et puis qui sait qui d'autre viendrait m'embêter. C'est pour ça que j'attends. Jusqu'à ce que toutes ces lumières s'éteignent et que tout le monde rentre chez soi.

– Vous attendrez longtemps, alors. Les lumières s'éteignent jamais. Et il y a toujours des gens qui viennent se balader par ici. Les pauvres de couleur, ils descendent dans le coin chercher des trucs toute la nuit.

– Pas terrible, on dirait. »

J'ai ramassé une motte de terre durcie et je l'ai jetée en direction de l'eau. Elle n'a jamais fait plouf.

« Jusqu'où je dois descendre pour sortir de la ville ?

– Un bon bout, mais pas si loin. Mais il fait noir là-bas et vous risquez de taper dans quelque chose et de couler. Et de toute façon, c'est plus sûr ici que dans les bois.

– Non, les bois sont les lieux les plus sûrs de la terre.

– Vous n'avez pas peur de tous ces animaux, de tous ces trucs qui rodent la nuit ?

– Pas moi. Et ils sont loin d'être aussi dangereux que les humains.

– Mais il y a de la lumière ici. Au moins vous pouvez voir.

– Dans le noir, c'est plus sûr. Si je ne peux pas les voir, ils ne peuvent pas me voir non plus.

– Qui ça ?

– N'importe qui.

– Vous aimez camper ?

– Ça commence.

– Depuis combien de temps vous faites ça ?

– Je suis parti du Minnesota.

– Waouh ! Et vous allez jusqu'à La Nouvelle-Orléans. Ça, c'est quelque chose. Vous devez être vachement courageux et vachement costaud aussi. Moi j'ai eu un copain qui était comme ça. Mais il s'est tiré et il est entré dans l'armée. Ils l'ont envoyé je sais pas où, en Caroline du Nord ou du Sud, je sais plus laquelle. Mais il revient de temps en temps, pour manger la bouffe à sa maman, sûrement, et alors je le vois, mais la plupart du temps il est pas là et je pense pas beaucoup à lui. Sauf quand les autres garçons jouent à ce qu'ils sont exactement : des petits cons de la campagne. Alors mon Larry me manque. Il est plus vieux. C'est un homme, un vrai, vous savez ? »

Elle ne s'était pas assise tout ce temps, elle avait fait du sur-place, debout, sans vraiment bouger, à se dandiner seulement d'un pied sur l'autre. Elle portait des tennis, sales et usées. Parfois elle me regardait, mais pour l'essentiel elle fixait le noir de la nuit qui plombait le fleuve.

Mais à présent elle s'asseyait, elle s'est posée tout près de moi sur la butte, ramenant ses genoux contre sa poitrine, ses bras autour de ses chevilles.

« J'ai campé une nuit près du fleuve. Larry m'y avait emmenée. C'était tard dans la soirée. Juste au coucher du soleil, en été. Il faisait très chaud et les moustiques étaient de sortie alors on est restés sous la tente, à l'abri, et on buvait de la bière. La tente avait ce truc à l'arrière qu'on peut ouvrir mais qui fait quand même écran aux insectes, alors on l'a ouvert pour avoir un peu d'air. Mais il faisait encore superchaud. J'ai mis une canette fraîche sur mon front pour me rafraîchir, puis je l'ai passée sur mon cou et ma gorge. Larry me regardait et il avait de plus en plus chaud, je voyais bien, il dégoulinait, mais il arrêtait pas de me regarder jusqu'à ce qu'il enlève sa chemise. Son torse était musclé et un peu poilu et il m'a dit de retirer la mienne si je voulais. Je l'ai fait. Et je me suis passé la canette sur tout le corps. On a encore bu de la bière jusqu'à ce que je sois un peu ivre et je me suis allongée et Larry s'est allongé sur moi et on s'est embrassé et tout ça, et après un moment la nuit est tombée et on l'a fait. C'était ma première fois. Juste là, à côté du fleuve et tout. Et à la fin, quand ça allait vraiment vite et que j'étais à bout de souffle, tu sais, il y a eu des éclairs partout et dans ma tête, avec une sensation de bourdonnement. C'était génial. Je suis restée allongée avec Larry endormi contre moi et j'ai cru que ça serait toujours comme ça, les éclairs et tout. J'étais si bête. On n'est pas restés là toute la nuit et quand on s'est levés pour partir, j'ai vu ce que c'était, les éclairs. C'était un fanal ou quelque chose qui clignotait du côté du fleuve et on campait juste en dessous. Ce que j'étais cruche, hein ? »

Je me suis demandé pourquoi elle me racontait tout ça.

« Ouais, je suppose, j'ai dit. Ce sont les balises qui guident les barges la nuit.

– Je le sais maintenant. Mais à l'époque j'ai cru que c'était quelque chose de spécial. Là-bas, au bord du fleuve et tout. Et ça n'a plus jamais été aussi bien après. Comment t'expliques ça ? »

Je n'avais pas de réponse à lui donner, mais je voyais bien où elle voulait en venir.

« Tu pourrais monter ta tente juste là, elle a proposé. La colline te cacherait un peu et tu serais pas dans la lumière, comme ça, tu pourrais dormir. Et je pourrais t'aider. »

J'ai dit non. L'endroit était recouvert de mauvaises herbes, de canettes, de bouteilles et d'ordures, et sûrement les rats viendraient jouer plus tard. J'ai dit non pour cette raison et une autre que j'ai gardée pour moi.

« Je n'ai encore jamais canoté dans le noir, j'ai ajouté. Je crois que je vais essayer cette nuit et voir comment c'est. »

Et j'y suis allé. C'était une sensation des plus étranges. La vue était inutile. J'avançais à l'oreille et au toucher. De gros plouf comme ceux des castors du Minnesota me faisaient sursauter. Je ne m'attendais pas à des castors si loin au sud et je ne connaissais pas d'autres animaux au plongeon aussi bruyant, à moins que ce ne fussent les poissons-chats géants antédiluviens, ceux gros comme des baleines. Ils pourraient retourner mon canoë d'un seul coup de queue s'ils le voulaient.

J'ai braqué mon fanal lumineux sur le plouf suivant, mais je n'ai rien vu d'autre que des ronds dans l'eau. J'ai rapidement éclairé la rive et j'ai trouvé un endroit praticable où accoster.

La forêt était dense. Taillis, lianes et branches basses. Il fallait que je dégage un peu le terrain avant d'installer le camp. Heureusement, j'étais devenu assez adroit pour tout faire dans le noir. Je pouvais monter la tente à tâtons et voir avec mes mains et mes oreilles.

Au matin, le fleuve s'est montré sévère. J'avais refusé ses présents, vestales vierges – ou presque – offertes en sacrifice, j'avais décliné sa générosité. Alors il s'est levé un peu en colère après m'avoir bercé d'une première heure en eaux calmes. Des tortues sur des branches basses et des rondins flottants plongeaient dans l'eau à mon passage, même si j'étais aussi silencieux que possible. C'étaient les bruits de la nuit dernière. Elles m'entendaient toujours et m'évitaient, se réfugiant précipitamment au fond de l'eau jusqu'à ce que je sois loin. Et elles étaient si rapides qu'au début je ne parvenais pas à les voir, mais seulement à les entendre s'échapper.

Puis le fleuve et le vent se sont levés pour me reprendre la barre et, alors que je tentais un raccourci par la chute d'eau de l'Île n° 21, le fleuve s'est mis à me secouer, m'avertissant de sortir de son lit. Cette fois, j'ai dit non et j'ai poursuivi. Plus loin, un type sur la berge a mis sa barque à l'eau et m'a rejoint. J'ai cru qu'il ne venait que pour moi.

« Vous n'êtes pas d'ici, n'est-ce pas ?

– En effet.

– Vous êtes à la pêche ?

– Non. Je vais seulement jusqu'à La Nouvelle-Orléans.

– Bon, faut que vous sachiez qu'il y a un barrage un peu plus bas et vous ne le passerez pas en canoë.

– Je ne pourrai pas ?

– Non, vous ne pourrez pas. C'est que du rocher, sur toute la largeur du fleuve ; vous serez coincé.

– Je peux pas passer par-dessus tout simplement ?

– Ben, le fleuve a monté, alors peut-être si vous êtes vraiment fort. Sinon, vous sortez votre canoë par là-bas… il a dit en indiquant l'île, et vous le tirez jusqu'à l'autre côté. »

Je l'ai remercié de m'avoir averti, mais rien ne pourrait m'arrêter. Il a regagné l'île pour sa journée de chasse ou de pêche, et je l'ai regardé s'en aller. J'ai songé à traverser jusqu'à l'île et à porter le canoë.

J'ai même pensé à rebrousser chemin, mais ça n'a duré qu'un instant. D'ailleurs, le vent ne me laisserait rien faire, ni traversée, ni retour en arrière. De plus, je ne voulais pas le faire de cette façon. J'ai continué et je suis arrivé au barrage.

L'eau à cet endroit rugissait plus bruyamment que tout ce que j'avais jamais entendu sur le fleuve. Les rochers étaient d'énormes blocs et la chute était raide. Mais je n'ai pas hésité. J'ai suivi le courant, j'ai réussi et j'ai hurlé hourra.

Le dieu du fleuve m'avait testé, m'adressant des offrandes qu'il ne voulait pas que j'accepte, m'envoyant des dangers que je devais ignorer, me donnant un avertissement que je devais balayer et dressant sur ma route un obstacle que je devais franchir. Je l'avais fait et le fleuve a souri en guise d'approbation.

Quelques mètres plus loin en aval, le temps a encore changé. La journée me souriait elle aussi. Le soleil brillait à travers les nuages et réchauffait l'air autour de moi. Je me sentais bien et je naviguais sans peine, en chantant des chansons venues du fond de ma mémoire.

Et puis j'ai été plongé brutalement dans la démence des flots.

La carte appelle Barfield Revetment la digue qui protège les berges du fleuve à Barfield Bend. L'embouchure du Styx (c'est son nom) se trouve ici même. Et le courant devient sauvage.

Le fleuve a pris de la vitesse et coulait furieusement. Un courant sous-jacent, proche de la rive, remontait violemment. Entre les deux courants, l'eau tourbillonnait très vite et j'étais pris entre les flots. Je me suis mis à genoux et j'ai pagayé dur pour rester à l'écart du courant remontant. J'ai été pris dans les remous et je me suis mis à tourner comme un derviche. Dans les rapides, des rondins plus gros que le canoë surgissaient à toute vitesse en tourbillonnant sauvagement. Le mieux que j'aie pu faire a été de m'accrocher et de maintenir le canoë à peu près droit, et sous contrôle, jusqu'à ce que je dépasse le débarcadère.

J'ai réussi. Et le fleuve, après m'avoir malaxé encore une fois, m'a recraché dans une eau stagnante encombrée de morceaux de bois, de rondins, de branches et autres débris.

Je me suis d'abord extirpé de là et j'ai poussé un cri de joie. J'étais fier de moi.

Deux gamins à bicyclette avaient vu toute la scène depuis la berge et je me suis arrêté pour leur demander ce qui s'était passé. Ils avaient un fort accent de l'Arkansas et au début je n'ai pas compris un mot de ce qu'ils disaient. Mais à la fin, je les ai fait beaucoup rire.

« Je pense, a dit l'un des garçons, qu'il y a un tunnel sous l'eau à cet endroit. » Et l'autre a continué : « Ouais, et je crois que c'est le tunnel sous la Manche. »

J'ai attendu qu'ils soient partis pour hurler de rire.

Un homme en fourgonnette était descendu au bord du fleuve pour prendre des photos. Il me mitraillait et j'ai espéré qu'il ne m'avait pas immortalisé sur ses clichés avec l'air trop ridicule. Un autre type et sa famille étaient près de lui et quand je me suis arrêté pour faire une pause, ils se sont rués sur moi comme des infirmiers d'abord, puis comme des disciples.

Ken et Marsha Will et leurs deux petits garçons. Les garçons étaient habillés pour la messe et ils étaient mignons dans leur tenue de petit monsieur. C'était leur sortie du dimanche hors de la base aérienne de

Blytheville où Ken était affecté, et les garçons faisaient de leur mieux pour ne pas trop s'agiter et se salir.

Ken était débordant d'enthousiasme. Il pensait rencontrer un héros. Ils voulaient que ses fils me serrent la main et se souviennent de cette journée pour toujours.

« Cet homme est absolument formidable, disait-il sans arrêt. C'est fantastique ce qu'il fait. Il faut beaucoup de courage et beaucoup de force pour faire un truc pareil. » Il était aussi fier de moi que pourrait l'être un père, et heureux que ses garçons soient partie prenante de cette histoire comme le serait un père dont les fils rencontreraient le président des États-Unis ou le champion de base-ball Babe Ruth.

Je me sentais flatté, et cependant gêné, par toute cette attention. Ce que je faisais était-il si géant ou Ken voyait-il quelque chose dans cette aventure, et dans l'avenir qu'elle m'ouvrait, dont je ne parvenais pas à saisir l'importance ? Ou bien était-ce que je voyais tous les échecs et les peurs qui m'avaient amené jusqu'ici ? Quoi qu'il en soit, j'étais ébahi par tous ces compliments.

Cette nuit-là, sur mon île de sable, j'ai repassé dans ma tête les événements de ces derniers jours, la générosité du fleuve, et je me suis demandé ce que je donnais en retour. Je n'avais pas de réponse satisfaisante. Quoi que ce fût, s'il y avait quelque chose, je ne le voyais pas. Et j'ai longuement marché sur le sable de mon île en me posant la question : *Pourquoi moi ?* Le fleuve et la vie elle-même, après mûre réflexion, avaient été plutôt bons pour moi. Égoïstement, j'aurais pu m'en satisfaire Mais ça me tracassait. *Pourquoi moi ? Que m'était-il réservé ? Quelque chose ou rien ? S'il y avait quelque chose, serai-je à la hauteur ou serai-je un zéro ?*

Un potier japonais a dit un jour que si son cœur n'était pas assez pur, si ses pensées n'étaient pas assez pures, ni son esprit, la glaise, d'une certaine façon, le saurait. Peut-être le fleuve et les gens que je rencontrais voyaient-ils en moi quelque chose qui m'était invisible parce que j'étais trop occupé pour le chercher, trop fatigué pour le voir.

J'ai rôti mes canards en les emballant dans du papier d'aluminium et en les glissant au cœur des braises. J'ai frit quelques pommes de terre. Le canard avait un goût fort et sauvage, la viande était foncée et ferme sous la dent. Les pommes de terre, je les avais trop salées, mais j'ai tout mangé et j'ai dormi sur le sable doux, satisfait, toute la nuit. Désorienté mais satisfait. La chance me poursuit.

Générosité

À mon réveil, l'odeur du feu et des canards rôtis emplissait encore la tente. Dehors, l'air était celui froid et sec du matin, le ciel celui pâle de l'aube. Le fleuve était à ma porte. La veille, quand j'avais installé mon bivouac, l'eau était à une distance respectueuse de l'endroit où j'avais planté la tente. Pendant la nuit, le fleuve avait gonflé et au matin il était à moins d'un mètre, et si je n'avais pas retourné le canoë pour protéger mon équipement, il aurait été emporté. Avec la montée des eaux est arrivé le vent; sur le fleuve, je bataillais trop et, ce matin-là, ça ne me disait vraiment rien. J'ai été repoussé plusieurs fois de force dans les arbres alignés sur la rive comme les barreaux d'une cage. Je semblais être en butte à une nouvelle séquence de malchance.

Ma carte m'a indiqué une ville à proximité : Osceola, Arkansas. Elle est située le long d'un bras, mais à cause de la crue, toutes les petites criques ressemblaient à des estuaires. Je n'ai pas tourné dans la bonne, mais elle était magnifique. L'eau était épaisse et brune, et les arbres pas plus épais que la cuisse d'un homme avaient poussé haut, leurs branches tendues vers le ciel, sans s'étaler. La lumière tombait en zébrures d'or entre les arbres qui ployaient. Il y avait des lianes partout, des insectes et des oiseaux comme dans une jungle et des tortues qui plongeaient dans le fleuve. On se serait davantage cru dans les bayous de Louisiane qu'en Arkansas.

J'ai trouvé le bras peu après et j'ai cherché Osceola. Je pensais que la ville serait juste là, mais non. L'endroit où j'avais débouché était le port d'Osceola, une appellation qui exagère l'activité qui y règne. Il y a un débarcadère et un silo à grains et, à mon arrivée, plusieurs barges vides étaient à l'ancre d'un côté du bras. Une autre barge était en dessous du silo en train d'être remplie et sa proue s'élevait au-dessus de l'eau, tandis que la poupe, lourdement chargée, s'enfonçait et semblait sur le point de sombrer.

Les barges rangées de l'autre côté du port étaient bloquées dans l'eau peu profonde par la boue du rivage et amarrées. Un remorqueur en poussait là-bas sur les hauts-fonds au moment où je passais.

Je suis allé tout au bout du port et retour, à la recherche de la ville. Du fleuve, il n'y avait aucun moyen de la rejoindre. En refaisant demi-tour, j'ai repéré une échelle flottante qui menait à la berge et j'ai posé le pied dessus. Ce faisant, je me suis enfoncé jusqu'au genou. L'eau s'est engouffrée dans ma botte avec un bruit de succion et a trempé ma chaussette. L'eau était froide, soudaine et inattendue. Je suis remonté à bord vite fait.

« Eh ! Vous dans le canoë ! »

La voix – venant de je ne sais où – semblait agressive et irritée, mais j'ai quand même pagayé dans sa direction pour la localiser. Elle venait du mégaphone du remorqueur qui avait poussé les barges et qui maintenant traversait le bras pour accoster. Une fois qu'il a été arrimé au quai, je me suis glissé à son côté.

« Vous faites quoi par ici ? » Le pilote est descendu de la timonerie et s'est penché par-dessus le bastingage. Il ne souriait pas. C'était un type imposant. L'échelle sur laquelle j'étais monté pour en redescendre aussi vite lui appartenait, et il voulait savoir ce que je fabriquais.

« Je cherche un moyen de me rendre en ville, mais je n'ai pas repéré d'endroit pratique où débarquer. Cette échelle ne m'a pas été d'un grand secours, c'est certain. J'ai mis le pied dessus et je me suis enfoncé aussitôt.

– Ouais, c'est moi qui l'ai installée. » Son attitude commençait à changer. « Quand le fleuve n'est pas aussi haut, ça marche bien. »

Il avait une petite barque amarrée là, qu'il utilisait pour des trajets plus rapides qu'en remorqueur.

« Je ne savais pas que c'était privé. Désolé. »

Il a souri tout d'un coup.

« Comment je fais pour aller en ville d'ici ?

– D'ici, ça fait une petite trotte. Vous avez besoin de ravitaillement ?

– Un peu, mais j'ai surtout besoin d'eau. Je suis à sec. » Je lui ai montré mon réservoir vide. « Je peux en trouver dans le coin ?

– Vous en trouverez dans ma cambuse. Amarrez-vous et grimpez. »

Il a attrapé mon bout et l'a attaché pour moi. Il m'a tendu une main et m'a hissé à bord. Il m'a indiqué la cambuse, et j'ai rempli mon réservoir. Il a dû m'accompagner pour me montrer comment faire, puis il m'y a laissé comme s'il me connaissait et il est retourné travailler. J'ai fini de remplir mon bidon, puis j'ai attendu près du bastingage en regardant le camion-citerne reculer jusqu'au bord du quai et descendre un tuyau. Don, le pilote, a enfoncé l'embout dans le réservoir du remorqueur et a pompé pour environ sept cents dollars de fuel. Et même avec ça, les réservoirs n'étaient pas complètement pleins.

Don Smith s'est présenté et m'a dévisagé en me serrant la main. Il me regardait droit dans les yeux comme s'il y cherchait quelque chose, et je suppose qu'il l'a trouvé. Il m'a offert une tasse de café, que j'ai acceptée, et je suis resté à bord. Sans rien demander et sans que Don dise rien, j'ai eu le sentiment que ma présence ne gênait pas. Aussitôt, je lui suis devenu transparent, comme si j'étais un vieil ami, et il est retourné à ses manœuvres comme si j'avais déjà assisté à tout ça une bonne centaine de fois. Il ne prenait pas le temps de m'expliquer quoi que ce soit. Mais il donnait l'impression de quelqu'un qui en fait des tonnes à dessein, pour épater un ami, peut-être. Il montrait à Jimmy, un de ses deux matelots de pont, comment épisser deux aussières, ces cordages lourds et épais qui servent à retenir solidement tant de choses sur un bateau, et notamment à amarrer le remorqueur à quai. Lorsqu'un de ces cordages est élimé ou lacéré, on ne s'en débarrasse pas comme ça. Ils coûtent bien trop cher. Alors on le raboute à un autre cordage endommagé, après avoir sectionné les tronçons inutilisables, et il retrouve longueur et utilité, et encore plus de solidité qu'avant. On coupe les parties abîmées, on défait les torons de chaque aussière et on les tresse à nouveau ensemble. Don le faisait rapidement. Il voulait que Jimmy le regarde et fasse pareil à son tour. Jimmy avait un peu de mal et Don l'a fait et refait jusqu'à ce que Jimmy attrape plus ou moins le coup de main.

Don s'est tourné vers moi : « Simple, non ? »

« C'est sûr, j'ai dit, mais je ne sais pas si j'aurais fait mieux que Jimmy. Ça a l'air facile quand c'est vous qui le faites. »

Jimmy débutait comme matelot de pont. L'autre s'appelait Joe Bob et il était là depuis un moment, mais j'ai appris qu'entre Don et lui, c'était parfois orageux. De temps à autre, Joe Bob avait besoin de plus de congés et s'il ne les obtenait pas, il partait tout simplement, et Don le réembauchait quand il avait besoin de bras supplémentaires. Présentement, il avait besoin de Joe Bob et de Jimmy, mais Jimmy n'avait pas la fibre matelote. Cela se voyait. Il ne mettait pas de cœur à l'ouvrage, il n'aimait pas l'eau et sans doute il ne savait pas nager. Ce n'était qu'un gars envoyé par le bureau de placement, et Don ne s'attendait pas à ce qu'il restât, ce qui ne le dérangeait pas. Son problème était que former un matelot prenait du temps et que si celui-ci ne restait pas, c'était du temps perdu. Mais en ce moment, il avait besoin de lui.

Jimmy était jeune et noir et, d'après Don, il avait accepté le boulot parce que sinon il risquait de perdre son allocation-chômage. Vous êtes censé rechercher activement du travail et vous ne pouvez pas refuser les emplois comme bon vous semble.

« Vous savez ce que c'est, m'a expliqué Don. La différence entre un Noir et un nègre. »

Moi, il le voyait bien, j'étais différent. Pas seulement des Noirs alentour, mais différent.

Un groupe de plaisanciers bruyants était passé peu auparavant ; ils étaient entrés dans le port à la recherche de la ville et de ravitaillement et, sans rien demander, ils avaient amarré leurs jolis bateaux blancs aux barges de Don.

« Comme s'ils étaient chez eux », a dit Don, et ça ne lui avait pas plu du tout. Il avait pété un plomb, les avait chassés de ses barges, de son domaine et carrément du port. Ils n'avaient jamais pu se ravitailler.

Il s'était attendu à la même chose de ma part – encore un abruti qui s'introduisait chez lui et se servait de son matériel sans rien demander, comme si c'était à lui –, mais je l'avais surpris. J'étais différent, il a dit. Poli. Alors, il m'avait laissé prendre de l'eau et traîner dans les parages toute la journée ; il était content de m'avoir avec lui et quand il est reparti un peu plus loin sur le fleuve, je suis resté à bord, à boire du café à côté de lui dans la timonerie, à regarder la façon dont les choses se passaient, à observer de l'intérieur la vie sur un remorqueur.

Don était un type impressionnant, à première vue du genre à vous attraper par le col dans un bar et à vous balancer contre le mur si vous l'énervez. Mais avec moi, il était aussi doux que le lion d'Androclès. Il m'a laissé me promener, répondant en détail à mes questions, et quand un bruit d'écrasement est monté de dessous le bateau, il a même plaisanté : « Oups, c'est ton canoë, je crois. »

J'ai regardé dehors, paniqué. Le canoë était toujours là. Don riait.

« On a fait que passer sur un rondin. Rondin, canoë, difficile de faire la différence. »

De retour à quai, Don a libéré Joe Bob pour quelques heures et lui a demandé de m'emmener au supermarché en ville.

Joe Bob a pris son temps. Il a pris de l'essence et on s'est arrêté pour s'acheter un pack de six bières qu'on a bues dans la voiture en redescendant vers les quais. Au retour, on a croisé son père sur la route, et quand le vieil homme a vu un inconnu dans la voiture de son fils, celui-ci a naturellement expliqué la situation.

« Ah ouais », a dit le père de Joe Bob. Il avait l'air de me reconnaître. « C'est pas vous que j'ai vu hier, empêtré dans les bouts de bois et les branches sur le fleuve ? »

Je me suis rappelé la mauvaise passe à Barfield, comment j'avais été ballotté par le courant furieux, puis coincé au milieu des rondins et des détritus qui flottaient près de la rive. J'ai ri.

« Vous avez vu ça ?

– Pour sûr.

– C'était bien moi.

– Je comprenais pas ce que vous faisiez là-dedans. Vous faisiez quoi déjà ?

– J'essayais de me dépêtrer. »

Ça valait une bonne rigolade et j'ai ri encore plus fort, sachant que l'histoire allait se répandre comme une traînée de poudre, et que je deviendrais célèbre, non pas pour mon courage ou ma force, mais pour m'être retrouvé coincé dans les détritus à Barfield.

Plus tard, nous avons croisé un homme assis dans un pick-up garé à côté des voies ferrées. Il était juste assis là, mais c'était son travail, de compter les trains.

« Il vient de sortir de prison, m'a dit Don. Il va faire ça un moment, avant d'être vraiment libre. »

Je ne savais pas si je devais le croire. Mais c'était bien le genre de la ville. Une ville au ralenti, où les maris tiennent les hommes à distance de leur femme sous la menace d'un pistolet, et où les filles se marient jeunes avant de savoir dans quoi elles s'embarquent et ce qu'elles vont manquer.

Don rentré chez lui, Joe Bob travaillant dans la salle des machines et Jimmy passant le bateau au jet et à la serpillière, j'ai stocké mes nouvelles provisions dans le canoë et suis allé me balader du côté du silo à grains. Une fois de plus, la chance était au rendez-vous. L'homme au bureau, Bill Shepherd, m'a fait entrer et m'asseoir, boire un café et téléphoner à la maison.

De retour au bateau, Don était reparti, cette fois à bord de son skiff motorisé. Il avait une autre affaire en face, du côté du Tennessee, et il était allé s'en occuper. Je ne pouvais pas m'en aller, me suis-je dit, sans le remercier ni lui dire au revoir. J'ai donc attendu en discutant avec Jimmy qui était de permanence radio. Joe Bob était rentré chez lui. Jimmy m'a parlé de sa famille, des histoires d'avenir bouché qui menaient en prison, au chômage ou à l'armée. Les temps ont peut-être changé, mais pas tant que ça. J'ai ressenti pour lui davantage de fierté que de pitié et, quand je m'en suis rendu compte, je lui ai demandé un petit coup de main. Il me l'a donné de bon cœur. Avec moi, il n'était pas le flemmard maussade que Don voyait. Il m'a aidé à écarter le canoë du remorqueur et à le ramener au rivage, et quand je l'ai eu tiré sur la plage et commencé à installer le camp, car la nuit tombait, Jimmy a dirigé sur moi le phare du remorqueur pour que je puisse voir ce que je faisais.

Très vite, Don est revenu avec une autre mission. Il devait descendre une quinzaine de kilomètres, prendre une barge et la ramener. J'ai demandé si je pouvais venir. Il a semblé s'être attendu à ce que je l'accompagne.

En général, les barges n'appartiennent pas aux remorqueurs qui les descendent ou les remontent sur le fleuve, mais à des entreprises de batellerie ; elles sont utilisées et échangées selon un système très compliqué qui semble les mettre pratiquement chacune à la disposition de quiconque en a besoin. Les barges font l'objet d'un suivi et, à chaque trajet, la location de l'espace à bord est gérée d'une manière ou d'une autre puisque le système fonctionne, et Don (et d'autres comme lui) veille à ce que les barges soient là où elles sont censées être pour être prises en charge par les remorqueurs en circulation, ou bien remplies ou déchargées aux silos.

Nous sommes partis en vitesse vers l'aval. Le fleuve était toujours agité, et le remorqueur, tout monstre qu'il était, tapait encore plus violemment que le canoë. Sans lourdes barges fixées à sa proue pour le stabiliser, nous tanguions d'avant en arrière et roulions d'un côté sur l'autre. Mais nous avancions à belle allure. Une fois la barge remorquée, notre vitesse est tombée à près de zéro. Si elle avait été chargée et plus basse sur l'eau, créant davantage de résistance, nous aurions avancé encore moins vite. Le Mississippi n'est pas le fleuve au courant le plus rapide, mais il est assez vif et puissant pour rendre la navigation d'un remorqueur vers l'amont mortellement lente. En canoë, remonter le courant serait quasiment impossible.

Pendant le trajet, j'ai surveillé l'écran du radar. Il faisait encore mieux ressortir que mes grandes cartes la forme du fleuve et de ses rives, ses îles, ses bancs de sable, les autres embarcations et les gros débris flottants. Les grands rondins et les canoës se ressemblent à l'écran et les remorqueurs passent régulièrement sur les premiers. Sur les canoës également, j'ai supposé, s'ils ne sont pas reconnus comme tels.

La ligne lumineuse qui tournait à l'écran balayait le territoire, et toutes ses particularités apparaissaient sous la forme de petits points clignotants verts qui brillaient vivement pendant une seconde puis disparaissaient. La portée du radar pouvait être modifiée par un simple bouton, et quand Don a élargi le champ de vision, il m'a montré des orages qui se formaient au loin. Ils étaient la cause du vent et des vagues et seraient probablement là le lendemain et le jour suivant encore. J'ai vu à quoi ressemble la pluie sur un radar.

J'ai vu aussi à quoi ressemblent les balises de chenal, les bouées – et les bornes – à l'écran et la nuit depuis la timonerie. Les triangles verts ou rouges et les rectangles qui guident les barges jour et nuit se réfléchissent brillamment dans les rayons des phares du remorqueur qui balaient les rives. Les triangles et les rectangles ont chacun leur signification. Pour se maintenir dans le chenal, le pilote du remorqueur met le cap sur les uns et passe simplement les autres. Ils lui indiquent quand aller droit devant et quand il faut virer.

Je voyais ces balises diurnes depuis des semaines déjà, sans avoir jamais deviné leur sens. Je n'avais pas non plus la moindre idée que lorsque certaines bouées clignotent la nuit, chacune s'allume et s'éteint selon une séquence différente, à intervalles réguliers de tant de secondes entre chaque flash, une sorte de code consigné dans un manuel que les pilotes ont avec eux et qui leur dit où ils se situent exactement la nuit. Chaque lumière a sa propre signature.

De jour, bien sûr, la vie est beaucoup plus facile. Tout est inscrit sur les cartes – les mêmes cartes que j'utilisais. Je me sentais membre du club.

À notre retour à Osceola, il a fallu amarrer la barge que nous venions de ramener. Don devait rester sur le siège de pilotage et s'occuper de la commande des gaz. Il a poussé la barge sur les hauts-fonds, contre la berge. C'est au matelot de pont de repêcher les câbles ancrés en permanence sous l'eau, de les remonter, de les élonger autour de la barge et de bien les fixer. Mais ces câbles sont extrêmement lourds et le matelot ce soir-là était Jimmy. C'était la première fois qu'il était à la manœuvre et il s'y prenait mal.

« Il a juste à l'attraper et à le tirer, à le tirer sans s'arrêter jusqu'à ce qu'il ait sorti tout le bazar, a expliqué Don. S'il s'arrête pour souffler, il y arrivera jamais. »

J'ai donc proposé mon aide. Mais d'abord, il me fallait une paire de gants de travail. Don m'a tendu les siens : « Ce sont de très bons gants, et je les ai jamais prêtés à personne. »

J'ai promis de ne pas les laisser tomber par-dessus bord ni de les abîmer, mais ce n'est pas ce qu'il voulait dire. Il me disait qu'il me faisait confiance.

Je suis descendu en vitesse sur la barge et j'ai aidé Jimmy à tirer. J'ai compris pourquoi il avait tant de mal. Je ne voyais vraiment pas comment c'était possible pour un être humain de faire ce boulot. Les câbles étaient en acier et épouvantablement lourds. À nous deux, nous avions les pires difficultés, mais nous avons finalement réussi à les remonter et à attacher la barge, et il n'y avait plus à s'inquiéter qu'elle aille se promener cette nuit.

Mais Don m'a dit que je me trompais.

« Ces câbles, ils peuvent casser. J'en ai vu se tendre et claquer, et leur coup de fouet est assez puissant pour décapiter un homme. »

Et puis je les ai entendus. Ils n'arrêtaient pas de grincer et de gémir sous l'effet de la tension. Je n'étais pas mécontent que le boulot soit terminé.

Nous avons accosté de l'autre côté du bras et Don a renvoyé Jimmy à ses pénates. Il n'aurait plus besoin de lui ce soir. Puis, Don et moi, nous sommes allés en ville et nous avons acheté deux douzaines de bières. De retour au remorqueur, nous nous sommes mis à boire.

À ma grande déception, à mesure que nous buvions, nos bières terminées, nous jetions les canettes vides à l'eau. Don balançaient les siennes comme s'il faisait ça tout le temps, sans que ça le dérange le moins du monde. Joe Bob dans l'après-midi avait fait pareil et je lui avais demandé pourquoi il prenait le fleuve pour une poubelle.

« Tout le monde fait ça, il avait répondu. Les trucs tombent au fond, c'est tout. »

Je ne l'avais pas fait dans l'après-midi, mais voilà que je m'y laissais aller à présent. Je n'aimais pas trop ça et je n'étais pas très fier de moi. J'imitais quelqu'un d'autre et j'avais aussi l'impression de souiller le fleuve qui avait été si juste et honnête avec moi. J'ai continué quand même.

À mon grand plaisir, cependant, tandis que nous buvions, Don s'est mis à parler. C'était un discours de nature différente, un discours plus profond, plus sincère que ce que j'avais jamais entendu d'un autre homme auparavant. Il m'avait déjà montré plus tôt, en me prêtant ses gants, qu'il me faisait confiance.

Maintenant, il me montrait à quel point. Il me confiait des secrets.

Il parlait nerveusement au début, inquiet de la façon dont je prendrais ce qu'il avait à dire. Puis il a enclenché la vitesse supérieure, et nous avons parlé de comportements, de race et, bien sûr, des femmes. Et puis on en est arrivés à parler d'histoires d'amour interraciales, et il s'est laissé aller à dire qu'à son sens, c'était une chose pour un Blanc d'être avec une Noire mais une autre, totalement différente, pour un Noir d'être avec une Blanche. Il n'avait pas d'explication logique à offrir quand je lui ai demandé pourquoi, mais le premier cas ne posait pas de problème, alors que le second, lui, était absolument, absolument inacceptable.

J'ai commencé à comprendre que le sujet n'avait rien à voir avec la logique et que ce n'était pas du tout non plus une question de pureté raciale, mais plutôt d'insécurité raciale.

Le processus de sélection des Noirs à l'époque de l'esclavage était encore plus strict que celui de la nature. Seuls les plus forts survivaient aux épouvantables traversées sur les navires négriers et parmi les survivants et leurs descendants, seuls les plus forts d'entre les forts étaient recherchés. Ces éléments robustes se sont appariés et ont engendré une race d'une grande force physique. Naturellement, une telle force était redoutée. Pour contrebalancer cette force, ces aptitudes physiques et étouffer la peur, quelqu'un a lancé la rumeur que ces Noirs étaient des êtres inférieurs, des animaux. Ils avaient été enlevés de chez eux, ils étaient continuellement séparés de leurs familles et de leurs amis et ils n'avaient pas de soutiens. « Tu ne sais même pas qui est ta mère, ni qui est ton père, ni d'où tu viens. » Le complexe d'infériorité s'est installé, a pris racine, est devenu une croyance d'abord, puis une réalité. Et si vous répétiez le mensonge assez longtemps, vous finissiez par y croire vous-même, même si quelque part, tout au fond, la vérité demeure et l'insécurité et la peur persistent.

La peur n'est pas et n'a jamais été que la race devienne impure, mais que toutes les femmes soient prises et volées par ces hommes forts et virils.

J'aurais lâché cette bombe sur Don, mais entre-temps il avait commencé à décharger sur moi les noirceurs tapies en lui qui cherchaient un exutoire. Il m'a confié des secrets comme si j'étais un vieil ami. Ou mieux, il m'a parlé avec la liberté qu'on a en parlant à un inconnu qu'on ne reverra jamais. En repartant de mon côté, j'emporterais ses secrets avec moi. Je ne serais plus là pour le regarder, le juger et lui faire sentir le poids de mon jugement. Et je ne serais plus là pour raconter. Il était en sécurité. Et pourtant il savait que j'étais écrivain et que j'écrirais. Mais il avait confiance en moi. Il m'a demandé, s'il te plaît, de ne le répéter à personne, même au détour d'une simple conversation, et j'ai promis de tenir parole, et il a encore hésité avant de parler, mais finalement il a lâché prise et il a déversé la rancœur, la tristesse et les tourments de ses secrets. Bien sûr, je pourrais rapporter ce qu'il m'a raconté, mais je ne le ferai pas.

Plus tard, Don m'a dit que j'avais monté ma tente pour rien. Il ne me laisserait pas me faire harceler par les moustiques sudistes cette nuit. Je pouvais dormir à bord du remorqueur. Il y avait plein de couchettes et pas un moustique. Je pourrais prendre une douche si je le voulais, et pendant qu'il rentrerait chez lui passer un peu de temps avec sa femme avant de revenir garder le bateau comme il en avait pris l'habitude ces derniers temps, je pourrais me servir de bière et de tout ce qu'il y avait à manger dans la cambuse. C'est ce que j'ai fait. J'ai mangé des tourtes au poulet et de la pizza congelée réchauffée au four. J'ai bu de la bière et j'ai regardé une partie d'un match de football à la télé. Je me suis senti civilisé de nouveau, revenu dans la ronde des événements du monde réel. Le football. Le monde réel, en fait, était de trop. Je n'ai pas regardé longtemps.

Au retour de Don, nous nous sommes assis dans l'obscurité de la timonerie et nous avons encore parlé un moment. Quand je n'ai plus pu garder les yeux ouverts, je suis descendu sous le pont, j'ai grimpé sur une couchette et j'ai dormi.

Retour de générosité

En me réveillant le lendemain matin, le vent soufflait encore fort et le courant était trop violent; Don a reçu un appel radio lui demandant d'aller déposer une barge en aval. Je me préparais à faire mes adieux. Joe Bob est monté à bord et a bricolé un peu dans la salle des machines. Don et lui, absorbés par les préparatifs de leur mission matinale, ne faisaient pas attention à moi et semblaient m'avoir complètement oublié. J'ai senti que j'étais dans leurs pattes et j'ai donc sauté à terre. Alors que je levais le camp, j'ai regardé la confluence du bras et du fleuve. Les flots là-bas n'avaient pas l'air calme du tout. J'ai ressenti cette déprime que j'éprouvais enfant quand tous mes copains partaient en vacances l'été et que je restais coincé à la maison. Je voulais partir moi aussi.

Je me suis attelé à la tâche, qui me paraissait soudain solitaire, de démonter la tente et de charger mon barda dans le canoë. D'habitude j'étais impatient de retourner sur le fleuve, pressé de repartir chaque matin. Ce jour-là, je me sentais apathique. Mais je ne pouvais pas rester. Je suis allé dire au revoir.

« Tu décolles ?

– On dirait, j'ai dit. Si je peux avec tout ce vent.

– Jusqu'où tu penses aller ?

– J'ai fait quinze kilomètres hier. Probablement autant aujourd'hui.

– Ça te prendra une éternité rien que pour arriver à Memphis.

– Si le vent reste comme ça.

– C'est ma direction, tu sais. Tu veux que je te dépose ? »

Il n'a pas fallu me le dire deux fois. Je me fichais de tricher.

« Tu parles ! »

Joe Bob m'a aidé à hisser le canoë sur le remorqueur. On l'a couché le long du bastingage à bâbord et on a calé mes affaires à la proue. Puis on s'est écarté du quai, on est allés prendre la barge, on l'a fixée par des câbles d'acier et de gros cordages à l'avant du remorqueur et on est partis.

Dans la timonerie, je me sens au sommet du monde. Très haut au-dessus du fleuve, l'eau scintillant de reflets d'argent sous l'éclat du soleil matinal. Nous avons tiré des stores transparents sur les fenêtres tout autour de la cabine, et le paysage nous est apparu en nuances vertes et grises.

Don actionne les leviers, qui contrôlent mécaniquement la vitesse du moteur et la direction, avec dextérité.

Ils bougent au seul contact de ses grosses mains. On dirait qu'il pense les ordres qu'il donne à sa bête et que la bête y répond.

Sur le pont inférieur, Joe Bob est penché par-dessus bord à l'avant du remorqueur. Il manie un chalumeau et il est en train de fermer à la soudure un trou dans la proue qui prend l'eau. L'orifice est bien au-dessus de la ligne de flottaison, mais avec un fleuve aussi agité et des vagues aussi hautes et violentes, l'entaille dans la coque laisse passer trop d'eau pour qu'on n'y remédie pas.

Je me suis fait un petit déjeuner dans la cambuse et, à notre arrivée à Richardson's Landing, Don y est descendu pour me dire de prendre tout ce que je voulais – boîtes de soupe, de maïs, de tamales et de haricots. J'en ai pris quelques-unes par politesse.

Un énorme remorqueur et sa barge nous suivaient depuis des kilomètres. J'ai vite compris pourquoi. Nous allions retrouver cette bête à Richardson's Landing, manœuvrer des barges amarrées là-bas et transmettre notre chargement au monstre derrière nous. Il y avait beaucoup de travail et il était temps pour moi de partir.

Avec l'aide de Joe Bob, j'ai descendu le canoë à flanc du bateau. Nous nous sommes tous serré la main et dit au revoir. On aurait presque versé une larme, mais c'était trop joyeux pour cela. Cette fois-ci je voyais les choses différemment. Je voyais que je m'étais fait deux bons amis et je m'en réjouissais.

« Tu t'es servi dans la cambuse ?

– Un peu. »

Il a jeté un œil.

« Eh ! C'est loin d'être assez. Remonte là-haut et prends ce qu'il te faut. Prends tout, si tu veux. »

Ouais, pour un ami, c'en était vraiment un.

J'ai embarqué et je me suis éloigné rapidement. Mieux valait ne pas traîner. Ce n'était pas une mauvaise idée non plus de m'écarter des moteurs de Don, j'ai donc pagayé vite et loin. J'ai eu le temps de faire encore un grand signe de la main. Ils étaient sur le pont. Joe Bob en contrebas, Don en haut sur la dunette. Ils faisaient signe. Je me suis demandé ce qu'ils pensaient, si j'allais leur manquer aussi. Puis ils se sont mis au travail, et j'ai dû affronter le fleuve.

J'ai prestement rejoint le courant et pris le virage. Le fleuve coopérait. Mais dès que je suis sorti du champ de vision de Don et de Joe Bob, il s'est remis à faire des siennes. J'avais parcouru vingt-cinq kilomètres sur le remorqueur. Pas des kilomètres rapides, car ces bateaux ne dépassent pas le quinze à l'heure. Mais plus rapides quand même que ce que j'aurais pu faire à la pagaie. Je n'en ai fait que quinze avant de devoir sortir.

J'ai pensé me poser et patienter un moment. Il était encore tôt. Je pouvais me détendre en attendant que le vent tombe.

J'ai tiré le canoë sur la berge sablonneuse, j'ai sorti un livre de l'un des sacs et je me suis allongé dans le canoë pour lire. J'avais une vue directe sur les branches des arbres dénudés qui s'étiraient dans le ciel bleu comme les doigts d'un squelette cherchant à saisir quelque chose. J'ai posé mon livre et je suis resté là, allongé, les mains croisées sur la poitrine. Je suis resté là à réfléchir, à me demander ce que je cherchais à atteindre, si je le savais, et ce que je trouvais.

J'ai vu un bourdon, solitaire et sonore. Il a rasé mon oreille, a fait un tour, puis il est revenu. Il volait au super ralenti. Je pouvais voir le motif de ses ailes, grises, délicates et transparentes, son corps de l'or pâle des pissenlits morts, strié de fines rayures noires, ses yeux deux minuscules bosses, ses antennes comme des petits poils frisés. Il était juste là, tout près, à me fixer droit dans les yeux. J'ai pensé qu'il cherchait quelque chose de sucré dans le canoë – une barre de céréales ou l'équivalent. Je l'ai gentiment chassé. Il est revenu, en colère et il m'a surpris. J'ai cru qu'il en avait après moi. J'ai rentré la tête et je l'ai esquivé, j'ai sauté du canoë et j'ai couru. Je battais l'air autour de moi, me tournant et me retournant pour ne pas être sur sa trajectoire et l'empêcher de se poser sur moi. Quand je suis revenu au canoë, le bourdon est revenu avec moi. Il me bourdonnait toujours autour et j'ai cru qu'il m'attaquait. J'ai ôté ma casquette, je l'en ai frappé, et je l'ai eu. J'ai cru qu'il était mort et j'ai remis ma casquette. Le bourdon n'était pas mort. Pas encore. Il était dans ma casquette et – merdalor ! – il m'a piqué la tête. Je lui ai donné un bon coup, bien placé, et il est mort.

La douleur. Elle aurait été cruelle si la scène n'avait pas été aussi drôle. Je me suis représenté paniqué par un bourdon, à me démener comme un fou pour lui échapper. Puis j'ai regretté de l'avoir tué. Ce n'était pas nécessaire. Le fleuve était toujours trop agité. Je suis allé me promener à travers bois jusqu'à une clairière de sable. Une femme et un homme s'y trouvaient.

Partis en excursion, Shirrel et son mari Ron avaient roulé avec leur camping-car sur le sable mou et à présent ils étaient coincés. Les enfants couraient partout, Shirrel était debout non loin et Ron creusait le sable, couchant des bûches et des branches sous les roues pour qu'elles y prennent appui. Rien ne marchait. Je suis venu à la rescousse. Enfin ! J'allais pouvoir donner une preuve concrète de ma valeur à des inconnus.

À l'aide du cric, Ron et moi avons soulevé l'arrière du véhicule aussi haut que possible. L'essieu était toujours dans le sable et le camping-car ne bougerait pas d'un pouce tant que le châssis ne serait pas dégagé. Nous avons creusé autour, glissé des planches dessous et placé du bois pour faire levier. Puis, au moment crucial, Shirrel a démarré et enclenché la marche arrière. Ron, se servant des rondins comme point d'appui et levier, a soulevé le camping-car de quelques centimètres. Et j'ai poussé de toutes mes forces. Le moteur a hurlé, les roues ont patiné dans le sable, échec sur toute la ligne. Nous avons replacé les morceaux de bois et réessayé. J'ai enfoncé mes pieds dans le sable pour prendre appui dessus. Les roues ont patiné mais elles ont accroché le bois, l'ont fait éclater et elles ont progressé de cinq, six centimètres. Le cric est tombé, Ron a lâché son levier et a couru à l'avant pour pousser avec moi. Ensemble, nous avons désensablé le camping-car et l'avons poussé en terrain plus ferme.

Maintenant, on avait le temps de discuter. Originaires de l'Alabama, ils étaient affectés à une base aérienne à proximité. Shirrel était impatiente de retourner en Alabama.

Ron était impressionné par mon voyage et a entrepris de me raconter le stage de survie qu'il avait suivi. Il m'a expliqué comment préparer et manger du serpent si jamais cela s'avérait nécessaire.

Son jeune fils s'est approché, il voulait jouer, mais il était temps pour eux de rentrer. Ron voulait me remercier pour mon aide. « On ne serait jamais sorti de là, si vous n'aviez pas débarqué. »

Et donc il se proposait de revenir plus tard avec des steaks à griller sur le feu. Il amènerait deux ou trois copains et on se ferait un bon petit dîner et on discuterait toute la nuit et on boirait.

« Vous buvez quoi ?

– Du bourbon, ça vous dit ? »

Les choses se présentaient bien. Son garçon voulait revenir aussi et Ron a dit d'accord. Ils reviendraient camper pour la nuit.

Je n'avais pas prévu de rester. Je voulais laisser le vent se calmer, puis repartir. Mais maintenant, j'étais content de m'être arrêté et de passer la nuit sur place, avec la promesse de steaks, de bourbon et de compagnie. J'étais presque aussi excité que le fils de Ron.

« Mon vrai nom c'est George, m'a-t-il dit. Mon surnom, c'est Tiger. T'oublieras pas, hein ? »

Bien sûr que non. Même après ne les avoir jamais revus.

Le vent a commencé à souffler en rafales, et dans la soirée j'ai senti qu'un orage se préparait. L'atmosphère fraîchissait et devenait rapidement humide. J'ai su qu'ils ne reviendraient pas. C'était compréhensible, mais j'étais quand même déçu. Chaque craquement dans les bois me faisait lever et braquer ma lampe torche sur la clairière au cas où ils se seraient débrouillés pour arriver et auraient eu besoin de repérer mon campement. Je me suis installé et j'ai observé l'orage.

De l'autre côté du fleuve, au nord et à l'ouest, la foudre a allumé un feu d'artifice de lumières zébrées dans le ciel, au-dessus de la cime des arbres. Le tonnerre éclatait plusieurs secondes après. L'orage était loin. Les éclairs sont partis vers le nord. Et quand la pluie est enfin arrivée, ses gouttes étaient légères.

J'ai attendu aussi longtemps que j'ai pu. Puis, quand j'ai été absolument certain que mes amis ne reviendraient pas, j'ai fait un feu et à dîner. Je pourrais toujours boire quelques verres s'ils arrivaient plus tard. Mais ils ne sont jamais arrivés.

À la place, j'ai eu droit à une soirée calme à regarder le spectacle dans le ciel. Plus tard, le temps s'est gâté, et je suis sûr que Ron et compagnie étaient contents d'être chez eux au sec. Moi, au contraire, j'étais trempé et j'ai entendu une tornade passer non loin. En tout cas, c'en avait tout l'air. Des arbres tombaient et ma tente tirait sur ses sardines. J'ai été soulagé quand la pluie est revenue. J'avais toujours entendu dire que la pluie annonçait la fin du risque de tornade. Au matin, les arbres à terre et le sol trempé étaient les seuls signes de la violence de la nuit.

Je me suis laissé descendre tranquillement vers Memphis, j'ai sorti mon canoë à Mud Island et je suis parti me promener.

Mud Island abrite un complexe de divertissements, de boutiques et de restaurants flambant neuf, ainsi qu'une marina. Pour accéder à l'île, il faut soit payer, soit être membre de la marina. Pour payer, il faut arriver du centre de Memphis par le tram. Pour être là où je me trouvais, il fallait être membre. Willie James Smith m'a expliqué tout cela. Il faisait la sentinelle dans une petite guérite à l'arrière. Il m'a briefé, m'a décliné toutes les règles et tous les règlements, puis il m'a laissé passer. Je lui ai dit que je ne serais pas long. Je voulais juste voir le fleuve.

La grande attraction de Mud Island, c'est la maquette du bassin du Mississippi. Elle doit bien faire huit cents mètres de long, parfaitement à l'échelle, serpentant comme le fait le fleuve, en briques et en ciment, large quand le fleuve s'élargit, étroite quand il rétrécit. Elle expose son bassin hydrographique dans sa totalité en donnant une idée de la façon dont les autres rivières contribuent au système. En ce qui me concerne, toutefois, elle m'a surtout donné une idée d'où je venais et où j'allais. Tel un géant, tel Paul Bunyan, j'ai parcouru toute la longueur du fleuve en quelques minutes, jetant un œil aux villes et comptant les kilomètres restants. J'étais impressionné par tout ce que j'avais fait jusque-là et je pouvais entrevoir l'émotion que ce serait à mon arrivée. Je pouvais désormais mesurer le temps en jours plutôt qu'en semaines et j'ai eu envie de faire la fête.

Quand j'ai rejoint les berges endiguées, l'après-midi était encore précoce et claire. J'avais tout le temps d'explorer, de revenir au fleuve et de descendre un peu plus bas pour camper avant la nuit. Cela ne s'est pas passé ainsi.

Je me suis arrêté dans le nouveau quartier baptisé Beale Street. J'ai pris une bière. Les gens quittaient le travail et venaient profiter du *happy hour*. Tout le monde était habillé pour l'occasion, moi aussi. Une occasion différente, une occasion que moi seul étais en mesure d'apprécier. Personne ne m'adressait la parole. Même le barman me snobait.

Je suis parti et me suis mis en quête d'un bon steak. À l'endroit que j'ai trouvé, on a eu l'air content de me voir. Le patron est arrivé et m'a montré les steaks qu'il avait mis au frais sur la glace, mais il m'a dit que le restaurant n'était pas encore ouvert.

Je suis allé faire un tour et j'ai abandonné l'idée du steak. Je suis retourné au fleuve. Je ne m'inquiétais pas tant de perdre mon équipement et le canoë, mais si quelqu'un fouillait dans mes affaires et tombait sur le pistolet? Je ne voulais pas qu'un malandrin se balade avec une arme neuve, pas avec mon fidèle pistolet.

J'avais déjà trop traîné et la lumière baissait. Où aller? Nulle part sur les quais, c'était certain. Ce serait donc sur Mud Island.

À l'extrême pointe de l'île, il y a un pré. J'y ai tiré le canoë et je l'ai retourné. Puis j'ai gravi la colline et la première volée d'escaliers et me suis abrité du vent au pied des murs du centre du parc de loisirs qui s'élèvent sur la butte herbue comme une forteresse. Une rangée de mâts marquaient la limite du parc et les drapeaux claquaient dans le vent. Ma tente aussi.

Je suis resté dans l'ombre et me suis endormi de bonne heure. Pas de feu ce soir-là, ni de dîner. Je me sentais comme un fugitif. C'était excitant.

À ma grande joie et surprise, aucun vigile n'est tombé sur mon campement, mais au matin, j'ai découvert que les rats d'eau l'avaient fait. Les sacs en plastique avaient été déchiquetés et les barres de céréales dévorées. Il y avait des traces par terre et une traînée de boîtes en plastique et de papiers d'emballage abandonnés menait jusqu'à l'eau. J'aurais été ulcéré si la scène n'avait pas été aussi drôle.

J'ai démarré au petit jour. J'ai glissé sous le pont de l'Interstate 55 en longeant les quais industriels. J'ai suivi le méandre et piqué sur le large. J'ai retrouvé des flots furieux qui tourbillonnaient comme dans un cauchemar. Je me suis engagé bravement et j'ai pagayé dur. J'ai dû prendre le courant pile comme il le fallait. Il s'est emparé de moi en tentant de me faire faire demi-tour, mais j'ai maintenu le canoë bien droit et le courant m'a emporté et propulsé vers l'aval à toute vitesse. Aujourd'hui serait un bon jour.

Aujourd'hui, j'allais enquiller les kilomètres. Je ne m'arrêterais pas pour la nuit avant d'atteindre Helena, dans l'Arkansas.

Je ne voyais pas de problèmes à l'horizon, mais sait-on jamais. Je n'avais pas non plus Helena comme objectif au départ. Je voulais juste couvrir autant de distance que possible. Le temps que le soleil atteigne son zénith dans le ciel ourlé de nuages, j'avais laissé Memphis à soixante-cinq kilomètres derrière moi. Je me suis mis à pousser plus durement sur la pagaie. Je voulais en faire cent soixante dans la journée. J'ai mis la gomme, mais je savais que je n'y arriverais jamais si je ne m'arrêtais pas pour déjeuner. Je n'avais pas fait de repas la veille, juste avalé des en-cas, et je manquais d'énergie.

Quand j'ai débarqué sur une plage de sable, juste au-dessus de Mhoon Bend, j'avais les muscles du dos contractés en nœuds serrés et mon épaule gauche était enflammée. J'ai remonté le canoë et j'ai déambulé, courbé comme un bossu pendant cinq bonnes minutes, avant de pouvoir me redresser. Mes genoux étaient douloureux, je ne pouvais pas m'asseoir. Si je l'avais fait, je n'aurais pas pu me relever. J'ai avalé, debout, deux hot-dogs froids, un sandwich au beurre de cacahuète, deux pommes et de l'eau de mon bidon. L'eau était fraîche et douce, mais surtout mouillée et aussi désaltérante que de l'ambroisie. L'eau fraîche. Absolument rien ne peut remplacer ses bienfaits quand on brûle de l'intérieur.

J'ai remarqué ici, pour la première fois, des panneaux me priant moi et le reste du monde, à l'exception de quelques rares privilégiés, de passer mon chemin. Naturellement, j'ai pris cela pour une invitation à rester et, si je n'avais pas cherché à faire des kilomètres ce jour-là, j'aurais élu domicile pour la nuit sur cette plage de sable.

La carte, toutefois, me disait que le fleuve allait se rétrécir au prochain méandre. Un chenal étroit, gonflé par les eaux de pluie en amont, devrait me donner de la vitesse. Je me suis dépêché d'y arriver. Mais l'accélération n'y était pas. J'ai dû la produire moi-même.

J'ai passé le confluent de la Saint Francis juste au coucher du soleil. La vue d'une rivière se jetant dans le Mississippi, et offrant sa vie à plus grande vie qu'elle, a suffi à me distraire de ma souffrance. Je me suis laissé dériver en regardant les deux cours d'eau se fondre en un seul.

La Saint Francis est une rivière minuscule, à peine plus large qu'un gros ruisseau. Si vous passez devant trop vite, vous raterez la confluence. Ses deux rives sont masquées par de grands arbres feuillus. L'exutoire ressemble à une petite crique, une anse submergée par les pluies. Mais si vous regardez au-delà, vous la verrez s'étirer très loin, virer et disparaître. Rien qu'une vie tranquille, une ondulation, presque invisible. Elle s'abandonne paisiblement au grand fleuve.

J'ai glissé devant et continué à pousser. Helena n'était plus très loin à présent. La lumière s'estompait dans le ciel et je perdais mes forces, mais j'ai juré de ne pas échouer.

Je ne pouvais pas arrêter maintenant. Le ciel est passé des rubans bleu pâle et pourpres du coucher du soleil au gris froid du crépuscule, puis à l'absence de toute couleur. Mais je ne voulais pas m'arrêter.

Plus qu'un méandre et j'y serais. Je voyais la bouée clignoter au loin. J'ai mis le cap sur cette lumière et en peu de temps je suis arrivé à Helena. Il y a un terminal là-bas, ai-je découvert, avec des barges à l'ancre, de l'éclairage toute la nuit et le raffut des manœuvres de manutention. En débouchant dans l'anse, j'ai vu des gars au travail, en train de charger des barges, je suppose. J'ai fait le tour en pagayant en silence, comme un éclaireur sioux, et je suis ressorti. Comme il n'y avait nulle part où camper et faire du feu le long des quais de commerce, j'ai remonté le courant, en scrutant la rive à la lanterne. J'ai fini par trouver un emplacement à l'abri du vacarme et j'ai campé au milieu des arbres et des mauvaises herbes.

Le lendemain matin, j'ai repéré la ville et je suis allé prendre un petit déjeuner. J'étais affamé et je n'avais que cette idée en tête. Des gars qui travaillaient sur une barge au bord de l'eau m'ont indiqué la direction. L'un d'eux m'a montré où cacher le canoë. Des panneaux partout interdisaient le passage, mais le type m'a dit de ne pas m'inquiéter. Il garderait un œil dessus.

J'ai gravi la colline, passé le mur de soutènement et traversé les voies ferrées. Un vieux bâtiment qui avait l'air d'avoir été la gare autrefois me faisait face, et des visages aux fenêtres me regardaient. Le bâtiment était ancien et semblait particulièrement crasseux et délabré depuis qu'une nouvelle fonction lui avait été attribuée. Je serais bien allé voir de plus près ce que ces gens y faisaient, mais traînant à proximité il y avait un vieux Noir. Il avait l'air parcheminé et aussi vieux que la ville et il me dévisageait avec circonspection.

Je suis allé le voir et je lui ai parlé. Il a prudemment secoué la tête et a tourné les talons. Je lui ai emboîté le pas. Je ne voulais pas qu'il se sauve. Il semblait abattu, épuisé et couturé de partout et peut-être un peu consumé de l'intérieur. Il boitait et m'a parlé plus tard du travail qu'il faisait autrefois sur les chantiers de construction, de l'accident qu'il avait eu avec son dos et de la minuscule allocation de handicapé qu'il recevait chaque mois et qui lui suffisait à peine pour vivre. Il faisait partie des laissés-pour-compte et cela se voyait à sa tête. Et pourtant, en me parlant, il ne s'attardait pas sur ses infortunes. Il essayait juste de s'en sortir et il tenait à y arriver.

Il s'appelait Daniel McGee et je lui ai demandé où je pourrais trouver quelque chose à manger.

« Oh, à peu près n'importe où.

– Un endroit vraiment bien, je veux dire.

– Eh ben, celui qu'est juste là. » Il a indiqué un restaurant au coin appelé Casqui's Restaurant. « Vous trouverez tout ce que vous voulez là-dedans. Petit déjeuner, déjeuner, n'importe quoi.

– Ils ont de bons steaks ?

– Des steaks et tout ça. »

Je suis donc entré. Naturellement, j'étais le seul visage noir de l'endroit, en dehors d'une vieille femme noire à la cuisine – la cuisinière, sans doute. Elle regardait par l'ouverture dans le mur où elle posait les plats à servir et elle m'a lorgné discrètement. Je me suis demandé ce qu'elle pensait, si elle était gênée de me voir ici, attendant d'être servi. Peut-être pensait-elle que je n'étais pas à ma place. Peut-être que les Noirs dans cette ville ont leurs propres lieux où manger.

Personne d'autre, cependant, ne m'a vraiment prêté attention. Les types qui prolongeaient leur petit déjeuner avant d'aller travailler sont retournés à leurs journaux et à leurs conversations. Et la serveuse qui est venue prendre ma commande a réagi à ma présence par un « Bonjour ! » des plus joyeux. Elle était très jolie et lorsqu'elle m'a souri, son sourire était plus qu'aimable. Il illuminait la pièce, et son visage irradiait de chaleur. Dans l'état où j'étais, affamé et à moitié fou, j'ai vu en elle la plus belle femme du monde.

J'ai commandé un steak, des œufs et des pommes de terre, et puisque j'étais dans le Sud, du gruau de maïs. Je n'y avais jamais goûté et je voulais savoir ce que je manquais.

Mon ami Daniel McGee s'attardait à l'extérieur et j'ai eu un remords de ne pas être plus généreux. Je me suis précipité dehors et je l'ai traîné à l'intérieur.

« Vous voulez quelque chose ? »

La belle serveuse est revenue et Daniel a demandé du café.

« Autre chose ? » a dit la serveuse.

Il ne voulait que du café.

« C'est moi qui offre », j'ai dit, mais il ne voulait vraiment que du café.

Daniel et moi avons discuté, mais il ne me regardait jamais. Il ne regardait rien, à la façon dont les New-Yorkais passent devant vous sans vous voir ou en ayant l'air de regarder n'importe quoi.

Pour boire son café, il en a d'abord versé dans la soucoupe – je suppose pour le faire refroidir – puis il l'a aspiré bruyamment.

Mon petit déjeuner est arrivé et je me suis jeté dessus comme un prisonnier de guerre qui vient d'être libéré. Les œufs brouillés étaient moelleux et crémeux, le steak bleu très tendre, gras comme il fallait pour le rendre fondant et goûteux. Et le gruau, juste saupoudré d'une pincée de sucre, était onctueux et brûlant, pas grumeleux comme le porridge et je n'ai pas eu besoin de faire la grimace pour l'avaler. En fait j'ai bien aimé. J'ai tout adoré. Les ingrédients devaient arriver tout frais directement de la ferme.

J'ai passé une bonne partie de la matinée à arpenter Helena avec Daniel. Je devais acheter quelques affaires et il m'a accompagné au supermarché où j'aurais les meilleurs prix. En chemin, il m'a montré les églises et les débits de boissons, toutes les boutiques qui avaient baissé le rideau, et il m'a expliqué à quel point il était difficile de s'en sortir à Helena parce que tout fermait. Mais les gens s'accrochaient, disait-il, et il m'a montré les *shotgun*, des cahutes à peine dignes d'abriter des animaux, sales et délabrées, aussi minces que du carton, et pour lesquelles les gens payaient le privilège de vivre. Crasse et misère partout, on se serait cru à Mexico. Je croyais que les latrines extérieures avaient été remplacées par des toilettes d'intérieur depuis très longtemps. Je pensais que même les régions les plus sinistrées du pays étaient à mille lieues de la pauvreté du tiers-monde. Je me trompais. C'était le tiers-monde. Et je me trompais également, en pensant que je n'avais pas de chance, et je me tromperais encore plus si j'avais jamais considéré que le sort d'un individu est entièrement entre ses mains. Dans l'erreur et naïf.

Je voulais partir. J'étais bien plus à l'aise et serein sur l'eau, loin des horreurs que les êtres humains fabriquent avec ce qui devrait être beauté et abondance. Même les zones industrielles les plus laides le long du fleuve n'étaient pas aussi horribles que ce que j'avais sous les yeux.

Je suis à bout, je suppose. Cela dure depuis trop longtemps. Tant d'efforts sur tant de kilomètres ont sapé mes forces, bien sûr, mais à présent je vois que tout mon être est affecté. Je n'ai pas le cuir aussi épais que je le pensais. Je ne peux pas voir des gens aussi pauvres, leur horizon aussi borné, sans avoir envie de pleurer.

Daniel m'a ramené en ville. Je lui ai tendu quelques dollars pour son aide, mais il n'a pas voulu prendre l'argent. Et quand je suis revenu à l'endroit où le canoë m'attendait, il s'est arrêté. Le panneau lui disait qu'il ne pouvait pas aller plus loin et, bon sang ! – il a refusé d'enjamber le câble qui lui barrait le passage à hauteur des pieds. Je lui ai dit au revoir sur place, j'ai franchi le câble et je suis allé rejoindre mon canoë. Quand je me suis retourné, Daniel était parti.

Pressentiment

Il m'avait fallu tout ce temps pour le découvrir, mais j'avais enfin trouvé comment emballer mes affaires. Au marché j'avais dégotté deux ou trois grands cartons vides et acheté de nouveaux sacs-poubelles. J'ai tapissé les cartons avec les sacs en plastique, j'ai placé la nourriture et les boîtes à l'intérieur, puis j'ai emballé chaque carton dans un autre sac en plastique. Les sacs extérieurs éviteraient aux cartons d'êtres mouillés et de se décomposer. Les sacs intérieurs formeraient une couche étanche supplémentaire autour de mon stock, et les cartons faciliteraient manutention, rangement et stockage dans le canoë. *Pourquoi n'y avais-je pas pensé plus tôt ?*

Encore une dernière chose avant de pouvoir quitter Helena. Je suis retourné en vitesse chez le quincaillier, acheter des piles pour ma lanterne.

Un type du nom d'Harrison m'a vendu les piles, et puis il s'est mis à causer. Comme si c'était l'usage. On règle d'abord ses affaires et, ensuite, on traîne, on est en visite.

« Deux ou trois autres gars sont passés par ici, à faire ce que vous faites. Ils étaient cinq, si je me souviens bien. Dans deux canoës attachés ensemble. » Il n'a pas dit quand. « Ils venaient de l'Est. Des jeunes de Harvard en virée. Ils sont entrés ici pour acheter un truc, mais je me souviens plus quoi, et ils se sont intéressés à ces nouveaux fusils que j'avais, avec des canons en plastique, et je les ai laissés en prendre un pour aller le tester dehors et quand ils sont repartis, j'avais vendu tous ceux que j'avais. Des jeunes de Harvard. »

Il a continué à causer tandis que je restais debout, à me parler de l'ancien temps, de l'époque où les Blancs et les Noirs n'avaient pas grand-chose à se dire, et puis des tensions quand les droits civiques sont devenus la grande affaire, et puis de comment c'était maintenant, toujours pas copain-copain, mais en grand progrès.

« Des fois, il a dit, je pense que c'est mieux ici, parce que ça allait si mal avant, et qu'il faut qu'on fasse plus d'efforts pour s'entendre. »

Mais combien de fois par semaine les gens d'ici invitent-ils un Noir à la maison pour le dîner ? Combien les gens d'ici ont-ils d'amis noirs ?

« Des amis, non, mais on a des contacts. Tous les jours. »

Ce qui, je suppose, n'est pas rien. J'ai repensé aux mariages et aux fêtes qui seraient totalement monochromes, sans ma présence. Et encore, sans moi, combien de personnes de ma connaissance passeraient leur vie entière sans un seul ami noir ? Sans même le moindre contact avec des Noirs ?

Tandis que nous parlions, un homme est entré avec un problème. Il était noir et il avait acheté quelque chose qui ne fonctionnait pas. Je ne sais pas si Harrison le connaissait, mais ils se parlaient comme s'ils s'étaient déjà rencontrés plusieurs fois. Harrison a entrepris de régler le problème.

L'homme noir avait acheté une sorte de mèche cylindrique pour poêle au diesel, le genre d'appareil qu'on met dans les vergers pour protéger les arbres du gel. Je ne crois pas qu'il en avait cet usage, mais je n'en sais rien. Il n'a rien dit à ce propos. La mèche était censée se loger dans une petite gorge qui permettait de la monter ou de la descendre en tournant une manivelle. À présent, l'homme et Harrison cherchaient la façon de la fixer correctement.

Harrison s'y connaissait autant que le gars, c'est-à-dire, pas du tout. Il a apporté des pinces et des tournevis et après avoir bousillé la première mèche, il est allé en chercher une autre. Il avait la ferme intention de faire marcher ce truc. Et tandis qu'il travaillait, il parlait, ce qui a pu contribuer à ses ennuis avec le poêle, mais il parlait du temps où il avait travaillé pour le Grand Ole Opry à Nashville, puis pour d'autres compagnies et comment, une fois installé à Helena, il avait dû travailler dans le même bureau qu'un Noir et que ce Noir lui avait enseigné plus qu'il ne pouvait s'en souvenir, et qu'en retour il lui avait appris à conduire. Harrison, à un moment, avait servi de chauffeur à Howard Hughes quand il venait en ville.

« Howard Hughes, j'ai dit. Howard Hughes en personne ? »

Il a répondu que Hughes était le propriétaire de la compagnie d'assurances et qu'il venait en ville de temps en temps pour s'occuper de ses affaires. Et Howard ne savait pas conduire.

Cela m'a paru curieux, mais j'ai laissé courir. Je me sentais bizarre.

Harrison a commencé à expliquer que les Noirs ne savaient pas garder les choses une fois qu'ils les avaient et il a pris pour exemple l'histoire d'un milliardaire noir qui, parti de rien, avait amassé une fortune et beaucoup de terres en cultivant le coton. Un jour, l'homme est mort et ses biens ont été répartis entre ses enfants.

« Le fils que je connais, a dit Harrison, a bu sa part. C'est ce qui se passe quand vous y connaissez rien. Vous, vous avez l'air d'un garçon intelligent. Vous avez été à l'université ? »

Je lui ai dit à laquelle mais cela ne l'a pas impressionné. Il n'arrêtait pas de parler.

J'avais toujours cette sensation étrange qui me courait sur l'échine. C'était davantage que la simple pensée que le voyage se terminait. Il y a toujours un moment dans tout voyage où une voix intérieure dit : « OK, c'est bon. T'en as assez fait. Tu as ton compte. » Le voyage peut continuer, mais le pic d'émotion a été atteint et la suite est un effort. J'avais atteint ce point, mais je savais qu'autre chose allait arriver. Je le sentais comme une démangeaison, pire que la sensation d'être sale. Ce qui rampait sur ma peau, c'était autre chose que de minuscules insectes. Quelque chose se préparait. Je le sentais venir.

J'ai essayé de me débarrasser de cette appréhension et de me concentrer sur le fleuve.

Autrefois, les frontières des États suivaient son cours. Là où il tournait ou faisait une boucle, la frontière entre les deux États en faisait autant. Mais ce fleuve-là ne connaît aucune règle. Il ne suit pas les chemins balisés, il va là où il a besoin d'aller, là où il veut aller. Il a obligé les États à déplacer leurs lignes, à ne plus suivre son cours, mais à s'en décaler et à rester le long de son ancien lit, là où le fleuve n'est plus. Sinon, des villes qui autrefois étaient au Mississippi seraient aujourd'hui en Arkansas.

Je n'étais plus sûr de savoir où j'étais. Mais je m'en fichais. Le fleuve était de nouveau un sanctuaire, tranquille, un havre loin du monde des hommes. Je ne traverserais pas d'autres villes avant Greenville, Mississippi, à deux cents kilomètres d'Helena. Deux jours de solitude.

Quand on a été seul si longtemps, sans avoir à répondre à qui que ce soit, la solitude devient la norme, un refuge. Le silence qui vous entoure ouvre vos sens. Vous baignez dans la sérénité et la paix et vous pensez qu'il devrait en être ainsi tout le temps. Vous n'êtes plus fait pour la compagnie des hommes parce qu'ils vous rendent irritable et fébrile. Ils ne vous comprennent pas et vous ne les comprenez plus. Leur compagnie n'est nécessaire qu'épisodiquement, non parce que vous avez besoin de parler à quelqu'un, mais parce que de temps à autre vous avez besoin de vérifier que vous êtes un être humain. Souvent, ce n'est pas une réalité que vous appréciez.

La circulation sur le fleuve semble s'être clairsemée quelque peu. Je pourrais me laisser descendre de nuit. J'ai trouvé deux ou trois endroits sablonneux avec couchers de soleil remarquables pour bivouaquer, et un soir j'ai même halluciné de fatigue. Je traversais le fleuve à la recherche d'un endroit où débarquer et camper pour la nuit. Le soleil s'était couché et le crépuscule s'était glissé à sa suite. De l'obscurité, une ligne de barges est apparue, qui se dirigeaient droit sur moi. J'ai pensé que je pourrais atteindre l'autre rive avant qu'elles ne m'arrivent dessus, mais non, j'étais trop fatigué. J'ai renoncé juste en face d'elles. Mais elles ne m'ont pas dévoré comme je m'y attendais, elles n'ont pas viré de bord non plus. Au lieu de quoi, elles se sont transformées en îles au milieu du chenal. J'ai poussé un soupir de soulagement et je les ai dépassées. Elles ont disparu. J'y avais vu des lumières, ce qui m'avait fait penser que c'était des barges, mais il n'y en avait plus la moindre trace. J'ai compris que j'avais des visions et j'ai aussitôt débarqué. Dès que j'ai été installé et que j'ai eu mangé, les îles sont revenues. Ce n'étaient que des formes sombres dans la nuit, mais cette fois elles étaient réelles et elles n'allaient nulle part. Je ne savais pas si je devais être soulagé ou quoi. Le fleuve me jouait des tours.

Tout au long de ce parcours, il avait veillé sur moi dans ma solitude, il m'avait protégé et je m'étais sentis en sûreté.

Tard, un soir, l'air était immobile, l'eau était calme et le ciel marbré de rubans de feu. Je me suis arrêté pour la nuit sur une plage de sable qui pointait comme une péninsule. Un ravin profond la coupait à l'arrière et les bords de la clairière étaient protégés par des arbres. De hautes herbes sèches poussaient le long de la crête du ravin. Le vent ne soufflait pas et l'herbe était silencieuse. Je me suis arrêté là, dans cette tranquillité, à l'écoute du silence. Toute la journée, la pétarade des chasseurs de chevreuils avait rompu le silence par intermittence. J'avais parlé à un trio de gros chasseurs qui se dandinaient en file indienne dans leur tenue de camouflage, sur le sentier en bordure du fleuve. Ils m'avaient hélé, demandant si j'avais de la bière. J'avais mal entendu et pensé qu'ils m'en proposaient et, ensemble, nous avions tendu les mains dans l'attente de cadeaux et de rafraîchissements. Ils avaient autant joué de malchance côté chasse. Ils ne ressemblaient pas à des chasseurs, mais plutôt à des sacs à bière qui avaient besoin de marcher en forêt pour faire de l'exercice. Ils étaient tous les trois essoufflés et faisaient une pause. J'ai espéré qu'ils n'abandonneraient pas leur battue pour se mettre à tirer sur tout ce qui bouge. J'avais vu des panneaux de circulation troués de part en part par des gens qui n'avaient pas déniché meilleure cible. J'ai espéré que ces types se contenteraient de tirer sur des chevreuils. Ils sont repartis en se dandinant comme des canards et j'ai eu un mouvement de recul, une fois qu'ils ont été hors de vue, quand j'ai encore entendu les bruits secs et lointains des coups de fusil.

Le silence était de retour cependant et, alors que j'étais allongé, des bruissements étranges se sont faufilés dans l'herbe derrière moi. J'avais planté la tente à la limite des hautes herbes et le bruissement venait de là. *Quel genre d'animal est-ce donc cette fois ?* Pistolet dans une main, lanterne dans l'autre, je suis sorti pour en avoir le cœur net. C'était un tatou. Son armure de plaques osseuses était cabossée et ébréchée. Quelqu'un avait dû lui tirer dessus ou lui jeter des pierres ou le frapper à coups de pelle. Pauvre petite créature à la drôle d'allure ! Mais il a continué à fureter comme si rien ne pouvait vraiment le déranger. C'était un drôle de spectacle, et il ne s'est pas enfui et n'a pas eu l'air surpris non plus quand j'ai braqué ma lampe sur lui. Il a continué de fourrager, comme un chevalier d'antan à l'armure ternie poursuivant sa quête. Il prenait son temps, en m'ignorant, et a fini par disparaître dans les herbes, et je me suis demandé ce qu'un tatou pouvait bien faire dans cette partie du monde. Je croyais qu'ils vivaient en Amérique du Sud et au Texas.

J'ai glissé le pistolet dans ma botte, comme toujours la crosse à portée de main, comme s'il était dans un holster.

De temps à autre, un coup de fusil retentissait qui me faisait sursauter et instinctivement tendre la main vers le pistolet, mais sinon, je me sentais plutôt bien, en sécurité et tranquille. J'étais prêt à dîner et ce soir-là ce serait un dîner spécial. J'avais acheté des pommes de terre à Helena ainsi que des cuisses de poulet. Il y en avait six. J'avais de la farine pour les recouvrir et de l'huile pour les frire. J'étais paré pour cuisiner du poulet frit comme dans le Sud et des pommes frites en tranches fines aux oignons. Il me restait deux ou trois bières d'Osceola et du remorqueur de Don. J'en bois une en préparant le feu.

En dépit de toutes mes nuits de camping au bord du fleuve, de tout le bois que j'avais cherché et trouvé, de tous les feux que j'avais allumés, cette fois, avec la perspective grandiose d'un repas aussi magnifique, je n'arrive pas à allumer le feu.

Le bois que j'ai ramassé n'a rien de tendre. Impossible de le casser, impossible de le brûler.

Je descends dans le ravin en quête d'un meilleur bois, mais même meilleur, il n'est pas si bon. Je parviens enfin à allumer le feu, mais j'ai un mal de chien à faire partir des flammes assez hautes pour chauffer l'huile et frire le poulet. Mais je me débrouille. Frire le poulet prend plus longtemps que je ne l'escomptais.

La bonne odeur du poulet frit flotte dans l'air immobile et le silence coiffe et contient le grésillement. Le grésillement et l'arôme m'enveloppent. J'ai chaud et je suis bien. Je pèle les pommes de terre sous une canopée de tranquillité et je tranche un oignon.

Le poulet dore, croquant, tendre et moelleux, fondant et dégoulinant d'huile. Je fais frire les six cuisses, je les place sur deux couches de serviettes en papier pour absorber l'huile, et je mets les pommes de terre à frire.

Je ne peux pas les attendre. Le feu fait des manières et elles cuisent lentement. Le poulet s'impatiente dans l'attente d'être mangé, son arôme est une véritable supplique et la couleur dorée de sa peau croustillante prend sous la lumière du feu des tons orangés qui flashent leur invite : MANGE-MOI ! Je mords dans le premier morceau. Il est trop brûlant pour être savoureux. Le gras et les sucs jaillissent de mes commissures et ruissellent dans ma barbe, sur ma main et le long de mon bras. La peau craquelle. Elle est très croustillante et crépite quand je mords dedans. Un tout petit peu moins chaud, le poulet aurait été parfait. Le deuxième morceau est plus tiède et il est délicieux.

Les pommes de terre me supplient de patienter, mais le poulet pleure de solitude. Je veux attendre et dîner correctement, mais le poulet exige que je le mange. Et donc je m'exécute. Je mange une autre cuisse, puis une autre encore. Et quand les pommes de terre sont cuites et tendres, certaines croquantes et presque brûlées, je les retire du feu et les mets à refroidir. Je mourais d'inanition.

Puis il y a un craquement sonore. Il ne vient ni du feu, ni de la nourriture, mais des bois. Le tatou, j'ai pensé, qui, humant les odeurs de cuisine, revenait manger un morceau. Mais le bruissement dans les arbres est lourd et bruyant et très vite il arrive sur moi. Ce n'est pas le tatou.

Je suis penché sur le feu, un genou à terre. J'ai la tête baissée, soufflant sur les braises pour obtenir de belles flammes. Du coin de l'œil je les vois. Deux péquenauds adipeux me surplombent. Ils sont plus gras que le poulet et ils ont l'air d'abrutis sortis tout droit d'un film du genre *Massacre à la tronçonneuse.* Ils ont des fusils.

« Eh, mec, c'est quoi que tu fais là ?

– Il fait sa tambouille, Virge. Tu vois pas ?

– Mais qu'est-ce qui fait là tout seul ? Il sait pas que ça peut fiche les boules d'être tout seul comme ça ? Et dangereux avec ça.

– Ça, il le sait, Virge. Pas vrai, mec ?

– Eh bien, je dis, sans bouger, mais en les regardant à présent. Il n'y a pas eu trop de danger jusqu'ici.

– Qu'est-ce que t'as là ? Un canoë ? »

Leur visage luit de malice dans la lumière vacillante du feu. Ils se donnent des coups de coude dans les côtes et lisent chacun dans les pensées de l'autre. Ils sourient, mais leurs sourires expriment davantage l'alcool et la malveillance que la joie. Et ça n'allait pas du tout être joyeux pour moi.

« Je suppose que t'es pas en train de chasser le chevreuil comme nous. Tu ferais quoi d'un chevreuil dans ton canoë ?

– Je ne chasse pas. Je fais juste du canoë. »

Ils n'écoutent pas. Ils se fichent de ce que j'ai à dire.

« On a chassé toute la journée, pas vrai, Virge ? C'est vraiment dur de se taper les bois toute la journée.

– Pour sûr, et on a rien tiré depuis ce matin.

– Un vrai gâchis, hein, qu'on dirait ? »

J'en ai assez entendu. Au mouvement de l'un des fusils, c'est plus qu'assez.

D'un bond je renverse le feu et enchaîne quelques foulées précipitées avant de plonger. Je les entends hurler de joie. Puis j'entends le craquement. Je l'entends avant de le ressentir. Quand j'atterris après mon plongeon, c'est sur une pierre. Un rocher, en fait, que je percute du menton. Par chance, au même instant, mon épaule heurte le tronc d'un petit arbre. L'arbre ne cède pas et mon vol bref est arrêté. Sans l'arbre, mon visage se serait fracassé contre le rocher encore plus violemment.

Je ne ressens pas plus que ça l'effet de l'arbre, à cause de la douleur qui irradie dans ma mâchoire. J'ai presque perdu connaissance, mais je tiens bon. Une autre douleur règne dans ma bouche et me garde conscient. Mes dents se sont entrechoquées sous l'impact et j'ai l'impression d'en avoir cassé une. *Et merde!* C'est la première pensée qui me vient. Des dents ébréchées et cassées. *Génial!*

Puis le danger revient. Je les entends rire et me chercher dans le noir, m'interpellant avec des cris affreux et railleurs qui leur servent peut-être à appeler des animaux. Je ne peux pas les voir. Je ne peux que les entendre. Ils parlent du canoë et de la tente, disant qu'il faudra bien que je réapparaisse tôt ou tard.

Je sors le revolver de ma botte. Je l'arme et je vise en direction du son de leurs voix.

Mon père m'avait appris le maniement des armes et m'avait dit de ne jamais m'en servir pour protéger mes affaires. On pouvait toujours les remplacer. Il m'avait dit de n'utiliser une arme à feu que si j'étais menacé, et que si je voulais effrayer quelqu'un, de me servir d'autre chose. Il m'avait dit de ne jamais viser à moins d'avoir l'intention de tirer, et de ne jamais tirer sur quelqu'un à moins d'avoir l'intention de le tuer.

Je vise les voix et je tire quatre fois. Les coups de feu résonnent contre les murs du silence et, dans l'obscurité de la nuit, leur écho est suivi de cris perçants.

« Putain de merde !

– Whouah ! Le salopard ! »

Puis il y a des bruits de bousculade et de débandade.

« Ce fils de pute est cinglé ! »

Ils ont dû se rentrer dedans en essayant de se sauver. Je les entends trébucher. L'un d'eux est tombé. Il gémit de douleur et je ne sais pas si c'est à cause de la chute ou des balles.

Je reste assis dans l'obscurité pendant plusieurs minutes. Mon pistolet est vide et je n'ai pas d'autres munitions sur moi. Elles sont dans la tente. Je suis pris au piège, ne sachant pas si les abrutis sont encore là à m'attendre. Je reste immobile jusqu'à être à peu près tranquillisé, puis je fonce vers le feu.

Les braises luisent. La seule lumière vient de la lanterne tandis que je prends la mesure des dégâts. Les deux derniers beaux morceaux de poulet sont tombés dans le sable et en sont enrobés. Il y a aussi du sable dans les pommes de terre. J'en avale rapidement deux fourchetées, mais elles sont fichues. Je les enterre, ainsi que les os, le restant de poulet et les détritus et je me dépêche à la lumière de la lampe de rassembler mes affaires, de démonter le camp et de filer. Je sais que mes amis reviendront plus tard, une fois qu'ils me penseront endormi. Seulement, quand ils reviendront, j'aurai disparu.

Le brouillard

Je ne peux pas aller loin, pas de nuit. C'est trop dangereux. Mais il faut que je m'éloigne autant que possible.

Je traverse le fleuve. Je n'ai pas passé de ponts depuis un moment et j'espère qu'il n'y en aura pas un de sitôt. En ce cas, je serai plus en sécurité sur la rive droite. Mais, même là, je ne ferai pas de feu. Je n'ai même pas planté ma tente. À la place, j'ai cherché un abri et j'ai eu de la chance. J'avais croisé beaucoup de cabanes d'été ces deux ou trois derniers jours et, de nuit, quand j'en ai eu besoin, j'en ai repéré une, un petit refuge gris, parfaitement carré et minuscule, monté sur pilotis pour le protéger de l'eau en cas de crue. J'ai tiré mon canoë et je me suis assis, adossé à l'un des poteaux. Je faisais face à la route gravillonnée et boueuse, à l'affût d'éventuels phares de voiture. Je me suis félicité d'avoir choisi la fin de l'automne pour entreprendre ce voyage, et pas l'été. L'été, il y aurait forcément eu quelqu'un dans la cabane.

J'ai attendu jusqu'à ce qu'il soit assez tard pour être sûr que plus personne ne viendrait. J'ai pris mon sac de couchage et j'ai forcé la porte. Elle était légère et le cadenas pas très solide. Je suis entré facilement.

À l'intérieur, c'était le capharnaüm, la cabane était meublée d'un bric-à-brac de trucs d'occasion achetés à l'Armée du salut. Tout, ou presque, était sale et tombait en ruine. Je n'ai allumé aucune lumière. J'ai passé le faisceau de ma lanterne dans les pièces pour repérer les lieux, puis je l'ai éteinte et je ne l'ai plus rallumée. J'ai étalé mon sac de couchage sur un fauteuil relax cassé et je me suis allongé dessus. J'ai essayé de dormir et j'y suis parvenu, mais cela n'a pas été facile. J'étais mort de fatigue et cela a aidé. Mais je n'ai pas dormi très longtemps.

J'ai été réveillé par des lumières vives braquées dans tous les sens et le raclement de pneus qui déchiraient la route gravillonnée. J'ai sauté sur mes pieds et j'ai foncé à la porte. Dehors, je n'ai rien vu que le noir de la nuit. Cela ne m'a pas rassuré. J'avais pu rêver les lumières et les bruits, mais je ne voulais prendre aucun risque. Assis, j'ai veillé jusqu'à ce que le brouillard gris du matin tombe sur la cabane, adoucisse la nuit et la mêle à l'aurore.

Le brouillard était assez épais pour qu'on le sente sur la langue. Assez épais pour me dissimuler. J'ai quitté la cabane et je suis reparti sur le fleuve. J'aurais dû laisser un mot de remerciement, mais l'heure n'était pas à la courtoisie. Je voulais seulement sortir de là, m'en aller loin d'ici, quitter ce maudit fleuve et en finir avec cette aventure stupide.

C'est bon. Je vais jusqu'à Vicksburg et j'arrête une bonne fois pour toutes. J'ai eu ma dose.

J'étais en colère, j'en avais marre de tout ça et j'étais terrifié. Dès que j'y voyais un peu dans le brouillard, j'apercevais des tireurs d'élite derrière chaque arbre. J'entendais d'étranges bruits matinaux rebondir contre les parois floconneuses de la brume. Et, sur le fleuve, je n'y voyais goutte. J'ai quand même retraversé le chenal, brouillant mes traces. Je m'inquiétais d'être poursuivi par des péquenauds et des shérifs sudistes.

Mon épaule me lançait, mon menton était douloureux et ma dent me faisait un mal de chien. J'étais furieux ! Je n'avais qu'une seule dent cassée. Une incisive. À la base. Pile devant. Fou furieux, j'étais !

Je n'arrêtais pas de la tâter avec ma langue pour me rendre compte des dégâts. À tel point qu'elle est devenue à vif et endolorie. Plus tard, une fois les douleurs un peu calmées, j'ai essayé de manger une pomme ; j'ai mordu dedans et une douleur fulgurante m'a irradié le visage, comme si on m'avait planté un clou dans la mâchoire. J'ai senti ma dent bouger et j'ai cru qu'elle allait tomber. J'étais furieux au point de pouvoir tuer.

J'approchais de Greenville au Mississippi. Il y a longtemps, la localité qui porte à présent le nom de Greenville se situait probablement tout au bord du fleuve. À présent, elle se trouve sur une boucle qu'il a laissé derrière lui quand il a modifié son cours. Pour atteindre le port et la ville, il faut désormais quitter le chenal et prendre le bras mort qui s'appelle maintenant lac Ferguson. J'ai envisagé d'aller jusqu'à Greenville et d'y déclarer forfait. Mais je ne voulais pas m'écarter autant du fleuve. J'étais gagné par la pensée du coureur de fond qui sent qu'il peut tenir deux kilomètres de plus. *Je peux tenir jusqu'à Vicksburg.* Même si Vicksburg ne m'attirait pas spécialement.

J'ai passé l'entrée de Greenville. Quelques remorqueurs circulaient et j'ai dû faire attention en traversant la baie. Un père avait amené ses deux enfants au bord de l'eau. Ils jouaient tandis qu'il buvait debout dans la paix et la fraîcheur matinales. Il y avait un petit coin à pique-nique équipé d'une minuscule aire de jeux et de balançoires pour les bambins. Ils se balançaient sans me voir. Leur père me regardait passivement. Il avait probablement la tête ailleurs et il me voyait sans me voir. C'est l'impression qu'il donnait. Il n'a pas fait signe. Moi non plus. Je n'ai pas non plus montré le moindre signe d'échec ou de faiblesse au cas où il aurait vraiment regardé. Je me suis redressé pour mettre dans la pagaie toute la force de mon dos, j'ai allongé le mouvement et j'ai accéléré le rythme.

Plus tard dans la matinée, alors que la fatigue due au manque de sommeil et aux angoisses de la nuit se glissait à mon côté dans le canoë, j'ai de nouveau ralenti. J'ai cessé de m'appesantir sur mes douleurs et la souffrance a diminué. Je n'ai pas réessayé de manger. J'ai cessé d'être obnubilé par ma peur et j'ai laissé le brouillard humecter mon visage et le rafraîchir. Je me suis calmé. Le brouillard m'entourait, mais à l'endroit exact où je canotais, il y avait comme le trou rond d'un *donut* dans le ciel. Et le trou bougeait avec moi. À chaque fois que je déchirais le brouillard, il se refermait derrière moi. J'étais une noix dans une coquille protectrice. Je ne pouvais rien voir en dehors et personne ne pouvait rien voir dedans. Enfin, c'est ce que je croyais.

« Eh ! Vous dans le canoë ! » Le brouillard déformait la voix et je n'étais pas sûr qu'elle n'ait pas crié : « Mister Canoë ! »

La voix sortait d'une sorte d'amplificateur quelque part. Au début, je ne voyais vraiment pas d'où, mais en me tournant vers la droite, j'ai aperçu, crachant sa vapeur à mon côté, un bateau de la garde côtière. Ç'aurait pu être un sous-marin, vu la façon dont il avait émergé tout entier et soudainement de nulle part. Il n'avait pas fait de bruit, ni la moindre vague jusqu'à ce que je le voie et il avait surgi tel un fantôme du néant, du brouillard qui avait étouffé le bruit des machines.

L'équipage était en train de poser ces grosses balises rouges flottantes qui marquent le chenal. Les nouvelles bouées étaient alignées sur le pont. La voix a dit : « Bonjour. »

J'ai répondu de même, sans savoir si on m'entendrait, mais j'ai supposé que l'amplificateur fonctionnait dans les deux sens.

« Tout va bien ?

– Au poil !

– Tant mieux, mais vous avez intérêt à rester assez près de la rive. Les remorqueurs ne vous verront pas dans ce brouillard, et vous ne les verrez pas avant qu'il soit trop tard. »

Le gars avait raison là-dessus.

« Je ferai attention. Merci. »

Les matelots sur le pont m'ont fait des signes, puis le bateau a fait demi-tour et il est reparti vers l'amont. C'était comme s'ils étaient venus expressément pour m'avertir et, une fois leur mission accomplie, étaient retournés vaquer à leurs occupations. J'ai apprécié. Je me suis senti bien, important et rassuré de nouveau de me savoir veillé par le dieu du fleuve.

Flottant dans mon cocon gris et blanc, je contrôlais mes émotions. La colère et la peur ne venaient pas tant des crétins de l'autre nuit, ni même du danger d'être sur l'eau. Elles provenaient de ce que je n'étais pas responsable de mon environnement, ni en mesure de le contrôler. C'est ce que nous voulons tous, je me suis dit, et quand nous ne l'obtenons pas, cela entraîne colère, doute et frustration. L'imprévu, les aléas, nous désarçonnent quand ils surviennent.

J'ai glissé sous le pont de la Highway 82 qui enjambe le fleuve. Il n'était que l'esquisse d'une structure flottant légèrement dans la brume jusqu'à ce que je m'en approche. Alors il a pris forme et il est devenu lourd et puissant, très rustique, comme un pont sur une petite route à deux voies. Un camion a hurlé au-dessus. Il a klaxonné. Je ne sais pas comment il a pu me voir. Mon trou de beignet dans le ciel avait dû suffisamment s'élargir pour que le chauffeur m'aperçoive en bas. Le rugissement du moteur a subsisté longtemps après qu'il a disparu. Il s'est estompé lentement. Une fois qu'il s'est éteint, il y a eu le silence.

Je me suis arrêté juste après pour m'étirer, pisser et essayer encore de manger quelque chose. Les pommes étaient hors de question. Je me suis fait un sandwich au beurre de cacahuète et à la gelée de pêche. Je ne pouvais pas y mordre dedans comme d'habitude et je ne pouvais pas très bien mâcher. Mais je me suis débrouillé. Je gardais la nourriture au fond de la bouche et la malaxais légèrement et pas longtemps. J'ai avalé les morceaux presque entiers. J'aurais voulu un miroir pour voir à quel point ma dent était esquintée.

Pendant que j'étais sur la berge, une nuée de moustiques m'a attaqué. La végétation était dense, l'atmosphère humide et chaude et l'eau à cet endroit une mare stagnante. L'idéal pour les moustiques. Je les ai endurés aussi longtemps que j'ai pu. Puis j'ai remis le canoë à l'eau et je me suis sauvé. Si je ne pouvais pas contrôler mon environnement, je pouvais certainement en changer. Les moustiques ne me suivaient jamais sur le fleuve. À trente mètres de la rive, j'étais à l'abri de leurs piqûres.

J'ai repensé au jour précédent, avant d'avoir dépassé la confluence de l'Arkansas. Une telle pourriture écumante flottait sur l'eau que j'ai cru que j'allais vomir. De loin, j'avais eu l'impression d'arriver dans un champ de mini-icebergs. De plus près, on aurait dit une centaine de milliers d'éponges flottant à la surface du fleuve. Immobiles, restant sur place comme si elles étaient amarrées là. Une fois dans ce champ de mousse, j'ai été cerné par de gros nuages savonneux marbrés de vase marron. Ils pouvaient provenir de la vidange de barges ou de fertilisants chimiques échappés d'une ferme, mais j'ai pensé que ce devait être des égouts qui se déversaient dans le fleuve. J'ai regardé en amont de l'Arkansas et le champ de pollution s'étendait sur des kilomètres. J'aurais été malade si je n'avais pas été aussi indigné. Je ne voulais même pas que mon canoë touche cette crasse, ni mes pagaies. Alors j'ai dérivé très lentement pour ne pas avoir à pagayer.

J'y ai repensé parce que je me suis rendu compte à quel point il est futile parfois de vouloir tout contrôler. Si un crétin en aval veut jeter ses ordures dans le fleuve, que peut-on y faire ? On crie, on hurle, on braille, mais on n'en perd pas la tête pour autant. Quand les moustiques attaquent, on les fuit. Quand d'autres nuisibles et des abrutis vous cherchent des noises, vous faites ce que vous avez à faire, mais vous ne les laissez pas vous pourrir la vie. Pas même les panneaux plantés partout par Abbay and Leatherworth Inc. qui disaient : *Défense d'entrer*. Vous vivez votre vie comme vous l'entendez, en obéissant à vos propres lois et en faisant abstraction des imbéciles. On ne peut pas tout contrôler.

Je me suis promptement égaré. Le fleuve sur la carte était censé aller dans telle direction, mais celui sur lequel j'étais allait dans une autre. Un énorme banc de sable bloquait en grande partie le chenal. Un bras était plus long, l'autre plus court, et le brouillard ne me laissait pas voir lequel choisir. La crue avait divisé le banc de sable en plusieurs tronçons et à présent il ne ressemblait plus à l'île indiquée sur la carte. Je ne savais pas où j'étais. Je m'en fichais un peu. J'ai continué à pagayer en faisant confiance au fleuve pour m'en sortir. Je me suis plutôt concentré sur les canards qui envahissaient l'île, aussi denses qu'un nuage de moustiques. Je suis tombé amoureux des collines qui s'élevaient au-dessus du brouillard. Elles étaient couvertes d'arbres et se dressaient très haut comme les falaises de l'Iowa. Je croyais rêver. Le soleil est apparu tel un cercle rougeoyant dans le brouillard, pas très lumineux, et il m'a regardé de haut et m'a suivi comme peut le faire un œil dans une peinture. Le fleuve s'est divisé et s'est réuni et je n'ai pas paniqué. Je savais que je ne pouvais pas me perdre.

J'ai campé pour la nuit sur une propriété privée. Je pouvais voir la ferme pas très loin à travers les arbres. Dans un champ, entre le fleuve et la maison, des vaches étaient disséminées et elles ont meuglé toute la nuit. Il y avait une profusion de bois sec, entassé comme si quelqu'un avait dégagé la crique pour moi et laissé le bois à mon usage. J'ai fait un grand feu et je l'ai caché par la tente pour que personne ne puisse le voir de la maison. J'ai bien dormi, et le lendemain après-midi je suis arrivé à Vicksburg.

Un bastion sudiste

Vicksburg, Mississippi, se dresse sur les collines et domine le fleuve comme une citadelle. C'est une ville imprenable de front. Le général Grant et ses armées l'ont découvert pendant la guerre de Sécession quand les troupes de l'Union n'ont trouvé aucun moyen de l'attaquer. Les canonnières étaient inutiles : les falaises étaient trop hautes. Sur le versant du fleuve, la ville était facile à défendre et hors d'atteinte, ce qui en faisait une sorte de péninsule dont un seul côté était à protéger. Pourtant, il fallait la prendre. Vicksburg était vitale pour les deux camps. C'était le dernier bastion sudiste sur le fleuve. Memphis et La Nouvelle-Orléans étaient déjà tombées et celui qui contrôlerait Vicksburg aurait le contrôle du Mississippi inférieur, et Grant devait l'obtenir.

Toutes ses tentatives ayant échoué, même celle de creuser un canal pour détourner le fleuve, le général n'avait plus d'autre choix que d'ordonner le siège de la ville. Il a duré deux mois, jusqu'à ce que la garnison de Vicksburg soit dépassée par le regroupement des troupes de l'Union, 70 000 contre 20 000. Malgré tout, les habitants ont résisté jusqu'à ce qu'enfin, réduits à manger leurs mules pour ne pas succomber à la famine, ils se rendent, et que le 3 juillet 1863, Vicksburg tombe ; affamée, mais invaincue.

Le soleil est haut dans le ciel et très chaud tandis que j'approche de la ville. Vicksburg se dresse toujours sur les falaises, toujours fière, hautaine et inaccessible. Un bel endroit pour céder à un siège, se rendre sans se sentir vaincu.

Un pêcheur appelé Butler se dirige vers moi au moteur et nous discutons. Son bateau est plein à ras bord de poissons-chats, de poissons buffalo et de meuniers noirs qu'il a pris dans ses filets. Il en a d'autres à relever et quand il aura terminé son travail, il me rattrapera et me retrouvera en ville.

« Vous voulez un poisson ?

– J'adore le poisson. »

Il cherche parmi ses prises le spécimen parfait. Il balance du poisson à droite, il en balance à gauche et finit par trouver celui qu'il veut me donner. Un malachigan, il l'appelle. Je n'avais jamais entendu parler de ce poisson. Il le jette dans mon canoë où il retombe lourdement. Il doit bien peser ses trois kilos et demi. C'est un gros poisson ; il se retourne bruyamment une ou deux fois, puis il reste tranquille. Il me fixe de ses grands yeux globuleux et brillants, immobiles comme la mort.

« Ça vous fera un bon repas. Vous pourrez le vider là-bas, au pied de la ville, faites une belle flambée et offrez-vous un super gueuleton. »

Encore quinze kilomètres et j'y serai. Je croise deux adultes et un gosse, tous les trois en train de pêcher depuis la rive, tous les trois accroupis comme les singes de la sagesse se protégeant du mal, et tous les trois me souhaitent une excellente journée. Je me prends vraiment pour un héros victorieux.

Je vire à gauche dans le canal Yazoo et je longe des barges en train d'être chargées et les hommes qui y travaillent. Ils interrompent leur tâche et m'indiquent la direction de la ville, après le port. Les portes de Vicksburg se trouvent juste après cette dernière barge. Encore une digue érigée pour tenir le fleuve en respect, et j'y suis. Vicksburg.

Je tire le canoë sur l'herbe et je suis mûr pour arrêter pour de bon. Mais le grand relâchement de tension dont j'espérais qu'il me viderait d'un coup, me laissant épuisé et pantelant, mais totalement comblé, n'est jamais venu.

Mûr pour arrêter. Mûr pour arrêter. De qui tu te moques ? De qui crois-tu te moquer ? *Mûr pour abandonner, tu veux dire.* Cela sonne mal. Très mal.

À l'entrée de la ville, juste à la porte qui s'ouvre dans la muraille, il y a une rangée de cabines téléphoniques dressées comme des sentinelles me réclamant le mot de passe, exigeant de savoir si je suis ami ou ennemi. Je ne suis pas sûr de la réponse.

Un homme noir a jailli d'une fourgonnette noire avec son petit garçon. Sa femme est restée assise à l'avant. Les deux hommes de la famille me rejoignent. Ils m'ont vu arriver du fleuve et voulaient me rattraper avant que je m'en aille. Ils veulent acheter du poisson. Ils ont vu celui qui est dans mon canoë et ils ont pensé que j'étais l'homme aux poissons, le pêcheur qui m'a donné le malachigan. Il vend sa pêche tous les jours à cet endroit.

« Non, je ne suis pas le pêcheur, mais je l'ai croisé il y a quelques minutes. Il a dit qu'il serait là bientôt. »

Cet homme et sa famille viennent de La Nouvelle-Orléans et il commence à me parler des fêtes à tout casser qu'il y a dans cette ville. Il me demande si je vais par là et me dit que je vais adorer, une fois sur place.

« Mais faites attention, prévient-il. Si vous faites pas attention, vous risquez de vous faire couper la tête.

– Si j'arrive jusque-là, je ferai attention », je réponds. Je ne me suis pas encore fait entièrement à l'idée d'abandonner.

« Quelle heure est-il ? Je demande.

– L'heure de me tirer de cette ville mortelle », il dit avant de me répondre ce que dit sa montre. Sa famille et lui vivent à La Nouvelle-Orléans, et il est impatient de retrouver son chez-lui et son riz aux haricots rouges. Il rend visite à sa belle-famille pendant la semaine de Thanksgiving et il en a déjà marre des vacances et voudrait rentrer.

« Thanksgiving ?

– Ouais, après-demain. Vous ne saviez pas ? »

Je ne savais pas.

Son fils s'agrippe à mon bras et me serre la jambe. Il n'a que trois ou quatre ans et pense peut-être que je suis un vieil ami de son père ou encore un des cousins de Vicksburg. J'ai très chaud, je sue et je sens fort, mais le gamin s'en fiche. Du moment que ça ne le dérange pas, ça ne me dérange pas non plus. Je l'ai pris par la main et nous sommes retournés à la fourgonnette.

« Depuis quand tu voyages ?

– Une éternité. Le temps se brouille et perd son sens. Des fois on dirait que ça fait seulement une quinzaine de jours.

– Mais je parie qu'il t'est arrivé plein de trucs, hein ?

– Juste assez et trop. » *Et pourtant, pas assez*, ai-je ajouté en mon for intérieur.

J'étais heureux d'être à Vicksburg, mais pas du tout d'abandonner. Je n'étais pas encore mûr. J'ai contemplé la rangée de cabines téléphoniques, songeant à appeler la maison pour qu'on me vienne me chercher, puis je suis passé devant sans plus les regarder. Je ne savais pas ce que c'était, mais je savais qu'il me restait autre chose à voir, à découvrir. Je n'abandonnerais pas aujourd'hui. Pas à cause de la fatigue, ni à cause de la douleur, et encore moins à cause de la peur.

Aucun bouseux blanc armé d'un fusil ou d'un nœud coulant ne pourrait me chasser du fleuve par la terreur, à présent. Après tout ce que j'avais enduré, toutes les beautés que j'avais contemplées, toutes ces souffrances, le fleuve m'appartenait. Je l'avais payé de mes épaules endolories, de mes genoux douloureux et de mon dos qui ne s'en remettrait jamais, de sourires et de bons vœux reçus d'inconnus, trop précieux pour les laisser perdre, de trois mille deux cents kilomètres d'efforts, de jours de gloire, de nuits de paix et d'émerveillement, et de dents cassées. Ce fleuve m'appartient.

J'ai gravi fièrement les pentes raides pour entrer en ville. Je voulais que le monde entier voie à quoi ressemble un brave. Si quelqu'un voulait me dire que j'étais fou ou simplement de déguerpir du fleuve et de la ville, libre à lui de le faire maintenant, il recevrait davantage qu'un sourire poli en guise de réponse.

J'ai marché jusqu'à Washington Street, dans le centre-ville, qui semblait avoir été rénové, et je me suis planté droit comme un i au croisement, affichant un air féroce, tout en reprenant mon souffle après l'ascension. Si on voulait me chercher des embrouilles, j'attendrais de pied ferme. Je ne bougerais pas, je ne broncherais pas.

Il n'y avait pas de candidats. Les rues étaient tranquilles et les rares personnes dehors allaient déjeuner. C'était l'heure qui voulait ça.

Même à l'heure du déjeuner, Vicksburg semblait oisive, ralentie et silencieuse. Le soleil brillait de tous ses feux. Les rues plongeaient raides vers le fleuve ou grimpaient tout aussi raides vers les autres quartiers. Personne ne les gravissait en vitesse. Et personne ne me prêtait vraiment attention. Je suppose que je ne paraissais pas si bizarre aux yeux des gens, même avec mon fond de pantalon troué. On pouvait voir les rayures de mon caleçon long à travers les trous béants de mon jean. Personne n'en avait cure, moi non plus. Je me suis pavané autour du pâté de maisons, j'ai regardé les vitrines et je me suis calmé. Puis je suis allé déjeuner au Burger Village.

L'endroit était propre comme un sou neuf. Bobby et Eleanor Boyle venaient d'ouvrir leur échoppe à hamburgers et fêtaient encore son inauguration. Tout fiers sur leur petit nuage, ils accueillaient chaque client personnellement. Ils n'étaient pas tout jeunes et n'en étaient pas à leur premier commerce. Ils avaient déjà une petite teinturerie pas loin et ils se diversifiaient, mais leur réussite n'avait pas émoussé leur enthousiasme. Ils n'étaient pas blasés. Ils étaient pleins de joie. Ils rayonnaient comme un vieux couple que la providence aurait gratifié d'un premier bébé. Et ils étaient pleins d'énergie.

J'ai commandé des frites et un cheeseburger. Je n'avais pas très envie de manger avec ma bouche douloureuse et ma dent cassée. Et un bol de gombo, même si je déteste l'okra. C'est tellement visqueux et insaisissable au goût, ça n'en fait qu'à sa tête et ça peut se rappeler à vous n'importe quand, sans prévenir, quand bien même vous l'auriez mâché des heures. Mais j'étais dans le Sud, après tout, et il fallait que j'y goûte. Tout ce qui était du Sud, j'étais prêt à le manger. Et au Burger Village, les prix étaient vraiment doux. Tout ça pour moins de quatre dollars et, sans ma dent cassée, je me serais goinfré comme un cochon. Vicksburg me paraissait soudain familiale et provinciale. Je me suis calé sur mon tabouret au comptoir, j'ai bu huit verres d'eau fraîche en attendant mon repas, et les tenanciers m'ont permis d'aller me laver les mains et la figure au fond du restaurant.

J'ai regardé ma dent dans la glace. Elle bougeait, faisait mal au toucher et n'avait pas l'air en bon état. Ce n'était pas aussi affreux que je l'avais imaginé, mais l'émail était parcouru de minuscules craquelures comme un pare-brise de voiture fracassé. Je suis retourné à mon tabouret et j'ai bu un verre de lait.

Le burger et les frites sont arrivés d'abord. À la première bouchée, la douleur a explosé dans ma bouche. J'ai dû me mordre la langue pour m'empêcher de hurler et une autre douleur s'est manifestée. J'ai dû mordre et mâcher avec les dents du fond et déplacer la nourriture avec une langue douloureuse. Je me sentais handicapé, comme un paralytique qui a toute sa tête mais qui ne contrôle plus son corps.

Le gombo a suivi longtemps après que j'ai eu terminé le burger. Il avait refroidi. Je suppose qu'on avait oublié ma commande, mais je ne me suis pas plaint. Je n'allais pas gâcher la fête, et quand Eleanor m'a demandé si tout allait bien, j'ai répondu que c'était parfait.

Elle m'a tourné autour un petit moment, puis elle a engagé la conversation.

« Vous travaillez par ici ?

– Je ne suis que de passage. Je descends le fleuve en canoë jusqu'à La Nouvelle-Orléans.

– Ah. Et ça se passe comment jusqu'ici ? »

Je lui ai raconté.

En jetant un coup d'œil autour de moi dans son petit café, aux quelques tables au centre et contre le mur, au comptoir avec ses tabourets à main gauche, et voyant à quel point l'endroit était propre et bien éclairé, j'ai évoqué les gargotes du Sud d'autrefois et j'ai dit que les choses avaient vraiment changé.

« En surface, elle a répondu. Mais en dessous, le cœur est toujours corrompu. C'est plus subtil maintenant. On ne voit plus autant de haine. Et nous autres les Noirs nous avons un nouvel ennemi. Nous-mêmes. Nous sommes les premiers à nous plaindre du manque d'opportunités, et puis quand l'un d'entre nous réussit, les autres Noirs lui en veulent. C'est tout juste s'ils viennent manger ici. »

J'aurais pensé que cela la mettrait en colère et lui inspirerait de la rancune, mais elle gardait le moral et a dit :

« Non. C'est la vie, et on fait du mieux qu'on peut. La vie c'est ce qu'on en fait.

– Bravo », j'ai dit.

C'était une femme noire au visage affûté qui aurait pu facilement être ma mère. Elle n'arrêtait pas de sourire. Elle a repris son service et m'a tendu la note. Elle avait cet éclair dans l'œil qui disait : je vous aime bien, mais cette affaire sert à gagner de l'argent.

« Repassez par là un de ces jours, elle a ajouté, histoire de vérifier si on est encore là.

– Promis », j'ai dit, et j'ai filé.

De retour au pied des collines escarpées, de retour sur le fleuve, je suis retombé sur le pêcheur, un court instant. Il était occupé à vendre sa cargaison de poissons.

« Vous l'avez cuit, ce poisson que je vous ai donné ?

– Pas encore. Ce sera mon dîner.

– Cuisinez-le bien.

– Ne vous inquiétez pas. »

Je me suis remis à l'eau et je suis parti. Je ne voulais pas perdre mon élan. Ma colère du matin et le déjeuner m'avaient redonné de la force. J'ai continué jusqu'en milieu de soirée et j'ai campé sur la rive droite du fleuve. J'étais en Louisiane à présent. La fin était en vue, à quelques jours seulement. Plus rien ne pouvait m'arrêter maintenant.

J'ai fait un feu fumeux pour éloigner les moustiques. J'ai attrapé le poisson rose par la tête et je l'ai tenu fermement. J'ai saisi mon couteau et je l'ai planté de travers jusqu'à l'épine dorsale, puis j'ai découpé le poisson tout au long de l'arête jusqu'à la queue. Ça me faisait un bon gros filet. J'ai répété la manœuvre sur l'autre moitié du poisson et maintenant j'avais deux beaux et gros filets. Sans arête, sans peau. Je les ai salés et poivrés, un peu trop en fait, je les ai emballés dans du papier d'alu et je les ai fait cuire dans le feu. Encore des haricots en boîte, bien sûr, et le dîner était prêt.

Le poisson était fondant et savoureux, malgré le poivre, et brûlant. Les haricots, eux, étaient des haricots. J'en avais eu mon content. Je mâchais encore bizarrement, mais j'ai tout mangé.

La nuit s'est installée autour de moi, apportant de l'humidité, annonçant de la pluie, mais très chaude, imprégnée de l'odeur légère du tabac en train de sécher, sucrée mais âcre. C'était le genre de nuit tiède et agréable, propice à la musique douce d'une guitare, et j'aurais voulu en avoir une et savoir en jouer. Je serais resté assis là et j'aurais choisi des ballades tranquilles de cow-boys. La musique aurait résonné contre les murs de la nuit moite qui m'enveloppait et un murmure aurait suffi.

Un engoulevent a appelé. J'ai sifflé en retour une imitation comique. J'ai emmené ce rire et cette musique au bord de l'eau, et fait battre d'étranges rythmes sur le rivage. J'ai scruté le cours en amont, je l'ai scruté en aval. Je pouvais à peine distinguer d'où je venais, encore moins où j'allais. Tout ce que je pouvais voir clairement dans l'obscurité c'était mon environnement immédiat. En amont, il y avait largement de quoi nourrir ma colère et ma rage. Je n'avais pas besoin de regarder très loin pour le savoir, seulement de déchirer le voile de ma naïveté. Et en aval, il y en aurait sans doute davantage. Mais autour de moi, tout près, dans l'humidité de la nuit, il y avait la paix. Cela, je le voyais clairement et le ressentais pleinement. Et je pouvais me voir aussi. Détaché de moi-même, comme si j'étais deux, l'un observant, l'autre assis au bord de l'eau.

Et tandis que je regardais, les pieds dans le courant, j'éprouvais la fraîcheur de l'eau. Mes orteils pressaient la boue et la vase. La texture du sable et de la boue, granuleuse mais gluante, mouillée et froide, les frissons et l'humidité qui remontaient le long de mes chevilles, de mes genoux, de mes hanches. Je les ressentais par tous mes pores. Rafraîchissants et apaisants, mais plus que cela : ravivant, rajeunissants, revigorants, mais sans frénésie. Sous contrôle et de nouveau conscient. Tous mes sens éveillés, tous mes sens et mes émotions apaisés. Et pour la toute première fois depuis que j'avais quitté le Minnesota, sans peur. Il n'y avait pas de place pour elle. Elle avait été chassée. La peur ne pouvait plus revendiquer le moindre territoire ici.

Je comprenais enfin à quoi tout cela rimait et pourquoi.

À réveiller les sens, puis à les apaiser. À être capable de voir avec les yeux du cœur, de voir la vie. De ne plus faire qu'un avec le fleuve, et mieux encore, de ne plus faire qu'un avec la vie. Avec le fleuve, les arbres, les animaux, les hommes et les femmes, avec le vent. De les sentir tous couler vivement dans mes veines et d'aimer cela. De savoir qu'ils sont moi et que je suis eux. Eux et leur générosité, leur bonté et leur beauté, c'est ce que je veux être. Eux et leur haine, leur honte et leur méchanceté, c'est ce que je suis et que je tente de ne pas voir. Mais tout est là, toutes leurs nombreuses facettes. Et les visages des inconnus ne sont plus inconnus. Je les reconnais et je les connais tous. Robert et Robinovich, Emily, Don, un petit garçon surnommé Tiger, deux péquenauds armés, je les ai vus, je les ai reconnus, je suis eux. Aucune couleur ne nous sépare, aucune race, aucune question plus importante que notre humanité ne nous réunit. Alors, quand le lendemain soir un homme à Natchez m'a dit, après que je lui ai raconté les merveilles de mon voyage : « Magnifique ! Et je parie que ceux qui vous ont aidés n'étaient pas tous noirs, hein ? » J'ai souri et j'ai répondu : « Eh non. En fait, aucun ne l'était. » Ni noir, ni blanc, ni d'aucune couleur. Il n'a pas compris de quoi je parlais et je n'ai pas cru nécessaire de le lui expliquer.

Atchafalaya

Trop de jours merveilleux à la suite, on finit par s'y habituer, par penser qu'il en va toujours ainsi. Trop de bons jours, trop de mauvais jours : on a besoin de rompre la monotonie des uns pour apprécier les autres. À n'avoir que du soleil, on finit dans un désert, a dit quelqu'un.

Je pense que j'ai engrangé assez de journées difficiles pour la suite, assez de moments de frayeur pour apprécier les journées paisibles, superbes et faciles. En route pour Natchez, j'ai encore droit à l'une d'elles et j'en profite pour absolument ne rien faire. Ni chanter, ni réfléchir, ni me parler à moi-même. Rien que sentir. Observer le fleuve, remarquer ses changements de couleur, voir sa façon de s'élever et de retomber au gré du vent et de ce qui repose au fond de son lit. Chaque changement a quelque chose à dire et je l'écoute. Le fleuve me parle, passant de la couleur puce au brun, au vert dense et glauque. Sans rime ni raison. Le babil qu'on entend quand on se promène avec sa nièce ou son neveu préféré, sans but précis, sans idée arrêtée ; le gamin jacasse parce qu'il est à l'aise et qu'il en a envie. Le fleuve est ainsi avec moi. Un copain sympa partageant une journée de farniente.

Plus rien n'a d'importance alors. Atteindre un objectif ou pas. Arriver à La Nouvelle-Orléans ou continuer tout droit jusqu'au Brésil. Je me fiche de tout. Le fleuve me tient compagnie et me comble. Rien d'autre n'a d'importance.

Puis le fleuve a murmuré : « Tiens-toi prêt. Tiens-toi prêt. »

Le jour est devenu gris et étrange. Les nuages roulaient au-dessus de moi en tourbillons sauvages comme une pâte dans un mixeur. Je voyais l'orage s'accumuler très loin à l'horizon, se précipiter vers moi comme une avalanche gris sombre. J'ai senti le fleuve se creuser et remonter – une légère dépression dans l'eau. Je suis passé du brouillard frais qui m'environnait à une fine poche d'air chaud et sec. C'était comme si une échancrure s'était ouverte dans les nuages et que le soleil se déversait pour chauffer cette portion isolée du fleuve longue d'à peine trente mètres. Mon premier réflexe aurait été d'enlever une épaisseur et de rester au frais, mais après avoir franchi le rideau d'air isolant, j'ai compris que j'avais intérêt à faire le contraire. Je me suis laissé dériver et j'ai mis mon ciré jaune et sa capuche. Le ciel au-dessus est devenu mauvais, avançant dans ma direction à la vitesse d'un ouragan. À la recherche d'un endroit où débarquer, j'ai scruté le rivage. Il n'y avait pas de rivage. Seulement des arbres. À cause des fortes pluies et des crues, les berges avaient disparu et la nouvelle ligne de terre ferme avait été repoussée entre les arbres, au-delà des bois. Jusqu'où, je n'aurais su dire. J'ai considéré l'autre rive à deux kilomètres de là. Jamais je ne l'atteindrais. À mi-chemin, le vent allait brutalement accélérer et me piéger au milieu du courant.

Le front de l'orage est arrivé et les premières gouttes sont tombées, telles des éclaireuses de l'armée. La zone boisée ne s'étendait encore que sur quelques dizaines de mètres et j'ai pensé que je pourrais facilement en sortir avant l'arrivée de la pluie. Je pourrais ensuite tourner à gauche et trouver la terre ferme pour débarquer et attendre la fin de l'orage. Mais la voix du fleuve s'est levée et m'a parlé d'un ton léger, avec toutefois un soupçon de sérieux qui m'a fait froid dans le dos. J'aurais pu passer outre, mais comme s'il lisait dans mes pensées et refusait le combat, le fleuve s'est emparé de la poupe du canoë et m'a dirigé vers les arbres. Je croyais chercher la terre ferme. Faux. Je cherchais un abri.

L'urgence d'atteindre les arbres m'est apparue brusquement, sans aucune réflexion, ni aucun effort de ma part. Presque par instinct.

Je n'avais pas plus tôt trouvé refuge en dessous que le ciel s'est ouvert dans un fracas de tonnerre, suivi du grésillement foudroyant d'un éclair. Je n'allais pas pouvoir traverser le bois. Le vent est arrivé avec la force d'un ouragan. Les arbres ont ployé, leur cime pointant vers le sol comme des lignes accrochées par un énorme poisson. L'eau a tout submergé comme une marée montant au galop. Les feuilles et les branches se frictionnaient et les arbres sifflaient. Des branches tombaient. La pluie est arrivée et s'est déversée à grands seaux.

Les arbres étaient grands et leurs troncs faisaient moins d'un mètre de circonférence. J'ai manœuvré le canoë tant bien que mal dans le vent et le courant, l'orientant vers l'amont, offrant mon dos à la pluie qui frappait à angle aigu. J'ai cherché l'arbre le plus solide auquel je pouvais m'accrocher et j'ai résisté.

De l'eau, partout. Le fleuve inondait le canoë par le travers. Je m'efforçais de maintenir sa poupe dans le courant pour qu'il chevauche les vagues, mais ça ne marchait pas. Il s'agitait en tous sens et l'eau s'engouffrait par les côtés. La pluie était plus violente que tout ce que j'avais pu voir ou subir auparavant. Ça ressemblait plutôt à une tempête tropicale. Les vents violents, la quantité d'eau, la chaleur de l'air et la pluie froide. Seul mon cou y était exposé. Quand la pluie l'a atteint, elle a coulé sous le ciré, glaciale dans mon dos.

Le vent a tourné alors que l'orage arrivait juste au-dessus de moi. L'eau tombait tout droit. J'étais trempé et le canoë se remplissait vite. Tout ce qui dedans pouvait flotter, flottait. Si la pluie continuait à tomber ainsi ou si le vent soufflait toujours aussi fort et que la pluie inondait encore le canoë, j'allais couler. Mais je ne m'inquiétais pas, à peine étais-je un peu préoccupé. En fait, j'appréciais la sensation de cette eau tout autour de moi et sur moi, m'enveloppant comme dans un cocon et, même si j'étais impressionné par l'aspect dramatique de la scène, je ne me sentais pas vraiment en danger. J'étais plus ébahi qu'autre chose, tâchant d'analyser la voix que j'avais entendue, ou cette espèce d'instinct ou d'intuition qui m'avait poussé à m'abriter sous les arbres. Cela avait été quelque chose de si impérieux que je l'avais ressenti et pourtant de si impalpable que je n'arrivais pas à mettre le doigt dessus. J'ai donc lâché prise et j'ai pris mon mal en patience, les bras autour de mon arbre. Je ne faisais qu'un avec le fleuve et rien ne pouvait m'arriver.

L'orage a disparu aussi soudainement qu'il avait surgi. Il n'en restait plus que la traîne, une pluie fine qui a duré quasiment jusqu'à ce que j'atteigne Natchez.

Le canoë s'était alourdi de quinze centimètres d'eau et je n'arrivais pas à prendre de la vitesse. Mais je n'en avais pas besoin. J'étais détendu et je flottais dans une bruine aussi dense que les mystères du fleuve. J'ai atteint Natchez en fin d'après-midi.

Natchez, Mississippi, domine le fleuve. Des arbres verts et des collines herbues montent depuis le rivage jusqu'à la ville. S'élevant sur les collines et surplombant le cours d'eau, d'immenses et blanches maisons de maître d'avant la guerre de Sécession gardent l'entrée de la cité comme des statues alignées dans la nef d'une grande cathédrale. Les demeures se dressent magnifiques et fières, évocations d'une époque plus aimable et plus noble.

Le *Delta Queen*, autre rappel, était amarré au pied de la vieille ville. Je m'en suis approché pour le voir de plus près. C'est un énorme bateau à aubes qui ramène ses passagers dans le passé en montant et en descendant sur le fleuve, s'arrêtant en chemin pour des aperçus historiques à Natchez, Saint Francisville et d'anciennes plantations. Le capitaine m'a dit que son bateau remontait jusqu'à Saint Paul et retour et qu'il faisait des incursions sur l'Ohio jusqu'à Cincinnati. Ils allaient bientôt regagner La Nouvelle-Orléans et je lui ai demandé de me prendre à bord.

« Non, vous n'y tenez pas, a répondu le capitaine. Ce que vous faites, vous voulez le faire seul. Vous vous sentirez mieux si vous y arrivez et vous ne pourrez plus vous regarder en face, sinon. »

Ce n'était pas vrai. S'il avait dit d'accord, j'aurais sauté à bord et navigué avec lui. Je l'avais déjà trouvée, la raison de ce voyage ; je l'avais fait.

Trois, quatre grands coups de sifflet, le navire s'est écarté du quai et s'est mis en route, le grand orgue à vapeur, tous feux allumés, jouant une musique joyeuse comme au cirque. On se serait cru de nouveau en 1836. La roue à aubes du *Delta Queen* a remonté le courant, le navire a fait demi-tour puis a tranquillement poursuivi sa route vers le sud, ses cabines tout éclairées et pimpantes. On ne voyait rien du bateau dans l'obscurité, seulement ses lumières. On aurait dit qu'elles flottaient sans structure qui les tienne ensemble. Trop vite les lumières ont disparu dans la courbe, l'orgue s'est fondu dans la nuit et la foule, qui s'était rassemblée sur le quai pour regarder, comme autrefois, a commencé à se disperser.

J'ai écopé à l'aide d'un carton de lait. Ça m'a pris du temps. J'ai échangé quelques mots avec des gens, puis j'ai gravi la colline. Il s'était remis à crachiner, et je devais avoir l'air perdu.

J'étais dans la vieille ville. Un petit parc s'étire vers le sud – plus une promenade qu'un parc – et il y a quelques boutiques pittoresques pour les touristes, un bar et deux ou trois jolis restaurants. Trois femmes superbes sont sorties d'une voiture garée au bord de la route, au moment où je passais. Les trois plus belles femmes du Mississippi. Elles allaient dîner dans l'un des jolis petits restaurants. Elles étaient sur leur trente-et-un et se dépêchaient à cause de la pluie. Elles ne voulaient pas abîmer leur robe et leur coiffure. Je leur ai brièvement demandé l'heure et deux d'entre elles m'ont totalement ignoré et ont continué. Je me suis cru l'homme invisible. Mais la troisième m'avait entendu. Elle a regardé en direction de ses deux amies. Elle avait l'air perplexe et il était évident qu'elle cherchait la traduction. Elle avait dû croire que je parlais une langue étrangère.

« Je ne vais pas vous mordre, je veux juste savoir l'heure », j'ai dit.

Alors elle a tourné les talons et toutes les trois ont poursuivi résolument leur chemin, et je suis resté planté là deux secondes, abasourdi ; je n'ai rien ajouté. J'ai gloussé intérieurement en leur souhaitant en silence de glisser et de s'affaler dans la boue. Comme il ne se passait rien, comme elles ont traversé le petit parking couvert de gravier, gravi les trois marches en bois et disparu dans la chaleur sèche du petit restau douillet, me laissant debout dehors sous la bruine, j'ai espéré qu'elles commanderaient des fruits de mer et que chacune tomberait sur une mauvaise huître ou un morceau de poisson-chat avarié.

Deux foulées plus loin, j'ai croisé un homme assis tout seul dans son pick-up. Il tuait le temps à regarder le fleuve et il s'en est détourné pour me voir passer. Quand nos regards se sont croisés, j'ai tapoté mon poignet et je lui ai fait le signe international pour demander l'heure. Je ne sais pas pourquoi je tenais à la connaître ; je n'avais pas de rendez-vous et je n'avais rien de mieux à faire que chercher un endroit où planter ma tente, ce qui m'était impossible tant que toutes les boutiques n'avaient pas fermé et que tout le monde n'était pas rentré chez soi.

Bill m'a invité à me réchauffer dans son camion.

« Vous avez besoin de faire des courses ou autre chose ? » Il avait un bel accent du Sud, très prononcé, mais distingué et facile à comprendre.

« Eh bien, il me faudrait du lait et quelques trucs. »

Il m'a emmené faire un petit tour de Natchez. Il était fier de la petite cité, cela se voyait, et il était content de m'y balader. Il a même essayé de me trouver un endroit où dormir et plus tard m'a indiqué le refuge de l'Armée du salut où au moins je serais au sec toute la nuit. Je m'attendais presque à ce qu'il m'invite chez lui, m'installe dans son grenier et me garde à dîner pour Thanksgiving le lendemain soir, mais c'était trop demander. Il avait déjà de la famille en visite pour les vacances.

Je lui ai dit que j'allais probablement camper dans le petit parc.

« Je ne ferais pas de feu si j'étais vous. La police viendrait et vous ferait déguerpir. Ils pourraient même vous boucler pour la nuit. »

Puis il a fouillé son portefeuille et en a retiré une carte de visite.

« S'ils débarquent et vous jettent en prison, passez-moi un coup de fil. Vous dormirez là-bas et je vous en ferai sortir demain matin. Je suis l'avocat de la municipalité. »

En réalité, il avait un petit cabinet privé et remplaçait l'avocat de la ville quand celui-ci s'absentait, comme ce soir-là.

J'ai eu le sentiment qu'il n'était pas très enthousiaste à l'idée de rentrer à la maison auprès de sa femme et de sa belle-famille, qu'il aurait préféré rester sur la digue à regarder le fleuve et le *Queen*, ou à discuter avec moi, ou à me montrer les magnifiques demeures de Natchez. Hope Farm. Stanton Hall. Longwood. D'Evereux. Ellicot Hill. Propinquity. Montaigne. Mount Repose. Des maisons aussi splendides, majestueuses et élégantes que leurs noms. Mais Bill devait rentrer chez lui.

Il s'en est allé et j'ai traîné en tuant le temps jusque tard dans la soirée. Quand tout a été fermé et que tout le monde est rentré chez soi, vers 21 heures je crois, j'ai tiré mon canoë quelques mètres plus en aval et j'ai monté la tente. Je me trouvais dans une petite ravine au bord de l'eau, tournant le dos à la pente émoussée d'une colline boueuse. Pas le plus pittoresque de mes bivouacs. Une barque croulante, pleine de fatras, était amarrée non loin ; plus tard, son propriétaire est revenu de la ville ivre et titubant, il est monté dedans et y a dormi. Je l'ai rencontré au matin et j'ai été stupéfait de découvrir qui c'était : stupéfait et ravi.

Mille sept cents kilomètres et je ne sais pas combien de jours plus tôt, Wally, à Piasa Harbor, m'avait parlé d'un fanatique religieux qui ramait pour le Christ dans un rafiot bricolé et rafistolé à la main. Lorsque James White s'est présenté le lendemain matin, les pièces du puzzle se sont mises en place et la mémoire m'est revenue.

« Eh ! ai-je soudain crié, c'est que je vous connais !

– Ah bon ?

– Je ne vous connais pas personnellement, mais j'ai entendu parler de vous. Là-bas, près d'Alton, ils parlaient d'un fêlé qui avait démonté son vélo et fabriqué un engin pour descendre le fleuve en pédalant.

– C'est bien moi. »

Que c'était étrange de l'avoir rattrapé après tout ce temps ! Je n'avais pas pensé à lui une seule fois depuis que j'avais quitté Wally.

Nous avons pris le petit déjeuner ensemble dans un hôtel-restaurant chic et on nous a jeté quelques drôles de regards, mais on nous a servis sans rouspéter. Avec sourires et affabilité, au contraire.

On a pris tout notre temps et on est restés assis là, comme des millionnaires, à bavarder toute la matinée, à parler de nos deux périples. Jim avait quitté l'Idaho sur une bicyclette tirant une petite carriole qui contenait ses affaires. Il avait reçu l'appel en direct, disait-il, de Jésus qui lui avait dit de traverser le pays à vélo pour répandre la bonne parole, prendre le pouls de la nation et remettre les choses en place. Et, je suppose, rendre compte.

Ayant moi-même entendu la voix de Dieu, je ne pouvais pas réduire ses propos à du fanatisme ou de la folie, mais je le regardais en coin. Les murmures que j'entendais ne me disaient jamais directement quoi faire. Pas en anglais, en tout cas.

Une fois qu'il est arrivé en Iowa et au fleuve, Jim a reçu le commandement de changer de direction, de trouver un bateau et de descendre le fleuve jusqu'à nouvel ordre. Il s'est mis à ramer jusqu'à ce que ses rames se brisent. Il a ensuite démonté son vélo et entrepris de scier des planches, de donner des coups de marteau et de bricoler jusqu'à ce qu'il ait enfin transformé son embarcation en barque à aubes. À présent, il pouvait s'asseoir sur son siège et pédaler sur le pédalier du vélo, et les planches agencées en aubes de chaque côté de la barque le propulsaient.

C'était lent, mais c'était une bonne idée, sauf qu'il s'était retrouvé coincé à la digue rocheuse juste audessous d'Alton et qu'Okie, l'opérateur-sauveteur que j'avais rencontré, avait dû le remorquer. Puis Jim avait dû réparer les dégâts.

Maintenant qu'il était arrivé à Natchez, il priait en fait pour que le bateau tombe en morceaux. Ce serait le signe que son voyage était terminé.

«Je dois continuer jusqu'à ce que le voyage soit achevé. Peut-être à La Nouvelle-Orléans, ou peut-être que je devrais continuer tout droit jusqu'au golfe du Mexique et l'Amérique du Sud.

– Et après ?

– Je ferai tout ce qu'Il me dira de faire. Mais j'en ai vraiment marre de ce fleuve.»

Pour quelqu'un qui répandait la bonne parole, il n'avait pas rencontré beaucoup de succès, il trouvait que le pays était rempli de sceptiques et d'impies qui n'avaient pas envie d'écouter. Ce serait donc le désastre pour eux tous, disait-il. Le désastre et la ruine frapperaient tous ceux qui l'avaient éconduit, qui s'étaient moqués de lui ou qui n'avaient pas voulu se tourner vers Dieu, et j'ai pris soin de ne pas dire ce qu'il ne fallait pas.

Jim avait l'allure d'un moine. Grand et mince, les cheveux gris hirsutes et la barbe de même, ne prêtant pas attention à son apparence, un visage juvénile qui démentait son âge et des yeux fous. Son regard s'est enflammé quand il m'a parlé de la révolution.

«L'heure est venue. Si le pays ne se tourne pas vers Jésus, ce sera à moi de les convaincre, et s'ils ne veulent toujours pas écouter, j'ai reçu la mission de détruire le pays. Je ne leur laisse qu'une seule et dernière chance.»

Quand il s'est mis à citer la Bible, j'ai su que le petit déjeuner avait assez duré.

«Peut-être qu'on pourrait voyager ensemble, a-t-il proposé. Dîner ensemble pour Thanksgiving, camper ensemble, nous tenir compagnie. On se sent parfois un peu seul, tu sais.»

Son bateau contenait tout le bric-à-brac de la Terre, sauf la télévision. Je ne sais pas comment il faisait pour trouver de la place et dormir. Mais il a repoussé le bazar, s'est faufilé à l'intérieur et m'a montré comment il déployait la plateforme en contreplaqué qui lui servait de lit.

« Tu pourrais naviguer avec moi. On attacherait ton canoë à l'arrière et on le remorquerait et tu pourrais te reposer. »

J'ai décliné, mais j'ai accepté son invitation à dîner avec lui pour Thanksgiving.

« Pars devant. Je dois remplir mon réservoir d'eau et démonter ma tente. Je te rattraperai. »

Avant de s'en aller, il a sorti une pince de son foutoir et réparé les fermetures des rabats de ma tente. Désormais, je n'aurais plus à m'inquiéter des moustiques qui s'infiltraient la nuit.

« On apprend à réparer à peu près n'importe quoi », il a dit.

Il est parti en pédalant sur l'eau, et je l'ai regardé s'éloigner. Il était tout à fait ridicule. À l'observer, j'ai ressenti l'arrogance des pilotes de remorqueur, le mépris pour les plus petits bateaux, mais toujours la camaraderie des partageurs du fleuve, tous bateliers que nous étions.

Je l'ai rattrapé une heure plus tard environ et nous avons allumé un feu sur un banc de sable. Nous avons fait cuire du riz et réchauffé une grosse boîte de ragoût de bœuf et Jim a dit une prière et nous avons mangé notre repas de Thanksgiving. Ce n'était pas le meilleur repas de fête de tous les temps, mais en cette occasion j'étais peut-être redevable de tant de choses et parfaitement conscient de cela pour une fois, que je n'ai jamais autant éprouvé le sentiment de faire une bonne action.

Je n'ai pas trouvé d'endroit où camper avant tard dans la nuit. L'eau était montée si haut que ce qui était normalement la terre ferme se trouvait sous la coque, et je canotais à travers la forêt, les arbres à portée de main de part et d'autre du canoë. Ils étaient plongés dans le fleuve jusqu'au cou.

Je cherchais des raccourcis, mais il n'y avait pas de courant et je devais pagayer dur. La nuit était agréable et j'appréciais l'eau qui montait en brume autour de moi, même si je sursautais de temps à autre aux gros ploufs que faisaient dans l'eau quelques bêtes énormes que j'imaginais être les poissons-chats géants, mais qui auraient pu tout aussi bien être des alligators plongeant dans le fleuve pour attraper un bout de viande au passage. Je n'étais pas loin des bayous de Louisiane et les alligators étaient vaguement envisageables.

Au matin, la fin était en vue. Je suis arrivé sur un chantier où l'on construisait un barrage. Un immense canal de dégorgement était déjà achevé et de grands panneaux prévenaient les petits bateaux de se tenir à l'écart. La force du courant les aspirerait dans le canal comme des débris dans un évier, et ils n'en sortiraient jamais, broyés peut-être sur place par les portes de la digue.

Près du chantier, David McKnight est descendu de son remorqueur pour m'aider. Il m'a embarqué dans son camion et m'a conduit à son bureau à quatre kilomètres de là, d'où j'ai appelé chez moi. Je préparais mon arrivée à La Nouvelle-Orléans. On était vendredi. J'y serais lundi.

David était originaire du Missouri lui aussi, d'Hermann, la petite ville où Robinovich avait grandi. Il ne la connaissait pourtant pas, ni elle, ni sa famille. Cela n'avait pas d'importance. Il était quand même du même coin. Qui lui manquait autant que je commençais à en avoir la nostalgie, mais il était coincé ici.

Ici. C'est ici que la bataille atteint son paroxysme, la bataille entre le fleuve et les hommes. Ici que le Mississippi veut filer à l'ouest et rejoindre la rivière Atchafalaya. Ici que les ingénieurs mettent tout en œuvre pour empêcher le fleuve de suivre sa propre voie vers la mer, la voie courte et directe. Ils creusent des canaux de dérivation et ils élèvent des barrages pour arrêter l'eau, la domestiquer et en affaiblir le débit. Ils gagnent, pour l'instant. Un peu plus loin il y a une écluse et une digue sur l'Old River qui relient tous ces systèmes et équipements fluviaux entre eux. C'est loin d'être un combat à armes égales, mais jusqu'ici le fleuve les laisse gagner.

Son lit quitte l'ouest, vire doucement vers le sud, puis fait un coude vers l'est. Là, le courant ralentit et les flots deviennent troubles et tristes. Le chenal est large et profond. Les arbres sont dans l'eau jusqu'à la taille. La digue de terre entre le fleuve et la prison de l'État de Louisiane est submergée. J'ai une impression étrange en traversant cette zone. Un mirador abandonné, l'allure d'un camp de concentration. Devil's Island. Je me demande combien de prisonniers tentent de s'évader par le fleuve et se perdent dans les forêts ou meurent dans les marais.

Un peu plus tard, deux chasseurs de chevreuils m'appellent à terre. Ils ont un magnifique hors-bord rutilant qui flotte près de leur campement et une tente dressée assez grande pour une famille. Chaises dépliées, glacière pleine de bières et réchaud à gaz. Tout le confort. Ils viennent de finir de dépouiller le chevreuil qu'ils ont tué et se reposent avant de refaire une battue tant qu'il fait jour. Robby Barry et Mike Hunt. Aimables messieurs de Baton Rouge. Ils m'offrent d'abord une bière puis ils passent au café.

« Vous avez déjà essayé le café *coon ass* ?

– Je crois pas. » Je me demande si c'est une marque.

« Vous savez ce que c'est, un *coon ass* ? »

Je n'en sais rien, mais j'aurais bien quelques idées.

« Cul de raton laveur, c'est comme ça qu'on appelle les Cajuns. Et le café *coon ass* est le meilleur des cafés.

– Pourquoi *coon ass* ?

– Parce qu'ils ont un de ces accents. Attendez d'en rencontrer un. Vous ne comprendrez rien. »

En guise de démonstration, pendant que nous parlons du fleuve, de voyages en canoë et de pêche, l'Atchafalaya glisse dans la conversation. Mais quand ils prononcent le mot, je ne le reconnais pas.

« C'est où ?

– Quoi donc ? Oh, je suppose que vous dites Atcha-fala-ya. » Mais quand ils le disent, deux ou trois syllabes sont coupées ou agglutinées et le mot devient étranger.

« Vous êtes passé devant la prison tout à l'heure ?

– C'était une prison ? J'ai cru que c'était un camp de la mort ou un truc de ce genre.

– Ça pourrait. Il paraît que les gardiens aiment tirer. Ils veulent qu'on tente de s'échapper rien que pour pouvoir vous abattre. Je m'étonne qu'ils ne vous aient pas tiré dessus au passage. »

Le territoire alentour appartient à des clubs de chasse. Pour tirer par ici, il faut être membre. À moins, bien sûr, d'avoir un hors-bord et beaucoup d'audace. Mike et Robby ont l'intention de rester jusqu'à dimanche. D'ici là, s'ils ont de la chance, ils auront assez de viande pour quelques mois, même en offrant des steaks de chevreuil en cadeau.

Et puis j'ai glissé hors de leurs vies, à travers la Louisiane. La dernière longueur. La Louisiane des deux côtés du fleuve à présent. Moins de trois cents kilomètres jusqu'à La Nouvelle-Orléans. Et puis j'en aurais terminé. Mais d'abord je devais dépasser Saint Francisville.

Retour à la civilisation

Plus proche est la destination, on dirait, plus il est difficile d'arriver. Au fond du cœur rôde la crainte d'une incertitude nouvelle : que se passera-t-il ensuite ? Tout sera-t-il complètement nouveau, merveilleux, inconnu, ce qui est effrayant, ou bien, ce qui est pire, tout sera-t-il comme avant ? Rien n'aurait changé ? Tout cela n'aurait eu aucune importance ? Finir, c'est en avoir le cœur net.

Ne pas finir, c'est rester dans les limbes, un bébé entre deux eaux.

Par chance, Saint Francisville a fourni la diversion d'une nuit à toutes ces inquiétudes.

J'aurais pu ne pas m'y arrêter. Il était encore assez tôt dans la soirée pour continuer et trouver un joli coin où camper. En plus, le haut niveau des eaux, les arbres et les marais tout autour du débarcadère rendaient impossible le camping au bord du fleuve. J'ai déniché un endroit, mais à côté il y avait une grande mare d'eau stagnante, idéale pour la reproduction de moustiques affamés. Et des ordures partout, jetées des voitures attendant de traverser le fleuve sur le ferry.

Saint Francisville est située à trois kilomètres. La route qui fait l'aller-retour s'achève ici, au bord de l'eau. Un ferry transporte les voitures qui veulent aller plus loin, avec un départ toutes les vingt minutes environ, accompagné d'un grand coup de corne, le moteur rugissant comme un monstre.

Il n'y avait vraiment nulle part où camper, sinon sur un parking couvert de gravier juste en amont du ferry où un remorqueur abandonné avait formé une anse. Pas vraiment le plus charmant des campings, mais qu'importe ! Je n'avais pas le choix.

J'ai dressé la tente en faisant abstraction des voitures qui tournaient, et peu après j'ai simplement tout laissé sur place et j'ai marché les trois kilomètres pour trouver un coin sympa où manger en ville. Je ne pouvais pas vraiment allumer de feu sur ce parc de stationnement. Le monde entier serait venu voir ce que je fabriquais.

Mon esprit se projetait à la fin du fleuve. J'étais nerveux et je voulais me calmer, rester dans le présent. La marche m'y aiderait.

La route était étroite et la nuit noire comme de l'encre. Pas une lumière alentour, sauf si une voiture arrivait. Alors, j'allais d'un côté à l'autre de la route pour éviter les bolides qui fonçaient. J'ai passé la cabane qui abrite la taverne locale où l'on sert de la bière glacée et des plats chauds, traversé la voie ferrée et lu le petit panneau historique qui dit tout sur l'ancien chemin de fer, descendu la côte et longé les cabanes miteuses des pauvres gens, longé la ribambelle de boutiques qui vendent des appâts aux pêcheurs et gravi la colline jusqu'à un petit carrefour.

La route principale allait tout droit. Un chien a aboyé méchamment dans la nuit. J'ai pris à droite par le chemin qui faisait un long détour.

Je suis arrivé au cœur de la ville et j'ai mangé dans un restaurant insolite, le Saint Francisville Inn, qui est en fait un hôtel d'étape et, oui, l'idée m'a traversé l'esprit. C'était aussi, semble-t-il, le meilleur endroit où faire un vrai repas et le seul ouvert, sauf à me contenter de poulet en barquette ou de poisson frit avec frites. Cela n'aurait pas été mal, mais j'avais envie de la touche de civilité offerte par l'hôtel. Je me demandais simplement comment je serais reçu. Je n'étais pas habillé pour les dîners de caviar au champagne.

Pour certains, la couleur de la vie est le rouge. Pour d'autres, c'est le noir et le blanc. Mais moi je sais que la couleur de la vie, dans ce pays du moins, c'est le vert. Si vous pouvez payer, en général, vous pouvez jouer.

« Est-ce que je peux dîner dans cette tenue ? » J'aurais dû ajouter : et sentant aussi mauvais.

Grand sourire de bienvenue : « Certainement, entrez donc. »

J'ai pensé que peut-être les affaires tournaient lentement ce soir-là, mais l'endroit n'était pas désert. J'ai pensé que l'hôtesse me mettrait dans un coin, à l'écart des autres clients, mais non. Elle m'a installé dans la salle à manger du fond, à côté de trois tables déjà occupées. Deux femmes âgées étaient assises à la première, trois touristes à la deuxième et, en face de moi, une jolie jeune femme, habillée pour la circonstance, dînait en compagnie d'un monsieur âgé qui n'était pas son père. Il fumait un cigare et bavardait avec le propriétaire comme un potentat local. J'ai tendu l'oreille pour entendre leurs conversations, surtout les chuchotements entre l'homme et la jeune femme, mais je suis resté bredouille. Le patron leur a apporté des digestifs offerts par la maison. J'en voulais un aussi.

J'ai essayé d'être civilisé. J'ai essayé de retrouver le raffinement que j'avais laissé au Minnesota. J'ai essayé de ne pas regarder les prix au moment de commander, mais mon porte-monnaie a dit non et à ce point du parcours j'étais à peine mieux que sauvage. J'ai essayé de prendre mon temps et de savourer la sauce qui nappait mon poulet (j'avais fini par prendre du poulet, après tout), mais j'avais trop faim et j'étais trop fatigué et obsédé par le parking où j'avais déposé mon canoë et planté ma tente. J'ai englouti la nourriture, j'ai essayé de m'attarder un peu, au lieu de quoi j'ai demandé l'addition et j'ai filé. Le patron qui était aussi le chef en cuisine était même venu bavarder, et pour lui montrer que je n'étais pas totalement ensauvagé et dépourvu de papilles, je lui avais fait remarquer que les courgettes auraient pu être un peu plus croustillantes.

« Elles ont été cuisinées exprès de cette façon », il a répondu, et j'ai tiré ma révérence.

Un de ces jours, je reviendrai ici, je passerai la nuit à l'hôtel, je m'offrirai un festin arrosé d'un petit vin merveilleux et je prendrai vraiment le temps de savourer mon plaisir. Mais pas ce soir.

Je me suis dépêché de rentrer au bivouac et de me mettre au lit. Je n'ai pas dormi longtemps.

J'étais allongé sur mon sac de couchage (il faisait trop chaud pour être dedans) depuis dix minutes pas plus. Puis les voitures sont arrivées. L'une après l'autre. On aurait dit un défilé. Avec des cris et des hurlements et les pneus qui dérapaient et crissaient sur le gravier. Non seulement j'avais choisi un parking moche pour terrain de camping, mais j'étais tombé sur le rendez-vous des jeunes du coin. Des voiturées d'ados envahissaient ma tranquillité relative pour boire leur bière et ce qu'ils avaient pu trouver. Ils étaient trop jeunes pour boire ailleurs.

Ils ne m'ont pas remarqué au début. Ils étaient trop occupés à s'émécher et à s'interpeller, et ce qu'ils ont repéré en premier, c'est le canoë.

« Eh ! Venez voir par là !

– Waouh ! Il sort d'où ce canoë ? »

J'ai pensé que j'allais devoir être brutal. J'ai cherché mon pistolet, mais je me suis ravisé. J'allais juste sortir et me montrer. Ça devait suffire.

« Allez. On met ce truc à l'eau. On va faire une balade.

– Par ici. Aidez-moi à le retourner. » Puis ils ont vu le barda rangé dessous. Puis ils ont vu la tente.

« Eh, attendez voir. Y a peut-être quelqu'un là-dedans.

– Qu'est-ce qu'ils foutent à camper ici ?

– Aucune idée. » Ils ont rejoint leurs amis en faisant crisser le gravier et je me suis reposé, tranquillisé. C'étaient de braves gosses. Inoffensifs.

Deux jeunes filles se sont approchées. Je les entendais parler et glousser. Elles allaient prendre leur courage à deux mains et jeter un œil sous la tente.

« Je n'ai pas peur. Je m'en fiche qui est dedans. Je vais voir. »

C'était trop. Je ne pouvais pas les laisser entrer, j'allais devoir sortir. D'un geste preste, j'ai dézippé le bas de la tente. Il n'en a pas fallu davantage ; les filles ont poussé un cri perçant et se sont enfuies en riant. Elles avaient eu leur frousse, leur frisson pour la semaine. Mais bien sûr, elles savaient maintenant qu'il y avait quelqu'un sous la toile, et pour limiter au maximum les blagues infantiles, j'ai bondi hors de la tente, au beau milieu d'un attroupement d'adolescents venus voir ce qu'il se passait.

À mon irruption, leur premier réflexe a été de déguerpir de surprise, mais ils se sont repris et regroupés, et j'ai eu droit à un tir croisé de questions :

« C'est méga chouette. Waouh !

– Vous faites ça tout seul ?

– Vous n'avez pas peur ?

– Je peux regarder sous votre tente ? Vous avez tout avec vous, c'est ça ? »

On a discuté quelques minutes et un jeune qui disait travailler pour le journal local a voulu m'interviewer et faire venir un photographe. Je me suis senti important.

« Vous repartez demain ? À quelle heure ?

– D'habitude je décolle à la première heure.

– Vous ne pouvez pas attendre un petit peu ? Jusqu'à dix heures, par là ? »

Un peu de notoriété ne fait jamais de mal à l'ego, mais je ne pouvais pas rester aussi longtemps. Je le savais. La Nouvelle-Orléans m'appelait.

« Écoutez. Je vais rester aussi longtemps que possible. Qu'en dites-vous ? Si je suis encore là, tant mieux. Sinon, eh bien, ce sera pour la prochaine fois.

– Vous allez le refaire ?

– Sait-on jamais. »

Et puis à mon tour je leur ai décoché deux ou trois questions. Par exemple, ce qu'ils faisaient par ici.

« Oh, on vient là parce qu'on a pas d'autres endroits où aller. On nous laisse pas boire en ville. On dirait même qu'on ne veut pas de nous là-bas. Et il faut bien qu'on aille quelque part. Faut bien qu'on fasse quelque chose. On peut pas juste se poser et devenir dingue.

– C'est vraiment mort par ici. On a que ça pour se marrer. On vient ici pour boire, faire la fête et traverser la flotte en 4 × 4. »

L'un des gamins avait pour titre de gloire d'avoir réussi une fois à atteindre les arbres de l'autre côté. Ils se souvenaient tous de qui s'était planté, quand et où, et à quelle profondeur.

Je ne voyais pas ce qu'ils trouvaient d'amusant, ni d'excitant là-dedans, mais pendant qu'on discutait, un frimeur au volant d'un pick-up équipé d'énormes roues surdimensionnées s'est rué en vrombissant dans l'étang, s'est arrêté à mi-parcours et, en vrombissant, est ressorti en marche arrière. L'éclate !

« Vous voulez rester avec nous ?

– Volontiers », j'ai dit. Je ne fermerais pas l'œil de toute façon. « Où est la bière ?

– Qui a encore de la bière ? »

Apparemment, aucun de ceux prêts à la partager.

« Vous voulez de la bière ?

– Pourquoi pas, j'ai dit. Si c'est une fête.

– C'en est une. »

Et un de mes nouveaux amis est parti en acheter.

Vendredi soir dans un petit patelin. La différence entre être môme dans un patelin et être môme en ville est que les apparences comptent moins. Dans un patelin, tous les gosses s'ennuient, qu'ils soient riches ou pauvres, ou très jeunes. Ceux-là allaient de onze ou douze ans jusqu'à dix-sept ans. L'âge n'était pas un obstacle. Ils pouvaient traîner tous ensemble et le faisaient. Les jeunes et les plus jeunes. Les gosses de pauvres sans voiture, les gosses de la classe moyenne qui s'en payaient une en travaillant le week-end et le soir après l'école, et les gosses de riches avec les machines à la mode offertes par papa. Et c'était facile de les reconnaître. Ils frimaient davantage, conduisaient un peu plus vite, faisaient rugir le moteur un peu plus fort, arrachaient le gravier du parking en faisant patiner leurs roues. Et c'étaient ceux-là que les autres regardaient de travers.

La bière a fini par arriver. Je n'en ai eu qu'une.

La fête a commencé à se séparer en petits groupes. J'ai observé ce qui se jouait dans celui où un gamin, qui avait habité là mais qui avait déménagé en Californie avec son père, était revenu en visite. Il était l'un des leurs, mais ça ne collait plus. Il était devenu un étranger avec lequel les autres devaient se montrer polis.

J'avais ma propre bande à présent, et quand les groupes ont commencé à se défaire, Clint et Skeeter m'ont installé sur la banquette arrière encombrée de leur voiture et m'ont emmené faire un tour en ville. Ils parlaient des filles du coin en racontant des bobards. C'était comme au lycée, mais en mieux. Je n'avais qu'à observer. Une balade en ville avec les gamins, en somnolant sur la banquette comme un petit vieux.

Quand enfin ils m'ont mis dehors, la fête était finie et tout le monde avait filé. Il devait être près de deux heures du matin. Ils se sont arrachés en faisant hurler le gravier du parking. Sous la lueur orangée de l'énorme centrale électrique qui éclairait le ciel jusqu'à l'autre rive, je les ai regardés partir, j'ai rampé sous ma tente et j'ai dormi.

Les ados avaient été une agréable diversion qui m'avait distrait de mes préoccupations. J'ai bien dormi, je me suis réveillé de bonne heure et j'ai filé aussitôt. Je suis arrivé à Baton Rouge à temps pour déjeuner. En chemin, j'ai rencontré un homme, le bien nommé Rivers. Il barrait à la poupe d'une pirogue tandis que le jeune qui l'accompagnait tirait sur des canards qui volaient au-dessus de leurs têtes. À ma vue, ils se sont rapprochés au moteur et m'ont pris par le bras pour qu'on dérive ensemble et qu'on discute.

Rivers était un Cajun, pêcheur d'écrevisses, mais ce n'était pas encore la saison. Il était sorti pour s'amuser. Il habitait le bayou et je le comprenais à peine. Son accent était aussi épais que sa moustache. Mais il n'avait rien à raconter. Il était juste venu voir ce que je faisais, me souhaiter bonne chance, comme tout le monde le long du fleuve, et il voulait me dire de faire attention aux bateaux-citernes et aux remorqueurs.

Je pensais qu'il parlait des remorqueurs et des barges. J'ai compris plus tard de quoi il retournait.

J'ai pris le méandre en chantant et j'ai continué jusqu'à Baton Rouge. Le fleuve fait un grand coude juste avant la ville qui se situe sur la rive opposée. La circulation était très dense et la navigation pas si fluide, mais je me suis débrouillé comme un chef. Je suis allé en ville à la recherche des spécialités cajuns, comme le riz aux haricots rouges, mais j'ai dû me contenter d'un burger-frites. Le panneau à l'extérieur de l'auberge où je me suis arrêté pour déjeuner promettait tout ce que je cherchais. À l'intérieur, c'était une autre histoire. J'ai pris le burger. Je n'ai pas traîné. Je ne voulais pas différer la fin du voyage, la retarder d'une seule minute. Du moins, pas à ce moment-là.

J'effleurais l'eau aussi légèrement que possible, voguant longtemps après la nuit tombée. La minute d'après, je naviguais dans la lumière du petit matin, dans un monde totalement différent, celui des pétroliers géants et des remorqueurs.

Le domaine des barges s'achève à Baton Rouge. De Baton Rouge vers le sud, le fleuve est beaucoup plus profond et les ponts qui l'enjambent sont plus hauts ; dès lors, le Mississippi peut supporter le poids des pétroliers qui s'en vont approvisionner le monde entier.

J'ai rencontré mon premier pétrolier dans la matinée. Départ du camp tôt dans la brume, deux méandres serrés, et le voilà. Un navire rouge et massif, avançant fièrement sur l'eau. Le *Hoegh Forum*, en provenance d'Oslo.

Si les autres étaient des bêtes, ces énormes machines étaient des mastodontes, hauts de vingt étages et plus longs de la proue à la poupe que n'importe quel convoi de deux barges attachées ensemble, plus le remorqueur. Acier rouge vif, devenant plus sombre sous la ligne de flottaison, et rouille orangée s'immisçant partout à travers la peinture. Je pouvais presque sentir la mer salée se mêler à l'odeur boueuse du Mississippi.

Je me suis écarté et j'ai observé l'avant effilé du navire peler les couches d'eau qui se jetaient à sa proue. Si radicalement différent du fleuve qui giflait l'avant carré des barges. L'eau s'écartait de ces bâtiments, leur proue coupant droit dans le flot, repoussant une montagne liquide qui se précipitait sur moi comme un raz de marée. J'attendais la catastrophe en serrant les dents. C'était étrange pourtant. Le sillage des mastodontes créait des vagues hautes et rapides, mais pas brutales du tout. Elles étaient très douces en réalité, et tant que je maintenais le nez du canoë face au mur d'eau mobile, je dansais doucement sur la crête des vagues successives. N'y comprenant rien, j'ai tenté de m'expliquer ce phénomène par la profondeur du lit, ou la rotation inversée du moteur du pétrolier, ou la facilité avec laquelle celui-ci fendait les flots, mais quoi qu'il en soit, la sensation était géniale et la navigation beaucoup plus amusante que dans le sillage des barges.

Le *South Fortune* est arrivé sur moi. Son nom était écrit deux fois, en anglais et en caractères chinois. Il aurait pu venir de n'importe où en Extrême-Orient, mais à sa poupe battait le pavillon qui flotte au Liberia, et son port d'attache, inscrit en lettres grasses et blanches à l'arrière, était Monrovia. Il y avait deux autres pavillons dressés hauts sur le pont, l'un japonais, l'autre américain. Le navire appartenait donc à des Japonais et était enregistré au Liberia. La plupart des pétroliers que j'ai croisés battaient pavillon libérien. Tous arboraient le drapeau américain.

Quand un pétrolier quitte le golfe du Mexique pour l'un des chenaux du delta du Mississippi, il doit s'arrêter aux Passes et embarquer un pilote américain qui connaît le fleuve. Tant que le navire navigue sur le Mississippi, il est le navire du pilote américain et bat pavillon américain.

Je suis entré dans la vallée de ces grands navires: pétroliers, céréaliers, vraquiers. *Exxon Baytown*, *Enand Hope*, *Alonssos* et quelques vaisseaux d'Orient dont je ne pouvais pas déchiffrer le nom. Mais est arrivé ensuite le *Professor Kostiukov* d'Odessa. À son passage j'étais mort de fatigue et mon épaule me lançait. Mais tous les matelots à bord sont sortis sur le pont pour regarder. Je me suis rendu compte qu'ils m'observaient à la jumelle, en se demandant peut-être qui j'étais ou ce que je faisais. Peut-être pensaient-ils que j'étais un espion. Peut-être enviaient-ils ma liberté. Impossible pour eux de faire une chose pareille. On les soupçonnerait de vouloir s'échapper, ce que j'étais exactement en train de faire, mais d'une autre manière. L'un d'eux est sorti avec un appareil et a pris des photos. Leurs amis n'en croiraient pas leurs yeux. Je me suis redressé et j'ai poursuivi comme si j'étais frais et dispos et que je venais de démarrer. Je voulais les rendre jaloux. Et puis ils m'ont fait des signes. Un marin a mis ses doigts dans sa bouche et son joyeux sifflement a transpercé l'atmosphère, ce qui m'a ragaillardi pour de bon. J'ai levé les bras au-dessus de ma tête et ils ont fait pareil. Nous étions frères sur l'eau, hommes du fleuve, navigateurs, marins, tous autant que nous étions.

Les histoires que j'avais entendues sur les remorqueurs étaient absolument fausses. C'est vrai, le sillage de bateaux excessivement rapides et bruyants, celui des vrais remorqueurs et celui des embarcations très puissantes qui pour transporter les équipages font la navette entre le rivage et le navire, produit les déferlantes les plus terrifiantes, des vagues qui peuvent retourner un canoë comme une pièce de monnaie. Mais tous ceux que j'ai croisés coupaient leur moteur jusqu'à avoir mis une distance de sécurité entre nous. Et une fois que je ne risquais plus d'être submergé, ils remettaient les gaz et accéléraient de nouveau. Quelle incroyable prévenance. J'espérais seulement qu'ils entendraient mes remerciements murmurés. Je suis sûr qu'ils leur parvenaient. Ils me faisaient souvent signe.

J'étais de nouveau radieux. Alors que le soleil descendait sur l'horizon et que le fleuve virait à l'est, j'ai fait la course avec le vent et avec un pétrolier. Le pétrolier l'a emporté et nous a dépassés tous les deux et j'ai navigué à son côté. J'ai attrapé la vague de son sillage et pagayé dur pour rester dessus. J'ai chevauché la vague comme un surfeur, euphorique. Un remorqueur est arrivé et j'ai répété mon exploit.

Plus tard cet après-midi-là, j'ai retrouvé le *Delta Queen*. Il était à l'ancre, ayant débarqué ses passagers le temps d'une excursion dans une plantation à proximité. Le *Queen* revenait déjà de La Nouvelle-Orléans, il passait la journée ici et y retournerait le soir même. Le capitaine m'a dit de le retrouver en ville à mon arrivée le lendemain, il me ferait monter à bord, me ferait visiter et m'inviterait à déjeuner. Je lui ai répondu que je n'y manquerais pas.

Le *Queen* m'a doublé à la tombée de la nuit. Il brillait de tous ses feux comme pour une fête sur le point de commencer, et je me suis faufilé à tâtons entre les barges en mouvement et celles à quai, en longeant les docks industriels. Une fois de plus j'étais dehors après la nuit tombée. J'ai dépassé plusieurs sites qui auraient fait des lieux de camping très corrects et certainement bien meilleurs que celui où je me suis finalement arrêté, au milieu des arbres, sur une butte, derrière un parking flottant pour barges vides qui avaient transporté des céréales et en conservaient l'odeur, des barges qui ont tangué toute la nuit, se cognant les unes contre les autres, leurs amarres grinçant sans cesse sous la tension. Mais je n'arrivais pas à me résoudre à quitter le fleuve. Je me fichais du danger qu'il y avait à canoter dans le noir au milieu de cette mêlée de rouille et d'acier, je me fichais de percuter quelque chose ou d'être percuté, ou de passer par-dessus bord et de me noyer. Je voulais rester sur l'eau aussi longtemps que possible cette nuit-là. Ce serait ma dernière nuit sur le fleuve.

Je voulais la faire durer.

Le lendemain serait mon dernier jour.

L'ultime danger

Le dernier jour. Et le plus long.

Dans l'attente du lendemain, je dors mal. Le vent se lève pendant la nuit et gonfle la tente, la tiraille, éprouve ses fixations et l'écartèle en tous sens. La pauvre tente se prend une raclée toute la nuit et je dors par à-coups. Et pourtant, je suis incapable de dire s'il a plu cette nuit-là. Mon esprit est encombré d'un bric-à-brac de pensées confuses.

Demain est mon dernier jour sur le fleuve. J'attends demain, la victoire, sa célébration et ce qui suivra avec impatience. En même temps, mon esprit revient en arrière caresser les souvenirs de cette aventure. Trempés par les flots, séchés et dorés par le soleil, rafraîchis par les brises, entretenus par tous mes nouveaux amis et à présent récoltés par mes soins. Nourriture engrangée pour mes vieux jours.

Ce voyage a été assez remarquable, non ? Je ne dirais pas que j'en ai savouré chaque minute, et pourtant, j'en ai aimé chaque minute. D'un bout à l'autre, j'ai vécu ma vie au présent, ici et maintenant, sans rêver à ce qui s'était déjà produit, et sans planifier le lendemain, ni m'en inquiéter.

Jusqu'à maintenant.

Maintenant, mon cœur survole les jours passés, et j'essaie de les classer. Je veux me souvenir des visages, des événements et des lieux, mais je n'arrive déjà plus à me rappeler tous les noms.

Combien de temps s'écoulera avant que mon voyage ne soit magnifié et que je ne m'en souvienne plus tel qu'il a été, mais tel qu'il aurait pu ou aurait dû être ? Au lieu de quelques chiens sauvages, c'est une harde de loups en colère qui ont attaqué ma tente. Au lieu de deux ou trois ploucs, j'ai combattu à mains nues une douzaine de survivalistes en tenue de camouflage, et j'ai gagné.

Combien de temps avant que je n'oublie la peur et la douleur et que je ne me transforme en héros plus grand que nature ? Combien de temps avant que je ne devienne le pourvoyeur d'aide et de bénédictions le long du fleuve, au lieu du nécessiteux que j'étais ? Alors je me ferais plus grand que je ne suis et le fleuve et l'aventure moins grands qu'ils ne l'ont été.

J'écris tout cela pour ne pas oublier, pour ne pas déformer ce qui a été réel et vrai. Je ne veux pas oublier à quel point mon cœur a chanté devant la beauté du lac Itasca, ni combien il s'est emballé de panique au passage des barges ou aux tourbillons trop puissants du fleuve.

Oh l'aventure que j'ai vécue ! Je veux m'en souvenir parce que je ne veux pas qu'elle se termine.

Pendant un instant, j'envisage de poursuivre au-delà de La Nouvelle-Orléans, d'aller jusqu'au delta, après les Passes, tout au bout – il n'y en aurait que pour deux jours de plus – de quitter le fleuve et de pousser le canoë jusqu'à la mer. Ce serait une belle façon d'en terminer.

Hélas ! Le canoë ne m'appartient pas. Et comment rapporterais-je tout mon barda ? Et où en trouverais-je la force ?

Ce n'est pas ce que je veux, de toute façon. J'accompagne le fleuve depuis très, très longtemps. J'ai connu sa mère. J'ai assisté à sa naissance. Je ne veux pas le voir mourir. Je l'ai vu vagabonder par jeu dans sa jeunesse et rouler joyeusement. Je ne veux pas le voir s'égarer dans le delta, chercher son chemin dans les bayous, faible et perdu comme un vieillard. Je le quitterai à La Nouvelle-Orléans.

Mais les fleuves ne meurent pas vraiment, n'est-ce pas ? Ils ne finissent pas. Ils deviennent l'océan et l'océan redevient fleuve, dans un grand cycle. Ainsi n'y a-t-il qu'un seul fleuve. Il coule sans fin, se répandant à travers le monde, se multipliant, devenant d'autres fleuves, se séparant, se rejoignant, allant toujours de l'avant, ne finissant jamais, toujours un avec les autres fleuves. L'unité des fleuves fait leur force.

Je repense aux portions où je n'ai pas navigué, aux trajets que j'ai faits en voiture ou à bord de remorqueurs, aux nuits confortables que j'ai passées. Ai-je triché ? Ou bien le fleuve m'a-t-il donné ce dont j'avais besoin quand j'en avais besoin ? Je peux voir les choses des deux façons, mais je n'en aurais jamais le cœur net.

Devrais-je revenir au point de départ et refaire tout le parcours en promettant de ne prendre aucun raccourci, aucune échappatoire ? Non. Bien sûr que non. Je ne ferais que tenter de revivre de précieux moments déjà vécus. Rien ne serait pareil, rien ne ressemblerait à mes souvenirs, ni à ce que je voudrais. Ce serait une déception.

Non que le fleuve ne m'ait pas infligé sa dose de déceptions parfois, mais rien que je n'aie pu surmonter. Je le sais maintenant. Et si j'ai triché en effet, au moins je sais que ce n'est pas faute d'avoir été à la hauteur de la tâche. Je pouvais faire face s'il le fallait. Quelques kilomètres supplémentaires, quelques jours de plus auraient été faciles en comparaison des difficultés et des frayeurs que j'avais déjà surmontées. Je n'ai pas peur des moments difficiles. Le fleuve m'a appris à les endurer sans craquer. Survivre aux épreuves m'a endurci et rendu plus apte à apprécier les bons moments, ce qui m'a rendu meilleur. Le fleuve m'a aidé à bonifier mon âme, et c'est tout ce qui compte pour moi.

Mais d'abord je dois arriver à La Nouvelle-Orléans. Le voyage n'est pas encore terminé.

Et comme pour me le signifier, me sortir de ma rêverie à coups de gifles et me ramener dans le présent, comme pour me rappeler qu'il n'est ni vieux, ni faible, ni égaré dans le grand âge, le fleuve se déchaînera contre moi toute la journée.

Le vent nocturne finit par tomber et je démonte la tente. Le soleil est déjà haut et la matinée bien entamée. J'ai plus de soixante kilomètres à faire, mais ce ne sera pas à un problème si le fleuve est calme et le courant rapide. Je devrais y être vers 13 heures.

Mais le fleuve n'est pas de cet avis. Je mange, je me dépêche d'embarquer et je ne suis pas plus tôt sur l'eau, à l'aise, et dans mon rythme bien rodé, que le vent soulève les vagues et me ballotte en tous sens.

J'ai été malmené plus d'une fois par le vent et le courant jusqu'à maintenant, mais cela ne ressemble à rien de ce que j'ai connu auparavant. C'est si violent, si déstabilisant que je ne vois pas comment m'y prendre. Je vais m'arrêter, me repérer.

Le fleuve s'oriente progressivement vers le nord. Après une petite courbe en S, il se redresse et coule en parfaite ligne droite sur huit kilomètres. Un coude le dirige vers le sud sur les quatre kilomètres suivants, puis il tourne encore et descend plutôt vers l'est en marquant deux ou trois virages légers qui l'envoient à La Nouvelle-Orléans. Ça paraît si facile sur la carte. Sur l'eau, c'est mission impossible.

Je me rends compte que mes bras tremblent. Je dois débarquer pour reprendre mon souffle. Et maintenant ce sont mes jambes qui me lâchent. Je suis vraiment perturbé. C'est très dangereux. Dommage que je me sois organisé pour qu'on me récupère aujourd'hui. Sinon j'attendrai que le vent tombe. Quand bien même je n'arriverais à La Nouvelle-Orléans que demain ou après-demain. Aucun problème ! Mais je ne peux pas. Si je n'arrive pas aujourd'hui, ils penseront que je me suis noyé ou que j'ai eu un accident. Surtout quand ils verront à quel point le fleuve est démonté. Ils vont s'inquiéter, paniquer, devenir dingues. Je dois arriver là-bas coûte que coûte. Alors, faisons encore une tentative.

Je vais essayer d'appliquer les trucs que j'ai appris en chemin pour manœuvrer en eau vive. Maintenir la proue dans le sens du vent si je peux et, si je ne peux pas, je laisserai le vent me pousser dans un sens et je pagaierai dans l'autre pour maintenir le canoë droit. Plus ou moins.

Mais aujourd'hui le vent ne se laisse pas manipuler aussi facilement. Aujourd'hui, le vent est tellement plus fort. Il souffle du nord et, quoi que je fasse et quelle que soit l'énergie que j'y mette, il me ramène sur les hauts-fonds et me râpe contre les rochers.

Si au moins j'atteignais le coude. Je me retrouverais alors en direction du sud et j'aurais le vent dans le dos. La navigation sera plus facile, sinon plus fluide, et je gagnerai du temps. J'en ai déjà perdu pas mal et l'effort me déchire l'épaule.

Mais je dois me reprendre à présent. Impossible de laisser voir mon calvaire. On m'observe et je ne veux pas qu'on soit témoin de ma souffrance. Et je ne veux pas qu'on voie le fleuve m'exténuer jusqu'à la mort.

Le pilote du *Jim Ludwig* sort sur le pont et me hèle. « Bonjour monsieur ! » Je ne peux pas lui faire signe. Si j'arrête de pagayer ne serait-ce qu'un quart de seconde, je serai immédiatement projeté contre la terre ferme. À la place, je hurle en retour, espérant qu'il comprendra à quel point je suis occupé. J'espère qu'il devine que je suis un chic type.

Un peu plus tard, le *Terri Lynn* me salue par deux coups de trompe. Ces salutations suffisent à ranimer un peu de vie en moi, et je vais en avoir besoin maintenant.

L'allure a été lente toute la matinée, et j'ai mis une éternité pour arriver là, mais j'ai fini par atteindre le coude. Néanmoins je vais changer d'avis, je crois. Je pense que je m'en sortirai mieux si je parviens à traverser le fleuve, à me mettre à l'ombre des arbres de l'autre côté. Ils devraient m'abriter du vent.

Juste après le tournant, j'entreprends la traversée. Je ne veux pas trop avancer avant de le faire. Des barges sont à l'arrêt au beau milieu du fleuve. Si je descends encore avant de traverser, je devrai les contourner et je ne vois pas ce qu'il y a au-delà. Elles sont assez loin, on dirait qu'il y en a douze ou quinze de front, et je ne sais pas combien en longueur. Il y a trois remorqueurs derrière elles. Dieu merci, ils ne bougent pas. Trois remorqueurs à la fois. Leur sillage dans cette eau démontée me tuerait.

Si par contre je me lance maintenant, je pourrai utiliser le vent. Tout ce que j'aurai à faire sera de progresser régulièrement. Je n'aurai même pas besoin de viser l'aval. Le courant et le puissant vent du nord me porteront vers le sud.

Mais tandis que je traverse, le vent me pousse plus vite en aval que je ne me rapproche de la rive opposée. Les barges vont finir par me poser des problèmes malgré tout. Si je n'y prends pas garde, je vais les heurter par le travers. Je suppose que ce sera un moindre mal.

Holà ! L'un des remorqueurs vient de cracher un nuage noir par sa cheminée. Le convoi n'est pas à l'arrêt, après tout. En fait, il avance, toutes ces barges allant si lentement à contre-courant que le mouvement est imperceptible.

J'ai fait une terrible erreur. Je n'aurais pas dû arrêter de pagayer pour observer leur mouvement. À présent, je suis à peu près sûr de leur rentrer dedans. Je dois prendre une décision cruciale. Poursuivre ma traversée ou abandonner cette tentative et continuer vers l'aval pour le faire plus tard.

Non. Je garde le cap et je traverse. Question de fierté, je suppose. Je veux être plus fort que le vent. Mais en attendant, je vois bien que les barges bougent et me rattrapent. La force du courant et leur lenteur sont trompeuses, mais elles avancent, c'est certain, et si je ne me dépêche pas, j'irai droit sur elles et je me ferai avaler tout cru.

Les vagues enflent. Le soleil les frappe de biais et elles étincellent. Si dangereuses, mais si belles. Le fleuve miroite de brillantes zébrures.

Pas le temps de regarder et d'admirer. Je ne progresse pas autant que je le devrais et maintenant je suis trop loin. Je ne peux plus m'arrêter. Que je m'arrête ou que je continue, le courant m'emporte si vite que je vais sûrement me faire aspirer sous les barges. Je pourrais sauter par-dessus bord. Je me débrouillerai mieux à la nage.

Non. Quelle idée idiote. Il faut simplement que j'y mette un grand coup. Maintenant !

Plus fort, plus fort, je pagaie. Plus près, plus près les barges se rapprochent de moi. Elles sont laides comme la mort, énormes et monstrueuses, et avec leur odeur de rouille, de diesel et de fumées, elles puent comme la mort.

Non. Je ne me rendrai pas.

Les barges sont à moins de trois mètres quand finalement je glisse sous leurs étraves et que je les passe toutes. Tout près. Trop près. Mais j'ai réussi.

Ce n'est pas terminé. Le pire est encore à venir.

Le fleuve est extrêmement large désormais. Au milieu se dressent de gigantesques structures en béton auxquelles sont scellés des anneaux d'acier, qui servent à amarrer les énormes bateaux-citernes sur le fleuve. C'est comme un champ de mines.

Après le prochain virage vers l'est, les arbres de mon côté du fleuve disparaissent et je suis entièrement exposé au vent. Le lac Pontchartrain est quelque part en amont et le vent doit souffler de cette nappe qui en réalité est un lagon d'eau salée, un bras de mer avec marées montantes et descendantes. Les vents qui en ébouriffent la surface doivent être de puissants souffles marins. Je suis malmené par des brises marines alors que je suis à cent soixante kilomètres de l'océan.

Le vent veut m'envoyer sur la rive opposée. C'est ce qu'il a voulu toute la journée, me contrôler, me rabattre le caquet peut-être, et je ne veux pas aller là-bas. Je ne peux pas me laisser faire. J'ai mis trop de temps et trop d'énergie pour arriver de ce côté-ci, si je me fais renvoyer en face, le vent me clouera au rivage.

Espèce de vieux fleuve hargneux, rusée canaille. Tu es un dur à cuire, mais je suis plus dur encore. Tu ne m'auras pas. Pas après tout ça, après tout ce que nous avons enduré ensemble. Tu m'en as trop appris. Maintenant, je vais te montrer combien.

Mais le fleuve insiste et me ramène au milieu du chenal et là j'ai ma dose. Je baisse les bras. Je suis tout bonnement trop fatigué: bientôt je me retrouve à cogner contre les barges amarrées de l'autre côté.

Je pourrais rester là un moment. Ce ne serait pas si mal. J'avancerai doucement en me laissant aller. Pourquoi est-ce que je veux avoir le dessus, d'abord ?

Parce que. Voilà pourquoi. Parce que tout simplement.

Et je retourne à la bagarre.

C'en est une rien que de revenir au milieu du fleuve. Si je peux y rester un peu plus longtemps en gardant le cap, bientôt il refermera son méandre sur moi et je me rapprocherai de nouveau de la rive gauche.

Le fleuve n'a que faire de ma stratégie et tente de me faire dégager de là. Mais je m'incruste, je me bats et je l'emporte. Bientôt, je peux faire une pause. Le vent lâche prise et doit sans doute en faire autant, pour se préparer au prochain assaut. Je serai paré.

Pendant ce temps, le chenal s'anime. Barges, bateaux-citernes, remorqueurs. C'est là que les barges venues du nord ont apporté leur chargement de céréales, là que les vraquiers le reprennent pour le distribuer à travers le monde. Elles ont rempli leur mission, passé le relais, et elles repartent pour la suivante.

Les vraquiers sont à l'ancre sur les rives. Un vaisseau asiatique est en train d'être récuré, gratté et repeint par des équipes d'ouvriers pendus à ses flancs sur des échafaudages. Ils me font des signes et me hurlent des choses, mais je ne parle ni japonais, ni chinois ou quoi que ce soit. Je ne comprends pas les paroles, mais je devine ce qu'ils me disent. Je leur fais signe en retour.

Sur d'autres bateaux, d'autres équipages me regardent. Un remorqueur rugit non loin, son moteur couvrant tous les autres bruits du fleuve. Le moteur se calme puis tourne au ralenti jusqu'à ce que l'engin m'ait largement dépassé. Toujours la même courtoisie. Le capitaine me fait signe. À son passage, les vagues qu'il crée me secouent violemment mais, même après qu'il a passé, elles n'abandonnent pas. Le fleuve est prêt pour le prochain assaut.

Ô, pourquoi tu ne peux pas me laisser tranquille ? Pourquoi ne me rends-tu pas les choses plus faciles ? Tu le pourrais si tu voulais. Tu le ferais si tu m'aimais vraiment. Je pensais que nous étions amis.

Je croche l'eau vigoureusement, mais c'est inutile. Depuis le dernier méandre, le fleuve a changé. Ce n'est plus un cours d'eau fou et tourbillonnant, qui me montre ses muscles et joue avec moi. C'est l'océan et des vagues qui font près de deux mètres de haut. L'eau s'engouffre dans le canoë et le vent me promène partout. Ce serait une folie de me battre contre ça. Je vais laisser le fleuve m'emmener là où il le souhaite. Vouloir faire autrement serait suicidaire dans ces violents remous.

Aussitôt le courant me précipite sur les hauts-fonds près du rivage. Et aussitôt je mesure l'étendue de mon erreur. Je racle les rochers et me retrouve coincé dans les branches d'un jeune arbre maigrichon qui ploie à chacun de mes mouvements. Il me tient et il ne me lâche pas, et je ne parviens pas à me libérer même en reculant. Quoi que je fasse je suis coincé, jusqu'à ce que je sorte du canoë, que je sois trempé et me libère. Mais même ainsi, je ne peux pas avancer parce que le fleuve et le vent ne le veulent pas. Je gagne péniblement du terrain quelques mètres à la fois.

Je m'arrête pour déjeuner bien que l'heure soit passée. Des sandwiches au beurre de cacahuète et une bonne dose de réflexion.

Que faire. À ce rythme je ne serai jamais à La Nouvelle-Orléans avant la nuit. Si je trouvais un téléphone, je pourrais prévenir quelqu'un que je n'arriverai pas avant demain. C'est ce que je devrais faire.

Une compagnie d'aigrettes blanches, étrangement incongrues au milieu des déchets industriels et des lotissements, se pavane sur le rivage. Dans le ciel, des mouettes planent. Je n'ai vu aucun de ces oiseaux depuis que j'ai quitté Minneapolis, bien que je ne voie pas pourquoi elles auraient été là-bas.

Mais encore une fois, pourquoi suis-je ici, coincé par le vent et incapable de me libérer ? D'être libre, comme ces oiseaux.

C'est bon. Grosses vagues ou pas, peu importe les risques, mortels ou pas, je dois y aller. Je dois y arriver. Je dois regagner l'autre rive, ou bien je n'aurai aucune chance d'atteindre La Nouvelle-Orléans, et tant que je progresse, aussi peu que ce soit, j'ai une chance d'y arriver. Il n'y a que quinze ou seize kilomètres jusqu'au pont de Huey Long. Au diable la mort.

Et elle est là, la mort qui me regarde droit dans les yeux, m'éclaboussant de sa vase, s'acharnant à me dégoûter et à me faire lâcher prise. Mais pas cette fois. Coule-moi, noie-moi, mais tu ne me feras pas peur.

Et puis je sais ce que c'est, ce que c'était, ce que ce sera pour toujours. Si je veux vivre, si je veux vivre libre et conquérir la gloire, je dois être prêt à mourir.

Alors je retourne au milieu du chenal, et je dois maintenir la proue du canoë dans les déferlantes. Si je laisse le vent ou le courant me faire tourner, les vagues verseront dans le bateau par le côté, elles le rempliront et me couleront. Mais ce n'est pas facile. Mon épaule. Le vent. Et toute cette eau. Je veux abandonner. Je suis déjà à bout de souffle. Mon dos est trempé de sueur. Et le canoë bondit sur les vagues et s'écrase comme un brise-glace.

Je dois minuter parfaitement chaque bond en l'air. Et j'y parviens, attaquant la crête des vagues et retombant, non pas dans un creux, mais sur une surface plane. J'ai de la chance, jusqu'ici.

Trop vite je fatigue. Je m'arrête juste un instant, mais il dure une éternité. Le courant fait virer le canoë, et l'enjeu de la bataille n'est plus de traverser le fleuve, mais de remettre le canoë dans l'axe des vagues. L'eau s'engouffre par-dessus bord. Ce n'est pas le moment de m'en inquiéter. Je ne veux m'inquiéter de rien. Je dois juste y arriver.

Allez maintenant. Pousse donc. Croche. Enrage contre ce maudit fleuve. Va, va, va ! Si tu t'arrêtes maintenant, tu peux dire adieu à tout. Tu es mort.

Mais quelqu'un va me voir. Ce gros bateau-citerne là-bas. Ils doivent m'observer à présent.

L'épaule me brûle. Les vagues ne lâchent pas prise. Moi non plus. Je vais y arriver.

Encore soixante mètres. Quarante. Vingt.

Pourquoi suis-je repoussé vers l'amont ? Que se passe-t-il, bon sang ?

Pas le moment d'y réfléchir. Croche l'eau et pousse, c'est tout. Pagaie ! Pagaie ! Pagaie !

Les vingt derniers mètres sont aussi durs que les vingt premiers. Je ne serai pas complètement tiré d'affaire tant que je n'aurai pas rejoint, puis dépassé, ce pétrolier du Panama. Et puis, ça y est, j'y suis. J'ai réussi. Les pétroliers amarrés là bloquent le fleuve et l'eau est calme. Je peux me reposer. Je peux respirer. Ô Dieu !

Quelle épreuve. Quel triomphe.

La fraîcheur de la fin d'après-midi est en train de tomber, et maintenant je longe l'aéroport de La Nouvelle-Orléans. Les avions au-dessus de ma tête volent bas dans le ciel, on pourrait les toucher. J'y suis presque, mais je n'y arriverai jamais avant qu'il fasse nuit. Et dans cette eau agitée, je serai encore plus fou si je continuais après la nuit tombée. Il est temps d'abandonner.

Et le voilà. Le Huey P. Long Bridge. Pour moi, c'est la frontière de La Nouvelle-Orléans. Je suis assez près du but.

Une fois encore, ce fleuve qui m'a aidé, qui m'a guidé et m'a éprouvé à chaque étape du voyage et qui, toute la journée d'aujourd'hui, m'a combattu bec et ongles, ce même fleuve m'envoie mon salut. Un drôle de bateau en aluminium, au pont plat, si ce n'est un petit compartiment intégré pour le pilote, passe par là. Il domine le fleuve et lorsque je tends un pouce d'autostoppeur, je dois le dresser haut pour que le gars puisse me voir. Sur le moment, c'est pour rire, mais quand il coupe le moteur et fait demi-tour, je me dis au diable, qu'importe après tout. Je rampe à bord et Steve Salles m'aide à tirer le canoë. Nous voilà partis, rebondissant de grosse vague en grosse vague, en direction de La Nouvelle-Orléans.

Santé !

Je n'ai pas aimé terminer mon voyage de cette façon, mais dans un autre sens, je m'en fiche un peu. C'était la voix du fleuve qui me disait : « Eddy, tout va bien. Tu as fait une belle chose et tu viens de loin. Mais n'oublie pas que c'est moi qui t'ai amené ici, moi qui t'ai aidé, moi qui t'ai permis de réaliser cet exploit. Je t'arrête ici pour que tu l'imprimes à jamais. »

Je ne l'oublierai pas.

Il était tard quand je suis arrivé et le crépuscule se fondait dans l'obscurité. On avait lancé la police du port à ma recherche, et elle m'a dirigé vers le bon débarcadère. Il n'y avait pas de foule en liesse, ni de fête. Il faisait froid, et je me sentais tout drôle d'en avoir terminé avec le fleuve. Déjà plus nautonier, et pas encore prêt à rejoindre les hommes.

Une bière fraîche, un bain, un cigare dominicain et un bon dîner. Je n'étais pas encore redevenu humain, j'étais encore en colère et ensauvagé. Quelque chose ne collait pas tout à fait, n'était pas entièrement achevé. Jusqu'à ce que j'eusse commandé deux cognacs à emporter dans des gobelets en polystyrène. Je suis descendu au fleuve, j'en ai bu un et j'ai versé l'autre dans l'eau.

Mississippi
Lac Itasca
St. Cloud
Minneapolis
St. Paul
Wisconsin
Minnesota
La Crosse
Missouri
Dubuque
Iowa
Davenport
Moline
Keokuk
Illinois
Hannibal
Ohio
St. Louis
Missouri
Cairo
Kentucky
Cap-Girardeau
Arkansas
Tennessee
Arkansas
Memphis
Greenville
Mississippi
Vicksburg
Louisiane
Natchez
Baton Rouge
La Nouvelle-Orléans

Eddy L. Harris, né à Indianapolis en 1956, est poussé par sa famille à faire des études jusqu'à la Stanford University. Après un premier job peu convaincant, il se consacre à l'écriture. Parce qu'il désespère d'être jamais publié, il décide, à trente ans, de se lancer dans une aventure inédite pour lui : descendre le Mississippi, seul sur un canoë, depuis sa source dans le Minnesota jusqu'à La Nouvelle-Orléans. Il en tirera son premier livre, *Mississippi Solo,* salué immédiatement par la critique américaine. Publié en France trente ans plus tard, le récit n'a pas pris une ride et a conquis les lecteurs, les libraires et la presse.

Tout en voyageant régulièrement à travers l'Europe et les continents africain et américain, Eddy L. Harris a choisi comme point d'ancrage la France, où il a également publié *Harlem, Jupiter et moi* et *Paris en noir et black.* À l'occasion du tournage d'un documentaire, il reprend la pagaie pour une seconde descente du Mississipi dont il tire *Le Mississippi dans la peau* (2021).

Achevé d'imprimer sur Roto-Page en avril 2022
par l'Imprimerie Floch à Mayenne
N° d'impression : 100328
Dépôt légal : avril 2022

Imprimé en France

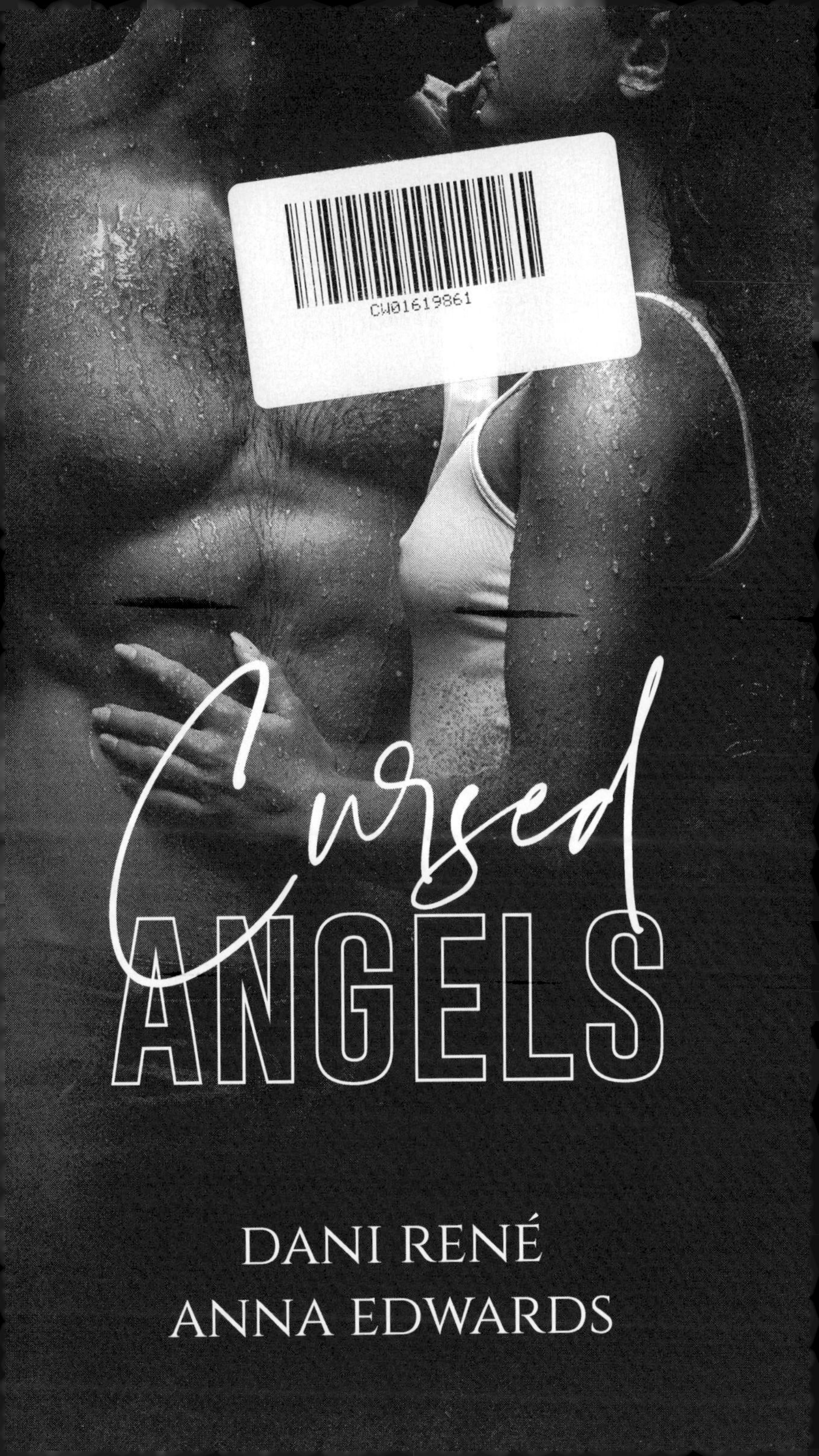
CW01619861
Cursed
ANGELS
DANI RENÉ
ANNA EDWARDS

Sara,

Enter the factory if you dare!

Anna Edwards

x

Published by Dani René & Anna Edwards
Cover Design by Raven Designs
Edited by Candice Royer
Proofed by Kim BookJunkie
Print ISBN 978-0-6398104-2-3

The following story contains mature themes, strong language, and sexual situations. It is intended for adult readers.

This book is a work of fiction. Names, characters, places, and incidents either are products of the author's imagination or are used fictitiously. Any resemblance to actual events or locales or persons, living or dead, is entirely coincidental.

The author acknowledges the trademarked status and trademark owners of various products referenced in the work of fiction, which have been used without permission. The publication/use of these trademarks is not authorized, associated with, or sponsored by the trademark owner.

Prologue

SAMARA

A PROMISE IS A LIE.

A vow is meaningless.

A haunting memory has more power than a happy recollection.

I know this because I've lived with mine for eight years. As far as I bury it, as deep down as I shove it into the dark depths of my subconscious, it has its way of worming up through the muddy images I hide.

As if I'm lying on the table.

As if I'm still in that cold room with its steel bars on the windows.

As if I'm still begging them to stop. Crying for him to save me. Pleading with someone, anyone who will listen, to break the chains and let me go.

Freedom is a fairytale, because even now, after all this time, I'm not free of them or what they did.

And I'm not free of him. The boy I gave my heart to.

For years, I trusted him, and for just as long, I loved him. We were meant to seek revenge for our best friend.

Our escape was planned. We knew how and when we'd do it.

Until we couldn't.

Until they found out.

That wasn't the first time I learned promises can be broken. That vows become meaningless, because my parents did it. And then he did. He left me, and he didn't look back.

It was the last time I felt the agony of having my heart torn from my chest because I vowed something to myself. I promised I'd never allow anyone in again.

Trust nobody but yourself.

When I finally escaped on my own, I was still haunted by what I'd seen. What

I'd experienced. I couldn't un-see the vile images that haunted me since that night.

The dreams still came to me.

Blood.

Pools of crimson.

Always the same metallic-smelling liquid.

The room where they turned us into perfect creatures. Where we were taken as children and turned into their vision of what perfection is.

The night I lost my best friend still plays in my mind. She calls to me. Cries out. But I can't save her because she's already gone. They did that to her. She was perfect porcelain. I was what they called a broken toy.

All my plans for revenge were put on hold. Until I could fight. Until my body was ready to take the punishments again. It's been eight years. I'm ready.

He was meant to be by my side. The night he left I broke. Now, I've finally put my pieces back together. I'm no longer broken.

Today, I'm the doll they wanted to create.

A killing machine.
Today, I'm the monster.

Chapter 1
SAMARA

The Warehouse is empty as a chilly breeze sweeps through. Then again, I've always been cold, so perhaps it's just me. My sleeping pattern is still haphazard after eight years. The screams still ring in my ears. The smell of blood still stings my nostrils. And the ache in my chest still stifles my breathing.

Memories haunt me more than I care to admit. I try to appear calm, cold, but deep down, it hurts. It always will. The images of him leaving me, walking away. The memories of that place seem to grip me in a feral hold I just can't release myself from.

Even after the horrors, it's still *him* who haunts me. It's *him* who visits me in my nightmares to remind me he left me there. The further I push him into my subconscious, the more he torments my mind. Archer will always be there. Taunting me with his promises. His sweet words that meant nothing.

Running my hand along my face, I tug at my dark hair, hoping the bite of pain will stifle the images of his smile, his eyes, and his face from my retinas. Only, it can't. Why? Because I'm a girl who loved a boy. What a useless fucking emotion. Love.

Sighing, I push off the bunk bed and head into my bathroom to get freshened up. Today is my last day in The Warehouse. Tomorrow, I'll be heading back to the place of my nightmares. The one town I swore I'd never return to. On the outskirts of Salem lies a house, a dark, nightmarish place where children were taken. Violated in repulsive, horrific ways. Once their minds were broken, they were killed.

The brick-and-mortar resounds with the screams and cries they would elicit from us. The state did nothing to stop them. The cops were paid off to shut their eyes and move along.

Orphans. Poor, innocent, parentless kids who were sent there. Most never made it out. Some, like Archer and me, were the lucky ones because we got out. Only, I'm not so sure I was lucky, because my escape came with a price.

People might say I am because I'm free, but what is freedom really? When your mind is still stuck in the horrors you faced. That's not freedom. No, this is worse than death. That's why I've made it my life's mission to make sure each one of those bastards dies.

By my hand.

When I escaped, I hid for days making sure they couldn't find me. I stumbled upon The Warehouse. It's a refuge for people like me. Those with no name. I colored and cut my hair to shoulder-length. I became a warrior. Instead of letting the atrocities I'd faced break me, I allowed them to make me stronger.

I've been in this place for almost eight years. My birthday is coming up, but nobody here knows. I've kept as much of my past a secret as I could. There is only one woman who knew me, and she's dead.

When I walked in here a scared sixteen-year-old girl, she showed me not all adults are evil. Not all of them are out to hurt and maim. I allowed her to instruct me. Train me. With her voice in mind, I've decided to go back. To face the nightmares and finally lay them to rest. If I ever want to move on, this is the only way to do it.

Absentmindedly, I reach for the pendant that hangs from a silver chain between my breasts. The shape is that of a blade, with a jewel concealed in the handle. Hidden inside the gem is a rare poison. I've managed to have another four made. Those I'll take with me when I exact my revenge.

Every one of those assholes will die. I'll sit back and watch them choke, gurgle, then I'll slice them like they did me. I want blood to flow, to pool on the floor at my feet. The sizzle of excitement races through me. Diana always taught me revenge isn't meant to be taken lightly. She told me about her own childhood, which was as dark as mine, if not darker. We shared a common hatred for the people who took from us something they were never meant to have.

Then she told me how she finally overcame it. How she returned to her past and took back not her innocence, but her revenge. And that's what I intend to do.

Stalking into the makeshift kitchen we set up in a corner of the enormous building, I find the boys chuckling about something. When I notice Hunter's holding a *Playboy* magazine, I can only shake my head. He glances up, taking in my appearance with an appreciative stare. "Hey, sweet thing." Pinning my glare on him, I meet his deep green eyes, which glisten with mischief and desire.

"Call me that again and I'll cut your dick off," I bite back, knowing he'll throw me a cocky response. We've known each other for eight years; he was here when I arrived. Diana put us together in combat, and since then we've been training together and fucking for about the same amount of time.

After he wore me down, I allowed him in. He was the first man I fucked willingly. Relationships are nonexistent in my world. But over the years, I've found I enjoy sex with him. The way Hunter gives it is the only way I take it. Rough and hard.

"You'd be sorry if you did that. But it makes me wonder, though, would you keep it to fuck that tight little cunt every night?" He chuckles darkly.

I may love my kink, but that's one step too far. The thought has me shuddering as I scrunch my nose at him. "You'd be so lucky."

"Why don't you two just fuck and get it over with?" JT retorts on a smirk from behind his laptop screen. He's our IT guru. Need someone or something found, he's your man.

"Shut it," both Hunter and I snap at the same time.

"Besides, he'd be so lucky to get pussy in that outfit," I respond, pointing at the tight tank top molded to Hunter's thick muscles. Prominent veins line his arms and hands, making the space between my thighs tingle.

The ink that adorns his skin is colorful, adding to his tough appearance. Only, I'm not afraid. I'd easily take him down, and he knows it.

Grabbing a sandwich from the plate Hunter is nursing, I take a bite, savoring the mustard and beef flavors. "Not bad, Hunt. Maybe there is hope for you." Winking, I turn to the fridge and grab a bottle of water. Settling in the chair beside JT, I lean in to steal a glance at his screen. Lines of code fill the display, which I don't understand.

"I've got all the info you need," he informs me.

"Thanks." Opening the bottle, I take a long swig. I need coffee, but I'll stop on the way into town and grab some. There are a few more items I need to get before I can get on the road. As I get up, I shove my phone into my pocket and my gun into my shoulder holster.

"Going somewhere, Buttercup?"

"Out." My one-word response earns me an arched eyebrow from Hunter. Shrugging on my leather jacket, I offer him a cocky wink. I make my way to the door and twist the handle, but before I can step outside, Hunter is behind me. The spicy scent of his cologne swirls around me. If I was capable of something more, he'd be someone I could see myself with. His messy, light-brown hair always looks like he's just run his fingers through it. His body is beautifully toned, lean muscle with taut abs, and a delicious V-shape which points to a thick erection. The smirk he wears is enough to melt panties, and I'm sure he takes full advantage of it more often than not.

"Am I seeing you tonight?" he asks, his tone low and husky in my ear, sending heat directly to my pussy. My clit throbs at the memory of us fucking last night.

I meet his question with one of my own. "Why? You going to miss me when I'm gone?" His mouth lifts in a smirk at my question.

"I think you're going to be the one on the phone to me every night you're gone with your hand in those pretty panties." The rumble of his voice is low, gravelly with need, which has my body aching for more.

I wish so badly for him to slam me against this door and have his way with me right here, but I can't because I'm going to be late getting on the road. Because if there's one thing about Hunter, it's that once is never enough.

I want to wipe the cocky smirk off his face, so I lean in, allowing my lips to trail over the shell of his ear. "I'm not wearing any panties." With that, I turn to leave. I step outside into the scorching sunlight, but it's the heat of his burning gaze on my back and ass that has me overheating.

Pushing my sunglasses on, I slip into the driver's seat of my Mercedes GLS. The sleek silver and chrome was the reason I bought it. Sexy, elegant, yet a monster when I need it to be, with leather seats that heat in winter and blackened windows which allow for privacy.

Heading down the highway, I can't help my thoughts drifting to Salem. The town itself allowed me to disappear once I'd left the orphanage. As soon as I hit the street,

I ran. I didn't look back because there was nothing to miss. Not one single thing was left in that place. I've heard it's been closed down; they say it's haunted, and I wouldn't be surprised if it is.

Over three hundred children lived there. From the age of ten up till they hit eighteen. If they even made it that far into life. The so-called owners were sick fucks. Four of them are still alive. Free and living the life that I, along with all those children, should be living. The life my best friend would have been living had they not carved her up.

She was beautiful. With big blue eyes and blonde hair, she was the perfect doll for their sick games. I didn't realize it until one day when she'd come back to our dorm with bruises. She slowly closed herself off. I forced her to tell me what happened. When she finally broke down and let the truth out, I threw up. On the floor beside my bed. Hearing what they did only heightened my need for escape. To get her and Archer out of there.

Only, I was too late.

I tried to rescue her, but they'd made her pay for spilling their secrets. I had just turned sixteen. Even though I wasn't the perfect doll, they took me next. They experimented, they tortured, and they abused.

That's when Archer told me we should run. We planned everything right down to the T.

The memory of the day he left me still brings unbidden tears to my eyes. My heart once beat only for the boy with teal-colored eyes, full lips, and the sweetness of a romantic hero.

Except he wasn't my knight in shining armor.

Turning into the parking lot, I pull into a space near the door and exit the car. The tiny store at the corner of town is where I'm headed. Hopefully, they've been able to fix the lockets. "Hello, Samara. How are you?" The old man behind the counter offers me a friendly smile.

"Good. Did you manage to fix them for me?" He nods. Handing me the silver, dagger-shaped amulets, I inspect them, finding them good as new. "Thank you." After I've paid him, I'm on my way back to The Warehouse to collect my luggage.

The small, silver gifts I have for each member of the staff lie in the holster beside the gears. They'll stay in the car until I get back. Till I return to the town that took everything from me. Where my innocence was stolen. Where my best friend was murdered. And where I lost the only boy I've ever loved. But the difference now is I'm all grown up.

I'm stronger.

And the love I once held in my heart is gone.

It's cold and barren in my heart.

Hate is an easy emotion to live with. Even though it slowly eats your soul, the pain is nonexistent.

Love allows you to trust others.

Hate allows you to trust yourself.

Chapter 2
ARCHER

THE ROUGH, HESSIAN SACK IS PULLED OFF my head. Harsh daylight floods into my squinting eyes to reveal a rundown warehouse, probably on the outskirts of Salem as we didn't travel far. Through the slits of my eyes, I take in the surroundings, marking the exits, two and three windows, and a number of soon-to-be dead men. If these fuckers think disorientating me will give them a chance to defeat me, then they are stupider than they look. The guy with the red mohawk and smart suit looks particularly idiotic. I'm the best in my field. The strongest, quickest, and deadliest. I barely break a sweat in a one-on-one fight;

four-on-one is a small training session. I'm unbeatable and arrogant about it. I have no soul because I no longer have her.

"It's a pleasure to finally meet you, Mr. King." I look up to the fool who dares address me, and even worse, tied my hands behind my back with only a small rope. Seriously, no metal chains. *Is he that fucking dumb?*

"I wish I could share the sentiment, but when your men came for me, I was balls-deep and left decidedly unsatisfied," I growl at him. The rumbling starts low in my throat and travels up into a torrent of spit-out words. I'm pissed off, but I'm also the master of distraction. While my enemy focuses on the rage spewing from my mouth, my hands make short work of the woefully inadequate bindings. In an instant, I'm secretly free. The rope tears apart with the brutal strength I possess. Nobody is behind me because my back is against the cold, external wall. A perfect place to gain momentum in the ensuing fight. One man stands to my left. He is shorter than me and half the size, so he won't be a problem. Another two are holding guns behind the prick speaking to me; they offer me more of a challenge, but it's not one I'm worried about.

"I'm afraid we had to take you at your weakest moment," Mr. mohawk-and-suit speaks.

"Can we dispense with the crap? What is it you want?" I'm already bored and looking forward to getting back to my whore. I had unfinished business with her. *Not that it's anything like I imagined it being with Samara.* Where the hell did that thought come from? I shake it away and scowl back at my captor.

"You took something of mine, and I want it back." He slams his fist hard into my face. I crack my jaw to alleviate the pain.

"I'm afraid the money has already been allocated."

"Making toy soldiers at that so-called orphanage of yours is not why I gave it to you. I want an army of grown men now." Another punch comes, this time to my stomach. I clench the muscles together to bar against the force of the assault. It was one of the first things I learned when growing up.

It was the only way to survive. If I'd shown evidence that they'd hurt me, they would have rejoiced and done it again. The weak were prey for the strong. It was man up or die. I choose to become a man way before my time.

"You gave us the money for unbeatable troops, and that is what we're going to provide."

"When?" A direct hit again to my jaw. Another, and I'll feel it tomorrow.

"Right now." I allow the soldier inside me to take over and make a lunge for the small guy. His neck cracks deliciously, and he falls dead to the floor before anyone else has time to register what is happening. One down, three to go. The men with the guns point them in my direction. I've been shot twice before. It hurt like a motherfucker. I don't plan on letting a bullet enter any part of my body today. I haven't got time to dig it out and get back on the job.

"I want my army." The boss, a man I know as Lionel Nelson, takes a striding step over the dead body and bears down on me.

Gunman "A" goes to his left and "B" to his right. I make sure to keep my eyes on all three as best as I can.

"Nobody makes demands of our company. We make them of you," I point out. It was discussed at the initial meetings on the deal to provide them with soldiers, but it seems as though they have forgotten.

"Fuck you. I've paid fifty million dollars and got nothing for it."

"You were told you needed to be patient." I raise my eyebrow in irritability. Do people not read the fine print anymore these days?

"My patience has worn thin. Get on the phone, and have my army delivered here, now, or I'll deliver you back to your boss in fifty pieces."

I have to laugh at that one. It's so absurd to think they would even succeed in chopping off one finger.

"Unless you have another ten men out there, I would say I'll be going back in one piece." That's to be the final word on the matter. Gunman "A" cocks his gun.

I pounce on him before he can shoot and use his weapon to shoot Gunman "B" right between the eyes. I break the arm of the man who still holds the gun when I turn it back on his head and fire again. This time, brains scatter all over me when Gunman "A" takes his last breath.

"Damn, this shirt is my favorite." I shake the gun from his now lifeless hand and point it at Mr. Nelson.

"I believe I've just given you a demonstration of what your army will be able to do. They will be delivered in six weeks. Are you prepared to wait?"

"I want them now." He still wasn't going to waver in his supposed superiority despite the fact that I obviously had the upper hand here.

"Why we do business with people like you is beyond me." I shake my head and then pull the trigger. Mr. Nelson falls face first to the floor. Dead. Blood flows from his body to tarnish his crisp suit. I can't help but think it looks better now that it matches his hair color. I run a hand through my neatly trimmed brown locks. Maybe I should emulate his style. Maybe not. I screw up my nose in repulsion.

There are bodies strewn all over the floor. Common sense says I should feel something at having taken away the lives of four people, but conditioning has rendered me cold to that particular emotion. Remorse is not a sentiment I possess. I place the gun into a tight pocket of the dark denim jeans I'm wearing. I find it's always handy to have another gun because you never know when it will be needed. There's a dusty patch on my jeans, and I brush it down. I'm meticulous about my cleanliness; it's a result of my training. I notice a mirror in the corner of the room. Strange for a warehouse, but then I look at the position of it. It's directly opposite where I originally sat. An old-fashioned form of torture, to see the pain being inflicted as well as feeling it. They had some brains, just a shame they hadn't used them where it counted. I make my way over to the mirror to inspect the cleanliness of my face. I feel spots of blood on my skin, they will need to be removed before I leave this place. Thankfully, the shirt I'm wearing today is black and will hide the evidence of my crime. I don't recognize the person staring back at me. He looks like the person I saw in the mirror this morning, but he is a stranger to me. His eyes are dark and frozen with malevolence. Is this really me? A cold-blooded killer? A streak of crimson mars the five o'clock shadow on my square jawline. I run my finger through it and bring it in front of my eyes to wonder at the brutality of such a simple-looking liquid.

"Archer, hold me? I need you." Her emerald eyes sparkle with the fear she feels. I pull her close to me and wrap her in my protective embrace. "She's gone. She's actually gone." I swallow the lump in my throat and stroke down the vibrant, cherry-red tendrils of her hair. It was a gesture to bring comfort to the terrified girl resting in my arms but also to my chaotic emotions. I can barely breathe; the metallic stench of death invades my nostrils still. She is dead, murdered, and there is nothing I can do about it.

"It will be ok. I'm here. I'll look after you." I press a soft, reassuring kiss to her forehead then bring her head down onto my adolescent chest. I hope she doesn't feel the too rapidly beating drum of my heart. I will do whatever it takes to save her.

"Samara?" I gasp out of my vision. My eyes blink several times as if the ghost of the past has burnt my retinas. I've not thought about her in a long time. I've pushed her to the back of my mind, to escape from the sadness I feel at our parting. The regret I suffer from that fateful day has changed the course of both our lives. My chest hurts like my heart is breaking. I wonder what she's doing now. Did she make it to safety?

The bodies on the floor reflect back at me in the mirror.

I've done that?

I've killed people.

I'm wrong.

I'm evil.

I place my finger back on my cheek and swirl the blood into my flesh. The red lifeforce that smears in a pattern of ever-decreasing circles makes me look like an ancient tribal warrior.

"No," Samara screams out. I clamp my hand over her mouth and drag her backward. The body on the floor twitches, blood oozing from the gaping hole in the head. I feel the vomit rise into my throat but swallow it back down. We need to get out of here as soon as possible. I can't allow her to become like them.

The door slams behind me and draws me out of my reflection. My palms are sweaty, and a thin bead of perspiration trickles down my brow.

"Arch, man. You ok?" The familiar face of my comrade, Liam, appear before my eyes. "Your blood?" He nods his head toward my face with a twist of worry on his lips. I shake my head. "Thank fuck for that. I'll get a cleanup crew in here. I take it the boss was right, and Mr. Nelson wasn't a man prepared to wait for his army?"

"No, patience wasn't one of his strong

points." The mists of my training descend again, the flashbacks of Samara from moments earlier burying themselves once more, deep in my subconscious so that they don't see the light of day.

"Now breathing is even an issue for him." Liam lets out a big chuckle. I join him. Nelson was an imbecile who deserved everything he got.

"At least we are fifty million richer out of it, and we can use that fact to sell more." I pat my comrade on the back.

"How do you mean?" he asks.

"We just became more exclusive. One man took out four without blinking. Don't mess with us, or you end up dead."

"You're a genius, Arch." He slaps my back and wraps an arm around me.

"No, I'm just a cold-blooded killer who doesn't appreciate being messed around with," I retort with a voice full of darkness and foreboding for anyone who would dare mess with me.

I take one final look at the dead body of Mr. Nelson. I kick him over so he is staring at me, his eyes glazed over with death. I spit in his face and leave the room. There is no room for sentiment in my job. I made my decision eight years ago as to what I would be in life. Samara is no longer a part of it. She is forgotten, a distant dream I will never see or touch again.

Chapter 3

SAMARA

Taking the turn-off to the familiar road that was once my saving grace, I can't help my mind from reeling as I see buildings that have haunted my nightmares for eight long years. Memories seep through my blood, both hatred and anger mixed with pain and love. I lost so much here, and coming back is walking into a life that's tainted me.

The small cabin I rented sits on the edge of town, and that's where I make my way. Once I pull into the parking lot, I exit the vehicle. Pulling my rucksack from the trunk, I make my way into the foyer of the rundown building. Its upkeep has been ignored, and the old man sitting behind the counter looks as dilapidated as the building itself.

"How can I help you, miss?" he says, offering me a smile. It's kind, nothing like the kind of looks I'm used to from men. It never mattered what age, it was always a sneer or some hunger-filled stare.

"My name is Sam Torres, and I'm picking up the keys to the cabin I rented from you for a couple of weeks. We talked on the phone last week, and I wired you the deposit."

It should be enough time to finish what I came to do and get out of this shithole. The faster I can leave, the better.

He drops his eyes to the book sitting on the desk before him, scribbles something, then rises with a groan of agony. The keys that hang on the wall behind him are dust-laden. They clearly haven't been used in months, possibly years.

He grabs one set of keys and turns to hand it to me.

"Thank you," I say with a smile.

"Don't break anything in my cabin, anything else you need, there is a convenience store in town." He points toward the general direction of the main center of this shitty place. "If you need anything, come back and ask. My wife will be here until about six."

"That's fine. Thank you again." I head toward the exit and back to my car. It's not a far drive down the dirt road that leads to the thick forest where the cabin is hidden.

When I reach the door, I unlock it easily, shoving it open. The creak in the wood as I take each step reminds me of *that* place. I've lost myself to the hatred and anger for far too long.

Stepping inside, I can't stop the cough that seizes my lungs as the musty smell grips my chest. As old as this place is, and as dusty as the cabinets are, thankfully the bed looks like it's been freshly made up.

The windows are shut, framed by heavy floral curtains. Dropping my bag, I shove them open quickly in the hope of getting some air into the cabin. Shuffling off my leather jacket, I drop it on the bed and stare out the window, taking in the view of the town I once lived in. I should set up the computer surveillance, but all I can think about is the bed calling my name.

It's late and I'm tired. I head toward the bathroom and turn on the shower. Once I've stripped, I step under the spray and allow it to ease the ache in my muscles. Thoughts of why I'm here unravel me, and I find myself crying under the cascade of water. I feel like I'm drowning, and the only way up is to finally get vengeance.

The water runs cold, and I realize I've been in the shower for too long. I step out onto the small blue mat that looks old and threadbare. I grab a towel and dry myself before walking into the bedroom naked. The cool breeze picks up and causes me to shiver.

Once I'm dressed, I slide into bed and stare up at the ceiling. My eyes flutter, and exhaustion hits me. I allow sleep to drag me under.

Something awakens me. A sound. A soft voice. And I'm sure I'm not alone, but when I open my eyes, I am. It's dark out. I push off the bed and pad over to the open window. The breeze turns into a howling wind, causing the curtains to billow, and the scent of jasmine hits my nose. A memory slams into me painfully as I recall the boy I loved a long time ago.

"Mara, you're the prettiest girl here." Archer's voice is rough with emotion. We're not meant to be here. If they found us, we'd be whipped. He leans in, his lips soft against the sensitive skin of my cheek. I've just turned sixteen, and I've had a crush on him since I first saw him at the tender age of thirteen. At the time, I didn't know it would blossom into something so real, so fierce, but when Archer looks at me, I feel like time stands still, and the only thing that exists are him and me.

"You always say that, but you know there are so many other girls here. They're also pretty. Also . . . I don't know if I'm worthy of your attention."

I'm not sure why I push him away. Perhaps I'm scared he'll leave me. Like my parents did. They told me they loved me, but in the end, I wasn't good enough. It's been four years since I walked into this place. I thought it was my salvation, but I slowly learned it's my damnation. All the children here are toys in a sick game the adults who are meant to care for us play.

"I won't let them hurt you, Dollface. I swear." He always promises. Every day, he says the same words, but I can't bring myself to believe them. Everyone leaves. It's part of life. Whether they die or they're taken from you, ultimately, you're alone.

"Arch, just stop. I . . ." My words falter when I meet those eyes, the color of blue chalk. Sometimes they're the color of the ocean, and sometimes, they're the color of a stormy sky—gray steel with thundering emotions dancing in them, and I wonder if I'll be swept away in the blizzard. The jasmine flower Archer brought me twists between my fingers as I nervously twirl it.

"I'm not asking for promises. I'm not asking for forever, baby."

Nodding, I sit back and glance up at the stars. "They're all sitting up there, looking down at us wondering why the hell we're here. Why do we stay when they treat us the way they do?"

"Because we can't leave until we reach eighteen."

"Why? Who says we have to sit here taking the beatings? It can't be right. How can people, grown-ups, take children into care when they're hurting us?" My words hang heavily in the night sky. I've seen what happens in the cellars of the house. I've seen the bruises, the cuts, and I've experienced them too.

I'm afraid that I've now hit a certain age that there are worse things they'll do to me. To us. Things I'd rather not think about. Deep down, I know what else goes on, but in my mind, I push it aside. I hide it in the depths where I can shut it away with the other things I've seen.

"Look at me." He always speaks with conviction. Giving me orders I want to obey. So, I do. Meeting those steel eyes in the darkness. I feel the tingle in my core. It's been happening every time we're close. When he touches me. When his lips find mine. That ache, that ever-present need, is there, and it's only for him. "We'll get out. I swear."

I nod. It's the only thing I can do. Not because I don't want to believe him, but because

I can't see a future. When I try, there's nothing but a black hole.

"We will."

A shrill ring rips me from the memory. My phone. Scrambling for it in the mountain of blankets and sheets, I grab the offending device from the bed and swipe my finger across the screen.

"Buttercup." The deep rumble of Hunter comes from the speaker, reminding me how long it will be before I'm able to have him inside me again.

Even though we're not a couple, I still enjoy the attention he gives.

"Missing me already, Hunt?"

A chuckle, low and gravelly, travels through the line and straight to my core. "Not just yet. I've got information for you." Glancing at my watch, I notice it's three in the morning.

"And you decided that three a.m. is the time to call?"

A sigh greets me, then his deep tone. "Something's happening. One of the owners of The Factory you had TJ scope out, he's gone missing."

"What?" This is news to me. Shocking me into action, I rush toward my bag and pull out my laptop. As soon as I wake it from its sleep state, the screen lights up, and I open my email.

"Yeah, I've sent you all the information we could find, but something's not right. He wasn't reported missing by anyone. It's as if he's off on vacation or some shit, because the house is locked up tight, his car is gone, and there have been purchases on his credit card showing him traveling through the state to the West Coast."

"That doesn't make sense. The man is in his early fifties. If he wanted to travel, he'd fly," I tell him with confusion furrowing my brow.

"Exactly. Hence the reason we're looking into it. As soon as I have more, I'll call." He's silent then, and I wonder if it has anything to do with the fact that he misses me. Although I can't feel anything for someone other than Archer, it's not like I didn't try, and Hunter was the only one who gave me more than I expected without asking for anything in return.

"Thanks," I say softly into the phone. I want to care about someone, but my mind and heart just don't allow me to. I'm stifled. Stuck in the past, and I'm afraid I'll never move forward.

"And for the record . . ." His words trail off, then I hear the chuckle. "I miss that sweet cunt. Get it back here soon."

Without waiting for my retort, he hangs up, leaving me staring incredulously at the blank screen.

Asshole.

Chapter 4

ARCHER

I ROLL THE SATED SLUT OFF ME AND THROW HER onto the cold, marble floor when she wraps her skinny arm around me. Why do they always insist on affection after I fuck them? I don't do cuddles; it's too personal. I don't need it. I've always been on my own, and that is the way I like it. I just want someone to stick my cock in. And Jenny, I think that is what she said her name is, is just that — a willing hole.

"Get your clothes and go." I'm not always this blunt, but I had the day from hell.

"Just a little longer, Arch?" She gives me the fluttering of her eyelashes. It never works on me.

"Out." My tone leaves little leeway as to my meaning.

"You're so obnoxious at times." She presses her lips together in a pout and picks her dress up from the floor. It has a great big rip down the middle where I tore it to suck on her double-D tits.

"I'm a soldier; it's what keeps me alive. You're a whore. Opening your legs is what keeps you in the same condition. Don't get any illusions about this being something it isn't. You weren't designated a fighter, so you get to fuck all day instead." I raise an eyebrow at her in derision of her lowly status. If you don't have the strength to kill in my world, then sex is your only option. She dresses, and I pull on my underwear. The last thing I see before the dress covers her body is my seed spilling down her inner thigh. All the whores are given contraceptive implants and regular testing so that soldiers don't have to worry about where we stick our dicks.

"Fucking bastard!" she screams at me.

"And don't forget it." I turn my back to her. "Shut the door on your way out."

The small and clinically decorated room shudders when she slams the wooden exit. Her heels click an angry path away from my home. It is only then that I let my shoulders relax.

"Your body is so warm." I'm draped around Samara, holding her close to my chest while we watch a movie together.

"So would yours be if you had spent all day running around an assault course." I chuckle, but I can feel the anger invade Samara's body at my statement.

"They shouldn't make you do that. Just like they shouldn't make me do it."

"It's ok, Dollface. I like the exercise, and I'm good at it. Plus, it's a lot better than the beatings I'll get if I don't."

"You promise me we're leaving when you turn eighteen and you can take me with you?" She shifts so she can look me in the face.

"I promise, and when we do, we won't ever look back."

"Archer?" A loud shout and a hand on my shoulder bring me out of my reflection. Without a moment's thought, I twist and send the owner of the offending digits flying over my shoulder into the solid brick wall.

"What the fuck, man?" Liam's voice enters my head through the foggy haze of the daydream.

"Shit, sorry." I let go and allow my colleague to rub at his now sore arm.

"Man, I was just coming in here to warn you that if you keep upsetting the whores, then you are going to have no one to suck your dick." He holds his hands up. "If you want your cock to shrivel up through lack of use, then be my guest."

"I'm sorry." I shake my head. "I think I'm still a bit highly strung after Mr. Nelson."

"I'm not surprised. The guy was a right loser. He deserved to have his brains blown out."

Liam pulls a small cigarette holder out of his pocket and takes a joint out of it. It's our way of kicking back and relaxing. Neither of us are big drinkers as alcohol takes away the focus we need to fight. Weed calms the mind so we can concentrate on the tasks we are given. He lights the stick up, has a few drags, and then hands it over to me. I do the same, the rich smoke filling my lungs and lulling me into a false sense of security. I hand it back.

"So, did you hear about Mr. Holland?" Liam blows out a few smoke circles. The pretty rings float skywards before dissipating into the air.

"No." I collapse on my bed in just my boxer briefs and nothing else. It doesn't matter though. Liam has seen a lot more of me today than usual.

"He's gone out west."

"West?" I sit up and reach out for the joint when Liam hands it back to me.

"Yes. Up and left last night apparently. Nobody has a clue why."

Mr. Holland is one of the associates of "The Factory", the place in which I grew up. That wasn't its real name. It was "Emiliani Orphanage For Children." They obviously thought naming it after the patron saint of orphans would give it legitimacy for the den of iniquity it really was. Mr. Holland is one of the headmasters who looks after the boys in the school. He's in his mid-fifties, and thanks to his job, a very wealthy man. He drives a sports car, has a mansion in the country, and holidays each year in exotic locations. As far as the government is concerned, he donates vast amounts of money to help look after the disadvantaged children in the orphanage. Nobody has ever questioned who he actually is. A vicious man, a bully to those he sees as inferior to him, and cruel beyond belief in the punishments he dreams up. I know there is something in the back of my head, something I'd seen once before that he'd done. However, I gave my mind over to being a soldier, and it has disappeared. I don't question it. I'm safer here within the confines of The Factory rather than out there on the streets where the monsters we fight against live.

"What have the other bosses said about it?" I ask.

"They said he is setting up another Factory out there." I pass the joint over again. The drug is mellowing me out already.

"What's the point? I came from out west and was brought here. Doesn't make any sense." I shrug in confusion.

"That's what I thought, but who am I to question the powers that be?" Liam lets out a stoned giggle.

"I'm sure we'll find out more soon." I join in his amusement.

Before long, my eyelids start to feel heavy. It has been a long day, and my bruised and aching body needs to rest. The daydreams of the time I'd long since forgotten are also causing my brain to vibrate with a thunderous migraine. Why do I remember my time with Samara now? After eight years apart, I'd become what I needed to survive, a zombie of sorts, going through the motions and not realizing what I am. A killer, a coldhearted and calculating murderer when called upon. My eyes shut tight, and I drift to sleep.

"This is all my fault." Samara presses the wet cloth against my back. I lay on my front on the bed with only my pants on. The sting of the water sends shivers over my inflamed and flayed skin. "I wasn't quick enough getting back into my room. I'm so sorry, Archer."

It hurts to talk, but I need to comfort her. "It's all right, Mara, they've been looking for a reason to do this to me for the last few months. Ever since they caught me stealing the drinks for us at their party. It would've happened whether they caught you or not."

"Don't say that. They should have given the punishment to me."

"No." I jerk upright, and a spasm of sharp, shooting pain cascades through my adolescent body. I groan in agony.

"Stay still. Please, Arch." Mara has tears pooling in her eyes. She is trying to be strong, but even though I cannot see it, I know what my back must look like. Mr. Holland had taken a cane to me, for fuck's sake. Ten lashes with the Devil's walking stick. A specially made rod from a Hercules tree. "Hercules" told you all you needed to know about just how strong the thing

was. I'm trying not to cry myself. I'm nearly eighteen, but still a kid. I haven't filled out in all the right places yet. The rigid, hard muscle is developing on my body. The gym they allow us to use when we turn seventeen helps that, but I still don't have a lot of bulk around my back yet.

Mara leans over and presses a gentle kiss to the top of my shoulder. I welcome its comfort.

"I won't let them do this to you again."

I twist around so I can sit up and take my hand, cup it around her chin, and pull her sorrowful eyes up to face me.

"I protect you, not the other way around, Dollface." I flash her my best grin so she still thinks I'm the happy boy she took as her best friend.

"We need to look out for each other." She runs her hand over mine, our combined affection for each other sears me with a sense of calm.

"We do."

"You need to try and get some sleep. Let me finish cleaning these wounds?" As I lay back down, I try to swallow down the vomit that threatens to spill from my throat. "Sleep, Arch."

I drift off to the sounds of Samara singing

me the same comforting lullaby, "Baby Mine", which my mother did when I was young.

"Pull him up!" The barked order has me jumping from the bed ready to kill. My legs give way though, and I collapse onto the floor in a heap. What the fuck? My whole body is freezing on me. I have no control over anything. I try to move my arms, but they disobey me. My eyes roll back in my head now, my vision hazy with clouded judgment. I've only ever felt this one time before, it was the night Samara left. I force my sight to focus on the men who now carry me over their shoulders. They wear the white coats of the creators. I'm in big trouble; will I survive this?

Chapter 5
SAMARA

A low sound startles me awake, and I'm on my feet in seconds. With my mind still clouded in a sleepy fog, I try to make sense of the noise. It's only when I glance around the room that I realize I'm not in The Warehouse, and the sound is coming from outside.

Even after all the training I've had with Hunter and TJ, deep down the fear that wracks through my body still leaves me paralyzed. The vibration on my nightstand stops, then starts back up. When I pick up my phone, I notice a message from Hunter.

Open the damn door, Buttercup.

Frowning, I pad over to the wooden front door, which has a mottled glass pane fitted into it, and find a dark figure on the other side. The blurry image offers a hint of the man who for some reason has followed me to the town I didn't tell him about. Even though he knew I had a dark past, I never offered up too much info because I knew Hunter would do something stupid like seek revenge without me.

Without further thought, I pull open the door to find Hunter standing there with two large Styrofoam mugs of coffee and a box of what can only be my favorite breakfast. Jelly donuts.

"Buttercup," he smirks. Stepping by me without an invitation, he heads into the kitchen and sets down the box and two mugs.

"What are you doing here?" I shut the door, turning to face him in the small space. His gaze roams the cabin, then lands on me in what could only be described as feral hunger.

"Came to get my dick wet. Why else

would I be here for you?" He shrugs, but I know he's lying. I've learned how to read body language, trained with an eagle eye to spot a liar from someone being honest.

"And you drove a few hundred miles just to fuck me?" I laugh, grabbing the one coffee cup, bringing it to my lips. "Somehow, Hunt, I doubt you'd need me for that. There are far too many girls who throw themselves at you every day."

"Maybe, but you're the sweetest." He winks, opening the box of sweet treats. He spins it around, allowing me to choose my favorite. One that's dipped in dark chocolate with a strawberry jam center. "That's disgusting," he tells me, glaring at the sticky-sweet liquid all over my fingers.

Dropping the confectionary into the box, I lift my fingers to my mouth, sucking off the jam, meeting his eyes that turn dark at my actions. A groan rumbles low in his throat at the sight.

"You like taunting me, Buttercup?" He stalks closer, closing the distance between us. His hands grip my hips, lifting me onto the counter. I'm only dressed in an oversized tee, which he swiftly gets rid of. "Time for me to have breakfast," he warns before tugging my thighs forward until I'm leaning on my elbows. He picks up the cream-filled donut, which is his favorite, and teases it over my mound. Without panties on, I'm sticky by the time he finishes.

"Is this what you wanted?" I taunt, spreading my legs wider for him.

His eyes, reminding me of someone I lost long ago, stare up at me from between my thighs. Then his rabid mouth is on me. His tongue dances along my clit, suckling the hardened bud into his hot mouth. Teeth grazing along the sensitive flesh send me spiraling into a lust-fueled orbit. My hips lift; my fingers fist in his hair as he devours my cunt like it's his last meal.

A growl vibrates from his lips to the lips of my pussy, to my entrance, and my clit. Everything is too much. My eyes are shut so tight I see white sparks behind my lids. I'm crying out, but not making a sound at all. My body convulses, my back arches, and

I'm coming hard on Hunter's tongue as he fucks me with it.

His fingers dig into my hips painfully, and I cry out his name when my orgasm slams into me like a tidal wave, knocking me off the shore until my body shudders with a tsunami of emotion and desire.

I don't know how long I lie there on the counter with my legs spread and the man I've known for the last four years eating me out, but when I lift my head, he's standing between my legs with a smirk of satisfaction on his handsome face.

"I guess you missed me," he says nonchalantly, his lips still glistening with my arousal.

"You're insufferable," I bite out, righting myself.

"And you're utterly delectable." Hunter leans in, his lips brushing along mine, and I get the scent of me on his mouth. "Are you happy I drove all the way here now?" he questions against my lips. His voice is tender. There's too much emotion in the room, and I have to push him away.

Hopping off the counter, I pick up my coffee and take a long gulp.

"You know, Sam, one day you're going to have to stop pushing everyone away," he tells me easily, and I know he meant to say *him.*

"Why? You thinking of proposing, Hunt?" I giggle, stepping by him.

His hand grips my arm, spinning me around to face him. "You need to stop pushing me away. How do you know you can't love when you don't give it a fucking chance?"

Every time we're together, it's the same thing. He asks me why I can't give him more, and I turn and walk away. Normally, the guy is the one walking away, but right now, it's me pushing and him pulling. My body is still tingling, still needy for him, to be filled by Hunter.

"Is he ever coming back, Samara?"

Spinning on my heel, I raise my hand, my palm making contact with his stubbled cheek. "Fuck you, Hunter!"

"Yeah, you've done that," he retorts.

Grabbing his coffee, he makes his way to the door, and that's when it slams into me, knocking the breath from my lungs.

"Wait!" I'm at his side in a second. My hand on his bicep, gripping him like he's my lifeline. He has been. For years, he's been there, through my broken heart, my dark needs, and the fucking agony I've caused him because I just can't love.

"I've been waiting for far too long, Buttercup," he murmurs, not looking at me. Instead, his gaze is trained on the door before him.

There were many days I wondered what was wrong with me. I knew I was broken, but this is ridiculous. A man like Hunter doesn't come around often. He's sweet, romantic at times, and we have amazing chemistry in bed, but deep down, I know I'll never love him. I'll never be able to give him my heart.

"It's time you decide." Only four words, and he walks out the door with his face still drenched in my scent.

Turning to the kitchen, I take a look at the counter and wonder what would happen if I ran out to stop Hunter. *Would he stay? Would I ever be able to not love Archer?* And even as that question flits through my mind, I know the answer. *No.* And as much as I care about Hunter, I know I'll never love him. But even as the answer screams at me, I pull open the door and race out to the red SUV sitting in the parking lot. His engine is running, and I stand in front of the truck.

"Get out of the way, Sam," he says, sadness dancing in his eyes. I've done that. I'm not good for him, but he still came to me. He took a chance, and I'm not going to let him leave like this.

"Get out of your truck," I tell him, folding my arms in front of my chest. His eyes narrow. He watches me for a moment before killing the engine. "Please." I watch his chest rise and fall at my plea. The man is a cold-blooded killer, and even though he can't have my heart, I'll give him everything else.

He exits the vehicle and rounds it to stop beside me. "You're a psycho," he tells me, and I nod.

"I know."

"Let's get you inside, I don't want others seeing your sexy little ass." He chuckles, lifting me over his shoulder, and stalking back toward my cabin. Once inside, he sets me down and crashes his lips to mine. His tongue sweeps into my mouth, licking and tasting me. A moan falls from my lips, and he swallows it.

"Hunt—"

"Don't. Just don't." He lifts me by my ass, and his erection presses into my stomach. Seconds later, I'm on the sofa with Hunter's body cocooning me. "Just give me your body. If I can't have your heart, then at least let me make you feel good. Let me in, Sam, please?" This time, he's the one pleading. Begging for me.

"Fuck me, Hunter. Just clear my mind and numb me." For years, this man has given me what I need, and as his cock plunges into me, I cry out and claw at his back. The instant pain turns to pleasure as his hips slam against me, pinning me to the sofa.

"That's my girl." His words wash over

me, reminding me of the one man who left me. He chose to leave. My eyes close, and I see Archer. His smile, his eyes, everything about him. And as I watch him fade from my mind, it's Hunter who replaces him, and I feel the tears trickle from my eyes as I say goodbye to the man I once knew because he's gone. There's no way I'll ever get him back, and that rips my heart from my chest. It squeezes the breath from my lungs.

He's gone.

And in his place, I revel in Hunter's touch, kiss. And the way his cock brings me to orgasm. Again, and again.

Chapter 6
ARCHER

"I promise you this won't hurt. Just stay still. It's just like watching your favorite film on the television. That's all." The doctor who stood over me gave me a headset to put over my eyes. I did as I was told because I didn't really have a choice now. I'd made the deal with the powers that be, and I couldn't escape my future. I would just have to accept what I was about to become because I knew she would be safe.

"You've got my word. I won't cause any problems." I sit back on the comfortable chair and the video turns on. I watch it. Most kids would probably love this sort of thing. Blood and guts spewing all over the screen, but I know the true meaning behind it. The violence it will lead to.

I feel my arm pulled out, and the pin prick of a needle enters it. That is when my thoughts of an innocent future dissipate. The boy with hopes and aspirations loses all that, and they are replaced with the overwhelming urge to be the best soldier I can. I'll follow orders no matter what. I'm strong; I'm a fighter. I will deliver justice where it's needed and death where it's not listened to. I'll follow my leader, the head of The Factory, for they know best. Gone is the boy Archer King once was, and in his place stands a conditioned soldier ready for war.

"Damn it," I groan and grip the top of my head. I feel like I have the mother of all hangovers. I don't even remember drinking that much last night. Mind you, I don't even remember last night. It's then I feel the warmth of sunlight flow over my body. *Er,* I don't get any sunshine in my bedroom at the compound. I dare to open an eye. Yes, I'm not in my bedroom. I'm in a charming, palatial room. It's like one of those fancy rooms you see on celebrity home shows. The ones where the TV pops out of the bed and there's a jacuzzi in the bathroom. I peer over at the end of the bed.

"Fuck! There is a TV in there." I get to my feet in an instant and am in the bathroom even quicker – quickly regretting it when the nausea of my hangover claims me.

"Holy fuck, there is a jacuzzi in here," I say to no one in particular because there isn't anyone to hear it. I'm a twenty-six-year-old man, and I'm acting like a frat boy at his first party. Man, I can be a total moron at times.

"Good morning, Mr. King," an English voice calls to me from the bedroom. I lean back and look out the bathroom door, probably with a *what-the-fuck* look on my face. A butler in full livery stands there. He even has a tailed jacket and everything.

"Good morning," I offer in confusion.

"It is a very fine jacuzzi, I'm told. I can run it for you now if you wish. However, you are wanted in the conference room in half an hour, so it would have to be used quickly, because the other members of the board do not like to be kept waiting." He glides effortlessly to the wardrobe and pulls out a pristinely ironed suit and shirt for me.

He turns and assesses me for a second. I'm standing there in only a pair of tatty track pants I've had for a couple of years now. Hey, they are my favorite and are not restricting in the place I need the most comfort. A man's junk needs it's breathing space.

"I do not think you are a tie man. It wouldn't be the right image for you. No, just the suit." He purses his lips together in deep thought.

"Just the suit?" I repeat. "Board meeting?"

"Come on. In the shower. I'll have breakfast brought up, ready for when you get out."

"Breakfast. Shower." I sound like a complete idiot. But seriously, why am I in this room? Did I trip out last night on the marijuana and rob a bank or something?

"Come on, Mr. King, chop-chop." The butler claps his hands together. "You must not be late for your first meeting."

"Ok." I fold my arms in front of me and make no effort to move until I get some explanations. "What the fuck is going on?"

The butler loudly tuts. "I thought the doctors would have at least told you."

"Told me what?" I interrupt.

"About your promotion."

"Promotion," I spit out incredulously.

"Yes. You are now on the board of The Factory. One of the bosses. Congratulations."

My mouth drops open wide enough that a steam train could fit in it.

The words that I'm now on the board of The Factory keep resonating in my head the entire time I shower, dress, and eat a delicious meal of smoked salmon and eggs on toast. They pound further as I walk through the opulent corridors of an area of the compound I've never seen before. It's like a palace in here. How did I not know what was here?

However, when I take my allotted space — a name written and placed on the big, round table before me in the boardroom — I'm pretty sure the words have caused a migraine. The door bangs, and a well-dressed woman walks in. Her tailored, pencil-skirt suit is designer. You can tell it by the cut of the material. Mind you, so is mine. Gucci or something like that. Brand names have never been my thing, although I must admit the suit is pretty comfortable. The woman must be in her late thirties. Her hair is cut to a shoulder-length bob and obviously dyed a deep crimson. No woman can have such vibrant-colored hair. It isn't possible. But fuck, if it didn't look good on her. With a purposeful stride, she comes to the head of the table, and a hurried assistant pulls a chair out for her. She sits, and a hush falls over the room. Whoever this chick is, she's obviously important.

"Welcome everyone, and welcome to the newest member of our team, Mr. King." She smiles my way, and I offer one back. "My name is Rebekah Ward. I'm the chairman of the company. I'm sure this is a surprise to you, but I've always been a fan of your work. When Mr. Holland left, I knew you would make the perfect replacement. You will ensure that our profitable business continues for the foreseeable future. I have no doubt of that."

Something clicks inside me. I don't know what it is, but I want to continue the business. I want to make it a success. I've been a part of this place since I first came to the orphanage as a child. I've worked my way up, so to speak. I've done the hard graft. I've been hungry. I've been beaten. It's my turn to reap the benefits of the life I suffered through. The thought turns my stomach. I get the feeling rejoicing at my situation is not me. I should be sad, like I'm leaving something or someone behind, but I can't remember what it is. A girl? No. Maybe? My head is really hurting now, and I rub it.

"Are you all right, Mr. King?" the big boss lady asks me.

"Yes. Just a bit of a headache," I respond.

"I think we've all been there. Part of the treatment, I'm afraid. You'll be fine once you get started on the job. It's ingrained into you now, what you have to do. You will be the perfect replacement, I'm sure." She hums to herself. A little congratulations perhaps on a job well done. "If you need any personal help, just ask Jemina, my assistant, to bring you to me, and I'll support you in any way I can." She purses her lips together in a pout of hidden meanings. The air in the room turns thick with sexual tension. She wants me. I'm pretty certain of that. She may be an older woman, but *hell yeah*. She looks damn good, so why not? I've got a cock that likes to be sucked.

"I will make sure I do that," I purr back to her. Something cracks through my chest, and it feels like my heart rips, but I take a deep breath and ignore it. Getting started with my job sounds like a good idea right about now. To rid myself of this headache and strange feeling.

"I'm afraid we've had a couple of incidents of bad behavior in the children's section overnight. Two children were caught in bed together. The girl has been dealt with." She nods to a woman dressed from head to toe in an outfit which can only be described as belonging to a madam. She has her tits falling out, her face dolled up, and is currently running her leg up mine. Yep, definitely a madam or whore. I move my legs away from her. So not going there anytime soon.

"Your first task, Mr. King, will be to deal with the discipline of the boy. We cannot allow this behavior. We have the best reputation in the industry, and we cannot allow that to slip. I've been told that we are having an inspection soon, so this must be stamped out now." Rebekah motions to her assistant to step forward. Jemina has a small box in her hand and places it in front of me.

"You may open it," I'm told. This all feels familiar again, but I can't place it. I run my hand over the shiny wooden box and flip the lid. It reveals a long rod, folded up to fit inside. I pull it out and join it to make a rigid cane. The punishment I must dole out is shown to me in the instrument of torture. My mind goes blank. I feel and think nothing. I get to my feet and dip my head to the others in the room.

My name is Archer King.

I'm a member of the board of The Factory.

My job is discipline, and I will do whatever it takes to instill that.

I have no life before this. I will have no life after this.

All I am now is what you see. A man with a cane. A man of your nightmares.

Chapter 7

SAMARA

WARMTH SURROUNDS ME AS SUNLIGHT streams through the window. But it's more than that. A heavy arm is draped around my middle, and I crack my eyes to find Hunter's calloused hand splayed on my stomach. His thumb runs circles over my flesh, causing my skin to erupt with goosebumps.

Last night was a step forward, one I didn't know I wanted. It's been far too long, and I know Archer has probably moved on. I was a silly girl with a stupid crush. He's no longer here, but Hunter is, and it's only fair for me to give Hunter a chance.

He may not have been my first love, but he can certainly be someone I grow to care for. And if I have to be completely honest, I already do. Rolling over, I find tousled chocolate hair and a handsome, rugged face in front of me.

"Good morning, Buttercup," he greets in a growl heavy with sleep.

"How long have you been awake?" I question, shifting closer, needing comfort and warmth. Hunter has always offered me enough to keep me sane. He's never pushed, until yesterday.

"A while."

"And you didn't wake me?" He smiles at my question, then opens his eyes. They're glistening in the soft sunlight.

"You needed rest. There's only so much a girl can take, and I think you had your quota last night," he offers. Releasing me from his hold, he shifts onto his back, placing his hands under his head. He trains his gaze on the ceiling, and I know there's something coming. A foreboding feeling sits in my gut. "Listen, I shouldn't have said—"

"Yes, you should've. And I'm happy you did," I tell him. Scooting closer, I wrap myself around his rigid, tightly packed muscles. My leg draped over his and my arm wrapping around his torso. I'm practically climbing him like a goddamn spider monkey. "I want you, Hunt."

He drops his gaze to mine, and I'm pretty sure he's assessing me and my words under his intense scrutiny. "Then tell me, Sam," he asks in a tone so gentle I find my heart squeezing with the emotion that barrels through me.

"Hunt—"

"I work on honesty and trust, Buttercup," he says as his one hand reaches for my cheek, cupping it, his thumb swiping over my skin. "If you can't give me that, then it's done. We're done. Work only."

"Hunter, it's not easy for me to talk about. You know that," I implore him. Going back there in my mind, to what I saw, it will break me. And it's not that I'm scared. It's that I don't want to break in front of him.

"Sam, I'm here. No matter what you say, I want to see the woman I care for, not the assassin you've turned into. Show me what's in here," he says, placing two fingers on my chest where my rapid heartbeat slams against his touch.

"It's ugly. There's no other way to describe it, Hunter. There are some dark things in there, and if you see them, you'll turn and walk away."

"What if I told you I won't? I'll make you a promise, Buttercup." He looks at me with such urgency, so deeply, that it feels like he already sees the darkness I hide. "I want you. To know you, to learn who you are. You have to let someone in at some point."

"It's been a long while since I revisited that place."

"Then lie in my arms. You don't have to look at me." He pulls me in, cocooning me in his warm embrace. "Close your eyes if you have to, but just let me in."

Inhaling a deep breath, I close my eyes, listening to Hunter's heartbeat, and I start my story. And deep down, I hope my heart and soul will survive going back there.

"I was thirteen when I arrived at that place. The large foreboding mansion that saved me from a life on the street, but it also changed me in ways no child should witness. I was a loner, kept to myself, until a girl came up to me in the second week. Rosalie. Her sweet nature and kind words held me in her orbit. She was fourteen, with long blonde hair and soft blue eyes."

My throat is thick with emotion as I recall my once best friend. She was like the sister I'd never had. Hunter's hand strokes my back in calming trails, up and down. I take in another deep breath and continue.

"For six months, we spent every moment together. They didn't care what we did as long as we did the chores assigned to us. We were mostly on kitchen duty. Helping the chefs make the meals. It was there I met . . ." My words trail off, and I wonder how to talk about Archer when my heart still aches for him.

"It's okay, Buttercup, I know he's part of your past," Hunter assures me, and I nod against his chest.

"We became thick as thieves. The three of us would play together, work together, and we'd share secrets about what we wanted from life. For three long years, it was just us. And . . . and then one night, on my sixteenth birthday, I learned what The Factory really was."

"I'm here," Hunt tells me, his tone soft and calming.

"Archer and I, we went looking for Rosalie. She didn't meet us on the roof where we'd planned. We were worried about her, and as we roamed the darkened halls, we came across a closed-off staircase. We'd always been warned to never go down there, but of course, being the curious rebels we were at that age . . ."

"You went downstairs," he says, and I nod.

"I . . . we heard talking, three men and a woman. No names, just them discussing what to do about the new *doll* as they called her. Then I heard the muffled screams, as if someone was being hurt but their mouth was covered by something. It chilled me right to the bone. Felt like ice had been shot into my bloodstream."

Hunter's touch grounds me as I recall the moment I saw Rosalie. She was fourteen. A beautiful girl who would have passed for a princess. She had most of the boys trying to get into her panties. At the time, we thought it was funny. We knew about sex and how it happened, but the way we grew up taught us that if we so much as went near the opposite sex in *that* way, we'd be whipped.

I recall one of Archer's bunk buddies got a lashing that caused him to lie in bed for a week. He and one of the girls were caught kissing and touching each other. The sight of his bloodied back ensured that we would steer clear of any sexual contact.

Although, later on, Archer and I found ways around it. We didn't go farther than him touching me between my thighs. I was sixteen. He was eighteen. We both would've been punished severely.

"Buttercup?" Hunter's voice drags me from the memory of Archer's fingers inside my pussy, stroking me until I bit his shoulder to keep from screaming out as I had my first orgasm.

"We rounded the corner. Hidden in shadows, we saw Rosalie bound by thick leather cuffs to a bed. I almost screamed to her, but Arch held me back. And we . . . They had stripped her naked." My throat tightens as emotion grips me in a feral hold. Threatening to cut off my air supply.

"One of the men took a dildo . . . I didn't know what it was at the time, but the phallic object looked horrific. There were studs in it. I only noticed them because they glinted in the low light."

"Jesus." Hunter's rough tone tells me he's as horrified as I am, as I was.

"He forced it inside her, and her screams echoed through that small basement even though she was gagged. The sound stole my breath. I'd never heard such painful screeching before." Shutting my eyes, I hope to shove the images from my mind, but nothing can. There's no way I can ever rid myself of the memories.

"What about the woman? What was she doing there, torturing a child?"

"She stood by. Watched with her arms

folded. The man . . ." I try to swallow the lump forming in my throat. "He violated her with it, and I guess the pain killed her."

"Fuck." Hunter's hold on me tightens as he pulls me into his arms. I realize I'm crying when he swipes at my face. He plants a kiss on my head, holding me like a child. "We'll get the fuckers. I swear to you, Sam, we'll fuck them up so badly," he murmurs in my ear.

I can't move. The pain of remembering only seems to shatter me further. Hunter's caring and consoling makes it difficult to stop crying, so I don't. I allow all the pain I've hidden, held inside for so long, to finally break free.

Chapter 8

ARCHER

’M SURE I SHOULD FEEL SOMETHING WHEN they drag the broken and bleeding boy away, but I don’t. My common sense says I should sympathize, but my brain has shut down. I wipe the blood from the cane, fold it up, and place it back into its box. My back is hurting, but it isn’t the pain of a strain from my recent exertion. It’s a reminder of something I’ve forgotten. I cannot dwell on it though. I have a job to do. My task is to instill discipline into the pupils here at The Factory. We cannot have them floundering our rules in this manner. My name will become synonymous with command. They will fear the path I walk lest they tread wrong upon it. *Where is all this coming from?* I rub my temples where the last vestibules of a headache still linger. It's still early, but my body feels off. I think I'll return to my rooms for a while. The discipline can wait; I've sent a big enough warning for today.

My rooms are warm and welcoming when I enter, and my butler stands there ready to serve. I ask him for a coffee and retire for a shower. I throw my jacket onto the floor, somehow knowing it will be neatly hung back in my wardrobe when I've finished washing. My shirt is tossed toward what looks like a linen bin. It feels strange to have such luxuries in my life. Clean clothes feel alien to me. I'm not sure why though? So much feels strange at the moment. It's like they have plucked me out of a previous life and stuck me in this one. It all feels familiar even though I know for certain it is new. It's the oddest feeling in the world. I look at myself in the floor-to-ceiling mirror. Yes, it's definitely me. Who knows what is going on, but while I have my own personal butler, I'm not going to complain because something tells me this is the best I've ever had it.

"Do you take sugar?" A feminine voice has me spinning around.

The head of the company stands in front of me with a steaming cup of coffee in her hands. I step forward and take it from her. "Miss Ward, what can I do for you?"

"I wanted to see how the punishment went. Does the boy know not to try anything like that again?"

I snigger. "I doubt he'll be trying anything for a while. Moving in anyway is not going to be high on his list of priorities for the next few days."

"You've done well on your first task. I'm pleased."

"You come here to offer me a reward?" I ask with profoundly evident sarcasm. Miss Ward looks fucking hot in her tight skirt that skims the curve of her J-Lo ass. Her blouse is open just enough to allow me to see the swell of her breasts. My cock grows hard within the tailored pants I'm wearing. She looks down at the tenting I have going on and licks her lips.

"Well, that wasn't exactly why I came here, but it could be a perk to my job. Your easy enough on the eyes, and there have been enough rumors as to what a big boy you are. Mind you, it all depends on what you do with it." She raises a playful eyebrow at me.

"Baby, you know I'm good to go whenever you are. See if you can keep up and all that." I probably shouldn't tease this woman, but I've always been a cocky asshole. The chase is as much a part of the fun as sticking my dick in the hole. But Miss Ward is my boss, and she seems the sort who likes to get her own way.

"I knew there was a reason I chose you for this position." She gives as good as she gets when she puts her hand against my chest and pushes me back against the bed. "Remember this, Archer King, we may be about to fuck, but that is all it is. You screw me over, and I'll rip your balls from your body and feed them to my dogs while you watch. You're scratching an itch I have. This doesn't improve your position within this company any more than it is. You get up tomorrow, and you do whatever the fuck I ask you to do. I created you, and I can destroy you."

"Are we talking or fucking?" I'm not going to give her an inch. Something inside me is telling me I shouldn't allow her power over me. I should walk away from this right now, but my dick has taken over my brain, and he wants inside the sweet pussy on offer. She rips her blouse open, the pearl buttons scattering over the floor. Damn, her tits look good encased in an ivory bra. I can't wait to bury my head in them and suck the nipples that peek through the gossamer material.

"Nice," I offer.

"Only nice?" she retorts.

"Well, I need them a bit closer to properly appraise."

She reaches around behind her and lowers the zip on her skirt. The fabric skims down over her muscular thighs to the floor and reveals stockings and suspenders but no knickers. I knew it! She is just the sort of woman to be dressed like this. Ready to part her legs should the occasion arise but doing it with classy style.

"Better." I let her have this time while admiring her nearly shaved pussy. The thin line of chestnut hair trailing down toward a succulent treat.

"I was warned you had a mouth on you. I'm glad I didn't tell them to fix it," she purrs while coming to the bed and straddling my hips.

"Comes from having nothing I care about anymore."

She balks. I can see it but cannot place the reasons why. *Does she want this to be more? I thought it was just a fuck?* Something tells me I should care about this. I should ask questions. Is there something she is hiding? But my brains, the big one and the little one, tell me to quit thinking. Rebekah centers herself with a deep breath and a grind of her hips over my still-covered cock.

"You going to get yourself off with a dry hump, or you going to get me out of my pants?" I place my arms behind my head and lean back against the soft pillow.

I can see the moments of indecision in her head. She wants to retain her control as the boss at The Factory but is starting to figure out I don't give it up in the bedroom. She shuffles her hips back and unbuckles my belt. I don't take my eyes of her the entire time. I want to watch the expressions on her face. It's the way you read people's intentions. I feel her lower my zip, and then her tiny hands circle around my hard cock and pull it from its hiding place. Her eyes flicker when she sees the size. I wasn't only blessed with arm muscles that can bench press a giant panda but also a cock that when erect makes a woman's eyes water.

Rebekah Ward though, she's an enigma. She actually smirks, and after a couple strokes, introduces my cock to her pussy. I push up into her warmth, the muscles of her vagina stretching all around me, so I can fill her to the hilt. She feels good, and I lose myself in the gentle rock of her hips. She takes a few seconds to adjust to my size then slowly starts to raise and lower herself up and down my length. Her C-cup tits bounce when her movements quicken. I'm content to lay back and let her take her pleasure. My dick can do the work for the first orgasm.

Rebekah continues to rise and lower over me. I can feel her tightening, and she elicits small whimpers. They intrigue me, because in that moment, they make her weak. That noise comes from the fact that I'm inside her. I'm stretching her in the most intimate place on her body to cause her pleasure.

She is my boss, but in this moment, I possess her. She cannot reach her orgasm without my cock. It gives me a power, a strength which surges through my body. *Fuck.* This is too slow. I flip her over onto her back in a fluid movement that is almost magical. My cock swells even more. It's to be soaked in her juices. She bites her lip, and eyes sparkling with mischief dare me to take her as I want. My hips buck backward, and in an animalistic thrust, I bury myself within her again. She cries out, but if it's from pain, I don't care. If she wanted the unleashed Archer King fucking her, then she's going to get it. She's going to get the monster she created. *Fuck.* She created me. My rhythm falters for a second.

"Archer," she snarls. "Don't tell me you aren't going to live up to the reputation?"

I shift my hips so that every millimeter of her pussy will feel my dick and know it's me inside her, and I'm not coming out until she's screaming my name in ecstasy. She gasps, and her eyes darken. They're as black as the witching hour with no moon.

She looks demonic in that split second.

I pull back and thrust hard. I find my rhythm, and it's punishing. She wants a monster, she will get one. I will fuck her so raw she'll need a cushion to sit on for at least a week. The entire board will know she has been in my bed; the screaming orgasm I'm about to give her will tell them that as well. Her pussy clamps down on my dick. She's close. *Time to send her over the edge.* I bend down to her breasts and take a nipple into my mouth. I want to fool her into thinking I will be tender with the buds that scream out for my teeth, so I flick my tongue over the nub. She groans in frustration. She's close, but not falling over the precipice until I say she can. My hips still gesticulate wildly the entire time I tease her breasts. I go to the other and do the same.

"Fuck, Asher, just bite me," she growls out.

"Patience," I respond. "You don't get to come until I'm ready for you to do so. This pussy is for my pleasure. I've not had my fill of it yet."

"You aren't in charge," she hisses.

"When you're in my bed, I'm in charge." I push hard into her to emphasize my point. There is no better way to show someone you mean something than by shoving your dick into them. "I'm not a toy soldier anymore. I'm the man who does the punishments for you. I have no conscience. You saw to that. You want a loving person to fuck, then you need to reprogram me." *Reprogram me?* Shit. What the hell was I talking about? I'm losing it.

I bite down on her nipple, and she shatters around my cock. Her inner walls massaging my own release from my body.

I empty deep within her in an endless flow. It hits me midway that we didn't use any protection.

"Shit." I pull out and jump off her, still coming into my hand. She groans out a lamenting cry of frustration when her orgasm subsides. "We didn't use anything."

I expect her to start panicking, but instead she throws her head backwards and laughs.

"Rebekah?" I enquire, not expecting this reaction.

"Miss Ward," she corrects me with venomous scorn.

"What the fuck?" I wipe my cum-covered hands on a tissue from the box on the nightstand.

"You wanted your moment in charge, and you got it. The only time you will get it is when we fuck, because I made you, and I can destroy you. Just like I did your predecessor. This is a warning, Archer King. When I come to your bed, you'll make me scream like you just did, and I'll take care of the precautions." She slides from the bed, and I see my release dripping down her thighs. She takes a hand and wipes it through the essence. She brings her hands to her mouth and licks it clean. *Fuck,* I don't know whether to wither in fear or come again. My dick decides the latter and hardens once more. "Listen to what your little brain wants. Switch your big one off. This is the future, Archer. Embrace it, and you will be rich beyond your wildest dreams." She comes over to me and dips her hand between her legs again, our combined essences coating her fingers this time. She brings them to my lips, but I keep them shut and stare her down.

"You were born to be a god here. To rule at my side, if that is what you choose. Make your decision. Allow the conditioning to consume you and give you the life you deserve." She licks one side of her finger and then presses it back against my lips for a second time. I have a decision to make. I submit. It's the only decision I can make. I let my mind go blank, stick my tongue out, and seal our deal.

Chapter 9

SAMARA

My body aches, a beautiful freeing pain. When I roll over, Hunter is there, sprawled in the sheets we were tangled in last night. I gave him everything. And in that moment, I lost Archer. I offered myself to Hunt, allowed him to consume me, but deep down, I know as much as I've given up on my love for a man who'll not return to me, I'll never stop loving him.

The guilt of what I've done weighs on my chest, heavy and unyielding. Shoving off the bed, I silently pad into the bathroom so as not to wake Hunter. His brown hair is messy, his full lips are parted in gentle breaths, and his toned, masculine torso greets me as I drink him in like a fine wine.

Once I've shut the door I take in my reflection. A freshly fucked glow pinkens my cheeks. My eyes are alight. They shimmer with life, with affection. My lips are plump from kissing, from being kissed. But it's my tanned flesh that causes me to intake a sharp breath.

Dotted over my breasts, on my stomach, and hips are blue and purple bruises. *Love bites.* Giggling, I turn to find one on the curve of my ass. I haven't had these since I was a teenager. Since . . . Archer.

"Where are we going, Arch?" He's strong, beautiful, and he has made me feel safe when he's around. We've been running for a little while on the grounds of the orphanage, but he hasn't told me where we're going. His hand is gripping mine possessively, and even though it should scare me, it only instills need inside me.

It's my sixteenth birthday today, and he said he's planning to get us out of here. He'll be eighteen soon. And I can't wait to be with him all the time. Last night was scary. They took me into one of the rooms. The doctors told me it was a test, to make sure I'm healthy. They prodded and poked me with needles until my body was sore all over.

I haven't told him yet, because I know if Archer finds out, he'll do something stupid. I don't want him to. I need him here, where I can lie in his arms. So, I stay silent about what happened. When we finally stop, I notice a small clearing where there aren't any cameras. We can't be seen.

"Surprise," he says. The smile on his face lights his eyes. They shimmer with affection. With love. My heart expands in my chest. The emotion sitting in my throat makes it difficult to swallow. "I thought we could celebrate your birthday alone."

"But," I start, glancing behind us to find we're far from the house, and the small space he's found is indeed hidden from the guards who walk the perimeter. "Why do we need to be alone?" I question, turning my gaze back to his.

"Because today, I'm going to show you something special. I'm going to show you how much I love you." His words cause butterflies to

flip-flop in my belly. He helps me onto the small blanket he's set out then joins me, leaning in to plant kisses on my neck and on the curve of my small, teenage breasts.

"We've . . . I mean, we've . . ." I don't know what I want to say as I stumble over my words.

"Shh, sweetness. I'm going to love you," he coos, calming my nerves but never stopping the racing heart that seems to pound away in my ears like the beat of a drum. Gently, he nudges my tank top down. His mouth finds my small, rose-colored nipple. His teeth graze along the hardened peak, causing me to whimper.

Dark eyes pierce me as he settles himself between my thighs. I can feel his hardness pressing against me where I need it, where I ache for it. But he doesn't take himself out. He merely moves down my body, licking and kissing. When he reaches my stomach, he sucks the soft skin into his mouth so hard I cry out. His teeth bite down harder than I thought someone could without sucking my blood too. When his mouth pops off with a loud smack, I watch in awe as the bruise turns a bright red.

"You're mine now. Marked," he utters. The

words cause my pussy to pulse around nothing. His fingers normally fill me up, but he hasn't taken my virginity. He told me it's precious. I need to keep it for him until we're free.

"I love you, Arch," I murmur as he moves his face between my splayed thighs. That's why he told me to wear a skirt. He shoves it up around my hips, his fingers tugging at my blue cotton panties as he pulls them down my thighs.

"I love you, sweet girl," he rasps. His mouth lowers onto my wet entrance, lapping at me like a thirsty dog. He licks, suckles on my clit, and taunts me by pushing his tongue into the hole that's so wet for him. He growls like an animal as my body spasms around him. "That's it. Come for me, Mara." He coaxes my wetness, drinking me like a glass of water, like his sustenance.

My eyes roll back when his fingers open me, when his tongue delves deeper as if trying to inhale every drop of me, as if he's trying to draw my soul out and devour it. I'll gladly give it to him, offering it as a sacrifice for the love he's offered me.

"Buttercup?"

The word drags me from the memory of my first orgasm with Archer's mouth on me. The way he made me feel as if I was flying.

"I'm in here," I call to Hunter, hoping to calm the erratic emotions in my chest and in my voice. The door opens, and there in all his naked glory is the man who's heard part of my story and is still here.

"Are you okay? You look flushed." He closes the distance, grasping my cheeks in his hands, holding me steady. A small smile plays on his lips. "You're beautiful any time of the day. You know that?"

"Not really," I utter. Then, out of nowhere, tears stream down my face. Hot, fat, scary tears. "I'm so broken. Why would you want me, Hunt?" I fall into his arms suddenly at the rush of emotion racing through me.

What I recall of my sixteenth birthday wasn't only the beautiful afternoon spent with Archer. It's what happened that night. The same night I believed the man I loved left me, but it's only because of me. I was the reason he left, and now I don't know how to live with the guilt.

"Why don't we go pay a visit to the first name on our list?" Hunter asks, lifting my face to his. "You're always incredible when you fight, and I think it's time to reclaim your past. This," he says as he swipes away the tears, "is you remembering. I want you to finally have your revenge." He's adamant, and I nod. I can't deny it will feel good. The first name on the list is the man who finally broke me, who took what Archer was meant to have.

It wasn't beautiful. It wasn't romantic.

No, the moment I lost my innocence, my virtue, was the day I shattered into a million pieces. And that was the moment I vowed to avenge myself and the boy I once loved.

"I'll be ready in ten minutes," I inform Hunter with my blood heating, ready for a fight. He smirks. The sexy, naughty curl of his lips tells me he's ready for this as much as I am.

Hunter parks on the corner of the

property. We exit the car in silence. I'm dressed in black leathers. The knife that's strapped to my thigh is my most prized possession, and the small 9mm with a silencer is hidden at my back. It's the one thing I never leave home without.

As we make our way closer to the large wall surrounding the home, I take in the two floors of opulence that greet us through ornate gates.

There's a darkness to it, which makes my stomach tighten with a knot of anxiety. Hunter's already worked the alarm from the cabin. Having someone who's so well versed in hacking makes our job easier.

We scale the wall easily. Coming from years of training, I'm comfortable climbing and leaping off high edges. There's a deathly silence that envelops us from the other side. We stalk closer, finding the security nonexistent, and I wonder if this asshole really thinks he's safe after all the horrors he's acted out.

The black pillars that stand on either side of the door, the slope of driveway paved in dark stones, and the two ornate gargoyles that sit atop the metal gates scream violence and horror.

The door beckons us as I fall back behind Hunter. He's never let me go first in a job. The man is like my own personal bodyguard. He unlatches it easily; his lock-picking abilities are renowned in our world.

It's quiet when we enter, the door shutting with a gentle click. Moving swiftly, we head up the stairs. It's just hit six in the morning, and we know the man who lives here is a late riser. I follow Hunter down the hallway toward the door we know from the floor plan is a bedroom. The master bedroom.

The door is ajar, and once we step inside, I breathe. A form covered by blankets lies waiting for my revenge. My heart thuds wildly, needing to get this over and done with, but I know as much as I want to rush this, I won't. I'll revel in the torture.

Hunter lifts his hand in gesture, telling me to stay put. I do. He moves quietly and swiftly, then pounces. The man is bound and gagged, sitting on a chair within minutes. Shock registers on his face when his gaze lands on me.

"Hello, Dr. Hickson." I smile, sauntering closer. My partner sits beside him with the back of the chair between his legs. In the man's face, he trails the barrel of his gun over the fleshy, wrinkled cheek.

"Hmfmmhhmm," the old man mumbles into the gag.

I reach forward, tugging it out of his mouth. "I'd like to hear him scream," I tell Hunter who regards me with mischievousness in his beautiful, hazel eyes.

"What are you doing? Are you crazy?" The doctor gasps when I pull the blade from its holster against my leg.

Placing the steel on his jaw, I trail it up to his ear, pressing harder, piercing just a tiny pinprick to see the crimson trickle from him. "I'm crazy, yes. But this is what you created," I tell him, cocking my head to the side.

"What? Who are you?"

"Oh dear," I utter a fake, shocked gasp. "He doesn't remember the girl he violated.

But then again, there were so many. Weren't there, Dr. Hickson?" Once again, I press the shimmering tip of steel against his throat, this time making a tiny incision where it now slowly bleeds.

"I don't know what you're talking about." His voice is more confident now, adamant at his innocence. Rearing my hand back, I make contact with his nose. The sickening crunch is the only sound that rings in my ears.

Nothing can ever make up for what he did to me, but this is close enough. I take the knife, watching him splutter and beg for his life, for mercy, and I laugh. The full belly chuckle vibrates through me. I grab one of my amulets, shoving it into his mouth, and punch his jaw shut, listening to the crystal crack. The poison will slowly work itself into his blood stream, and the agony he'll suffer will be nothing short of blood curdling.

"Mercy?" I spit the word. "Did you show mercy when you shoved that cold, steel pipe inside my body?" I question with enough venom in my tone, trailing my fingertip over his now convulsing chest, over the buttons of his pajamas.

Blood spurts from his mouth as he tries to cough up the metal of the amulet, splashing against my arm. The droplets of crimson a pattern of revenge on my skin. For a moment, I'm hypnotized by it, by the sound of his screaming.

His sagging skin appears like a beacon. I want to see him sliced open but watching him choke on his own lifeforce is almost poetic.

"Did you show me mercy when my cunt bled out over your filthy cock while you laughed and told me how pretty I was?"

My hand finds a life of its own as I pull my knife from the belt holster and make an incision. Like a doctor operating on a patient about to perform heart surgery, I move with the same precision, only my patient isn't knocked out by drugs. He's alive, screeching, begging, crying, all the things I did when he violated my innocence.

I don't know when I finally come to, but Hunter's arms are around me. He's holding me so close I feel as if we're one person. When I turn to glance behind him, I find a dead man slumped in a chair.

"You did it, Buttercup," Hunter tells me. "You made him pay."

Chapter 10
ARCHER

"SORRY TO GET YOU OUT OF BED SO EARLY, SIR, but I thought you would want to deal with this personally." I must've yawned again the way the foot soldier looks at me as we near the entrance to the house. I'm not the best with early mornings. I look at his name tag. *Liam Kennedy*. I'm sure I know that name from somewhere, and his face looks familiar, but we both stare at each other with eyes devoid of any recollection. This constant feeling of déjà vu is giving me a terrible headache. Liam continues his speech when I don't answer him. "I was doing my rounds at about seven this morning, and I noticed his front door was open. We don't normally check out his property as routine because he said we don't need to. He said he could look after himself, but I was passing, and I just thought it strange the door being like that."

"He's an arrogant prick," I respond as we make our way through the stuffy home.

"Well, it's got him into big trouble." Liam opens the bedroom door for me, and the stench of death hits me. "He emptied his bowels everywhere."

"Shit, what did he have for dinner? Smells like rotten flesh."

"There's evidence of a curry in the kitchen."

"Explains it."

I stride purposefully into the room and look around. The room is pristine except for the fact that Dr. Hickson is attached to a chair, his head slumped forward, and the crimson hue of blood covers his body. His chest cavity has been carved open, and his heart lies on the floor beside him. What would have once been his dick is hanging by a thread. Someone has done a real number on him. A thought flashes through my mind.

It couldn't have happened to a better man, but it is quickly suppressed when I remember this is the head doctor of The Factory. He is responsible for the project I'm a part of. He gave me life.

"Any idea who did it?" I ask while surveying the scene further.

"No, sir, the place is clean of fingerprints, and no notes were left. They were trained though. They got in by picking the lock, and judging by the fact that the murder occurred in his bedroom, Dr. Hickson was sleeping when they captured him. He didn't stand a chance, if you ask me."

I stroke my stubbled chin. I hadn't had time to shave before coming here. "A rival company?"

"We've had no threats recently. The Russians were interested a while back, but they have gone quiet recently."

"Have someone check out their lead assassin's movements last night."

"Yes, sir."

I lean closer to the body. The doctor has been well and truly carved up. He is barely recognizable as the man he once was. I shut my eyes and inhale. Amongst the stench of death there is something else. I can't place it.

Again, it is familiar, but what is it?

Jasmine? A perfume?

I open my eyes and look at the body. I'm not a fool. I know Dr. Hickson's methods. Many virgins have entered his surgeries and come out ripped apart. His cupboards are filled with contraptions that would tear even a seasoned whore apart. A revenge killing. *But who?*

"Did you find something?" Liam asks.

"No." I stand back up. The lie hangs heavily on my lips. Why I said it, I don't know. "Until we know what is going on, I want the guards around the children and the senior leaders doubled. Nobody is to leave the area without my permission. If anyone does, they are to be brought to me, and I will show them what happens if they defy my rule."

"I'll put the word out. What are we going to do with him?" Liam nods at the rotting corpse.

I take a final look at the good doctor. The feelings of satisfaction at his gruesome and obviously painful death resurface.

"Take anything of importance and bring it to my room. Anything of value you can share amongst yourselves for cigarettes and weed. Then burn the place to the ground."

"Yes, sir." Liam scuttles off, seeming satisfied in the knowledge that being first on the scene will have gained him some additional pocket money.

I spit on the doctor's body and leave.

"Who did it?"

I'm standing before Rebekah's desk. She's wearing another one of those blouses that shows off the curve of her tits. I need to keep this professional, but my dick has other ideas and wants to come all over the displayed flesh.

"No idea at the moment. I've got someone checking out the Russians," I tell her, taking a seat and bringing one of my legs up over the other.

"If it's those bastards, I want their head doctor here so I can personally flay his skin from his body and send it back piece by piece." She slams her fist into the table, my dick getting even harder.

"You'll get him and a few extras. Don't worry."

"Easy for you to say. You don't have to find a replacement for the best doctor we ever had." She opens a drawer and pulls out a folder. On it is written *Doctors*. "Didn't he even have CCTV?"

"Nope. We're checking the wider area, but I don't expect it to bring anything up." I place my hand over hers. "Don't worry about the doctor. Just promote his deputy. Throw some money his way, and you'll get the best service possible."

"You think it's that simple?" She curls her lip up incredulously at me.

"I know it's that simple." I take the folder out of her hands and open it. There are contact details and qualifications for all the doctors The Factory employs. Dr. Hickson is at the top, and underneath is a man named Dr. Chamberland. "Is that his deputy?"

"Yes." She rolls her eyes at me. It's such a turn on when a woman does that.

"Up."

"What?"

"Get up." I place the folder down.

"I'm the boss here, Mr. King."

"Up and over the table. You're stressed, and it's my job to alleviate that."

"You're very certain of yourself. Maybe last night was a one-time thing." She purses her lips together and folds her arms across her chest.

"You came on my cock *multiple* times. I even heard you screaming my name. It's not a one-time thing. I've planted an itch inside you that only I can scratch. Now, last chance. Over the desk, ass in the air." I stand up and show her the tent in my trousers. After a pause, a battle of wills so to speak, she stands and places herself over the desk. The tight black skirt she's wearing frames her ass perfectly. I lift the silky fabric and push it to her waist. The black G-string she's wearing offers little resistance to my needs. With one hard tug, it's ripped from her body to leave her bare to me. My trousers are undone in seconds. The next thing I know, I'm inside her, my hips moving.

"Archer, fuck me!" Rebekah clamps down on my dick in warning that if I don't give her what she wants, my male anatomy may go the way of Dr. Hickson's. It's a warning I adhere to and fuck her harder. My hips buck against her ass every time I bury myself deep. The papers on her desk are scattered everywhere. Pens, a stapler, and a hole punch clatter to the floor.

I never thought someone's death would be an aphrodisiac to me, but right now, my skin is itching for release with a need to come. My body is hot, and I feel the ache to fuck.

I'm happy and elated that man is dead, and I don't know why. Happiness fills my chest that he died in pain. I'm glad his dick was ripped off and his cold, black heart torn from his body. I become lost in a perverse sense of victory over a man that, as far as

I'm concerned, has never done anything to wrong me.

My surroundings disappear, feeling only the pleasure cascading through my body. Animalistic grunts are the only sound I make as I rut like a lion into the welcoming vessel. I smell nothing expect . . . jasmine. The perfume that was on the doctor. I falter a second.

"Fuck, Archer. I was close. I'm beginning to worry about your ability to keep your mind on the task at hand."

I thrust hard back into her, and she screams out in orgasm. I follow her over the edge and empty myself in almost endless jerks into her hot pussy.

"I told you never to worry about coming!"

She tries to get up, but I'm not done. I place my hand on the back of her head and press it into the wood. With the other hand, I pick up the phone and dial the number that happens to still be on the desk in front of me and turn the speaker on.

"What the fuck?" Rebekah tries to kick

back.

"Hello?" the voice on the other end of the phone answers.

"Dr. Chamberland?" I ask.

"Yes."

"Congratulations. You just got promoted to head of The Factory medical team. I'll have all Dr. Hickson's files brought to you later."

"What? What's happened to Dr. Hickson?" he replies in shock.

"He's dead."

The line goes silent.

"The job comes with a ten thousand dollar pay raise on your predecessor's salary," I offer. Rebekah squirms beneath me, but I'm holding her down, and my cock is still inside her. The friction is making me hard again, and with my free hand, I push a digit into the pucker of her asshole.

"I'll go and start clearing out Dr. Hickson's office and move my stuff in."

I snort at the doctor's reply. I was right. Throw money at these bastards, and they'll do anything. I hang up and pull out of

Rebekah before thrusting back in.

"Are you crazy?" She tries to push me off, but I keep fucking her.

"Archer?" she shouts, and I still.

"You wanted the problem solved. I solved it. I'm going to fuck you until I come again, and then I'm going to go out there and find the bastard who killed Dr. Hickson. After that, I'm going to hand him to you, so you can see he never touches one of our team again. Understand?"

Rebekah stops struggling, so I move again.

"I've created a monster," she retorts.

"Don't ever forget it," I reply as we both come together.

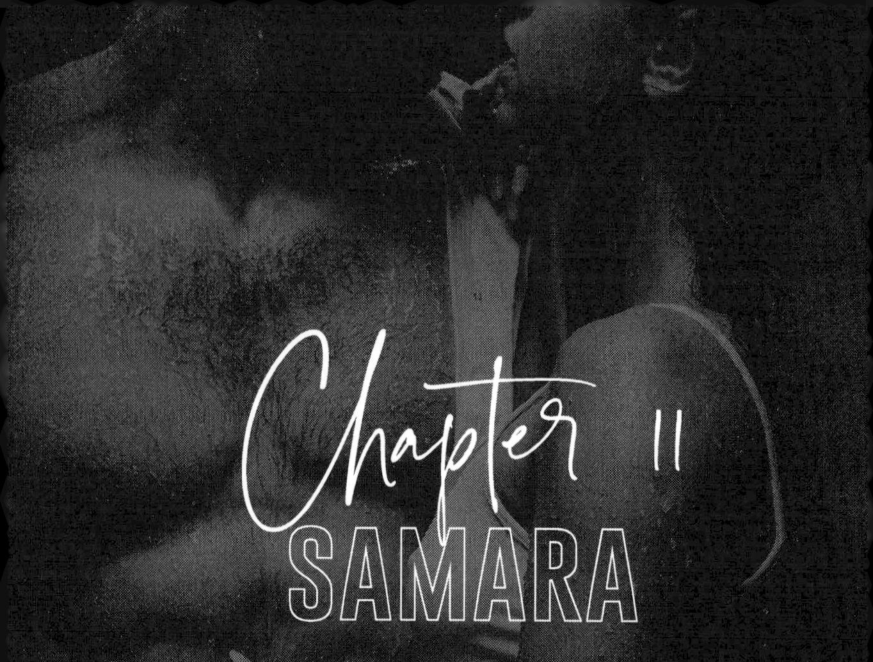

Chapter 11
SAMARA

THE MOON HANGS IN THE SKY, SILVER, SHINY, beckoning me to remember. So many nights with Asher were spent under a full moon. Like the night he first kissed me. The moment his lips touched mine, I knew I was no longer just a little girl with a crush. I'd changed. I became a young woman with her first love.

As we spent more time together, I grew. I wanted more than we had in that godforsaken house. He promised me we'd run away together, but then he left without me. With all my training, I still wonder if he saw me today, what would he think? I'm a trained killer. I no longer love life, enjoy the rain on my skin, dance in the downpour from heavy gray clouds.

I'm cold, barren, angry.

Rage consumes me on a daily basis.

But seeing my handiwork on the doctor who took everything from me makes me smile. It's a satisfaction I never knew I'd find. All these years I waited, I trained, I craved their blood on my hands, and now that I have it, I'm slowly finding peace.

I'm still in two minds about what happened. I killed. But I didn't just shoot someone. I carved him to pieces.

"Buttercup," Hunter growls from behind me. When I turn around, I find the man who has been through this with me since he found me at sixteen wandering around. I wanted nothing more than to kill, to find revenge, and Hunter trained me.

"Hunt, I'm ready for our next mission."

"Who's on the list, babe?" he questions, gripping my hips and pulling me closer to his chest. His solid frame is calming, as if he's attempting to wrap me in his warmth to alleviate the guilt that seems to be plaguing me.

I know this because Hunter was the one who taught me how to kill. He showed me the easiest way to make men bleed. And at first, I hated it. I never understood why I had to do this, only that I wanted to.

Yes, revenge is warranted, but the violence that now courses through my veins was never there. I look up at him, his hazel eyes glistening.

"Dr. Monroe," I tell him. Even the mention of the woman's name is enough to have my skin crawling.

"Diana would've been proud of you," he affirms, gently stroking my arms with the tips of his fingers.

"Would she though?" Shaking my head, I step back, turning away from him to watch as the moon beams down at us. Our mentor died on a job only eight months ago. A revenge mission, similar to what we're on right now.

"Yes, she would, Sam. You know she always supported you."

Sighing, I nod. It's true. She wanted

what was best for me. Each time I felt guilt creeping in, she told me that closure is the best medicine. The problem is, I don't know if I'll ever find closure, not when I have no idea where Archer is. I never got to say goodbye. Perhaps they found him and killed him. I'll never know.

After Monroe, there's only two more people on my list. Dr. Kingsley and Dr. Chamberlin. The last remaining monsters who run The Factory.

A shrill ring of a mobile phone drags me from my thoughts. Hunter's phone vibrates on the countertop in the kitchen. He leaves me to answer.

"Yo, man. What's up?"

I leave Hunter to his call and head into the bedroom. Grabbing my holster, I shrug it over my shoulders. The gun weighs heavily on my torso along with the sleek steel blade I used on Hickson yesterday.

"Babe," Hunter says tentatively from behind me.

I turn to find his tortured gaze looking back at me. "What's wrong?" I question.

He closes the distance between us, and my heart kicks wildly in my chest. *Something's wrong.* "That was TJ," he starts slowly. "He found out who's helping Ward with the kids."

My brows crease in confusion. "Okay?"

"It's Archer King."

The mention of his name knocks the breath from my lungs in one swift punch to the gut. My mouth falls open, but no words come out. Archer. I thought I'd lost him forever, but it seems he's found himself a job. A life.

After all we'd seen and been through, he's working for them. Anger warms my blood, prickling my skin as awareness settles over me.

"Sam," Hunter's voice sounds so wary, perhaps even fearful. "Maybe he's undercover? I mean, he wouldn't be working for assholes like that."

"Let's go. I'm ready," I say, steeling my voice of any inflection that I'm hurt. Instead, I stalk by Hunter with my body vibrating with violence I've never felt before. I pull on my leather jacket and head for the door.

"Sam, you're angry. Maybe we should do—"

"Why don't you focus on helping me tonight instead of telling me what you think we should do? I'm ready. If I wasn't, I wouldn't be heading out."

I don't wait for him to respond. I know what he's going to say, and I don't want to hear it. Once I have Monroe in my clutches, she'll tell me exactly what the fuck Archer is doing working for The Factory.

Slipping into the driver's seat, I wait for Hunter to settle in beside me and start the engine. The SUV purrs to life as I pull out onto the road.

"All I'm saying is, we need to be wary. He isn't the—"

"Please, Hunter, just let me have this time to think." My eyes flit to meet his. There's tension between us, thick and angry, but I can't change my feelings overnight. I thought I could. But deep down, I know that as many times as I've wanted to say goodbye to Archer, I can't. He's burrowed into my being, woven into the fabric of my bones, and no matter how hard I try, there's no way I can get rid of him.

The road takes us out of the small town and into the scenic hills with forests on either side. Gloom shrouds us in its evil mist, and I wonder if it's because of the devils that live out here.

The road winds farther into the forest, which welcomes us with its breathtaking darkness. There's a small break in the trees when we turn another long, winding bend. It opens up to the starlit sky, and just beyond the bank of ghostly trees, we find the mansion we're about to enter without permission.

I breathe a sigh of relief. The large, open, brick house is two floors with windows all lit up as if they knew we were coming. There aren't any cars in the drive, and when we pull up to the side of the house, I notice that there isn't any security.

Do filthy animals like this not realize their lives could be in danger?

Or are they so far above the law that they don't care anymore?

"Are you ready, Buttercup?" Hunter questions in his normal tone. He's trying to sound calm, like he usually does, but the small inflection in his voice tells me that he's far from it.

Knowing Archer is involved only serves to confirm his suspicions. I'm still in love with the boy who left me in Hell.

"Yeah, I'm ready," I tell him, exiting the car without meeting his gaze. His eyes burn into me. I feel them trailing over me, wanting to delve into my mind and pick at the secrets I hold.

Hunter doesn't allow me to lead the way even though I'm itching to race inside and get this over with. But I'm not far behind him. His warmth is something I crave, so I keep close as I shadow him the way I've done so many times before. Each job we took, every time we were out in the field, I had him by my side.

Pulling out my lockpicking device, I crouch down at the back door and begin my work. With a gentle click, the lock is open, and I push the door until it cracks. The house smells of pine and mint. It wafts through the air, hitting my nostrils, reminding me of a time when I wanted this woman to burn in hell.

As we make our way through the kitchen, I take in the plush furnishings, the expensive appliances, and the warmth that blazes through the house. She must have her heating on. Sweat trickles down my spine, causing me to shiver involuntarily.

A sound prickles my ears from the second floor. Lifting my hand, I signal that I'm heading upstairs. There's no sound coming from the hallway, no echoes of voices or sounds of life. Silently, we stalk through the passage toward a cream-colored door. The gentle hue is a contrast to the midnight blue carpet.

A tap on my shoulder causes me to halt. Then I see it, the shadow moving beneath the door. She's awake. Smiling, I inch closer, closing the distance between me and my revenge.

I reach for the handle while pulling the knife from my holster. I'm ready. My body vibrates with knowing. Soon, I'll have her in my clutches, and I'll claw her eyes out.

I don't wait. I can't. My blood hums approval as I twist the doorknob. There's a whispered creak as I push open the door and find myself face to face with the woman who took something from me that I'll never be able to get back.

The thing that makes me a woman.

"Who the hell are you?" she screeches, her voice shrill, dripping with fear and anger.

I don't respond. Instead, I shove her backward. She trips on her silky, red nightgown as she stumbles.

Hunter pushes by me, his body large and foreboding. "Shut the fuck up," he growls, gripping her by the nape of her neck and shoving her into the chair positioned at the window.

The night sky is inky, the moon hidden behind clouds making the evening eerily black. She peeks up at me, as if to beg me for an answer while Hunter binds her to the chair.

I lean in, getting in her face. "You are a

sick bitch," I hiss at her. "Do you remember what you did to me?"

Her frown is all the answer I need. I grab another amulet filled with the sweet poison that killed Hickson. It's time for her to *see* just what I have in store for her today.

I've always been fascinated with the eyes. Watching how they spurt wildly with fluid when pierced or prodded, I've always been intrigued.

"Please, I don't know you. Just let me go, please," she pleads, her voice low and fearful.

My mouth curls into a smirk. "Did you really think you could get away with hurting children?"

I glance over at Hunter, who's on her laptop, which had been perched on her bed. Her eyes dart between him and me, but the fear that creases her face is not for me or the amulet I'm holding close to her eyes. It's for Hunter.

"Samara Eldrige."

He lifts the computer, turning the screen toward me. There's a folder with my name as the title. I nod. He sets it down once more, tapping the key to open it. I've seen Hunter in every state of anger, rage, and even pleasure, but the expression on his face is not like anything I've seen before.

I don't want to know what he sees. I don't want to know what part of my life this woman had saved in that small blue icon because I know what she did to me.

All *dolls* are soldiers. And they believed that all soldiers shouldn't have a future or a family. So, the moment we turned seventeen, we're stripped of our womanhood. Left to heal without painkillers, without any source of comfort.

"You're ready?" Hunter questions, rising as he gets Monroe and drags her legs toward the foot of the bed and proceeds in tying her down.

"Now, Dr. Monroe, since you took everything from me, I'll be taking the same from you." I break open the crystal lid and pour the poison directly into her eyelid, as if I'm administering eyedrops. The screech that pierces the room is evidence that it's doing its job. Once again, I grab my knife and allow the blade to slice through her nightgown, leaving her in nothing but her bra and panties.

"Please, please, I can help you," she begs.

My hand presses the sleek silver blade to her abdomen, watching the pretty crimson liquid that seeps from the incision. My movements are slow, ensuring that she feels as much of the agony as I did. Along the wrinkled, porcelain flesh, I make the cut just below her navel. Blood drains from her body as she screeches. I'm splattered in red. A pattern I wear with pride as I watch her convulse wildly.

"What the fuck is going on here?" The deep, booming voice from the door stops my hand in midair, and my heart leaps into my throat.

When I snap my gaze to the entrance of the bedroom, I'm finally face-to-face with the man who stole my heart. The man I love with all that I am. The man who left me to suffer in hell.

Archer King.

Chapter 12
ARCHER

"WHAT THE FUCK IS GOING ON HERE?" I bellow. A woman with dark tendrils of hair almost as black as the night itself turns to me with shock on her face. Something had been nagging at me all night, an overwhelming need to check on all the doctors. Leaving Rebekah asleep in my bed with Liam on guard, I dressed quietly and visited Dr. Chamberlain first. He was sound asleep in his bed, lax with his security as usual. I won't let these arrogant pricks of doctors send my guards away again. I called them back and stationed them outside his room. If he wants to take it up with me in the morning when he wakes, then we will have a showdown.

One I will not lose. Things are changing around here, and I won't let anyone else die on my watch.

Dr. Monroe was next, and the second I set foot on her property, I got a sense of unease. Silently, I made my way through the house. Some people would think I'm insane walking into the unknown without so much as a gun on me, but I don't need one. I'm a trained soldier. My hands and my brain are my weapons. They are what I use to kill, not metal and gunpowder. A scream of torture greeted me. The door was left open, and I watched for a few moments as the figure of a woman carved up Dr. Monroe. I was mesmerized by her grace and skill in a task so repulsive many a person would vomit the contents of their stomach onto the floor. Not this woman though; she's tainted by the devil. Blood covers her and runs onto the floor like a spilled bottle of claret, but she didn't falter in her task until I called.

A thick-set man who was sitting on the bed jumps to his feet, letting the laptop he was holding crash to the floor. He bears down on me quickly, ready for a fight. I dodge him when he throws the first punch, and his fist pounds into the wall next to me.

"You don't want to fight me," I offer the words of advice, but I can see they fall on deaf ears when he comes at me again. This time he lands a punch on my square jaw, but I don't feel it. That's how I'm trained. Pain is irrelevant to me. It's not part of the consciousness of my brain. I crack my jaw and hit back at him with three sharp, shooting jabs to his face. He tries to bring his left arm up in protection, but I'm too quick. He stumbles back, reeling from the possibly broken nose I've given him, and slumps down onto the floor to catch his breath. He needs time to stop seeing the stars no doubt circling his head. He's no danger to me for the moment, the person holding the knife is the one who has my interest now.

"I repeat. What the fuck is going on?" I'm in front of the woman in a few striding steps. She doesn't move, doesn't flinch. Dr. Monroe has passed out from where it seems she was having her womb ripped from her body. The gaping hole and bloodied mess protruding from it suggests the woman with the knife had very nearly completed her task. I bring my hands up to her throat and wrap them around the slender column. I apply gentle pressure, and she drops the knife onto the floor.

"Archer," she whispers.

It's my turn to freeze. How does she know my name?

"Who are you?" I snarl.

She doesn't reply. I can see her searching for words with the way her lips quiver, but none come to her. Do I know her? I squeeze a little harder at her throat. She has most probably killed Dr. Monroe, and I suspect, is responsible for the death of another doctor whose body I found carved up this morning. The *modus operandi* is exactly the same.

"Answer me." I shake her svelte body. She's like a rag doll to my strength.

"You don't remember me?" Her voice is like a velvet tourniquet wrapping itself around my brain. There's something I should know, but I can't figure it out.

"Who are you? Why are you killing the doctors?" I'm pushing her away from Dr. Monroe and against the wall beside the bed. She's not fighting me. She's apparently a trained killer, but it's like she's lost all her abilities.

"What have they done to you?" she asks.

"Who?" I keep one hand around her neck and use the other to search down her body. It trails along the line of her breast, and she whimpers under my touch. That sound — it's so familiar. I lean in closer to her face. "I know you," I state, and she gasps.

"Yes."

I look at her lips when she involuntarily licks them. My dick stirs. *What the fuck?*

"I've tasted you." I don't know where that statement comes from, but it falls from my mouth with the weight of a hundred elephants. I'm reeling, and my concentration is faltering.

"You left me for them." Her blue eyes well with tears.

"Left you? I don't know who you are or why you are so familiar, but you will tell me what is going on here. We can do this the easy, or the hard way. I'm good with either." I try to get my focus back, but her cherry-red lips are drawing me in. They are the only thing I can see at the moment. I've kissed them before. They are sweet, the best taste of any woman I've ever had. I lean in. I have to savor them again.

"Fuck," I shout when I feel a kick to my back.

"No," the woman shouts, but it fades into the background when I drop her to the floor and turn around to find the guy she was with ready for his next beating.

"Ready for round two already." I laugh.

"It'll be you that ends up on the floor this time," he sneers back and lunges for me. Did the idiot not learn last time? I easily side-step him, but he rounds back and catches me from behind. Ok, so maybe he did learn a little something. Won't matter though. He's not a soldier. He's perhaps a good fighter, but he's nothing compared to me.

"The only floor action I will see is when I've pinned your little bitch to it. I can think of a couple of ways that I can get information out of her on why she feels the need to kill my doctors. All of them involve her flat on her back, or on her knees, or doing the splits on top of my cock. I'm not fussy, and she seems to know me."

"You won't ever touch her again." He seems confident in his statement, but I see the momentary flicker of doubt in his eyes.

Soon, we are trading blows, each inflicting pain on the other's body. I can see he is hurting, but I feel nothing. I'm a machine designed for this. Blood drips from both our noses. I think I have a cut above my eye from a blow that involved the signet ring he wears on his right hand.

"You're a monster, just like the rest of them. Taking children and doing what you do," he jeers.

"So, The Factory is the reason for this? The bitch has had a stay here then," I laugh. He steps forward and balls a fist directly into my hard abs. I clench so that it ricochets over and the force reverberates down his bruised knuckles rather than through my body

"You're not a good enough a fighter to have been here." I've always been an arrogant asshole when fighting. Make your opponent so angry that they lose their head.

"At least I'm all real and not a machine," he retorts.

I slam my fist into the side of his head, and he stumbles backward. "Seems the machine is getting the upper hand in this fight."

My opponent is sweating from his exertions, but I've barely started to perspire. My heart rate is still average, but I suspect his will be sounding as loud as a thundering railroad train in his head.

He lunges for me again and knocks us both to the floor. He's on top of me, punching me in the head. I bring my leg up and knee him in the back. He roars out a cry of agony but continues his assault. Using all my strength, I roll us over, and we tumble along the floor, a mass of fists and kicking legs. Our blood mixes together with the doctor's to leave the room like the scene of a massacre. I have to give it to the idiot man.

He has stamina. Most people I've fought would have rolled over and submitted to my superiority by now. I guess I'll just have to keep going until he realizes he is going to die, and I can end this.

We stop rolling, and this time I'm on top. I punch him hard in the nose, and if it wasn't broken before, it is now. His blood splatters across the room. I follow its path and see it land directly onto the still-frozen woman who is a heap on the floor. Red patches mark her porcelain skin where I had my hands around her neck.

"Why did you allow them to do this to you?" she whimpers. "I loved you."

My world implodes. I gasp for air as my head starts to swim violently. Memories, words, emotions, a past buried deep in the artificially induced haze that the doctors created in my brain tumbles through my head like a whirlwind.

"Dollface," I stutter and stumble backward. I recognize her despite the fact that her cherry-red hair is now black. She was once my everything, my world, and the reason that I am the way I am now. She shouldn't be here. I got her out. If they find her, they will destroy her. She knows far too much about their establishment. She's made a big mistake coming back here to kill those responsible for destroying us.

I'm focusing heavily on the woman that I love, the woman who was made for me, when the blow comes to the side of my head. My body weakens, and I fall to the floor. I'm not unconscious but dizzy. I can't get back up.

"Mara," I call out.

"We have to go." The guy I was fighting is up on his feet and limping toward my woman.

"I can't leave him. He remembered," she pleads.

"If we stay here any longer, more guards will come. His conditioning will take over again soon, and he'll forget. I can't fight him much longer." The guy is dragging her toward the door, but she pulls away from him.

"Conditioning?" I lie there thinking.

What's happening? She's leaving. Not now. Please.

"Mara. We have to go. He won't remember you in a few minutes. He's one of them now. He's doing to people what happened to you. Archer King is no longer the man you fell in love with. He's a monster like them. We can't save him."

"Hunter. We can try?"

"He made his decision when he left you to join them."

I'm listening to their conversation, but it's making so little sense to me. Everything is beginning to turn hazy again. I can feel my strength returning. I'll be ready to fight again in a few minutes.

"Ok." She reluctantly takes his hand, and with a last look back at me on the floor, they leave.

"Mara," I shout after them. I have to remember her. I can't forget her again. I roll over onto my front and crawl toward the computer which landed on the floor. It's the key to this. They were looking at it. I need to take it with me. I struggle into a sitting position. My head is starting to thunder with pain. I don't have much time left. This is how it goes.

Whatever they've done to me is repairing itself in my brain. I put my finger in the blood that pools on the floor around me and use my index finger to write on the silver laptop cover.

"Samara — take this, Archer."

The pain takes over as I swirl over the end of the R. It's blinding. I cry out in agony and blackout.

I don't know how long I'm out, but when I come to, I'm back on my feet in an instant and staring around the room. It looks as though a world war broke out in here. A couple of my subordinates run into the room.

"Mr. King?" They look at me with concern. I run my finger over my lip, and it gets covered in blood.

"They got a lucky hit, I guess," I respond. I remember a man and woman in here but nothing about how they escaped from me. Their faces are a blur. *Why can't I remember them?*

"Dr. Monroe is dead." One of the guards checks out the poor woman on the floor.

"They cut out her womb," I say. "I want Dr. Kingsley and Dr. Chamberlain brought into protection at the compound. If they argue about freedom, tell them they can come of their own free will, or I'll bring them tied and gagged."

I look down at my feet. A silver laptop sits there but I notice writing on it in blood.

"Samara — take this, Archer."

I pick it up.

"Do you want me to take that?" one of the guards asks.

"No," I command. "This is mine. I think it might hold clues as to what is going on here." I rub my head where a headache lingers. It's time I got to the bottom of what is going on here.

Chapter 13

SAMARA

"HE REMEMBERED ME, HUNTER," I PLEAD once more as we weave our way through the dark streets. He doesn't respond. I know he's angry. There's frustration ebbing from him like a crashing waterfall. It's drenching me in its cold torrent, and I have no way of calming him. His foot is heavy on the gas, and we're speeding wildly toward the cabin we're staying at.

Sighing, I sit back and watch as the dim streetlights flit by. My mind is still on the man I love. Archer is still in there. I can get through to him, I just need time. He needs to give me something. Just an hour, and I know I can break the shit they've done to him.

Closing my eyes, I recall the day we saw them with Gabrielle. She was one of the older girls. A beautiful brunette with big hazel eyes. Her tanned skin and full lips were every boy's wet dream at the time. And when Dr. Monroe found out she had her first period, she was taken in.

By then, I had just turned sixteen. It was just months before Archer actually left.

"Listen," Arch whispers in my ear. As we near the door, I hear it. We've been coming down here when one of the kids goes missing in hopes of saving them, but each time we try, we fail. Instead of freeing them from the bed, we only see more horrors than the time before.

It's not every day that they take one, which only serves to confirm that they plan their operations. There's nothing we can do but watch each time a girl or boy comes down here. There's no hope of them coming back the same way.

Gabrielle is their latest victim. She's just turned sixteen, my age, but they haven't brought me in here yet. She's bound to a hospital bed with thick leather straps which are cutting into her flesh because she keeps tugging and pulling at them.

Monroe is here; she's one of the doctors who oversees the operations they perform on the girls. She's dressed in her standard white coat. Her hair is pinned in a severe bun at the back of her head, pulling the skin on her face taut. It's as if she's made of plastic.

She doesn't smile. What it looks like is an evil sneer. What you'd probably picture Cruella De Ville to look like if she were a real person.

"You're such a beautiful young woman," Monroe utters with contempt at our friend. "Girls like you cause trouble in here." Her words seem to drip with jealousy and rage. I don't know what she means. Gabby is one of the sweetest girls.

"Please, just let me go. I'll behave." Tears blur my vision when I see the fear etched on Gabby's face as she pleads with the doctor.

"You will," Monroe confirms with a nod. "When we're done, you'll be able to live in The Factory without any threat from the boys in here. When they lift your pretty dress, they'll be so horrified, they won't come near you again."

The doctor lifts the silver knife — a scalpel, I think, but longer and more vicious-looking. She slices Gabby's dress from her body. It's only then I notice her curves, her breasts. I've never seen a girl naked like that.

I cast a glance at Archer, but he's not looking at her hungrily, the way he looks at me. He's as horrified as I am. I turn my gaze back to the scene before me, finding Gabby now completely naked. Her underwear lies on the floor in a heap.

Just then, another doctor enters. Dr. Kingsley.

"Monroe. She's a pretty one," he says in a tone that causes ice to run through my veins. He lifts a hand, trailing it over the dips and curves of Gabrielle's body. "You're going to learn girls are made for pleasing the soldiers," he utters. Leaning in, he sneers down at her shaking body, "It was why you were born."

My stomach rolls in revulsion. I almost wretch at the sight of his hand between her thighs where no one should ever touch.

"Take my fingers," he bites out angrily, and his hand moves faster.

Gabby screams so loud my ears sting with

agony at her cries. She's once again pulling and tugging at the restraints, but there's no escape for her.

"Enough, Kingsley," Dr. Monroe hisses while lifting the scalpel. She continues to press it against the flat plane of Gabby's stomach. Blood spurts from the incision as my friend screeches inhumanely from the pain clearly coursing through her. Dr. Kingsley continues his ministrations with his fingers, and shock reigns through me when I see him pull his zipper down and position himself at her mouth that's wide in horror.

"Take it, bitch," he grunts, shutting her up with his thick erection.

This time, I do feel bile racing up my throat. Turning, I race from the basement with Archer behind me. I make it into the large gardens before puking up the breakfast we had only a couple hours ago.

My body convulses painfully. The burning in my throat brings tears to my eyes, and Archer holds my hair back as I throw up my guts on the lush, green grass.

"We'll get out of here," he promises me

again. "I'll kill them all, Dollface. I swear on my life." I want to believe him. I do. But somehow, I can't. There's nothing Archer has promised me that he hasn't come through with. Nothing. Sadly, this time I can't put my faith in him. Not because I don't believe him. It's because this hell is inescapable.

Once you're taken to the basement, there's no coming back from that. It doesn't matter if you survive. You'll never be the same. There's no way you can return as a whole person. They take from you. They steal, they rob, and they enjoy it.

No one should live like that.

But we have no choice.

"He's not going to change, Sam," Hunter insists as we pull up to the cabin, pulling me from the memory of what we'd gone through.

"He can. I believe in him, Hunter. Didn't you change? Your past is littered with shit too," I implore him. I want him to understand. To see Archer is a good man under all that mind control they've done to him.

"And what if he doesn't? What if he remembers you and one day, out of the blue, he decides you have to die? He could've killed you tonight."

I understand what he's saying. It's true; Archer could've indeed taken me out. I was so hellbent on making him see me I forgot I'm trained to kill. To fend off the bad guys. But Archer isn't one of them. He may act like it now, but I believe he can fight it if he just realizes there's a reason to fight.

"Buttercup," Hunter coos, pulling me over the seat, planting me on his lap. His big, calloused hands cup my cheeks. "All I want is for you to be safe. Is that so wrong?"

Tears fill my eyes, making Hunter blurry in my vision. "No," I croak out, emotion thick in my tone. My throat closing with all the sadness that's threatening to choke me. A snake, wrapping itself around my neck, squeezing out the air.

"I wanted to say this under different circumstances, Sam, but—"

"Don't. Please," I beg. I know what he's going to say. It's written all over his face, and the emotion swims in his beautiful, hazel green eyes.

"I can't help it. I do."

Nodding, I pull away from him, needing to breathe. Can you love two people at the same time? What I'm doing is wrong. I'm hurting Hunter, Archer, and myself. This thing between Hunt and I should stop. Right here and now. But when his hands trail my body, squeezing my ass, I can't stop the movement of my hips rocking against him.

"Let me show you," he murmurs as he controls my hips. Moving me over his hardness. It presses against my pussy, just where I need it. I've done this for so long it's second nature. Fuck to forget. But when my head drops back and I close my eyes, I'm met with those dark orbs that have haunted me for years.

"I can't." Pushing away from Hunter, I see the pain in his gaze. It tightens a fist around my heart. I exit the car quickly, making my way into the cabin hastily, not needing him to follow me, but he does. He always does.

"Sam," he calls to me, but I ignore him. Shoving my way into the bathroom and shutting the door behind me, I slide down the wooden surface till I land on my ass. On the floor, I finally fall apart. I cry.

Hunter bangs on the door, but I can't let him in. There's no way that if I open this door he won't storm in, pick me up, and show me just how much he loves me. Because that's what he does. All the years we've been together, he's always given me that solace. Taken away my pain by showing me pleasure.

But this time, he can't.

Nothing can steal the agony that's clawing its way through my chest. My heart bleeds as I recall the emptiness in Archer's gaze. When he looked at me, he didn't even recognize me. It was as if he's an empty vessel, filled with anger and hatred and the need to kill.

It took me a while to break through his walls, that barrier they've made him put up. I know I can do it again. But Hunter's right. What if the next time I come face to face with

Archer, he kills me before I have the chance to make him see?

Chapter 14
ARCHER

"How could you let them get away? You walked in on them killing one of our doctors, and they escaped?" Rebekah angrily stomps her high-heeled foot while I sit sewing the cut over my eye. All soldiers are trained to take care of themselves medically. You can't always rely on a doctor being available when you get shot, stabbed, or beaten. "You're supposed to be a trained soldier."

"Well, it would seem that your training failed on this occasion." I dig the needle into my flesh, pull it to the jagged edge on the other side of the cut, and bring the thread through.

"Don't be facetious, Archer. This is not a

joke. There are killers after our doctors. You had them in your hands and let them go."

"Maybe they're better trained than we are," I bite back and tie the ends of the surgical thread together. "Besides, the doctors are killing themselves with their constant disregard of the rules I've put in place. They think they're invincible but are finally being shown that they aren't. If the last two want to survive the next week, then I want them brought into the main compound and put under twenty-four-hour guard."

"Nobody is better trained than the team I've put together." She puts her hands on her curvy hips and pouts at me.

"Arrogance is a downfall, Rebekah."

"And a soldier who doesn't do his job will be one as well. You have five days to get their dead bodies in front of me. If you don't, there will be dire consequences for you." Rebekah spits her venom at me and leaves with a vibrating slam of the door.

I groan while checking my sewing handiwork in the mirror. I take an antiseptic wipe and clean off the congealed blood from the cut in my lip. The wounds will heal and leave me with another scar on my body. Another indicator of a memory I've long since forgotten. This time, however, I'm not going to forget. Pushing to my feet, I make my way over to my safe and enter the code. It's six numbers which I'm sure should mean something to me, but I've no idea what. One, zero, two, nine, nine, three. The door clicks, and I open it. The laptop rests inside on a pile of papers that are probably important, but at the moment, the only thing I'm interested in reading is what's on this laptop I decided to take.

I tuck it under my arm and leave the bedroom. My butler instantly appears. It's like he materializes out of thin air whenever I leave my room.

"Do you need anything, sir?"

"No," I snap in response and go straight to my computer room. I slam the door behind me, so he knows I don't want him to enter with yet another cup of tea. Damn British and their tea. Since I returned from Dr. Monroe's, he's forced two cups of the disgusting stuff on me. When will he learn I like coffee, black and strong, enough to send me into a hyperactive fit?

I throw the laptop onto my desk, slump down into my chair, and swipe the mouse for my own computer to turn it on. I bring up Dr. Monroe's files. She's known as the butcher of women. A nasty piece of work with absolutely no morals. I locate what I'm looking for, the password to her laptop, and swivel my chair around to open Monroe's laptop.

Computer technology is new to my arsenal of weapons. I like it. Having picked up superior techniques quickly, it's like it was programmed into me. I mainly use it for surveillance on The Factory, but intelligence on my enemies is also extremely beneficial in my position. A few taps on the keys and I'm into the laptop. The file in front of me takes my breath away.

"Samara Eldrige"

That's the name I'd written on the

laptop. I spin back to my computer and set up a search on that name. While it's running, I turn back to the file on Samara. I scan the document, reading the notes about her being a resident of The Factory until the age of seventeen when she disappeared. There are arguments between different doctors as to whether she should be a soldier or a whore for them. I can't find any decision being made, but there are notes to say that Dr. Monroe took her womb.

That would explain the woman cutting out the good doctor's.

There are further notes explaining that her virginity was taken by Dr. Hickson to ensure that she was not a temptress to the male occupants of The Factory. I scroll quickly over the lengthy account of the process that seems to have been written. I don't know why, but I can't face reading it. I slam the scanning to a halt, though, when I see my name written.

"It seems that Miss Eldrige has developed a relationship with Mr. King. They have not

consummated it that we can tell, but it would be dangerous to allow it to develop any further. Both have been in trouble of late for disobeying the rules, escaping to see each other when they should be sleeping or training. Mr. King was beaten by the enforcer two days prior for what seems to be him taking the blame for them both being out. He would not name Miss Eldrige, and as a result, received thirty lashes of the cane. Miss Eldrige was made to watch the punishment but did not comment or try to stop it. The connection between the two of them was obvious during that time. I recommend that Mr. King be taken as soon as possible for advanced training. Miss Eldrige's future is still uncertain at the moment, but I suggest time spent within the department with our soldiers offering them comfort would be advisable." Signed: Dr. Holland

I reread the passage. *I had a relationship with Samara?* I knew her, and judging by the fact that they separated us as quickly as possible, I was fond of her.

Why can't I remember this?

I smash my fist into the desk, and

everything on it shakes. Dr. Holland left recently, and I suspect he is dead, so I can't ask him anything about what's happening. I wonder if Samara had anything to do with his disappearance?

My computer dings. The search on "Samara Eldrige" has finished. I glance at the screen. Nothing. She's a ghost and doesn't exist anywhere in the world. There must be more information on this laptop. I open several other files on the computer. There are nothing but medical reports on various procedures and medications that she had. It's all in a language I don't understand, so I dismiss it for now.

I'm getting more and more frustrated with each dead end that arises. I know I should remember something, anything about this woman, but as I'm reading about her, I feel nothing. No emotion. If I had a relationship with her, surely I should care for her?

Some of the things she's had done to her are horrendous and explains why she's on a murderous rampage. *How did she get out though, and why am I not with her? What happened?* There's one final file left. It's titled with a set of numbers, 102993. My security code. I open it quickly, and there in front of me is a picture of a sixteen-year-old Samara Eldrige. Her hair is cherry-red, and her eyes are as blue as the ocean. The number is her birthdate; it's written below the image. My head thunders with an urgent need to think, to feel. I rub my temple, but it doesn't dissipate.

"Archer, we have to leave." Mara wraps her arms around my torso, being careful of my caned back, and pins herself to my chest for comfort.

"I know." It's all I can answer. I don't know how we can ever escape this place.

"I can't watch you go through that again," she sobs.

"I'll find a way. I promise you. I love you."

I gasp out of the vision with a cry of agony. My brain hurts. I need to calm myself. I don't know why. I just know that if I continue down this path, I will forget again. I shut my eyes and breathe deeply. Visions of murder, death, and destruction flood my mind this time, and I relax. The pain subsides, and I can breathe easier. Samara Eldrige is the key to finding out what is going on here. I shut the laptop down. I can't risk looking at her picture again even though I wish I could study it for hours and learn the reasons why I loved her.

A knock at the door breaks my thoughts.

"Who is it?" If it's the butler, I'm not letting him in.

"It's Liam, sir. I have something you will want to see." It's one of the foot soldiers that I have an unexplained fondness for.

"Come in," I order.

He steps in with a picture in his hand.

"It seems that they weren't as well trained as they thought they were. We got a visual on the man." Liam smiles triumphantly.

"Give it here." I hold my hand out, and he places the piece of paper onto it. I stare down, but even though I was supposedly fighting this man a few hours ago, I have no recollection of him. He was wiped from my memory at the same time as this Samara was. I turn back to my computer and pop the picture into a scanner. I open up a facial-recognition program and start a trace. Liam stands there waiting for further orders.

"You can go." I don't even turn around to dismiss him. I'm watching the little bar count up the percent traced. I have several programs; this is the quickest one and should take about ten minutes if he's on there. The other one will take hours, and I'm not sure I can wait that long.

The door closes as Liam leaves, and the room goes silent apart from the tapping of my fingers on the desk. This is agonizingly slow.

"Come on!"

I jump up and shout out of my door for a coffee to the butler. It arrives, and the marker shows eighty percent. Nearly done. I dismiss the butler with a wave of my hand and go back to staring at my screen.

Ninety percent.

Ninety-five.

Ninety-eight.

Ninety-nine.

One hundred.

The computer dings; a match is found. *Thank fuck!*

I open the information.

"Hunter Shaw?"

I put the name into my other database, and it brings up nothing again but a set of numbers. *Fuck*. Another ghost. The numbers are not a birthdate. I stare at them blankly until it hits me. An old spy technique to allow contact undercover. I learned it from the Russians when I was stationed there for a while. They are coordinates. I open Google maps and enter them. It brings up a cemetery nearby and a grave centering right on the name "Diana". I'll research Diana later, but for now, I have my way of contacting them.

I grab a pen and paper and write out a note ready to deliver to the grave. I'll find out what's going on one way or another. Nobody kills anyone under my charge, even if it seems they deserve it. Plus, nobody gets to mess with my brain anymore. I'm going to end this control of me, and Samara Eldrige seems to be the one who holds the key.

"Samara. I need explanations. If you are as skilled as you seem, find me when I'm alone. Don't bring Hunter."

Chapter 15
SAMARA

"I'm going out," I tell Hunter as I pass him in the living room.

He's lounged on the sofa, waiting for me to talk to him, but I can't. I need time to think. To work through the emotions that seem to be gripping me in their vicious claws.

"Buttercup," he calls to me, causing my steps to falter. When I glance over my shoulder, I meet hazel green eyes that penetrate me. "I'll always be here."

"I know, Hunt." I nod. "But this time, I just need to figure shit out on my own. I need . . ." My words filter into nothing, because I don't know what I need.

"You need time." Once again, he knows.

This man has studied me like I was his favorite subject. I nod in agreement. *Time.* Such a volatile thing.

"I'll be back later," I tell him and walk out of the cabin before he can respond. The alert I set up on my laptop informed me that someone has been near Diana's grave. When I pulled up the visuals, I noticed someone walking up to the tombstone, a man in black. He set something in the ground beside the grave before walking away. I wasn't sure what it was at first, but when I zoomed in on the still image, I recognized the small folded page partly hidden under the vase. I knew immediately, Archer was the one leaving it for me. I didn't want to tell Hunter because he would've forced his way into the car to accompany me.

I slip into the driver's seat and pull out onto the quiet street. This place is like something from a horror movie. The fog, darkness, and grey skies remind me of impending doom that's surely headed our way.

Early morning quiet in this town is the

worst. I recall being outside the orphanage on days where rain would trickle from the clouds, wondering how Archer could've left me. Now I know there's more to it than just him leaving me. My mind wanders back to what happened with him. I know I broke through, but whatever they've done to him seems to be stronger than our connection. I cast a quick glance in the rearview mirror, noticing I'm alone on the empty road.

There's only one place I want to be right now. One person I know who may not be able to offer advice, but she can listen. At least, that's what I think.

Pulling up to the cemetery, I find a parking spot and exit the car. The grass beneath my boots is wet, making my footfalls silent as I make my way toward the tombstone. The large concrete slab has her name engraved on the front along with her date of birth and the day she was violently murdered.

Diana.

She never wanted her full name on there. For years, she would remind us if anything ever happened to her, we were never to reveal her full name as Diana Ward. I still don't know why. Perhaps there were people after her, but we obeyed her wishes. My eyes fill with tears as I stare at the inscription.

Here lies a woman who fought the injustice against us. We love you always, The Cursed Angels.

That's what she referred to us as. We were angels until we'd had everything stripped from us. Even though I believed I was broken, that I was less of a woman, she made me see I had traits that made me who I was. Strength, determination, and a will to live.

Each day, she would drill into my mind that I wasn't broken. That I was a survivor.

"I knew you'd come." A deep rumble of words comes from behind me, but I don't startle. I knew he was there before he spoke. He'd been watching me from behind the tree. I've been trained in scoping out my surroundings, knowing if I'm alone or not.

"Of course, I would." I turn as I respond, meeting those dark eyes that I've fallen asleep picturing for far too long.

"I need answers," he grunts, frustration evident in his tone, in his expression. He's gotten older, matured. Handsome, sexy, everything about him is manly. There's no longer a young boy there.

"What are your questions?" I respond, watching him for any movement that could suggest he's here to hurt me, but I don't see it. He's not angry at me.

"Why do I know you? Why can't I remember you?" This time, his words are pained. He meets my gaze, as if boring his stare into me will burrow out the answers.

"You've been trained. Your mind is broken, Archer. They're good at what they do. Manufacturing soldiers from kids."

He watches me a moment longer before responding. "Who are you, Samara?"

My name on his lips grips my heart painfully. I recall how he would murmur it in my ear, telling me he loved me, how he would save me. "You really don't remember?"

He shakes his head. Tentatively, I take a step closer, holding my hands in the air to placate him. He's as wary of me as I am of him, but I don't feel fear, or threatened.

"I'm not armed," I inform him. As I near the man I love, I inhale his scent. The spicy cinnamon that used to calm me down all those years ago. I reach out, placing my one hand on his. The connection jolts through me.

He rears back. "What was that?"

"What?" I question.

This time, he grabs my hand, spinning around, and pressing me against the tree. My back arches in pain as the wood juts into my body. When he notices my wince, he steps back.

"I'm sorry, I'm not . . . I don't . . ."

"Look at me, Archer," I coo, hoping he'll stop fighting whatever this is. Our connection.

He lifts his gaze, meeting mine for the first time without flinching. Lifting his hand, he gently strokes my cheek. My body trembles under the gesture, my nipples hardening for the man who brought me pleasure so many times before I even knew what it was.

He leans in, and I think he's about to kiss me, but he doesn't. Instead, he trails his nose up my neck, slow and calculated. When he reaches my ear, he pulls the lobe into his hot mouth. His teeth bite down on it, causing me to whimper.

His one hand grips my hip as he continues to suckle on my flesh. He presses his body against mine. His hard length against my thigh is evidence he's as needy as I am.

"Archer, please," I beg, wanting him to do it, to take me right here amongst the dead. He drops his hand to my core, his fingers pressing against the ripped jeans I'm wearing, applying pressure to my pussy. "Oh, please, please." My whimpers are the only sounds around us.

He steps back, his fingers moving swiftly over the button and zipper of my jeans. Then his hand snakes its way into my panties, finding my slick entrance. I reach for his cock through the black combat pants he's wearing and palm him. He growls like an animal ready to attack.

"Fuck, yes," he grunts, bucking into my hand. My fingers fumble with the belt and zipper, but I manage to get my hand into his boxer briefs, finding him hard and hot.

"Do you remember when we used to do this on the roof?" I question as we bring each other pleasure.

"Tell me, vixen. Tell me our secrets." His words alight my need to make him remember. He meets my eyes, dipping three thick fingers inside me as I jerk him off.

"You were the first and only boy to make me come on your fingers. You told me I looked beautiful with pleasure on my face. You tasted me on my sixteenth birthday. You spread my legs and licked me."

As I recall the memory, something inside him seems to click. I can't explain what, but he looks at me then as if he knows. As if he remembers.

"Dollface," he murmurs the nickname he gave me. I nod. "Turn around. Bend over.

I need to be inside you," he orders. I obey. He slides my jeans along with my panties down my thighs. I'm about to say something when he suddenly slams into me, seating himself within my body where he was always meant to be.

His hips draw back, and he once again knocks the breath from my lungs.

"Fuck, what have they done to me?" he growls as his cock fills me almost painfully. His hand fists my hair, tugging it back, his mouth at my ear. "Don't leave me, Mara. I'm fucked up. I need help," he grunts. His tongue laving at my neck, his teeth bear down on the sensitive skin. "I'm going to fucking mark you. You're mine," he promises as he continues to suckle on my flesh.

My body pulses around him. His other hand grips my neck, and he squeezes. Fear overrides my pleasure, and my body tenses.

"I'm not going to hurt you," he vows as he plunges into me again and again. His hands, mouth, and cock own me. They fucking claim me, and as he chokes me, I come hard around his cock. My eyes roll back, and sparks shoot through every inch of me.

His body locks behind me, and I feel it. Jet after jet of hot release fills me. And tears sting my eyes as I wish to all that's holy that he was filling my womb with his seed.

I blink as the tears stream down my face when Archer pulls out. He rights my underwear and jeans then stuffs himself into his boxers. When he lifts his eyes to mine, he sees the tears.

"Did I hurt you?" The concern in his voice is evident.

"No. You just left me in Hell."

I see the pain and guilt in his eyes. "Don't give up . . . on me," he utters before clutching his head and screaming in agonizing pain. He groans, and I don't know how to help him. His gaze locks on mine, and it's as if I can see a switch flicking behind those dark orbs, back and forth between now and then. Something's wrong, so terribly wrong. "Fuck this," Archer hisses. "You have to—" He cuts himself off as his eyes close for a long while, and I wonder if I should touch him. I want to.

My whole body aches to hold him, but I have to admit to myself that I'm scared of what he could do. His fingers dig into his skull, practically tearing his hair out, and I can't take it anymore. I reach for him, a gentle touch to his shoulder, and that's when his hand grips my wrist painfully, twisting it unnaturally.

"Don't think you can make me feel shit for you," he bites out. And just like that, but before I can respond, his face grows cold. "Come near my doctors again and I'll fucking break you more than they did," he sneers, his fist making contact with my lower abdomen right where my scar is. The pain is excruciating, causing me to double over. My breath stolen from me, but before he walks away, Archer delivers the final blow to me. "You can't give me anything I want."

Chapter 16
ARCHER

I've been standing naked in front of the mirror for an hour now. I should shower and get my shit together, but I can't. I can still feel this Samara on my skin; her scent lingers around me and stifles my nostrils with confusion. Our combined essences, though now dry, coat my dick. How the fuck can I have sex with someone and not remember it? How can I completely forget her when I so obviously have feelings for her? All I have inside me, for the woman named Samara, is a murderous rage for the murder of our doctors. I've been at The Factory all my life because my parents died when I was a baby. I know nothing different, and I've trusted the decisions they've made for me implicitly, but right now, I'm questioning everything. These people have trained me to be the astute killer that I am. They've clothed, fed, and watered me. Anything I've needed, they've sorted, so why do I feel like a puppet on a string, dangling to another's whim?

Damn it. I need to man the fuck up. I'm being a total wimp here and allowing a bit of pussy to cloud my judgement. I'm a made man. I don't have to worry about a thing again, and this woman, no matter who she was to me in the past, is not going to get in my way.

I stare forward, my eyes glued to the reflection.

"I'm a soldier. I fight for what is right. I'm a soldier. I deliver justice where it's needed. I'm a soldier, and you can't beat me."

I deliver the ingrained motto and step into the shower and wash the last remnants of the forgotten encounter off me. I warned that woman to stay away from my doctors, but I have a feeling she won't, so it's about time I turned the tables on her.

When the water starts to run cold, I step out of the shower, dry, and dress in a plain khaki T-shirt with black combat trousers. I pull on heavy boots designed to cause maximum damage when used for inflicting pain. A gun is secured to my torso, not that I'll use it unless I have to, and a knife is tucked into my boot. I grab a jacket and head toward the front door of my apartment, ready to do some digging into Samara and Hunter. I don't get far though as Rebekah stands there with a raised eyebrow.

"I hear you've been out?" she questions.

"I have," I reply with disinterest. I want to go back to the graveyard and see what else I can find out about this Diana woman.

"And?"

"And what?"

"For fuck's sake, Archer, stop playing games. Did you find the cunts killing my doctors?" Rebekah has her fists clenched tightly. She looks ready to explode. It really is bothering her that the doctors are dying.

"Why are you so concerned? Surely you have enough money to throw at another one to do the same thing."

"Are you serious?" she screeches.

"Tell me you *don't* have replacements lined up for Dr. Monroe and Dr. Hickson?"

"That is not the point," she hisses. "I'm running a successful business here, and someone is trying to take it down. I've charged you with stopping them. If you can't do your job, then you can be replaced."

I click my tongue on the side of my jaw. "You'll upgrade another soldier to your bed?"

She slaps me hard across the face, but I don't even flinch.

"I won't warn you again. I want their heads."

I step up to her and use my imposing size to back her down. "And you'll get them, but I want something in return," I utter, lowering my voice, allowing a threat to hang in the words.

"What?" she questions. I finally see the hard woman's exterior crack. She trembles, knowing the damage I could do to her with just my little finger.

"I want access everywhere. I want your level of clearance. You want me to protect your business, then you give me what I need to do so. No more lies. I know you've done things to me. I want to know what they are."

"I don't know what you mean." She turns away from me, but I grab her arm tightly.

"You want me at your side, then trust me. No more secrets."

She tries to escape, but I'm gripping her so tightly she has no chance. "You're hurting me."

I pull her closer, flush against my body. "Newsflash, darling, you created me the way I am. If you don't like it, then there's nobody to blame but yourself. Will you give me what I want?"

"You'll bring me their heads?"

"I'll bring you their broken bodies so you can remove the heads yourself if you want."

"Ok."

I let her go, and she pulls her phone from her pocket and dials a number.

"Good day. I want Archer King's security upgraded. His clearance is level one. Exactly the same as mine." She pauses. "Yes, you heard me correctly. Now do it." She ends the call and puts the phone back in her pocket with a smug smile. "Enjoy what you're about to find out, Archer, because the day you chose to stay here, you became as much an accomplice in everything as I am."

With that, she turns on her heels and stomps off. I have no time to waste. I head straight to my computer room and swipe the screen to bring up the file I know I had no access to before. My personnel file. I open it and flick through the information at rapid speed. Most of it is mundane and stuff I already know, but my fingers halt on the mouse when I read the title.

"Mind-altering treatment: Experiment One — Archer King."

I read through the document as quickly as I can, my mind struggling to take it all in. It explains that a chip was implanted in my skull that triggers a reaction whenever my brain patterns deviate from the norm. It causes me to forget anything that creates unusual patterns.

It was an experimental treatment I consented to when I was eighteen. It has since become standard in soldiers who don't follow the rules. I bring a memory stick from my desk drawer and copy everything in my file to it. I know I don't have much time. If what I'm reading is right, any minute now, I'll forget it all.

I search through the drawer for a pen and anything I can write a note on. My head starts to ache, my eyes growing tired as I try to focus on my task. I need to finish this and quick. The file stops downloading, and I find a pen.

I remove the memory stick and write Samara's name on it and pop it in my pocket. I don't know why, but somehow, we are linked. The game has just changed. Rather than stalking her for killing my doctors, I'm about to start hunting her to try and find out what the hell I am.

The pain in my head cripples me, and my mind goes blank. I look up at the computer screen, finding nothing on it. *What am I doing in this room?* Oh yes, I was going to try and find out more information on Diana to get one step ahead of the people trying to kill my doctors.

I better report back to Rebekah at some point as well. She'll be getting frustrated that she hasn't heard anything since I left her asleep in my bed last night. It will hopefully give me a welcome break if I can get her to suck my dick. It feels like forever since I've had any sort of action, even though I had Rebekah in my bed most of the previous few days. She's a little firecracker with damn good suction. Who could want for another woman?

Chapter 17
SAMARA

The drive back is longer than the one that took me to Archer. I still ache from how roughly he fucked me. His fingers that gripped my hips violently must have left bruises. I still feel everything — each movement, every sordid touch.

Pulling into the drive, I exit the SUV and stroll up to the door where I know Hunter is on the other side. I'm wanton for two men, fucking them both, needing them both. When I push open the door, I find Hunter on the sofa. He's only wearing a pair of blue boxer shorts, and I can't help drinking him in slowly.

"You smell like you've been fucked," he

murmurs when I settle at the far end of the couch. His words jar me, causing me to whip my head toward him. "You found him?"

I nod in response.

"And you let him put his dick in you? Even after all that he's done to you?" He's hurt, angry, and he has every right to be.

I blink, allowing the tears to streak down my face. Hunter is pulling me into his arms in seconds, holding me closer than he's ever held me before. I'm so fucked up, so broken that I've gone and messed up my life by choosing the man who walked out on me.

Here I have Hunter, who's willing to love me the way I need to be loved, but deep down, I know I'll never reciprocate his feelings. His arms are heavy as he spoons me, almost as if he's trying to shield me from the shit-show we've stumbled into.

The gentle, warm breaths from his mouth tickle my neck, sending a shiver through me. I hold on. I've never *needed* anyone in my life. Never thought that someone could save me, but when Archer turned so cold after he fucked me, I knew that nothing could save him. Perhaps it's better that way.

"You don't have to do this," I whisper, my voice raspy with emotion as I stare at the table. I feel his smile on my neck, his lips curling into that grin I've come to love.

"I do. Let me." There's a gentle urgency to his voice, and the little girl who got used only moments ago by the one boy she loved all her life breaks down. She cries inside. The tears trickle down my cheeks, leaving salty trails of sadness in their wake.

"I don't know how to let go, Hunt," I confess, swallowing the lump in my throat, hoping to tamper all the anger and confusion down with the affection from the man behind me.

"Love isn't something you just let go of, Buttercup," he murmurs in my hair, pressing a kiss to the side of my head. I push back, allowing my body to mold to his. But I'm cold. My bones ache from the chill Archer left. "Love is something you hold onto, even when that person doesn't feel it anymore," he tells me.

"How do you know?"

"Because that's how I'm here for you. I love you, Sam. Since the moment you walked into that fucking warehouse, to this moment where all I want to do is fuck you so hard that he's a distant memory. But I know I can't. And I won't. I'll never put you in a position to choose. I'll always love you, but you'll always love him."

The sadness that hangs heavily in the air threatens to choke me. I blink once, twice, a few more times because my world has just been tipped on its axis. His arms tighten around me, his mouth hot on my skin, suckling the sensitive flesh. Harshly, he bites down, causing me to whimper, and once again, he's calming my erratic heartbeat, the agony clawing at me with a mere kiss.

He doesn't move anything else. His body turns rigid, but I can feel his heartbeat thudding against my back. His thick cock pressing against my ass unbidden. It's always been like this between us, this magnetic pull. A sexual force that always connected us.

"Hunter." My tone is filled with wariness, warning that this isn't a good idea.

In hindsight, it never was. I should never have fallen into bed with him, but nothing could've stopped us. We needed an escape, and we found it in each other.

He was my salvation.

But I was his curse.

"I can't help it, Buttercup."

"I know," I murmur, reaching for him, my hand squeezing the throbbing hardness of him, causing him to let out a feral growl against my skin. His hips buck into me, his body needing release as his fingers taunt my nipples that have hardened to peaks behind the soft material of my tank top and bra.

We continue the torture.

We don't hear the click before it's too late.

I glance up to find Archer in the doorway. As much as I want to, I can't stop. He watches as Hunter's body and mine meld even through our clothes. Archer lifts his hand to his belt buckle and tugs it free.

"You here for the show?" Hunter grunts, but Archer merely smiles. I know the gun Hunter normally keeps close must be within reaching distance, but he doesn't make a move for it.

"Why are you here? You walked away," I accuse him.

Archer stalks toward us. My body rigid when he stops inches from where I'm positioned on Hunter's lap. Gripping my hair, Archer pulls me to sitting, and I'm practically clawing at him, but he only grins. "You want us both? Want to play house here with him and spread your legs for me?"

I don't respond because his words are harsh, but he doesn't stop.

"Let's see how well you remember me today, baby girl," he smirks. A glint of the blade he's holding moves with such precision I can't move away fast enough, and he slices through the material of my top.

"You fucking hurt her—"

"I love her." Archer's voice is laced with need and confusion. He blinks twice before gripping his hair, tugging the strands as if there's something hurting him from the inside out. "No. No." He shakes his head, but when his eyes open again, I see the agony glaring back at me. His gaze is on me, and that's when his eyes land on the ink just above my heart.

A crown with the script *My King* written below it.

Hunter's seen it far too many times, but when Archer's dark gaze burns through it, he blinks four times. I count because it feels as if he's moving in slow motion. And then he meets my gaze.

"You're taking us both, right now," he growls.

Hunter seems to be in on it because they're both pulling at my clothes, tearing material from me, ripping zippers and buttons until I'm naked. Hunter holds me hovering over his lap while Archer dips two fingers into me.

"Get her ready for my cock," Hunter grunts from behind me, and the stranger before me wets two fingers with his saliva and pushes them into my ass. The tight ring of muscle protesting as he scissors me open.

My head falls back as Hunter's hungry mouth latches onto my neck, biting hard, bruising me, only making me wetter for both men.

"This is what you wanted. Isn't it?" Archer questions as he pulls his fingers from me, allowing his accomplice to slowly sink my body down on the thick cock waiting for me.

My heels are on either side of his legs, spread open for Archer to nestle himself between my thighs. He slaps my almost smooth, slick lips with his erection, and then thrusts into me. The thickness of both men entering me causes me to moan, needy and loud, like the whore that Dr. Monroe always called me. Even though I had never been with anyone before, she was adamant I was fucking all the boys at The Factory.

Our bodies move in sync, like a melody of filth and desire, sex and lust, and I'm clawing at Archer's shoulders in my attempt to hold onto something, any semblance of who I am as they take me. Fucking me harder, faster, rougher. Archer's hand grips my throat, causing my eyes to snap to his.

"Samara, my sweet little doll," he

murmurs, and the recognition once again flits through his gaze. He does remember me. In that moment, he sees *me*.

Both men piston into my body, thrusting wildly as my release beckons.

"Come for us, Buttercup. Drench our fucking cocks." Hunter tugs my nipples harshly, causing tears to sting my eyes, and I come. My body finds pleasure and euphoria, and my eyes roll back, my toes curl, and my nails draw blood from Archer's body as I cry out in pleasure.

Chapter 18

ARCHER

I'M HOME. I'M FREE FOR THE FIRST TIME IN WHAT feels like forever. My cock is buried deep within Samara's pussy, and she's drenching it with her orgasm. I can feel every wave of pleasure as it ripples through her because it wraps me in a vice so tight, I bury myself deep inside her and call out a desperate release. I feel the other man in our ménage sheath himself fully within Samara's ass and his cock twitching with his own climax. Part of me is seething. Another man is inside my girl. I should take the gun from my jeans and shoot him between the eyes. He has no right. But then I look at the pleasure on Samara's face and know, at this moment, both of us are what she needs. She has something special with Hunter. He saved her when I couldn't. My release finishes, my cock starts to soften, and I start to withdraw.

"No," Samara breathlessly whispers. "Stay."

My throat dries with the honesty in her plea, and I still with her in my arms. Hunter curls his body into her from behind and doesn't move either. We stay like this for I don't know how long, but eventually my cock starts to harden again. I feel Hunter's do the same. Slowly, tenderly, we both move once more within the angel cradled in our arms. There is silence all around us except for Samara's lascivious breaths as we ignite the heat in her body again.

Soon, we're both thrusting hard. My eyes capture hers. Her eyelids are heavy, and her pupils are black as night. She's in the throes of passion. It's tearing her apart but rebuilding her at the same time. I'm doing that. She loves me. She leans forward and presses a kiss to my lips. My dick jumps within her, and my rhythm falters. Her taste is intoxicating. I feel as though I'm losing all I know about myself because it's all been a lie. Hunter jerks, and my eyes flick to his. They are focused and dangerous. His pupils are also black, but it is not from lust. It's from the knowledge of rescuing Samara. He hates me and wants me dead. His face bears the scars of our previous fight; that time will come again, but now, we're at a truce.

He looks down toward his hand running protectively over Samara's breast. He pinches the nipple. I trail mine over the other breast and do the same. He growls and brings his mouth to Samara's ear and starts to explore the lobe. She relaxes back against him.

"Hunter," she moans.

"Here, Buttercup."

"Archer." She hisses my name when I find my rhythm again. It's punishing this time.

"Never leaving, Dollface. Fly for us again."

"I . . .," she stutters and then explodes. I feel her orgasm all down the length of my dick. It pulsates around me furiously. I look back to Hunter, and he buries himself deep inside her, roaring his own second release. I feel mine in my body, as it unfurls its way from my tightening balls to the length of my cock, buried deep in a haven so sweet it never wants to leave. My seed shoots from my body in endless jets, washing Samara inside and marking her forever mine. My head is spinning. My chest is tight with the gasps of air I struggle to inhale. A fine sheen of sweat soaks my body.

Fuck. I'm done. I'm gone. I'm ruined for the rest of my life.

"You remember me?" Samara's voice floods into the high I'm experiencing.

"My Dollface," I reply and kiss the tip of her nose.

Hunter swallows loudly behind us, and Samara cries out in tender pain when he withdraws himself from where he's seated deep in her ass. He places her on the sofa, causing her tits to bounce with the harsh movement. He pulls up his boxers and tucks himself away.

"I'll be next door if you want me." He turns on his heel to leave.

"Hunter, no." Samara is off the sofa and after him. Her body looks well and truly fucked. She has my seed dripping down her thighs, Hunter's leaking from her ass, and her nipples are rosy red from our torturous play. Her hair is a tangled mess. "Stay."

"I'm not what you want." Hunter looks over her shoulder at me. She turns her head to look back at where I'm still standing with my dick on display. I offer a smirk and pull my trousers up, tucking myself away. I retrieve my jacket and shirt from the floor before placing my discarded gun into the back of my pants.

"I . . . I . . .." she stutters her attention, re-focusing on the other man. "I need to talk to him."

"He betrayed you once. He'll do it again." Hunter strokes his hand down her cheek.

I cock my head at these words.

"What do you mean?" I question.

"You know full well what you did,"

Hunter snaps back at me. "Don't play dumb."

"Dumb." I step forward with a menacing stance.

"You chose them over her." Hunter pushes Samara to the side and snarls toward me. "You abandoned her and left her with nothing after everything they'd done. I picked up the pieces. I rebuilt her when you destroyed her."

"Hunter, please." Samara wraps her tiny hands around his arm and pleads with him to stop.

"No, he needs to be told. While he swans around playing the big boss at The Factory, forcing kids into God knows what, you have been struggling to rebuild your life after what they did to you. Does he know everything? Does he know Dr. Chamberlain raped you? Dr. Monroe cut out your womb?"

The world freezes on me, and I look down to where my release still drips from within her. We didn't use protection, but it doesn't matter because she can't have children. Memories start to hit me like a stampede of elephants. They rip through me: Samara and I growing up together, disappearing at night to be together, breaking the rules, tears, arguments, our best friend's death. I double over and encircle my hands around my stomach. I feel sick when the realization hits me: I chose them over her. I've become a monster.

"Archer?" Samara steps forward.

"You finally realized what you are? What you've done to people?" Hunter sneers.

"Hunter," Samara shouts.

"I abandoned you." The pain in my stomach shifts to my head. "I became a toy soldier, a killer."

The pain in my head intensifies. No, I can't let this happen again. The chip implanted inside me will erase the memories from my mind. I'll take a step back again and become a killer. Hunter and Samara have no idea what they are about to face. I bolt upright and reach behind my back to bring the gun into my hands.

"Take it quick." I offer Hunter the weapon.

"No." Samara jumps in front him. They both wear a confused expression on their faces. I have no time to waste though. I dig down into my boot and retrieve the knife I know is there. I hold it out with the gun.

"Take them, for fuck's sake. You got a safe? Put them in it."

"Archer?" Samara's face pales.

"You got chains in this place?" I ignore Samara for the moment and speak man to man with Hunter.

"What the fuck?" He looks at me like I've gone insane. Maybe I have.

"Listen. Both of you need to fucking listen to me. In less than two minutes, I'll forget we both just fucked Samara into oblivion. I'll forget I know her, and I love her. All I'll remember is you two killed Dr. Hickson and Dr. Monroe, and I'm tasked with bringing your heads to Rebekah Ward. So, if you like your heads where the fuck they are, I suggest you tie me the fuck up and quickly." They both look at each other and then back at me like I've suddenly grown a full-on dragon head or something. "Move!"

I shout.

"The chest." Hunter nods at Samara.

"Yes."

Hunter disappears out of the room at high speed.

"I don't understand?" Samara comes up to me. Her brows are furrowed.

"I've got a chip implanted inside me. It makes me forget." I stick my hand into my pockets and pull out the memory stick. "Everything is on here." I hand it to her. "I didn't leave you, Dollface. I don't think I did anyway. They made me forget."

The pounding in my head intensifies. It's bordering on blinding. I know I don't have much time.

"I don't want to forget." I stroke my hand down her cheek when a tear tumbles from her weeping eyes.

Hunter races back into the room. He carries handcuffs and a long metal chain. I nod to him to bind me.

"No." Samara steps in between us again.

"Go wash up and put some clothes on," Hunter orders her and closes one of the cuffs around my wrist.

"I'm not going anywhere."

"Please, Dollface. Do as he says." Another blast of debilitating agony hits me, and I cry out. The sound echoes around the room. Cries of pleasure from moments early replaced with terror.

"Archer." Samara wraps her arms around me when my legs threaten to give way. I'm too heavy for her, so Hunter has to support us both. I give him a nod of gratitude when the pain passes momentarily.

"Buttercup." Hunter softens his tone. "Listen to me. I need you to please go clean up. I'll stay with Archer. You have my word I won't hurt him."

"Go," I reassure also.

"You won't know who I am when I come back." Her voice sounds so tiny. She's the little girl I remember when she was so scared for her future. Another memory, one of the last time I saw her before she left The Factory, threatens to come back to me, but it is too much. I cannot face that now, so I suppress it.

"You can teach me again," I say with optimism. She knows my confidence is false because every time I learn who she is, I'll forget until this chip is removed from my head.

"I'll make you remember even if we have to fuck you every time." She looks to Hunter. "Won't we?"

He bows his head.

"Sure thing, Buttercup. I love to be inside you." He smiles at her, but I can't help noticing the corners of his mouth don't quite reach to where they should if it was a natural reaction.

"I won't be long." Samara takes my hand and squeezes it before leaving the room.

Hunter steps up behind me and places the other cuff around my wrist. He threads the chain through the middle and then starts to drag me toward a doorway. He kicks it open, and I notice it leads down some stairs.

"Time to cut the bullshit. How dangerous will you be?" We stand at the top of the stairs. Man to man, toe to toe. Same height and muscular structure. Only one difference. In about two minutes, I won't have a conscience.

"Deadly," I reply and check the chains. "Get more. They won't hold me for long."

Hunter switches a light on and leads me down into a moldy basement I hadn't known of before. On the wall are several hooks. They look well embedded, but he still checks for the strongest one. He threads the chain through and secures it, so I'm trapped.

"I must have had a sixth sense I'd need these things. Never know when a monster will come to visit."

I let a rumbling growl reverberate around the cold room.

"I wouldn't antagonize me if I were you. We can't stand each other, but we both want what's best for Mara. Right now, she needs us both. When I forget, I'm at my strongest. I have no fear of consequences. I've killed more people than you've probably fucked." I chuckle, and it's Hunter's turn to look pissed off. "I'm weaker on my left side. I've had issues with my ribs since they were broken in a fight once. I won't remember though. Go for there if I escape."

"Escape?" Hunter laughs. "These chains are pretty strong."

"No consequences, no fear of pain. I'll snap my own fucking wrist in half if it means I can escape."

"Shit. They totally fucked you up."

"That's what I've been trying to tell you. I'm the prototype. Everything you need to know is on the memory stick I gave Mara. Use it. Get this fucking thing out of my head—"

"Why would I want to do that?" he interrupts.

"Because you know where her heart lies," I reply bluntly. I see him suck in a sharp breath.

"What if we can't?"

I look toward his belt where a gun rests.

"Then put a bullet in my brain, and stop it that way. Whatever you do, don't let me hurt her again." The pain comes hard and fast. I know that it's time. "Get back," I warn just before I keel over and black out momentarily.

I wake up to feel cold, hard metal around my wrists. I pull on the chains, but there is no give. "Asshole." I raise my head to see Hunter Shaw looking at me. His gun is drawn but not pointing at me. "I don't know how you managed to capture me, but I suggest you let me go."

"Not happening." He steps forward and brings the gun up, level with the center of my forehead. "Who's Samara?"

I chuckle, a laugh so evil even the air in the putrid basement would cower from me if it had a form. "A motherfucking dead woman when I get my hands on her."

The gun clicks.

Chapter 19

SAMARA

My body aches everywhere. I can't believe what just happened, but we got through to Archer. That's the main thing. Whatever they did to him, I know we can fix it. We can heal him and finally take down The Factory.

It's been far too long, and I want closure. I need to move on from my past, but I know I'll never be able to do that if they're still alive. If they're still hurting innocents. Stepping out of the shower, I towel myself off, finding the blue and purple bruises from training, fighting, and taking down people who didn't deserve to live.

The hot water was therapeutic, warm and calming, but even though my body is relaxed, the rest of me isn't. My heart and mind are with Archer and Hunter. No amount of showers, no downtime, can ever make up for what we've all been through, but no amount of promises and apologies can stop me from loving him.

Hunter's right. He may leave me again, but I can't live with the guilt of walking away. If I take time to really help him, I believe I can heal him. I know I can.

I'm pulling up a pair of skinny jeans when I hear the resounding echo of a gunshot. I've spent my life around that sound, and each time I've heard it, someone's been killed. I quickly tug on a tank top and race with my wet hair through the cabin.

I know where Hunter would've taken Archer, and I speed on bare feet toward the door. Wrenching it open, I practically fly down the stairs to the basement, expecting to find the worst. But when I reach the last step, I'm bombarded with a heavy body that knocks me to the concrete. Then, another shot, and blood splatters all over my white top. The material now drenched in crimson.

Screaming echoes around me, and I don't realize it's me until hands are gripping me harshly, tugging me from the floor. My gaze is blurry from banging my head on the step, and dizziness overtakes me.

The heaviness of Archer's body is against mine, holding me down. Blood drips from his shoulder onto my lips, and I taste the metal liquid. It's thick and warm, causing me to retch.

"Fuck," he hisses, clutching at his shoulder.

My eyes dart toward Hunter, who's now pulling at Archer's shirt. He manages to get Arch up, and both men stumble backward onto the cold concrete.

A loud thud sounds around us as the gun falls out of reach from them both. I scramble toward it, the agony in my thigh from hitting the cold concrete causing me to fall to my knees.

"Samara, you have to do it!" Hunter's voice is loud, shrill, as he screams at me, and I know he's right. I reach for the gun, but Archer has pulled away from Hunter, and he's on me in seconds.

His body weight knocks my breath from my lungs. I'm merely a puppet under this strength, and he tugs me onto my back, his legs on either side of me, holding me hostage. His hand wraps around my throat, tightening as it steals my breath. The sound of my choking echoes around us as another shot is fired from behind Archer, and he falls limply beside me.

A scream is wrenched from my lungs, burning as it falls from my lips. I'm crawling toward the man who's lying on his back, his eyes wide in shock. Turning my head toward my friend, my partner, pinning him with a narrowed glare.

"What the fuck did you do?" I'm on my feet, ramming my slim frame into Hunter's much larger one. I slam my fists into his chest, but he doesn't fight back. His arms cocoon me, holding me in his warmth as he attempts to console me, but he can't. I'm in agony. It feels as if my heart has been torn from my body. I'm pulling in air, but it's not helping. My lungs are being squeezed, and

tears sting my eyes as I blink them away.

Archer is blurry as blood pools around his body. Hunter's arms are around me, pulling me to him, but I can't be near him. With all the strength I can muster, I shove him backward and straddle Archer. My hands on his chest attempting CPR, but Hunter's dragging me off him a second later.

"He's not dead." His words slowly seep through the cloud of worry that's caught me in its feral grip. "Samara!" He finally steals my attention, making me look him in the eye. "He's not dead. Listen to me." He grips my shoulders, shaking me as if to wake me from a nightmare.

"What?" My voice is croaky when I utter the word.

"It's not a real bullet. The blood has stopped. See?" He points to the floor, and I notice that the *pool* of blood is nothing like I had envisioned. "He's alive. He'll be okay. We just need to tie him up. Help me."

We move quickly before Archer opens his eyes, and when he finally does, there's an empty shell of a man behind them.

"You'll both pay. Do you hear me, bitch?" he sneers, looking directly at me. There's anger dancing in his eyes as he regards me.

"Why do you hate me?" I question in a low tone. I need to learn what they've told him before we can figure out how the fuck to cure him. I know he said there's a chip they've implanted in his brain, but who says if we remove it, he won't die?

"You took everything from me," he spits. Blood stains his full lips. "You fucking stole my freedom, you filthy bitch. There's only one woman who can help me now. And that's Dr. Ward." He spews his words drenched in rage.

"Who is the love of your life?" Hunter questions, because I can't find words, and his question stills my breathing. My heart aches for what they've done to Archer. For the boy who lost his youth because of evil people.

"I don't love. It's a pointless emotion that makes men weak."

"Samara is the love of your life," Hunter continues, forcing the subject on Archer.

I touch a hand to Hunter's shoulder, but he doesn't look at me, so I ask in a whisper. "What are you doing?"

"Tell me about Samara." The man who I've come to care for keeps going, taunting Archer, who flinches at the words. "You kissed her. Touched her when you were teenagers. She was yours, and you fucking left her to die. Do you know what the fuck you did?" Hunter's body is vibrating with anger, and I know when he's in this mood, nothing can stop him. I've seen him torture before, but seeing him do this to Archer is too much.

"Stop."

He rears his fist back, slamming it with a loud crunch into Archer's nose. "Tell me, you asshole! You fucking let her get raped and violated."

Archer flinches. His head drops forward as if he's passed out, and I take a step toward him. His head lolls back and forth, then he meets my gaze and speaks. "One, zero, two, nine, nine, three." My mouth falls open, realizing what he's reciting. "One, zero, two, nine, nine, three," he repeats.

"My birthday."

Hunter's gaze burns into me from my left, but it's Archer's who holds my attention.

"Mara," he says before his eyes snap closed and he passes out.

"We need to get that fucking thing out of his head," I tell Hunter who's watching me with those green eyes that hold all the love in the world for me.

"We'll do it. I need a blade, sharpened, and we'll need to use alcohol to sanitize it." I move quickly around the room as Hunter gets the handheld X-ray machine that we've used many times before to remove bullets. I watch him work, in awe of how still his hand is.

"Do you think you'll find it?"

"Yes, we need to make sure we know exactly where this fucking thing is." When the device reaches the back of Archer's head, it beeps loudly in the small space. "Stay back, because I don't know what this is going to do."

"I'm helping," I insist.

"Dammit, Sam!" Hunter's deep growl is enough to shake the basement walls. "I want you safe," he tells me, softening his tone somewhat.

"Fine," I tell him, but I don't move. He shakes his head, lifting the knife I've sanitized, and places the sharp tip against Archer's scalp. He makes a slow incision, which has tension tightening my shoulders. Blood oozes from the cut as he makes it large enough to be able to get tweezers inside.

"I don't know how deep this is," he says, concentration on what he's doing. I lift the metal tweezers, rounding him so I'm closer to Archer. We work together, slow and steady as I push the metal into the open wound of the man I love. I'm drenched in blood. My hands are a dark wine color by the time I hit metal inside the lower part of Archer's skull. When I finally get a grip of it, I tug.

With the small metal chip clamped in between the tips, I set it down on the table and watch as Hunter stitches the cut back up.

"Do you think he'll be okay?" I ask,

meeting my best friend's gaze.

He pulls me into a hug, warm and calming, planting a soft kiss on my head. "Yes, he'll be just fine, Buttercup," he promises, but I don't know if he's right.

Can Archer really be the boy I fell in love with again?

After all he's done, the guilt will probably eat him alive.

That's if he remembers everything he's done.

Chapter 20

ARCHER

It's the strong metallic scent that overwhelms me first. It wraps me up in a tight blanket, but it's not one that gives hope. No, not at all. It constricts the movements I'm able to make. I want to run, but I can't. That's when the noises come. The anguished cries mixing with agonizing pain. There isn't a part of my body that doesn't hurt. The blood comes again. I look down at my hand, and the crimson lifeforce is running through my fingers and along my arms. It should be beautiful to me, but instead, it's a sight that turns my stomach for the first time since my youth.

What the hell is happening?

A shadow in the corner of my eye has me

lifting my head from its perusal of the blood.

Am I dead? Is this hell?

A figure steps out from the shadows. It's my predecessor, Dr. Hickson; I recognize his old weather-beaten face immediately. He has his arms wrapped around his chest; I think it's odd because he is an animated man and always had his hand flying around in the air no matter what. Slowly, he moves them away from his core and reveals where his chest is cut wide open and oozing crimson onto the floor in front of him. I can see his heart and lungs, the life-giving muscle beating slower and slower each time. I count the seconds between each beat, one, two, three, four, thump. One, two, three, thump.

"You don't remember what you did, do you?" His lips twist into an evil smirk. "You soon will though. Everything will come back, and you'll realize just what you did to save Samara. What sort of man you became." He gasps his last breath and falls to the floor. Behind him is another man. He wears a crisp suit that looks strange with the mohawk on his head. This man is not injured in the chest but has a hole through the center of his forehead.

"There will be more," he says, and I look at him in confusion.

"More?"

"Always more." He looks behind him, and I see a line of people. Hundreds, thousands. I don't know how many. A small boy steps forward; he can be no older than sixteen. His body is covered with the marks of a cane.

"You've done this to all of us. Our blood is on your hands."

I look down at my hands again, and the blood now drips from them in a waterfall. It's covering the floor. I can feel it in between my bare toes. It's warm. To me, it should be cold, but it isn't. It's almost boiling. The shadows start to retreat.

"Wait," I call, needing more answers to the endless questions that are jumbled up in my head.

"We'll come again." They all laugh at once; the sound is deafening. I place my hands over my ears, but that only further covers me in blood.

I feel dirty. I'm evil.

"Archer." The soft feminine voice forces me to listen again. "Archer, save me."

My head twists and turns, trying to find the owner of the voice, but I can't see anything other than darkness as black as midnight.

"Samara?" I call. It has to be her. I can feel the rapid beat of my heart, and she is the only one who can elicit that emotion from me. She's the only one who has ever been able to draw any feelings or affection from me. I'm all about business; emotions get you beaten. They're no good, and you should never have them.

"She's safe." Dr. Hickson appears out of nowhere.

"Where is she?" I demand with increasing menace.

"Out of harm's reach for now." The blackness of his eyes tells me that Samara is far from safe and is probably actually in the middle of danger. "You did well."

"What?"

He looks down at my feet, and I move my head in the same direction as though it's not entirely attached to my body but that of a puppet on a string. There's a body there.

"Who is she?" I ask in confusion.

"Your first kill, of course. Has there been so many that you don't remember? I thought everyone always remembered their first time.

I know Samara will." He laughs. It's a chilling sound that rattles through my body. He doesn't mean murder. I know that for certain when he places his hand over his groin and rearranges himself. "You've saved her for now. Shame. But it won't last. Not until you give yourself to Miss Ward forever."

"What do you mean?" I bend down and look at the face of my first kill. It's a young girl. I pull back her long red hair and scream when Samara's lifeless face looks back at me.

"Archer?" A warm touch places itself at my temple while the angelic feminine voice speaks. Its words are laced with trembling concern. "Archer?"

I groan loud and long. I don't think there is a part of my body that doesn't ache, but it's my head that is the worst. I feel dizzy, nauseated, and weak. I try to open my heavy eyelids, but that seems to need more strength than I possess.

"Do you think he's all right?" the voice asks, and I want to answer that I'm not feeling the best, but I can't.

"His body has been through a lot. I'm not a doctor, but I'm guessing the fact that he's still alive means something," a masculine tone answers, and I feel the hairs on the back of my neck prick. I don't like this voice as much as the female one.

"We should have gotten a proper doctor out to him."

"And say what? He's a trained killer who had a chip in his brain, so we had to dig it out? We both know that he'd be back in Rebekah Ward's hands, and we'd be rotting in jail if we even tried it. She owns the cops and medical facilities in these parts."

"What if there is an infection? What if we damaged something? Maybe this is how he will be for the rest of his life?" The female voice sounds genuinely concerned for me. I like her; I wish my eyes would open so I could see her. She's familiar and comforting. The motherfucking headache I have is explained by the man's comments though. They dug a chip out of my brain. *What the fuck?*

"Would it be such a bad thing if he

doesn't wake?" the male voice asks.

"How can you say that?" The female sounds distressed now. Her touch moves from my temple and squeezes my hand. *Mara.* Her scent floods my nostrils suddenly. Another sense has come back to me. Samara, the woman I love, but she's dead? Did I see it in my dream? Damn it, eyes, open. I groan loudly in anguish, and the room goes silent.

"Archer, I'm here. I'm here." She holds my hand a little tighter. I can feel my mouth moving, as though I'm replying to her, but nothing comes out. This body is useless; it's weak and vulnerable. Somehow, I know that I've always been strong before, and it angers me. "Hunter, he's waking this time. His eyelids are fluttering."

"Don't get too excited, Buttercup. It could be another fit."

"No, it's different this time."

The man sighs heavily.

"He won't wake up as the boy you remember from your childhood. He's done too much since then. He's a . . ."

"No," she shouts at him. "Don't say it.

Neither of us are the children from the past. I'm as bad as him."

"Our pasts have destroyed us all." The man sounds defeated, broken, and even though I get the sense I want to kill him because the pain I'm in is his fault, I can't help but wonder what has made him that way. "I'm going to go fix us some food. Check on the intelligence; it's been a few days since he disappeared. I'm sure they're looking for him."

His voice gets farther away as he speaks. The touch against my hand leaves me, and I want to call out for her to come back.

"Hunter."

"Yeah?"

"Thank you." I hear the sound of a kiss. I want to scream *mine,* but again nothing comes.

"I'll bring you some food. When he does wake, he'll need you strong to help him get better."

There are no more words spoken, just the quiet click of a door closing. I feel Samara's presence come back to me, and she again entwines her hand with mine.

"He's wrong about one thing. I know you can hear me. None of us knows what you'll be like when you wake, but at least it will be you controlling your thoughts and memories and not a piece of metal." She laughs, it's small and nervous. "I always remember you talking about that film all you boys watched so often. The one where they controlled all those soldiers, clones. What was it called? Damn it."

Star Wars I want to scream at her. They didn't control the stormtroopers with chips, but it was close enough. They trained them from a young age to be soldiers. It was one of the only films we were allowed to watch.

"Anyway," she continues, and I picture her shaking her tangential thoughts away. "I don't know if you'll remember anything. In some ways, it would be better if you don't. You left me. I was raped and mutilated, and I know the Archer I fell in love with would destroy himself over that thought."

Raped? Mutilated? I feel my mouth moving again. I want to ask her more questions, but nothing is coming out. My dream, *or was it Hell?,* comes back, and Dr. Hickson appears in the vision I have. I feel a sense of great delight wash over me. I killed him; I sent that bastard straight to Hell in a blaze of agony. I strapped him down to a table; I remember it all so vividly now. His cries as I sliced his vile dick and balls from his body and stuffed them in his mouth to keep him quiet. I ripped open his chest with a sharp knife and cut his black heart from his body before throwing it on the fire. I killed him because he was the one who sanctioned what happened to Samara. He promised me if I did as he asked, he would let her go. That's how the chip was inserted into my brain. Memory after memory comes crashing back with a vengeance. I scream out in pain as I see every face that I killed, again and again, weak men, damaged women, frightened children. I arch my back off the bed and thrash wildly. My hands fly up to my head, and I try to tear at the edges of my memories to rip them from my brain.

"Archer." There's panic in Samara's

voice. "Hunter!" she calls, but nobody else comes. "Archer, I'm here."

I shout again. My throat is raw from lack of use.

The visions stop instantly when warm lips are pressed against mine. Compassion, kindness floods through me, and I sink back down on the soft bed not moving.

"Mara." The word leaves my lips. Another sense finally recovered. "Mara."

"I'm here."

I will my eyes to open, and this time they do. Light floods into the periphery of my irises and across to the depths of my black pupils. In the center is an angel. She's framed by edges of the light that illuminates her from behind.

"Mara." I try to push myself up, but my weak arms buckle.

"Shh," she hushes me. "You're frail. Just rest."

"I killed so many," I gulp out in distress.

She leans forward and presses her forehead to mine. Our eyes meet, and she captures my gaze with the honesty and warmth in hers.

"I know." A tear drops from her eye and lands on my cheek. "I know."

Chapter 21
SAMARA

Silence falls around us. It's heavy with sadness, guilt, and agony from the memories that are assaulting him. When the door behind me clicks open, I don't move. I'm still holding onto Archer when I feel Hunter's presence behind me.

He doesn't say a word, merely sets down a tray with water, two steaming mugs of coffee, and what looks like sandwiches. He also sets down my knife, the blade glinting in the faint light, and I know he's telling me it's there if I need it.

But I don't.

I don't need it.

What I want is Archer.

Hunter turns to leave, his footfalls heavy as he walks up the steps and leaves us in the basement alone. I know he's hurting, seeing me with Archer, but he also understands we need this time alone.

"You need to see. You need to look at me, Archer," I tell him, wanting to show him the result of him leaving me. Now that he's *my* Archer, I want him to know.

I rise, keeping my gaze locked on the man from my past. My childhood love. The first boy I ever kissed, the first boy to ever touch me, and the first boy to steal my heart.

"Mara—"

"Just look."

I reach for the hemline of my top, pulling it up and over my head. My breasts fall free from the material. I feel the heat of Archer's stare. His eyes, burning me like flames licking my skin.

"You're still perfect," Archer murmurs from the bed as he pushes up, sitting with his back straight, as if at attention. Shoving my jeans from my hips, along with the panties, I step out of them, showing him the body that he hasn't seen in far too long. Offering him a view of the scars left behind. The flesh that was tortured by cruel men, women — people who I was supposed to be able to trust.

"I'm far from perfect, Archer. You walked out and left me in there with those monsters. I know it wasn't you, but . . ." I sigh, not knowing what to say anymore, how to express the pain still so fresh in my mind.

"I know I hurt you. Not physically, but emotionally. I should have fought for you, but they—"

"You're right," I tell him, interrupting him with my words. "You should've fought, but I should've known they'd done something to you."

He reaches for me, his fingertips tracing the scars on my stomach, just below my belly button. The contact causes me to shiver. The pain may not be there anymore, but it's in my mind, taunting me.

He grips my hips in his strong hold, pulling me closer, making me step between his spread thighs. He lifts his gaze to meet mine.

"I love you, Samara," he murmurs. Leaning in, he presses a kiss to my stomach, then all along the scars I've lived with all my life. He worships me gently with his lips, moving off the bed, down to his knees, and I feel the heat of his breath between my legs.

I tangle my fingers in his hair, gripping his head, causing him to look up at me. Anger, desire, need swirls through my chest, tightening my lungs, and I struggle to breathe.

"You left me," I accuse. "I loved you," I bite out. Pressing his mouth to my core, I spread my legs for him.

His tongue dips into my pussy. His teeth graze along the seam of my entrance as he bites my lips, licking and sucking them into his mouth. My hands are on his hair, pulling him closer. Impossibly so.

My cries are loud, echoing through the room. I know Hunter can hear me, because seconds later, the door creaks. When I open my eyes, I meet those of Hunter. He's watching us. Watching me unravel at the mouth of Archer.

A small smirk plays on Hunter's lips as he palms his dick. The show I put on isn't for him though. My body responds to Archer like it was made for him. *I* was made for him.

He watches me as my body trembles, and I come down from the high of my orgasm. I rise on wobbly legs, and pull him to me, our lips inches from each other, and I can smell my arousal on his mouth.

"I need to—"

"I know you do," he replies. Gripping my neck, he pushes me against the wall. "But you're mine, and I own your pussy." His rough grunt is enough to tell me not to argue, not right now, but I don't obey.

"Fuck you," I spit as his hand tightens, and with his free hand, he penetrates me with two fingers that delve into my slick heat. Again, and again, he pumps them faster, harder.

"Come. Now. I want it. Give me all your fucking pleasure. It's mine. It always has been," Archer rasps his command, and I smile.

"I don't come on command," I tell him, but I can feel my orgasm nearing, pulsing through me like a wave about to crash. And somewhere along the past few moments, desire and anger have joined forces, and I want to punch him. I want to hurt him for leaving me, but I can't move.

"You will. Because when I'm done with your body, the only man who will bring you pleasure is me," he vows, pulling me to the bed and bending me over at the waist. I hear the hiss of a zipper, then the blunt head of his cock is at my entrance, but he doesn't fuck me.

Instead, he trails it along my seam. Wetting the tip with my juices, he taunts me, causing me to move back, hoping to get him inside, but Archer knows me. He knows my body. He grips my hip with one hand and his cock with the other as he inches in, then pulls out completely, again and again, until I'm clawing at the bed.

"Fuck me, Archer, just fuck me," I beg. I'm pleading like a wanton slut, but I don't give a shit. I need him inside me.

"This" — he spanks my ass hard, causing me to yelp — "is mine." It's a vow, one thing I don't refute. "And this." He sinks into me in one long, brutal thrust, bottoming out inside my tightness. "Is mine too."

His hips move, violently. His fingers fist my long, dark hair as he tugs me backward. This isn't making love. This isn't affection. This is a reminder that I do belong to him. A violent, forceful need that burns through him, and as he fucks me into the bed, I know it, I feel it, I accept it.

"You're mine, Mara. You always have been," he grunts. My pussy tightens, flutters around his thickness. "You always will be." My nails dig into the mattress as I cry out in pleasure. As his cock hits my cervix, the pain, the euphoria, everything crashes down around me as Archer's body falls on mine, cocooning me in warmth as he empties his seed into my nonexistent womb.

Chapter 22

ARCHER

I spend the next few days recovering from my impromptu surgery with Samara and Hunter's help. The latter's care is given rather reluctantly. It's something I'm glad of because I don't want him here. He's touched my woman, and it makes my skin crawl. If I'm not sleeping, I'm fucking Samara—being balls deep inside her heals me better than any lengthy period of rest can. It mends my soul from all the wrong I've done. I'll never be able to fully clear my conscience of the acts I've committed, and I still have large gaps in my memory, which suggests my brain doesn't want me to remember them. All I can do now is help bring down Rebekah

Ward and the rest of the doctors who made me the monster I was.

Mara leads me up the stairs and out of the dungeon for the first time. Hunter is sitting in a lounge area on a battered leather sofa, scowling at me. I notice his hand is close to his gun. He'll never trust me. If I had a weapon, I don't doubt I'd be in exactly the same stance, so I shrug it off and wrap my arm around Samara's shoulders to bring her closer to me. It's possessive. If I was a wild animal, I'd piss on her to let him know just who owns her, but that's not my kink, so having her plastered to my side whenever he's around will have to do.

"What's he doing up here?" Hunter lifts his chin at Samara.

"He's healed." She leads me toward a desk in the middle of the room covered in papers and a laptop while she speaks. "We're going to continue with the plan. It's time to bring the rest of them down."

"He a part of it now?" Hunter gets to his feet and stalks over to the table. He places his hands down on the papers to cover them.

"Of course, he is." Mara furrows her brows together. "Hunter, we discussed this. He was being controlled. We removed that. He's his own person now."

"Years of doing the things he did will leave scars." The man snarls at me. I don't flinch or deny his accusation. Because it's true. I've got scars upon scars, but so has Samara. She's survived this and come out the other side stronger. I'm going to do the same.

"The only way you will get near Rebekah Ward is with my help. She doesn't trust anyone."

"How'd you earn her trust?" Hunter smirks. "Fuck her?"

I growl a low warning in my throat. I'm this close to punching this fucker out for being an arrogant dick. I know I should be grateful that he looked after Samara when I couldn't, but the truth is, I want to cut his dick off because it's been inside her.

"Stop it." Samara bangs her fists on the table. "You two need to stop the macho-man acts. I love both of you, but in different ways. Hunter, Archer is my soulmate. You've known it the entire time. I've never lied to you about it. I can't help the way my heart feels, but you know that it also beats for you, only in a different way. I need you both to stop fighting. Archer, I love Hunter. It's different from what we have, but I will not sacrifice him from my life because we've slept together, and you can't handle that. You weren't around at the time, and Hunter has cared and loved me more than anyone else I've ever met. He's the family I never had." Samara reaches out and takes Hunter's hand. "Maybe I'm selfish, but I'm not giving up either of you, ever. That doesn't mean what happened the other day, with the threesome, will happen again. Right now, my body is yours, Archer. Hunter, you get my mind and spirit. We started this together, and we will finish it. You were the first person to believe me when I told you what had happened to me. I'll never forget that." Samara purses her lips together. "If you both keep fighting, then I'm going to bang your heads together and go do this on my own. So, play nicely."

Hunter and I stare at each other. The room is silent. I can almost hear Mara preparing to enact her scheme of knocking sense into us. I reach my hand out to Hunter. He looks down at it and then takes it.

"Truce. You've looked after Samara better than I ever could. I won't hurt her again. I've apologized to her, but I need to do the same to you because you had to pick her up and rebuild her. I'm sorry."

He nods acceptance of my words.

"We need to work together to bring down the people that did this to both of you. There are so many others out there who are suffering. It stops now." He pulls his hand away and shoves it into his jeans pocket. "You have my word that I won't touch Mara again while you two figure out what is going on between you. I'll only complicate issues with my magical dick." He laughs, and the tension that has surrounded the three of us for the last few days evaporates.

"I think she's discovered we both have dicks that can perform miracles."

"Oh, dear God," Samara exclaims and

rolls her eyes, "Now I know why some women choose vibrators over men. They can't speak. It makes life easier."

"No vibrator can do what this can do." Hunter grabs his crotch and jerks it.

I shake my head.

"Maybe we should remind her what we both can do again," I add, and we all erupt into laughter.

"Truce." Hunter holds his hand out again.

"Truce. Hunter, you have my word I won't ever hurt her."

"I know, but if you do, I'll feed that miracle dick of yours to you."

"Deal."

"Can we get on with bringing down an empire now?" Samara places her hands on her hips and glares at me.

"Yes," Hunter and I reply at the same time and take seats around the table.

"I think your right about Rebekah." Samara pulls a picture of the woman out and places it forefront on the table. "She's becoming more and more of a recluse as the firm grows. People go to her now, not the other way around. They are vetted and trusted. She gets the doctors and her employees to do most of the dirty work. She just reaps the benefits. Archer, would you say that's the case?"

"Yes." I look down at the woman who until recently I was sticking my dick into. I feel repulsed because she doesn't compare to Mara. "The number of children they've taken is also larger than when we were young. She imports many from other orphanages around the country now. There are regular, monthly shipments just to maintain the supply for the increased demand. The regime is even stricter. A little while ago, two kids were caught having sex. There aren't three strikes and you're out anymore. I had to beat the boy to an inch of his life, and he was transferred straight into the training scheme after that. The girl — I doubt she's still alive. If she is, I think she'll wish she were dead because she was handed over to the soldiers."

Shaking my head, I sigh, running my

fingers through my hair, still deciding if I should tell them this or not. But Mara has seen the ugliness of The Factory.

"There's a regular barracks with a few hundred men kept close to the orphanage at any time. I was the first to receive the chip, but it wouldn't surprise me if most of them have it. The place is too organized, and time seemed jilted for most people. We remember going out in trucks for jobs, but none of us remember what we actually did."

Samara becomes paler and paler as I speak. Hunter angrier.

"Anyone in that camp now are vessels for murder and rape. Man or woman, no discrimination is made. One dies, another replaces them. Demand is greater than supply. I've killed potential purchasers before because they wanted to haggle over the deal or demanded more. I'm head of security at the moment. That's why I'm tasked with finding you both. You've caused a few problems, and until new doctors are in place, the supply is going to dry up even more. Rebekah is weakened but fighting back. It wouldn't surprise me if she starts having people stolen off the streets to cater to her needs as a businesswoman."

"We need to shut this down before that starts. It's bad enough she's pushing children into this after they come of age, but if she's going to go down that line of recruitment, then this gets worse." Hunter shuffles through some papers and pulls out a photo of a man I've seen a few times around The Factory. I haven't dealt with him though.

"Who's he?" I ask.

"You don't know him?" Hunter questions.

"I've seen him but never been introduced. He keeps to himself."

"He fits in with your theory on increasing supply. His name is Cole Middleton, and he's wanted by the US government for human trafficking. Again, he's not bothered by who he steals — men, women, and children. He's a nasty piece of work." Hunter presses his finger into the picture. "If Rebekah's getting him involved, she's getting desperate."

"It's why she's so desperate to control

me and keep me at her side." I suck the air in through my teeth in thought. "With Samara being back on the scene, I was remembering things. I thought it was a dream, but they took me back into the lab and upped the power of the chip recently. If I prove the chip is worthless and can be overridden by a person's feelings, then she's in trouble. If she's involved with this man to acquire more people and this chip is found inferior, he's the type to put a bullet in her brain, I'm guessing."

Hunter nods. "Yeah, after he's cut the rest of her body up and put it on display as an example of those that mess up with him."

"Then we go to him and show him how she's messed up," Samara interrupts.

"No," Hunter and I both answer at the same time.

"He'll take over, and we'll be back at square one with trying to bring down this organization. We have to take them both down at once," Hunter snaps.

"I have to go back in." I breath out and shut my eyes. It's the last thing I want to do, but the only way we can take them down and rescue all the innocents is to do it from the inside.

"No." Samara folds her arms across her chest. "Not happening. I'm not allowing you to go back in there."

"You know it's the only thing we can do to stop this," I tell her. Hunter nods.

"There'll be another way. Hunter and I have been doing well with the doctors so far. If we continue taking them all out, then she won't be able to make the soldiers anymore." I can see the fear in her eyes. My beautiful woman has been so strong for so long, but this scares her. I can't exactly blame her. I've got the same feelings twisting in my gut.

"She will just replace them. We have to strike at the heart."

"No!" Samara shouts and pushes the chair away from the table. "End of discussion."

She doesn't give me time to answer because she rushes out of the room.

Hunter gets to his feet and goes over to a safe in the corner of the room. He presses a code and opens it, pulling my mobile from inside and hands it to me.

"I've been sending Rebekah texts the last few days to explain your absence. It's probably about time you called her with an update. She seemed a bit pissed off on the last one." He hands me the phone, and I turn it on. I scroll to my messages and see the brief conversation he had with my employer.

Archer: *Got a lead. Message when I can.*

Rebekah: *What? Archer? Call me!*

Archer: *Can't, undercover. Be patient.*

Rebekah: *Call me now, you arrogant prick!*

Archer: *Your dirty talk gets me so hard.*

Rebekah: *I better have a head when you return!*

Archer: *You better "give" me head when I return.*

"You've captured my personality well." I raise an eyebrow at him. "You knew I'd go back in?"

"Samara knew you would as well. She's just worried. That girl has been through hell." Hunter returns to his seat at the table and brings the laptop toward him. I notice he flicks the screen to a grave. "You better go to her. I want this finished. I've got a life to live."

Chapter 23
SAMARA

FEAR.

It trickles through the bloodstream like venom. Inch by heated inch, my body burns with it. I don't want him to go back into that house, but I know he has to. If he doesn't, Rebekah will find him, somehow, and she'll do something worse than she's already done.

Pulling out my laptop, I open the lid, and the screen lights up. Something Archer said had my mind reeling, but with everything going on, I set it aside. Till now.

Clicking on the searching software, I type in her full name, *Rebekah Ward*. My eyes scan the numbers as they trickle in. Knowing Hunter and Archer will soon be in here, I want to do this and confirm my suspicion before they do. If what I think is true, they both need to know.

My mind drifts back to a moment of innocence when I had first seen Archer, when he'd stalked up to me to introduce himself. The new boy in the orphanage.

"Hey," the strange boy smirks. He looks older, but not by much. Tattered jeans and a torn T-shirt are the only clues to why he's here. Perhaps a runaway. Maybe even an addict. But when I meet his gaze, I don't see any inkling of him being on drugs.

"Hi," I respond finally.

His gaze tracks my hair, face, neck, and slowly, inch by inch, down my body to my shoes. When he lifts those dark eyes again, he pins me with a look that makes my stomach flutter.

"I'm Archer," he tells me, holding out a hand, which I shyly accept. We shake, but the contact of his hot skin on mine makes me shiver.

"Samara," I inform him of my name.

"Pretty," he tells me. The corner of his mouth lifts, a small dimple forms in his cheek, and his

eyes shimmer with mischief. "So, I figured I'd come and say hi."

"Hi," I stupidly mutter, cringing that I'm acting like an idiot in front of the cute boy.

"Would you give the new boy a tour of this place?" he asks, arching a dark brow at me in question.

"Uhm, yeah, sure." I smile finally, attempting to calm my erratic heartbeat.

"Good." He reaches for my hand once more, this time twining his fingers through mine and tugging me along as if he's the one giving me the tour.

The computer dings loudly, dragging me from the memory of the moment I knew my life would never be the same with the boy I'd loved since that day to now. When my gaze focuses on the screen, my heart catapults wildly.

"Hunter!" I shout, racing into the living room to find both men staring at me. "I just figured out something. When Archer mentioned Rebekah, he told us her name, and something that Diana had told me a while ago struck me as strange."

I set the computer down to show my partner for so long the truth of the woman we'd been working for.

"They were sisters?" Hunter asks, glancing at me, then at the screen.

When I turn to face Archer, he looks as confused as we feel.

"She'd never mentioned family," Archer says, furrowing his brows. The photos of both women side by side are uncanny. It's almost as if they're twins. The only differences are hair color, and I'm certain Diane's nose was broken and reconstructed. There's a slight bend in it, which gives off the feel that she certainly was a fighter.

"It seems we're not the only ones keeping secrets," Hunter says, paging through a folder. When he sets it on the desk, I scan through the information that states there was indeed two girls born. The problem is, they were separated at the age of sixteen after a house fire. Both parents died tragically while the girls were left as orphans.

"I need to go," Archer finally says. His

voice is low, almost a whisper, but I hear the pain and fear that drips from every word. He shouldn't have to go back in there, but I know we don't have a choice.

"I'll walk you out," I tell him, offering Hunter a nod before following the man I love to the door. The sun is bright, scorching the arid ground as it beats down, making it stifling outside.

"I'll be back. We'll fix this," he tells me then, his hands on my hips, pulling me closer to him. He reaches up, tipping my head back with his index finger under my chin. "Don't give up on me." It's a plea; he's begging me now, and I nod.

"I promise."

"As do I."

And with that, he leaves, and I watch the tires of his Jeep kick up dust in his wake. My heart hurts. It aches violently, recalling every nightmare I had of him walking out and never coming back.

"He'll be back. He loves you." Hunter's reassurance eases the pain, but deep down, I know it won't stop until we're all free.

Chapter 24

ARCHER

MARA FADES INTO A SEA OF DUST KICKED UP by my car tires, and I'm fighting with myself not to turn the wheel and go straight back to her. I know if I do, we'll never finish this. We have to rid ourselves of the demons before we can have a happily ever after and all that monotonous shit.

It doesn't take me long to return to the compound, and before I even walk through the front door, one of the foot soldiers is informing me Rebekah wants me in her office immediately. I take my time though, stopping by my room first to freshen up. I know I can smell Mara all over me, but I don't need Rebekah doing the same. My woman may have taken the chip out of my head which made me a monster, but deep down, I think we both know a part of me will forever return to the demonic nature of the man I've become. I've done things so dark they can never be wiped from my soul.

They've ingrained themselves in the inner workings of my mind like a parasite embedded in my soft tissue. The chip wasn't the only thing controlling me. The darkness which grew within was a dominating factor. Mara is the only one who can temper it down. The longer I'm away from her, the more prone to corruption I'll become. I can sense it, feel it, fight against it for now, but for how long?

Eventually, I find myself outside the impatient Miss Ward's office door. I can already feel the anger emanating from inside the room. It makes me chuckle, but then it's time for the game face. I'm cocky but not stupid. I know whatever I do from now on puts Samara further at risk. Knocking, I don't wait to be asked to come in.

"You wanted to see me." I raise an

indignant eyebrow at the woman dressed in a sharply tailored pinstriped suit sitting with a face like thunder behind her massive, carved oak desk.

"I wanted to see you a few days ago." She gets to her feet and smooths down the lines of her skin-tight skirt before giving me a stare which would render a weaker man to his knees. "Details."

I amble slowly over to her desk and pull out a chair on the opposite side and slide down into it. My feet are placed firmly on the ground, my muscular arms are resting on my knees. I suck on the inside of my lip in an indifferent stance.

"I thought I had a lead, stuff happened, nothing came of it."

"Bullshit." She slams her fist against the desk.

I yawn with boredom.

"I want answers, Archer. You disappeared." She stills and looks at me, her facial expression softening. "You're covered in bruises."

"They'll heal." I'm not going to fall for

her new tactile approach. Once upon a time, I would have played into it to get my dick wet, but now, it's staying firmly in my pants unless Samara is the one I'm going to stick it in.

"Archer. What happened?" Rebekah asks me again, her patience wearing thin at my nonchalance.

A dangerous idea floods into my head, and I decide on impulse to go with it. With slow and deliberate, calculating movements, I get to my feet and stalk around her desk. I stand behind her and press myself into her. I'm not hard, this woman repulses me, but I feel her shudder with the memories of what I can do to her. She softens into my arms, and I reach around to bite on her ear.

"I know what you did to me," I whisper. She tenses, and I react. In an instant, I spin her around, and I have my hand around her throat. She's pushed up against the wall, and I'm squeezing my rough fingers around the column of her delicate neck. I could so easily break it.

"Archer," she tries to choke out, but it's

more of a garbled need for air.

"You put a chip in my head," I snarl. Her eyes go wide with shock at my revelation.

"I . . . I . . .," she stutters, and I tighten my grip a tiny bit more. "Please."

"I don't take kindly to being treated like a slave. I make my own fucking decisions."

"How?" I allow my hold to loosen slightly this time. She needs to be able to ask me questions, and if I hold her any tighter, I could lose it and strangle her.

"The headaches. Middle of a fucking fight, Rebekah. I'm being told things by the scum I'm hunting, and next thing I know, my head is ready to explode, and they are escaping. You put me in a dangerous position." I spit my words into her face, so she understands the level of anger supposedly surging through my body. "Why? When?" I ask.

"Years ago. I'm sorry," she whimpers. "It was a prototype. All the boys have it now to make them feel no emotions. It causes you to forget. Makes you a better soldier. What are you going to do?" Her eyes are filled with tears. She knows the type of man I am with the chip. I'm a cold-blooded killer, and what I do next will convince her I'm the same without it.

I push her up the wall, so her feet are barely on the ground. She is gasping for air in my hands, and I know I could so easily kill her, but I can't do it yet. Not until we have answers and freedom for everyone involved in this place, this nightmare of a life.

"Worried I'm going to kill you?" I smirk, and her lips move in a plea, but no words come out. "I should. I should shake the fucking life from you until you tell me everything you've done to me. I get I was a kid when I first started this, but not now. You know exactly what I'm capable of, and I'm pissed you don't trust me enough. What have you made me forget?"

I inhale deeply and reluctantly let her go, but not without a push across the room; she stumbles and falls to the floor but recovers quick enough to spin around and look at me from the ground.

"You don't remember anything?"

"You aren't getting it, are you? I don't give a shit about what happened in the past. This is the man I am now, Rebekah. I'm your employee. I've had my fucking dick inside you before, yet you don't trust me. You put a chip in my head which controlled me. It made me do things at your order." I bring my fist up and slam it into the wall. The plaster shatters underneath, and I savor the pain. It reminds me I'm me again.

"It was part of the plan to develop the business. You were only a kid then. It had to be done. I saw the potential in you, and I've asked for it to be removed several times, but the doctors were concerned about what would happen if they did."

"Well, you can tell them nothing happened."

"What?"

"The chip's gone."

She pales.

"How?"

"You don't need to know. All you need to understand now is that in front of you is Archer King, the man in charge of discipline and security. A person you need to fucking trust, because if I find out you pull any other moves like that, then you'll regret it."

She gulps when I storm over to where she still sits on the floor.

"What you see is what you get, Rebekah. I was a killer before you put the chip in my head. It's what I was brought up to be. I lost my conscience the day my parents died. This, for fuck's sake, is my life. You think I'm going to walk away from it? From the elegant suits, the money, the pussy?" I force a smirk onto my lips at the last comment.

"But. What about . . .?" she pauses. "You really remember nothing but what you are?"

"A trained killer," I answer, knowing she was about to question my memories of Samara.

"The trail you were on. Who was it?"

God, help me for what I'm about to do.

"A bitch. She said she was once here. She seemed to know me, but I've no recollection of her. She's after revenge. If I hadn't had a sudden migraine, you would have her head on a platter in front of you right now." I shrug with annoyance.

"We have to get her. Put a stop to whatever she's planning."

"Don't worry. That's exactly what I'm going to do."

Rebekah gets to her feet and places her hand on my broad chest.

"I'm sorry. I wanted to stop them from using the chip. They thought you might be hurt or turn against us if it stopped working. You were too valuable of a commodity to lose."

I snort. "Commodity. That was your mistake, Rebekah, I'm just as bad as you are. Money and power motivate me. I want this as much as you do."

She goes to kiss me, but I back away.

"Archer?"

"Not happening. You broke my trust. Going to be a while before you get back in my bed again. I'm not certain that while I'm sleeping, you won't drug me and stick another chip in my head." I raise a suspicious eyebrow at her, and she lowers her head with some semblance of guilt.

"I wouldn't."

"Still not letting you suck my dick. You better buy a vibrator, Rebekah, because I'm going to be a very busy man for a while. I've got a job to do and a bitch to bring to task."

I push her out of the way and prepare to storm out of the room. I'm done with this conversation, and if I'm in the presence of this woman for much longer, I'm likely to slip and kill her. I needed this scene to convince her that I'm just as bad as she is. It makes me sick that I need to lie this way. The chip being removed from my head brought back so many memories of what I've done with my life. I know that I'll need to repeat some of those acts before this is over, but at least I finally have control over my body now. They would've realized when I didn't lose chunks of my memory the chip was gone, and that would have caused too many problems as Samara, Hunter, and I bring down this institution from the inside. Everything is out in the open now. I can destroy with a clear conscience.

"Archer, wait," Rebekah calls out. "You

wanted proof I trust you."

I turn and cock my head at her. "Go on."

"There's a new shipment. The boys have been sent for training . . ." She pauses. "And chipping."

"Good."

I make to leave again, knowing she's going to give them to me to train as some sort of loyalty test. That could be to my benefit though. Educate them, just not in the way she expects.

"Wait. There was a girl in the shipment. She's in the dungeon and needs breaking in. She's all yours. My gift as an apology."

Fuck.

Chapter 25

SAMARA

He's gone. He's been gone for a good five hours and twenty-four minutes, and I'm climbing the walls. I'm driving Hunter nuts. He's been sighing at me all day, and I've been admonishing myself. The fear of Archer being captured, locked up when they find out he no longer has his chip, is something that's been bothering me.

"Mara," Hunter's voice calls to me from the kitchen. Turning to him, I find him leaning against the doorjamb staring at me. "He'll be fine. He's been in that place all his life."

"That's the problem, Hunt." Sighing, I face him fully. "There's nothing in that hellhole for him. If they find out he's no longer got the chip, she could kill him."

"She being Diana's sister." He's right. The woman who trained us, who turned us into the vigilante's we are, was related to the scum who now runs The Factory. "We need to figure out what else she knew," Hunter says, stalking my way. "Diana's records are all on the hard drive. I'm sure we can find something that can help us. A weakness of some sort."

We spend our day looking, searching through Diana's files. I'm about to give up when my gaze flicks over information I haven't seen before.

"Look at this," I tell Hunter, shoving the pages toward him. I keep my gaze trained on him as he scans the document. When he finally lifts head, I know we're having the same thought.

"We need to find the other sister," he tells me, which has me nodding in agreement. Three sisters — one being Diana, one Rebekah, and the third a mystery woman who can possibly help us. Nothing is certain, but it's worth a try.

My computer beeps, the location device on the graveyard alerting us of someone in the cemetery. When Hunter pulls up the camera, I see Archer leaning in, his hand on Diana's grave, then I notice him place something in the ground.

"What is he doing?" I question, and Hunter shakes his head in response. Archer digs up the sand, shoving the white object into the hole, then covers it up quickly. He's dressed all in black, a large gun in his holster, and when he turns, his eyes find the camera as if he knows I'm watching.

He offers one slight nod, then he's out of the screenshot. My heart catapults into my chest, and I'm on my feet in seconds.

"We have to go," I tell Hunter, who's pulling on his leather jacket, and we're making our way out the cabin moments later. I let Hunter drive, because my hands are shaking far too much for me to focus on anything other than what Archer has left for us to find. My heart, though, is filled with relief because I know he's alive. Dark thoughts filtered into my mind thinking they'd hurt him, that they'd lock him up and torture him for losing the chip.

When we pull up to the cemetery, I'm out of the car in seconds and racing to Diana's grave. The earth that's been disturbed is the only clue he's been there. I dig up the sand and find a small bottle. It's plastic with a screw top. Without thinking, I open it to find a piece of paper scrunched inside.

A letter.

I open it quickly and find Archer's handwriting on the lined page.

She knows the chip is out, but I've convinced her I haven't remembered anything. They have a new shipment that's arrived, and there was a girl in the container. I've been tasked to break this girl. Mara, my love, only you will know what this means.

There's no way I can do it with a clear conscience. I have until Friday midday to do it. We need to move quickly. I don't have much time before Rebekah starts questioning why I'm not my normal self. I need you, Mara. Now more than ever.

Yours,

Archer

My heart aches. It feels as if there's barbed wire twined around it, tugging painfully, causing my breath to catch and my lungs to fight to bring in air. I don't know how quickly we can find the third sister, but Archer needs me, and I'm not letting him down.

Hunter's hand on my shoulder offers a squeeze of comfort, but I know nothing will calm me until we've taken the lot of them down. I want to watch that organization burn to the ground, and I'll bask in its ashes.

Chapter 26

ARCHER

THE TIGHT ACHE IN MY CHEST THREATENS TO explode into something more violent the longer I stand looking at the naked girl in front of me. She can't be more than eighteen or nineteen, and her porcelain skin is already littered with deep purple contusions. I don't doubt the people who brought her here would've taken great delight in inflicting her wounds and possibly worse. I know their minds. I've been there. The darkness which descends can't be controlled. I'd learned more about the implanted chips this morning during a discussion with Rebekah. Most of the soldiers have them now. It's made training easier, apparently, because it takes humanity out of the equation.

The men around me, the ones who brought this terrified girl here, are nothing but robotic killers. One flick of a switch and they forget everything. I can't make my mind up whether it's a blessing or a curse. I see every kill I've carried out in my head. It will haunt my sleep for eternity. I've done bad things, terrible, disgusting acts, which brings bile rising to my throat every time I think about them. The only act of murder I will ever commit again is to wrap my hands around Rebekah Ward's neck and strangle the life from her.

I have two days. Two long days in which I need to fool Miss Ward into thinking I'm breaking the girl in front of me, but secretly I'll be keeping her safe. I've already laid down the law that I'm the only person who will be allowed in the room with her. I can't risk a soldier getting too excited at the prospect of a new girl and taking what he wants from her. The bruising I see between her legs already tells me she's been sexually assaulted before she was even brought into this building. Was this how Mara looked when they brought her here? After I walked away from her and submitted to the rules of this place, thinking I would be saving her?

I inhale in a hissing breath and step into the room. The girl instantly looks up at me, her sorrow-filled eyes fill with fear, the rims red from crying. She's pale and tired. Dark circles under her eyes allude to the fact that her nightmares have prevented sleep for a long time now. Her mouth opens to plead with me not to hurt her, but she already knows it will be futile.

She should be a slave now, a whore to the men who fight with implants in the back of their skulls. Except she won't be. I won't allow it to happen. Samara knows I have two days, that's all. Friday at midday I need to have this girl ready. Samara won't let me down because she knows the torment the broken shell of a woman in front of me will go through. Samara won't let another woman suffer the same fate she did. It hits me, and the ache in my chest deepens so much I have to rub my hand over my heart.

In two days, this will be over.

I could have my life back—one with the woman I love. Or I'll be rotting at the bottom of the ocean, and everything around me will continue. No, the latter isn't an option. It's not going to happen.

"Hello," I say to the girl. "What's your name?"

She shuts her mouth. Brave little one. A name is important. It's something that can be used against you. By keeping it to herself, she's retaining some of the power. I can't help but snort a little laugh. If the chip were in my head, I'd beat the name out of her and then forget I did it. I look around the room knowing there will be cameras with microphones that will pick up everything I say.

I spot them hidden in the ceiling and choose the spot where I need to carry out my plan. In three long strides I'm across the room and wrapping my hand around the girl's long, black hair, pulling her to her feet. She's screaming and trying to kick out at me, but I keep her enough of a distance away from me. I have to ensure my manhood will be in good working order for Samara when I see her next. I throw the girl down into the corner where we'd be at the edge of sight from where the camera is positioned. She slides along the floor and slams into the wall.

"Please," she cries. "Please don't hurt me."

"Why do you think I'll do that?" I fold my arms across my chest and stare down at her. A look of determination adorns my face. I need to make her believe I'm the devil she thinks I am. If she sees it, so will the cameras and the bitch watching behind them.

"The others." Her bottom lip trembles when she whimpers out her words. "They did things."

"They raped you?"

She nods.

"They beat you?"

Another flick of her head.

"Do you know where you are?"

"No," she replies with a barely audible voice.

"Hell," I reply with little care. "You've

got nothing on the outside. No parents or family. Nobody who cares about you. You're alone, and that is what we prey on because nobody will care you're gone."

"My friends," she interrupts.

"Three boys, soon to be men." I raise an eyebrow. "We like them just as much. Not for the same reasons you will be used. No. They will become soldiers who fight for whatever we tell them to. They may die in the process, but there are plenty more where they came from. There will always be people who have nothing and nobody."

"You're evil. Sick," she spits at me.

"Probably." I shrug. "But I'm good at what I do, so I might as well continue. Better than nothing."

I prowl closer to her, and she jumps to her feet and backs up until she hits the wall behind her. My eyes flick to the camera. Out of sight. Perfect.

I smother her with my body. She's trying to struggle, but I pin her to the wall and cover her with my muscular frame. I bring my hand down between us, so any cameras behind us will see what looks like me fingering her. In reality, I'm not touching her. I bring my mouth as close to her ear as possible and whisper, "Listen to me carefully. I don't have much time to explain. I'm not going to hurt you. I've sent word to help get you out of here, but until then, you need to play along with me because I'm the only person who can keep you safe from being raped again. I can't promise you won't be beaten again, but I'll try to keep it to a minimum. Scream now," I order.

Her eyes look up into mine, and I hope she sees the genuine concern I have for her in them. She opens her mouth, and I fear she's going to say something which will land us both in more trouble than we're currently risking, but all she does is scream.

I breathe a sigh of relief. "Well done."

"I don't understand," she replies, her voice lowered to a whisper.

"You don't need to. Just know you're under my protection now. What has happened up until now won't happen again."

She looks down between us to where my hand is between us, the fingers moving so any muscles in my back and shoulders appear to be doing the same.

"Please. I don't want this," she whimpers in a loud voice, and I know she's playing along with my game.

"Good girl. You ever faked an orgasm?" I question with a smirk.

"No," she shouts out with feigned anguish.

"Now will be the first then. Do it."

Her eyes go wide, and then she's shuddering and crying in my arms.

"No." She forces tears to the surface, and I step back so the camera can see the face of my Oscar-deserving actress. She's playing the victim perfectly. She slides to the floor and brings her knees up to her chest.

"Why are you doing this to me? I just want to go home."

I lower myself to her.

"You will," I whisper.

I stand back up and start to unbutton the shirt I'm wearing. Its loose, blue, cotton fabric will swamp the girl, but at least it will give her some privacy from the eyes of the soldiers.

"Put this on," I order, and she scrambles to follow my instructions. I bring my hand down onto her jaw and squeeze her face. "For the next couple of days, you are my little whore. Nobody else will touch you except me. You do not speak unless I talk to you." I bring her up to her feet. "Do you understand me?"

She doesn't answer, and I shake my head before whipping my hand across her face. It looks more dramatic than it is forceful, but the sound of skin on skin still echoes through the room. She gasps with shock.

"I won't ask you again. Next time I'll break your nose."

"Yes," she breathlessly trembles.

"Good."

Grabbing her by the arm, I drag her across the room.

"What are you doing?"

She digs her bare feet into the ground. I can see the trust she gave me minutes ago wavering.

"Trust." I mouth before pushing into her personal space, my mouth inches from hers. "I don't fuck in public." I look toward the cameras with a snide smirk. "I like a nice cozy bed where I can give the woman a good time whether she wants it or not."

"No," the girl gulps and tries to stop me from leading her out of the room and into the hallway. "Please."

"Mr. King." Rebekah's stern shout should have me coming to a halt, but I'm too busy dragging a rather unwilling partner down the corridor. "Archer." Her voice is louder, and I huff out an annoyed moan.

"What?" I turn and bring the girl into my side, a protective gesture to her, but also one which shows anyone else in the corridor for the next forty-eight hours, she's mine.

"Where are you taking her?" Rebekah's lips are pursed together into a thin line. The bitch is jealous. Her plan to try and get my dick back inside her has backfired spectacularly. The second she offered me this girl, I knew she thought I would say no and fall at her feet. That's not going to happen though, not while I'm still breathing. My dick is firmly in my pants when it comes to her from now on.

"My room," I reply and turn to leave, but she calls me again.

"Why?" she asks.

"Like I told her. I don't fuck in public. You may get your kicks from watching my ass as it plunges my dick in and out of a screaming and bleeding victim, but I don't. I prefer to do it in private where, as you told me to, I can break down every last one of her defenses. Make her the little slut you want her to be." To emphasize my point, I stick my tongue out and lick the girl's cheek. She squirms in my grip, but it's too tight for her to escape.

Rebekah's nostrils flare. She's pissed but knows this is her own doing.

"Make sure you keep her locked in. I don't want her escaping and getting into anything she shouldn't."

I smirk.

"How about I just keep her tied to

the bed? You seemed to enjoy my use of handcuffs."

Miss Ward's cheeks turn pink, and she glares at one of the soldiers who sniggers.

"Just do your job." Rebekah turns away and stomps off down the corridor, her heels clicking a furious pattern as she goes.

"Come on, girl," I say to the still squirming wreck under my arm.

I sweep her up into my arms and carry her to my room. My butler stands there ready to obey, but I dismiss him instantly for the rest of the day and place the girl straight on my bed before sitting on the edge of it.

"There are no cameras in here," I tell her. "I've checked, so we can speak freely. The bathroom is over there. Take a bath. Relax as much as you can. I'm going to get us some food, and then I want you to sleep. I'm guessing it's been a few days since that last happened."

She lets out a sob but places her hand over her mouth to try and hide it.

"Don't worry. You need to cry, you do so. Don't hold it in. What you've been through, no woman should ever have to face."

"I thought I was going to die."

"You'll get out. You have my word." I stand up. "Anything you particularly fancy to eat?"

She shakes her head.

"Why are you helping me? That woman, she'll kill you."

I swallow deeply. "Because I was once like them, and I allowed someone I care for very much to be hurt in precisely the same way you have been and worse. She saved me, and now I need to start putting right my wrongs. Go bathe. I'll lock the door after me so nobody can get in."

She nods, and I head toward the door.

"Archer." The girl uses my name this time, and I turn to face her. Her blue eyes look up at me from under the tangled locks of her jet-black hair. "My name is Reagan."

Chapter 27

SAMARA

Time is running out, and I don't know how we're supposed to find someone who doesn't want to be found. With every hour that passes, I know that soon, Archer will be forced to do something he doesn't want to. That's what hurts me the most, knowing he's the man I remember but living a life I despise.

"Here," Hunter says, pointing at the screen. When I round the desk and glance at what he's showing me, I know we can finally make this right. The address isn't far from here, but we'll need to leave now if we're going to make it back in time.

"This is a town over. Maybe she's been

watching her sister's activities."

"Or maybe she's helping her. We can't rule out any possibilities." Hunter offers easily, and I know that's a possibility, but then, why hide out like this? The surveillance footage shows her with blonde hair. Nothing like Diana's.

"Do you really think she would do that? Live an undercover life and do this shit?" I'm not convinced, but I wouldn't put anything past her. Diana was a good woman, someone that was trustworthy. Many times over the years, she'd broken down when we sat around the table, drinking till the early hours of the morning, and she'd tell us that her life was far from perfect. I always wondered how she found me, but if she knew her sister was running the operation at The Factory, then she must've chosen me specifically. The question is, why?

"Something doesn't make sense, that's for sure," Hunter tells me. "And that's why we need to get out of here and find her."

Nodding, I head into the bedroom to grab my holster. Shouldering it on, I make sure it's secure before shrugging on the leather jacket Diane gifted me. Hunter is already at the door when I make it back to the living room. His gaze shines with excitement, and I know this is what he lives for. The hunt, the kill.

In the SUV, he starts the engine, and we're speeding away from the cottage with dust following us as we make our way down the road. There aren't many cars on the road, and this place is pretty much a ghost town, especially late in the afternoon.

My mind is still on Archer. The fear that they'll hurt him runs through me, and I wonder just how much he can handle before he falls under their spell again. Years ago, he wasn't chipped, and he still did it. He told me it was to save me from the fate that many of the girls in The Factory have, but it still scares me that he was susceptible to them. To their influence.

"You know," Hunter says, his eyes still on the road, "this will be over soon. We'll kill the bitch and shut down her operation." He sounds so confident. Like nothing in the world can stop us. But that's who Hunter is. He's always been overly sure of the jobs he's been on, and none of them have failed.

"I know." My response is short, but it's filled with fear about what could happen if something goes wrong. I've lived with the need for revenge all my life. I trained because I wanted to take Rebekah Ward and mutilate her until there was nothing left but the shell of a woman. And more than that, I wanted to watch that house burn down.

Hunter places a hand on my thigh, offering a squeeze. It's his way of saying *I'm here for you,* and I feel at ease, more so than I have since I first saw Archer again. As the sun sets on another day, my heart aches because we're still so far from the end.

The silence offers me a calm serenity. Before each job, we'd always sit quietly, allowing the adrenaline to course through our veins. I didn't choose an easy life after I escaped, but it's the road that brought me here.

An hour later, we're pulling up to a small, detached house that looks like it's seen better days. The porch is nearly falling apart, but when we exit the vehicle, I notice a glimmer of light in one of the windows. The curtain falls closed, and I know she's seen us.

Pulling my gun from the holster, I race up the steps toward the entrance. I don't think twice before I lift my boot and kick the door off its hinges. The old decrepit wood flies away from the jamb, and I'm inside the living room face to face with a woman who could be Diana's twin.

"What the hell do you want? Who are you?" she bites out, lifting a gun, but before she can move, I'm on her, wrestling the weapon from her hands. The small 9mm slides across the floor, my hand wrapping around her neck.

"Diana was my trainer," I tell her, causing her to still. Her mouth falls open, her eyes wide with shock. "I'm here to find out if you'll help kill Rebekah, or are you going to choose death instead?"

Hunter is behind me, his warmth cocooning my back as he reaches for my gun. It's trained on her forehead when he cocks it, the click causing her to wince.

"Answer us!" His deep, booming voice rumbles through the room. And she stares at him before turning her gaze on me.

"I'll help you."

Chapter 28
ARCHER

REAGAN'S SOFT SNORES COME FROM THE BED as I watch over her like a protective angel. After a bath and some food, she let the exhaustion in her take over, and her eyelids fluttered shut. It was only then I allowed the anger within me to surface. How could someone steal this girl from an innocent life and bring her into this place? How many lives have been stolen over the years? I can't even imagine. Samara, Reagan, and I are but a small number in a large pool of people corrupted by Rebekah Ward's evil mind. I itch to wrap my hands around Rebekah's neck and squeeze tighter and tighter until the life ebbs from her, and she's descending into the hell she deserves.

The muscle in my jaw ticks with frustration and fury. I wish I could get ahold of Mara and have her soothe the savage beast pacing inside me, but I know it would be too risky. After disappearing for a few days, Rebekah will watch me like a hawk, ready to pounce should I do anything out of character. The one she's gotten used to is an egotistical maniac with a penchant for murder and destruction. It's who she believes I am and who I must show her I still am.

Slipping quietly from my bedroom, I lock the door. I don't want to risk anyone coming for the poor girl in my bed while I'm gone, but I need to get rid of some nervous energy within me. I'll explode if I don't. My butler appears, and I wave him away with instructions nobody is to go into my room, and if I find out they have, I'll castrate him. He turns as white as a sheet and hurries away to wherever it is he disappears to when I tell him to fuck off. Hopefully, he stays there. I'll never trust anybody in this place.

Changing into a pair of track pants and a T-shirt before slipping on a pair of running sneakers, I leave my rooms. Again, I lock the front door and double check that it's secure. I put the keys in my pocket along with my phone and stride purposefully toward the outdoor training field.

It's been a while since I've been here, and my body screams for a workout. The sun shines brightly overhead, and I shield my eyes with my hand until they adjust. It's a warm day, and I curse myself for not bringing any water, but then it hits me that I'm the "boss" here. If I want water, I only have to click my fingers, and it'll arrive. That's the part of having my own mind back I'm struggling to understand. I was a bastard before. I took what I had to, murdered when I had to. I shake my head. I can't think about that. Only bad things come from those thoughts. I need to focus on getting through the next few days. And then a life with Mara once this hell is all behind us.

"You," I point at one soldier, and he sprints up before saluting like I'm a general in the Army. "Get me a bottle of water and a towel," I order without stopping my stride across the field toward the assault course.

"At once, sir." He lowers his hand and scuttles off into the main building. That felt good. This part of being a leader I can cope with. Everyone likes to be a bossy asshole occasionally. It's built into us. The killing and maiming of the children is the part I hate and refuse to ever allow again.

I reach the assault course — similar to those the army has set up for the soldiers who go to war — with giant walls, rope swings, holes dug into the earth filled with mud and water, which you have to crawl through. Those standing around waiting their turn realize who I am and salute me.

"Who's next?" I ask. A small boy puts his hand up and pushes his way timidly through the crowd. He reminds me of myself when I came here, all skin and bones, gangly in an awkward teenage body. "What's your best time?" I question.

"F-f-four minutes a-a-and twenty-f-f-five seconds," he stutters and stares in fear at the course in front of him. It's one of the tougher out of the three here.

My best time is one minute thirty-two, and it's the course record. It was achieved two years ago now. Nobody has come close. My friend Liam is second best at one minute fifty. I damn near died the day I set my record.

Everything ached after I'd finished, and my heart felt like it would beat out of my chest because it was hammering so fast. I think I collapsed and laid at the finish line for about ten minutes afterward. Until one of the other men threw a bottle of iced water over my head. I shot up and dunked his head into the muddy water until he was begging for mercy.

For some reason, I remember little after that incident, it's like something erased it from my memory. First thing I knew, I was waking up back in the dormitory with a girl riding my cock like everything was normal.

Lazily, I rub at where the incision in my skull still heals. They must have reset my memory that day. I wonder why? What was it that triggered that particular scene? I can only hope my memory continues to come back, and I can figure it out.

The gangly lad coughs, and I refocus my attention back on him.

"Am I all right to go, sir?" he asks.

"Let's do it together," I tell him, and his eyes go wide.

"But . . . but . . . but . . .," he stammers. "I'm nowhere near as good as you."

"Doesn't matter. I'll help you. Give you some tricks of the trade on the way. See if we can beat, no, annihilate that best score of yours. What do you say?" I raise an eyebrow at him and start to limber up. Hamstring stretches and raising my hands high above my head to loosen the muscles.

"Yes, please, sir." The boy does a few of his own stretches and then goes to stand on the start line. I take my place next to him, and glance at the soldier with the stopwatch.

"Three, two, one . . .," he counts down, and we sprint to the first obstacle, three ropes in a line, the gap between the second and the third bigger than the first and second. The gap to the landing on the other side of the third is farther still.

I grab hold of the rope and in one easy swing take the second rope in my hand and then onto the third. A backward and forward movement, and I land on the platform on the other side without even breaking a sweat. I turn around and find the boy hanging like a sack of potatoes on the second rope trying desperately to reach out for the third. He's still a few inches away and utilizing all his strength on the first obstacle. No wonder he takes over four minutes. He must be dead on his feet by the time he gets to the end. Sometimes these kids just need to build muscle tone and cardio strength before someone puts them on a course like this.

"Pull your legs up and swing them backward and forward," I encourage him, "Like you're on a swing in the park. Remember when you were a kid." He can't be over seventeen, if that, so he must remember being on a playground.

A memory enters my mind of Samara in the garden of the orphanage sucking on a popsicle and swaying backward and forward on the old wooden swing we found hidden amongst the undergrowth. I wonder if she'll allow me to buy a swing for our bedroom when I get out of here.

She looked so happy and carefree. My dick stirs. Fuck. I'm supposed to be doing an assault course, not getting a hard-on in a field full of soldiers. *Focus,* I admonish myself. I return my attention back to the boy, and he's got enough momentum now to go from the second rope to the third and then straight onto the platform.

"Wow," he exclaims. "It always takes me forever to do that. My arms are shorter than everyone else's, I swear."

"It's not about your arm length. It's all in the swing," I tell him as we run for the next obstacle, a tunnel full of mud and water. Go under to get through it. "You all right with this one?" I ask. He nods and dives straight through. I follow him, and before I can draw breath again, we are both sprinting over crisscrossed platforms of wooden beams above yet more water. They are small and tricky to navigate, but with holding our hands out like airplanes, we are over them in no time, leaving the gigantic wall in front of us to hop over. I take a deep breath to steel myself. Launching myself at the wall, I flip myself over and land two footed on the other side. I wait for the boy to follow me, but I realize he isn't. I step back around the wall to find him dangling from one of the wooden slats about halfway up.

"Another one I'm not so good at," he shouts down. This poor boy does need to build the muscles in his arms.

"Jump down," I tell him. He immediately does as I say. "You're wasting strength by starting at the bottom. You need to go as high as you can to start off. Use your momentum from a run up and the natural bounce in your knees to propel as high as you can. I'm certain the muscles in your arms are burning now from hanging onto to ropes back at the start, but that is why you have to go for it. As soon as you land, know where you're going next, and have your lead hand moving toward that spot. Have your brain one step ahead each time. If you pause, the lactic acid in your muscles will slow you down." I motion for him to take a few steps back. I run for the wall again. Leap at it, and straight over again. I come back around. "See what I mean?"

"Yes, sir," he says.

"Your go." I step aside. The boy takes a deep breath and runs for the wall and leaps three-quarters of the way up it and finds a rung above his hands to hold on to. In no time, he's at the top and hauling himself over. I applaud his effort as I walk around to the other side just in time for him to land on the ground next to me.

"I did it." He looks shocked, and I try not to laugh.

"Quit wasting time." I point toward the finish line.

"Shit," he exclaims. "I forgot." He takes off toward the line, and I jog after him. He crosses and looks expectantly at the soldier with the stopwatch.

"Three minutes and twenty seconds," the soldier tells him.

"A full minute off my personal best." The boy jumps up and down. Some of his contemporaries come up to him and offer congratulations.

"Thank you, sir," he shouts over them all but can't shake my hand for he's dragged off in a whirlwind of boys, soon to be men, wanting to know all the secrets I imparted.

"You did a good thing there." A feminine voice comes from behind me. It's not one that sends a shiver of pleasure up my spine though. No, only Samara can do that. It's one that boils my blood with fury.

"Rebekah." I turn around to face her. She's dressed in her usual tight-skirted suit with high heels. This one is purple. She looks out of place here amongst the sweaty, gym-wear clad men. "If you listened to my advice and improved their fitness first, then the times would be much better. You don't just throw a kid in at the deep end and hope he swims."

"You did," she retorts with a playful rise of her manicured eyebrow. How did I ever find this woman attractive? The chip must have distorted my views of what was sexy in a woman, because this brash, made-up skank of a person is nothing like my natural and stunning Samara.

"I think we both know by now I had a lot of help. I was the guinea pig after all, for all the men out here."

"A perfectly made man." She licks her lips, but I'm done here. I take the bottle of water and towel from the soldier carrying them, ignoring Rebekah's flirting, I return to the main building. She follows me. I hear her heels clicking on the sidewalk when we reach it.

"Archer, wait," she shouts after me.

"What?" I spin around and face her down. My lips pursed together, my nostrils flare with the anger coursing through my body. This is the woman who ordered them to cut Mara's womb from her body. This is the woman who had the chip put in my head. I want to wring her tiny little neck with my hands. I want to hear the bones snap. I want to feel her last breath on my face. But what I'm not prepared for is the next words that come out of her mouth.

"I'm pregnant with your baby."

Chapter 29

SAMARA

It's been more than eight hours since we found Diana's sister, and my anxiety has twisted my stomach in knots. We don't have much time left to get to Archer, and with every moment that passes, I find myself on edge.

"Okay," Mikaela says when she enters her living room again. A folder, thick with paperwork, is gripped tightly in her hand. "I have everything we need. How to get into The Factory, and how to get into my sister's office. Once we can get in there, we can turn off the chips she inserted into the soldiers."

"And as soon as those devices are turned off, they'll get their memories back?" Hunter questions as he steps toward her, holding out his hand to grab the folder. She nods, allowing him to scan the documents as he flips through the paperwork.

I can't look.

I'm tense, nervous we'll be too late, and Archer will end up back in the clutches of that bitch. I've never allowed myself to hate. Yes, I was angry, and revenge was certainly something I craved, but hate was an emotion that I learned a long while ago was futile from Diana herself. Focus on action rather than wallowing in the rage that seemed to consume.

"When do we leave?" My voice sounds harsh, raspy with emotion, and I realize it's fear. I'm scared of losing Archer again. And I'm afraid of walking into that hell once more. For years I ran, I wanted to escape the clutches of evil, yet here I am, planning to stroll back in. Only this time, I know it's for a reason; I'll finally get the closure I need.

"In an hour," Mikaela tells us.

Sitting back, I close my eyes while she heads into the kitchen, leaving Hunter and I alone. "Hey," he whispers. Leaning in close, he plants a soft kiss to my cheek. "It will be okay."

Nodding, I meet his gaze. "I'm nervous, Hunter. I haven't been inside that hellhole for so long it scares me."

"You have Archer and me," he informs me with a smile. I never thought he'd be able to move on or even come to terms with my love for Archer. But something about Hunter's grin tells me he'll be just fine. We were never exclusive. There wasn't any emotion other than needing to vent our rage into a fuck every now and then, but he became my closest friend. And I realize I needed him.

"I'm sorry for everything." I swallow back the sadness, realizing once this is all over, I'll have to walk away. "Using you to stop my—"

"You have nothing to apologize for." He winks playfully. "Plus, we had a good time fucking in every corner of the gym, bedroom, and anywhere else you were hungry for my cock."

This earns him a swat, to which he chuckles. "You'll be just fine, finding some random girl to put up with your shit."

"Just don't leave completely. I still need your friendship." It's the first time Hunter has shown any form of emotion or affection that wasn't sexual. My heart kicks wildly in my chest at the thought of losing him, and I know it's not love; it's sorrow.

"I won't leave," I promise him, but deep down, I wonder if it's a lie.

The building before us is lit up with lamps along the wall. There are no visible guards, but I know they're there. The fencing is electric, and if we near it, we won't survive the shock.

"I need to hack into the system," Mikaela tells us from the back seat. With Hunter driving and me sitting beside him, the tension in the air is thick. The uncertainty that thrums through my veins is burning through me at an alarming rate.

"Is this going to take long?" Hunter questions in frustration as he shoves ammo into his gun. The black pistol is heavy. It's the one he's used all the time I've known him, and he's never let the damn thing out of his sight.

"Done. We have approximately five minutes to get through the gates and ten to get into her office," we're informed. My body is trembling with anxiety, the fact that we're walking into The Factory guns blazing has me on edge. I'd like to walk away. To take Archer and Hunter and leave this place, but I know there are far too many innocent people in there.

Too many innocent youngsters, teenagers who, like me, just wanted a normal life. And they got lumped into Hell with Satan herself.

"Are you ready?" Hunter's deep voice comes from beside me, dragging me from my thoughts, and I meet his stare, wondering just what's behind it tonight. He's doing this for me, that much is certain, but what else will Hunter gain from this?

We move silently. Exiting the vehicle,

the only sound is the crunch of the dried leaves beneath our feet. Hunter is beside me, his confidence and excitement making me smile. Even though this is dangerous, with him here, I know I'll be okay. We'll all get through this and make it out alive.

There's a click, and a small gate which Mikaela told us would be there slides open. As soon as we're through the barrier, my heart kicks against my ribs, reminding me of what I'd endured in this place.

I should focus.

I need to focus.

Silently, we make our way closer toward the large building, which looms over the grounds. There's nobody else out, and I wonder where all the soldiers are. They should at least be out on the perimeter.

"Over there," Mikaela whispers, and I glance to my left to find two of them sitting on chairs near the entrance. Their guns are on the ground beside them, and I'm tempted to take them out. As soon as the thought crosses my mind, I realize they're younger than I am.

Probably just eighteen. Maybe nineteen, but they're still kids. Blinking the emotion from my eyes, I stalk toward the back of the building, which is where our *in* will be.

As soon as we reach it, Mikaela taps the keys on the pad, and we're alerted with a loud beep of the door being unlocked. My body is tense. My hands grip the knife so tightly I feel the indents on my palm.

My heart is racing a million miles a minute, but it's the thought of seeing Archer again that steers me forward. There are steps before us. The rooms we pass bring back a torrid of memories, and I'm sucking in deep breaths to keep from falling into a dark corner of my mind.

A phantom pain stabs me right in the stomach, where the scar is still visible. The thick, dark slice where they cut me open and removed the one thing that made me a woman. The only thing I can no longer give Archer.

As soon as we reach the top floor, there's another door which slides open when we near it, and we're met with a deep blue office. At least, that's what it looks like. The dark furniture is illuminated with a strange blue light.

"Ah, welcome, sister." A voice has me jumping backward, slamming into Hunter's tall frame. The woman who steps out of the shadows is the spitting image of Diana. Her steely glare is pinned on me, and I know immediately who she is.

I'm about to open my mouth when Archer appears from behind the door she just entered from, and I'm stunned speechless. His hardened gaze lands on me, and the vacant expression in his eyes causes my stomach to lurch and bile to burn its way up my throat.

"You're just in time," Rebekah utters with a grin. "We were celebrating our good news." The woman settles in a chair behind her elaborate desk. Archer closes the distance between them, stopping just behind her.

"And what would that be, *sister*?" Mikaela spits out the word as if it's a poison burning through her veins.

"Our baby," Rebekah smirks, placing a

hand on Archer's. My mind goes blank, my throat closes, and darkness envelops me.

Chapter 30

ARCHER

I long to go to Mara. The pain on her face and the way she collapses causes my heart to rip in two. I can't show weakness just yet though. My mind's too much of a mess with the news that the Devil herself is carrying my child. I've always been so careful. I wanted to see the results of her test, but she'd sprung the fact that her sister was on the way here on me.

Apparently, she's been watching her closer than I thought, and when Mara along with Hunter showed up, she knew it wouldn't be long before they appeared in her office, searching to end her triumphant business — her words, not mine. For now,

I must play the role of expectant father and hope Mara forgives me in the end.

"Oh, dear." Rebekah peers over the table at where Hunter is bringing Mara back to her feet. "Well, she's not a very good assassin if she faints at the drop of a hat. Whatever could be wrong with her? Not a maternal person?" Rebekah raises a malicious but well-manicured eyebrow in the direction of the woman I love. "Archer, why don't you get everyone a drink to toast the news?"

Blowing frustrated air out of my nostrils, I retrieve a bottle of champagne located in a fridge in the office. Glasses rest on a shelf next to it, and I pop the cork and fill them. I hand the first one to Mikaela. With Hunter's glass, I mouth *"trap"* to him. Mara shakes her head when offered, and I can see the wetness of tears around her eyes.

A child, the one thing she can't give me, and the woman we both want dead probably has mine growing inside her. Can the world deal us anymore bad luck? Should we give up now? I pick up my glass and swallow down the bubbly liquid in one long gulp.

Rebekah coughs next to me.

"Are you forgetting someone?"

I pick up her glass and tip the contents into the sink then fill it with water before handing it to her. "I don't think your sister has come here for a toast, and you can't drink. Pregnant, remember? Or have you already forgotten?"

Rebekah bares her teeth at me in a snarl. "I'm the boss here. You don't get to tell me what to do."

"You've got my kid in there. I've got every right. I know just what you're like with children, and this one won't be another toy soldier."

She shoves her water back into my hand and pushes past me to address her sister. "So, what was your plan then?" Rebekah questions with a tap of her designer shoe on the floor.

"You still think what you're doing is right, don't you?" Mikaela responds weakly but stands tall, facing her sister. I've never met her before, not that I remember anyway, but I can see the family resemblance. I wish

I worked for the good, sane one and not the Devil herself.

"This is my company, and I have every right to carry out my business in the manner I see fit."

"By buying children and inserting chips into their heads to make them soldiers at the whim of you, or whoever, owns them?"

"And the problem with that is?" Rebekah replies smugly. "It's a business, dear sister."

"It unethical and ruins people's lives," Mikaela bites out angrily, and I have to applaud her conviction.

"Good thing I've never had a conscience then, isn't it?"

The two sisters banter between themselves, and I allow my focus to drift to Samara. She looks broken, and it's all because she believes there's a baby. She looks defeated and ready to submit to Rebekah's rule just for a peaceful life. A chip could take away all her memories and make her forget the pain.

I won't let that happen though, and neither will the man standing guard over her in my place. Hunter's glaring at me, willing me to get on with whatever plan it is I have. The problem is at the moment, I'm coming up blank.

"I'm the ruler here," Rebekah continues on. "You will not stop my plans."

"I'm already putting things in place to destroy you, sister, and I won't leave here today without turning off the chips in the soldiers." Mikaela is fierce in her words, in her promise, and everyone in the room pulls in a breath.

Rebekah laughs at Mikaela. "I don't need a chip to control the soldiers. They all bow at my feet anyway." The potential mother of my child turns to me licking her lips. "Archer, I believe you have a little toy stored in your bedroom. Go get her."

I don't move.

"Now."

"Why?" I fold my arms across my chest in defiance. I'm not a soldier who'll obey her any longer. It's pushing her limits, but I refuse to be her errand boy if it means letting Samara out of my sight for even one minute.

The fact that she's just been told I have a toy stored in my bedroom has left her paler than she was a minute ago.

"Because I want to give a little demonstration to our friends here."

I saunter angrily toward the door and fling it open. "You." I point toward the first soldier I see then turn back to Hunter, motioning for him to come forward.

He glares at me strangely, but I'm also feeling the need to protect Reagan. If I send the soldier on his own to get her, there's no end to the torment he would inflict upon her during the short trip from my room to Rebekah's office.

I promised her protection, and with one stern look at Hunter, I know I can convey the message that she needs to be watched over. Hunter nods and let's go of Samara. I hope she realizes what's happening. I warned her about a new shipment, so this will hopefully put her somewhat at ease.

The soldier enters the room.

"You." I point at Hunter. "Go with this guard to my rooms, and retrieve the toy."

"That's not what I asked," Rebekah interrupts.

"It's all I'm prepared to do," I bite out my response. "I'm your bodyguard, you're carrying my child, and I'm not going to leave you alone in this room when I have no idea what these people are capable of. The man can go in my place with the soldier. They don't want anyone hurt. Well, he can ensure she isn't."

Rebekah mulls over her response for a few minutes, her lips screwing together as she tries to piece together if I'm telling the truth.

"I mean it, Rebekah, I'm not letting you out of my sight while they're on the premises."

The ice queen finally melts, and she nods for the soldier to disappear. Hunter goes with him, and we remain in the office in silence for several moments. The tension in the room is palpable. I catch Samara's eyes often, and she reassures me she's all right. I want to go to her and wrap my arms around her, but I know with everything she's been through, she's a strong woman and can handle this. I have to trust her even though the trust she has in me is still brittle.

Rebekah eventually pulls up her computer screen and enters her password. She fiddles around on it for a few minutes and pulls up the section which contains the personnel files. What is she looking for? She turns her computer screen away from me so I can't see, and her printer whirls to life and spits out a piece of paper.

"I can see what the plan is now," she says mysteriously before getting to her feet and retrieving the piece of paper. Hunter comes back into the room with Reagan, her eyes wide with fear, and when she sees Rebekah, she tries to run but slams into Hunter's big body.

"Reagan, my dear, good to see you." Rebekah walks up to the girl and Hunter pushes Reagan behind him. "Ever thought of being a soldier?" She trails a hand over his bicep, and he shrugs her off.

"What was it you mentioned?" Hunter muses. "Morals. I have them, so you can go fuck yourself."

"What a wonderful man you've brought here, sister," Rebekah calls over her shoulder to Mikaela.

"Anyway, where was I? Yes, Reagan, I hope Archer has been showing you a good time. He's wonderful in bed, isn't he? Knows exactly how to treat a woman. Slow and loving, then rough, and a damn good fuck. You sore, Reagan? Has he fucked you really hard?"

"Is there a point to this?" I ask, bored, and lower myself into Rebekah's chair. The screen flickers like it's going to turn off, and I see the home screen listing the personal files. Surreptitiously, I scroll down on the mouse until I find the name I want and click.

"There is always a point, Archer. Don't you get that by now? I'm sure Samara, your ex-girlfriend, does." The room falls silent, and I'm momentarily distracted from the screen. "I thought I recognized you. Did you have fun killing my doctors? I bet it was great retribution for what they did to you. Did it give you satisfaction?"

Samara steps forward, an answer on her tongue, but she gives nothing away.

"They took your womb, it says here." She hands Mara the piece of paper, and her eyes scan it.

"I don't need this to tell me what I already know." Mara's cold eyes bore into her nemesis. My hated Devil.

"How does it feel to know that I'm carrying his child? I bet it hurts, burns deep into your soul. And to know that he's fucking another girl on my say so as well."

"It would say more about the state of your relationship than anything if he's cheating on you," my girl bites back with venom, and I'm tempted to stand right behind her as she spews out her poisonous words.

"I wonder if the girl's pregnant. Reagan, are you?"

Reagan shakes her head.

"Because he was careful when he fucked you, or because he hasn't laid a finger on you? I know you weren't pregnant when you arrived because we did a test." Rebekah turns around to me. "Did you do it?"

My finger moving on the mouse is hidden from view, and out of the corner of my eye, I continue to read the file, desperately searching for what I need.

"The hormones making you temperamental, Rebekah? Maybe I should take over for a bit," I offer with a smirk.

"Fuck you, Archer," she curses and powers toward me just as I find the information I seek. A victorious smile crosses my lips, and Rebekah pales as I turn the screen around.

"Rebekah, care to tell me how you got pregnant when you voluntarily elected to have your womb removed six years ago?"

Chapter 31

SAMARA

My mouth falls open, but I shut it quickly knowing that no words I utter now will make any sense. What the fuck does he mean?

"Archer, I think it's time we escorted our guests—"

Stepping forward, I pin the bitch with a glare. "What the fuck does he mean?" I voice the question that's been on repeat in my head for the past few moments.

"Nothing you have to concern yourself with, Samara," the bitch smirks over at me, and I've had enough. Dropping to the ground, I pull at the blade that's hidden in the strap around my ankle. From my position on the floor, I fling the blade toward her, the metal lodging itself into her shoulder.

Seconds later, she's on the floor, and the room is bombarded with guards. Archer steps in their way, holding up a hand. Rebekah's screeches fill the room, and I can't help but smile at the lying bitch.

My blood burns as it races through me, reminding me of what she did to me. Crawling toward her, I reach for the knife as the men step even closer toward me. Guns trained on me as obscenities fly from the wounded woman's mouth.

"Lock the bitch up! Kill her!"

A right hook from Archer takes one of the men down, just as Hunter enters and grabs the other. A shot rings through the air, and Archer's on the floor, blood spurting from his leg, and this time it's my screaming that deafens me.

The knife in my hand is ripped from my grip, and Rebekah is on me, her legs on either side as she straddles me. We fight as equals, her tiny fist slams into my face, causing pain to radiate all the way from my cheekbone down to my jaw.

My hands find her throat, the slender column easy to grip as I pull her closer, our faces inches apart. "Let me make one thing clear," I hiss in her face, ignoring the shouts, the punches, and even the crack of bones I hear in the background. Right now, it's just me and her.

Hunter is close by. I can feel the tension radiating from him.

"This is the end," I promise her, tugging on my hip blade and plunging it into her stomach. Twisting the metal instrument, I ensure I'm drenched in blood. The violence that courses through my veins burns like a bright fucking light, and I smile when I see her eyes widen with shock, fury, and rage.

"Y-y-you f-f-f-ucking b-b-btich," she simpers as blood dribbles from her mouth, over her lips, and falls on my face.

"When they drag you into Hell, remember my face," I tell her, pulling the weapon from her torso, and sliding it along the flesh of her chest. She screams, but the sound is gurgled as crimson bubbles fill her mouth, and I'm soaked in the metallic liquid.

Her body slumps on mine, and even though I wanted her to suffer, being bathed in the lifeforce of my enemy is something I can now bask in. Suddenly, I'm dragged to my feet. Rebekah's body falls with a thud to the floor beside me.

"What the fuck?"

"Look at me, sweetheart." Archer's voice cuts through the rage flowing through me, and I'm met with those eyes. His eyes. "Look at me." His order is repeated, and I'm here, beside him. The men who were trying to kill us earlier are now standing to attention.

Archer is staring at me, but my attention is on them. "What's going on?"

"They believe I'm their leader now. It's how I have to keep things until we can remove the chips. I've turned off the system, but they're still under the spell somehow."

"What if we can't save them?" I question, looking up at him once more.

"We will. Hunter is taking the innocents out to the vans that have pulled up, and Mikaela is going with him. I need them free before we attempt to take down all the soldiers."

Nodding, I want to believe this will be easy, but nothing about these years of revenge have been easy. We've spent our lives broken, cursed with the darkness that was inflicted on us, and now I'm unsure of what to do or say. My vision turns blurry, and when I blink, I feel the salty emotion trickle its way down my cheeks.

It's over.

"Is this it?" I ask, my voice croaky, and I glance down at Rebekah's lifeless form on the floor at my feet as she bleeds out over the plush carpet. She's not moving. Her slim frame is nothing more than a shell of a woman, a monster.

"This is it," Archer assures me. His arms wrap around me, pulling me into his solid frame, and I allow myself to cry. Two soldiers make their way closer to us, but when Archer waves his hand, they offer a nod. "Take the bodies out. Clean up in here."

His order is swift, and the two young men obey without question. They move around us as Archer walks us to the sofas in the corner, sets me down on the cushions, and settles beside me.

"Mara." His voice causes me to snap my eyes to his. "I love you. The girl I was meant to train, Reagan, she was merely a toy in Rebekah's game. I kept her safe," he tells me, and I see no lie in his gaze.

"A-and she's . . ."

"She's nineteen, an innocent brought it to please the soldiers. She would've been what you were, or would've been if I didn't offer my life for yours." His confession stills me, and I realize he did everything he could to save me. I wanted to hurt him for what he did to me, but he was just as broken as I was.

"I never want to be without you, Archer," I tell him. "I can't give you a family, but—"

"That doesn't matter to me. You've heard of adoption, right?" he offers with a kind smile. "There are other ways. All I truly want, though, is you." The conviction in his tone settles around my heart like a balm, soothing and healing me in ways I never knew I needed.

And I offer the only response I can. "Then take me home."

Chapter 32
ARCHER

I WANT NOTHING MORE THAN TO TAKE MARA home, but I don't know where that is at the moment. My life has pivoted on an axis so strongly I'm not sure what is up and down. As I lead her out of the blood-soaked room, my leg throbs from where I was shot. It's just a graze but still stings like a bitch. We keep walking until the fresh air of the outside is welcomed into my lungs.

"Sir." A soldier comes running up to us and salutes.

"Yes," I answer him holding Mara closer to my chest.

"All of the innocents are loaded and ready to depart. What is your order for the soldiers?"

"To return to their barracks and await further instructions from either Hunter or me."

"Thank you, sir." The soldier runs off, and I slump back against the building.

"How are they going to cope when they realize what has happened?" Mara reaches up to my face and strokes my cheek tenderly.

I shake my head before responding, "I don't know. The memories will haunt them forever. So many men broken by what Rebekah did. Mikaela will do what she can to help them all. She's the final surviving sister and will inherit everything if Rebekah doesn't have a will stating otherwise, which given I know she was a cocky bitch I doubt she did."

"I hope she burns it to the ground," Mara utters in anger.

I turn my head toward where the imposing building of my childhood stands. The place I first met Samara and fell in love with her.

"For all the bad memories, it gave me

you. I'll always hold a fondness in my heart because it." I can feel my heart beating deeply in my chest. Emotions drowned out by the chip for years have resurfaced with a vengeance. I'm tired and need sleep. I need Samara.

She meets my gaze with questions burning in hers. "What will happen to the children?"

"Hopefully, they can find lives outside what has happened here. I'm going to try to be involved in their futures as much as I can. I want to know they are living normal, or what I would hope to be normal, lives." Pushing off the wall, I lead Samara to my car and click the key fob to open it. She takes a last look at the place we grew up in.

"I want to help as well. Maybe we could ask Mikaela to demolish the building and start again. A new home for the children. We could run it."

I kiss the top of her nose despite the blood she's still covered in. "You looking to give up the assassin life, assume a new identity?" I tease.

"I don't need it anymore."

"It will be good to finally cleanse ourselves of the blood we've shed. I'll talk to Mikaela. You think Hunter will want the same life?"

"I'm not sure he and children would mix. He tends to growl at them a lot," Samara laughs, and it warms my body with its genuine happiness.

I help Mara into the car, and we drive in comfortable silence to the place she was sharing with Hunter. He's not home yet, but I trust him with Reagan. He'll look after her like he looked after Samara for me when I couldn't. We shower, still in silence, and Mara wraps my leg in bandages. I clean the bruises and cuts on her face from her fight with Rebekah and give each one a kiss to heal.

"Get into bed and rest," I order her when were dressed—an old, oversized T-shirt for Mara and a pair of Hunter's sweatpants for myself. "I'll get some food."

We're interrupted by Samara's phone ringing. I look at the caller ID and see it's

Hunter.

"It's Archer," I answer it for her.

"How is she?" Hunter immediately asks.

"Ok, resting."

Mara lays down on the bed and instantly shuts her eyes.

I leave the room quietly and pull the door shut so I don't disturb her, then whisper into the speaker, "What's wrong?"

"Cynical much?" Hunter retorts with a laugh.

"It's taken years of practice."

"Everything is fine. I was just calling to say the innocents are all safe. The children have been accommodated in other homes. The women used as whores have been checked over and are as good as could be expected. We're still having trouble with the soldiers. I'm going to stay with them tonight. Mikaela is here, working with one of the doctors we haven't killed, for their part in Rebekah's organization."

"Ok, what about Reagan?"

"She's with me. I won't let her out of my sight. You have my word on that. She didn't want to go with the others, so I've kept her close. Her brother's here. He had a chip inserted straight away."

"Ok. Keep me informed."

"Will do. Look after her, Archer." His voice is filled with affection, and I know deep down, he cares for her deeply.

"I'm never letting her out of my sight again. Don't worry about that." It's my promise, and I will do everything to keep it.

"Good."

The line goes dead, and I place the phone on silent. Mara and I need one night together. Hunter is more than capable of being in charge. The monster is dead, but there is still much wrong to right over the next few months, possibly even years. Out there in the world are men with chips in their heads. Innocents forced into war. We have to save them all.

I grab a few bits of food from the kitchen and head back to the bedroom. Mara lies on her side, her long hair fanning out over the pillows. She's my angel. We were once cursed, but now, we're free. I place the tray down, and she stirs.

"Is everything all right?" she questions in a curious whisper.

"Yes." Leaning over, I press a soft kiss to her lips. She meets it and deepens it with an urgency that draws me closer to her.

"Make love to me, Archer?"

"You sure you don't need to rest? I don't want to do anything you aren't ready for yet." Setting the tray on the floor, I make sure nothing is between us.

"Make me yours." Her words cement my wavering resolve.

She doesn't need to ask me a third time before I meet her lips again, and this time, we don't part. I lie down on the bed and pull her to rest on top of me. Her light frame pressed against my muscular one sends desire coursing through my body. We've wasted too many years. This is how I plan on spending the rest of the evening. No, not only tonight, but rather the rest of my life. Entwined with the woman I love.

Mara lowers herself down my body, kissing my chest, and licks the defined V down toward my swelling dick. She lowers my pants, and I help her to kick them off.

"Suck me, Mara."

She purrs her approval of my need and wraps her plump lips around my now throbbing shaft. Lowering and raising her mouth up and down, she uses her tongue to flick against my cock. My balls tighten in a matter of minutes. My girl's an expert at this.

"Fuck," I call out. "I'm going to already, baby."

She doesn't stop but increases her tempo, and I guide her further by wrapping my hand around her hair. My hips buck into her mouth, and the sound of her gagging on my cock has me seeing stars. I come with a ferocity I've never felt before.

She swallows down everything I give her and comes back up to my face for a kiss. I can taste my saltiness on her lips. Flipping her onto her back, I travel quickly down her body. There's nothing more delicious than the taste of her pussy. She's not wearing underwear under her T-shirt, so I bunch it up and flick my tongue along her slit. Mara groans out her appreciation.

"God, yes, Archer."

I feast on the woman giving herself freely to me like a man starved for years. I want to taste every drop of her sensual arousal. My tongue spears inside her warmth and laps at her. Removing my tongue and pushing two fingers inside her, I stretch her ready for my already hardening cock. I twist my digits up and flick at the sensitive spot inside her, and she ignites immediately, squirting on my face, which I hungrily drink up.

"Archer!" Mara screams, riding out her orgasm on my tongue. I don't give her time to rest. As she starts to come down from her high, I remove my fingers and replace them with my dick. The instant I push inside her, she comes again, her pussy pulsating around my cock.

I want to leave her sated. No doubt after today, she's mine and mine alone. Nobody will break us apart again. I will protect her with my life and never leave her side again. I'm going to engrain this message into her with orgasms so she never forgets.

Eventually, I allow my hips to start moving. Slowly at first to give Samara a respite to recover, but it doesn't last long. I'm inside the most perfect thing in the world, and this is how my life will be from now on. My hips buck wildly as my eyes meet Mara's.

"I love you." The confession falls from my lips in a breathless show of affection.

She leans up and kisses me. "I love you too."

Our tongues tangle in a passionate tango as we climax in tandem. Mara's pussy milking everything I have to give her. Eventually, when my senses return, I collapse down next to her and position her in my arms, so my dick doesn't need to leave its sheathed sanctuary.

"This isn't a dream, is it?" Mara nestles against my chest.

"No. It's real."

"Forever?"

"Always."

Mara's breathing evens out, and I know she's fallen asleep. I shut my eyes and allow my brain to switch off for the first time in forever. This is what my vision of life was like as the hopeful boy full of love for the girl with the cherry-red hair. It took us a while, but we got there.

Epilogue
HUNTER

"FUCK." THE WORD IS SPIT IN FRUSTRATION when I stalk through the hallway. The call we just received is that one of Rebekah's minions, Cole Middleton, has taken it upon himself to open his own version of The Factory.

"What?" Archer's question comes toward me from the doorway. Even though we're not friends, I respect how he's been caring for Sam. He does love her; I can see it now. And he knows, if he ever hurts her, I'll fucking break him.

I offer him a glance before informing him, "Another one found."

He shakes his head, knowing what I

mean before I have to voice the words. "Do what you need to do," he tells me. "I won't mention it to Mara because she'll want to stop you."

"Thanks, man." Slapping him on the shoulder in a show of camaraderie, he nods and leaves me to head to my office.

Once the monster was slain, we thought it would be the end of it, but the moment my contact in Bolivia called, I knew there would be trouble. He saw the shipment coming in, and the moment they opened the doors, over sixty young women were removed from the container.

They came from Thailand, Bali, and some other places within the same region, and none of them were over fifteen. This shit has to stop, and I'll be the one to do it.

With Sam and Archer trying to help the fallen soldiers and children from Rebekah's torment, I'll be flying out to South America to find the asshole who's on my radar.

"Hunter?" My feet halt at the sweet, gentle voice coming from behind me. The girl who's spent almost every night in my bed and each morning in my kitchen comes into view. "Where are you going?"

"I need to leave."

"What?" Her eyes are wide with shock, and I know she's hurt at my abruptness, but this is the reason I need to leave. I can't have emotions and feelings getting in the way of what I know I need to do. My job sends me all over the world. Being tied down is not something I can have when I need to focus on assholes who steal girls like her and hurt them before selling them for a profit.

"I told you, baby doll," I murmur, cupping her face in my hands. "This job . . . I need to do this."

"Take me with you."

"Fuck no," I bite out harsher than I intend. "There's no way I'm putting you in danger." My voice is filled with emotion I didn't think I would ever feel again.

The protectiveness I have for Reagan has turned into something I crave, something I can't control. And that scares the shit out of me.

"I'm a big girl, Hunter. You can't lock me

in a tower for the rest of my life," she bites back. One thing about this woman is, she definitely doesn't take my shit. Mara would love that because she always told me one day, when I find someone who can give me as much as I give her, I'll find love.

Perhaps Reagan and I aren't at that point, but deep down, I know she's different. "If I have to, I'll fucking lock you up and tie you to my bed," I threaten, leaning in closer, allowing my hot breath to skitter over her shoulder. "And when I do bind you to that metal headboard, you won't be going anywhere."

"You're insufferable," she grits out, but the whimper that also escapes her lips turns my blood hot and feral.

"Go to my room and wait on the bed, and I'll fuck my insufferable dick into you until you're screaming my name." My voice is low when I relay the order, but she's a good girl and obeys me with a pout on those pink lips.

Fucking mine.

Now all I need to do is keep her safe.

From the assholes who steal pretty girls.

And possibly even from me.

Also by DANI RENÉ

Stand Alones

Choosing the Hart

Love Beyond Words

Cuffed

Fragile Innocence

Perfectly Flawed

Black Light: Obsessed

Among Ash and Ember

Within Me (Limited Time)

Cursed in Love (collaboration with Cora Kenborn)

Beautifully Brutal (Cavalieri Della Morte)

Taboo Novellas

Sunshine and the Stalker (collab with K Webster)

His Temptation
Austin's Christmas Shortcake
Crime and Punishment (Newsletter Exclusive)
Malignus (Inferno World Novella)
Virulent (collaboration with Yolanda Olson)
Tempting Grayson

Gilded Sovereign Series
Cruel War (Book #1)

Sins of Seven Series
Kneel (Book #1)
Obey (Book #2)
Indulge (Book #3)
Ruthless (Book #4)
Bound (Book #5)
Envy (Book #6)
Vice (Book #7)

The Stolen Series
Stolen
Severed

Four Fathers Series
Kingston

Four Sons Series

Brock

Carina Press Novellas

Pierced Ink

Madd Ink

Broken Series

Broken by Desire

Shattered by Love

The Backstage Series

Callum

Liam

Ryan

Forbidden Series

From the Ashes - A Prequel

Crave (Book #1)

Covet (Book #2)

Also by
ANNA EDWARDS

Dark Sovereignty Series

A dark and suspenseful series set amongst the elite of a London society intent on finding power in the wrong place. Now complete.

Legacy of Succession - Book 1
Amazon US: http://amzn.to/2FRo3fi
Bookbub: https://bit.ly/2vqksD5

Tainted Reasoning - Book 2
Amazon US: https://amzn.to/2Jjrpcx
Bookbub: http://bit.ly/DS-TR

A Father's Insistence - Book 3
Amazon US: https://amzn.to/2BcBQeW
Goodreads: http://bit.ly/GR-AFI

The Control Series

The Control Series: A dramatic, witty, and sensual suspense romance set predominantly in London. Now complete.

Surrendered Control - Book 1
Amazon US: http://amzn.to/2oMKuKo
Bookbub: http://bit.ly/SC-BB

Divided Control - Book 2
Amazon US: http://amzn.to/2oNtDal
Bookbub: http://bit.ly/DC-BB

Misguided Control - Book 3
Amazon US: http://amzn.to/2H0zZuj
Bookbub: http://bit.ly/MCon-BB

Controlling Darkness - Book 4
Amazon US: http://amzn.to/2oExCGW
Bookbub: http://bit.ly/CDark-BB

Controlling Heritage - Book 5
Amazon US: http://amzn.to/2EVtqvQ
http://amzn.to/2oGEymV
Bookbub: http://bit.ly/ConH-BB

Controlling Disgrace - Book 6
Amazon US: http://amzn.to/2FhDJKO
Bookbub: http://bit.ly/CDis-BB

Controlling the Past - Book 7
Amazon US: https://amzn.to/2N9UcAp
Bookbub: http://bit.ly/GRCPast

The Glacial Blood Series

The Touch of Snow - Book 1
Amazon US: http://amzn.to/2oExTJY
Bookbub: http://bit.ly/TOS-BB

Fighting the Lies - Book 2
Amazon US: http://amzn.to/2F9HIK8
Bookbub: http://bit.ly/FTL-BB

Fallen for Shame - Book 3
Amazon US: http://amzn.to/2FPPGoU
Bookbub: http://bit.ly/FFS-BB

Shattered Fears - Book 4
Amazon US: http://a.co/bAe8h18
Bookbub: http://bit.ly/ShatteredFears

Coming Soon to the Glacial Blood Series…
Hidden Pain – Hunter, Lily and Kingsley's story
Stolen Choices – Katia's story
Power of a Myth – Molly and Hayden's story
A Deadly Affair – Jessica's story
Banishing Regrets – Kas' story.

Find Dani ONLINE

Do you follow me?
If not, head over to any of the below links,
I love to hear from my readers!

Amazon - http://bit.ly/DaniAmazon
BookBub - http://bit.ly/DaniBookBub
Facebook - http://bit.ly/DaniFBPage
Facebook Group - Dani's Deviants
Goodreads - http://bit.ly/DaniGoodreads
Twitter - @danireneauthor
Pinterest - @danireneauthor
Instagram - @danireneauthor
Spotify - http://bit.ly/DaniSpotify

Find Anna
ONLINE

www.AuthorAnnaEdwards.com
Newsletter: http://eepurl.com/cwxJ6v
Facebook, Friend: TheAuthorAnnaEdwards
Email: anna1000edwards@gmail.com

About DANI RENÉ

Dani is a *USA Today* bestselling author of a variety of genres, from romantic suspense to dark erotic romance and even BDSM romance. She loves to delve into the raw, emotional journeys her characters venture on, and enjoys the dark, edgy, and sensual scenes that fill the pages of her books. Dani's stories are seductive with a deviant edge with feisty heroines and dominant alphas.

Dani lives in the beautiful city of Cape Town, and is a proud member of the Romance Writer's Organization of South Africa (ROSA) and the Romance Writers of America (RWA). She has a healthy addiction to reading, TV series, music, tattoos, chocolate, and ice cream.

www.danirene.com

info@danirene.com

About
ANNA EDWARDS

I am a British author, from the depths of the rural countryside near London. In a previous life, I was an accountant from the age of twenty-one. I still do that on occasions, but most of my life is now spent intermingling writing while looking after my husband, two children and two cats (probably in the inverse order to the one listed!). When I have some spare time, I can also be found writing poetry, baking cakes (and eating them), or behind a camera snapping like a mad paparazzi.

I'm an avid reader who turned to writing to combat my depression and anxiety. I have a love of traveling and like to bring this to my stories to give them the air of reality.

I like my heroes hot and hunky with a dirty mouth, my heroines demure but with spunk, and my books full of dramatic suspense.

Printed in Poland
by Amazon Fulfillment
Poland Sp. z o.o., Wrocław

50518034R00204